A Serpente & as Asas Feitas de Noite

SÉRIE COROAS DE NYAXIA
LIVRO UM DA DUOLOGIA
NASCIDOS DA NOITE

A Serpente & as Asas Feitas de Noite

CARISSA BROADBENT

TRADUÇÃO
Jana Bianchi

Copyright © 2023 by Carissa Broadbent

Grafia atualizada segundo o Acordo Ortográfico da Língua Portuguesa de 1990, que entrou em vigor no Brasil em 2009.

Título original
The Serpent and the Wings of Night

Capa e imagem
KD Ritchie at Storywrappers Design

Projeto gráfico
Baseado no projeto original de Carissa Broadbent

Ilustração da página 5
Nathan Medeiros

Preparação
Fernanda Castro

Revisão
Jane Pessoa
Luís Eduardo Gonçalves

Dados Internacionais de Catalogação na Publicação (CIP)
(Câmara Brasileira do Livro, SP, Brasil)

Broadbent, Carissa
    A serpente e as asas feitas de noite / Carissa Broadbent ; tradução Jana Bianchi. — 1ª ed. — Rio de Janeiro : Suma, 2024. — (Série Coroas de Nyaxia : Duologia Nascidos da Noite ; 1)

    Título original : The Serpent and the Wings of Night.
    ISBN 978-85-5651-203-1

    1. Ficção norte-americana. I. Título. II. Série.

23-179534   CDD-813

Índice para catálogo sistemático:
1. Ficção : Literatura norte-americana   813

Aline Graziele Benitez – Bibliotecária – CRB-1/3129

Todos os direitos desta edição reservados à
EDITORA SCHWARCZ S.A.
Praça Floriano, 19, sala 3001 — Cinelândia
20031-050 — Rio de Janeiro — RJ
Telefone: (21) 3993-7510
www.companhiadasletras.com.br
www.blogdacompanhia.com.br
facebook.com/editorasuma
instagram.com/editorasuma
twitter.com/editorasuma

*Para todos os azarões
que não permitem que o medo os impeça de lutar*

NOTA

Este livro contém assuntos que podem ser difíceis para alguns leitores, incluindo cenas de violência, tortura (não explícita), flashbacks de estupro (consentimento retirado), automutilação, abuso emocional, escravidão e menções e referências a abuso sexual.

Mar dos Ossos

A Casa do Sangue

As Nações Humanas

Mar do Marfim

Cabo de Nyaxia

A Casa da Sombra

PRÓLOGO

O rei não sabia que seu maior amor também seria sua ruína — nem que ambos surgiriam na forma de uma criancinha humana indefesa.

Ela era um pequeno sopro de vida numa imensidão de decadência, o único ser vivo mortal num raio de cem quilômetros. A menina tinha uns quatro anos, talvez oito — era difícil precisar justamente pelo fato de ser tão pequenina, mesmo para os padrões humanos. Apenas uma criatura diminuta e frágil com o cabelo preto e liso encobrindo os grandes olhos cinzentos.

Em algum lugar, enterrada sob vigas chamuscadas e pedras tombadas, a família da garota jazia desfigurada e esmagada. Ou talvez os corpos destruídos tivessem ficado ao relento, predados por animais como aqueles à espreita da menina agora, olhando para ela com o interesse que um falcão dispensa a um coelho.

Os humanos, é claro, não passavam disso naquele mundo — presas, pragas, ou não raro as duas coisas.

Os três homens alados aterrissaram diante dela, sorrindo com a própria sorte. Imediatamente, a criança começou a se debater contra os escombros que a prendiam no chão. Ela sabia o que eles eram — reconheceu os dentes pontudos e as asas pretas e desprovidas de penas, e talvez tenha reconhecido até os uniformes que usavam — o intenso púrpura do Nascido da Noite que era o rei Hiaj. Era possível que os homens responsáveis por incendiar a casa da garotinha estivessem usando uniformes iguais àqueles.

Mas ela não tinha como fugir. Suas roupas estavam rasgadas e irremediavelmente enroscadas nas ruínas ao seu redor. Ela era pequena demais para tirar as pedras de cima do próprio corpo.

— Ah, olha só. Um cordeirinho.

Os homens se aproximaram. Quando um deles estendeu a mão na direção da garota, ela rosnou e mordeu os dedos do soldado com seus dentinhos chatos e pouco afiados.

Ele chiou e puxou o braço de volta enquanto os companheiros riam.
— Um cordeiro? Está mais para uma víbora.
— Ou uma cobrinha de jardim — zombou outro.

O homem mordido esfregou a mão, limpando da pele as poucas gotas de um vermelho quase preto. Depois se virou para a menina.

— Não faz diferença — resmungou. — O gosto é o mesmo. E, não sei vocês, seus idiotas, mas estou é morrendo de fome. A noite foi longa.

No entanto, uma sombra os encobriu.

Os homens se calaram. Baixaram a cabeça em uma mesura reverente. O ar frio se agitou, e a escuridão se retorceu em torno do rosto e das asas dos três como uma lâmina acariciando uma garganta.

O rei Hiaj não proferiu uma só palavra. Não foi necessário. Sempre que sua presença era notada, todos os guerreiros ficavam em silêncio.

Ele nem sequer era o vampiro de maior força física. Não era o guerreiro mais ferrenho ou o sábio mais sensato. Mas diziam que era abençoado pela própria Deusa Nyaxia, o que qualquer um que o conhecesse juraria ser verdade. O poder fluía de cada um de seus poros, e o cheiro da morte empesteava cada lufada de sua respiração.

Seus soldados não abriram a boca quando ele pisou nas ruínas da pequena casa.

— Os Rishan foram erradicados da área — arriscou um deles, depois de um tempo. — O resto de nossos homens seguiu para o norte, e...

O rei ergueu a mão, e o guerreiro se calou.

O monarca então se ajoelhou diante da menininha, que o fulminou com o olhar. Tão novinha, ele pensou. A vida dela, que compreendia um pequeno punhado de anos, não era nada se comparada a seus séculos de existência. E, ainda assim, a criança conseguia reunir uma quantidade imensa de ódio no olhar que destinava a ele, as pupilas brilhantes e prateadas como a lua.

— Ela foi encontrada aqui? — perguntou o rei.
— Sim, senhor.
— E é a razão do sangue em sua mão?

Os outros soldados deixaram escapar uma onda de risadas incontidas.

— Sim, senhor. — A resposta saiu ligeiramente acanhada.

Os homens achavam que o rei estava zombando deles. Não. Aquilo não tinha nada a ver com os soldados.

Ele estendeu a mão na direção da garota, que deu o bote. Ele permitiu que ela o mordesse — não moveu a mão, mesmo quando os dentinhos da criança, tão minúsculos, penetraram fundo em seu indicador ossudo.

Ela o encarou nos olhos, sem piscar, e o rei retribuiu a mirada com interesse crescente.

Aquele não era o olhar de uma criança aterrorizada que não sabia o que estava fazendo.

Era o olhar de uma criatura que compreendia que estava diante da própria morte, mas que ainda assim escolhia cuspir na cara dela.

— Uma serpentezinha — murmurou ele, e o homem às suas costas riu. O monarca o ignorou; não era uma piada. — Você está sozinha? — perguntou para a menina, mais baixo.

Ela não respondeu. Não conseguia falar com os dentes fincados na mão dele.

— Se você me soltar, não vou te machucar — continuou o rei. A garotinha não soltou, ainda encarando o rei enquanto o sangue preto escorria por seu queixo. Os cantos dos lábios do rei se curvaram. — Ótimo. Você não deve mesmo confiar em mim.

Ele puxou o dedo de dentro da boca da garota e, com cuidado, a tirou do meio dos escombros enquanto ela se debatia. Mesmo chacoalhando o corpo com os espasmos de uma resistência violenta, era uma criatura completamente silenciosa. E só depois que a pegou no colo — pela Deusa, a menina era tão leve que ele conseguiria carregá-la com uma mão só — que o rei notou quão ferida ela estava, as roupas rasgadas encharcadas de sangue. O cheiro doce do fluido penetrou suas narinas quando ele a acomodou contra o peito. Ela estava à beira do precipício da inconsciência, mas resistia com o corpo inteiro retesado.

— Pode descansar, serpentezinha. Ninguém vai lhe fazer mal.

Ele acariciou a bochecha da criança, que tentou mordê-lo de novo, mas uma faísca de magia dançou na ponta dos dedos do monarca. Com o sussurro da noite, veio um sono livre de sonhos, tão pesado que nem aquela coisinha furiosa foi capaz de resistir.

— O que o senhor quer que a gente faça com ela? — perguntou um dos soldados.

O rei passou por eles a passos largos.

— Nada. Eu mesmo vou cuidar da criança.

O silêncio perdurou por um instante. Ainda sem ver os homens, o monarca sabia que certamente trocavam olhares confusos.

— Onde? — perguntou um deles, enfim.

— Em casa — respondeu o rei.

A garotinha estava inconsciente, mas agarrava com uma das mãos a seda da camisa do rei — ainda lutando, à sua maneira, mesmo adormecida.

Em casa. Ele a levaria para casa.

Porque o rei dos vampiros Hiaj — conquistador da Casa da Noite, abençoado pela Deusa Nyaxia e um dos mais poderosos homens a já terem caminhado por aquele ou por outros reinos — viu um fragmento de si na menina. E ali, logo abaixo do punhozinho cerrado, algo agridoce no peito do vampiro se agitava ao ver a criança. Algo mais perigoso que a fome.

Centenas de anos mais tarde, historiadores e acadêmicos se debruçariam sobre aquele momento. Sobre a decisão que, um dia, faria ruir um império.

Que decisão esquisita, diriam aos sussurros. *Por que ele faria algo assim?*

E realmente, por quê?

Afinal de contas, vampiros sabem melhor do que ninguém como é importante proteger o coração.

E o amor, entenda, é mais afiado do que qualquer estaca.

1

Começou como um treino. Apenas uma brincadeira, um pequeno exercício. Algo que eu precisava provar a mim mesma. Não sabia muito bem quando tinha se transformado em esporte — minha rebelião sórdida e secreta.

Para alguns, podia parecer idiota que eu, uma humana, tentasse caçar à noite, quando ficava em desvantagem considerável em relação à presa. Mas era à noite que eles agiam, então era à noite que eu devia agir também.

Me espremi contra a parede, a adaga bem apertada entre os dedos. A noite estava quente, o tipo de noite em que o calor do sol perdura na umidade vaporosa do ar por muito tempo além do crepúsculo. O cheiro pairava numa nuvem espessa e pútrida — comida estragada no lixo dos becos, sim, mas também carne podre e sangue coagulado. Os vampiros não se preocupavam em limpar a bagunça nos assentamentos humanos da Casa da Noite.

Humanos deviam estar em segurança ali, dentro das muralhas do reino — eram cidadãos, mesmo que inferiores, mais fracos que os Nascidos da Noite em todos os sentidos. Mas a segunda verdade não raro tornava a primeira irrelevante.

O homem era um Hiaj, as asas encolhidas bem perto das costas. Aparentemente, não era um grande usuário de magia, porque não as escondera para facilitar a caçada. Ou talvez só gostasse do efeito que a visão delas exerce sobre a presa. Alguns eram exibidos assim. Gostavam de ser temidos.

Do telhado, vi o homem rondar sua caça — um garotinho de uns dez anos, talvez, embora pequeno devido à evidente má nutrição. Estava no quintal cercado de uma casa de pau a pique, chutando uma bola pela terra batida, totalmente alheio à morte que o espreitava.

Era muito, muito idiota da parte do menino estar sozinho no quintal àquela hora da noite. Mas, enfim, eu sabia melhor do que ninguém como era cansativo crescer com a constante sensação de perigo iminente. Talvez a família tivesse mantido a criança dentro de casa após o pôr do sol, todos os dias, pelos últimos dez anos. Um único lapso já seria suficiente, uma mãe distraída que esquecia de chamar o filho para dentro, um menino emburrado enrolando para entrar e jantar. Uma única noite em uma vida inteira.

Acontecia com muita frequência.

Mas não aconteceria naquela noite.

Quando o vampiro se moveu, eu me movi também.

Desci do telhado e aterrissei nos paralelepípedos. Apesar de ter sido silenciosa, a audição dos vampiros era impecável. O homem se virou, identificando minha presença com olhos gélidos e lábios curvos revelando o brilho de marfim afiado.

Será que ele tinha me reconhecido? Às vezes acontecia. Mas nem dei chance ao sujeito.

Já era quase rotina àquela altura. Um sistema que eu aperfeiçoara ao longo de centenas de noites idênticas àquela.

As asas primeiro. Dois cortes, um em cada — o suficiente para impedir o vampiro de voar. Era fácil no caso dos Hiaj, cuja pele membranosa das asas era delicada feito papel. Às vezes eu pegava vampiros Rishan, e as coisas ficavam um pouco mais complicadas — era mais difícil perfurar as asas emplumadas. De uma forma ou de outra, eu havia refinado a técnica. Aquele passo era importante, e era por isso que vinha primeiro. Precisava manter os vampiros no chão comigo. Uma vez cometi o erro de pular essa etapa e quase não sobrevivi para contar a história.

Não havia como eu ser mais forte do que eles, então tinha de ser mais precisa. Sem tempo para erros.

O vampiro deixou escapar um som entre um arquejo de dor e um rugido de raiva. Minha pulsação parecia um tamborilar rápido, o sangue fluindo próximo à superfície da pele. Me perguntei se ele porventura conseguia sentir o cheiro. Eu tinha passado a vida inteira tentando esconder o pulsar do meu sangue, mas, naquele momento, estava grata por minha natureza. Aquilo os deixava idiotas. O babaca não estava nem sequer armado, mas saltou na minha direção sem nem pestanejar.

Eu amava — amava mesmo, de verdade — quando me subestimavam.

Um golpe na lateral do corpo, entre as costelas. Outro na garganta. Não o suficiente para matar. Mas o suficiente para fazê-lo sair cambaleando.

Empurrei o vampiro contra a parede, a adaga espetando seu corpo para mantê-lo imóvel. Eu havia besuntado a arma com dhaivinth — um paralisante de ação rápida, potente, embora de curta duração. O efeito só duraria alguns minutos, mas eu não precisava mais do que isso.

Ele conseguiu infligir apenas alguns arranhões em minha bochecha com as unhas afiadas como lâminas antes de seus movimentos começarem a enfraquecer. E, no instante em que vi seus olhos piscando rápido, como se estivesse tentando despertar a si mesmo, golpeei.

Você precisa empurrar com força para atravessar o esterno.

E assim o fiz — com força o bastante para trincar o osso, para abrir passagem até o coração. Vampiros eram mais fortes do que eu em todos os aspectos — com corpos mais musculosos, movimentos mais rápidos, dentes mais afiados.

Mas seus corações eram tão frágeis quanto os dos humanos.

No instante em que minha lâmina penetrava o peito da vítima, eu sempre ouvia a voz do meu pai.

Não desvie o olhar, serpentezinha, sussurrava Vincent em meu ouvido.

E nunca desviei. Nem na época, nem depois. Porque eu sabia o que veria ali na escuridão. Veria o belo rosto de um garoto que eu havia amado muito, e também os detalhes de minha adaga sendo enterrada em seu peito.

Vampiros eram filhos da deusa da morte. Então, para mim, era meio engraçado que temessem o descanso final tanto quanto os humanos. Eu ficava olhando todas as vezes, e sempre via o terror se espalhar por seus semblantes quando entendiam que havia chegado a hora de partir.

Pelo menos nisso éramos iguais. Pelo menos, no fim da vida, éramos todos covardes pra caralho.

O sangue vampírico era mais escuro que o humano. Quase preto, como se tivesse escurecido camada a camada pelo consumo de sangue humano e animal ao longo dos séculos. Quando deixei minha vítima cair, estava coberta pelo fluido.

Recuei um passo para longe do cadáver. Foi quando vi a família me encarando — eu tinha sido silenciosa, mas não o bastante para evitar atenções indesejadas, considerando que estava quase na soleira da porta deles. A mãe agora apertava o garoto com força contra o ventre. Havia um homem com eles também, além de outra criança, uma menininha mais nova. Eram magros, vestiam roupas simples e puídas, manchadas após longos dias de labuta. Os quatro estavam parados à porta, os olhos fixos em mim.

Congelei, como um cervo avistado por um batedor na floresta.

Era estranho que fossem aqueles humanos famintos, e não o vampiro, que tivessem me feito passar de caçadora à caça.

Talvez a razão fosse o fato de que eu sempre sabia o que era quando estava entre os vampiros. Mas, quando olhava para aqueles humanos, a linha ficava mais borrada e indefinida — como se eu estivesse observando um reflexo distorcido de mim mesma.

Ou talvez eu fosse o reflexo.

Eles eram como eu. Mesmo assim, não conseguia encontrar similaridades entre nós. Minha impressão era a de que, se eu abrisse a boca para falar, nem sequer entenderíamos os ruídos emitidos uns aos outros. Pareciam animais aos meus olhos.

A verdade cruel era que talvez parte de mim tivesse nojo deles, a mesma parte que tinha nojo de minhas próprias falhas humanas. Mas outra parte — talvez a que lembrava que eu já havia morado numa casa muito parecida com aquela — tinha vontade de se aproximar.

Eu não faria algo assim, óbvio.

Não, eu não era uma vampira. Era algo que ficava mais claro a cada segundo que passava. Mas tampouco era como aquelas pessoas.

Senti algo gelado em minha bochecha. Toquei a pele, e meus dedos voltaram úmidos. Chuva.

As gotas dispersaram nosso silêncio contido. A mulher deu um passo adiante, como se quisesse dizer algo, mas eu já me esgueirara de novo para a proteção das sombras.

Fui incapaz de resistir ao atalho. Normalmente, teria escalado o castelo e seguido direto para o meu quarto nas torres a oeste. Em vez disso, subi pelo lado oposto, pulando os muros do jardim antes de continuar para a ala dos criados. Entrei pela janela, que dava para um arbusto avantajado repleto de botões azuis de índigo, cintilando prateados sob o luar. Assim que meus pés tocaram o piso, soltei um palavrão, quase caindo quando senti o que parecia um monte de tecido fluido deslizando contra a madeira lisa sob as minhas botas.

A risada soou mais como o grito de um corvo, que em seguida se transformou em uma cacofonia de tossidas.

— Seda — resmungou a idosa. — A melhor armadilha pras ladrazinhas.

— Este lugar está um caos do caralho, Ilana.

— Ah, pronto.

Ela surgiu de trás de uma parede e me encarou com os olhos semicerrados, puxando a fumaça do cigarro com uma inspiração funda e chiada antes de soltá-la pelo nariz. Estava usando uma cascata de saiotes de chiffon tingidos em diferentes cores. O cabelo, preso num coque de volume admirável no topo da cabeça, alternava mechas pretas e grisalhas. Pingentes dourados pendiam das orelhas, e os olhos enrugados estavam pintados com uma sombra azul-acinzentada e delineados com uma camada generosa de kohl.

A morada dela era tão colorida e caótica quanto a própria mulher — com roupas, joias e tintas brilhantes espalhadas por todos os lados. Eu tinha entrado pela janela da sala de estar, que fechei para evitar a chuva. O lugar era minúsculo, mas muito mais agradável que os barracos de pau a pique dos assentamentos humanos.

Ela me olhou de cima a baixo, esfregando o pescoço.

— Não vou tolerar críticas de uma ratinha encharcada como tu.

Olhei para baixo para analisar minha situação e me sobressaltei. Só ali, sob a luz cálida do lampião, notei como estava péssima.

— Não dá nem pra desconfiar como tu é bonita por baixo disso tudo, Oraya — prosseguiu ela. — Determinadíssima a assumir a aparência menos atraente possível. O que me lembra que... tenho uma coisinha pra ti. Aqui. — Com mãos encaroçadas e artríticas, ela vasculhou uma pilha amarrotada a seu lado e depois atirou um punhado de tecido para mim. — Pega.

Consegui agarrar o volume no ar, e depois o desenrolei. O comprimento do corte de seda era quase igual à minha altura; o pano era de um tom profundo de violeta, com as barras bordadas em dourado.

— Me fez pensar em ti — continuou Ilana, buscando apoio no batente da porta antes de baforar de novo a fumaça do cigarro.

Nem perguntei de onde ela havia afanado aquele tipo de coisa. A idade não tinha tornado seus dedos nem um pouco menos leves e hábeis — ou ávidos.

— Melhor a senhora ficar com o tecido. Eu não uso esse tipo de coisa. A senhora sabe.

No dia a dia, eu vestia apenas preto, peças simples que chamavam pouca atenção e me davam uma amplitude completa de movimentos. Nunca usava roupas vibrantes (o que atrairia olhares indesejados), esvoaçantes (o que permitiria que me segurassem) ou restritivas (o que reduziria minha habilidade de lutar ou fugir). Vestia peças de couro na maior parte do tempo, mesmo no calor opressivo do verão. Era um material que protegia bem e atrapalhava pouco.

Claro que eu admirava coisas bonitas como qualquer outra pessoa. Mas estava cercada de predadores. A sobrevivência vinha acima da vaidade.

Ilana bufou.

— Também sei que ama essas coisas, ratinha. Mesmo tendo medo de usar. Que peninha... Jovem só desperdiça a juventude. E a beleza também. A cor combina contigo. Usa esse troço pra dançar pelada lá no seu quarto, não ligo.

Franzi a testa e olhei para a miríade de cores.

— É o que a senhora faz com suas sedas?

Ela deu uma piscadela.

— Isso e muito mais. E nem vem fingir que tu não faz o mesmo.

Ilana nunca estivera em meu quarto — ainda assim me conhecia bem o bastante para saber que eu, de fato, tinha uma gaveta cheia de quinquilharias coloridas que vinha coletando ao longo dos anos. Coisas que eram desnecessariamente ostentosas para usar naquele tipo de vida, mas que talvez eu pudesse sonhar em usar em outra realidade.

Por mais que eu tentasse explicar, Ilana não entendia minha cautela. A idosa já deixara claro várias vezes estar farta — *"Farta!"*, proclamava ela — de ter cautela.

Eu honestamente não sabia como a velha morcegona sobrevivera tanto tempo daquele jeito, mas era grata por isso. Os humanos que eu tinha visto nos cortiços naquela manhã não eram nada parecidos comigo, e os vampiros que me cercavam, menos ainda. Apenas Ilana se encontrava no meio-termo, assim como eu.

Embora por razões muito diferentes.

Eu tinha sido criada naquele mundo; Ilana, por outro lado, se juntara a ele por vontade própria, dez anos antes. Quando adolescente, eu era fascinada por aquela mulher. Tinha conhecido poucos humanos. Não entendia na época que Ilana era, mesmo entre humanos, um tanto... peculiar.

A idosa tocou o pescoço de novo. Percebi então que o lenço que segurava entre os dedos não era vermelho — não originalmente, ao menos. Cheguei mais perto e vi os ferimentos em sua garganta: três conjuntos de dois furos. Além da atadura no pulso, só Nyaxia sabia quantas outras feridas mais ela tinha.

Minha expressão devia ter mudado, porque ela soltou outra risada.

— Um jantar dos grandes esta noite — explicou ela. — Fui bem paga. Paga pra passar a noite com homens bonitos chupando meu pescoço. A Ilana jovem teria achado o máximo.

Não consegui me forçar a abrir um sorriso.

Sim, eu não tinha ideia de como Ilana sobrevivera tanto tempo. A maior parte dos fornecedores voluntários de sangue humano — que já eram poucos — acabavam mortos em menos de um ano de trabalho. Eu sabia muito bem quanto autocontrole os vampiros precisavam ter quando estavam com fome.

Em algumas coisas, Ilana e eu jamais concordaríamos.

— Vou ficar um tempo longe — falei, mudando de assunto. — Só queria avisar, assim a senhora não fica preocupada.

Ilana fechou a cara. Mesmo na penumbra, dava para ver as pálpebras pintadas com a sombra clara.

— Aquele maldito. Tu vai mesmo participar.

Eu não queria ter aquela conversa, mesmo sabendo que o assunto era iminente.

— A senhora devia cogitar a ideia de sair da cidade por um tempo — continuei. — Ficar nos assentamentos. Sei que a senhora odeia, mas pelo menos lá...

— Que se foda.

— É o Kejari, Ilana. Aqui não vai ser seguro para a senhora. Nem para qualquer outro humano fora dos assentamentos protegidos.

— *Assentamentos protegidos*... Quer dizer aquele bando de *cortiços*. Tem uma razão pra eu ter ido embora de lá. O lugar cheira a miséria. — Ela franziu o nariz. — Miséria e mijo.

— É seguro.

Não me passou despercebida a ironia de estar falando aquilo coberta de sangue justamente depois de ter retornado do local.

— Ah, pronto. Segurança é um negócio superestimado. Que tipo de vida é essa? Quer que eu vá embora quando o evento mais empolgante dos últimos dois séculos tá prestes a acontecer bem na soleira da minha porta? Não, meu bem. Nem ferrando.

Eu já tinha dito a mim mesma que precisava ficar calma — já sabia que Ilana provavelmente não me daria ouvidos. Mesmo assim, não consegui evitar o tom de frustração na voz.

— A senhora está sendo tola. São só alguns meses. Talvez até alguns dias! Se for embora para evitar nem que seja só a abertura...

— *Tola!* — cuspiu ela. — É *ele* falando, por acaso? É assim que ele te chama sempre que quer fazer alguma coisa que foge ao controle dele?

Bufei entredentes. Sim, Vincent *de fato* me chamaria de tola se eu estivesse me recusando a buscar proteção sem um bom motivo. E ele estaria correto, inclusive.

Os assentamentos humanos podiam ser um bando de cortiços, mas ali as pessoas ao menos tinham um verniz de proteção. Já na cidade? Eu não sabia o que seria de Ilana — ou de qualquer humano dentro das muralhas — depois que o Kejari começasse. Em especial uma humana que já tinha fornecido sangue antes.

Eu ouvia as histórias sobre como os humanos eram usados naquele tipo de torneio. Não sabia se era verdade ou exagero, mas os relatos faziam meu estômago revirar. Às vezes, tinha vontade de perguntar a Vincent, mas sabia que ele acharia que eu estava temendo por minha própria segurança. Não queria que se preocupasse comigo mais do que já fazia. Além do mais... ele não sabia exatamente quão próxima de Ilana eu ficara ao longo dos últimos anos.

Vincent não sabia de muitas coisas. Partes de mim que não correspondiam à visão que ele tinha da filha. Da mesma forma que havia coisas sobre mim que Ilana jamais entenderia.

Ainda assim, não saberia o que fazer caso perdesse qualquer um deles. Eu não tinha família ali. Quem quer que estivesse na casa comigo quando Vincent me encontrara havia morrido. Caso eu ainda tivesse parentes distantes, estariam presos em algum lugar fora do meu alcance — até que eu vencesse o Kejari, ao menos. Mas eu tinha Vincent, e tinha Ilana, e eles haviam se tornado tudo o que eu imaginava que fosse uma família, mesmo que nenhum dos dois pudesse compreender todas aquelas partes contraditórias dentro de mim.

Agora que a possibilidade de perder Ilana repentinamente parecia tangível demais, o medo pressionava meu coração e se recusava a soltar.

— Ilana, por favor. — Minha voz saiu estranhamente embargada. — *Por favor*, vá embora.

A expressão da mulher se suavizou. Ela apagou o cigarro num cinzeiro abarrotado e se aproximou de mim a ponto de eu conseguir enxergar as rugas ao redor de seus olhos. Com a mão áspera feito couro, acariciou minha bochecha. Ela cheirava a cigarro, misturado com um perfume de rosas pungente demais — e a sangue.

— Tu é uma doçura — disse ela. — Espinhosa, mas uma doçura. E meio ácida, de certa forma. Tipo um... tipo um abacaxi.

Mesmo sem querer, o canto da minha boca se curvou em um sorriso.

— Um... *abacaxi*?

Que palavra ridícula. Se eu a conhecia bem, provavelmente Ilana tinha inventado o termo.

— Eu tô cansada, meu bem. Cansada de ter medo. Fui embora dos cortiços porque queria ver como era aqui, e vem sendo tão aventuresco quanto eu imaginava. Arrisco a vida todo dia pra estar aqui. Como tu.

— A senhora não precisa agir tolamente.

— Não ligar acaba virando uma forma de rebelião. Sei que tu sabe disso tanto quanto eu. Mesmo escondendo as cores lá no fundão do teu guarda-roupa. — Ela ergueu as sobrancelhas, indicando com a cabeça minhas roupas sujas de sangue. — Mesmo se escondendo nas sombras dos becos entre os assentamentos.

— Por favor, Ilana. É só por uma semana. Não precisa ser durante o Kejari inteiro. Aqui. — Estendi o lenço de seda em sua direção. — Pegue esse troço brega e me devolva quando eu voltar. Prometo até que uso.

Ela ficou em silêncio por um longo tempo, depois pegou o pano e o enfiou no bolso.

— Certo. Vou embora amanhã de manhã — afirmou, e soltei um suspiro de alívio. — Mas tu... *tu*, ratinha cabeça-dura... — Ela levou as mãos ao meu rosto, apertando minhas bochechas. — Toma cuidado. Não vou te dar um sermão aqui sobre o que ele tá te obrigando a fazer, mas...

Me desvencilhei do aperto impressionantemente forte da mulher.

— Ele não está me *obrigando* a fazer nada.

— *Sei!* — Eu tinha me afastado na hora certa, porque ela bufou com tanta fúria que fez gotículas de saliva voarem por todos os lados. — Não quero ver tu virar um deles. Seria... — Ela fechou a boca de supetão, analisando meu rosto enquanto uma onda perturbadoramente intensa de emoções varria sua expressão. — Seria *chato* pra cacete.

Não era o que ela queria dizer, e eu sabia. Mas Ilana e eu tínhamos aquele tipo de relacionamento: a honestidade nua e crua e a ternura desagradável ficavam ambas subentendidas nas coisas que não falávamos. Do mesmo jeito que eu não falaria com todas as palavras que competiria no Kejari, ela não diria em voz alta que temia pela minha segurança.

Ainda assim, me assustou ver a mulher à beira das lágrimas. Só então entendi que eu era a única pessoa que Ilana tinha na vida. Eu ainda tinha Vincent, ao menos; já ela, estava sozinha.

Meu olhar recaiu sobre o relógio, e soltei um palavrão.

— Preciso ir — resmunguei, avançando até a janela. — Não encha a cara até cair, sua biruta.

— E vê se não acaba empalada com aquela adagazinha enfiada na bunda — retrucou ela, enxugando os olhos, sem resquício algum da vulnerabilidade de antes.

Bruxona doida, pensei com carinho.

Abri a janela e deixei a névoa da chuva de verão bater no meu rosto. Não planejei hesitar — mas algo pesado jazia na ponta da minha língua, palavras que eu só havia dito em voz alta uma vez, para uma pessoa que merecia muito menos que Ilana.

Mas ela já tinha desaparecido quarto adentro. Engoli em seco o que quer que estivesse prestes a dizer e mergulhei de volta na noite.

2

Depois que a chuva começou, apertou rápido. Típico do território da Casa da Noite. Vincent brincava com frequência, com seu jeito seco e sardônico, que nada era pela metade naquela nação. O sol ou nos castigava com um calor implacável ou se escondia completamente sob muitas camadas de nuvens tingidas de um cinza avermelhado e baço. O ar ficava árido e tão quente que a impressão era de que cozinharia as pessoas vivas, ou esfriava tanto que fazia as juntas estalarem. Na metade do tempo, a lua se escondia no meio da névoa; quando estava visível, porém, cintilava feito prata polida, a luz tão intensa que fazia os vales e os picos de areia parecerem ondas no oceano — com base na aparência que eu achava que as ondas no oceano tinham.

Não chovia muito no reino dos Nascidos da Noite; quando chovia, porém, era uma tempestade.

Ao chegar de volta ao palácio, eu já estava encharcada. O caminho de subida pela lateral da construção era traiçoeiro, com a superfície dos apoios de pedra escorregadia e molhada, mas não era a primeira vez que eu percorria o caminho na chuva — e não seria a última. Quando enfim entrei em meus aposentos, muitos andares acima do chão, meus músculos queimavam pelo esforço.

Do meu cabelo escorria água. Torci os fios, provocando uma sinfonia de gotinhas que se chocaram contra o banco de veludo sob a janela, e depois me virei para o horizonte. Estava tão quente que a chuva formava uma nuvem prateada de vapor acima da cidade. A vista dali era muito diferente da que eu tinha nos telhados dos assentamentos humanos. Dos barracos, eu via uma extensão de bloquinhos de pau a pique, uma pintura de quadrados com vários tons de bege sob o luar. Mas, ali, no coração de Sivrinaj, o território monárquico dos Nascidos da Noite, cada cenário vinha repleto de uma elegância suntuosa.

A vista da minha janela era um mar simétrico de curvas ondulantes. Os Nascidos da Noite tiravam inspiração para sua arquitetura do céu e da lua — cúpulas revestidas de metal, granito polido, molduras de prata aninhando vitrais índigo. Dali de cima, o luar e a chuva acarinhavam uma vastidão platinada. O chão era tão plano que, mesmo com Sivrinaj sendo uma cidade imensa, era possível ter um vislumbre distante das dunas além de suas muralhas.

A eternidade dava aos vampiros anos em abundância para aperfeiçoar a arte da beleza sombria e perigosa. Eu já tinha ouvido dizer que, no território da Casa da Sombra, que ficava do outro lado do mar do Marfim, construções eram erigidas da forma como se fabricavam lâminas — com cada palácio sendo um conjunto intrincado de torres pontudas cobertas por hera debruada em carmim. Alguns alegavam que sua própria arquitetura era uma das mais refinadas do mundo; para mim, porém, não era possível que alguém dissesse algo do tipo após contemplar a vista da Casa da Noite que eu tinha ali daquele quarto. Era ainda mais estonteante à luz do sol, quando não havia ninguém além de mim para testemunhar a paisagem.

Com cuidado, fechei a janela, e mal tinha terminado de prender o trinco quando ouvi alguém bater à porta. Duas pancadinhas suaves, mas urgentes.

Merda.

Fora um golpe de sorte eu não ter chegado alguns minutos depois. Tinha sido arriscado sair naquela noite, mas não era algo que eu pudesse evitar. Estava muito nervosa. Precisava ocupar as mãos com alguma coisa.

Apressada, tirei o casaco e o joguei em uma pilha de roupas sujas no canto do quarto, depois peguei o robe e o enrolei no corpo. Seria o bastante para cobrir o sangue, pelo menos.

Atravessei o aposento em uma corridinha e abri a porta. Vincent nem hesitou antes de entrar a passos largos.

Analisou o cômodo com um único olhar cheio de julgamentos.

— Que bagunça.

Agora eu sabia como Ilana se sentia.

— Ando me preocupando com coisas mais importantes do que limpar o quarto.

— Manter seu espaço organizado é crucial para garantir a mente limpa, Oraya.

Eu tinha vinte e três anos, e ele ainda me passava sermões como aquele.

Toquei a testa, como se Vincent tivesse acabado de me agraciar com uma informação que reorganizara meu universo inteiro.

— Caralho. *Jura?*

Vincent semicerrou os olhos prateados como a lua.

— Você é mesmo uma fedelha insolente, serpentezinha.

Ele soava mais afetuoso do que nunca quando me insultava. Talvez houvesse algum significado no fato de que tanto Ilana quanto Vincent protegiam a própria ternura com uma couraça de palavras ríspidas. Eram extremamente desiguais em qualquer outro sentido — mas talvez aquela similaridade fosse culpa do ambiente, que nos ensinava a esconder o amor por trás de bordas afiadas.

Ali, porém, a reprimenda me fez encolher por algum motivo. Era curioso ver as coisas que formavam o medo borbulhando até a superfície. Eu *estava* amedrontada, mesmo que soubesse que não era uma boa ideia afirmar aquilo em voz alta. E sabia que Vincent também estava. Deu para ver pela forma como o sorriso dele sumiu ao olhar para mim.

Talvez alguns achassem que Vincent não tinha medo de coisa alguma. Eu mesma achara isso por bastante tempo. Havia crescido vendo o vampiro governar — vendo o rei conquistar o respeito absoluto de uma sociedade que não respeitava nada.

Ele era meu pai apenas no nome. Eu podia não ter seu sangue, sua magia ou sua vida imortal. Mas tinha sua implacabilidade. Ele a cultivara em mim, espinho a espinho.

Mas, conforme eu crescia, fui aprendendo que ser implacável não era a mesma coisa que ser destemida. Eu sentia medo com frequência, assim como Vincent. O homem que não tinha medo de nada tinha medo por mim — a filha humana criada em um mundo feito para acabar com a vida dela.

Até o Kejari. Um torneio com o poder de mudar tudo.

Até que a vitória me trouxesse a liberdade.

Ou que a derrota me trouxesse a danação.

Vincent piscou, e ambos tomamos a mútua decisão tácita de não colocar nossos pensamentos em palavras. Ele me olhou de cima a baixo, notando minha situação pela primeira vez.

— Você está molhada.

— Acabei de tomar banho.

— *Antes* de treinar?

— Eu precisava relaxar.

Bom, não era mentira. Era só que eu tinha decidido relaxar de forma bem diferente do que ficar de molho em uma banheira com infusão de lavanda.

Mas até mesmo essa afirmação chegou perto demais de tocar a realidade de nossa situação para o gosto de Vincent. Sua expressão se fechou, e ele correu a mão pelo cabelo loiro-claro.

O gesto que denunciava sua inquietação. O único. Ele estava preocupado com alguma coisa. Podia ser comigo e com meus desafios iminentes, ou...

Não consegui ficar calada.

— O que foi? Algum problema com os Rishan? — indaguei, baixinho. Ele ficou em silêncio, e senti meu estômago revirar. — Ou com a Casa do Sangue? *Ou com ambos?*

A cartilagem na garganta dele subiu e desceu, e ele negou com a cabeça. Mas o pequeno movimento já foi suficiente para confirmar minhas suspeitas.

Eu queria fazer mais perguntas, mas Vincent pousou a mão no quadril. Notei que ele havia trazido o florete.

— Nosso trabalho é mais importante do que esse tipo de chatice. Sempre haverá outro inimigo com que se preocupar, mas você só tem hoje à noite. Vamos.

Vincent era tão implacável como instrutor de luta quanto era como governante, meticuloso e detalhista. Eu estava acostumada, mas a intensidade do fato me pegou de guarda baixa naquela noite. Ele não me deu tempo para pensar ou hesitar entre os golpes. Usou a arma, as asas, a potência total de sua força — usou até magia, que raramente empregava em nossas sessões de treinamento. Era como se estivesse tentando me mostrar exatamente com o que eu teria de lidar caso o rei dos vampiros Nascidos da Noite me quisesse morta.

Mas, de toda forma, Vincent nunca me poupava. Mesmo quando eu era criança, ele nunca me deixava esquecer quão perto a morte pairava de mim. Cada falha era retribuída com sua mão em minha garganta — dois dedos apertados contra minha pele, imitando presas.

— Você morreu — dizia ele. — Tente de novo.

Eu não o deixaria chegar com aqueles dedos perto da minha garganta dessa vez. Meus músculos berravam, já cansados da aventura anterior; mesmo assim, desviei de todos os golpes, evitei todas as tentativas de me agarrar, retribuí cada ataque com um contra-ataque. E, enfim, após incontáveis minutos exaustivos, consegui prensar Vincent contra a parede, um dedo em seu peito — a ponta da minha lâmina.

— Agora foi você que morreu — ofeguei.

E graças à Mãe, porque eu não teria sobrevivido a nem mais um segundo daquilo.

O canto do lábio de Vincent se curvou de orgulho por um único instante.

— Eu poderia usar o Asteris.

Asteris — um dos mais poderosos dons mágicos dos Nascidos da Noite, e um dos mais raros. Pura energia, ao que parece vinda direto das estrelas, manifestada na forma de uma luz preta e cegante capaz de matar instantaneamente quando empregada em sua força total. Vincent dominava o Asteris como nenhum outro vampiro. Eu o vira usar o poder certa vez para demolir uma construção inteira cheia de Rishan rebeldes.

Vincent tinha tentado, ao longo dos anos, me ensinar a usar magia. Eu conseguia apenas criar algumas faíscas. Patético se comparado à habilidade letal de um vampiro com aqueles dons — da Casa da Noite ou qualquer outra.

Por um momento, o pensamento — um lembrete de como eu era inferior, em todos os sentidos, aos guerreiros que estava prestes a enfrentar — me deixou atordoada. Mas logo rechacei a incerteza para longe.

— O Asteris não serviria de nada se eu já tivesse matado você.

— Mas teria sido rápida o bastante? Sempre teve dificuldades para chegar ao coração.

Você precisa empurrar com força para atravessar o esterno.

Pisquei para afastar a lembrança indesejada.

— Não mais.

Meu dedo ainda estava pressionado contra seu peito. Eu nunca sabia com certeza quando nossas sessões de treinamento terminavam, então jamais cedia até que Vincent avisasse que havíamos chegado ao fim. Ele estava a poucos centímetros de mim — a poucos centímetros da minha garganta. Eu nunca, jamais permitia que outro vampiro chegasse tão perto. O cheiro de meu sangue era inebriante para eles. Mesmo que um vampiro *quisesse* resistir (o que raramente acontecia), não seria capaz de se controlar.

Vincent gravara aqueles ensinamentos em mim. Nunca confie. Nunca se entregue. Sempre proteja o coração.

E sempre que eu lhe desobedecera, havia pagado caro.

Mas não com ele. Nunca ele. Vincent tinha feito inúmeros curativos em ferimentos meus sem dar nem sequer um sinal de tentação. Ele velara meu sono. Havia cuidado de mim em meus momentos de maior fragilidade.

Aquilo facilitava as coisas. Eu passara a vida toda com medo, sempre consciente de minha própria fraqueza e inferioridade, mas ao menos tinha um porto seguro.

Os olhos de Vincent examinaram meu rosto.

— Ótimo. — Ele empurrou minha mão para longe.

Segui para a extremidade do tablado, fazendo uma careta ao esfregar a ferida que ele havia aberto em meu braço. Vincent mal olhou para o sangue.

— Você precisa ter cuidado quando estiver por lá — disse ele. — Com esses sangramentos.

Franzi o nariz. Pela Deusa, ele devia *mesmo* estar preocupado para dizer coisas tão básicas.

— Eu sei.

— Mais do que o normal, Oraya.

— Eu sei.

Tomei um gole de água do cantil, virada de costas para ele. Meus olhos percorreram os afrescos na parede — pinturas belas e terríveis de vampiros com dentes afiados se regozijando num mar de sangue sob estrelas prateadas. O painel percorria o cômodo inteiro. Aquela área de treinamento particular era reservada a Vincent e seus guerreiros de alto escalão, e era mais asquerosamente ornamentada do que qualquer lugar destinado a cuspe, sangue e suor deveria ser. O chão era de areia fofa e branca trazida das dunas toda semana. O afresco cobria a parede circular e sem janelas — uma imagem panorâmica contínua de morte e conquista.

Os personagens representados ali eram vampiros Hiaj, com asas de morcego que iam de um branco leitoso ao preto da fuligem. Dois séculos antes, era provável que as asas nas pinturas fossem as plumadas dos Rishan, o clã rival dos Nascidos da Noite, que batalhava incessantemente pelo trono da Casa da Noite. Desde que Nyaxia criara os vampiros, mais de dois mil anos antes (ou antes ainda, alegavam alguns), as duas seitas travavam uma guerra eterna. E a cada virada da maré, a cada linhagem nova no trono, aquele afresco mudava — asas pintadas e apagadas, pintadas e apagadas dezenas de vezes ao longo de milhares de anos.

Olhei para Vincent por cima do ombro. Ele havia deixado as asas visíveis, o que era raro. Na maioria das vezes as fazia sumir com magia, a menos que algum evento diplomático exigisse que ostentasse seu poder Hiaj. Eram tão longas que as pontas inferiores quase raspavam no chão, tingidas da cor do breu — tão pretas que desafiavam a natureza, como se a luz fosse sugada pela pele e morresse ali. Ainda mais impressionantes eram os veios vermelhos. Traços escarlates percorriam a superfície como riachos, se juntando nas bordas e em cada ponta afiada. Quando as asas de Vincent estavam estendidas, pareciam traçadas com sangue, um tom vívido o bastante para quebrar até mesmo a mais impiedosa escuridão.

O preto era pouco usual, mas não inédito. O vermelho, no entanto, era único. Cada Sucessor Hiaj ou Rishan exibia duas marcas — detalhes vermelhos nas asas e outro desenho da mesma cor no corpo —, que apareciam quando o Sucessor anterior falecia. A Marca de Vincent ficava na base da garganta, logo acima da clavícula. Era um hipnotizante padrão ornamentado que lembrava uma lua cheia e asas, dando a volta na frente do pescoço em um vermelho tão brilhante quanto o do sangue de um ferimento aberto. Eu só a vira algumas vezes. Ele geralmente cobria o desenho com seus casacos de gola alta ou com camadas de seda preta enrolada bem justa no pescoço.

Quando eu era mais nova, tinha perguntado certa vez por que ele não a deixava visível com mais frequência. Ele apenas me encarara, sério, e comentara de forma desinteressada que não era sábio deixar a garganta exposta.

A resposta não devia ter me surpreendido. Vincent tinha plena consciência de que usurpadores espreitavam em cada esquina, tanto fora quanto dentro das muralhas. Cada rei novo, Hiaj ou Rishan, era coroado sobre uma montanha de cadáveres. Ele não fora exceção.

Desviei a atenção da pintura enquanto ele falava, baixinho:

— Já é quase lua cheia. Você deve ter mais alguns dias, mas o torneio pode começar a qualquer instante. Precisa estar pronta.

Tomei outro gole de água. Minha boca continuava com gosto de cinzas.

— Eu sei.

— O começo pode ser qualquer coisa. Ela gosta que seja... inesperado.

Ela. Mãe da noite, da sombra, do sangue — mãe de todos os vampiros. A Deusa Nyaxia.

A qualquer instante, ela daria início ao tributo que, uma vez por século, a Casa da Noite realizava em sua homenagem. Um torneio selvagem com cinco desafios espalhados ao longo de quatro meses que resultava em um único vencedor, que era agraciado com o presente mais valioso do mundo: um único desejo realizado pela própria Deusa.

Vampiros de toda Obitraes viajavam para participar do Kejari, atraídos pela promessa de riqueza ou honra. Dezenas dos mais poderosos guerreiros das três Casas — a Casa da Noite, a Casa da Sombra e a Casa do Sangue — morreriam na tentativa de obter tal título.

E, provavelmente, eu também.

Mas eles estavam lutando por poder. Eu, por sobrevivência.

Vincent e eu nos viramos um para o outro ao mesmo tempo. Ele era sempre pálido, com a pele quase do mesmo tom que os olhos cor de prata, mas, agora, sua tez parecia indiscutivelmente doentia.

O medo dele tornava o meu próprio insuportável, mas lutei contra isso com uma promessa. Não. Eu havia treinado a vida inteira para aquilo. Eu sobreviveria ao Kejari. Eu o venceria.

Assim como Vincent tinha feito, duzentos anos antes.

Ele pigarreou, endireitando as costas.

— Vá se trocar e colocar uma roupa decente. Vamos dar uma olhada na sua concorrência.

3

Vincent tinha dito que aquele seria um banquete para receber os viajantes recém-chegados à Casa da Noite, antes do início do Kejari. Mas era um eufemismo. O evento estava mais para a ostentação de uma gula exuberante e despudorada do que para um "banquete".

Bem, era adequado, não? O Kejari só acontecia a cada cem anos, e ser anfitriã era a maior honra da Casa da Noite. Durante o torneio, Sivrinaj recebia visitantes dos quatro cantos de Obitraes, membros de todas as três Casas. Era um evento diplomático importante, sobretudo para nobres da Casa da Noite e da Casa da Sombra. Ninguém se empolgava *tanto assim* com visitas da Casa do Sangue — havia uma razão pela qual nenhum dos Nascidos do Sangue tinha sido convidado para o evento. Mesmo assim, Vincent nunca deixaria passar a oportunidade de se pavonear diante do resto da sociedade vampírica.

Eu ia àquela parte do castelo tão pouco que havia esquecido como era deslumbrante. O teto terminava em uma abóbada alta formada por um vitral, com estrelas tingidas de dourado contra o céu anil. O luar que o banhava dançava sobre a multidão em espirais. Meia dúzia de mesas longas tinham sido postas; agora estavam cobertas apenas pelos resquícios do que certamente, horas antes, fora uma refeição inacreditável. Vampiros apreciavam todo tipo de comida por prazer, ainda que o sangue — de humanos, outros vampiros ou animais — fosse necessário para sua sobrevivência. A comida ainda jazia sobre as mesas, gelada; o sangue pintalgava pratos e toalhas de mesa em respingos e borrões no tom carmim que o fluido assumia ao secar.

Pensei nos ferimentos na garganta e nos pulsos de Ilana e me perguntei quais daquelas manchas seriam do sangue dela.

— Todo mundo já comeu. — Vincent me ofereceu o braço, e aceitei.

Ele me posicionou entre o próprio corpo e a parede. Tudo em seu comportamento era casual de um jeito frio, mas eu sabia que aquela fora uma decisão muito intencional — o fato de me dar o braço, a posição em que tinha me colocado. A primeira coisa era para lembrar aos demais presentes no salão que eu era sua filha. E a última para me proteger fisicamente de qualquer um que, sedento de sangue, pudesse tomar uma decisão impulsiva da qual viesse a se arrepender.

Vincent não costumava permitir que eu frequentasse aquele tipo de evento — por razões óbvias. Tanto ele quanto eu entendíamos que uma humana em um salão de baile cheio de vampiros famintos era uma péssima ideia para todos os envolvidos. Nas raras ocasiões em que eu me misturava à sociedade vampírica, chamava uma atenção gritante. Aquele dia não foi exceção. Todos os olhares recaíram sobre o rei assim que ele entrou. E, depois, voltaram-se para mim.

Cerrei o maxilar, sentindo os músculos tensos.

Tudo na situação parecia *errado*. Estar exposta daquela forma. Ter tantas ameaças em potencial nas quais prestar atenção.

Após o fim do jantar, a maioria dos presentes tinha ido para a pista de dança, cerca de uma centena de convidados dançando ou fofocando pelo salão enquanto bebericavam taças de vinho tinto — ou sangue. Reconheci rostos familiares da corte de Vincent, mas também havia inúmeros estrangeiros. Os da Casa da Sombra usavam roupas pesadas e justas, as mulheres com corseletes e vestidos de veludo apertados e os homens com casacos rígidos e minimalistas — tudo muito diferente das sedas esvoaçantes da Casa da Noite. Também vi alguns poucos rostos desconhecidos pertencentes aos rincões mais distantes de nossa nação; pessoas que não viviam na cidade, mas em regiões no extremo oeste dos desertos ou nos territórios ilhéus da Casa da Noite no mar dos Ossos.

— Estou procurando ataduras. — Vincent tombou a cabeça e baixou a voz, de modo que só eu pudesse ouvir. — Alguns já fizeram sua oferenda de sangue.

Uma oferenda a Nyaxia — para sinalizar a entrada no Kejari. Meus oponentes.

— Lorde Ravinthe — continuou ele, apontando para um homem de cabelo cinzento engajado em uma conversa entusiasmada do outro lado do recinto.

Enquanto o convidado gesticulava, vislumbrei um lampejo branco em sua mão — tecido manchado de vermelho-escuro, cobrindo um machucado.

— Lutei contra ele muito tempo atrás — comentou Vincent. — Ele tem um problema no joelho direito. O homem disfarça, mas sente muita dor.

Assenti e arquivei com cuidado a informação enquanto Vincent continuava me acompanhando pela ronda no salão. Talvez, para alguém que não estivesse prestando atenção, pudesse parecer que estávamos apenas dando uma voltinha; a cada passo, porém, ele apontava outro competidor, me contando tudo o que sabia sobre o passado ou as fraquezas de cada um.

Uma Nascida da Sombra esbelta e loira com feições afiadas.

— Kiretta Than. Nos conhecemos faz muito tempo. Não é uma boa espadachim, mas sua magia é forte. Proteja seus pensamentos quando ela estiver por perto.

Um homem robusto e alto cujos olhos haviam recaído imediatamente sobre os meus quando entramos no salão.

— Biron Imanti. A criatura mais sedenta por sangue que já vi. — Os lábios de Vincent se curvaram em um esgar de nojo. — Ele vai atrás de você, mas vai agir de forma tão burra por conta disso que será fácil usar essa característica contra ele.

Terminamos a primeira volta e começamos a segunda.

— Vi alguns outros competidores — continuou o rei. — Ibrihim Cain. E...

— *Ibrihim?*

Vincent franziu a testa.

— Muitos entram no Kejari apenas porque sentem não ter outra opção.

Identifiquei Ibrihim do outro lado do salão. Era um vampiro jovem, pouco mais velho que eu, com um comportamento manso bastante incomum. Como se tivesse sentido meu olhar, ele se virou e me encarou pela cabeleira morena e encaracolada. Abriu um sorriso débil, revelando gengivas mutiladas cuja ausência de caninos era chocante. Atrás dele vinha a mãe, uma mulher tão brutalmente agressiva quanto o filho era calmo — a própria fonte dos ferimentos do jovem.

Era uma história comum demais para ser trágica. Cerca de dez anos antes, quando Ibrihim estava às portas da vida adulta, seus pais o haviam subjugado, arrancado seus dentes e lhe machucado a perna esquerda para que ele mancasse para sempre. Ele tinha por volta de treze anos na época. O rosto de Ibrihim havia virado uma massa de inchaços e hematomas. Irreconhecível. Me lembro de ter ficado horrorizada, sem entender por que Vincent não achara nada demais.

O que eu não entendia na ocasião era que vampiros viviam com um medo constante da própria família. A imortalidade fazia da sucessão um assunto muito, muito sangrento. O próprio Vincent matara os pais — e três dos irmãos — para obter seu título. Vampiros matavam os pais por poder, e depois aleijavam os próprios filhos para evitar que lhe fizessem o mesmo. Satisfazia o ego no presente e garantia o futuro. A linhagem continuaria... mas nem sequer um segundo antes de chegada a hora.

O Kejari ao menos daria a Ibrihim a chance de recuperar a dignidade ou morrer tentando. Ainda assim...

— Não é possível que ele pensa que pode vencer — murmurei.

Vincent me olhou de rabo de olho.

— Provavelmente todos pensam o mesmo de você.

Ele não estava errado.

Uma nuvem sobrepujante de perfume de lilases nos envolveu.

— Ah, até que enfim o encontrei. O senhor desapareceu. Estava começando a ficar preocupada.

Vincent e eu nos viramos. Jesmine se aproximou e, com um movimento cuidadoso, jogou uma cascata de cabelo liso, castanho-acinzentado por cima do ombro desnudo. Usava um vestido de um vermelho intenso que, apesar de simples, marcava as curvas exuberantes de seu corpo. Ela, ao contrário da maioria dos Hiaj ali, mantinha as asas visíveis — eram cinza-chumbo, e o vestido tinha costas cavadas o suficiente para envolver a base delas com camadas pictóricas de carmim. O decote era generoso, exibindo a cicatriz pálida que percorria o centro de seu esterno.

Ela não tinha nenhuma vergonha de exibir ambos — o colo e a cicatriz. Não que eu a julgasse por isso. O primeiro era notavelmente impressionante, e a cicatriz... Segundo os rumores, ela sobrevivera a um ataque de estaca. Se eu tivesse realizado algo do tipo, me gabaria disso todos os dias.

O canto da boca de Vincent se contorceu.

— O trabalho não tem fim. Como você bem sabe.

Jesmine ergueu a taça vermelha.

— Pois sei mesmo — ronronou.

Ah, pela porra do sol...

Eu não sabia muito bem como me sentir a respeito da nova líder da guarda de Vincent, recém-promovida ao cargo. Era raro uma mulher alcançar tal posto na Casa da Noite — apenas três haviam servido na posição; o que me fazia aprovar a escolha por questão de princípios. Mas eu também fora treinada a vida toda para ser desconfiada. O líder anterior da guarda de Vincent era um homem tomado de cicatrizes chamado Thion, que o servira por duzentos anos. Eu não gostava dele, mas ao menos sabia que era leal.

Mas quando Thion ficou doente e acabou morrendo, sua general de maior hierarquia, Jesmine, fora a escolha natural para sucessora. Eu não tinha nada contra ela, tampouco a conhecia, e com certeza não confiava na mulher.

Talvez eu só estivesse sendo territorial. Vincent parecia gostar dela.

Ele se inclinou um pouco mais perto.

— Você está adorável — murmurou para Jesmine.

É, ele realmente gostava dela.

Um leve bufar de desprezo escapou sem querer dos meus lábios. Em reação, Jesmine voltou os olhos cor de ametista para mim. Era nova o bastante para ainda me encarar com uma curiosidade descarada em vez da irritação sôfrega dos outros membros do minúsculo círculo mais próximo de Vincent.

O olhar dela foi subindo devagar pelo meu corpo, assimilando minha estatura e meus trajes de couro, sorvendo cada detalhe do meu rosto. Se eu não conhecesse muito bem os vampiros, diria que estava sendo lasciva. O que seria... bem, lisonjeiro, se aquele tipo de comportamento não fosse com frequência o precursor de uma tentativa de chupar meu pescoço.

— Boa noite, Oraya.

— Oi, Jesmine.

As narinas dela estremeceram — um movimento sutil, mas que notei na mesma hora. Recuei um passo, a mão subindo para a adaga. Vincent notou também, e cuidadosamente se ajeitou de forma a posicionar o corpo entre o meu e o dela.

— Me atualize quanto à Casa do Sangue — disse Vincent para a mulher, me disparando um olhar que ordenava que eu fosse embora.

Segui a passos leves em direção à porta, me afastando do resto da multidão.

Abri quase que distância suficiente dos convidados para que eu pudesse respirar um pouco mais fácil. Quase.

Quando se é jovem, o medo é paralisante. A presença dele nubla a mente e os sentidos. Mas eu já havia passado tanto tempo com medo, um medo incessante, que ele era quase como qualquer outra função corporal que precisava ser regulada — batidas cardíacas, respiração, sudorese, movimento dos músculos. Ao longo dos anos, eu tinha aprendido como sabotar sua fisiologia, de modo a me afastar da emoção.

O gosto amargo da inveja cobria minha língua quando me apoiei no batente, observando os frequentadores do banquete. Prestei atenção especial naqueles que Vincent havia apontado como competidores do Kejari. À exceção de Ibrihim, que estava sentado em silêncio à mesa, todos pareciam despreocupados, dançando e bebendo e flertando noite adentro. Quando a aurora chegasse, será que dormiriam embolados com um parceiro ou quem sabe três, roncando profundamente, sem nem sequer se preocupar com a possibilidade de sobreviver o bastante para ver o nascer de uma nova manhã?

Ou será que enfim saberiam o que era passar a noite sem pregar o olho, encarando o teto, sentindo a deusa da morte que tanto adoravam pairando sobre seu pescoço?

Meus olhos se voltaram para o outro lado do salão.

A pessoa estava tão imóvel que meu olhar quase passou direto. Mas algo estranho me fez hesitar, mesmo que, a princípio, eu não soubesse bem por quê. Após vários segundos de observação, notei que não era um fator específico, mas sim um conjunto de coisinhas.

O homem estava parado na outra extremidade do recinto, muito além de toda a libertinagem na pista de dança, de costas para mim. Encarava uma das várias pinturas que adornavam a parede. Eu não conseguia ver os detalhes àquela distância, mas conhecia a obra muito bem. Era a menor do salão de baile, uma tela estreita e alta com uma extensão de azul-celeste pintalgado de estrelas no topo que ia aos poucos assumindo um tom intenso de vermelho. Destacada contra o fundo, havia uma silhueta solitária: um vampiro Rishan em plena queda, bem no centro do quadro, congelado na metade do caminho para a morte. O corpo nu estava quase todo coberto pelas asas pretas emplumadas, enfurnadas ao redor, exceto pela mão esticada que tentava alcançar desesperadamente alguém que ele conseguia ver, mas que estava oculto para além do enquadramento da pintura.

Poucas obras de arte Rishan haviam permanecido no castelo depois da ascensão dos Hiaj. Quase todas tinham sido destruídas ou reformadas para exibir vampiros Hiaj. Eu não sabia por que aquela sobrevivera. Talvez tivesse sido considerada apropriada porque mostrava um Rishan condenado, caindo para as profundezas do inferno enquanto tentava alcançar o céu.

A pintura recebia pouca atenção em comparação às outras obras épicas no entorno, celebrações de justiças sangrentas ou vitórias triunfais. Era pacata. Triste. Da primeira vez que a vira, quando eu era apenas uma criança, tinha sentido o peito apertar. Eu sabia qual era a sensação de não ter poder algum. E aquele solitário Rishan caído, aninhado entre asas incapazes de voar, tentando alcançar um salvador que não correspondia ao pedido de ajuda... era a única pista que eu tivera de que vampiros também eram capazes de experimentar a sensação de completa impotência.

Talvez tenha sido aquilo que me intrigou no sujeito — o fato de ele estar olhando para *aquela* pintura, sendo que ninguém mais lhe dava atenção. Ele era alto — mais alto até do que a maioria dos outros vampiros — e de compleição robusta. Usava um casaco de um roxo profundo bem ajustado, com uma faixa cor de bronze amarrada ao redor da cintura. Aquilo também era um pouco esquisito. O estilo do traje fazia lembrar as sedas vibrantes que todos os outros Nascidos da Noite vestiam, mas o corte era um pouco definido demais, as cores contrastantes demais. O cabelo era vermelho-escuro, quase preto, e cascateava por seus ombros em ondas bagunçadas. Tinha um comprimento pouco usual — diferente dos penteados esvoaçantes ou curtos que a corte da Casa da Noite preferia.

Dava para contar em uma mão o número de vampiros Nascidos da Noite que eu já tinha conhecido que não viviam em Sivrinaj. Talvez existissem estilos diferentes nos rincões mais distantes do reino. Ainda assim...

Ele olhou por cima do ombro, diretamente para mim. Tinha a íris vermelho-ferrugem, uma cor surpreendente o bastante para ser notável mesmo àquela distância. Sua expressão era de curiosidade casual. Ainda assim, a intensidade do olhar me perturbava.

Havia algo de estranho naquilo também. Algo...

— Experimentou isso?

Dei um salto no lugar.

— *Porra.*

Não tinha ouvido a mulher se aproximar, o que era ao mesmo tempo constrangedor e perigoso. Ela era alta e esbelta, com sardas espalhadas por toda a pele bronzeada, olhos escuros bem grandes e um halo de cachos pretos cortados curtos. Ela sorriu, me estendendo um acepipe de carne que pingava sucos rosados por entre seus dedos.

— Está uma *delícia*.

Eu não gostava muito da ideia de vampiros usando a palavra "delícia" perto de mim. Dei dois passinhos discretos para longe.

— Não quero, obrigada.

— Ah, você está perdendo. Está...

— *Oraya.*

Vincent nunca gritava. A voz dele era poderosa o bastante para atravessar qualquer cômodo. Olhei por cima do ombro e o vi parado na entrada arqueada do salão do baile, apontando o corredor com a cabeça em uma mensagem inconfundível: *Hora de ir embora.*

Ele não precisou repetir. Nem me dei ao trabalho de me despedir da mulher antes de sair a passos largos atrás dele, mais do que grata por deixar aquele calabouço cheio de garras e dentes.

Mas me peguei dando uma última olhada para a pintura. O homem não estava mais ali. O Rishan caído estendia a mão na direção do céu, mais uma vez abandonado.

4

Eu nunca bebia. As bebidas alcoólicas dos vampiros eram incrivelmente fortes para humanos — além disso, era perigoso ficar com os sentidos embotados. Também era raro que Vincent bebesse — é provável que fosse pelos mesmos motivos que eu. Por isso, fiquei surpresa quando ele trouxe vinho até meus aposentos. Tomamos alguns golinhos e deixamos as taças de lado, intocadas, enquanto ficávamos ali em silêncio, ouvindo o crepitar do fogo.

Ele enfim falou:

— Acho que você está tão preparada quanto possível. — Ele parecia estar tentando, mais do que qualquer coisa, convencer a si mesmo. — Os outros vão subestimar você. Use isso a seu favor. É uma arma poderosa.

E ele estava certo. Eu havia aprendido, muito tempo antes, que minha melhor arma era minha própria fraqueza. Era algo que eu usava quase todas as noites nos assentamentos. Naquele instante, porém, sentia não ser suficiente.

Engoli em seco, tentando ignorar o nó na garganta. Fiquei observando meu pai encarar o fogo, a luz vermelha brincando nos ângulos afiados de seu rosto pálido. Será que tinha ficado tão nervoso assim na noite em que oferecera o próprio sangue para entrar no Kejari?

— Foi o que você fez? — perguntei. — Deixou que o subestimassem?

Ele pestanejou, pego de surpresa. Eu raramente perguntava sobre a época de seu Kejari. Raramente perguntava sobre o passado de Vincent de forma geral. Talvez aquele golinho de vinho, ou minha morte iminente, quase inevitável, tivesse me deixado mais corajosa.

— Deixei — respondeu ele depois de um tempo. — E talvez tenha sido por isso que venci.

Parecia até cômico pensar em Vincent como alguém passível de ser subestimado. Mas, dois séculos antes, ele era apenas um jovem nobre Hiaj de estirpe inferior. A Casa da Noite estava sob controle dos Rishan na época, e parecia que assim permaneceria por muitos outros séculos.

— Você ficou nervoso?

— Não. Eu sabia o que precisava fazer — respondeu ele de imediato. Ao notar meu visível ceticismo, porém, ergueu um dos ombros. — Certo — admitiu. — Fiquei nervoso. Mas sabia que o Kejari era meu único caminho para uma vida digna de ser lembrada. A morte não é amedrontadora quando a alternativa é uma existência insignificante.

Uma existência insignificante.

As palavras me atingiram com uma força inesperada. Afinal, qual existência podia ser mais insignificante que a minha? Vivendo com medo constante, limitada por meu próprio sangue e fraqueza? Eu jamais seria alguém assim, lutando tanto para sobreviver que mal podia *realizar* coisas. Mal podia *ser* algo digno para... para as pessoas que não tinham nada além de mim.

Cerrei o maxilar com tanta força que comecei a tremer. Agarrei a taça e dei outro gole na bebida, principalmente por estar desesperada em fazer algo com as mãos. Dava para sentir Vincent me fitando. E, depois, a forma como ele amenizou o olhar.

— Você não precisa participar, minha serpentezinha — falou baixinho. — Só agora me dei conta de que talvez nunca tenha lhe dito isso.

Seria mentira dizer que eu não sentia a menor vontade de fugir — de me esconder no vão entre o guarda-roupa e a parede, como fazia quando era menina. Uma parte de mim estava sempre se escondendo, porque eu jamais seria qualquer coisa além de presa.

Não, aquela não era uma vida com significado. Nem sequer era uma vida.

— Não vou recuar — falei.

Olhei para minha mão — para o delicado anel de prata no mindinho direito. Um aro simples, com um diamante preto tão pequeno que não chegava a ser maior que o próprio anel.

Eu estava com a joia no bolso quando Vincent me encontrou, ainda criança. Gostava de imaginar que pertencera à minha mãe. Talvez fosse só alguma bijuteria sem valor. Eu jamais saberia.

Distraída, esfreguei o acessório. Nem mesmo esse minúsculo movimento passou desapercebido a Vincent.

— Eu os teria encontrado para você se pudesse — falou. — Espero que saiba disso.

Uma pontada de dor atravessou meu peito. Eu não gostava de expor minhas esperanças. Fazia eu me sentir... idiota. Infantil. Mais ainda ouvindo Vincent falar sobre aquilo em voz alta.

— Eu sei.

— Se ao menos eu tivesse uma desculpa, se algum dia houvesse uma rebelião...

— Vincent. Eu *sei*. Sei que você não pode ir até lá. — Me levantei e franzi o cenho para ele.

Seu rosto se voltou para o fogo, evitando o meu.

Porra, era muito estranho ver Vincent parecendo algo tão próximo de... *culpado*.

Vinte anos antes, ele tinha me resgatado do meio dos escombros após uma horrível rebelião Rishan. A cidade que eu deixara para trás, ou o que restava dela, ficava no interior do território Rishan. A única razão pela qual Vincent adentrara o lugar décadas antes tinha sido a revolta, que lhe dera tal direito, mas... e agora? O território era protegido por Nyaxia. Um rei Hiaj não podia entrar no espaço de outro clã a não ser em uma guerra, e embora fosse ridículo chamar aquela tensão eterna de "paz", meu pai não tinha motivos razoáveis para invadir a área e encontrar minha família.

Isso se alguém tivesse sobrevivido. O que era muito improvável. Quem quer que estivesse naquela casa quando Vincent me encontrou, não tinha sobrado para contar a história. Mas será que havia outras pessoas? Alguém procurando por mim?

Eu sabia a resposta lógica. Vidas humanas eram muito frágeis. Mas aquilo não impedia que uma pequena parte do meu cérebro cogitasse possibilidades. Perguntando se eles tinham sofrido. Querendo saber se alguém se lembrava de mim.

Eu não me lembrava de ninguém. Talvez fosse por isso que sentia tanta falta daquelas pessoas. Sonhos podiam representar uma necessidade, e talvez minha versão de doze anos precisasse salvar minha família para que ela fosse a peça faltante que enfim faria eu me sentir completa.

— Logo — murmurou Vincent. — Logo você será forte o bastante para ir. Logo.

Não, Vincent não podia agir, mas eu podia — se fosse mais forte que uma humana. Eu precisaria inclusive ser mais forte do que a maioria dos vampiros.

Eu poderia procurar minha família caso fosse forte como o próprio Vincent.

Aquele seria meu pedido a Nyaxia se vencesse o Kejari. Me tornar a Coriatae de Vincent. Aquela conectada a ele pelo coração. O vínculo Coriatis era uma coisa poderosa — beirando o lendário —, que só fora agraciada algumas vezes na história e apenas pela própria Nyaxia. Arrancaria minha humanidade, me transformando em vampira sem os riscos de uma Transformação, o que terminava em morte mais da metade das vezes. Também vincularia minha alma à de Vincent, de modo que seu poder se tornaria meu e o meu poder, dele. Não que eu tivesse muito a oferecer, é claro. O fato de que ele estava disposto a me ceder tamanho presente era um testemunho de seu amor por mim.

Como sua Coriatae, eu seria poderosa o bastante para salvar minha família de sangue e me tornar uma verdadeira filha para o homem que me criara. Seria uma das pessoas mais poderosas da Casa da Noite. Uma das pessoas mais poderosas do mundo.

E ninguém jamais voltaria a me subestimar.

— Logo — repeti.

Ele abriu um sorrisinho fraco, depois se levantou.

— Está pronta?

— Estou. — Mas a resposta parecia um punhado de cinzas em minha boca.

Eu havia tentado suplicar para Nyaxia várias vezes ao longo dos anos. Nunca sentira nada — talvez porque, como humana, não fosse uma de suas filhas de verdade. Mas quando Vincent me trouxe a cumbuca e a adaga incrustada de pedras preciosas, quando cortou minha mão e permitiu que meu fraco sangue humano fosse recolhido no vasilhame de ouro martelado, senti os pelos da nuca arrepiarem. Vincent sussurrou orações na língua antiga dos deuses, o polegar pressionado sobre o ferimento para extrair gota após gota de sangue como oferenda.

Ele me encarou.

— Nyaxia, Mãe do Breu Voraz, Ventre da Noite, da Sombra, do Sangue. Eu ofereço Oraya dos Nascidos da Noite a ti. Ela é a filha que meu coração me deu, assim como meu coração me fez teu filho. A presença dela no Kejari é a maior oferenda que jamais darei a ti. — Tive a impressão de ouvir a voz dele embargar um pouco. — Exceto, talvez, por sua vitória.

Merda. Não achei que seria tão difícil.

Não, eu não era a maior das devotas. Mas sentia a Deusa ali, aceitando a oferta do meu sangue e prometendo apenas mais sangue em troca. Me perguntei se ela de repente continuaria apenas tomando, tomando e tomando meu sangue até que minhas pobres veias mortais não tivessem mais o que oferecer.

As palavras que me atariam a meu destino pairavam pesadas no ar como fumaça.

— Eu me ofereço a ti, Nyaxia. Ofereço meu sangue, minha lâmina, minha carne. Competirei no Kejari. Dou a ti minha vitória, ou então minha morte. — Depois terminei com as palavras de encerramento: — *Aja saraeta. Em verdade te digo.*

— *Aja saraeta* — Vincent repetiu, sem jamais desviar os olhos dos meus.

Ping, ping, ping, ecoaram as gotas do meu sangue lentamente drenado das veias.

É provável que eu só tenha conseguido pregar os olhos por causa dos golinhos de vinho que havia tomado. Depois de um tempo, o dia nasceu, e Vincent se retirou. Continuei deitada na cama, encarando as estrelas pintadas no teto do quarto. O corte em minha mão latejava. O Kejari ainda demoraria alguns dias para começar, mas minha oferta fazia com que aquilo parecesse *real* de uma forma que nunca acontecera.

Já era quase crepúsculo de novo quando, por pura exaustão, fui forçada a fechar os olhos, as armas acomodadas ao lado da cama. Só por desencargo de consciência.

Quando fui vencida pelo sono, inquieta e ansiosa, sonhei com a segurança.

Eu mal me lembrava de minha antiga vida. Mas sonhos eram bons em preencher as lacunas de memórias carcomidas pelo tempo. Era um borrão de sensações, como tintas diluídas demais. Uma casinha de pau a pique com chão rachado. Um abraço de membros fortes, um rosto com barba por fazer e o cheiro de terra e suor. Comida sem sangue — enjoativamente doce, sem o toque ferroso — se desfazendo em minha língua.

Eu sonhava com uma voz cansada que me contava histórias e com a sensação de que com certeza o fim seria feliz porque eu não conhecia outro tipo de narrativa.

Eu odiava esses sonhos. Era fácil não me lembrar das coisas, e eles sempre terminavam da mesma forma.

O luar que vazava pelas janelas sumia. Quando os vampiros chegavam, asas e mais asas bloqueavam as réstias prateadas.

Os dois outros pequenos corpinhos saíam da cama para olhar o céu. Eu tinha medo demais. Puxava a coberta sobre a cabeça.

Apague o fogo, rápido, chiava a mulher. *Antes que...*

Crac. Crac. CRAC.

Eu fechava os olhos quando os gritos começavam, lá longe, chegando cada vez mais perto.

Quando o barro das paredes começava a tremer e chacoalhar... Quando o chão rachava e as vigas caíam e a mulher berrava, e berrava, e berrava...

CRAC.

CRAC.

O grito me seguiu depois que acordei — tanto que meus ouvidos não conseguiam separar as vozes, incapazes de entender onde o sonho terminava e onde começava a realidade.

Abri os olhos, e tudo o que vi foi uma parede impenetrável de breu. Uma escuridão completa e absoluta, tão espessa que parecia me sufocar. Estendi as mãos, agarrando o nada.

Meu primeiro pensamento desorientado foi: *Por que as lamparinas estão apagadas? Nunca deixo as lamparinas apagarem.*

Só depois, muito devagar, notei que não estava em meu quarto. O cheiro de mofo e sangue queimava minhas narinas. Pressionei as mãos contra o chão. Lajotas duras e empoeiradas.

A lembrança dolorosa do ferimento recém-aberto para a oferenda perpassou por minha mente confusa. O medo se avultou quando juntei as peças.

Não. Era cedo demais. Eu devia ter mais alguns dias, eu devia...

A lembrança da voz de Vincent ecoou em minha mente.

O começo pode ser qualquer coisa. Ela gosta que seja... inesperado.

Me forcei a me levantar. Senti uma pontada de pânico querendo vir à tona, mas subjuguei o sentimento. Não, eu não podia me dar ao luxo de entrar em pânico. Porque era isso.

Era isso.

O Kejari havia começado.

Parte Dois
Lua Cheia

INTERLÚDIO

A garotinha passou dias sem falar. O rei da Casa da Noite deu a ela um quarto próximo ao dele, na ala mais afastada e protegida do castelo. Tudo naquele lugar a sobrepujava. Ela compartilhava o quartinho em sua casa com um irmão e uma irmã; a cama não passava de um catre minúsculo enfiado entre a armação das outras camas. Naquele lugar esquisito, o chão não era feito de barro cálido e áspero, mas de mosaicos que faziam congelar seus dedos do pé. Era tudo grande demais. Apenas sua cama já era quase do tamanho do quarto inteiro na casinha de pau a pique.

E, claro, havia monstros por todos os lados.

Ela se enfiou no canto do cômodo, espremendo o corpinho no vão entre o guarda-roupa e a parede, e se recusou a sair.

O rei da Casa da Noite estava sentado na poltrona do outro lado do recinto, lendo. Ele quase nunca saía, e nunca dava sinal de notar a presença dela. A menininha só deixava o esconderijo nos raros momentos em que o rei estava ausente — para se aliviar ou comer às pressas a comida que deixavam para ela. Assim que ouvia os passos voltando pelo corredor, retornava a seu canto.

Uma semana se passou.

E outra.

E outra.

E, enfim, quando a lua ficou cheia de novo no céu, a criança faminta saiu do esconderijo e seguiu até o prato de pão na mesa. Não afastou os olhos do tamanho de moedas do rosto dele, nem mesmo quando os dedinhos envolveram o pão e ela o mordiscou devagar, cautelosa, recuando alguns passos.

O rei não moveu músculo algum, apenas os olhos, que dardejaram em direção à criança e ali ficaram. Até aquilo foi suficiente para fazê-la recuar rumo às sombras.

O homem riu baixinho.

— *Você se sente em perigo aqui, serpentezinha?*
A garota parou de mastigar, mas não falou nada.
O rei pousou o livro de lado com movimentos calmos.
— *Ótimo* — *continuou.* — *Você não está segura. Não neste castelo. Não neste quarto. É uma presa em um mundo de predadores.*
Ele se inclinou para a frente antes de continuar, com a voz gentil:
— *Nunca vou machucar você. Mas sou a única pessoa que vai fazer e manter essa promessa. Não vou lhe oferecer falsa segurança ou mentiras gentis. Mas vou lhe ensinar a usar esses seus dentinhos.*
Ele sorriu, revelando pela primeira vez todo o comprimento dos caninos pontudos — *a última visão de muitos, decerto.*
A menina deveria ter achado aquela visão aterradora. Mas, ainda assim, pela primeira vez em cerca de um mês, ela se sentiu... segura.
— *Talvez os seus não sejam tão afiados quanto os meus* — *prosseguiu o rei.* — *Mas ainda são capazes de matar caso você morda da forma correta.*
Mesmo tão jovem, a garotinha entendeu o que lhe estava sendo oferecido: para viver em um mundo como aquele, era preciso aprender certo tipo de coisa.
— *Você me dá a honra de saber seu nome?* — *questionou o homem.*
A criança enfim falou:
— *Oraya.*
— *É um prazer conhecer você, Oraya.* — *Ele se levantou, e, dessa vez, ela não recuou. O rei estendeu a mão.* — *Meu nome é Vincent.*

5

Me forcei a controlar a respiração. O pânico fazia o coração acelerar. Um coração acelerado significava sangue correndo mais rápido nas veias. E sangue correndo mais rápido nas veias significava ser um alvo mais óbvio do que eu já era.

A magia de Nyaxia era poderosa e inexplicável. Ela podia nos transportar para onde bem entendesse. Minha mente ainda estava confusa, as sensações embotadas. Lutei para me controlar. A impressão era a de ter sido drogada.

Assuma o controle dos seus sentidos, Oraya.

A voz em minha cabeça era a de Vincent.

O cheiro... sangue e mofo. Se o torneio já havia começado, eu só podia estar no Palácio da Lua. Pressionei de novo as mãos contra o piso. Uma camada fina de terra e poeira grudou nelas. O Palácio da Lua existia apenas para aquela competição. Passara cem anos sem ser usado.

Ninguém podia entrar no lugar exceto no período do Kejari, mas eu já analisara seu exterior muitas vezes. Precisava subir. A torre mais alta era coberta de janelas. Nenhum vampiro perambularia por ali após o nascer do sol. A luz seria extremamente desconfortável a eles, se não mortal.

Sons. Agucei a audição. Gritos de dor ecoavam por todas as direções — gritos que não soavam vampirescos. Senti o estômago se contorcer. Será que humanos tinham sido transportados até o palácio também? Como... presas? Distrações? Eu não sabia se ficava horrorizada ou grata em segredo pelo fato de que aquilo atrairia os vampiros sedentos por sangue — algo que eu conseguia ouvir também. Os rosnados. O eco distante de passos graciosos.

Os outros estavam acordados. Talvez minha natureza humana tivesse me despertado por último de qualquer que fosse a magia conjurada sobre nós. Era possível que o encantamento tivesse inclusive diminuído o nível de inibição dos vampiros — eles pareciam animalescos de um jeito anormal, até para os padrões do frenesi despertado pela sede de sangue.

Eu tinha muita, muita sorte de ainda estar viva.

Pestanejei, mergulhada em escuridão. Ao contrário dos vampiros, eu não enxergava no escuro. Não conseguia ver um palmo diante do nariz. Tudo o que havia diante de mim era uma muralha de breu. Tentei invocar luz para a ponta dos dedos e falhei de forma miserável, liberando apenas uma única fagulha que logo se dissipou em fumaça.

Reprimi um xingamento silencioso à minha magia inútil e estendi a mão na direção de onde deveriam estar minhas lâminas, orando para que houvessem sido transportadas comigo. Se eu tivesse sido largada ali desarmada, já era.

Senti uma dor lancinante na mão.

MERDA.

Cerrei os lábios para engolir o grito.

Eu havia encontrado uma das minhas armas. Pelo lado afiado. *Burra do caralho.*

Sangue quente escorria por minha palma. O gotejar surdo pingando no chão de lajotas era ensurdecedor, mesmo acima dos gritos distantes.

Estar sangrando era ruim. Muito ruim.

Eu precisava agir rápido para encontrar um lugar seguro antes que alguém me farejasse. Peguei uma das adagas — pelo punho dessa vez — e encontrei a outra não muito longe da primeira. Depois me levantei e, com cuidado, avancei até bater com o ombro em uma superfície de pedra. Acompanhei a parede, mantendo o braço rente a ela, as armas erguidas e preparadas nas duas mãos. Avancei com passos silenciosos e deliberados. Quando meus dedos do pé bateram em algo duro e gelado à minha frente, meu coração saltou.

Um degrau. Uma forma de subir. Eu precisava torcer para que aquela escadaria me levasse para onde eu precisava ir. Não tinha outra opção — não sem enxergar nada daquele jeito.

Comecei a galgar os degraus, agarrada de lado a um corrimão de metal para não expor a retaguarda.

Eu já tinha ouvido histórias sobre como o Palácio da Lua era um lugar mágico e misterioso, abençoado — ou amaldiçoado — pela própria Nyaxia. Até Vincent acreditava naquilo. Costumava me contar que corredores se mexiam e cômodos mudavam de lugar. Que o palácio tinha o poder de fazer os participantes irem parar exatamente onde queriam ou não queriam, dependendo da sorte de cada um naquele dia.

Prometo que, se permitir que eu sobreviva a isso, Nyaxia, vou fazer com que este Kejari seja o espetáculo mais interessante e glorioso dedicado a ti no último milênio, falei para a Deusa, baixinho. *Vou deixar a senhora impressionada, juro.*

Para meu alívio, os gritos foram sumindo aos poucos à distância. Eu estava seguindo para longe da fonte do barulho. Ótimo. Continuei subindo — um lance, dois, três.

Mas o Palácio da Lua não parecia disposto a deixar que eu me safasse assim tão fácil.

No início, achei que era só imaginação. Eu apurava tanto os ouvidos que era fácil desconfiar dos meus próprios sentidos. Mas, conforme seguia, o nó de medo no meu estômago foi aumentando. Não. Eu estava certa: os gritos estavam voltando a ficar mais próximos. Mesmo que, minutos antes, parecessem estar sumindo às minhas costas. Como se eu estivesse seguindo por uma escadaria infinita em espiral que levava do nada a lugar algum.

Quase tropecei quando meus pés encontraram um nível plano onde eu esperava que houvesse outro degrau. Os barulhos de uma carnificina ecoavam logo acima de mim. Não dava para continuar subindo. Eu estava presa.

Apertei o corpo contra a parede. Meus olhos, ainda inúteis, encaravam uma imensidão de preto absoluto. E agora? O que eu poderia...?

Uma voz em meio à cacofonia distante se elevou acima das demais.

Não precisei mais regular as batidas do meu coração, porque ele simplesmente parou.

O grito foi interrompido de repente, enterrado sob muitas outras vozes. Mas eu o reconheci, mesmo que por um lapso de segundo. Reconheci a voz que me chamava de espoleta, cheia de carinho, pontuada por uma tosse rouca de anos de fumo incessante.

Minha mente se esvaziou, exceto por um nome: *Ilana*.

Não dá para saber — não com certeza — o que faz alguém descartar a cautela até o momento em que algo assim acontece. E Ilana foi o bastante. Larguei para trás uma vida de vigilância como se fosse um casaco esquecido.

Ilana. Ilana estava naquele palácio. Ilana estava *no meio daquele frenesi*.

Ouvi outro grito, dessa vez mais alto e próximo — logo adiante no corredor, como se a porcaria do lugar estivesse me provocando. E não pensei, não conseguia pensar, apenas *corri*...

... até que uma força poderosa me deteve. Braços me agarrando pelos ombros, me puxando contra um torso robusto.

— Eles já eram.

O sussurro do homem foi baixo e sério, tão próximo que sua respiração fez cócegas na minha pele. Um queixo com barba por fazer roçou minha orelha, uma mecha de cabelo tocou a depressão onde meu pescoço encontrava o ombro. Todos os meus instintos protestavam contra a proximidade do sujeito, com a pouca distância dele contra meu pescoço — algo que só Vincent era autorizado a fazer.

— Eles já eram, humanazinha — continuou a voz. — E se decidir ir atrás deles, a mesma coisa vai acontecer com você.

Ele está certo, o Palácio da Lua pareceu murmurar, a escuridão estremecendo de prazer.

E eu sabia que ele de fato estava. *Sabia*, mesmo quando ouvi outro berro de agonia ecoar, mais perto do que nunca.

Eu sabia, e não estava nem aí.

Nem me dei ao trabalho de lutar para me desvencilhar do aperto. O homem era muito forte.

Então apunhalei o desgraçado.

Aparentemente, ele não estava esperando, porque grunhiu um "*Caralho, pelas tetas de Ix!*" e cambaleou para longe. Enfiei a lâmina tão fundo em sua coxa que precisei forçar para liberar a adaga, e depois saí em disparada pelo corredor com a ponta dos dedos tocando a parede para me guiar.

Outro grito. Mais alto. Mais desesperado. Pela Deusa, era horrível como os vampiros soavam quando estavam naquele estado de frenesi provocado pelo sangue. Dava para *ouvir* a carne sendo rasgada. Não era silencioso, não era elegante, não era gracioso. Era alto e nojento e horrível.

Eu queria gritar o nome dela, dizer que estava indo ajudar, mas não podia — algo assim só chamaria a atenção e denunciaria minha posição. Em vez disso, acelerei o passo. Tão rápido quanto era capaz.

Os gritos de Ilana não se afastaram, tampouco ficaram mais próximos — permaneciam sempre adiante, fora do alcance das minhas armas, e me apressei de corredor em corredor em corredor.

Fui compreendendo a verdade a cada passo. A proximidade dela era uma ilusão. Eu nunca a alcançaria. Ilana parecia cada vez mais fraca, os gritos menos frequentes e mais espaçados.

Mesmo assim, continuei forçando um pé depois do outro.

Mais um passo, enquanto seus gritos cresciam em intensidade.

Mais um passo, enquanto se reduziam até um gorgolejar úmido.

Enquanto o gorgolejar se transformava em um gemido débil.

Enquanto a voz familiar desaparecia sob o som de vampiros se alimentando, procurando algo novo com o que se ocupar.

Parei depois de um tempo, com as costelas doendo e a visão cansada de tanto tentar enxergar. Me escorei contra a parede. Fechei os olhos com força, a escuridão sendo envolvida por uma escuridão ainda mais densa. As batidas do meu coração, que bombeavam meu precioso sangue, ecoavam ensurdecedoras nos meus ouvidos.

Eles já eram, tinha sussurrado o desconhecido. *E se decidir ir atrás deles, a mesma coisa vai acontecer com você.*

Ele estava certo. E eu nunca havia odiado algo com tanta força. Eu tinha vivido uma existência de mentiras horríveis, me acostumara a elas, mas aquela... Pela Deusa, *aquela*, era...

Senti os pelos da nuca se arrepiando ao notar alguém atrás de mim. Os passos eram quase silenciosos. Me virei na hora certa.

— O que temos aqui? — sussurrou uma voz feminina e aveludada.

Não esperei dessa vez. Ataquei — com força, na direção exata da voz. Eu não venceria uma luta ali. Nem sequer esperei pela retaliação: corri, a ponta dos dedos tocando as paredes apenas o suficiente para me permitir continuar fugindo. Uma escaramuça irrompeu atrás de mim — nem ao menos cogitei me deter para pensar no que poderia ser ou, pelo amor da Mãe, me juntar ao combate. Quanto mais competidores lutassem uns contra os outros, menos viriam atrás de mim.

No início, pensei que estava imaginando o fraco contorno prateado à minha frente. Talvez meus olhos cansados estivessem apenas inventando o que eu queria tão desesperadamente enxergar.

Mas não, não era ilusão. Um paredão de ar úmido me atingiu quando passei pelo batente. Minha mão sangrava tanto que eu precisava fazer força para continuar segurando a adaga pelo punho. Meus músculos gritavam. Eu mal, mal conseguia enxergar o formato de... de...

Folhas.

Ergui os olhos e me deparei com estrelas. Era uma noite de tempo fechado, com nuvens de um cinza-escuro cobrindo a maior parte do céu. Mas, quando o vento soprou, réstias de luar escaparam por entre elas. A lua, quase cheia, pairava em sua vigia lúgubre. Espirais de ferro fundido aninhavam paredes de vidro, que se erguiam em um domo cujo ápice ostentava um crescente de prata.

O cheiro terroso de solo úmido me atingiu.

Uma estufa. Aquilo era uma estufa.

Abri caminho pela vegetação densa até chegar a uma das paredes. Com a ajuda do luar, já estava conseguindo enxergar um pouco. As silhuetas das construções de Sivrinaj se elevavam à minha direita, distantes; à esquerda, dunas se estendiam em ondas e em vales sofisticados. E, ali, onde a areia beijava a linha do horizonte, havia um tom leve de roxo.

A aurora.

Eu ainda precisaria sobreviver daquele jeito por mais uma hora, é claro, mas, no instante em que o sol saísse, a estufa seria o lugar mais seguro no qual eu poderia estar. Nenhum vampiro conseguiria se esconder da claridade ali por muito tempo.

Agarrei com força as adagas enquanto entrava pelas sombras entre as folhas. Eu conseguiria ouvir o movimento de quem quer que estivesse chegando, mesmo que não pudesse ver. O som da carnificina havia parado, como se o palácio tivesse decidido que estava cansado de me horrorizar. Ou talvez os próprios vampiros tivessem cansado de se empanturrar.

Mal pisquei, encarando a única porta que levava à estufa enquanto o sol — meu salvador — se elevava para me encontrar.

6

Só deixei o esconderijo depois que o sol ficou forte a ponto de o suor escorrer aos borbotões por minha nuca. Ali, à luz do dia, a estufa parecia uma relíquia de um mundo anterior — o que talvez fosse adequado, porque, de certa forma, ela era exatamente isso. As plantas haviam se livrado fazia muito tempo de suas elegantes contenções. Folhas vermelhas, brilhantes e pontudas irrompiam das rachaduras na pedra. Trepadeiras estrangulavam estátuas desmoronadas e sem rosto. Hera subia pela estrutura platinada de metal até o vidro curvo lá em cima, dando a volta em um único painel quebrado — como se exigisse libertação.

Encarei por um tempo a abertura solitária da qual provinha o único vislumbre de céu. A passagem era inatingível, no ponto mais alto do domo. Não que importasse. Não eram as paredes que nos mantinham presos ali — e sim nosso juramento a Nyaxia, e ela nos mataria caso tentássemos escapar.

O silêncio reinava no Palácio da Lua. Depois do caos da noite anterior, quem quer que tivesse sobrevivido parecia estar entocado, descansando e se preparando para o início oficial do Kejari. Mesmo assim, mantive as lâminas de prontidão. Vampiros provavelmente não iriam até a estufa durante o dia, mas podiam muito bem perambular pelo palácio, contanto que não se banhassem na luz do sol que entrava pelas janelas.

Eu alucinara na noite anterior, ou então as lendas sobre o Palácio da Lua de fato eram verdadeiras: de manhã, a distribuição da construção parecia muito diferente. A porta da estufa dava agora para um longo corredor que levava até um salão, cujo pé-direito se estendia até o topo do palácio — inúmeros andares. Quando ergui o olhar, vi a sucessão de sacadas acima de mim, as últimas tão distantes e pequenas que mais pareciam pecinhas decorativas de prata em contraste com o longínquo teto abobadado. Grandes mosaicos cobriam o chão. As lajotas tinham arestas brutas, como se tivessem sido quebradas em vez de cortadas. Algumas eram pálidas como marfim, mas a maioria possuía um tom vermelho... como se manchadas de sangue. Registros amarronzados de um século de idade, e outros pretos ainda mais antigos. Em contraste, os borrões da noite anterior eram perturbadoramente vibrantes, mesmo já tendo secado e assumido um matiz escarlate meio enferrujado.

Não sei como eu sabia para onde ir. Talvez o palácio estivesse me levando de novo para onde bem desejava. Subi pelas escadarias, em vez de descer, mesmo podendo jurar que já tinha galgado vários andares na noite anterior. Quando cheguei ao terceiro piso, o odor atingiu minhas narinas — carne em decomposição e morte. Uma poça de sangue coagulado se acumulava em um canto.

Segui o cheiro e o sangue.

Algumas portas daquele andar haviam sido bloqueadas. Talvez os cômodos tivessem sido reivindicados por meus colegas competidores. Tive o cuidado de não acordar ninguém enquanto passava por cadáveres imóveis.

Encontrei o que estava procurando na sacada, onde o labirinto de corredores se transformava em um amplo espaço aberto e de onde era possível ver o térreo lá embaixo e contemplar a estonteante altura da torre quando se olhava para cima. Ela não era a única humana ali. Outros três corpos estavam espalhados pelo chão, alguns com membros faltando ou rostos deformados para além de qualquer reconhecimento.

E Ilana...

Ela nem sequer parecia humana. Nem sequer parecia um cadáver. Parecia um monte de carne. Só a identifiquei porque a conhecia muito bem. Tinham deixado intocada boa parte das roupas de cores brilhantes, todas esfarrapadas e rasgadas, o azul agora roxo devido ao sangue. Não que, àquela altura, houvesse sobrado algum sangue no corpo mutilado. Eles tinham tomado esse cuidado. Não desperdiçaram nem uma gota.

Certa vez, quando eu era criança, tinha visto uma matilha de lobos destruir um cervo. Estavam famintos — todos e tudo, na época, estavam. Nem sequer esperaram o pobrezinho morrer antes de começar a parti-lo em pedaços. Era assim que vampiros agiam quando estavam no frenesi de sede de sangue. Era o que tinham feito com minha amiga.

Me ajoelhei a seu lado. Boa parte do rosto dela não existia mais, mas acomodei sua cabeça no colo mesmo assim.

Você devia ter ido embora. Você devia ter ido embora, sua bruxona velha, boba e cabeça-dura.

Mas, até aí, Ilana nunca fazia o que lhe ordenavam. Nunca permitia que o mundo dissesse a ela o que precisava fazer. Era o que havia me atraído nela desde o início.

Eu tinha catorze anos. Enfim encontrara meu incerto lugar no mundo, mas também tinha começado a sentir a pressão de seus limites. Vincent nunca permitia que eu chegasse perto de suas festas — mas, naquela noite, enquanto ele estava fora entretendo os convidados de algum evento diplomático, desci as escadas pé ante pé mesmo sabendo que era tolice. Saí, mantendo as paredes entre os convidados e mim, e espiei pelas janelas a festa que acontecia lá dentro. Mantive tanta distância que só conseguia ter lampejos de corpos em movimento, cautelosa demais para chegar mais perto.

— Do que tem tanto medo, se esgueirando feito uma ratinha por aí?

A voz de Ilana — já grave e rouca, mesmo vários anos antes — me sobressaltou. Ela me encarava, com um cigarro entre os dedos e um sorriso divertido nos lábios.

Soube de imediato que ela não era uma vampira. Ilana sempre fora vibrante e vividamente humana. Eu havia entendido isso à primeira vista, o que tinha me encantado.

Havia me escondido nas sombras ao ouvir a voz dela, e Ilana deu uma risadinha.

— Tu é jovem e bonita demais pra ter tanto medo do mundo. É tão raro encontrar um humano interessante por aqui... Vem aqui, vem.

Eu tinha hesitado, sabendo que não devia, que Vincent não aprovaria. Mas não conversava com outro ser humano desde minha chegada a Sivrinaj, e os poucos fornecedores de sangue com quem eu trombara nos corredores não passavam de aparições silenciosas de olhares vazios. Nada como a mulher diante de mim.

E eu era curiosa demais. Passei aquela noite com ela, e depois muitas outras. Ilana se tornou minha pequena rebelião. Eu cultivara uma amizade com ela, encontrando conforto em tudo no que ela se assemelhava a mim e em todas as formas que eu desejava ser mais como ela. Ilana fizera uma parte minúscula de mim acreditar que havia outra versão de vida humana que podia ser vivida.

Agora, encarando aquele cadáver expurgado de toda sua vívida tenacidade, os frágeis resquícios de tal crença se estilhaçaram.

Não havia outra versão de humanidade. Ilana devia ter sido mais temerosa. Era humana, o que significava que não valia nada em um lugar como aquele. O Kejari tinha começado cedo. A lua estivera quase cheia, mas não ainda. Doze horas haviam sido a diferença entre sua segurança e sua morte.

A porcaria de uma morte de bicho. Porque era isso, um bicho, o que Ilana era para eles.

Um barulhinho abafado me fez erguer a cabeça de repente. Em silêncio, me levantei e espiei além da curva do corredor. Havia um vulto encolhido contra a parede. O vampiro estava tão imóvel que a princípio achei que estivesse morto, mas não — estava adormecido. Seu queixo e a parte da frente da camisa que já havia sido azul estavam manchados de vermelho. Ele nem sequer se dera ao trabalho de esconder as asas. Era Rishan, as penas marrom-escuras envolvendo o torso como uma manta.

Os outros, ao que parecia, tinham fugido. Ou talvez aquele se banqueteara sozinho, e por isso estava dormindo daquela forma estranhamente profunda. Sua gula tinha sido uma estupidez. Comer demais tornava os vampiros lerdos.

Ele nem sequer se moveu quando me aproximei. Nem quando saquei a adaga e a enfiei em seu peito — empurrando com força até a cartilagem estalar, até a lâmina perfurar seu coração.

Só então seus olhos se abriram.

Ótimo.

Eu gostava de ver o momento em que eles entendiam que a morte estava chegando. Aquele se mijou enquanto partia. Puxei o corpo para perto, acariciei seu rosto com minhas mãos manchadas de vermelho e fiz questão de que o sangue de Ilana o marcasse antes de deixá-lo colapsar na poça da própria covardia.

Eu nunca sentira tanto ódio da minha humanidade. Da fraqueza que fora a sentença de morte de Ilana. Éramos tão frágeis, tão fracas, que mesmo aquele vampirozinho de merda acabara com uma vida inteira como se não fosse nada.

Minhas mãos tremiam. Escutava meu coração pulsar no ouvido, atordoada e distante como se minha raiva e meu luto estivessem borbulhando sob uma camada de gelo prestes a estilhaçar.

Voltei até o corpo de Ilana e vasculhei seus bolsos. Primeiro, encontrei um lenço familiar de seda roxa todo embolado. Encarei a peça, lutando contra o nó na garganta, antes de guardar o tecido na bolsa. Depois voltei e peguei sua caixinha de fósforos. Ilana nunca saía sem levar uma consigo.

Seu corpo estava esturricado de tão seco, a pele fina feito papel. Ela queimou fácil, aceitando o fogo como se fosse apenas mais um pedaço de seda colorida.

Larguei seus restos mortais na sacada e desci até a estufa. O Palácio da Lua estava escuro, o pé-direito do salão principal se erguendo até lá em cima. O fogo iluminava o espaço inteiro. Na estufa, abracei os joelhos contra o peito e vi o brilho cintilar para além das portas duplas enquanto minha amiga queimava sem cessar.

7

Quando a noite caiu, um som ecoou pelos corredores do Palácio da Lua — as três notas melancólicas do hino de Nyaxia. Ao ouvir o barulho, espiei pela folhagem e vi um único fio feito de sombra meio esfumaçada ligando a estufa à porta que levava para além do corredor.

A mensagem era óbvia: eu estava sendo convocada.

Meus olhos ardiam, e minhas juntas doeram quando me ergui para obedecer. Ainda via o rosto exangue e destruído de Ilana sempre que piscava. Eu havia passado a noite agarrada ao lenço roxo, o sangue em minha mão ferida encharcando a seda.

Não chorei. Não. Eu estava *possessa*. Tristeza era uma emoção fútil e fraca. A raiva ao menos tinha sua utilidade — uma aresta afiada para cortar o coração de outra pessoa, uma carapaça dura para proteger meu próprio coração.

O fio de sombra ficava mais grosso à medida que se juntava a vários outros pelo corredor central. Ao que parecia, as convocações tinham sido enviadas para todos os competidores sobreviventes da noite anterior. O Palácio da Lua não estava imerso em breu como antes. Agora, uma luz cálida banhava as passagens, vinda das tochas presas às paredes e das velas que flutuavam acima de nós sob o teto abobadado. Enquanto avançava, observei a luz tremeluzir nas lajotas meio irregulares dos mosaicos e me senti idiota quando percebi o que não havia notado ao longo do dia: o chão era feito de cacos de ossos e dentes.

Nosso grupo foi ficando mais numeroso conforme avançávamos pelo espaço, mais e mais competidores se juntando a cada curva ou a cada porta pela qual passávamos. Encaramos uns aos outros em silêncio. Quando chegamos ao destino, o salão principal, minha estimativa grosseira era de que somávamos cerca de cinquenta participantes. Era nítido que quase todos pertenciam à Casa da Noite, em razão igual entre Hiaj e Rishan — com base naqueles que mantinham as asas expostas. Ainda assim, contei uns dez membros da Casa do Sangue e cerca de quinze da Casa da Sombra. Alguns olhavam ao redor, ansiosos. Analisando os competidores? Ou conferindo quem não estava mais ali?

Quantos de nós haviam morrido na noite anterior?

Quase todos os presentes ignoravam uns aos outros, mas os vampiros Nascidos do Sangue permaneciam agrupados em um bando mais fechado. Fazia sentido. Ninguém mais os aceitaria. Olhei para a mulher no centro do grupo. Era mais alta que os demais. Usava uma armadura que deixava os ombros expostos, revelando músculos impressionantemente definidos. O cabelo pendia sobre as costas em uma longa trança prateada. Ela devia ser a líder do bando, a julgar pela deferência com que os outros a tratavam.

Diminuí o passo para ficar mais para trás, observando minha concorrência com um nó na garganta. Eu tinha passado a vida toda evitando me colocar naquela situação: presa num lugar com poderosos vampiros guerreiros duas vezes maiores que eu.

O olhar de Ibrihim, do outro lado do salão, cruzou com o meu. Ele abriu um meio-sorriso sombrio, sem nenhum humor, como se talvez soubesse que estávamos pensando a mesma coisa.

Da sacada, um homem alto e magro nos observava. Era careca, a pele pálida esticada sobre o crânio. Usava vestes pretas simples, e a faixa que pendia sobre seu peito exibia três emblemas: uma lua, uma máscara e uma mulher chorando — os símbolos dos três reinos de Nyaxia. A igreja era independente das três casas vampíricas, operando sobre todos os súditos de Nyaxia como uma força nebulosa cheia de poder e mistério. E ainda mais poderoso e misterioso era o próprio Ministaer — que, segundo diziam, já não era mais um ser vivo, e sim um receptáculo de carne controlado por Nyaxia.

Aquilo, para mim, parecia uma grande bobagem.

Era impossível saber para onde o Ministaer estava olhando — seus olhos eram de um branco leitoso e sólido, sem íris ou pupilas. No entanto, ele baixou o queixo, e não consegui ignorar a sensação arrepiante de que estava me encarando.

Sustentei o olhar sem ceder, mesmo que minha vontade fosse de estremecer e desviar o rosto.

O Ministaer não parecia muito a personificação de uma entidade. Sua aparência geral era a de um idoso devasso. Já vira o sujeito algumas vezes em várias celebrações religiosas. E por maior que fosse a multidão, ele sempre parecia muito, muito mais interessado em mim. Depois que, certa noite, ele quase me encurralou em um canto quando eu tinha treze anos, Vincent nunca se afastava de mim enquanto o homem estivesse por perto.

Se Nyaxia precisasse mesmo de um receptáculo de carne, o que provavelmente não era verdade, aquela não parecia ser a escolha mais sábia.

Havia vários outros acólitos na sacada, à direita do Ministaer. À sua esquerda, vi a liderança da Casa da Noite — Vincent e seu Gabinete. Meu pai estava vestindo um manto longo e escuro, bordado com estrelas prateadas. As asas estavam expostas, os veios vermelhos destacados contra o preto, e ele inclusive deixara à vista sua Marca de Sucessão — os vários botões abertos na gola do casaco revelavam as espirais de tinta vermelha na garganta.

A intenção do gesto não passaria despercebida por ninguém. Revelar as asas e a Marca serviam como um simples aviso: *Sou mais forte do que qualquer um de vocês. Já estive onde vocês estão, e venci.*

Era estranho ver Vincent pavoneando seu poder de forma tão escancarada, mas talvez não devesse ser uma surpresa. Governantes da Casa da Noite não raro matavam os vencedores do Kejari. Qualquer um com tal força era uma ameaça inerente. E, quando olhei ao redor, vi como vários daqueles guerreiros sedentos por sangue encaravam Vincent com um ódio lascivo.

Me senti um pouco ingênua por não notar antes a outra razão de Vincent para me encorajar a entrar no Kejari: se eu vencesse, aquelas outras pessoas não poderiam vencer. E não havia absolutamente ninguém no mundo — nem uma vivalma sequer — em quem Vincent confiasse além de mim.

O Ministaer pigarreou, e um silêncio etéreo se instalou no salão.

— Bem-vindos — começou ele — ao Kejari, a maior das homenagens à nossa senhora Nyaxia, Mãe do Breu Voraz, Ventre da Noite, da Sombra, do Sangue. Em nome dela, agradeço a oferenda de sua presença. *Aja saraeta*.

— *Aja saraeta*. — A prece ecoante irrompeu do grupo de competidores em um murmúrio nebuloso.

— Já supervisionei vinte e uma edições do Kejari — prosseguiu o Ministaer. — Dois mil anos em tributos à nossa Mãe do Breu Voraz. E, todas as vezes, a primeira noite é a que tem mais significado. Tantas possibilidades. Tanto potencial.

O silêncio se estendeu por tempo demais enquanto ele nos encarava. Depois, o homem prosseguiu:

— Vocês sobreviveram ao chamado inicial, ao abate inicial. Quando o sol se puser amanhã, o Kejari vai começar oficialmente. Vai continuar pelos próximos quatro meses. Ao jurarem, deram a vida para nossa Mãe Sombria. Deram a ela seu sangue. Deram a ela sua alma. E ela ficará com as três coisas. Mesmo que sobrevivam à competição, uma parte de vocês sempre pertencerá a ela. *Aja saraeta*.

— *Aja saraeta* — repetimos em uníssono.

— Haverá cinco desafios, criados de forma a homenagear a história de como nossa Mãe escapou das garras do Panteão Branco e se alçou ao poder. O desafio da Lua Cheia. O desafio da Lua Minguante. O desafio da Meia-Lua.

O desafio da Lua Crescente. O Desafio da Lua Nova. Cada um deles acontecerá três semanas após o anterior. Os detalhes de cada teste serão revelados assim que este começar, nunca antes. Ao longo de todo o Kejari, vocês deverão residir aqui, no Palácio da Lua. Podem deixar as muralhas entre o crepúsculo e a aurora, se essa for a vontade de Nyaxia, mas deverão necessariamente estar de volta antes do amanhecer. Inúmeros adoradores viveram aqui antes de vocês. Inúmeros outros virão muito tempo depois que seu sangue tiver secado no chão. Por meio do Palácio da Lua, Nyaxia os proverá com o que ela achar necessário.

O que ela achar necessário. Aquilo soava apropriadamente agourento. O Palácio da Lua fornecia abrigo, comida e água — até não fornecer mais. Fornecia segurança — até não fornecer mais. O Palácio da Lua não era um local de repouso. Era um desafio por si só.

— Sobre o derramamento de sangue dentro do Palácio da Lua...

Não sabia que era possível que o salão ficasse ainda mais silencioso. Ao que parecia, estávamos todos esperando por aquela informação. Às vezes, os competidores do Kejari eram proibidos de matar os oponentes fora da competição. Em outros anos, porém, essa restrição não existia.

Essa era a questão sobre o Kejari. Ele tinha suas regras e convenções, sim, mas toda edição era um pouco diferente — de acordo, como tantas outras coisas, com os caprichos de Nyaxia.

— Vocês podem se defender contra agressores — disse o Ministaer. — No entanto, a Deusa gosta de ser presenteada com sangue durante os desafios.

O que raios aquilo significava?

Eu não era a única em dúvida, ao que parecia. Vi alguns se mexendo, incomodados, os olhos confusos varrendo o salão. Aquela escolha de palavras... não era de muita ajuda.

A Deusa gosta de ser presenteada com sangue durante os desafios.

Aquilo queria dizer "Tentem esperar para se matar até que haja plateia, pode ser? Senão, tudo bem!" ou significava "Guardem as mortes para os desafios e encarem a fúria de Nyaxia caso contrário"?

Não conseguia decidir qual das alternativas era minha preferida. Se matar estivesse além dos limites este ano, eu teria ao menos um pouco de paz quando estivesse entre as paredes do Palácio da Lua — *talvez*, considerando como meu sangue humano atraía os vampiros. Por outro lado, seria mais fácil pegar meus oponentes de surpresa, quando não estivessem esperando, do que na arena.

— Vocês se vinculam a tais regras quando oferecem a alma para Nyaxia em serviço durante o Kejari — disse o Ministaer. — E devem se ater a elas até o momento do fim do torneio, ou até quando ela os liberar de seu juramento. *Aja saraeta.*

— *Aja saraeta* — murmuramos.

— Vocês serão convocados no crepúsculo de amanhã para o desafio da Lua Cheia. Que a Mãe os guie.

O Ministaer ergueu a mão, como se derramando uma grande bênção invisível sobre nós, e se virou sem dizer nenhuma palavra. Não houve um discurso de encerramento, um adeus inspirador nem uma prece elaborada.

Com um silêncio etéreo, as portas duplas nos fundos da sacada se abriram, revelando o que parecia ser um salão de jantar. Acima de nós, sacerdotes e sacerdotisas começaram a se retirar. O olhar de Vincent encontrou o meu enquanto ele se dirigia para a saída. Uma concordância tácita se estabeleceu entre nós. Ele baixou o queixo, e assenti em resposta antes de seguir os outros pelas portas duplas.

A festa de Vincent no dia anterior não chegava nem aos pés do banquete que encontramos no salão de jantar do palácio. Eu passara boa parte das horas em que havia luz do dia vasculhando a estufa, tentando identificar plantas comestíveis por desencargo de consciência — não sabia se receberíamos comida, menos ainda se esta seria comestível para humanos. Mas, apesar do meu nervoso e da minha exaustão, salivei ao ver o que nos esperava. Duas mesas longas tinham sido postas com bandejas, cada uma com lugar para umas vinte e cinco ou trinta pessoas. Havíamos todos entrado no salão, e esperávamos perto das paredes como se temêssemos que o banquete fosse explodir caso chegássemos muito perto.

Um Hiaj alto enfim soltou um "que se dane", foi se sentar e se serviu de uma taça de sangue. Foi o suficiente para quebrar a tensão, e a multidão atacou o banquete. Peguei um prato, empilhei às pressas as coisas que pareciam adequadas para alguém como eu e me afastei, optando por me sentar em uma das pequenas mesas de apoio espalhadas nas bordas do salão. Um lugar de onde poderia observar melhor.

Alguns competidores se entupiam de sangue como se fosse a última vez — uma preocupação justa. Outros, porém, pareciam desinteressados e, em vez de se alimentar, guardavam provisões nos bolsos ou nas bolsas.

Comprimi os lábios. Apertei as mãos com tanta força que minhas unhas deixaram marcas na palma.

É claro que não estavam com fome. Tinham se banqueteado já na noite anterior.

Apenas um presente ignorava o festim de todo. Um homem de cabelos escuros que se movia pelo salão de forma frenética, circulando pelas mesas. Reconheci o sujeito — eu o vira olhando ao redor, um pouco desesperado, antes do discurso do Ministaer. Ali, minha suspeita a respeito dele se tornou verdadeira: ele estava claramente procurando alguém, e parecia cada vez mais histérico por não encontrar a pessoa. Após três voltas rápida em volta da mesa, ele correu porta afora, empurrando desajeitado dois Nascidos da Sombra, que fizeram cara de desprezo.

Alguns minutos depois, um rugido feral e animalesco ecoou pelo ar como vidro se estilhaçando.

Todos ergueram a cabeça. Levaram a mão às armas. Eu mesma agarrei minhas duas adagas.

A primeira coisa que pensei foi em algum tipo de monstro. Que haviam nos manipulado para sentirmos uma falsa sensação de segurança com aquela refeição e depois decidido ceifar a vida de mais alguns de nós antes do desafio do dia seguinte.

Mas não, não foi um monstro que voltou correndo para o salão — e sim o próprio homem moreno, uivando, o rosto vermelho de raiva. Notei que seu berro na verdade formava palavras:

— Meu irmão! *Alguém matou a porra do meu irmão!*

Ele estava com as asas expostas agora, esticadas para exibir os diferentes tons de marrom-escuro...

... como as asas do Rishan que eu havia encontrado coberto pelo sangue de Ilana.

Quando o sujeito se virou, vi que seus olhos enlouquecidos eram muito parecidos com os que tinham me encarado na noite anterior enquanto, devagar, eu enfiava a adaga no coração do vampiro.

Aprumei a postura.

— Quem foi o desgraçado que fez isso? — uivou o homem. — Acha que pode matar um Ajmai e sair ileso? Quem de vocês fez isso, seus malditos? *Eu vou matar o responsável!*

Não, definitivamente não vai.

Eu quase — quase — quis confessar.

Para minha surpresa, Ibrihim foi o primeiro a se mover, se levantando da cadeira com as mãos erguidas.

— Se acalme, irmão. Não queremos mais mortes antes do...

— *Irmão?* — rosnou o homem. — Você não é a porra do meu *irmão*. Meu irmão está *morto*.

O grupo de Nascidos do Sangue reprimiu risadinhas, e achei que seria a gota d'água para fazer o homem ter um surto assassino. Ele contorceu a boca em um esgar de dentes afiados, fechando os punhos com força. Mas quando estava prestes a dar o bote (em quem, ou no quê, talvez nem ele soubesse), uma voz suave veio da extremidade do salão.

— Ah, por favor. Não é nossa culpa se seu irmão foi idiota a ponto de acabar morto antes do torneio nem sequer começar, Klyn.

A voz era curiosamente familiar.

O homem — Klyn, pelo jeito — se virou de supetão. Cabeças se voltaram na direção do embate. O sujeito que havia falado sorveu um gole longuíssimo de sangue. Era difícil enxergar direito, já que estávamos em cantos opostos do recinto com quatro fileiras de pessoas entre nós — mas vislumbrei o corpo robusto e os cachos de um vermelho-escuro e brilhante, que sacolejaram de leve quando ele tombou a cabeça para beber, inabalado pela confusão.

Quando o olhar de Klyn recaiu sobre o homem, ele pareceu esquecer que o resto do cômodo existia.

— *Você* — sussurrou. — O maldito Raihn Ashraj. *Você* não superou o que aconteceu na cidade. Eu devia saber que não podíamos ter confiado em...

O homem — Raihn — pousou o cálice na mesa e riu. O som deslizou pelo ar como uma cobra.

Klyn ficou *vermelho*. Talvez estivesse surtado de tanta raiva, mas ainda era um vampiro — o que significava que era forte e rápido. Ele atravessou o salão em passadas largas e elegantes.

— Foi *você*!

E, com a mesma rapidez, Raihn se levantou, encontrando o oponente no meio do caminho.

Arquejei.

Era o homem que eu tinha visto no banquete do meu pai. Foi fácil reconhecê-lo, pois, ali, assim como na festa, ele se destacava como alguém muito *diferente* de qualquer outro vampiro. Tudo nele parecia bruto e mal-acabado, inclusive a forma como se comportava — com uma tranquilidade indomável e ameaçadora, intensa em contraste com a elegante beleza vampírica.

E quando ele se ergueu, notei de imediato porque sua voz soava tão familiar. Lá estava: a bandagem ensanguentada envolvendo sua coxa. No ponto exato em que, digamos, uma humana de baixa estatura teria enfiado uma adaga ao tentar se libertar de seus braços.

Merda.

Mesmo estando do outro lado do recinto, vi seus nós dos dedos ficarem brancos quando agarrou o punho de Klyn, contendo o ataque de espada na metade do caminho.

— Você acha que fui eu que matei seu irmão? — perguntou Raihn. — Eu?

— Nem tente foder comigo, Raihn. Sei que foi você.

— Ah, não fui *eu* que matei seu irmão.

Os olhos de Raihn — de um vermelho oxidado — se voltaram para um ponto do outro lado do salão. Pousaram em mim.

E ele abriu um sorrisinho de desprezo.

Pelo amor da porra da Deusa. Eu não estava esperando ter de lutar para escapar de um bando de vampiros antes do início do torneio, mas faria isso caso fosse necessário.

Comecei a me levantar, as mãos indo direto para as armas.

— Isso é ridículo, não é?

Me sobressaltei tanto que quase atravessei metade do cômodo em um pulo. Quando me virei de rompante, vi uma mulher magra de cabelo encaracolado apoiada na parede ao meu lado, revirando os olhos.

A mesmíssima mulher que eu vira na festa de Vincent.

— Devíamos estar economizando energia. — Ela suspirou e olhou para mim como se estivesse esperando uma resposta.

Não falei nada. Queria, mais que tudo, perguntar o que ela estava fazendo ali. Não parecia exatamente o tipo de mulher que competiria em um torneio até a morte, mas eu mal conseguia desviar os olhos da cena no outro lado do salão.

Klyn estava a centímetros do rosto de Raihn.

— Sim, foi você! Eu sei que foi.

— Não — repetiu Raihn, calmo. — Não fui eu. Mas bem que eu gostaria, porque ele era um filho da puta nojento.

— Era mesmo — concordou a garota ao meu lado. — Da pior espécie. — Depois, ela se inclinou para a frente e sussurrou para mim: — Foi você, não foi?

— Eu... o quê?

— Foi você. Certo?

— Eu...

Do outro lado do espaço, Raihn disse:

— Estou avisando, aqui e agora, que é melhor você não sacar a espada para mim de novo, Klyn.

— Ai, não... — murmurou a garota.

Klyn sacou a espada.

PLAF.

O corpo de Klyn atingiu a parede com tanta força que derrubou duas pinturas antigas, as molduras de madeira se estilhaçando com a força do impacto. Raihn o apertava contra o papel de parede com estampa de arabescos, agora todo manchado por gotículas de sangue preto-avermelhado. O braço da espada de Klyn pendia do corpo em um ângulo estranho, claramente quebrado. Sua cabeça tombou no peito.

Metade dos presentes já havia se levantado, encarando os acontecimentos de olhos bem abertos. Todos prendiam a respiração, esperando a resposta para a pergunta que ninguém colocara em palavras: *Ele teria coragem?*

O comportamento de Klyn mudara de forma dramática nos últimos cinco segundos.

— Não pode matar ninguém aqui — resmungou ele. — Você ouviu o Ministaer. Ele disse que não podíamos matar ninguém até os desafios.

— Ai, não... — repetiu a garota, sem parecer tão abalada assim.

Estávamos todos pensando a mesma coisa. Pensando nas palavras misteriosas do Ministaer. Eu sabia que alguém testaria os limites daquela declaração — só não imaginava que seria tão rápido.

Raihn sorriu.

— Ah, não podemos, é?

O golpe fez o salão chacoalhar. Me assustei, o ar arrancado dos pulmões em um único arquejo dramático. Fui consumida por um breu absoluto, depois por um branco cegante, seguido por um acesso de tosse enquanto eu pestanejava com força, o corpo estremecendo com calafrios.

Pela porra do sol.

Todos encaravam de queixo caído o homem de olhos vermelhos, se perguntando o que tinham acabado de ver.

Raihn deixou o corpo mortíssimo de Klyn escorregar pela parede até o vampiro não passar de um monte trêmulo desprovido de ossos.

Silêncio. Ninguém piscou. Raihn olhou para cima, como se esperando que Nyaxia o atingisse com um raio. Cinco segundos se passaram, depois dez, depois trinta.

— Hum — disse ele, enfim. — Bom, acho que temos uma resposta.

E voltou a se sentar antes de continuar comendo.

A garota suspirou.

— Que dramático.

Não consegui me forçar a falar. Ele tinha acabado de usar a porra do Asteris.

8

Vincent estava exatamente onde havíamos combinado. Me esgueirei para fora do Palácio da Lua pouco antes do amanhecer, esperando por tanto tempo quanto possível até que os outros competidores voltassem a seus quartos. Depois do banquete, tínhamos começado a explorar com cautela o resto do Palácio, onde descobrimos centenas de alojamentos totalmente mobiliados e equipados. Quase todos os competidores tinham reivindicado um conjunto de aposentos para si, alguns sozinhos e outros com um ou mais companheiros, em busca de proteção.

Já eu preferi ficar na minha estufa. Nenhuma parede ou cadeado me protegeria tão bem quanto as janelas de vidro. Além disso, havia algo curioso e reconfortante em como a vegetação me envolvia em seu abraço. As plantas eram frágeis, vivas e efêmeras, iguais a mim, e, mesmo assim, tinham dado um jeito de ocupar aquela estrutura antiga. Era um tanto inspirador.

Quando o céu se tingiu de vermelho, comecei minha jornada. O Ministaer tinha sido sincero: o Palácio da Lua não nos trancara. Vincent me encontrou além dos portões, perto dos aclives onde as trilhas de lajotas davam lugar à lama escorregadia da margem do rio. Pontes de pedra cruzavam o corpo d'água, levando para a cidade.

Vincent havia descrito aquele lugar para mim antes do início do Kejari.

— É um lugar secreto — dissera ele. — Vai ser nosso ponto de encontro.

Ali, sob a sombra da ponte, minha sensação era a de estar no limiar entre dois mundos. À minha direita, o Palácio se elevava, ancestral e agourento. À minha esquerda, Sivrinaj se estendia na direção do céu, silhuetada contra a lua quase cheia. Ninguém se importava com o que acontecia ali onde estávamos, naquele canto repleto de sombras que não pertencia a nenhum dos dois lugares.

Como Vincent sabia sobre o local? Será que encontrara alguém ali quando competira no próprio Kejari, duzentos anos antes? Será que ele também tinha um... bem, um Vincent? Alguém que o havia treinado e guiado? Um membro da família que depois meu pai matara em sua ascensão ao poder?

Ou outro mentor que o convocava até ali?

Mas aquele era o tipo de pergunta que eu não ousaria fazer. Talvez quando me tornasse sua igual — sua Coriatae — eu enfim perguntasse.

— Oraya.

Não estava esperando que o som da voz de Vincent machucasse tanto — uma dor bem no meio do peito. Me virei para vê-lo se aproximar pelas sombras sob a ponte. Quando o luar banhou seu rosto, senti um nó na garganta.

Eu tinha sido forte até aquele momento. Não havia tempo para lamentar, não havia tempo para ter medo, não agora que eu precisava focar apenas a sobrevivência. Mas, quando o vi, a familiaridade absoluta de seu rosto me fez voltar dezesseis anos no tempo. Voltei a ser criança, escondida no vão entre a parede e o guarda-roupa, e Vincent era a única pessoa segura no mundo.

Ilana tinha partido. Estava morta. Eu só tinha ele.

Meu pai me olhou de cima a baixo. Seu rosto estava imóvel feito pedra.

— Está machucada?

— Não.

Ele apontou minha mão com o queixo.

— E isso aí?

Eu tinha esquecido daquilo.

— Não é nada. Só um cortezinho.

— Você vai precisar dela.

Vincent fez um gesto, e pousei a mão sobre a dele. Com gentileza, ele removeu a atadura — o lenço de seda roxa. Tive que lutar com o ardor nos olhos enquanto via a peça, agora coberta de sangue, cintilar sob o luar. O resto do lenço de Ilana estava em meu bolso. Tinha tentado poupar ao máximo o tecido, embora boa parte estivesse agora manchada e rasgada.

Vincent franziu a testa — não para o machucado, mas para o lenço.

— Onde conseguiu isso?

— Encontrei. No Palácio da Lua.

Eu nem precisava mais tentar mentir. As inverdades vinham fácil.

— Sei.

Meu pai pegou uma garrafa do bolso, depois pingou em minha palma algumas gotas de um líquido azul-prateado e brilhante. Uma lufada de fumaça se elevou do corte, o som ecoando o chiado que soltei entredentes.

— Sem choramingar.

Não me passou despercebido o toque de afeição naquela provocação.

— Eu nunca choramingo.

E provavelmente também não passou despercebido para ele o leve tom embargado em minha voz.

O ferimento agora não passava de uma cicatriz um pouco inchada, rosa bem claro. Ele voltou a envolver o machucado com a atadura e me estendeu a garrafinha.

— Cuide bem disso. Não sei quando vou conseguir trazer mais. Mas vou tentar.

Remédios seguros para uso em humanos eram, compreensivelmente, algo difícil de encontrar na Casa da Noite. Vincent precisava comprar aquele tipo de coisa em reinos humanos a sul ou a leste. Eram tão preciosos quanto ouro. Até mais, na verdade — ouro não estancava sangramentos.

— Começou mais cedo do que imaginei — continuou ele. — Na minha edição, o torneio iniciou uma noite antes da lua cheia, não duas. Suponho que seja porque gostam de manter tudo mais interessante. Não faz diferença.

Tinha feito diferença para Ilana. Com mais uma noite, ela teria saído da cidade e já estaria segura — mesmo que contrariada — nos assentamentos humanos.

Se eu estava deixando o luto transparecer, Vincent não pareceu notar. Ele desprendeu duas armas embainhadas presas ao cinto.

— Tome.

Ele jogou os itens para mim. Peguei as lâminas no ar, depois tirei uma delas da bainha de couro preto — piscando de fascinação com o que vi.

As espadas curtas eram... eram...

Eu não conseguia falar. Não conseguia encontrar as palavras.

As lâminas eram pequenas e delicadas, feitas para uso conjunto, do jeito que eu gostava. Pesavam pouquíssimo para o tamanho. Se curvavam com elegância, feitas de um aço preto polido com marcas vermelhas estampadas na superfície — longos redemoinhos decorativos de fumaça e pictogramas brutos que formavam um padrão. O punho — de prata, com duas luas crescentes encaixadas na ponta — se acomodou em minha mão como se esperasse por aquele instante desde meu nascimento.

Mesmo assim, parecia errado até mesmo tocar naquelas armas.

— Elas vão ser úteis — disse Vincent. — São leves, têm o tamanho certo. Dei todas as suas medidas para o ferreiro. As peças foram fabricadas especialmente para você.

— Elas são...

Perfeitas. Impressionantes. Absurdamente caras, sim, mas não tinha só a ver com o dinheiro. Aquelas armas eram o epítome da arte mortal pela qual os Nascidos da Noite eram conhecidos, utilizadas apenas pelos mais estimados guerreiros da Casa da Noite. Centenas e centenas de horas de trabalho especializado tinham sido necessárias para a elaboração das peças. Séculos de expertise em ferraria e magia. A habilidade de uma civilização inteira, agora aninhada em minhas mãos.

Sem dúvida, várias gerações de reis Nascidos da Noite tinham se revirado no túmulo ao pensar em armas como aquelas sendo usadas por uma garota humana adotada. Era como se eu estivesse maculando as peças somente por tocá-las.

— Elas são... — comecei de novo.

— Elas são *suas* — disse Vincent, baixinho.

Como se tivesse escutado tudo o que eu não conseguia dizer em palavras. Reprimi uma onda de emoção — *Mãe do céu... Oraya, se controle* — e prendi as bainhas ao cinto. Talvez ainda não merecesse os itens. Mas, um dia, mereceria. Depois de vencer o torneio.

— Obrigada — respondi.

Vincent olhou de novo para o céu.

— Você precisa ir. O sol já está quase nascendo.

Ele estava certo. A última coisa que eu precisava era ser desqualificada por voltar tarde ao Palácio da Lua. Assenti. Mas, antes que pudesse me virar, ele me pegou pelo braço, apertando tão forte que as unhas afundaram em minha carne.

— Não vou falar para tomar cuidado, Oraya — continuou Vincent. — Não vou falar isso porque você já é cautelosa. Eu a ensinei a ser. Resiliente. Esperta. Rápida. Focada. Cruel. Você deve ser todas essas coisas agora. Não há espaço para fraqueza ou para erros.

Vincent quase não expressava emoções. Mas tive um vislumbre — apenas um vislumbre rápido — de um carinho estranho atravessando os músculos gélidos de sua face, um semblante que desapareceu antes mesmo que qualquer um de nós pudesse ou quisesse reconhecer sua presença.

— Eu vou — respondi.

— Você precisa ser melhor que eles.

E assim como Vincent escutara o que não falei, também ouvi suas palavras não ditas: *Para compensar as coisas que você não é.*

Não havia espaço para fraquezas no Kejari, mas a minha era diretamente conectada à minha natureza humana. Pisquei e vi o corpo de Ilana, destruído com tanta facilidade. Reprimi a onda de náusea, a pontada de dor. Eram fraquezas também.

Em vez disso, transformei meu luto em raiva. Fiz com que virasse aço.

— Eu sei — falei. — E sou melhor.

Meu pai permaneceu imóvel por um longo instante, depois me soltou.

— As lâminas estão envenenadas — disse ele. — O verniz dura por um tempo. Você pode repor através do punho.

Aquilo, eu sabia, era a forma de Vincent dizer que me amava. Ninguém jamais dissera tais palavras para mim — não que eu pudesse me lembrar, ao menos. Mas ele comunicara a mensagem de milhares de formas ao longo dos anos, quase todas cobertas de morte. *Eu amo você. É isso que você precisa fazer para continuar viva. É isso que você precisa fazer para garantir que ninguém a machuque.*

Para vampiros, aquele era o maior dos presentes.

Assenti, ergui a mão em uma despedida silenciosa, e nos separamos sem mais palavras.

Voltei mais em cima da hora do que devia, mas ao menos o palácio estava silencioso quando cheguei. Tentava entender se era alucinação minha ou se a disposição do lugar havia mudado — de novo — quando, virando a esquina, quase trombei com uma parede.

Não — não uma parede. Uma *pessoa*.

Reagi rápido, me afastando a passos largos do sujeito antes mesmo de ver quem era. Saquei minhas novas espadas em segundos. Pela Mãe, eram muito leves.

Quando ergui o olhar, me deparei com olhos vermelhos sorvendo minha presença.

No banquete, mesmo estando do lado oposto do salão, eu havia tido a impressão de que aquele homem parecia diferente da maioria dos outros vampiros que eu conhecia. De perto, não restavam dúvidas. Raihn tinha traços fortes — de forma quase desagradável, como se cada detalhe fosse muito cheio de personalidade para que fossem combinados daquele modo. O tempo deixava marcas em humanos, mas, em vampiros, apenas desbastava as imperfeições, deixando-os com uma beleza tão afiada quanto uma lâmina dos Nascidos da Noite. Mas o rosto daquele homem decerto parecia ostentar evidências da vida que vivera — uma cicatriz marcava sua bochecha esquerda, duas linhas formando um V de cabeça para baixo; uma das sobrancelhas parecia um pouco mais alta que a outra; ele usava o cabelo solto em cachos rebeldes.

O olhar penetrante se moveu casualmente para percorrer meu corpo, depois focou as lâminas erguidas e prontas para atacar. Sua sobrancelha esquerda, a que parecia mais ou menos erguida de forma permanente, se levantou ainda mais.

— São novas? Graças à Mãe você não estava com elas noite passada. Eu estaria sem perna a uma hora dessas.

— Saia do meu caminho.

— Onde você estava?

Tentei passar por ele, mas o homem apoiou a mão na parede oposta, na altura do meu rosto, bloqueando o caminho com um braço grosso e musculoso vestido em couro.

— Eu sei onde você estava — prosseguiu ele. — Visitando o rei dos Nascidos da Noite. É você, não é? A humana dele? — Ele tombou a cabeça para o lado. — Você é bem famosa, sabia? Até nas fronteiras. Desperta a curiosidade de todo mundo.

Tentei abaixar para passar sob seu braço e seguir até a estufa, mas ele se deslocou para bloquear meu caminho de novo. Depois, indicou a própria perna com a cabeça.

— Você me apunhalou.

— Você me agarrou.

— Eu estava tentando salvar sua vida.

Eu não devia nem sequer entrar naquela conversa. Quase conseguia ouvir a voz de Vincent no meu ouvido: *Pense no que tem a ganhar com uma interação. Geralmente, a resposta é "nada".*

Mas meu ego falou primeiro. Olhei para mim mesma de cima a baixo, teatralmente.

— Acho que não. Eu escapei, e pareço bem viva.

Ele contorceu de novo a sobrancelha.

— Por enquanto.

Pelo tom dele, o vampiro estava achando tudo muito divertido.

Mas foi só então, com um momento de atraso, que minha mente voltou para o que ele dissera — *Eu estava tentando salvar sua vida.*

Naquela noite, eu ficara tão distraída que nem tinha pensado direito em quem havia me agarrado — ou no porquê. Só agora me dava conta de que ele *tinha* mesmo tentado me ajudar, ou era o que parecia.

O que por sua vez soava... estranho. Tão estranho que eu não estava nem um pouco disposta a me aproximar do sujeito. Pelo contrário. Eu tinha certeza de que ele não fizera aquilo por pura bondade do coração.

— O que você quer? — indaguei.

— Um pedido de desculpas. Por ter me apunhalado. Principalmente considerando que eu podia ter entregado você para o irmão da sua vítima, mas não fiz isso. — Ele chegou mais perto, e reagi dando um passo para trás.

— Porque *foi você* quem matou aquele desgraçado, não foi?

Dei uma risadinha sarcástica.

Ele franziu o cenho.

— O que foi?

— Não sou idiota.

— Ah, é?

— Você queria que ele lhe desse uma desculpa. Só queria se exibir por aí.

Porque, na Casa da Noite, tudo era um jogo de poder. O espetáculo dele no banquete? Tinha sido pura performance.

Bom, que fosse. Eu preferia que meus inimigos estivessem mesmo de olho nele em vez de em mim. Mas não significava que eu precisasse aturar aquele tipo de coisa. Talvez ele estivesse curioso. Talvez só gostasse de brincar com a comida. Não precisava saber os motivos de ele estar fazendo aquele joguinho para ter certeza de que eu não tinha nada a ganhar.

Ergui uma das espadas.

— Agora me deixe passar.

Ele arqueou as sobrancelhas.

— Falei que queria um pedido de desculpas, e o que ganho é uma ameaça?

— Sinto muito... por não ter mirado mais para cima.

O sujeito olhou para si mesmo de forma exagerada.

— Um pouco mais para cima ou bem mais para cima?

Foi quase engraçado. Fui pega ligeiramente de surpresa. Era raro que os vampiros fizessem piadas. Centenas de anos acabavam com qualquer senso de humor. Quando eu tinha uns quinze anos, desisti de tentar fazer Vincent entender. Por sorte, tinha Ilana para...

O pensamento casual me provocou uma pontada de dor tão intensa que me fez perder o fôlego.

— Me deixe passar — disparei.

Ele me olhou com uma expressão estranha.

— O que acabou de acontecer aqui?

Aquilo também me pegou um pouco de surpresa. O fato de ele ter notado o lapso de emoção que eu deixara transparecer no rosto.

— *Me deixe passar.*

— Ou o quê?

— Ou vou apunhalar você de novo.

— Quanto mais para cima?

Por um instante, cogitei atacar. Talvez fosse minha melhor oportunidade, acabar com ele bem ali enquanto o vampiro agia como se tudo fosse a porra de uma piada. Seria uma bela de uma mordomia.

Foi só quando me lembrei daquele lampejo em preto, depois branco — Asteris, eu tinha certeza — que me detive.

E, para disfarçar, fiz um espetáculo dramático olhando para o vampiro de cima a baixo — me demorando na coxa e depois subindo para a virilha antes de dizer:

— Um pouco.

Me abaixei de novo e passei sob seu braço. Dessa vez, ele só deu uma risadinha e nem sequer tentou me parar.

A lua cintilava, brilhante e cheia, parecendo repleta de desafio. Os minutos desde que o astro se alçara no céu tinham sido tensos e silenciosos. Do meu esconderijo na estufa, não conseguia ouvir um único som vindo dos corredores do Palácio da Lua.

Já era quase meia-noite quando o fio fantasmagórico de sombra surgiu de novo, nos convocando a sair de nossos aposentos. Segui o cordão até o salão principal onde o Ministaer falara conosco na noite anterior. O espaço foi se enchendo de gente conforme mais fios de sombra se juntavam ao meu, até que todos chegaram e as sombras se dissiparam, fazendo o grupo cair em um silêncio meio sem graça.

Todos haviam usado o dia anterior para se preparar. Os competidores estavam com armas novas e recém-limpas e armaduras de couro presas firme ao corpo. Alguns usavam emblemas de proteção pendurados no pescoço ou gravados na própria armadura. Registrei a informação com cuidado — aquilo não necessariamente marcava os usuários como manipuladores de magia, mas tornava a possibilidade mais alta. Magia seria uma surpresa desagradável na arena.

Os participantes da Casa do Sangue permaneciam juntos em um grupo compacto. Agora restavam poucas dúvidas de que a mulher alta e musculosa era a líder do grupo, como eu suspeitava. Os outros ouviam, arrebatados, os comandos que ela lhes sussurrava. Seu cabelo, quase todo prateado, estava preso em uma trança longa, repuxada de forma a enfatizar as têmporas altas e a testa avantajada. Quando ela se virou para falar com um dos companheiros, notei um tom leve de vermelho sob o colarinho da armadura de couro branco.

Sua maldição. Eu nunca tinha visto um vampiro Nascido do Sangue antes, mas já ouvira falar que aquelas marcas vermelhas na pele indicavam os estágios da maldição. Se fosse verdade, a daquela mulher já estava bem avançada. O próximo passo seria a insanidade. E depois...

Bom, havia rumores sobre o que a maldição da Casa do Sangue fazia. Transformava vampiros em meros animais no fim das contas.

Estremeci e desviei o olhar.

Outras pequenas facções haviam se formado desde o dia anterior — provavelmente vendo a vantagem temporária na força dos números. E, com uma considerável certeza, tinham adquirido tal estratégia já pensando de antemão no desafio da Meia-Lua. Era o único desafio que seguia a mesma estrutura o ano todo: nela, os participantes precisavam lutar em equipes ou com parceiros, e metade dos concorrentes era eliminada.

Vi Raihn do outro lado do salão. A seu lado, havia uma mulher animada de cabelo curto. Ela se inclinou em sua direção, sussurrando empolgada enquanto ele corria os olhos pelo recinto.

Que dupla estranha.

Alguns poucos competidores permaneciam notadamente afastados dos demais: eu, vários vampiros da Casa da Sombra — conhecida pela ferrenha independência de seus membros — e Ibrihim, que foi o último a chegar ao salão principal, mancando de forma visível com o pé deficiente.

O Kejari não era lugar para pena. Mas foi o que senti mesmo assim quando o vi cambalear cômodo adentro. Sabia melhor do que ninguém que não era sábio subestimar oponentes, mas era difícil imaginar qualquer versão dos eventos vindouros que não terminasse com a morte de Ibrihim.

Os minutos se passaram. Aguardamos em um silêncio tenso.

Desembainhei as espadas, ajustando a pegada nos punhos.

Eu tinha analisado cada um dos vinte Kejaris anteriores, e refletira muito e por muito tempo sobre qual podia ser o desafio. A primeira prova geralmente representava a partida de Nyaxia de seu lar no Panteão Branco. Ela havia se aventurado muito além das fronteiras de sua terra e fora atacada por feras durante o trajeto ao longo da madrugada. As bestas haviam perseguido a deusa por quilômetros, e, em pânico, ela ficara cada vez mais perdida. Às vezes, o desafio envolvia cegar os competidores, como acontecera com Nyaxia durante seu ataque. Às vezes, exigia que os participantes corressem e lutassem em terreno traiçoeiro. Mas, na maioria das vezes, feras estavam envolvidas — às vezes muitas, às vezes uma.

O longo silêncio foi dando lugar a sussurros desconfortáveis de confusão. Depois de um tempo, um dos competidores Hiaj perguntou o que todos se questionavam:

— E aí? A gente deve...?

Mas o Palácio da Lua simplesmente desapareceu.

9

A gritaria da multidão fez o chão tremer. A luz me deixou atordoada — tão brilhante que, a princípio, me questionei se por acaso era o sol.

Mas não. Eram tochas. Milhares delas. Acompanhando o círculo do coliseu, flutuando centenas de metros acima de nós, erguidas nos milhares de mãos dos vários milhares de espectadores — todos berrando, berrando, berrando...

Berrando como Ilana havia berrado...

Por um momento, nada existia além do céu e da luz e do rugido da audiência. Tombei a cabeça para virar o rosto na direção das estrelas, quase invisíveis acima da luz das tochas. Se mesclavam umas às outras em um borrão redondo, atravessadas por traços prateados — como o topo da estufa. Um teto de vidro.

Saia daí, Oraya!, gritou uma voz no fundo da minha mente — a voz de Vincent, sempre a voz de Vincent. Obedeci, bem a tempo.

Garras imensas atingiram a areia batida onde eu estivera segundos antes.

O mundo entrou de repente em um foco intenso.

Outro grito ecoou, muito mais próximo, quando um competidor Hiaj foi retalhado — a asa arrancada presa em uma mandíbula gotejante, o corpo imobilizado por garras, sangue preto-avermelhado jorrando na terra.

Não era só uma fera. Era a porra de um demônio.

Eu só tinha visto um único demônio na vida, e estivera tão machucada que mal lembrava da experiência. Mas mesmo aquele horror parecia insignificante perto do que havia diante de mim agora. As criaturas se moviam em quatro patas, não tinham pelos e sua pele era de um cinza fechado, as veias escurecidas pulsando sob a superfície. Os dedos eram longos demais nas mãos feitas para agarrar e matar, adornados por garras pretas serrilhadas. O rosto dos bichos — achatado, com têmporas altas, fendas no lugar do nariz e olhos brancos cobertos de muco — consistia em sua maior parte em uma boca, que se estendia de uma orelha pontuda à outra, e da qual a saliva escurecida escorria por entre os dentes afiados. Os demônios eram, ao mesmo tempo, terrivelmente animalescos e perturbadoramente... humanoides.

Moviam-se tão depressa que eu não conseguia contar quantos eram — tão rápidos que cruzavam a arena no tempo de um piscar de olhos. Mais de cinco. Menos de dez.

Pressionei as costas contra a parede de vidro. Ela chacoalhou quando algo se chocou com violência contra a divisória do recinto vizinho. O coliseu tinha sido repartido em muitos anéis menores, separados por domos de vidro. Eu estava presa dentro de um deles, junto com vários vampiros Hiaj, um Rishan, um Nascido do Sangue, Kiretta, a manipuladora de magia Nascida da Sombra sobre a qual Vincent me alertara, e — soltei uma risada seca, porque eu devia ter imaginado — Raihn.

Enquanto os demônios se embolavam no centro da arena, momentaneamente distraídos pelo corpo ainda espasmódico do vampiro que haviam acabado de retalhar, os demais competidores olharam ao redor, cautelosos. Estávamos todos pensando a mesma coisa: o objetivo era matar os demônios ou uns aos outros?

Ou ambos?

Não tive tempo de pensar nisso, pois uma das criaturas deu o bote em minha direção. Rolei para longe do caminho das patas afiadas — mas meu corpo resistiu. Meus músculos se rebelaram contra mim, como se quisessem me manter na trajetória do demônio, como se...

Merda. Magia de sangue.

Olhei para cima a tempo de ver o competidor Nascido do Sangue me olhar nos olhos, as mãos erguidas envoltas em uma névoa vermelha, sua magia agindo no meu sangue. Ele só conseguiria manter o foco por um instante, mas já tinha sido o suficiente para me fazer cair aos tropeços sob as garras do demônio.

Saia daí, saia daí, saia daí...

Uma pontada de dor se espalhou pelo meu corpo. Assim que me livrei da magia, agarrei uma das espadas e a enterrei no céu da boca do demônio pouco antes de os dentes se fecharem em mim.

Um cheiro de queimado horripilante encheu minhas narinas — o veneno da lâmina em ação. O demônio soltou um lamento alto e oco. Lufadas de fumaça preta o cercaram quando arranquei a espada da carne. Quando ele fechou a mandíbula, sua pele já estava derretendo, a arcada de cima pingando na de baixo.

Pela Mãe, aquelas porcarias eram fortes. Agradeci Vincent em silêncio e me livrei das garras de meu atacante enquanto ele cambaleava na direção do resto do bando.

Do outro lado do cercado, Raihn atacava um demônio com golpes amplos da espada. Uma arma espantosa, mesmo vista de longe. Era feita de aço dos Nascidos da Noite, como as minhas, e lampejos de uma escuridão tingida de vermelho seguiam cada movimento.

À minha direita, o homem Nascido do Sangue desviou quando um dos demônios saltou em direção a ele, afundando os dentes em sua perna. Ele retorceu os lábios em um sorriso sombrio, as mãos erguidas e prontas.

Mas, de repente, congelou. O horror perpassou por seu rosto, algo nada relacionado à dor — era como se ele tivesse se dado conta de uma coisa terrível. Isso o distraiu por tempo suficiente para que a fera o arrastasse para mais perto. Um lustro preto-avermelhado cobria a pele da criatura, envolta em uma névoa escarlate.

Senti calafrios sobrenaturais percorrendo meus braços, uma sensação de queimação fantasmagórica na pele quando saltei para longe da cauda agitada. Estranho. Perturbador. Familiar. Não conseguia dizer exatamente o que era, mas...

O Nascido do Sangue tentou lutar, mas era tarde demais. Seu corpo cedeu como papel úmido nas garras do demônio.

Nuvens de sombra enchiam o espaço conforme Kiretta liberava a força total de sua magia, fragmentos de escuridão se enrolando ao redor dos membros e da garganta dos demônios sem provocar muito efeito. Um dos Rishan subira no topo do domo de vidro e agora atirava flechas nos monstros lá embaixo, saltando e mergulhando para evitar as caudas espinhosas, mas os bichos mal reagiam aos golpes. Sangue respingou na minha bochecha quando outro competidor Hiaj caiu.

Quatro. Restavam quatro de nós.

Lutei até não estar mais sentindo meu corpo. Kiretta foi ficando exausta aos poucos. O Rishan com as flechas tinha cada vez mais dificuldade de se esquivar. Até os golpes aparentemente irrefreáveis de Raihn pareciam mais lentos. Minhas mãos estavam tão escorregadias por causa do sangue preto e nojento que era difícil segurar as espadas, gotas do veneno deixando minha própria pele em carne viva.

Não tínhamos conseguido matar um único demônio. Até o que eu havia ferido conseguira abrir a boca fundida de novo e agora agia como se estivesse incólume.

Do outro lado da arena, um demônio saltou na direção de Raihn, que pulou graciosamente para fora do caminho — as majestosas asas emplumadas se enfurnando às costas. Ele as esticou ao máximo e se empoleirou no topo da divisória, as penas de um vermelho escurecido tingidas de roxo pelas réstias prateadas de luar.

Então ele era um Nascido da Noite. Rishan, é claro. Eu devia ter imaginado aquela merda.

Rolei para fora do caminho de outro ataque, um olho ainda nele. Vi o vampiro mergulhar do alto, enfiando a espada entre as costelas de um demônio...

... e a fera que estava dando o bote em minha direção — a que eu nem sequer havia acertado ainda — se encolheu de dor.

Tudo desapareceu, exceto aquele gesto. Aquele leve movimento de um músculo. Meu atacante se recuperou rápido enquanto me levantava do chão, toda desajeitada, mas repassei o momento na cabeça várias vezes.

Não, não tinha sido minha imaginação. O demônio se encolhera de dor, e *exatamente* onde Raihn havia atingido a outra criatura.

Pensei no olhar de horror no rosto do vampiro Nascido do Sangue enquanto o demônio o devorava. No lustro vermelho que cobria o corpo deles agora, na névoa, na estranha sensação em minha pele...

Foi quando me dei conta.

Era tudo magia de sangue. Desajeitada e pouco refinada, sim, mas magia de sangue. E se os demônios estavam usando dons exclusivos dos vampiros da Casa do Sangue...

Apunhalei a pata de um monstro que tentou me atacar, e seu horrendo berro de agonia me deixou horrorizada. Pela Mãe, quase parecia... uma voz.

Aquelas coisas não eram apenas demônios. Eram demônios que já haviam sido vampiros — Nascidos do Sangue, vampiros amaldiçoados.

Pense, Oraya.

Transfiguração. Eu sabia que a maldição transformava os vampiros Nascidos do Sangue em algo horrível em seus últimos dias, mas nada parecido com aquilo. Aqueles, portanto, tinham sido modificados. Criados. Será que de alguma forma haviam sido conectados uns aos outros? Observei seus movimentos nos lapsos de segundo entre as fintas e os ataques — registrando a dinâmica dos seres.

Era uma matilha. Eles se moviam juntos, como se interligados. E talvez isso significasse que havia um líder. Um coração no cerne da carne podre. Se aqueles eram vampiros transfigurados, talvez um deles fosse o original, e os outros, sua prole.

— Faça isso de novo! — gritei para Raihn, que voltara a alçar voo.

Ele inclinou a cabeça, confuso. A barulheira da multidão engolia minhas palavras.

Apontei o dedo para o demônio, depois bati em minha própria testa — onde a criatura tinha uma única marca branca entre os olhos.

— *AQUELE, SEU IDIOTA DO CARALHO!*

Não sabia se Raihn havia entendido o que eu estava querendo dizer, ou mesmo se me ajudaria caso compreendesse.

Passei pelo meio da matilha de demônios. Estava apostando tudo naquela teoria. Não sobreviveria de jeito algum se estivesse errada. Abordar o grupo de seres era difícil — sair do meio dele seria impossível. Desferi golpe atrás de golpe com minhas lâminas envenenadas, fazendo os demônios vacilarem, mas não tinha tempo de fazê-los cair. Movimentos precisos. Rápidos.

A névoa vermelha, que ficava mais densa a cada morte perpetrada pelos demônios, queimava minha pele. Os corpos espasmódicos se misturavam uns aos outros, pele cinzenta e escorregadia contra mais pele cinzenta e escorregadia, mas eu me negava a tirar os olhos do alvo, me negava a piscar...

Meu alvo soltou um grito perturbado, agitando os membros em todas as direções. Sangue preto banhou meu rosto quando uma lâmina imensa irrompeu da lateral de seu torso. O corpo de Raihn tremia com o esforço de perpassar a criatura com a arma, lutando para desviar dos golpes da cauda e das garras. Em meio ao caos e à fumaça vermelha, seu olhar encontrou o meu — e ele assentiu.

Mal consegui acreditar que tais palavras cruzaram minha mente, mas pensei: *Que Nyaxia o abençoe.*

Se aquele demônio algum dia fora um vampiro, precisávamos acertar seu coração. O que, por sua vez, significava que eu precisava me enfiar embaixo do bicho. Caí de joelhos, ergui a espada e...

... senti uma dor lancinante no quadril.

Minha vista ficou borrada. Ouvi um som espocado enquanto o clamor da multidão e o barulho dos demônios desapareciam em uma algazarra distante.

Só entendi que tinha atingido o chão quando vi minhas mãos se apoiando na terra. Olhei para baixo. Havia uma flecha enfiada na minha coxa.

Fodeu, pensei, pouco antes de todos os demônios se jogarem por cima de mim.

10

Eu não conseguia me mover. Brandi a arma a torto e a direito, atingindo ora carne, ora osso, ora olho. Tudo o que via era uma massa rastejante de carne cinzenta. Minha magia patética faiscava na ponta dos dedos, fragmentos inúteis de luz azul-esbranquiçada. Sangue e mais sangue chovendo sobre mim. Os corpos agitados dos demônios abriram espaço suficiente para que eu pudesse ter um vislumbre do céu lá em cima, através de uma nuvem de fumaça vermelha e tóxica — um vislumbre da lua, me provocando pelo vidro.

Até ficar oculta por imensas e poderosas asas abertas. Silhuetadas contra a luz da lua e das tochas, as penas eram opulentas, em tons intensos de vermelho e roxo.

O tempo pareceu se arrastar quando Raihn fincou a espada no demônio acima de mim. O monstro chiou e se debateu. Um corte se abriu em minha bochecha quando evitei por pouco um golpe em cheio de uma das garras enlouquecidas.

Não conseguia ouvir nada, mas vi os lábios de Raihn se movendo — formando a palavra *"Agora!"*.

Enquanto minha consciência cedia, reuni o resto das forças e empalei o coração do demônio com a espada.

Empurre com força, serpentezinha, sussurrou Vincent em meu ouvido.

O mundo caiu no silêncio. Gotas de sangue se tornaram uma cachoeira. Continuei empurrando sem parar, até minhas mãos estarem mergulhadas dentro do ferimento, afundadas na carne escorregadia do demônio, na altura dos nós dos dedos.

Eu ia morrer. Tinha chegado muito perto disso antes, mas ali era diferente. Quando o demônio baixou a cabeça, quando seus olhos tomados pela catarata encontraram os meus, soube que estávamos unidos na mesma coisa — no terror de nossa própria mortalidade.

Se aquilo não fosse a chave para a vitória, eu estava fodida. Completamente fodida. Presa no inferno com aquela coisa. Por um momento e uma eternidade, o demônio e eu nos equilibramos juntos, dançando no fio da navalha da morte.

E, depois, a súbita ausência de peso me fez arquejar.

Raihn soltou um rugido entrecortado quando jogou o demônio para longe de mim, agarrando a criatura pela garganta e largando o cadáver na areia encharcada de sangue. A gritaria da multidão era ensurdecedora. Eu não conseguia respirar. Não conseguia me mover. A dor me paralisava.

Me encolhi, esperando que outro demônio saltasse sobre mim. Segundos se passaram. Não aconteceu. Em vez disso, Raihn surgiu no meu campo de visão, uma mão no quadril e as asas ocultas, mas a espada ainda desembainhada e pingando sangue. Seus lábios se moveram, mas não consegui ouvir as palavras que formavam.

— Quê? — tentei dizer.

Ele se aproximou, a boca contorcida em um sorriso.

— Eu disse: *Boa ideia*.

O vampiro esticou a mão, mas rolei para o lado e me levantei sozinha — o que provocou uma explosão de agonia em minha coxa.

Os demônios agora não passavam de carcaças imóveis, apenas sacos de ossos jogados no chão. Quatro dos sete de nós continuavam vivos. Olhamos uns para os outros, as armas ainda em posição. Me esforcei para tirar algum sentido dos pensamentos escorregadios, prejudicados pela dor e pelo veneno.

Tínhamos vencido? Ou ainda precisávamos nos matar?

O Hiaj — o desgraçado que tinha atirado em mim — olhava para o chão. Não para os cadáveres, mas para as linhas de sombra que nos encaminhavam até a saída da divisória na arena. Lá, havia surgido uma passagem em arco. Para além dela ficavam os corredores frios e silenciosos do Palácio da Lua, contrastando de forma cômica com o caos sanguinolento da arena.

Era isso. O máximo de celebração de vitória que teríamos.

Kiretta e o Hiaj remanescente mancaram até a porta após uma rápida pausa confusa, ansiosos por continuar com vida. Eu, por outro lado, não me movi. Jamais transpareceria aquilo, mas não tinha nem sequer a certeza de que *era capaz* de andar.

Olhei por cima do ombro. Pela primeira vez desde que chegara ali, analisei as arquibancadas, de onde milhares de espectadores aos berros assistiam aos embates. Estavam tão longe de nós lá em cima que era impossível ver seus rostos, mas me peguei procurando por Vincent mesmo assim.

Raihn também não se movera. Estava olhando para a esquerda, para a divisória ao lado da nossa, cujos ocupantes continuavam engajados em uma batalha brutal — inclusive Ibrihim, que ainda estava notavelmente vivo e lutando. Uma leve ruga marcou o cenho de Raihn, uma expressão estranha, parecida com preocupação — e entendi o porquê quando segui o olhar dele, focado a amiga. Ela saltava de um lado para o outro com a graça errática de uma borboleta, manejando...

Minhas sobrancelhas se ergueram.

Ela estava manejando *fogo*. Não o poder branco e sombrio do Fogo da Noite, um dom único aos Nascidos da Noite. Não, era fogo *mesmo*.

Fiquei de queixo caído, chocada. Magia de fogo era domínio de Atroxus, o deus do sol — membro do Panteão Branco. Eu nunca tinha visto um vampiro manejando magia que não fosse proveniente das artes sombrias de Nyaxia, muito menos uma que era domínio do grande inimigo da Deusa. Nem sabia que algo assim era possível.

Raihn bateu com o punho na parede de vidro da nossa divisória, alto o bastante para chamar a atenção da mulher. Ela olhou para ele, e o vampiro deu um tapinha entre as próprias sobrancelhas. Depois apontou para o demônio no cercado da amiga que tinha uma mancha branca na testa.

E, com isso, ele se virou casualmente em minha direção, me olhou de cima a baixo e apontou para a porta.

— Você primeiro.

Mas de jeito nenhum que eu ia deixar aquele homem andar atrás de mim — ainda mais enquanto eu estivesse com a perna sangrando daquela forma. Podia só imaginar meu cheiro para ele.

— Você primeiro — rebati com doçura.

Raihn deu de ombros e avançou na frente, e fui mancando logo atrás. Minha perna tremia intensamente.

O primeiro desafio terminou com o repicar de uma pequena fanfarra. Todos nós nos esgueiramos para nossos abrigos sob o abraço silencioso do Palácio da Lua. Segui de imediato para a estufa, desesperada em me ocultar antes que alguém sentisse o cheiro do sangue e decidisse que eu era uma refeição fácil. De meu esconderijo, me pus a ouvir os ecos do retorno dos outros competidores às suas tocas.

Um desafio já era. Faltavam quatro.

Achei que sentiria algum tipo de alívio. Mas quando me agachei entre as folhas, tentando sem sucesso estancar o sangramento, tudo o que encontrei crescendo dentro de mim foi medo.

Não, alívio era para quem estava em segurança. E enquanto eu juntava trapos ensanguentados em uma pilha cada vez mais alta, a segurança ia ficando cada vez mais longe do meu alcance.

11

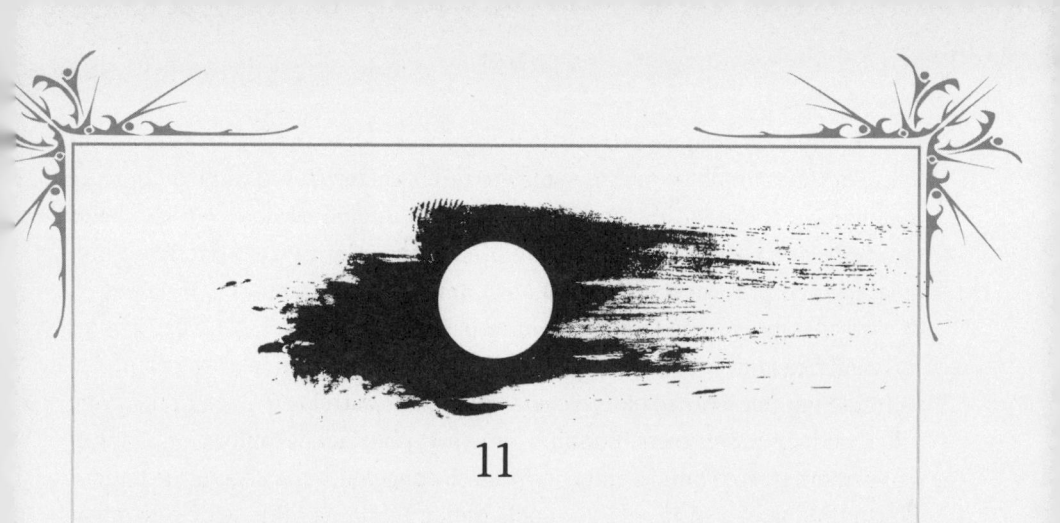

Meus ferimentos eram ainda mais profundos do que eu imaginava; o da coxa continuava sangrando, apesar das várias ataduras apertadas. A flecha devia ser amaldiçoada, e só a Deusa sabia quais venenos as garras dos demônios inoculavam. Meus dois machucados eram tão graves que a poção de Vincent só serviria para curar um. Após um longo debate interno, usei o líquido no corte da lateral do corpo, que parecia sob risco maior de infeccionar.

Mesmo depois disso, continuei em uma situação complicada. Precisava ver Vincent. Ele sem dúvida me encontraria naquela noite — era protetor e, depois de ter me visto na arena, iria querer saber se eu estava bem. Rezava para que ele pudesse ter conseguido um pouco mais de remédio, embora soubesse ser improvável. Merda. Caso não tivesse conseguido, eu não sabia o que poderia...

— Que bonito o lugar que você reivindicou.

Me aprumei de forma tão abrupta ao ouvir a voz que fui perpassada por uma onda de dor. Agarrando as armas, me levantei e virei. Era difícil ficar em pé. A aurora ainda estava a horas de distância, e eu não estava em condições de lutar. Não que não fosse tentar.

— Muito apropriado. Todas as coisas vivas neste castelo morto e deprimente reunidas em um só lugar — continuou Raihn, seguindo até o centro da estufa, onde parou junto à fonte central, seca havia muito tempo.

Ele ergueu a cabeça e fitou a estátua sem rosto, depois o que havia além das janelas e, enfim, virou em minha direção — o canto da boca se curvando em um meio-sorriso.

— Saia daqui — rosnei.

— Trouxe uma coisa para você.

— *Saia daqui.*

— Que grosseria.

Raihn se sentou na beirada da fonte. Fiquei esperando que a pedra antiga se desfizesse sob seu peso — ele era um brutamontes, grande a ponto de chamar a atenção mesmo quando cercado por demônios amaldiçoados pelos deuses. Ainda assim, se movia com uma graça admirável, como se conhecesse bem o próprio corpo. Ficou ali acomodado com um pé sobre a pedra, o cotovelo apoiado no joelho e a outra perna estendida à frente. Parecia totalmente casual — tão casual que eu sabia se tratar de uma pose calculada.

Ele ergueu o olhar para o céu salpicado de estrelas e, por um instante, algo mudou em seu rosto. Eu sabia ler expressões faciais muito bem. Vampiros sempre guardavam as emoções para si, congelados por séculos de tediosa imortalidade, e minha sobrevivência dependia da habilidade de encontrar sentido em cada gesto mínimo. Mas aquela breve expressão me impactou — tanto por ser um lampejo de algo incomumente cru quanto porque eu não conseguia nem sequer começar a decifrar o seu significado.

Depois, o olhar de Raihn caiu sobre mim mais uma vez, o sorrisinho presunçoso voltou e eu estava de novo olhando para um vampiro que brincava comigo em termos que me eram familiares por natureza.

Uma performance. Ali estava alguém que se importava muito com o que os outros pensavam dele. Eu já sabia disso com base na pequena explosão do sujeito no banquete, incitando aquele pobre coitado a atacar e criar uma desculpa para ser o primeiro a derramar sangue.

Ele baixou as pernas e se inclinou para a frente. O movimento me fez recuar, dando um passo até a parede.

— O que foi? — disse ele. — Estou fedendo, por acaso?

— Eu mandei você sair daqui.

— Acha que vim atrás de um lanchinho? Que essa é minha grande intenção?

Eu estava cagando para a intenção dele. Vampiros tinham um autocontrole reconhecidamente fraco quando em contato com sangue humano. Minha vida estaria muito mais segura se minha integridade fosse apenas uma questão de Vincent ameaçando garantir uma morte dolorosa e horrível a qualquer um que me machucasse. Vir atrás de mim era, lógico, uma decisão pouco sábia. Todos sabiam que algo assim resultaria em execução... ou coisa pior. Mas um vampiro não precisava necessariamente *decidir* fazer aquilo, bastava que fosse sobrepujado pela...

A lembrança veio intensa como nunca — lábios em minha garganta, um beijo virando uma mordiscada, depois passando a uma pontada intensa de dor e...

— O que foi isso?

Voltei à realidade de supetão. Pela Mãe, a perda de sangue devia estar me abalando, permitindo que minha mente vagasse daquela forma. Raihn ainda tinha um sorrisinho no rosto, mas uma ruga de curiosidade havia se intensificado entre as sobrancelhas escuras.

— No que você estava pensando? — continuou ele.

Aquilo me irritou mais do que eu jamais admitiria em voz alta — o fato de que ele vira a mudança em meu rosto, qualquer que tivesse sido.

— Já falei — cuspi. — Saia...

— Senão o quê? Você vai me apunhalar?

Ele olhou para minhas armas. Desafiando. Zombando de mim, porque ambos sabíamos que eu não conseguiria — não naquele estado.

— Essa sua coxa não parece nada boa — comentou ele. Depois tocou a própria perna, ainda envolta em ataduras. — É até um pouco poético, não acha?

Ah, claro. Poético pra caralho.

O vampiro prosseguiu:

— Trouxe uma coisa para ajudar com isso.

Raihn vasculhou a bolsa e tirou de lá um frasco azul de cristal, seu conteúdo cintilando com um brilho leve.

Pela Mãe. Quando enxerguei o vasilhame, quase saltei para pegá-lo em um impulso. Como ele tinha encontrado aquilo, considerando que até Vincent estava com dificuldade para botar as mãos na substância?

O vampiro colocou a poção na pedra a seu lado, descansou os antebraços nos joelhos e olhou para mim.

— Ouvi um pessoal conversando antes do primeiro desafio — disse ele, casual. — Apostando quem iria sobreviver. Seu nome não valia bosta nenhuma, porque todo mundo achava que você seria a primeira a cair morta.

Raihn fez uma pausa, esperando minha reação, mas me neguei a oferecer uma.

— Mas pensei bem — prosseguiu ele. — Eu sabia que você merecia atenção. Que não seria apenas uma humana qualquer. A grande humana de estimação do rei dos Nascidos da Noite.

Não era a primeira vez que alguém se referia a mim daquele jeito, e não seria a última, mas me irritou mesmo assim. Eu estava sentindo tanta dor que parecia mais difícil que o normal manter o temperamento sob controle.

Se acalme, Oraya. Raiva leva a batimentos cardíacos acelerados. Batimentos cardíacos acelerados levam a um cheiro mais forte. Não dê nada a eles.

Não era como se eu não soubesse exatamente o que o vampiro estava fazendo. Jogando iscas para mim, como fizera com aquele homem no banquete. Eu era a serpente, e ele estava me cutucando com um graveto para ver em que momento eu o quebraria ao meio.

— Foi ele quem ensinou você a lutar daquele jeito? Deve ter sido, não? — Raihn indicou minhas armas com a cabeça, ainda inclinado diante de mim. — Foi ele quem lhe deu isso. Armas feitas à moda dos Nascidos da Noite. Coisa boa.

— Você é surdo ou só idiota?

— Você não é nada amigável.

O que ele achou que conseguiria ali? Será que me considerava tão fácil assim de manipular? Ou que eu não sabia o que ele estava fazendo?

— Por que raios você está aqui? — disparei. Àquela altura, tinha dificuldade para esconder quão entrecortada estava minha respiração e manter a força na voz. — Veio só para se divertir? Eu sou um saco, juro.

— Percebi.

— Pare de brincar comigo. Estou sem paciência.

De novo, o canto do lábio dele se ergueu em um sorrisinho sombrio e satisfeito.

— Ou tempo — disse Raihn, curto e direto, os olhos recaindo sobre minha coxa ferida.

Cerrei o maxilar. O olhar dele encontrou com o meu, e, por um longo instante, apenas encaramos um ao outro, presos em uma conversa sem palavras.

Eu sabia que era verdade. Ele sabia que eu sabia. E eu odiava que ele soubesse disso.

— Então pare de desperdiçar o que ainda tenho de tempo — concluí, enfim. — O que você quer?

— Com quem vai se aliar para o desafio da Meia-Lua?

Pestanejei. Não sabia o que esperar — talvez mais joguinhos, mas não foi o que recebi.

Era uma boa pergunta. Uma pergunta importante. A escolha de aliados para o desafio da Meia-Lua era uma decisão estratégica crítica. Precisava ser alguém forte o bastante para permitir que você permanecesse entre os cinquenta por cento melhores competidores durante a Meia-Lua, mas não forte *demais*: depois, a pessoa seria sua maior oponente nos dois últimos desafios.

A natureza exata do desafio da Meia-Lua mudava a cada Kejari, mas havia três elementos essenciais que permaneciam constantes: o fato de que exigia cooperação, de que resultava na morte de metade dos participantes... e de que diversos competidores seriam mortos durante a noite imediatamente seguinte ao embate, em geral por antigos aliados decidindo que os então companheiros ofereciam mais riscos do que benefícios.

Apesar de todo meu esforço, não consegui reprimir a careta de dor. Raihn soltou uma risadinha baixa.

— Imaginei. — Depois, sem hesitar, acrescentou: — Seja minha aliada.

Ergui as sobrancelhas, surpresa.

Vincent costumava me dar bronca quando eu controlava mal as expressões faciais; em reação àquela, Raihn riu de novo.

— Ser sua... aliada — repeti.

— Minha e de Mische.

Mische. Será que era o nome da garota de cabelo curto? A que mexia com fogo?

— Pegamos um alojamento perto do topo das torres — continuou ele. — É bem protegido. Grande, com mais de um quarto. Seguro. Ou mais seguro que este lugar, ao menos.

Aquilo não fazia sentido.

— Por quê?

— Porque fiquei impressionado com você.

— Até parece.

As sobrancelhas dele se retorceram em um diminuto sinal de surpresa, como se o vampiro de fato não estivesse esperando aquela resposta.

— Como assim?

— Você não disse uma única verdade desde que entrou aqui, então vou ser honesta por nós dois. Eu sou humana. Todo mundo sabe que isso faz de mim a competidora mais fraca. Você tem uns cinquenta vampiros fortes com os quais se aliar. Espera mesmo que eu acredite que quer se juntar a mim?

Ele cutucou um cortezinho no dedo anular.

— Só quarenta, agora, na verdade. Escute, esta noite você superou vários guerreiros muito melhores. Você e eu... — Ele ergueu o olhar, fitando meu rosto. — A gente trabalhou bem junto, não trabalhou? E eu adoro uma coitadinha.

— *Até. Parece.* — Brandi uma das espadas na direção dele, enfatizando cada palavra. — O resto do pessoal cai nessa? Seja sincero pelo menos uma vez na vida ou dê o fora, como estou mandando você fazer desde que apareceu.

Eu não confiava em ninguém naquele lugar. Mas confiava *menos ainda* em alguém que tivesse ido atrás de mim com desculpinhas tão falsas. O fato de que Raihn queria se aliar a mim o tornava o vampiro menos confiável dali, porque ninguém em sã consciência iria querer algo assim. E eu sabia lidar com motivações egoístas, inclusive as esperava, mas não quando não sabia que motivações eram essas.

Ele piscou duas vezes, mordendo o interior da bochecha. Não sabia se estava se sentindo ofendido ou reprimindo uma risada. Enfim, falou:

— Todos os outros lutadores decentes que são pessoas que eu conseguiria tolerar já têm aliados.

— E?

— E?

— Não é o suficiente. Continue. Você já tem sua amiga. Por que arranjar outra?

— Fiquei curioso com você. É tão surpreendente assim? Todo mundo ficou. A princesinha humana de Vincent, mantida em um palácio de vidro vista por todos, mas nunca tocada. — Ele olhou ao redor, dando um sorriso irônico para as paredes de vidro da estufa. — Está com saudade de seu castelinho de cristal, princesa?

Eu não podia deixar aquele sujeito me provocar, mesmo que a fala me irritasse ao extremo.

Mas a menção a Vincent disparou uma onda de compreensão. Aquilo ao menos fazia sentido. Talvez fosse a primeira coisa saída da boca de Raihn na qual eu acreditava.

— Vincent não pode me ajudar aqui.

— Duvido muito.

Ah.

Vincent. Era por causa de Vincent. A oferta de aliança não tinha nada a ver comigo. Raihn achava que, caso se aliasse à *princesinha humana* do rei, obteria vantagens que ninguém mais ali conseguiria... evitando que os outros competidores fossem atrás dele primeiro.

Eu não gostava nada daquilo, e as coisas não seriam como ele imaginava, mas ao menos fazia sentido.

Bufei, mas não discuti. Em vez disso, apenas acrescentei:

— E?

Ele pareceu confuso.

— E?

— E o que mais?

Outra longa encarada. Outra conversa silenciosa. Eu tinha esquecido como era me comunicar com alguém cujo rosto tinha tantas expressões.

Havia mais uma coisa — outra razão central pela qual eu era uma aliada perfeita. Nós dois sabíamos disso. Ele sabia que eu sabia. E ele odiava que eu soubesse disso.

Mas eu havia pedido honestidade, e queria que Raihn dissesse com todas as letras.

Ele estava claramente cogitando falar, decidindo qual resposta era a correta para passar no teste. Enfim, o vampiro disse:

— E você vai ser fácil de matar quando a Meia-Lua chegar ao fim. — Era satisfatório de verdade ouvir alguém falando aquilo em voz alta. — Até lá, porém, ninguém vai tocar em você — acrescentou ele, rápido. — Prometo.

Ouvi a voz de Vincent em uma lembrança de dezesseis anos antes: *Sou a única pessoa que vai fazer e manter essa promessa.*

— O que faz você achar que preciso da sua proteção?

Para crédito de Raihn, ele não riu da minha cara.

— Você é uma guerreira habilidosa. Melhor do que achei que seria. — Ele se levantou da fonte e se aproximou alguns passos, devagar, sem nunca interromper o contato visual. Manteve uma mão grande e marcada por cicatrizes aberta ao lado do corpo, a outra segurando com força a poção de cura. A cada passo que dava, eu recuava outro. — Mas ainda é humana — acrescentou ele, baixinho. — E isso significa que, aqui, você é a presa. Sempre vai ser a presa. Por melhor que seja manipulando essas suas armas chiques.

A verdade, é claro. Mas talvez ele não entendesse que eu sabia como ser a presa. Tinha passado a vida inteira sendo uma.

Ele estava certo, porém. Eu precisaria me aliar a alguém para o desafio da Meia-Lua, e depois precisaria matar essa pessoa. Talvez pudesse me aliar a ele, permitir que o vampiro me protegesse e passar aquele tempo entendendo seu estilo de luta e suas fraquezas — me preparando para matá-lo assim que o desafio chegasse ao fim. Raihn poderia me subestimar, e eu poderia usar aquilo contra ele.

Mas criar uma aliança assim tão cedo? O desafio da Meia-Lua, que marcava a metade do torneio, ainda demoraria seis semanas. Era um tempo longo para ficar próxima não de um, mas de dois vampiros, sem acabar morta. Um tempo longo para permitir que ele também assimilasse minhas forças e fraquezas.

— Não — respondi. — Mas é uma oferta tentadora.

Ele se aproximou mais um passo, e recuei de novo.

— O que foi mesmo que você pediu de mim? Que eu fosse sincero pelo menos uma vez na vida? Fui sincero com você, então seja comigo também. Você *realmente* acha que vai sobreviver mais uma noite aqui? A aurora está chegando, mas e depois? Seu cheiro já está espalhado por todo o Palácio da Lua a esta altura. Dá para sentir até da torre leste. E, olha, o cheiro é *delicioso pra caralho*. Você precisa parar de sangrar, e rápido.

Meus olhos recaíram na poção que ele segurava com força. Ouvir tudo aquilo sendo dito em voz alta me deixava inquieta. Mas ter o vampiro tão perto de mim também. Eu não gostava nada de como ele estava me pressionando a tomar uma decisão. As razões que tinha me dado não eram convincentes, fazendo com que as não ditas fossem ainda mais preocupantes.

— Não — falei.

— Você vai sangrar até morrer, ou vão matar você.

Ele começou a chegar mais perto, e ignorei a pontada horrível de dor quando saltei para longe, erguendo as armas de novo.

— Vou golpear caso se aproxime mais um passo — rosnei. — *Saia daqui.*

Raihn levantou as mãos.

— Como queira, princesa. Fique à vontade. — Ele fez questão de garantir que eu estava olhando quando devolveu a poção à bolsa. Depois, me deu um último sorriso antes de se virar para a porta. — Topo da torre leste. Caso mude de ideia.

12

Saí uma hora antes do alvorecer. A própria ida era uma aposta — meu ferimento estava tão ruim que era difícil andar. Se eu desmaiasse no meio do caminho entre o ponto de encontro com meu pai e os portões do Palácio da Lua, já era. Mas cerrei os dentes, troquei as ataduras e comecei a avançar. Demorei duas vezes mais que na noite anterior. Me escondi sob a ponte e esperei.

E esperei. E esperei.

Por favor, Vincent. Qual é. Por favor.

No início, entrei em negação. Ele estava só um pouco atrasado. Algo o impedira de vir mais cedo. Não havia a possibilidade de ele *não* vir até aqui, não depois de ter testemunhado aquela batalha e visto meus ferimentos. Ele apareceria a qualquer segundo.

Mas os minutos foram passando, e Vincent não chegou.

Caralho.

Eu conhecia meu pai e sabia que não havia nenhuma explicação para aquilo que fosse algo bom, mas também não tinha tempo para me preocupar. Quando o amanhecer se aproximava, desisti e me arrastei de volta para o Palácio da Lua. Àquela altura, já estava me mexendo com ainda mais lentidão. Sangrando mais. Havia apostado tudo na ajuda de Vincent, e perder me custaria muito caro.

Quase não consegui voltar antes da aurora. Enquanto a luz do início da manhã entrava pelas janelas que iam do chão ao teto, me esgueirei para o salão de banquete. Estava, felizmente, vazio. A comida nas mesas parecia nem ter sido tocada. Mas os jarros? Os que antes pareciam cheios de sangue?

Estavam vazios de um jeito agourento.

Eu sentia tanta dor que a ideia de comer fazia meu estômago revirar, mas mesmo assim enfiei um pouco de alimento na boca e nos bolsos. Eu precisava me manter forte de alguma forma, e tinha de me mover rápido. Dias antes, o Palácio da Lua ficava quase silencioso enquanto o sol cruzava o céu. Mas, agora, eu conseguia ouvir atividade nos corredores — vozes abafadas, batidas surdas e passos leves. Raihn estava certo. A estufa era segura durante o dia, mas o resto do Palácio não.

Avancei tão rápido quanto possível devido aos meus machucados, do salão de banquete até o principal. Foquei o borrão de luz ao fim do corredor — a entrada da estufa. Era um dia claro e limpo, sem uma única nuvem no céu. O sol banhava o espaço em abundância.

Eu estava a duas passadas de distância — muito, muito perto — quando ouvi passos.

Derrubei a bolsa de comida no chão. Saquei as armas. Virei bem a tempo.

Uma das lâminas cortou os músculos rijos da lateral do corpo de meu atacante, e a outra bloqueou o ataque desferido na altura do meu rosto. A intensidade súbita dos movimentos me deixou sem fôlego de tanta dor quando meus machucados voltaram a se abrir, o fluxo renovado de sangue fazendo meu atacante entrar em um frenesi.

Aconteceu muito rápido. Nem consegui ver direito meu oponente, captando somente lampejos — o branco de seu olhar enlouquecido, o cinza dos cabelos, a compleição esbelta — antes que estivéssemos engalfinhados. Ele estava um tanto bestial, se movendo em botes descontrolados, a boca retorcida em um rosnado e as garras afundando em meus ombros enquanto eu tentava lutar. Brandia um florete, que abriu outra ferida na lateral do meu tronco.

Me joguei em cima dele, e, juntos, caímos para dentro da estufa. A vegetação era tão fechada que a luz fez meu atacante apenas chiar de desconforto.

Mas ele estava ensandecido com a sede de sangue. Desajeitado. Não estava prestando atenção nos arredores. Quando saltou na minha direção mais uma vez, usei a força de seu próprio movimento para fazê-lo se chocar contra a parede de vidro.

A manhã nos banhou, o calor fazendo o suor surgir na minha pele em segundos. Mantive as costas dele pressionadas contra o vidro, de modo que recebesse a intensidade completa do sol. O cheiro de transpiração e carne queimada encheu minhas narinas.

Aquilo seria suficiente para despertar o desgraçado do frenesi de sangue. Com certeza.

Mas não foi. Ele soltou um grunhido de dor e continuou se debatendo contra mim. Eu era capaz de bloquear os dentes, as unhas afiadas ou a arma, mas não as três coisas ao mesmo tempo — não enquanto o mantinha preso contra a parede, ao menos. O cheiro de carne queimada ficou mais pungente.

Tropecei. Ele deu um novo bote. Eu só tinha uma chance. Joguei o vampiro outra vez contra o vidro. Aproveitei o momento de hesitação quando o sol escaldou a lateral de seu rosto.

E antes que ele pudesse se recuperar, enfiei a adaga em seu peito.

... Mas não com força suficiente. A lâmina não atravessou o esterno.

Merda.

Eu estava muito fraca. Recuei de novo, e quase caí quando o mundo tombou de lado.

Minha visão embaçada se fixou nos olhos do vampiro — amarelos, com traços vermelhos. Ele se virou para mim, um sorriso vagaroso se espalhando pelos lábios.

Investi tudo que podia naquele último golpe, *com força, força e força* até ouvir um estalido, até minha adaga atravessar seu peito.

Senti uma pontada horrível de dor.

O corpo de meu atacante amoleceu. O peso dele quase me fez cair, mas o vampiro ainda não tinha morrido. Seus dedos se retorciam. Eu não havia conseguido enfiar a lâmina fundo o suficiente. Mas minhas mãos não obedeceram quando tentei empurrar de novo.

Cambaleei para trás. Olhei para baixo. Meu abdome estava coberto de sangue. Eu não conseguia ver onde era o corte.

Não conseguia sentir muita coisa, na verdade.

Você está em choque, Oraya. A voz de Vincent soava urgente em minha cabeça. *Assim vai acabar tendo uma hemorragia. Você precisa sair daí*, agora mesmo. *Eles vão sentir seu cheiro.*

Minha mente era um grande borrão, mas consegui emitir um único pensamento: *Não vou sobreviver assim por quatro meses. De jeito nenhum.*

Levei as mãos à barriga e ergui a cabeça. E ali, bem em frente, como se o próprio Palácio da Lua estivesse me oferecendo um presente, estava a escadaria em espiral.

Olhei por cima do ombro. De repente, a porta da estufa pareceu estar muito longe. Eu tinha mesmo andado tanto assim? Não me lembrava de ter feito isso. Mas enfim — eu me lembrava de *pouquíssimas* coisas enquanto me arrastava escada acima. Lance após lance após lance, aparentemente sem nunca chegar, do jeito que parecera naquela primeira noite — a primeira vez que eu havia galgado aquelas escadas, desesperada para chegar ao topo com vida.

Era provável que tampouco fosse a última.

Quando alcancei o alto da escadaria, já estava de quatro. O sangue escorria pelos degraus, vazando pelos espaços entre as barras do corrimão e gotejando no piso do salão lá embaixo como pétalas de flores.

Os degraus acabaram, e ergui a cabeça. Havia uma única porta diante de mim.

Lutei para me levantar. Dei um passo e caí. Tentei me erguer de novo. Escorreguei em meu próprio sangue. Não senti quando bati no chão. O mundo girou. Apagou.

Depois do que pareceu uma era, alguém me virou de barriga para cima. Minha garganta produziu um som estrangulado de dor.

Raihn estava inclinado sobre mim.

— Ora, ora — disse ele, cruzando os braços. — Não demorou *nadinha*. *Cretino do caralho*.

Mas tudo o que saiu da minha boca foi um balbucio.

A última coisa que vi antes de perder a consciência foi o sorriso amplo do vampiro, revelando dois caninos muito longos e afiados.

— Ah, não tem de quê, Oraya.

E a última coisa que ouvi foi a voz de Vincent em minha mente, dizendo: *O que raios você acabou de fazer?*

Parte Três
Lua Minguante

INTERLÚDIO

Deixe-me contar sobre a primeira vez que a garota tem vontade de ser alguém que não é.

Cinco anos é um piscar de olhos para um vampiro. Metade da vida de uma pequena humana. O rei mantém a nova filha adotiva cuidadosamente separada do resto de seu mundo sangrento. Dá tudo que ela poderia desejar dentro do conforto de quatro paredes.

A garota já tem onze anos quando deseja se aventurar para além de tais paredes. O rei tentou de tudo, mas, por maior que seja sua afeição e proteção, ele ainda é várias centenas de anos mais velho que ela — e de uma espécie completamente diferente, ainda por cima.

A garota se lembra da vida que tinha antes de chegar ao lugar — mas tais imagens estão sumindo, carcomidas pelo tempo. Os anos são longos para uma criança tão novinha, e memórias são curtas.

Ainda assim, ela se lembra de uma vida anterior. Uma vida com pessoas que gostavam dela.

Certa noite, quando o rei veio visitar a menina, a garota perguntou sobre a família. Não foi a primeira vez. Ela reconheceu o olhar no rosto do rei quando ele se preparou para lhe dar a mesma resposta de sempre, pela milésima vez.

— Eu sei que meus pais morreram — disse ela, depressa, antes que ele continuasse. — Mas deve ter outros.

— Outros?

— Outros como eu.

— Humanos.

A menina assentiu. O rei ficou em silêncio.

A garotinha foi até a estante e puxou um livro que pesava quase tanto quanto ela própria. Precisou se esforçar para carregar o volume até a mesa. O livro bateu contra a superfície com um ruído surdo, e ela folheou o guia de mapas.

— Você me encontrou na região oeste da Casa da Noite.

O rei pestanejou, surpreso. Nunca tinha dado a ela detalhes de onde a encontrara.

A menina abriu um sorrisinho, orgulhosa por ter impressionado o pai.

— Eu descobri sozinha — disse ela. — Território Rishan, certo? — Ela não conseguiu ler o rosto do pai, mas ele confirmou com a cabeça. — Onde, então? — continuou, correndo o dedo pelas linhas desbotadas, cidades e vilarejos que só existiam para ela como manchas de tinta em um mapa.

— Não interessa.

A garota fez uma pausa. Interessava, sim. Interessava muito.

Ela precisou escolher as palavras com cuidado.

— Talvez ainda tenha alguém lá. Me procurando.

— Mas seu lar é aqui, serpentezinha. — O rei abriu um sorrisinho cálido. — Um lar bom para você. Seu sangue pode ser vermelho, mas você pertence a este lugar.

Ele não entendia. Aquele lugar era de fato seu lar, mas a vida dentro daquelas paredes era de medo constante.

— Não pertenço — rebateu ela. — Aqui, todo mundo quer me matar.

O rei não discutiu. Já tinha dito aquilo muitas vezes.

Enfim, suspirou.

— Encontrei você em um lugar chamado Salinae. Um assentamento distante além das fronteiras da Casa da Noite. Mas mesmo que ainda tenha família vivendo por lá, Oraya, não posso encontrar essas pessoas para você.

A menina só entendeu o quanto se apegava àquela esperança — àquela realidade frágil e inventada — quando ela foi estilhaçada dentro de seu peito.

— Por quê? — resmungou, a voz embargada.

— Lá é território Rishan. Como rei Hiaj e líder da Casa da Noite, não posso ir até lá sem que haja represálias.

— Mas eu posso. — Ela nem sequer hesitou. — Eu vou. — O pai riu, mas ela o repreendeu: — Não é engraçado!

O sorriso do rei sumiu. Ele encarou a filha por um longo instante.

— Você é humana — falou. — É perigoso para você fazer algo assim.

— Então me Transforme — rebateu ela. — Me faça ser igual a você. Já li sobre o assunto.

— Também não posso fazer isso, Oraya.

Outra esperança destruída. Os olhos dela ardiam.

— Por que não?

— Porque você é preciosa demais para mim. — Ele acarinhou seu cabelo. — Duas a cada três Transformações terminam em morte. É mais da metade dos casos. Não vou colocar sua vida em risco.

Ela sentiu um nó na garganta. Os olhos pareciam queimar. Precisou de toda sua força para reprimir as lágrimas. Estava no limiar da idade em que crianças começam a entender o futuro. E, naquele momento, a menininha entendia que aquela verdade — a prisão imposta por sua própria carne humana — a condenaria a uma vida dentro daquelas quatro paredes.

Ela se virou para o pai, as mãozinhas cerradas.

— Precisa ter um jeito — disse ela. — Alguma coisa que a gente possa fazer. Precisa ter.

O rei deu uma risadinha, embora seu olhar parecesse distante e triste.

— Tão afiada...

Ele ficou em silêncio por um longo instante, o sorriso se desfazendo em uma expressão de reflexão concentrada. O rei não falou nada por tanto tempo que era como se sua mente tivesse passado para outro mundo. A garota sabia que não devia interromper, então apenas esperou enquanto o encarava.

Ela já tinha aprendido a ler as expressões do pai, mas aquela era diferente. Mais de uma década depois, ela se lembraria daquela conversa e saberia que o que vira nele era conflito — uma expressão tão rara que nem sequer sabia como identificá-la na época. Ela pensaria inúmeras vezes naquela noite e no que o pai lhe dissera em seguida. A dúvida não respondida sobre o que se passara pela cabeça dele durante aquele silêncio a assombraria para sempre.

Mas a menina não sabia disso naquele momento. Ela simplesmente esperou. Enfim, o rei se inclinou para a frente na cadeira, apoiando os antebraços nos joelhos.

— Há uma forma de fazer com que você se torne tão poderosa quanto eu algum dia.

A esperança a inundou.

— Como? — sussurrou ela.

A boca do rei se contorceu em um sorriso miserável.

— Com o presente de uma deusa.

13

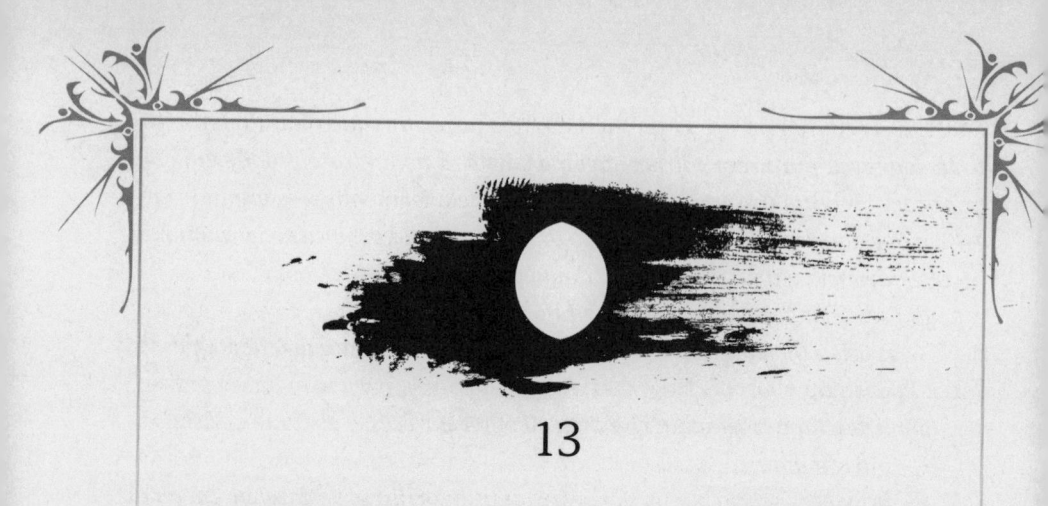

A risada era grave e profunda, rouca e suave ao mesmo tempo — baixa, mas ainda assim dominava o ambiente. Foi a primeira coisa que entrou em minha mente confusa; a primeira a irromper na superfície de minha consciência enevoada.

Rolei de lado. Meu corpo protestou com uma sinfonia de incômodos, mas nada comparado a antes. A ausência de dor era aterradora.

Pisquei para afugentar o sono, e o que vi em seguida foram asas — profundamente pretas, com o lustro das penas refletindo os tons quentes da luz da lamparina. Eu não tivera tempo o bastante na arena para admirar as asas de Raihn de forma adequada, mas eram — por mais que eu odiasse admitir — muito lindas. Eu via asas de vampiros Rishan muito menos do que as de Hiaj, e nenhuma de coloração tão única quanto aquelas — de um breu absoluto, com o brilho oleoso as fazendo cintilar em tons de vermelho, roxo e azul.

Raihn estava agachado diante de Mische, sentada em uma mesinha de centro. Ele segurava o pé dela, sobre o qual se debruçava com o que parecia uma concentração intensa, um rolo de bandagens na outra mão.

— Eu falei para você parar de se mexer, Mische — murmurou ele.

— Está demorando muito.

— Porra, mas você também não consegue ficar parada por dois minutos...

As palavras em si eram ríspidas. O tom, porém, era muito mais suave — carinhoso, até.

Mische soltou um suspiro teatralmente sofredor, se remexendo no lugar como uma criança impaciente.

Pisquei de novo, e o resto do cômodo entrou em foco. Estávamos no que parecia a área comum de um alojamento — um muito, muito confortável, apesar de a decoração estar alguns séculos fora de moda. Havia lamparinas, algumas acesas com fogo convencional e outras com uma luz azul-esbranquiçada que cintilava sobre o papel de parede brocado em um contraste estranho de calidez e frieza. Uma muralha de cortinas grossas de veludo cobria o lado leste do espaço — onde ficavam as janelas, supus. Móveis imponentes tinham sido artisticamente dispostos por todo o recinto, feitos de mogno escuro ou mármore preto, estofados com tecidos sedosos. Tudo parecia ser uma relíquia do estilo de outra época, mas o lugar estava imaculado como se construído no dia anterior.

— Eu já falei que estou bem! Isso não vai me prejudicar, e... Ah! *Ah!*

Mische saltou em pé com tanta empolgação que, para meu quase prazer, por pouco não chutou a cara de Raihn.

— O que a gente *acabou* de conversar? — murmurou ele ao desviar de seu pé, mas Mische nem deu bola para o vampiro enquanto atravessava o cômodo em minha direção.

Minha cabeça ainda girava, mas saltei para longe dela mesmo assim.

Mische congelou no lugar, erguendo as mãos.

— Ai. Foi mal! Eu sei... Ele me falou. Devagar. — Ela franziu a testa, soltando uma risadinha constrangida.

Ele me falou. Aquilo me deixou irritada. Que imagem de mim será que Raihn tinha passado para a companheira? *É uma humanazinha frágil, assustada com qualquer coisa, então a trate como um bichinho machucado.*

Raihn desviou os olhos, murmurando um palavrão.

— Como está se sentindo? — perguntou Mische.

Ela se acomodou no chão, cruzando as pernas e apoiando a mão nos joelhos — como se estivesse se forçando para não sair correndo até mim. Os olhos dela eram grandes demais para o rosto, quase comicamente desproporcionais em relação ao nariz pequeno e à boca de cantos sempre curvados para cima. Mesmo assim, ela era bonita de um jeito impressionante. Assim como todos os vampiros, no caso.

— Melhor — respondi após uma longa pausa.

Mische sorriu.

— Ah, ótimo! Meu nome é Mische. Estou animada por enfim conhecer você.

— A gente já se conheceu. No banquete.

— Ah, quer dizer, conhecer *de verdade*. Raihn me contou sobre o desafio. E sobre como foi sua a ideia de atacar o líder do bando. Isso salvou meu pescoço também, então obrigada. — Ela riu e balançou a cabeça, como se a experiência de quase morte fosse uma lembrança boa e distante.

Eu nunca tinha conhecido outro vampiro que se comportasse daquele jeito, nem de perto. Mesmo os mais extrovertidos eram muito reservados. Ainda assim, não conseguia ignorar a sensação de que ela me lembrava alguém. Não uma vampira, notei depois de um instante, mas uma humana. Ela me lembrava Ilana.

Claro, Mische não era sarcástica como Ilana. Mas tinha a mesma postura escandalosa e casual. Era... descaradamente pitoresca. Qual seria a relação entre ela e Raihn? Eram ambos estranhos para os padrões vampíricos, mas de formas que não podiam ser mais diferentes entre si.

Ela se levantou e abriu os braços, gesticulando para abranger o cômodo.

— Bem-vinda ao nosso lar. Não é incrível? Bom... talvez você não ache. Tenho certeza de que não chega nem aos pés do castelo dos Nascidos da Noite. Mas eu nunca estive em um lugar como este. Ou... Bom, acho que o *Raihn* até já esteve, mas *eu*...

— Pelo Sol, Mische! Que tal dar um tempinho para ela antes de matar a menina de tanto falar?

Raihn enfiou as mãos nos bolsos do casaco — longo, preto e simples, um pouco justo nos ombros — e se aproximou de mim. Um sorriso presunçoso que me incomodava se espalhou por seus lábios.

— Você mudou rápido de ideia, não?

— Não tive escolha.

— A gente percebeu.

— E graças aos deuses você veio — soltou Mische. — Senão, teria morrido. — A expressão dela se fechou. — Aqueles Nascidos do Sangue são uns merdas. Ele tentou fazer picadinho de você, não tentou?

Graças aos deuses, ela tinha dito. Não à Deusa. Interessante.

— Tenho um presente para você — informou Raihn, num tom muito casual. — Um presente de boas-vindas à nossa pequena família.

Mische sorriu. Era esquisito ver uma expressão tão solar e alegre marcada por aqueles caninos afiados.

— Temos mesmo! — Ela vasculhou um dos baús encostados na parede mais distante do espaço; quando se virou, precisei me forçar a não encolher o corpo.

Era uma cabeça.

A cabeça de um homem de pele pálida e macilenta, o cabelo quase todo grisalho marcado aqui e ali por mechas castanho-acinzentadas. Ele tinha as orelhas pontudas, assim como os dentes, visíveis na boca retorcida em um rosnado perpétuo que marcava seus lábios mesmo depois da morte.

Eu não tivera tempo de prestar muita atenção nos traços do vampiro que havia me atacado, mas só podia supor ser aquele.

Meu estômago se revirou, tomado por uma náusea súbita. A memória voltou, como sempre, em lampejos breves e sobrepujantes.

Tenho um presente para você.

Pisquei várias vezes, tentando espantar o passado. Depois, com cuidado, fiz meu rosto assumir de novo a expressão fria, desinteressada.

— E o que raios vou fazer com isso?

Raihn encolheu os ombros.

— Sei lá. Se vangloriar?

— Nossa, que satisfatório... — falei, seca. — Ele sem dúvida parece capaz de apreciar minha superioridade.

O sorriso de Mische desapareceu. Os lábios de Raihn se comprimiram em um gesto de desaprovação irônica.

— Eu salvei sua vida duas vezes e lhe dei de presente a cabeça do seu inimigo, e nem assim é suficiente? Você é uma mulherzinha exigente, hein?

— Todos esses "presentes" foram de seu próprio interesse. Eu ajudei você a sobreviver na arena também. E tenho certeza de que você amou matar esse cara.

Uma expressão esquisita cruzou seu rosto, logo descartada para dar lugar a um sorriso tranquilo.

— É por isso que somos aliados. Porque nossos interesses são recíprocos.

— Hum.

Tentei não transparecer como a palavra "aliados" me fez sentir um calafrio. Foi só naquele momento que me dei conta de todas as consequências de minhas ações. Eu fora forçada a tomar uma decisão na base do desespero e agora estava presa àqueles dois.

Mische ainda segurava a cabeça no ar, mas agora olhava para o vampiro morto com um biquinho.

— Ele era um escroto mesmo. — Suspirou. — Mesmo antes. Ele teria morrido de qualquer forma. Você praticamente estripou o sujeito.

— Deve ter sido uma bela luta, a julgar pelo estado de vocês dois — acrescentou Raihn.

Tomei coragem de me aproximar alguns passos, examinando a cabeça. Mesmo para um vampiro, o tom cinzento da pele do homem era estranho, assim como o vermelho intenso que marcava seus olhos cegos. Uma teia de aranha de veias preto-avermelhadas subia pela garganta. Os traços eram visíveis no pescoço, na mandíbula e nos cantos da boca e dos olhos. Mesmo na morte, os vasos pareciam... pulsar.

— O que foi? — perguntou Raihn. — Nunca viu a maldição dos Nascidos do Sangue tão perto assim?

Não gostei nada de saber que ler minha expressão tinha sido fácil daquele jeito.

— Ele estava em um frenesi de sangue — falei.

— Olha, era algo bem pior que isso.

As palavras soaram estranhamente sérias. Talvez até sombrias. Quando consegui desviar os olhos da cabeça e me virei para Raihn, o sorrisinho tinha sumido de seus lábios.

Foi quando ele notou que eu o estava encarando — e, sem nem hesitar, a expressão presunçosa voltou.

— O cara estava com os dias contados, de toda forma. Foi um ato de misericórdia. Ele partiu da forma mais indolor possível. *Mas enfim.* — Seus lábios se curvaram ainda mais. — Bom ver que voltou à consciência. Mische, você dá um fim nisso?

Mische assentiu e prendeu a cabeça sob o braço enquanto seguia na direção de uma das portas no fundo do cômodo.

— Já volto. Aí apresento o alojamento para você, Oraya.

***

Raihn e Mische realmente tinham conseguido um lugar de primeira qualidade. O alojamento era imenso, formado por um gabinete, uma cozinha, um escritório, quatro quartos (cada um com seu banheiro) e, é claro, uma grande sala de estar — todos os cômodos luxuosamente ornamentados, mesmo quando comparados ao castelo dos Nascidos da Noite. Os moradores da região mais central da cidade estavam acostumados a ver o Palácio da Lua se erguendo imponente acima de Sivrinaj como um monumento abençoado em homenagem a Nyaxia, mas eu nunca tinha parado para pensar em como ou por que ele havia ido parar ali. Será que pessoas tinham morado na construção em alguma época? Se sim, por que tinha sido abandonada e substituída pelo castelo dos Nascidos da Noite? O palácio era quase tão grande e imponente quanto o castelo.

Mische me levou até os meus aposentos — "A gente separou para você o que tem mais janelas!", anunciara ela. "Por motivos óbvios!" — e me deixou em paz para que eu pudesse me limpar e descansar. Meu quarto, como todos os cômodos ali, era lindamente ornamentado de uma forma antiga e desatualizada — mas, por mais esquisito que parecesse, não havia nem sequer um grãozinho de poeira por perto.

As cortinas eram feitas de um veludo pesado e azul-escuro, com cordões prateados em padrão trançado. Precisei fazer um esforço considerável para abri-las. A janela revelou um reflexo quase perfeito da visão que eu tinha do meu quarto no castelo dos Nascidos da Noite. À distância, a silhueta da construção se reduzia a uma série de picos pontudos e domos banhados pelo luar. Eu não me lembrava da última vez que vira o castelo tão de longe. Outros prédios que eram pequenos da janela do meu quarto agora estavam próximos, e eu podia ver todas as suas imperfeições... que eram muitas. Sim, a arquitetura era grandiosa, mas havia tinta dourada descascando e entalhes desmoronando. Rachaduras subiam como hera pelas paredes de pedra, e as janelas de vitral estavam trincadas. Marcas de decadência que eram invisíveis do meu quarto no castelo de Vincent.

Eu achava desde sempre que a feiura de Sivrinaj era reservada aos assentamentos humanos. Nunca havia me passado pela cabeça que o centro da cidade também estava, de certa forma, caindo aos pedaços.

Meu olhar recaiu sobre um pequeno trecho de escuridão densa contra o horizonte. Do meu quarto no palácio de Vincent, eu via as dunas à distância, silenciosas e cheias de graça. Mas, dali, o panorama mais afastado era formado pelos cortiços humanos, parcialmente escondidos atrás da grandiosidade silhuetada do castelo dos Nascidos da Noite.

Não sabia por que a visão daquelas duas coisas, tão contrastantes, me causava tamanho desconforto.

Fechei as cortinas de novo.

— Você pegou isso no salão de banquete?
— Sim!

Mische jogou uma cereja na boca e mastigou, claramente se deliciando com a fruta antes de engolir — com semente e tudo. Ela e Raihn beliscavam pequenas porções de comida aqui e ali, mas estavam mais concentrados em beber sangue a partir de dois cálices avantajados. O prato que Mische me entregou tinha muito mais comida do que eu seria capaz de consumir, arrumada de um jeito artístico por cores — pilhas altas de frutas, carnes e queijos.

Fiquei espiando os dois enquanto bebericavam sangue. Era nítido que Mische queria que eu me sentasse de frente para ela na mesa, mas, em vez disso, me ajeitei em um dos cantos. Eu me sentia mais confortável com alguma distância entre nós. Assim teria tempo de reagir caso um deles tentasse algo.

Ergui o queixo, indicando os cálices.
— É sangue de que tipo?

Raihn deu um gole e estalou os lábios.

— De cervo. Acho.

Eu não sabia se ficava aliviada com o fato de que não era humano. Não gostava de pensar sobre de onde o sangue podia ter vindo — mas, enquanto os outros competidores estivessem bebendo dos decantadores, não ficariam tão tentados a beber de mim. Afinal de contas, nenhum sangue era tão gostoso para eles quanto o humano.

Mas não era o único tipo que os satisfazia. Sangue de cervo, cavalo, vaca ou porco eram os mais comuns. Os mais baratos eram os de galinha ou corvo, mas eram pouco nutritivos — e, ao que parecia, tinham um gosto péssimo. Na corte de Vincent, sangue de cavalo era submetido a processos de cura para ser transformado em iguaria, mas nem a melhor das substituições se comparava ao sangue humano. Vampiros da elite o bebiam com frequência, extraído ou consumido direto de fornecedores como Ilana.

— Não tinha mais sangue lá — falei. — Quando passei pelo salão mais cedo.

— A gente sabe — respondeu Raihn.

Ficamos em silêncio por um momento longo e constrangedor, todos muito cientes do que aquilo podia significar. Até aquele instante, ao menos, os competidores eram autorizados a deixar o Palácio da Lua para procurar por mais alimento. Mas eu tinha a sensação de que cedo ou tarde as coisas ficariam mais restritas.

— Mas temos o suficiente! — disse Mische, animada, quebrando a tensão e erguendo um decantador cheio até a boca, fazendo o líquido grosso e vermelho gorgolejar dentro dele. — A gente pegou a maior quantidade possível antes que os outros chegassem.

— Além de comida — acrescentou Raihn. — Para você.

Por aquilo — pelas duas coisas — eu poderia me sentir grata, ao menos. A gentileza deles, porém, ainda me deixava desconfortável.

Uma das velas do candelabro no centro da mesa permanecia apagada. Mische franziu a testa, depois estalou os dedos. Uma minúscula chama irrompeu na ponta do dedo, que ela usou para acender a vela com um sorriso satisfeito.

Fiquei encarando a vampira, fascinada. Testemunhar o poder ali, de perto, foi tão surpreendente quanto havia sido na arena. Minha curiosidade foi avivada.

— Isso não é magia de Nyaxia.

— Não. É de Atroxus.

Como eu imaginava. A confirmação não tornava o fato menos inacreditável, porém. Cada um dos trezes deuses podia ser invocado para execução de várias formas de magia, mas nenhuma das entidades do Panteão Branco permitia que seus poderes fossem usados por vampiros. Estes, afinal de contas, eram filhos de Nyaxia, odiada pelo Panteão Branco.

Mische pareceu ler minha expressão.

— É totalmente possível um vampiro dominar magias além dos domínios de Nyaxia — disse ela, em um tom que sugeria que já precisara dar aquela explicação várias vezes. — Você só precisa ter os talentos certos, é isso.

Ela parecia orgulhosa de si mesma. Mas não pude deixar de ignorar a desaprovação que cruzou no mesmo instante o rosto de Raihn, que se pôs a bebericar do sangue como se aquilo pudesse impedi-lo de dizer algo de que se arrependeria.

— E você? — perguntou Mische. — Consegue manipular magia também?

Hesitei antes de responder. Talvez fosse bom que eles não soubessem, mesmo que meus poderes fossem meio inúteis. Qualquer vantagem era uma vantagem. Mas fiquei em silêncio por tempo demais. Mische sorriu e se inclinou para a frente antes de continuar:

— Controla, sim! Consigo até sentir. Mas ela é meio tímida, né?

Tímida. Gostei do adjetivo. Considerei usá-lo da próxima vez que Vincent fizesse um comentário depreciativo sobre a fraqueza da minha magia. *Não julgue! Ela só é tímida!*

Ele acharia um barato.

— Manipulo um pouquinho — falei. — Para fazer coisas inúteis. Nunca me ajudou em nada. — Fitei Raihn. — E você?

— Ah, mesma coisa — disse ele, dando outro gole no sangue. — Coisas inúteis.

Como se ele não tivesse usado magia na frente de todo mundo para matar um homem poucos dias antes.

Mische riu baixinho, claramente achando muito mais graça em Raihn do que eu.

Estreitei os olhos.

— Coisas inúteis tipo o Asteris?

O canto da boca dele se retorceu.

— Exato.

BANG BANG.

Me sobressaltei. Meu olhar se voltou de imediato para a porta da frente do alojamento, que balançava com a força das batidas.

BANGBANGBANGBANGBANG.

Raihn mal se virou.

— Bom, não acho que a gente deva atender.

— Raihn Ashraj, *ABRA. A PORRA. DA PORTA.*

A voz feminina, grave, ressoava lá de fora, tão alta que podia muito bem estar vindo de dentro do cômodo. Se a pancadaria continuasse, certamente seria só uma questão de tempo.

Mische olhou para Raihn, que estreitou os olhos para ela. Estavam tendo uma conversa silenciosa.

Ele grunhiu.

— Por que sempre *eu*? Pelo maldito sol, por que nunca é o *seu* nome que ficam gritando do outro lado de uma porta?

A vampira abriu um sorrisinho doce.

— Porque eu sou simpática e bonita.

— Eu também sou simpático e bonito — resmungou ele. Depois se levantou, pegou a espada largada de qualquer jeito na mesinha de centro e a desembainhou com um só movimento. Depois foi até a porta e a abriu de supetão, de modo que a pessoa do outro lado não tivesse tempo de reagir até estar com uma espada apontada para a cara.

— Oi, Angelika.

Imediatamente, a espada bloqueou o metal gelado do fio de um machado. Quem o brandia era a vampira que comandava os competidores da Casa do Sangue... e ela estava *furiosa*.

De perto, ela parecia a mulher mais musculosa que eu já tinha visto, quase tão alta quanto Raihn e larga o bastante para bloquear toda a passagem. Os braços definidos, expostos pela armadura sem mangas, se flexionaram quando ela desviou o golpe poderoso de Raihn — se a contração dos próprios músculos do vampiro fosse alguma indicação, ele não tinha poupado forças.

— Cadê ele? — rosnou Angelika.

— Não sei do que você está falando.

— Eu não sou igual àquele merda Rishan que você matou durante o banquete. Não vou cair nos seus joguinhos. *Cadê ele?*

Fiquei parada próximo da porta, as espadas curtas em punho, mas só me meteria naquilo caso fosse inevitável. Mische parecia chocantemente apática, assistindo à cena com interesse óbvio e pouca preocupação.

Ao que parecia, Angelika não queria ou precisava de uma resposta de Raihn — pois, em vez de esperar por uma, atacou de novo. E o vampiro estava pronto. Ele defendeu o golpe e usou a força do impacto para empurrar ambos para o corredor, longe da entrada do alojamento.

Ver os dois lutarem era como ver forças da natureza colidindo uma com a outra. Angelika era implacável, os movimentos todos repletos de poder. A luz do corredor iluminava as cicatrizes que marcavam seu braço — ela manipulava magia de sangue.

Se estava usando a tal magia contra Raihn, porém, ele não parecia afetado — exceto, talvez, por um leve solavanco quando as armas se encontravam. Ele era um guerreiro absurdamente habilidoso. Quase a porra de um artista. No desafio, eu estivera distraída demais para perceber como ele era bom. Raihn se movia com uma graça inacreditável para alguém tão grande. Os ataques, as esquivas e os deslocamentos se mesclavam uns aos outros, como os passos de uma dança. As névoas de sombra ao redor de sua espada se intensificavam a cada golpe, deixando traços de escuridão atrás de cada movimento e envolvendo os dois combatentes em faixas de breu.

Mas Angelika era tão boa quanto, tão forte quanto, tão rápida quanto. Tinham habilidades completamente equiparáveis, ambos tremendo sob a força do poder um do outro. Pela natureza de minha posição na vida, eu tinha ficado muito boa em caracterizar predadores — em reconhecer matadores. E, naquele instante, estava vendo dois predadores bastante eficientes brincando um com o outro.

Com um empurrão da espada contra o machado, Raihn a afastou.

— Foi tudo culpa daquele maldito. E você sabe disso.

— Foi a humana — rebateu ela. — Sei que foi.

— Ele estava fora de si. Ir atrás dela justamente na estufa?

Angelika estava pronta para atacar de novo, mas se deteve ao ouvir as palavras. Baixou o machado, só uma fração de centímetro.

Raihn não baixou a guarda, tampouco a atacou.

— *À luz do dia*, Angelika — continuou ele.

— Na estufa — repetiu ela.

— Ele já era — disse Raihn. — Matou a si mesmo. Que inferno, você devia estar agradecendo. Poupamos você de uma tarefa muito desagradável.

— Pare de falar merda — sibilou ela.

— O quê? Você preferia que ele tivesse vivido o bastante para ser usado por este lugar? Como aqueles pobres coitados contra os quais a gente lutou na arena?

Angelika balançou a cabeça. Ergueu os dedos — que tocaram de leve a garganta. Ela não falou durante um longo tempo, e fiquei preparada esperando para ver se a vampira se moveria de novo.

— Prefiro matar a humana nos desafios, não aqui — disse ela, enfim, a voz grave e espessa cheia de promessa.

No mesmo instante, seu olhar pousou em mim, cheio de ódio. Suas narinas se dilataram. Fiquei extremamente ciente do ritmo rápido de minha própria pulsação.

— E quanto a você... — Ela voltou a fitar Raihn. — *Você*... tem sorte de não ser sua hora ainda. Não se esqueça de quanta sorte teve até agora.

Em seguida, Angelika simplesmente baixou o machado e foi embora.

Só voltamos a nos mexer depois de muito tempo. Raihn foi o primeiro a falar.

— Acho que eu devia tê-la matado.

— Quem vê pensa que você ganharia essa luta — falei.

Ele soltou uma risadinha baixa.

— Ah, eu teria ganhado.

Os olhos lilases do vampiro se voltaram para mim, e me dei conta de repente de como ele estava perto — tão perto que eu podia sentir seu cheiro, um odor que me lembrava açafrão, o calor se abatendo sobre o deserto e alguma outra coisa que eu não sabia muito bem precisar.

Calafrios fizeram minha pele se arrepiar, meus instintos se rebelando contra permitir que alguém chegasse tão perto. Dei vários passos casuais para trás, e o olhar de Raihn voltou para a direção na qual Angelika desaparecera escadaria abaixo.

— Mas que seja. Ela é um problema. Alguém em quem ficar de olho.

— Tenho pena dela — disse Mische baixinho, sem elaborar mais.

14

— Foi uma decisão idiota. Não criei você para se entregar assim aos seus inimigos.

Fazia quase uma década que eu não via Vincent tão horrorizado com minhas ações.

Não tive escolha, quis dizer, mas engoli as palavras antes que pudessem chegar aos meus lábios. Sabia que não era uma boa ideia. Vincent achava que as pessoas sempre tinham uma escolha — se estavam em uma posição em que não tinham, era porque haviam feito outra escolha muito burra antes que levara àquela situação. De uma forma ou de outra, a culpa era unicamente dela.

— Preciso de aliados para a Meia-Lua, e ele é um dos bons — falei em vez disso.

— Ele é um Rishan.

— Assim como um terço dos competidores.

— Pense no motivo que faria um Rishan querer se aproximar de você, Oraya. De *você*.

Meu pai andava de um lado para o outro. Só fazia isso quando estava nervoso, mas até naquela situação seus movimentos eram fluidos e deliberados. Três passos largos e uma virada brusca, exatamente a mesma distância, exatamente o mesmo ritmo.

Ele estava tenso. Eu estava tensa. Era uma combinação ruim de circunstâncias, e soube disso no momento em que o vi. Ele tinha trabalhado duro ao longo dos anos para arrancar de mim a impulsividade emocional. Mas o estresse da competição, meu ferimento e a escolha que eu tinha sido forçada a tomar haviam me deixado com os nervos à flor da pele. Debaixo de tudo aquilo, ainda jazia enterrado meu luto pela morte de Ilana; era algo que eu não admitia, mas que existia como uma ferida viva e sanguinolenta, amplificando cada emoção negativa.

Tudo aquilo significava que eu precisava calcular com cuidado meu tom de voz e minhas palavras.

— Eu já pensei — respondi. — Ele acha que, ao se aliar a mim, vai receber vantagens de você. Considerando como motivações podem ser egoístas, essa é uma que posso aceitar. Melhor do que ele me mantendo por perto para servir de lanchinho caso a comida fique escassa.

Passo, passo, passo, *virada*. E Vincent se voltou para mim de supetão.

— O que vai acontecer.

Quase estremeci com o pensamento.

— Pelo menos estarei protegida quando essa hora chegar.

— *Protegida*. — Os lábios dele se curvaram para cima em uma expressão de desprezo; ele cuspiu a palavra em mim como se eu tivesse acabado de dizer algo revoltante.

Cerrei os dentes, engolindo a réplica. Será que Vincent achava que eu não estava ciente das falhas e fraquezas do conceito naquele lugar? Não existia proteção de verdade — não no Kejari, não na Casa da Noite, e não em toda Obitraes. Não existia segurança, e certamente não existia confiança — em ninguém, além de na pessoa diante de mim.

Mas minha irritação foi se perdendo na onda de preocupação que crescia enquanto eu olhava meu pai andar de um lado para o outro. Vendo ele passar a mão pelo cabelo, seu único sinal inconfundível de que estava tenso.

— O que aconteceu? — perguntei baixinho.

Atividades rebeldes dos Rishan? Talvez aquilo explicasse Vincent tão sensível à ideia de eu me aliar a um deles, independentemente de quem fosse. Ou... talvez mais ameaças da Casa do Sangue. Aquilo seria ainda mais perturbador.

Não sei nem por que me dei ao trabalho de perguntar. Como era de esperar, Vincent desviou os olhos e permaneceu em silêncio. Um único músculo saltou em sua bochecha, sinalizando irritação.

Meu estômago se revirou de preocupação quando lembrei da expressão de desdém de Angelika e em como ela olhara para mim, e depois quando pensei em Raihn, um vampiro Rishan. Em teoria, o Kejari era um torneio isolado, no qual cada participante partia de condições iguais. Mas... na prática? Era só uma extensão dos conflitos e das tensões do mundo externo.

— Se houver alguma coisa lá fora afetando a competição, preciso saber — falei.

— Você precisa se concentrar em continuar viva. Só isso.

— Já estou me concentrando.

— Se jogando nas garras de um Rishan? Eu a ensinei a ser melhor que isso.

Antes que pudesse me conter, cuspi:

— Preferia que eu tivesse sangrado até morrer? Eu precisava agir. Tentei procurar sua ajuda, mas *não achei você*.

As palavras saíram dos meus lábios rápidas demais para serem detidas, afiadas como as espadas curtas que ele me dera em nosso último encontro. Os olhos de meu pai recaíram em mim, revelando um lampejo de mágoa que logo endureceu feito gelo.

Me arrependi de imediato do que disse. Tinha ido longe demais. A mudança nele foi drástica e imediata, como se as mesmas feições fossem agora uma máscara usada por uma pessoa completamente diferente.

Vincent, meu pai, me amava acima de tudo. Mas Vincent, o rei dos Nascidos da Noite, era implacável demais para permitir o menor dos desafios, amando ou não a pessoa.

— Acha que não estou fazendo tudo que posso para ajudá-la? — perguntou ele, frio.

— Acho que está fazendo, sim — respondi. — Claro que sim.

— Eu lhe dei aquelas espadas para que ajudassem você a se tornar alguém digna delas. Se não acha que isso...

— Eu acho.

Da última vez que ele tinha usado aquele tom, saíra do meu quarto e passara uma semana sem falar comigo. Fiquei envergonhada com o pânico súbito e desesperado que me tomou quando cogitei a possibilidade de Vincent se afastar do mesmo jeito de novo.

A dureza intrusa em sua expressão não se aliviou. Ele virou de costas, silhuetado contra o horizonte de Sivrinaj.

— Peço perdão — falei, ignorando o nó na garganta. — Sei que está fazendo o possível. Eu não devia ter sugerido o contrário.

E eu estava sendo sincera. Tinha apenas reagido de forma exagerada a seus resmungos superprotetores. Eu devia tudo o que era a Vincent, e nunca me esqueceria daquilo.

Longos e tensos segundos se passaram. Soltei um suspiro involuntário quando ele se voltou de novo para mim e vi que sua expressão não era mais a de um rei ofendido, e sim a de um pai cansado e cheio de preocupações.

— Eu teria aparecido — começou ele — se tivesse conseguido.

Era o mais perto que eu jamais chegaria de um pedido de desculpas. Nunca o vira pedir perdão a ninguém por nada, jamais. Mas era preciso aprender a ouvir o que pairava entre as palavras. Assim como ele nunca dissera que me amava, mas eu ouvia a mensagem em cada ensinamento severo. E ali, mesmo que ele não tivesse dito que sentia muito, consegui ouvir o pedido de desculpas na cadência lenta de sua voz ao proferir aquela única sentença.

Com pessoas como Vincent, o melhor era ceder. Fazer o que elas não fariam por conta própria.

— Eu sei — murmurei.

Meu pai me olhou de cima a baixo, de maneira longa e cuidadosa.

— Você precisa vencer.

Não disse aquilo com carinho, e sim com uma firmeza escancarada. Uma ordem.

— Eu sei.

Vincent estendeu a mão e tocou meu rosto.

Me encolhi, porque foi algo muito inesperado. Mal conseguia me lembrar da última vez que Vincent havia me tocado fora da arena de treino. Mesmo assim, parte de mim queria se entregar àquele pequeno carinho.

Quando eu era muito nova, ele às vezes me abraçava. Uma de minhas memórias mais antigas era a de pousar a cabeça no ombro de Vincent e compreender, em um lapso de entendimento, que estava me sentindo *segura*. Mesmo tão criança, eu sabia como aquilo era raro — a sensação era similar à de suspirar de alívio, como se estivesse segurando o fôlego sem perceber desde o dia em que minha casa desmoronara ao meu redor.

Fazia muito, muito tempo que eu não me sentia daquele jeito. Certo dia, o amor havia se tornado não uma oferta de segurança, mas uma lembrança de todas as coisas cruéis e perigosas que existiam no mundo.

Ele afastou a mão e recuou um passo.

— Mantenha seu aliado — disse ele. — Mas esteja com as presas preparadas, serpentezinha. Fique de olho, e não vire as costas para ele. Porque, no instante em que isso acontecer, ele vai te matar. Use esse sujeito. Mas *jamais* permita que ele use você.

Eram todas as coisas das quais eu estava profundamente ciente. Assenti.

Ele levou a mão ao bolso e me entregou outro frasquinho da poção de cura.

— Guarde isto — disse ele. — Não sei quando vou conseguir arranjar mais.

Enfiei o vasilhame na bolsa e sumi na noite.

Aquilo era muito mais útil que um abraço, afinal de contas.

Não esbarrei com ninguém na volta até o Palácio da Lua. Tão perto da aurora, as coisas geralmente ficavam silenciosas por ali — a maior parte dos vampiros já tinha se retirado para seus aposentos, se preparando para dormir, e o caminho que eu pegara era isolado.

Ainda assim, enquanto me preparava para escalar as muralhas do terreno do palácio, algo fez com que eu me detivesse.

Olhei por cima do ombro e não vi nada além dos caminhos vazios de paralelepípedos e dos contornos borrados e irregulares das roseiras selvagens. Nenhum sinal de movimento. Nenhum som.

Mas os pelinhos de minha nuca se arrepiaram da mesma forma, como se provocados pela sensação de ter alguém me observando.

Senti um calafrio, virei de novo para a muralha e comecei a subir.

Quando cheguei ao topo da escadaria, o sol já estava nascendo no horizonte. Assim que abri a porta do alojamento, me surpreendi ao me deparar com as cortinas abertas, o corpanzil considerável de Raihn ocupando o espaço entre as duas metades de pano. Ele estava apoiado na janela, um antebraço repousado no vidro.

— Onde você estava? — perguntou ele, sem se virar.

— Não interessa. — Fechei a porta e atravessei a sala de estar.

— Me interessa um pouco, não acha? Somos aliados e tal.

Pela Mãe, eu odiava aquela palavra e tudo o que ele parecia achar que seu uso implicava.

Fazendo questão de deixar claro que era intencional, não falei nada enquanto seguia para o corredor. Ele virou a cabeça só um pouco, o suficiente para me observar. O prateado da lua tinha começado a dar lugar à promessa rosada do sol, destacando o ângulo proeminente de sua mandíbula e banhando os músculos de seu pescoço.

Músculos estes que se tensionaram minimamente quando ele abriu um quase sorriso de desdém.

— Você não aceita ceder nem dois dedinhos, não é?

Olhei de esguelha para ele, fria.

— E você? Ou dois dedinhos é tudo o que tem para dar?

Mesquinho. Infantil. Nem sei por que falei aquilo — quando ele soltou um suspiro baixo, porém, me senti estranhamente satisfeita.

— Durma bem — disse ele. — Espero que a faca embaixo do seu travesseiro não acabe lhe dando um torcicolo.

— Já estou acostumada.

— Ótimo. A gente começa a treinar amanhã. Precisamos nos preparar para o próximo desafio.

Merda. O próximo desafio. Eu mal tinha me recuperado do último, e havia perdido dias preciosos nessa recuperação. Tínhamos apenas duas semanas para nos aprontar. E o pensamento de treinar com Raihn — além da necessidade de fazer aquilo dando um jeito de não revelar muito de mim sem querer — me deixava meio enjoada.

— Mal posso esperar — respondi, sem emoção, e comecei a voltar para o quarto.

No último instante, porém, olhei por cima do ombro. O dia estava prestes a nascer. A luz que banhava o rosto de Raihn já era dourada — a luz definitiva do sol. Mesmo assim, ele não se movia, mirando o horizonte.

Não pude conter a pergunta.

— Isso não dói?

Ele mal olhou para mim.

— Não muito, ainda.

Bizarro.

Nem que tentasse eu conseguiria me preocupar com os hábitos autodestrutivos daquele vampiro idiota. Voltei para o quarto. Abri as cortinas para deixar a luz entrar, depois arrastei a mesa da escrivaninha até a porta e prendi o encosto com firmeza sob a maçaneta.

Caí no sono depressa. Sonhei com deusas e desafios e dentes afiados, e com qual exatamente seria a sensação de uma lâmina de aço dos Nascidos da Noite me apunhalando fundo nas costas.

15

Começamos a treinar depressa. O desafio seguinte, o da Lua Minguante, não deveria exigir alianças, já que o da Meia-Lua era o único que costumava demandar trabalho em equipe. Mas Raihn e Mische pareciam certos de que teríamos oportunidade de ajudar um ao outro — e que cinco semanas de treinamento eram melhores que três para aprender a lutar bem juntos.

Considerei seriamente recusar. Mas também entendia que não estava em posição de abrir mão de auxílio, mesmo que fosse um auxílio cheio de ressalvas... nem da oportunidade de analisar meus inimigos, mesmo que não gostasse nada da ideia de que eles pudessem me analisar também.

Então, treinamos juntos. E o desenrolar das coisas foi... diferente do que eu imaginava.

— Pelos sete infernos, qual *caralhos* é o seu problema?

Foi pior.

Muito pior.

Raihn atirou a espada no chão em um acesso infantil de birra frustrada. O metal bateu no carpete com um estampido ensurdecedor, apesar da superfície macia.

Meu? Qual era o *meu* problema? Não era eu quem estava jogando minhas armas por aí. Recuei até a ponta da sala de estar, fulminando o vampiro com os olhos. Mische puxou as pernas para cima do assento da poltrona, fazendo uma careta enquanto seu olhar ia de um para o outro.

Raihn apontou o dedo para mim.

— Não tem como a gente cooperar se você não me deixar chegar perto.

— O que quer que eu faça? Pule no seu colo?

— Não vou nem me dar ao trabalho de responder — cuspiu ele. — Quantas vezes a gente vai precisar fazer isso? Falta menos de um dia para o desafio. *Um dia*. E você está desperdiçando a porra do nosso tempo.

Mische soltou um suspiro e esfregou o rosto.

Treze noites daquilo. Noite após noite após noite.

Eu estava começando a achar que nossa cooperação no primeiro desafio tinha sido apenas um golpe esquisito de sorte. Vincent era um professor implacável, e mesmo assim eu preferiria seu mais severo treinamento — como as sessões em que eu ficava a ponto de perder a consciência — àquilo.

Preferia dez vezes mais. Vinte vezes.

O treinamento de Vincent ao menos era direto. Eu sabia o que ele queria de mim. Já aquilo? Aquilo era um exercício de escolher entre dois cenários de derrota. Precisávamos aprender a cooperar se quiséssemos fazer aquela aliança funcionar. Mas eu também tinha que me proteger. Precisava ver como Raihn lutava e aprender suas estratégias — em apenas poucas semanas, eu precisaria explorar aquilo ao máximo. Ao mesmo tempo, precisava me proteger de seu olhar curioso.

Você vai ser fácil de matar quando a Meia-Lua chegar ao fim, ele tinha dito.

Nem ferrando que eu seria.

Mas, conforme as noites passavam, aprendi que meus dois objetivos — ser uma aliada forte e me proteger — entravam em conflito direto. Uma coisa comprometia a outra, e eu não podia me dar ao luxo de deixar isso acontecer.

Então treinávamos, e discutíamos, e terminávamos cada sessão mais frustrados que a anterior. Mas soube no minuto em que começamos que aquela seria a noite em que as coisas enfim iriam pelo ralo. Raihn tinha acordado com vontade de brigar, mal resmungando um cumprimento antes de pegar a espada e se jogar em cima de mim em um ataque especialmente brutal. Nada de hesitação, nada de cortesias, nada de sorrisos por conta dos comentários animados de Mische, nada de piadas ácidas sobre mim. Ele me golpeou com toda a força, como um homem cheio de rancor. E, depois, quando trocamos o exercício e passamos a lutar de forma cooperativa contra Mische, a irritação dele enfim irrompeu em um surto de raiva.

— Você acha que não sei o que está fazendo? — cuspiu ele. — Está trabalhando contra mim, não comigo.

Aquilo era um erro. Tudo aquilo. Eu simplesmente devia ter morrido de hemorragia sangrando na estufa. Preferia àquilo a ter de esperar Raihn retalhar minha garganta, o que parecia cada vez mais inevitável.

— Trabalhar *com* você? E o que considera *trabalhar com você*? Seguir suas ordens? — Bufei, amarga, quando ele hesitou. — Nem você sabe.

Aquilo era coisa de quem costumava trabalhar sozinho — ou, quando havia outra pessoa, ele se sobressaía como líder. Mische era talentosa, sobretudo com magia, mas ficava satisfeita em servir de apoio. Os dois eram muito próximos, embora eu ainda não soubesse com certeza de que forma — àquela altura, porém, já havia concluído que o vínculo deles não era romântico. De qualquer forma, sabiam como completar um ao outro, com Mische ficando na retaguarda enquanto Raihn assumia a dianteira.

Já eu? Aquele não era meu estilo. Eu estava habituada a lutar sozinha. Duas décadas de treinamento com Vincent tinham me ensinado muito bem como fazer aquilo: sobreviver, e *sozinha*.

— Que parte você não entendeu, Oraya? Vão jogar a gente juntos na arena daqui a um dia. Um dia. — Os lábios dele se retorceram em um sorriso cruel e sem humor. — Estamos treinando juntos há mais de uma semana, e ainda não estou convencido de que você não vai me apunhalar de novo no minuto em que começar o desafio.

Nem eu.

— Talvez eu faça isso. Talvez seja mais gostoso da próxima vez. — Tombei a cabeça para o lado e franzi a testa. — As mulheres falam isso para você com frequência?

Ele soltou uma risada alta.

— Tenho certeza de que ficou orgulhosa com essa resposta — soltou ele, e eu tinha ficado mesmo. — Oraya, escute...

Ele avançou dois passos e, tão rápido quanto, recuei a mesma distância.

Raihn hesitou, estreitando os olhos.

— O que foi? — disse ele. — Você tem medo de mim? — questionou. O sorriso arrogante tinha sumido do meu rosto. Permaneci em silêncio. — E aí? Não tem uma resposta espertinha para isso?

Ele deu mais um passo; de novo, recuei em reação.

— Fique longe de mim — sibilei.

— Não — retrucou ele, baixo.

Outro passo.

Bati com as costas na parede.

— Raihn, talvez seja melhor não... — sussurrou Mische.

Minhas palmas começaram a suar. A distância entre Raihn e mim era de duas passadas largas. Eu estava espremida contra o forro de madeira da parede, encurralada.

Mesmo durante os treinamentos, nunca o deixava chegar perto daquele jeito. E ele agora estava a duas passadas largas de distância — passadas dele, que correspondiam a três das minhas. Era muito maior que eu. A camisa de linho que ele usava estava grudada no corpo, suada com o esforço das últimas seis horas de exercício, destacando cada reentrância e relevo de seu corpo musculoso. Ele usava o cabelo preso, mas alguns fios tinham escapado ao longo das horas e agora estavam colados em seu rosto e pescoço. Eu não conseguia decidir se Raihn parecia mais ou menos intimidador daquele jeito — mais porque ficava com uma aparência meio ensandecida, e menos porque eu gostava daqueles detalhes rústicos mais do que gostava de qualquer outro aspecto dele.

Seus olhos pareciam especialmente vermelhos, e ele não os desviou dos meus nem por um instante enquanto dava mais um passo.

— Somos aliados — declarou ele, firme. — Você precisa me deixar chegar mais perto.

Meu coração batia rápido. Rápido. Cada vez mais rápido. Minha garganta parecia bloqueada, minha pele escorregadia.

— Não — falei, com tanta calma quanto consegui. — Não preciso.

A compreensão fez a expressão dele mudar.

— Você *tem* medo de mim.

Não, não tenho, falei para mim mesma. O medo não existia. *O medo é só uma série de respostas fisiológicas.*

Mas a quem eu estava tentando enganar? É claro que ele conseguia sentir meus batimentos cardíacos. Claro que podia sentir o cheiro do meu sangue correndo nas veias.

— Raihn... — começou Mische, do outro lado do cômodo.

— Se afaste — ordenei.

— Não vou machucar você. Quão perto preciso chegar sem rasgar você ao meio para que acredite nisso?

Não confie em ninguém, Vincent suspirou no meu ouvido.

Raihn deu outro passo.

— Tão perto assim?

Não pisquei. Não conseguia. Não era capaz de desviar o olhar de um predador tão perto de mim daquele jeito. A menos de uma passada. Tão próximo que eu conseguiria contar as gotas de suor acumuladas em sua clavícula. Tão perto que dava para ver o ritmo de sua própria pulsação na veia abaixo do ângulo do maxilar.

— Pare.

— Tão perto *assim*?

— Se. Afaste. Raihn.

Ele olhou fundo nos meus olhos.

— Não — respondeu.

E deu mais um passo.

— EU MANDEI SE AFASTAR, PORRA. — Com toda a força, bati a palma da mão contra os músculos rijos de seu peitoral.

O lampejo de magia me cegou. Me ensurdeceu. O branco-azulado consumiu minha vista. Minhas costas se chocaram com tudo contra a parede.

Raihn saiu voando, arremessado para o outro lado do cômodo.

O estouro de luz sumiu bem a tempo de eu ver a janela se estilhaçar e o vampiro despencar pelo vidro.

16

— *Caralho!* — exclamou Mische. — Como *raios* você fez isso?

Com o barulho do sangue nas têmporas, mal conseguia ouvir a vampira — e, mesmo que conseguisse, talvez achasse se tratar da minha própria voz, porque tudo no que conseguia pensar quando atravessei o cômodo em um salto foi: *Pelas tetas de Ix, como raios* eu *fiz isso?*

Estávamos no topo de uma das torres mais altas do Palácio da Lua, centenas de metros acima do chão. *Porra, será que acabei de matar o cara?* Não era minha intenção. Não por enquanto, ao menos.

Com a pulsação rápida na garganta, corri até a janela, enfiei a cabeça além da esquadria sem vidros e...

... quase caí para trás quando uma mancha castanha e preta passou voando de baixo para cima, tão rápido que meu cabelo fustigou meu rosto.

As asas de Raihn estavam escancaradas; pareciam feitas de noite, com variações de roxo, vermelho, preto e marrom. Quase bonitas demais para me distrair da expressão de pura *fúria* em seu rosto.

— Você — começou ele, sem fôlego — estava sendo uma imbecil porque não quer confiar *em mim*, mas na verdade estava escondendo *isso* esse tempo todo?

As palavras se acumulavam na ponta da minha língua — *Eu não sabia, não faço ideia de como caralhos fiz isso* —, mas as engoli uma a uma. Não precisava que os dois soubessem que eu não tinha nem noção das minhas próprias habilidades. Não precisava expor mais uma das minhas fraquezas, da qual poderiam se aproveitar.

Que eles sentissem um pouquinho de medo de mim, para variar um pouco.

Assim, enfiei as mãos trêmulas nos bolsos e simplesmente encolhi os ombros.

— Tenho certeza de que estão escondendo várias coisas de mim.

— Não faço ideia de como achei algum dia que isso aqui daria certo. — Raihn aterrissou de novo no apartamento. Seus movimentos eram fluidos e naturais, a fronteira entre o céu e o chão não passando de um passo gracioso. — Você não dá a mínima para ninguém além de si mesma. Igualzinha aos outros Hiaj. A princesa Nascida da Noite, vivendo entocada no castelo de Vincent, provavelmente aprendendo que o mundo inteiro pertence a ela. Foi isso que ele prometeu? Que era só se tornar alguém como ele e aprender a sabotar as pessoas certas que o mundo todo seria seu? Era o que você estava esperando?

— Não fale da minha família desse jeito — rosnei.

Ele deu uma risada sarcástica — um som de puro ódio.

— *Família*. Que vidinha patética você deve ter...

Meus punhos tremiam, os nós dos dedos brancos ao lado do corpo.

— O que caralhos você fez para merecer minha confiança? Eu devia ficar *honrada* por você ter me escolhido, devia me derreter feito uma pilha de gelatina aos seus pés? Típica merda de Rishan. Olhe para como vocês tratam *seu* povo antes de falar assim do meu pai.

O cômodo se iluminou, o laranja das chamas embranquecendo em lampejos e pequenas explosões. Como se calculado, uma lufada de vento soprou meu cabelo e o de Raihn em nosso rosto. O corpo todo dele estava rígido, as asas ainda expostas, os olhos me fulminando enquanto os meus pareciam prendê-lo contra a parede.

Mische correu para se colocar entre nós.

— Pronto. Pronto. Está todo mundo nervoso. Agora chega.

Eu não seria a primeira a desviar.

— *Agora chega* — repetiu ela, a voz alta e nervosa.

Enfim, Raihn se virou.

— Beleza — falei, me virando em seguida. — Acabou para mim.

— Para mim também.

Ele simplesmente deu um passo além da janela aberta e voou para o céu noturno. Escancarei a porta, marchando corredor afora. Ambos deixamos Mische para trás, parada entre cacos de vidro com uma expressão perdida no rosto.

Eu precisava muito que Vincent estivesse no nosso ponto de encontro, mas não fiquei nada surpresa quando vi que não estava. Eu ia até lá todas as noites.

Encontrava meu pai me esperando em menos da metade das vezes — e, quando isso acontecia, ele parecia distraído. Algo grande estava acontecendo, mesmo que ele se negasse a me contar o que era. E, do mesmo modo, talvez ele sentisse minha irritação crescente com Raihn, embora eu jamais tivesse proferido uma só palavra a respeito. Àquela altura, eu sabia muito bem quais informações não dividir com meu pai.

Mas, naquela noite, eu estava tão irritada — tão *confusa* — que teria contado tudo caso o encontrasse ali. Vincent teria respostas sobre a magia que eu acabara de expressar, e eu precisava desesperadamente daquilo. A força que tinha usado para jogar Raihn do outro lado do cômodo era muito desproporcional a qualquer outra coisa que eu já tivesse feito, e eu nem sabia como conseguira aquela proeza. Ali, enquanto andava sozinha pelas ruas escuras, tentei invocar o mesmo poder — e o que consegui foi o de sempre, as mesmas fagulhas fracas na ponta dos dedos.

Uma parte de mim ficou grata pela ausência de meu pai, porém. Por mais que eu quisesse respostas, odiava revelar emoções que era incapaz de controlar. E eu já tinha aprontado demais naquele dia. Havia perdido o controle. Da minha magia. Do meu temperamento.

Eu tinha sido muito grosseira. E petulante. Sabia disso. Permitira que Raihn me provocasse e cedera aos meus piores impulsos. Ele estava errado sobre muitas coisas, *muitas*, mas talvez estivesse certo quando dizia que eu precisava escolher entre ser uma aliada ou virar uma inimiga de verdade.

Quando ficou claro que Vincent não viria, fui vagar pelo território deserto do Palácio da Lua. Minha vontade era ir até os assentamentos humanos e enterrar aquela sensação de impotência junto com uma lâmina no peito de algum vampirinho de merda. Fazia anos que não passava tanto tempo sem fazer algo assim. Nem tinha notado como aquele tipo de libertação era essencial na minha vida.

Minha primeira vítima nos cortiços fora acidental, mas agora eu mal conseguia funcionar sem aquela atividade.

A primeira vez tinha sido apenas alguns dias depois de... depois. Meu luto e minha solidão vinham me comendo viva. Fazia anos que eu não ficava tão obcecada pelo meu próprio físico humano, mas, naqueles dias horríveis, eu tinha voltado a velhos hábitos ruins — abrindo cortes na pele para ver como ela cedia com facilidade, como demorava a se curar. Eu odiava que meu corpo fosse tão fraco. Que atraísse pessoas de uma forma que eu não queria. Que carregasse marcas de cada momento ruim, como as que agora maculavam minha garganta — na época, duas feridas que mal tinham terminado de cicatrizar.

Eu não sabia muito bem o que estava procurando quando fora até os assentamentos humanos no dia da minha primeira vítima, mas não planejava matar. Nunca tinha me sentido tão menos vampira como naqueles dias horríveis — talvez estivesse procurando o tipo de conexão que não conseguia no castelo dos Nascidos da Noite. Talvez tivesse esperança de que encontraria algum pedaço de mim mesma, na época em que me sentia mais dolorosamente incompleta.

Em vez disso, eu havia encontrado cortiços cheios de humanos que pareciam criaturas estranhas, e um vampiro que tinha a intenção de caçar. Quando vi o sujeito à espreita de uma mulher que lavava roupa atrás de seu casebre caindo aos pedaços, nem pensei. Só agi. Foi mais fácil do que achei que seria. Eu fora bem treinada. O vampiro não estava preparado para lutar.

Depois, entrei em pânico e corri de volta para o castelo dos Nascidos da Noite. Passei o dia no banheiro, vomitando. Não conseguia tirar o sangue das mãos, não conseguia apagar o rosto da vítima da mente. Eu tinha certeza de que confessaria tudo a Vincent no instante em que ele surgisse na minha porta. Ele me deixaria de castigo pela próxima década — e, naquele momento, eu teria ficado grata.

Mas as horas haviam passado. Eu ficara deitada na cama, vendo a luz do sol entrar pelas cortinas enquanto a culpa pesava em meu estômago como uma refeição mal digerida. Me dei conta de que matar um vampiro — salvando assim aqueles humanos — tinha me tornado poderosa. E a culpa estava indo embora, mas não a força.

Minha culpa valia mais que a vida da mulher humana que eu havia salvado? As regras arbitrárias de Vincent valiam mais que os inúmeros outros humanos que aquele monstro teria matado caso não tivesse sido detido? Não. Eu não me sentia culpada por matar um homem. Me sentia culpada por mentir para meu pai.

Só que eu era daquele jeito por causa de Vincent, e mentir era um pecado inferior.

Naquele dia, entendi, enquanto encarava o teto banhado pela luz do sol, que eu passara vinte quatro horas sem pensar no rosto que me assombrava.

Gostaria de poder dizer que haviam sido minhas nobres intenções as responsáveis por me fazer voltar aos cortiços na noite seguinte. Mas não foram. Tinha sido meu próprio egoísmo. Eu preferia ficar sonhando com aqueles rostos morrendo do que com o outro. Aquilo ao menos me fazia ser forte em vez de fraca.

Agora, eu não sentia nada quando matava além da satisfação de um trabalho bem-feito. Uma marca registrada no mundo. Aquilo tinha valor para uma mortal entre imortais. Era uma forma de dizer para aquele lugar: *Vocês podem pensar que minha vida não vale nada, mas ainda sou capaz de deixar em vocês uma marca impossível de limpar.*

Ali, no terreno do Palácio da Lua, minhas mãos coçavam para deixar tal marca; eu era como uma viciada em ópio implorando pela próxima dose. Mas o crepúsculo estava muito próximo, e os assentamentos humanos ficavam longe do palácio para alguém a pé. Eu não arriscaria empreender uma jornada daquelas.

Em vez disso, voltei pelo trajeto mais lento, passando por caminhos desertos. Permaneci rente ao rio Lituro, um dos afluentes que cortava a cidade e convergia para delimitar o centro de Sivrinaj, onde ficava o castelo dos Nascidos da Noite. Com frequência, eu admirava aquela vista da janela do meu quarto. Lá do alto, os corpos d'água pareciam serenos e pacíficos, como pinceladas elegantes de tinta pela cidade.

De perto, fediam a mijo.

Parei na margem e fiquei olhando a água passar. Uma brisa bagunçou meu cabelo, e, com ela, veio um cheiro cálido e familiar — tabaco.

Senti os pelinhos da nuca se arrepiarem. Eu não estava sozinha.

Olhei de relance para a esquerda e vi um vulto parado perto da água, com um cigarro entre os lábios. Ele ergueu o queixo e baforou, a fumaça cintilando prateada ao captar a luz da lua.

O cheiro atingiu minhas narinas de novo, mais forte, e, com ele, veio uma onda de familiaridade que fez a ferida aberta em meu peito doer.

Por um instante, esperei ouvir a tosse de Ilana. Ver o rosto dela quando me virasse. E só a Mãe sabia o quanto eu precisava daquilo. Ansiava por ela mais do que por poder.

— Ei. — Com a mão na lâmina, me aproximei do vulto. — Posso ficar com um desses? Eu compro.

Qual é o seu problema?, ouvi a voz de Vincent chiando em meu ouvido. *Abordando um desconhecido? A troco de quê?*

A pessoa se virou, a luz fria banhando apenas a parte inferior de seu rosto de modo a destacar a pele pálida como a lua, o maxilar estreito e anguloso e os lábios que se curvavam de leve para cima.

— Claro. Fique à vontade.

Ele levou a mão vestida com uma luva de couro à parte de dentro do casaco longo; quando a tirou, segurava uma caixinha de madeira entre os dedos. Fiz menção de pegar o objeto, mas ele não o soltou.

Em vez disso, tombou a cabeça de lado, e o movimento permitiu que o luar iluminasse mais seu rosto. Era um homem bonito, com feições elegantes e afiadas demais, como aço amolado. Sob um tufo de cabelo que era prateado ou loiro muito claro (impossível precisar na escuridão), um par de olhos cor de âmbar se estreitaram, depois cintilaram em reconhecimento.

— Ah, te conheço.

Ele sorriu. O tipo de sorriso que sem dúvida fazia roupas de baixo se abrirem e cortava gargantas por toda Obitraes.

— Eu...? — falei.

O estranho soltou a caixinha, e me afastei dele enquanto abria a tampa para pegar um cigarro. Pela Mãe, minha vontade era enfiar a cara dentro dela. Apenas inalar o cheiro familiar e fingir que estava diante de minha amiga.

— Eu a vi no desafio da Lua Cheia. Havia muitas apostas contra você. — Ele riu baixinho e balançou a cabeça, a luz refletindo no rubi solitário que ele usava pendurado em uma das orelhas. — Você estava em clara desvantagem nos números. Várias pessoas perderam muito dinheiro.

Ele acendeu um fósforo e me ofereceu a chama. Eu me inclinei só o bastante para acender o cigarro, depois murmurei um agradecimento e me afastei de novo.

— Peço desculpa pelo impacto no seu bolso.

Um sorriso diferente, mais lento, se espalhou por seus lábios.

— Desculpa? Ah, não, querida. Eu não aposto para perder — falou o homem. Estendi a caixa de volta para ele, que recusou com a cabeça. — Pode ficar. Você pagou por isso.

Em seguida, o sujeito se virou, me fitando com mais um olhar inescrutável enquanto seguia por um dos caminhos.

— Mal vejo a hora do desafio de amanhã. Boa sorte.

17

Considerei não retornar aos aposentos de meus aliados, mas não tinha mais para onde ir. Fiquei só um pouco surpresa ao descobrir que eles não haviam barricado a porta quando enfiei a chave na fechadura e a tranca se abriu. Raihn não tinha voltado, e Mische limpava os cacos do chão. A janela estilhaçada ainda estava aberta, e a brisa forte fazia seu cabelo curto e encaracolado balançar ao redor do rosto como as asas de uma borboleta.

Ela abriu um sorrisão quando entrei, como se estivesse genuinamente feliz de me ver.

— Você voltou!

Parecia um pouco surpresa. Eu também estava, para ser sincera.

— Quer que eu conserte aquilo? — gesticulei para a janela.

— Ah, não, eu dou um jeito depois que o Raihn voltar para casa.

Casa, ela disse, de um jeito muito casual. Como se aquele lugar fosse mesmo uma casa, um lar.

Assenti e cheguei mais perto. Ela já tinha limpado boa parte do vidro quebrado, e agora só varria os caquinhos menores para dentro de uma bandeja que depois esvaziaria no lixo. Me senti envergonhada, como uma criança depois de um acesso de birra.

— Quer ajuda?

— Não — respondeu ela, feliz. — Mas muito obrigada! — Mische apontou para a mesa. — Sente. Tem comida.

Eu não estava com fome, mas me juntei à vampira mesmo assim. Ela também se acomodou e se pôs a bebericar de um cálice de sangue — embora tivesse apontado para a cadeira logo à sua frente, escolhi uma das que ficavam do lado oposto da mesa.

Em vez de começar a me servir, peguei a caixinha de cigarros.

— Se importa?

Ela abriu um sorriso compreensivo.

— A vida é curta demais para não usufruir de todos os prazeres.

Que coisa estranha de se ouvir saindo da boca de uma vampira. A vida vampírica não era curta sob nenhum ponto de vista. Mas, bem... todo mundo ali na competição tinha uma perspectiva de vida abreviada, não?

Além disso, Mische era a vampira menos usual que eu já conhecera.

Fiquei vendo ela beber seu sangue, parecendo feliz enquanto olhava pela janela. Como se a briga de mais cedo não a tivesse abalado.

— Posso fazer uma pergunta, Mische?

— Aham.

— Por que você está com o Raihn?

Ela se virou para mim com a expressão chocada.

— *Com* o Raihn? Eu não estou *com* o Raihn.

— Não... Sei que você não está com ele *desse* jeito.

Aquilo me passara pela cabeça no começo, em especial porque vampiros transavam como coelhos, mas logo ficou óbvio que Mische e Raihn nutriam um relacionamento platônico um pelo outro. Dormiam em quartos separados e se tratavam muito mais como irmãos do que como amantes.

O que só tornava tudo mais difícil de compreender. Eles eram muito *diferentes*. Eu não conseguia imaginar como alguém feito Mische podia ter sido arrastada para um torneio daqueles. Se estivessem transando, ao menos, entenderia — mesmo que não concordasse. As pessoas faziam todo tipo de coisa sem sentido quando inebriadas por sexo do bom.

E Raihn tinha toda a aparência de ser muito bom no sexo.

O pensamento me chocou no instante em que surgiu na cabeça, e fechei minhas portas mentais contra a ideia tão rápido quanto pude.

— Ele é meu melhor amigo — disse Mische, de forma simples, como se aquilo explicasse tudo.

— Mas... *por quê*?

Ela tombou a cabeça para trás e soltou uma risada retumbante.

— Vou ter que contar isso para ele em algum momento — disse ela, quando se recompôs. — Sua expressão! "*Mas... por quê?*" — Ela simulou o tom baixo e neutro da minha voz, o rosto se contorcendo em um semblante de nojo exagerado.

Mas, poxa, era uma pergunta válida.

— Por vários motivos. — Sua imitação ofensiva de mim deu lugar a um sorriso gentil. — Ele ficou ao meu lado quando mais ninguém ficou. É a pessoa mais leal que já conheci. A mais confiável.

— Hum. — Soltei um som evasivo, provavelmente parecendo tão cética quanto me sentia.

Além de Vincent, eu nunca tinha conhecido um vampiro confiável. Não mesmo. Todos esfolariam os próprios filhos vivos caso desconfiassem que estavam com o poder sob risco.

— É só que... — continuou ela, os olhos se voltando para o céu, perdida em pensamentos. — Eu passei muito tempo sozinha. Não entendia como era importante ter alguém. Ter alguém que... que mataria por você. Entende?

Matar não parecia ser um grande sacrifício para Raihn. Mas eu não tinha como desconsiderar o ponto dela, porque sabia bem do que Mische estava falando. Para mim, Vincent era essa pessoa. Mesmo quando eu não tinha ninguém, tinha ele, e sabia sem dúvida alguma — naquele mundo ou no próximo — que ele faria literalmente qualquer coisa por mim.

— Muitas pessoas não sabem como amar. Raihn tem muitas falhas, mas amar ele sabe. Ou, ao menos... — Uma ruguinha se aprofundou entre suas sobrancelhas, e a voz de Mische foi sumindo até ela despertar do devaneio com um chacoalhar de cabeça, olhando de novo para mim e abrindo um sorriso. — E ele também cozinha bem. *Muito* bem.

Me perguntei se minha expressão denunciava toda a minha incredulidade. Eu não conseguia imaginar nenhuma daquelas coisas. A lealdade. O amor. E com certeza não a parte de cozinhar bem.

A voz dela ficou um pouco mais séria antes de prosseguir:

— O que Raihn fez hoje não é típico dele.

— Ah, sério? — soltei, seca. — É típico de quem, então?

— Da versão dele do passado. — Ela abriu um sorriso triste. — Talvez nossa pele não fique marcada com cicatrizes como a de vocês, mas nosso coração fica. Às vezes, ele nunca se cura.

Meu bufar não foi evidentemente desdenhoso como eu queria que fosse.

— Mas, viu... — começou ela. — Aquela é você?

— Como assim?

— Hoje. A coisa da... Ah, da janela. A magia. Você estava *mesmo* escondendo aquilo esse tempo todo?

Eu não sabia por que achava tão difícil mentir para Mische. Ela era desconfortavelmente genuína, acho. Soltei uma baforada de fumaça de cigarro em vez de responder, porque uma mentira era complicada e a verdade era constrangedora.

— Ah. — Ela assentiu. — Entendi.

— É imprevisível. — Soei mais na defensiva do que planejava.

— A gente pode trabalhar nisso juntas.

Pela Mãe, aquela afirmação deveria soar assustadora. Mesmo assim, foi animador de um jeito esquisito.

— Ele mereceu ser jogado pela janela — falei.

— Mereceu mesmo — concordou ela. Depois, mais séria, perguntou:

— Você vai embora?

Puxei fundo a fumaça do cigarro e apreciei a sensação ardida no nariz quando a soltei.

— Não.

— Seria uma coisa idiota a se fazer no dia anterior ao desafio.

— Seria.

— Como acha que vai ser? O desafio?

Eu havia passado muito tempo pensando nisso, mas não tinha o que fazer além de especular. O desafio da Lua Minguante era um dos maiores coringas do Kejari. Ano após ano, era drasticamente diferente. O primeiro desafio, por tradição, representava a fuga de Nyaxia das terras do Panteão Branco. Mas o segundo podia fazer referência a inúmeros momentos de sua trajetória — talvez a época em que ela encontrara o submundo, ou sua história de amor com Alarus, o Deus da Morte, ou qualquer uma das várias aventuras lendárias que os dois tiveram juntos.

— Não faço ideia — falei.

— Você está nervosa?

Não respondi. Não era algo que eu pudesse negar, mas também não queria admitir aquilo em voz alta.

Mas Mische também não esperava uma resposta.

— Eu estou. — Ela suspirou, dando outro gole no cálice de sangue.

— Deve ser sobre a jornada de Nyaxia — teorizei. — A jornada até a terra dos mortos.

Mesmo aquilo podia significar muitas coisas. Uma jornada podia assumir várias formas, ser interpretada de inúmeros jeitos.

— Você acha que ela ficou com medo? — refletiu Mische.

— A Nyaxia?

— Aham.

— Ela era uma deusa.

— Por muito pouco, pelo menos no começo. Era uma ninguém. E muito jovem.

Pensei naquilo. Nyaxia, naquela altura da narrativa, era só uma das impotentes crias do Panteão Branco; não era nem sequer uma divindade inferior, e sim a filha de uma. Ninguém jamais saberia caso ela tivesse morrido sozinha por aí, muito menos sentiria sua falta. A maioria das lendas afirmava que ela tinha apenas vinte anos, quase uma criança para o padrão das divindades.

Pessoas como ela nasciam para serem usadas e jogadas fora por outros deuses. Para serem estupradas, usufruídas e depois descartadas.

Mische devia estar certa. Nyaxia provavelmente morrera de medo.

Mas aquilo havia acontecido dois mil anos antes, e agora Nyaxia era inacreditavelmente poderosa — a ponto de bater de frente com o Panteão Branco sozinha. A ponto de conceder a um continente inteiro o poder do vampirismo e de criar uma civilização de adoradores. E a ponto de fazer com que toda Obitraes vivesse, morresse, amasse e se sacrificasse a seus pés para sempre.

— Bem, isso mudou — falei.

— Mas pense em todas as coisas das quais ela precisou abrir mão.

O marido. Morto pelo Panteão Branco como punição por ter se casado com ela.

Refleti a respeito. Sim, talvez o Panteão tivesse tirado seu amante. Mas Nyaxia também recuperara o próprio poder. Eu conseguia imaginar com clareza demais como aquilo devia ser bom após uma vida inteira de fraqueza. Tinha só um pouco de vergonha de admitir as coisas que eu mesma estaria disposta a sacrificar por algo assim.

— Mas ao menos ela não tem mais medo — rebati.

— Não — respondeu Mische, pensativa. — Acho que não. Mas ela provavelmente é muito infeliz, não acha?

Voltei para o meu quarto pouco depois, mas estava nervosa demais para dormir. Em vez disso, fiquei olhando o céu assumir um tom vermelho-acinzentado. Conseguia ouvir Mische perambulando pelo corredor, mas nenhum sinal do retorno de Raihn.

Estava começando a cochilar quando um barulho alto fez meus olhos se abrirem de repente. Fui até a porta, aguçando os ouvidos. Uma série de estrondos secos, depois o farfalhar de tecido ecoando na sala de estar.

— Foi por pouco. — Mische tentava sussurrar, em vão.

— Eu sei.

— Pelos deuses, olhe só o seu estado.

— Eu sei.

— *Raaaaihn*...

— Eu *sei*, Mische.

Minha curiosidade venceu.

Muito, muito devagar — e muito, muito silenciosamente —, tirei a cadeira da frente da porta, que abri apenas o suficiente para passar espremida rumo ao corredor. Espiei rente à parede e vi Mische fechando as cortinas enquanto Raihn se sentava pesado em um dos sofás. Ou talvez "se largava" fosse um termo melhor, como se seus membros tivessem decidido desistir ao mesmo tempo.

Pela Deusa, ele estava bêbado?

— Achei que tinha dito que, depois do que aconteceu ano passado, você nunca mais faria isso! — Mische era péssima em falar baixo. Ninguém podia me julgar por estar entreouvindo.

— Que se foda. Para que serve a imortalidade, senão para fazer as mesmas coisas várias vezes, para sempre, até o fim dos tempos?

Ah, ele estava *definitivamente* bêbado.

A vampira suspirou e se virou para ele. Raihn estava deitado no sofá, o queixo erguido. Encontrava-se mesmo em um estado deplorável — roupas manchadas de sabe-se lá o quê, cabelo emaranhado e solto nos ombros.

— Então — disse ela. — Sobre o que rolou hoje.

Mische se virou, e recuei depressa para permanecer fora de vista. Dali, não conseguia mais enxergar nada, apenas ouvir.

Raihn soltou um grunhido baixo.

— O que tem?

Um silêncio, provavelmente preenchido pelo olhar reprovador de Mische. O grunhido virou um suspiro.

— Exagerei?

— Definitivamente exagerou.

— Ela devia ser capaz de aguentar.

— Aquilo *foi* o jeito dela aguentando.

— Bom... Não *daquele jeito*. Não "aguentando" ao *me jogar da porra da janela*.

— E aquela não foi a *sua* forma de "aguentar", seu idiota?

Silêncio. Eu só podia imaginar o olhar em seu rosto.

A voz de Mische ficou mais suave.

— Pense em como deve ter sido para ela. Ser criada daquele jeito.

Franzi o nariz. Ser criada *como*?

Fiquei quase ofendida ao ver que o comentário tinha sido respondido com silêncio da parte de Raihn. Depois, ele acabou falando:

— Coitadinha dela, então. Mas e daí? Todo mundo tem merdas com que lidar.

— As suas não são culpa de Oraya.

Uma pausa longa.

Arrisquei me aproximar um passo para poder espiar de novo além da parede. A cabeça de Raihn ainda estava tombada para trás, os olhos encarando o teto. Mische estava ao lado do amigo, inclinada por cima do encosto da cadeira com um braço repousado de cada lado do pescoço dele, o queixo apoiado sobre sua cabeça num gesto casual de afeição.

— Você sabe que não foi culpa dela — repetiu a vampira. — Foi culpa sua.

Ergui um pouco as sobrancelhas. Raihn não parecia o tipo de pessoa que aguentaria insultos daquele jeito — poucos vampiros aguentariam. Fiquei tensa, como se temendo por Mische, temendo que ele rebatesse de forma grosseira, verbal ou fisicamente.

Mas em vez disso, e para meu choque, Raihn apenas soltou um longo suspiro.

— Eu sei — admitiu ele. — Eu sei.

Depois deu uns tapinhas no braço dela, que pousou um beijinho rápido no topo de sua cabeça.

— Pelo menos esse dia de merda acabou.

— Pequenas vitórias.

— Beba água. Agora você vai ter que sobreviver a um desafio de ressaca, seu burro...

E os sussurros foram desaparecendo conforme eu voltava pelo corredor.

18

Não conversamos muito depois do cair da noite, e fiquei grata por isso. Estava no meu limite, e não confiava em mim mesma para não estourar com Raihn e começar mais uma briga antes do início do desafio. Após murmurar cumprimentos de boa-noite uns para os outros, seguimos a já familiar trilha de fumaça até encontrarmos com o resto dos competidores no salão principal.

Era a primeira vez que eu via os outros depois do último desafio. A mudança de energia do lugar era notável. Já não havia mais a expectativa ansiosa do primeiro encontro, agora substituída por uma ansiedade frenética e mais desesperada. Vários se voltaram para mim assim que adentrei o espaço, todos de nariz franzido e olhos brilhantes.

Eu conhecia muito bem aquele olhar. Raihn e Mische tinham roubado sangue suficiente para se sustentarem ao longo das últimas semanas, mas era claro que nem todos haviam tido igual sorte.

Raihn pareceu notar o mesmo, o que o deixou estranhamente incomodado — a ponto de se aproximar um pouco mais de mim enquanto sacava a espada. De forma tão surpreendente quanto, permiti que ele fizesse aquilo, já agarrando firme o punho das minhas próprias armas.

Ninguém falou.

Nós sabíamos o que esperar dessa vez. Quando o silêncio se tornou longo demais e constrangedor, o mundo sumiu.

Mesmo preparada, o rugido da multidão me impactou por um instante, um contraste violento com o silêncio do Palácio da Lua.

Analisei rápido os arredores.

Raihn e Mische tinham sumido. Não havia ninguém a meu lado. A areia sob meus pés estremecia com impactos distantes. Pisquei, envolta por uma bruma branca, que ondulava em redemoinhos caprichosos iluminados pelo azul de tochas acesas com Fogo da Noite. Eu estava cercada por paredes de rocha preta em três dos lados; elas sustentavam um teto de vidro, supostamente para impedir que competidores alados voassem por cima delas. A superfície lá no alto não era uniforme, e sim cheia de reentrâncias e picos, como uma topografia invertida da terra.

Agucei a vista para enxergar além da neblina. Com a mistura de fumaça e escuridão, eu tinha apenas alguns metros de visibilidade à frente. Não conseguia captar movimento algum, nem ouvir a presença de alguém por perto. Levei a mão à parede e senti apenas rocha. A superfície era áspera e bruta. O corredor diante de mim sumia no breu.

Senti um cheiro intenso de fumaça e... de mais alguma coisa, algo leve e agradável, de um jeito agourento, que era difícil de precisar.

Dei alguns passos cuidadosos. Ecos de coisas se chocando contra outras soavam à distância, como se alguns de meus colegas competidores já tivessem encontrado seus oponentes — seja lá quem ou o que fossem eles.

O corredor fazia uma única curva súbita à esquerda. Com as armas preparadas, avancei.

Me deparei com Ibrihim, que acabara de emergir de outra curva logo à frente.

Nós dois nos detivemos, olhando um para o outro e depois para a passagem que seguia adiante. No meio de nós, outro corredor se curvava à direita. Era uma trifurcação entre o caminho do qual eu tinha vindo, o de Ibrihim e a trilha adiante.

Um labirinto. Estávamos em um labirinto. Levei a mão à pedra bruta e olhei para o teto esquisito sob um novo ponto de vista. Era o reflexo oposto da terra — porque o desafio tinha a intenção de simular a jornada da Deusa até o submundo. Nyaxia havia vagado por três semanas após escapar do reino das divindades antes de enfim chegar ao território de Alarus. Ela se perdera, então nós passaríamos por uma situação similar.

Ibrihim e eu ficamos imóveis, e notei a compreensão atingi-lo com a mesma força. Mal podia ver o rosto dele por trás das camadas de névoa sobrenatural, mas sabia que Ibrihim estaria me analisando com tanta atenção quanto eu a ele — eu não era nada boba de subestimar um vampiro.

Devagar, fui seguindo na direção do corredor frontal, esticando o pescoço para ver além da curva. Havia uma imensa porta prateada adiante, com luz desenhando em sua superfície o perfil de um homem severo e sem olhos — Alarus. Estava firmemente fechada. Não havia maçaneta.

Ibrihim havia se aproximado também, e mantive um olho nele enquanto avançava na direção da porta. Senti algo se mover sob meus pés e parei de supetão. Tinha pisado em um bloco de pedra, que agora afundava devagar na areia.

Um som surdo de atrito encheu o ar.

A porta diante de nós se abriu, dando para outro corredor. Na distância nebulosa, conseguia ver outras curvas, e o som de violência parecia mais próximo.

Ibrihim e eu nos encaramos, cautelosos. Ele não me atacou, e eu tampouco me movi. Em vez disso, dei mais um passo até a porta...

... que se fechou com força o bastante para fazer o chão tremer.

Dei um salto para trás, quase tropeçando no bloco. Quando pisei de novo em cima dele, a porta voltou a se abrir.

Ah.

Desci do bloco. A porta se fechou.

Merda.

Olhei para Ibrihim, e a compreensão nos atingiu ao mesmo tempo mais uma vez.

A porta só ficaria aberta enquanto houvesse um peso sobre o bloco. Mas precisava ser um peso morto, porque quem ficasse para trás não conseguiria passar pela porta sem ajuda.

Ele abriu um sorriso fraco e torto, revelando gengivas cheias de cicatrizes.

— Eu não estaria aqui se não tivesse vindo para vencer — disse ele de forma um tanto apologética antes de arremessar a energia da porra de uma estrela na minha direção.

Era com aquilo que os pais de Ibrihim se preocupavam tanto, afinal de contas. Ele sempre fora uma criança tranquila, mas também era um guerreiro nato. Tinham arruinado as pernas do filho. Arrancado suas asas. Tirado seus dentes. Mas não tinham como limitar sua magia.

Que, infelizmente para mim, também era muito, muito boa.

Me joguei no chão bem a ponto de evitar que meu rosto virasse uma massa de carne queimada. A magia dele, extraída do poder das estrelas, não era tão forte quanto o Asteris, mas igualmente mortal. Ele disparava raios de luz como se não fossem nada.

Mergulhei para além da curva de um dos corredores, retornando até o ponto sem saída onde iniciara o desafio. Me espremi contra a parede, ouvindo — esperando. Meu braço doía, o ombro marcado por bolhas onde o poder dele roçara. Estava ali não fazia nem dois minutos e já tinha me machucado. Ótimo começo.

Ele não conseguiria me acertar se não viesse atrás de mim. E precisaria fazer isso, porque necessitava do peso do meu corpo para abrir a porta.

Vários minutos se passaram. Ibrihim não era idiota. Ele sabia o que eu estava fazendo. Sabia que estava se colocando em desvantagem, e que teria de fazer aquilo de uma forma ou de outra.

Me esforcei para ouvir acima do som da multidão e das lutas distantes em uma tentativa fútil de escutar seus passos — que merda, eu daria tudo por uma audição vampírica, e...

Assim que Ibrihim se aproximou, saltei em cima dele.

Eu só tinha uma chance. Precisava atingir a pele exposta antes que o vampiro pudesse reagir.

Ele não estava esperando o veneno, e recuou com um gemido de dor quando a substância em minha espada penetrou a primeira ferida, um corte em seu antebraço. No mesmo instante, nossa luta virou puro caos — Ibrihim se forçando a não recuar enquanto o veneno corroía sua pele, eu tentando suportar as queimaduras que sua magia estelar inflige em minhas mãos enquanto lutava para jogá-lo ao chão.

Normalmente, eu tentaria enterrar uma lâmina em seu peito o quanto antes, mas, ali, seria impossível. Eu não tinha o tempo, a distância ou o impulso necessários para aplicar um golpe suficiente com o intuito de atravessar o coração. O que eu podia fazer era consumir Ibrihim através de centenas de ferimentos mínimos. Permitir que o veneno fizesse seu trabalho, devagar.

Machucado ou não, ele era maior do que eu. Derrubei-o no chão, subi em seu corpo e fui abrindo vários cortes pela armadura. Mas isso durou só alguns minutos antes que Ibrihim me jogasse para longe. Bufei quando minhas costas bateram com tudo na areia, me deixando sem ar.

Não tive tempo de recuperar o fôlego — ele já estava vindo para cima de mim. Mal consegui baixar o braço esquerdo, que ficou preso entre nossos corpos enquanto ele soltava o peso sobre meu torso. Eu estava sufocando. Não conseguia me mexer. Ibrihim agarrou minha mão direita e a puxou sobre minha cabeça, fazendo a articulação soltar um estalido violento.

— Eu sempre gostei de você — disse o vampiro, arfando.

— Eu também — respondi, e girei o braço esquerdo o suficiente para enfiar a espada em sua barriga.

Ele arregalou os olhos e entreabriu os lábios — talvez quisesse falar algo, mas a única coisa que saiu foi um gemido úmido e inútil de dor. O veneno agia rápido, chiando enquanto dissolvia sua pele. Também corroía minha mão onde seu sangue caía.

Empurrei Ibrihim de cima de mim. Ele estava vivo, mas quase inconsciente, as mãos apertando o abdome. A barriga do vampiro era uma bagunça nojenta de couro retalhado, pus e sangue.

Agarrei o sujeito pelos braços e o puxei. Caralho, como ele era pesado. Arrastei o vampiro até bloco de pedra e o larguei ali.

A porta se abriu diante de mim, mas encarei Ibrihim quando sua cabeça tombou para o lado, os olhos entreabertos encontrando os meus.

Ele iria sobreviver. Com dor, e ainda mais mutilado do que antes, mas iria sobreviver. Eu precisava dar um fim naquilo.

Não devia ser difícil. Eu já havia matado várias vezes. Sem entender o porquê, hesitei enquanto Ibrihim me olhava. Talvez fosse porque sempre havíamos visto algo familiar um no outro, mesmo que nunca admitíssemos.

— Sinto muito. — As palavras escaparam dos meus lábios sem permissão enquanto eu me preparava para enfiar a espada curta em seu peito.

Mas, antes que pudesse agir, o chão tremeu. Um estrondo ensurdecedor encheu meus ouvidos.

Ergui a cabeça bem a tempo de ver as paredes desmoronando.

19

Pulando através da porta, desviei por pouco de um pedaço de rocha que caía do teto. As paredes chacoalharam. Não estavam *apenas* desmoronando, compreendi — estavam *se movendo* também.

Quase ri. É claro. Na lenda, o reino de Alarus vivia em constante mutação. O caminho para a moralidade sempre mudava, logo, o caminho até o pós-vida também. Aquele desafio tinha o intuito de representar o submundo, e, portanto, um labirinto mutante era só mais um obstáculo a vencer.

Corri. Com a pedra se desfazendo e o chão se movendo, não sabia quanto tempo tinha antes que a trilha diante de mim ruísse por completo. A neblina estava mais espessa ali. O cheiro estranho também parecia mais forte — o odor doce que eu havia sentido no começo do desafio.

Tomei decisões baseadas tão somente em instinto — esquerda, direita, direita, esquerda, direita, esquerda. Deslizei até frear bruscamente, fiz a curva e me deparei com outra porta, esta entalhada com Alarus de olhos escancarados e um punhado de flores na mão. Era belo — mas não tive tempo de apreciar a arte, já que diante dela estava Kiretta, a Nascida da Sombra.

Nenhuma de nós hesitou.

Acertamos uma à outra ao mesmo tempo — meu corpo se chocou contra o dela enquanto sua magia nos cercava. Eu não havia presenciado toda a sua força durante o último desafio. Fui envolta por uma fumaça esverdeada. Senti uma pontada de dor na nuca, a magia abrindo minha mente ao meio.

Empurrei a vampira para o chão enquanto ela tentava me arranhar. Fechei os olhos com toda a força.

Não olhe para ela. Não a escute.

Abra os olhos, uma voz harmônica sussurrava entre meus pensamentos. *Olhe para mim, mocinha bonita. Olhe para mim.*

Não. Se Kiretta fosse uma conjuradora tão boa quanto Vincent alertara, seria capaz de me enfeitiçar estando tão perto. O dom dos Nascidos da Sombra de executar magia mental era tão perigoso quanto qualquer arma.

Precisei de todo meu foco para prendê-la ao solo enquanto resistia ao chamado.

A magia dos Nascidos da Sombra era uma passagem aberta — eles controlavam a porta, mas o corredor seguia nos dois sentidos. Forcei suas distrações, voltando o olhar mental para a outra extremidade da via que nos conectava.

Dor. Fome. Ela estava machucada. Fraca. Imprudente. E vi exatamente como o desespero a tornava negligente. Ela era uma usuária de magia mais forte; naquele momento, porém, eu era a melhor lutadora — e conseguia ver com clareza como ela havia me subestimado.

Deixei Kiretta achar que tinha vencido. Relaxei as muralhas mentais. Permiti que minha cabeça tombasse para trás. Abri os olhos. O olhar dela, hipnótico e fascinante, estava tão próximo que, por um lapso de segundo, quase cedi. Um sorriso satisfeito começou a se espalhar por seus lábios.

E, nesse instante, enfiei uma das espadas curtas em sua garganta.

O veneno funcionou de imediato. Um lampejo de sua agonia se espalhou por meu cérebro antes que eu me afastasse dela, rompendo nossa conexão mental. Ela agarrou o pescoço, esparramada no chão, que se agitava e tremia devido às paredes móveis. Kiretta ainda lutava para respirar, lutava para se levantar, quando a arrastei até o bloco de pedra. Não dei a ela a oportunidade de se erguer antes de mergulhar pela porta aberta.

O cheiro me acertou com tudo, doce, inebriante.

Eu estava em um campo de papoulas. Coberto por uma névoa densa que pairava feito um acortinado gentil sobre as flores, uma extensão de vermelho sanguíneo. O ribombar do atrito entre as rochas ecoava atrás de mim — ali, porém, tudo estava silencioso e etéreo. A luz resplandecia, delicada, sobre os campos floridos.

Papoulas eram as flores da morte. Se o labirinto atrás de mim representara a jornada na direção do subterrâneo, aquele era o limiar do submundo. Quatro portas arqueadas de prata se erguiam à minha frente, cada uma revelando um caminho que logo desaparecia em uma bruma prateada. O som de aço contra aço soava adiante, assim como estrondos que me diziam que eu ainda precisaria desviar de rochas desmoronando.

Eu devia estar perto da retaguarda do grupo. O que, por pior que fosse admitir, significava que correr na direção da luta devia ser minha melhor chance. Avancei pela passagem central. No meio do caminho, me deparei com um corpo ensanguentado; a visão me fez hesitar, confusa.

À primeira vista, supus que fosse um competidor. Mas o sangue era muito, muito vermelho, e o cadáver não usava roupas de batalha de couro — e sim uma túnica que um dia tinha sido branca, toda em farrapos. A mancha carmim na parede implicava que a pessoa fora jogada contra o muro e largada para morrer lentamente no chão.

Humano. Aquele era um corpo humano.

Não fazia sentido. Por que havia humanos ali?

Um som estranho ecoou do fundo do corredor. Algo parecido com um... parecido com um grito. No início, achei que devia ser coisa da minha cabeça, porque não tinha lógica alguma. Talvez fosse um som distorcido vindo da multidão ou de outro participante, ou...

Um novo tremor de terra me despertou do devaneio, um lembrete de que eu não tinha tempo a perder. Atravessei o restante do corredor depressa até chegar ao outro arco, que levava a um segundo campo de papoulas — mais cheio dessa vez, um mar escarlate.

O grito ecoou de novo.

Nada imaginário. Muito real.

Havia uma porta do outro lado do campo. Cheguei mais perto. Outro corpo desfalecido — de uma humana, nitidamente — jazia em uma superfície de pedra. E, ao lado da mulher, vestida com a mesma túnica branca, havia uma criança.

Minha mente parou de funcionar. Congelou. Se fixou na menininha, ajoelhada ao lado do cadáver mutilado.

Era por isso que meu sangue não parecia estar atraindo outros competidores, mesmo os famintos. Porque havia muitos humanos por ali.

As túnicas brancas. A maquiagem branca no rosto dos mortos. Os humanos não eram acidente. Não eram nem sequer presas. Eram... decorações. Simulavam as almas que habitavam o submundo.

Um presente. Uma distração. Ou só um efeito dramático.

A garota chorava, as lágrimas manchando o branco artificial das bochechas. Ela ergueu a cabeça e arregalou os olhos — azuis bem claros, espiando por entre madeixas oleosas de cabelo preto.

De onde aquelas pessoas tinham saído? Não havia crianças humanas no centro de Sivrinaj. Será que ela viera dos assentamentos?

Por que havia uma *criança* ali?

Atrás de mim, o som de pedra raspando parecia chegar mais perto. Eu precisava ir. Precisava ir imediatamente.

Dei vários passos na direção da porta.

Deixe a menina, ordenou a voz de Vincent.

E, com as palavras dele, veio o eco das de Raihn, na primeira noite do Kejari. *Eles já eram, humanazinha. E se decidir ir atrás deles, a mesma coisa acontecerá com você.*

Verdade. E verdade de novo.

Mesmo assim, me vi dando meia-volta, agachando ao lado da menina. Ela tropeçou para longe de mim, aterrorizada.

— Venha comigo — falei. — Não vou machucar você.

Ela não se moveu, apenas continuou tremendo. Estava presa, notei — tinha sido espremida contra a parede na última movimentação das muralhas de pedra, com o tornozelo entalado entre duas placas de mármore preto.

Como se interagia com uma criança novinha daquelas? Ela tinha o quê? Uns quatro anos? Oito? Eu nunca vira uma criança humana tão de perto.

— A gente precisa ir embora *agora* — insisti.

Sem tempo. O chão começou a chacoalhar. Agarrei o corpinho da menina com toda a força e puxei.

Ela soltou um grito de dor. Após resistir um pouco, a perna dela se soltou. Apertei a garota contra o peito em um pedido silencioso de desculpas, depois refleti sobre o quão insano aquilo era enquanto *corria*.

Um erro. Um erro em muitos níveis, Oraya. Você não vai conseguir lutar assim. Não vai conseguir fugir assim. Vai estar mais lenta. Cheirando duas vezes mais humana. Vai perder um braço para manejar as espadas. Deixe a garota. Ela já era.

Passei em disparada por outras três portas já abertas, com os cadáveres deformados de humanos e competidores largados sobre os blocos de pedra. Passei por outros vários humanos encurralados contra as paredes, vestindo branco. Não tive coragem de olhar para eles.

O campo de papoula foi ficando mais denso, e, a cada passo, eu avançava mais devagar entre a folhagem. O cheiro era avassalador. As paredes agora estavam cobertas de entalhes, olhos imensos que iam do chão ao teto, sóis e estrelas espiralando na profundeza das escleras — o símbolo de Alarus, porque a morte estava sempre à espreita.

Havia mais uma porta à frente, fechada. A luz ali tinha ficado brilhante e febril, dançando sobre nós no mesmo ritmo de minha pulsação acelerada. A menina continuava no meu colo, as mãos agarradas nos meus cabelos, tremendo. Sua cabeça tombada para a frente bloqueava uma faixa crítica da minha visão periférica.

O homem Nascido do Sangue surgiu diante de mim antes que eu tivesse chance de reagir.

Soltei a menina, fazendo uma careta de dor enquanto tentava empurrá-la para fora do caminho a tempo de girar e me posicionar frente ao atacante. Ele me jogou no chão, arreganhando os dentes. Desferiu o primeiro golpe, enfiando um florete de osso e aço bem na minha coxa já machucada, o que me fez revirar de dor. Fiquei outra vez em pé com toda a força que ainda me restava, me atirando contra ele para recuperar o controle — mas só consegui avançar alguns centímetros em minha tentativa de golpe antes que o vampiro me puxasse pelo pulso e fincasse os dentes na pele.

Puxei o braço para longe, sujando o rosto com meu próprio sangue. Devagar demais. A hesitação cobrara seu preço. Bati as costas com tudo contra a pedra quando meu oponente me agarrou e me empurrou contra a parede. Ele era pequeno para um vampiro, apenas alguns centímetros mais alto que eu, e olhei direto em seus olhos — as pupilas delineadas em vermelho se dilatando, brilhando de fome e prazer.

O tempo parou. Tentei segurar a arma com a mão machucada, mas não conseguia me mover rápido o bastante, e...

O Nascido do Sangue sacolejou para trás.

Arquejei. Raihn puxou o atacante de cima de mim, quase o partindo em dois com um golpe devastador da espada de aço dos Nascidos da Noite. Em retaliação, o Nascido do Sangue saltou em cima de Raihn como um animal moribundo estrebuchando em seus estertores finais. Ferimentos ao longo dos dois braços de Raihn cintilaram, a névoa vermelha de sangue mágico os envolvendo. Ele estava machucado. O Nascido do Sangue conseguiria manipular seu sangue também.

Raihn conseguiu dar mais dois golpes, mas o Nascido do Sangue revidou com tanta força que o jogou aos tropeços na direção da pedra. Ainda assim, Raihn agarrou o oponente pelos braços, sem permitir que se afastasse — deixando as costas do vampiro totalmente expostas e escancaradas para mim.

O olhar de Raihn encontrou o meu por cima do ombro do oponente — *agora*.

Enfiei a espada curta com força nas costas do Nascido do Sangue, enterrando a lâmina até o punho. Mesmo pela retaguarda, eu sabia como trespassar um coração.

O corpo do homem cedeu.

Raihn o deixou cair enquanto eu tentava desprender a espada. O vampiro me olhou de cima a baixo.

— Pelo jeito, você sabe como ser útil — disse ele, já se virando para a porta. — Vamos. Vi fogo lá na frente. Deve ser Mische. Acho que estamos perto do... Para onde raios você está indo?

Eu já não estava mais ouvindo. A menina tinha corrido até o meio do campo de papoula. Estava com a perninha claramente quebrada, o que parecia ainda mais óbvio agora que se arrastava para fugir de mim. Peguei-a no colo, murmurando um pedido de desculpas apressado, e voltei em disparada até Raihn, que ficou parado me encarando.

— E que porra é *isso*? — Pela pergunta, era como se eu tivesse acabado de surgir com um cachorrinho fofo e cor-de-rosa.

O chão estremeceu. Não tínhamos tempo.

— *Vamos!* — Não parei para responder.

Raihn largou o cadáver do Nascido do Sangue sobre o bloco de pedra, e disparamos pelos corredores que se abriram à frente.

Ele estava certo sobre estarmos perto do fim do labirinto. As duas próximas portas já estavam abertas, mantidas assim pelo corpo de um humano e de um Rishan, respectivamente. Manchas de sangue muito denunciadoras adornavam as paredes — jatos delicados de vermelho, finos demais para ter vindo de machucados. Evidência de magia de sangue.

Encontramos apenas dois outros competidores. Por causa da criança e de meus machucados, precisei depender muito mais da defesa de Raihn do que gostaria. Ao menos ele os retalhou com facilidade, só mais dois corpos largados nos corredores enquanto avançávamos.

— Raihn — sibilei quando viramos em outra curva, apontando para a esquerda com a lâmina ensanguentada.

Era um portal assinalado com tochas de Fogo da Noite. Aquele era maior que os demais, portas duplas de metal ornamentadas com um dos olhos de Alarus espiando de cada lado.

O fim do labirinto? Podia ser. Precisava ser.

Havia uma única plataforma de pedra diante de nós. Raihn e eu olhamos um para o outro. Depois olhamos para a criança, que chorava baixinho, quase inconsciente.

Ele tentaria me pegar. Eu ou a menina.

No instante em que fez menção de se mexer, desferi um golpe.

Minha lâmina o atingiu no ombro, protegido pelo couro. O vampiro cerrou a mandíbula, estremecendo. Me fulminou com o olhar.

— O que *caralhos* foi isso? — sibilou ele, entredentes. — Eu ia pegar *aquilo*.

Ele apontou com a espada para um cadáver na ponta do corredor, depois soltou uma série de palavrões e arrancou minha lâmina de sua armadura.

Ah.

Apertei a menina com mais força e murmurei algo que talvez parecesse um pedido de desculpas, ao que Raihn mandou eu ir me danar. Considerei dizer que ele tinha sorte de a lâmina já estar sem veneno, mas decidi que ele talvez não fosse apreciar o comentário.

O vampiro pendurou o corpo sobre o ombro, e estava voltando quando uma onda de dor me atingiu — ácida e corrosiva, como se eu estivesse sendo cozida de dentro para fora.

Tive um único instante para entender o que estava acontecendo antes de ser atingida por Angelika.

Mal consegui rechaçar o ataque, meu único braço livre tremendo com a força necessária para o bloqueio. Minha vista ficou vermelha. Respirar queimava. Os cortes nos braços de Angelika cintilavam conforme a névoa rubra se adensava.

Ela sorriu.

— Falei que ia matar você na arena.

O corpinho da menina ficou duro de dor, e ela se encolheu contra meu peito. Será que uma criança humana sobreviveria àquilo?

Ouvi os passos de Raihn se aproximando de nós duas, correndo. Ele avançara até o fim do corredor. Chegaria em segundos. A coisa mais esperta a fazer seria esperar por ele. Eu conseguia suportar — mas a garota provavelmente não.

Baixei a guarda por um único momento crítico para bater em retirada.

O golpe em meu tronco foi devastador.

Caí. Por pouco consegui evitar desmoronar em cheio por cima da garota.

Os dedos ávidos de Angelika voaram na direção do meu pescoço na mesma hora. Apertaram. Olhei para o portal, alto e brilhante com a promessa de segurança enquanto todo o resto ficava borrado. Tentei acionar minha magia, que escapou para longe do meu alcance. Sempre fugindo quando eu mais precisava dela.

Tateei o torso. Apenas tocar o punhal que ela tinha enfiado ali me fez revirar de dor. Mas era impressionante ver o que um corpo era capaz de aguentar para sobreviver.

Arranquei a arma de mim e a enfiei em Angelika.

Ela xingou e bateu com minha cabeça no chão.

Tudo ficou branco, depois preto.

Eu estava só parcialmente consciente quando Raihn arrastou Angelika para longe. Conseguia olhar apenas para o teto. Quanto tempo havia se passado? Segundos, minutos? O vociferar da multidão crescia cada vez mais. Tudo girava.

— Estamos quase lá, Oraya. — Era como se Raihn estivesse gritando, mas de algum lugar muito distante. — Levante. Vamos. Rápido. Não temos mais tempo.

Consegui virar a cabeça com muito custo. Angelika mal se mexia, largada no chão. Meus olhos recaíram na menininha, inconsciente e com a perna torcida, o cabelo escuro cobrindo o rosto. Era incrivelmente familiar. Como se eu estivesse me olhando em um espelho.

Me arrastei de quatro, empurrando a mão de Raihn.

— Me solte — balbuciei.

— Caramba, princesa, eu não vou...

— Me solte!

Me arrastei até a menina. Peguei seu corpinho nos braços e me forcei a ficar em pé. Meu olhar se fixou no portão adiante, mesmo com o mundo inteiro meio torto e borrado.

Estava a o quê, uns dez passos de distância? Eu conseguiria andar dez passos.

Raihn segurou meu braço — talvez de frustração, talvez para sustentar meu peso.

— O que você está fazendo? — sibilou.

Eu não conseguiria responder nem se quisesse. Dediquei toda minha energia a dar os passos finais.

Mesmo assim, não deixei ele me ajudar. Mesmo assim, não larguei a criança.

Assim que atravessei o batente, caí de joelhos.

O coliseu se abria diante de mim, magnífico e banhado em dourado. Milhares de espectadores lotavam as arquibancadas, gritando por sangue. Mesmo com a turba, porém, encontrei Vincent de imediato — bem ali na frente, me encarando com um olhar de horror abjeto, como se houvessem arrancado o coração de meu pai e o enfiado em minhas mãos.

Senti de uma vez o peso daquilo, de como Vincent me amava.

Será que era aquele o olhar em meu rosto, pensei, quando eu fitava a garotinha? A mesma coisa?

Com esse pensamento, fui sobrepujada por uma onda súbita de medo. Aqueles eram predadores. Todos eles. E ela era a presa.

O sangue dela e o meu corriam juntos quando me virei para Raihn.

— Não deixe ninguém levar a menina — consegui dizer.

O mundo se apagou. Não me lembro de cair, mas, de repente, eu estava olhando para o céu, as unhas fincadas no braço de Raihn, a outra mão apertando desesperadamente a menina desfalecida contra o peito. Soldados Nascidos da Noite correram até nós.

— *Não deixe ninguém levar a menina* — implorei de novo.

As beiradas da minha visão escureceram.

Raihn se inclinou bem perto de mim — mais perto do que eu jamais permitira que qualquer pessoa chegasse — para murmurar, no tom solene de uma promessa:

— Não vou deixar.

20

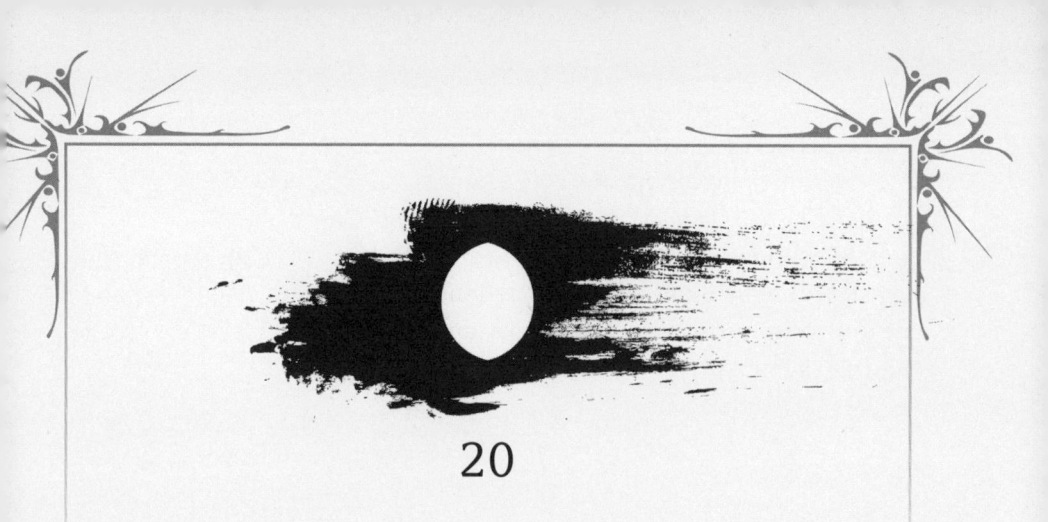

Meus braços estavam vazios quando acordei.

Encarei o teto por longos segundos. Senti o estômago revirar. O mural no teto — uma noite estrelada — ficou borrado quando o mundo girou. Levei a mão ao peito e senti apenas o lento subir e descer de minha própria respiração.

Nada da menina.

O desafio voltou aos poucos, na forma de um mosaico quebrado. O fim não passava de uma sugestão difusa e malformada.

A criança. Lembrei de seu corpo desfalecido. De como havíamos caído com força no chão. Dos guardas se fechando ao meu redor — ao redor dela. Ela era só uma pequena humana indefesa.

Corri as mãos pelo corpo. Sim, ainda havia alguns machucados e cortes, mas meus piores ferimentos tinham sido curados. Eu sobrevivera ao segundo desafio.

E não estava sentindo nada.

Raihn não estava por perto quando acordei, mas Mische ficou animada ao me ver consciente. Um pouco animada demais, na verdade, o sorriso tomado por um toque maníaco de preocupação. Eu havia passado vários dias péssima, inconsciente.

— O que mais afetou você foi a magia de sangue — contou ela.

Como humana, eu era especialmente suscetível aos encantamentos. Meu sangue era fraco, fácil de manipular, fácil de ser forçado a se voltar contra minha carne mortal. Quando alguém suportava os ataques, a recuperação era rápida, mas a linha entre a sobrevivência e a morte, especialmente para humanos, era muito borrada.

Pensei na menina. Em como era minúscula, aninhada contra meu peito. Com certeza pequenina demais para sobreviver ao que eu mal suportara.

Atordoada, ouvi Mische me contar sobre o final do desafio — onze competidores tinham morrido, de modo que agora restavam vinte e nove de nós. Até Ibrihim, milagrosamente, conseguira se arrastar pela saída no último momento.

Dei golinhos na água que Mische me entregou, mas minha boca ainda estava seca demais para que eu conseguisse proferir a única pergunta que me importava. Eu a deixei falando por uma hora inteira antes de reunir coragem e perguntar:

— E a garota?

Ela pareceu confusa.

— Quem?

— Tinha uma garotinha.

Ela abriu um sorriso fraco e balançou a cabeça, cheia de pena.

— Não sei.

Eu queria insistir, queria exigir que descobrissem a resposta, mas as palavras pareciam espessas na garganta.

Por que eu estava tão preocupada com a menina? Não podia me preocupar tanto. Ainda assim, era incapaz de ignorar a sensação. Incapaz de me abster. Engoli o que consegui da comida que Mische me deu; conforme os minutos passavam, porém, eu ficava mais inquieta, como se todas as coisas que eu tentara reprimir estivessem se revirando logo abaixo da pele.

Após um tempo, me levantei. Todos os músculos doíam, mas pelo menos eu conseguia me mexer. Peguei o casaco do gancho junto à porta.

— Para onde está indo? — perguntou Mische, assustada, quando joguei a peça sobre os ombros.

— Só preciso de um pouco de ar.

— Mas você devia... — começou ela.

Girei a maçaneta.

— ... descansar — terminou Mische, mas eu já batia a porta ao sair.

Fazia tempo que eu não matava três vampiros na mesma noite. Meu corpo estava se revoltando contra mim — e eu merecia. Mesmo cansada, porém, aqueles merdas não eram difíceis de abater. Eram preguiçosos e muito numerosos. A última vez que eu perambulara por aquelas ruas fora semanas antes. Tempo o bastante, aparentemente, para dar àqueles imbecis uma falsa sensação de segurança.

Não fiquei surpresa.

Eles mereciam. Eram uns bostas, egoístas e vorazes, que enxergavam as pessoas que moravam ali como nada além de gado. Eu os odiava tanto que vê-los morrer — vê-los entender que eu, uma humana, os estava matando — não ajudava a aplacar minha raiva. Só fazia tudo parecer ainda mais injusto.

Ao longo dos anos, eu tinha aprendido a proteger aquela ferida, a escondê-la junto com todas as outras fraquezas humanas. Agora, o curativo que eu mantivera com tanto cuidado havia sido arrancado, puxado pelos dedinhos de uma criança inocente morta.

Eu não sabia como fazer aquilo passar. Havia aprendido, desde muito jovem, que sangrar era perigoso. E embora meus cortes estivessem cicatrizados, o machucado lá no fundo do peito sangrava mais do que nunca. Me tornava tão vulnerável quanto qualquer outro.

Quando saí do Palácio da Lua, achei que estava indo encontrar com Vincent. Tinha certeza de que ele estaria esperando por mim. Lembrava de como meu pai havia me olhado. Eu precisava conversar com ele, perguntar sobre minha magia, perguntar sobre aqueles humanos — *De onde tinham vindo? Como capturavam humanos que deviam estar sob proteção? Por que crianças?*

Ele teria respostas.

Mas, talvez exatamente por isso, acabei pegando a direção oposta, que levava aos assentamentos humanos.

Palavras eram complicadas. Perguntas eram difíceis. E aquela ferida dentro de mim sangrava tanto que eu sabia que Vincent sentiria o cheiro. O sangue escorreria por entre meus dedos caso ele a abrisse com uma resposta da qual eu não fosse gostar.

Aquilo era mais fácil. Mais satisfatório. Ao menos eu estaria *fazendo* alguma coisa.

Minha terceira vítima olhou para mim como se eu fosse a própria Nyaxia enquanto a luz deixava seu rosto. Espremi o corpo contra a parede, ali naquele beco fedendo a merda e coberto de mijo do qual ele espreitava jovens mulheres no pub do outro lado da rua. Eu não era a jovem que ele queria, mas certamente era a que merecia.

O vampiro abriu a boca, um bafo podre me atingindo no rosto enquanto desfalecia.

Arranquei a lâmina e o deixei cair no chão.

Animal. Apodreça aqui com merda, mijo e lixo, junto com a carcaça de todos os outros vermes.

Sua unha tinha aberto um corte no meu pulso. Parei e fiquei olhando o sangue subir até a superfície. Com isso, veio outra onda insuportável de raiva.

Minha pele, minha pele humana, era delicada e rasgava com muita facilidade. Naquele momento, eu a odiava tanto quanto odiava o vampiro que acabara de matar. Mais, até. Talvez aquela fragilidade fosse igualmente responsável por tantas mortes.

— E eu aqui achando que você visitava o grandioso e poderoso rei dos Nascidos da Noite quando escapava de madrugada...

Virei-me, a espada curta em riste, e vi uma silhueta alada e familiar em pé no telhado. Meu coração quase parou com a vista — eu não gostava quando ele voava acima de mim. Eu podia ser uma serpente, mas até mesmo as víboras corriam para se esconder quando os gaviões pairavam no céu.

Tinha certeza de que Raihn não aceitaria bem o fato de que eu matava vampiros. Vampiro algum aceitaria. Eles podiam se matar de vez em quando, mas não gostavam nada quando um humano fazia a mesma coisa.

Não que eu estivesse no clima para dar a mínima.

— Vá embora.

— Essa resposta foi tediosa demais para seus padrões.

Tinha sido mesmo. Quase vergonhosa.

Ignorei Raihn e limpei o sangue da espada.

O sorriso sarcástico dele vacilou um pouco.

— Vi que você matou mais dois na última hora — afirmou ele, a voz um tom mais suave do que eu esperaria. — Está fazendo isso mesmo depois de ter passado um tempo à beira da morte? É um uso nada sábio do seu tempo, alguns diriam.

A ferida em meu coração sangrava sem parar. As palavras dele jogaram sal sobre o corte, e reagi como um animal acuado.

— Uso nada sábio do meu tempo? — rosnei, brandindo a arma na direção dele. — Quatro humanos estariam mortos se eu não tivesse feito isso. Mas, claro, você não acha que a vida deles vale uma hora e meia do meu tempo.

O sorrisinho convencido desapareceu.

— Não foi isso que eu quis dizer.

— Vá *se foder*.

Torci para que ele não pudesse ver meu rosto. Provavelmente estava revelando muito.

Cuidado com essas suas expressões vívidas, serpentezinha, sussurrou Vincent.

Vá se foder você também, pensei. Instantes depois, fiz um pedido silencioso de desculpas dentro da minha cabeça.

Atrás de mim, ouvi Raihn pousar no chão — de forma surpreendentemente leve para alguém do tamanho dele.

— Saia daqui — falei, sem me virar. — Esses merdas não merecem você defendendo a honra deles.

Ele bufou de desprezo.

— Não vim fazer nada disso. Até onde sei, você está prestando um importante serviço de utilidade pública.

Minha mão parou em meio ao movimento.

Não me virei, não revelei o rosto, mas ele deu uma risadinha.

— O que foi?

Como assim, *o que foi*? Como se ele não soubesse. Como se não tivesse *perfeita consciência* de que qualquer vampiro — mesmo os que desprezavam aqueles vermes, mesmo os que discordavam de suas ações — lidaria de forma diferente com humanos tentando assumir para si a missão de matá-los. Para começo de conversa, lidaria como um insulto a seus princípios.

Nem me dei ao trabalho de dizer aquilo a ele. Nós dois sabíamos.

Em vez disso, uma dúvida me subiu pela garganta. Exatamente o tipo de pergunta que tentei evitar indo até ali, aquela que teria uma resposta horrível que eu não desejava ouvir.

Voltei a limpar a lâmina da espada curta.

— E a garota? — soltei, enfim.

Minha voz saiu mais aguda e fraca do que eu havia planejado.

Um longo, longo silêncio se passou. A cada segundo, meu peito apertava mais.

Ouvi os passos se aproximando, mas não me movi até ele tocar meu ombro. Me virei, pronta para reclamar, mas algo em seu olhar — estranhamente gentil — me deteve.

— Venha comigo — disse ele.

21

Raihn e eu atravessamos a cidade. Demoramos quase meia hora para completar o percurso a pé — ele se ofereceu para me levar voando, mas recusei com tanta veemência que ele ergueu as mãos em um aparente pedido de desculpa. Acabamos apenas andando em silêncio. Eu ainda precisava manter os dentes cerrados para evitar o monte de coisas que poderiam escapar caso eu abrisse a boca.

Aquela extremidade do assentamento era mais vazia, com caminhos de terra e alguns jardins entre as construções de pau a pique. Não havia parte alguma dos assentamentos humanos que não fedesse a pobreza — aquela área, porém, passava a impressão um pouco melhor de que havia pessoas tentando construir uma vida ali. Era um lugar pobre, é claro. Decadente, sim. Mas... cheio de calor, da sua própria maneira torta.

Uma dor agridoce me apertou o coração. Eu nunca tinha notado que talvez houvesse algo ali que não existisse no centro da cidade. Coisas que viviam e se moviam e me lembravam muito de Ilana.

Era noite, o que significava que estava tudo silencioso, com os moradores ainda escondidos cuidadosamente dentro de casa. Mas Raihn e eu tivemos o cuidado de andar nas sombras, avançando mais pelos becos do que pelas ruas principais. Ele espiou no vão entre duas construções, depois escancarou as asas e saltou para o teto plano. Me ofereceu a mão, mas ignorei o gesto e subi sozinha, despertando nele um bufar e um chacoalhar de cabeça.

Ele me levou até a beira do telhado, depois se sentou com as pernas penduradas enquanto ocultava as asas.

— Olhe.

Eu não sabia o que ele estava tentando me mostrar. Diante de nós havia edifícios que pareciam com outros pelos quais havíamos passado, e ruas desertas iguaizinhas às outras que havíamos percorrido.

— O quê?

— Sente-se aqui. Você vai precisar se abaixar para ver.

Me agachei. Mesmo de cócoras, eu ainda era mais baixa do que Raihn sentado. Ele apontou, e virei o pescoço para acompanhar o gesto.

— Por aquela janela. Bem ali.

O prédio diante de nós tinha janelas amplas de vidro divididas em vários painéis menores. Havia lamparinas acesas lá dentro, banhando o recinto com uma luz suave e cálida. Corpos projetavam sombras pelo espaço — contei várias pessoas, pelo menos seis que eu conseguia enxergar pela janela, quase todas crianças.

— Bem no meio — continuou Raihn, baixinho.

Uma menina de cabelo escuro. Sentada no chão, sozinha, ignorando as outras crianças. Estava de cabeça baixa — mesmo que não estivesse, porém, estava longe demais para que eu pudesse ver seu rosto.

Mas era ela. Era *ela*.

Um arquejo trêmulo escapou de mim sem permissão. A onda de alívio absoluto me deixou atordoada. Firmei as mãos no telhado para não cair lá embaixo.

— Como? — sussurrei.

— Eu dou meus jeitos. — Dava para ouvir o sorrisinho presunçoso na voz de Raihn. — Jeitos muito perigosos, astutos e impressionantes.

Eu não estava nada disposta a validar toda aquela vaidade, mas... era *de fato* impressionante. Eu não conseguia nem sequer contemplar como o vampiro fizera aquilo. Só de ter tirado a menina do coliseu com vida já parecia praticamente um milagre.

— Quem... quem são essas pessoas? Que lugar é este?

— Um abrigo para crianças que não têm mais ninguém. Demorei para encontrar o lugar certo. Não consegui encontrar a família dela. Achei que eles talvez pudessem ajudar.

Engoli em seco. Nunca encontrariam a família daquela garota. Ela não tinha mais família.

— Não vai acontecer — falei.

Raihn soltou uma risada amarga e sem nenhum humor.

— Caramba... Você nunca relaxa, hein? Nunca aceita uma vitória.

Será que ele achava que eu não queria que aquilo fosse uma vitória? Será que achava que eu não *queria* acreditar que fosse possível acontecer?

Antes que eu pudesse responder, porém, ele acrescentou, gentil:

— Talvez você esteja certa. Mas a menina está viva. Já é alguma coisa.

E eu estava grata por isso — do fundo do coração. Se tentasse dizer tal coisa a Raihn, porém, revelaria demais. Mas queria muito que aquilo parecesse mais do que uma vitória. Queria que a vida dela valesse mais do que valia. Em vez disso, no entanto, ela viveria ali, em um lugar onde estaria sempre sozinha e constantemente caçada.

Minha vontade era de que salvar a menina fosse tão simples quanto manter seu coração batendo. Pela Mãe, como eu queria que fosse assim. Mas será que ela lembraria que alguém havia tentado? Que alguém achava que a vida dela deveria valer mais?

Sem pensar, esfreguei o anel no dedo mindinho.

— Ela nunca deveria ter sido levada para lá — murmurei.

— Não — concordou Raihn.

O ódio nu e cru em sua voz me pegou desprevenida, algo tão inesperado que me despertou dos devaneios.

Me virei de súbito para ele.

— Por que estava me seguindo?

Ele ergueu as mãos no ar.

— Calma lá, viborazinha.

— Isso não é resposta.

— Estava saindo e vi você andando para os assentamentos. Fiquei curioso. Talvez um pouco preocupado, e espero que não se ofenda por isso. — A voz dele ficou mais séria. — Mas ainda bem que vim atrás. Fiquei agradavelmente surpreso pelo desenrolar de tudo, na verdade. Eu... — Ele balançou a cabeça. — Eu não achava que você tinha essa sanha.

— Por quê? Porque sou a princesinha do Vincent?

Raihn fez uma careta, mas não negou.

Encarei o vampiro por um bom tempo, estreitando os olhos.

— Não faz sentido.

— O quê?

— Não entendo por que você ficou agradavelmente surpreso. Você disse "agradavelmente surpreso".

— Sim, e fui sincero.

— Mas não faz sentido.

— Por quê? Por que sou da escória Rishan?

Se a intenção de Raihn era que eu me encolhesse como ele havia feito pouco antes, não deu certo. Apenas o encarei, inabalada.

Ele suspirou.

— Esses que você mata. Eles merecem. Caso contrário, nunca vão parar.

— Mas são vampiros.

— São.

— E estão atacando humanos.
— Óbvio.

Me calei por um instante, tentando sem sucesso articular minha descrença.

Raihn suspirou de novo, como se a conversa o estivesse exaurindo.

— É assim *tão* incompreensível?

Sim. Era incompreensível. Só... desafiava a ordem preestabelecida na Casa da Noite. Caramba, em toda Obitraes.

— Claro que é — rebati.

A resposta pareceu irritar o vampiro.

— É tão inacreditável que eu respeite a vida dos humanos? — disparou ele. — Eu costumava *ser um deles*, porra.

Minha boca já estava aberta preparando uma resposta atravessada que esqueci de imediato. Me calei na hora, atordoada.

Os olhos vermelho-amarronzados de Raihn se semicerraram em uma expressão divertida.

— É uma delícia chocar você, princesa.

— Você é um Transformado.

— Sou.

Vampiros Transformados eram muito raros, sobretudo em Sivrinaj. Os poucos que conseguiam sobreviver ao processo geralmente não se ajustavam bem à nova existência. E, para começo de conversa, os vampiros da Casa da Noite — reconhecidamente territorialistas — nunca estavam muito inclinados a transformar suas presas em iguais.

Nunca havia me ocorrido que Raihn pudesse ser um Transformado. Mesmo assim, agora muita coisa fazia sentido. O incomum toque desleixado em sua aparência. O senso de humor definitivamente nada vampírico. E as performances — as performances constantes, como se ele tivesse algo a provar. Como se tivesse que aprender a usar várias máscaras.

O sorrisinho de diversão sumiu, deixando em seu lugar apenas algo mais cru e triste.

— Faz séculos, e nunca deixa de ser repugnante. Nunca passa.

Minha vontade era responder: *Ótimo*.

Eu torcia para que continuasse repugnante quando me tornasse igual a eles. Que eu nunca abandonasse aquela parte de mim. Mesmo assim, muitas vezes tinha considerado que me despir de minha humanidade, como uma cobra trocando de pele, seria um preço baixo a pagar.

Mesmo ali, a ideia me nauseava.

Não falei nada. Nunca diria aquelas coisas em voz alta.

— Há quanto tempo você vem fazendo isso? — perguntou Raihn, enfim.

— Não sei — menti. — Há alguns anos.

Seis anos, dois meses e catorze dias.

— E suponho que seu grande salvador Nascido da Noite não saiba disso.

Disparei um olhar de alerta para o vampiro.

Ele sorriu o suficiente para revelar um lampejo dos dentes pontudos.

— Sabe, parte da razão pela qual quis me aliar a você foi *esse* olhar. Essa porra dessa expressão. É tão... tão... — Raihn cerrou os lábios, e seu rosto se contorceu como se ele estivesse se preparando para me imitar, mas, de forma muito sábia, tivesse desistido. — Nada. Esqueça.

Eu poderia ter deixado a conversa terminar. Mas me peguei respondendo, curta e grossa:

— Não. O Vincent não sabe.

Por que tinha dito aquilo? Será que queria provar algo a ele? Provar que era mais do que um animalzinho de estimação obediente a Vincent?

— Causaria problemas políticos — prossegui. — É melhor para todos dessa forma.

A mais pura verdade. Vincent não toleraria, nem de forma tácita, aquelas minhas atividades. Assim como não toleraria empreender qualquer ação oficial em território Rishan em meu nome. Eu estaria livre para agir por conta própria quando fosse forte o bastante para fazer algo assim sem acabar me matando.

Me contive e não acrescentei que era muito provável que Vincent também me trancasse por tempo indefinido em meu quarto caso soubesse de meu pequeno passatempo.

— Certo. — Raihn não parecia convencido.

A brisa soprou nosso cabelo — o meu preto como as penas de um corvo, o dele ruivo-escuro. Foi bem-vindo naquele calor. Ergui o queixo, saboreando a sensação do suor secando nas bochechas enquanto encarava o horizonte — os blocos sem graça e prestes a ruir que formavam os assentamentos humanos, estáticos e angulares contra as dunas a perder de vista. O castelo dos Nascidos da Noite fazia tudo aquilo parecer pequeno. Daquele ponto, três mundos diferentes colidiam: o das presas, o dos predadores e o dos deuses.

— É de admirar, Oraya — disse Raihn, após um longo silêncio. — O que você fez na arena. O que você fez aqui.

Pisquei, surpresa. Não olhei para ele, não respondi — esperei que acrescentasse uma correção ou amenização, mas isso não aconteceu. Ele só fez um cumprimento direto e reto, e ponto-final.

Era estranho.

— Sinto muito pelo meu comportamento antes do desafio — continuou ele. — Foi... Eu estava pensando em coisas que não tinham nada a ver com você. Não estava tendo um dia bom.

Aquilo me chocou mais do que o elogio. Mesmo que eu praticamente pudesse ouvir Mische ditando as palavras para ele.

De novo, esperei um *mas* que amenizasse a afirmação, mas ele não veio. Me permiti olhar para o vampiro, e o silêncio se estendeu entre nós.

Enfim, respondi:

— Você está esperando que eu peça desculpas? Porque não vou.

Ele riu. Não uma risadinha descontraída ou de desprezo — uma risada para valer, cheia, profunda e chocantemente alta. Eu nem lembrava da última vez que tinha ouvido alguém rir daquele jeito. Eu inclusa. Não desde... não desde Ilana.

— Ah, essa sua cara... — disse ele, balançando a cabeça. — Não, eu não estava esperando você se desculpar. Seria decepcionante se fizesse isso.

— Eu não me arrependo. Jogaria você daquela janela de novo.

— Eu sei, princesa. Ah, como sei.

Ele puxou os fios de cabelo rebeldes para longe do rosto, o sorriso ainda grudado nos lábios e o luar destacando os ângulos de seu perfil. Uma compreensão súbita e avassaladora me atingiu: ele era muito bonito. Eu passara a vida cercada por pessoas bonitas e aprendera muito tempo antes — do jeito mais difícil — como era importante me tornar insensível àquilo. Mas, naquele momento, só por um lapso de segundo, a beleza de Raihn me acertou como um golpe, inesperado a ponto de me fazer ficar sem fôlego. Ele não tinha a elegância refinada, as têmporas perfeitas, os lábios perfeitos e os olhos perfeitamente brilhantes dos vampiros. Não, a dele era uma beleza mais crua, mais experimentada. Mais viva.

De repente, todas as feições que tinham um aspecto *demais* — que carregavam as marcas de uma vida, ao contrário da perfeição vampírica que as polia — me pareceram magnificamente cativantes.

Desviei o olhar rápido, empurrando a observação para longe.

— Tenho uma ideia — disse ele. — Que se foda treinar naqueles aposentos. Vamos treinar aqui.

Franzi a testa.

— Aqui?

— Aqui. Fazendo isso. Só de observar você trabalhar esta noite, já aprendi mais sobre o seu estilo nas últimas duas horas do que nos últimos dez dias.

Fiquei irritada, meus instintos se rebelando contra a ideia de ser observada. Mesmo a contragosto, porém, precisava admitir que ele estava certo. Se fôssemos trabalhar juntos, precisaríamos entender um ao outro.

— Pense a respeito — disse Raihn. — Podemos aprender a lutar juntos e, ao mesmo tempo, fazer algo *útil*, porra. E... — O canto da boca dele se curvou para cima. — Vai ser mais divertido, não acha?

Tudo em mim queria dizer não, como uma criança desesperada para proteger seu esconderijo secreto. Mas eu mal tinha sobrevivido aos dois primeiros desafios, e minha chance de passar pelo terceiro se baseava em estar trabalhando com Raihn.

E minha chance de matá-lo, por sua vez, se baseava no quanto eu o conhecia.

Meu olhar pairou de volta até a janela. As luzes tinham quase todas se apagado, exceto a de uma lamparina que agora silhuetava de forma baça o vulto da menininha dormindo, acomodada na cama, difícil até de enxergar.

Os assentamentos estavam cheios de vampiros naquela noite. Depois de um mês longe de meu projeto pessoal, havia muito trabalho a fazer. Quantos humanos tinham morrido naquelas semanas porque eu estivera longe? Quantos ainda poderiam estar vivos caso eu tivesse ajudado?

— Certo — respondi. — Tudo bem. Vamos fazer isso.

Quase mudei de ideia quando vi o semblante de Raihn, todo orgulhoso de si mesmo.

Ele se aproximou de mim, a curiosidade fazendo seu olhar cintilar.

— Lembra de quando você me pediu para ser sincero uma vez na vida?

Assenti, e ele continuou:

— Vou ser sincero então, Oraya. Nós temos três semanas até o desafio da Meia-Lua. A gente vai mesmo trabalhar junto?

Entendi na hora qual a pergunta que ele de fato estava fazendo. Se eu iria ou não cooperar. Se eu iria *permitir* que trabalhássemos juntos.

O que caralhos você fez para merecer minha confiança?, eu havia cuspido para ele.

Confiança era uma coisa preciosa e perigosa. O que eu estava dando a ele não era exatamente isso. Mas...

Olhei para a garotinha adormecida lá embaixo. Depois para Raihn. Pela primeira vez, notei que estávamos sentados muito perto um do outro, a menos de um braço de distância.

Notei, mas não me movi.

— Sim — falei. — Acho que sim.

22

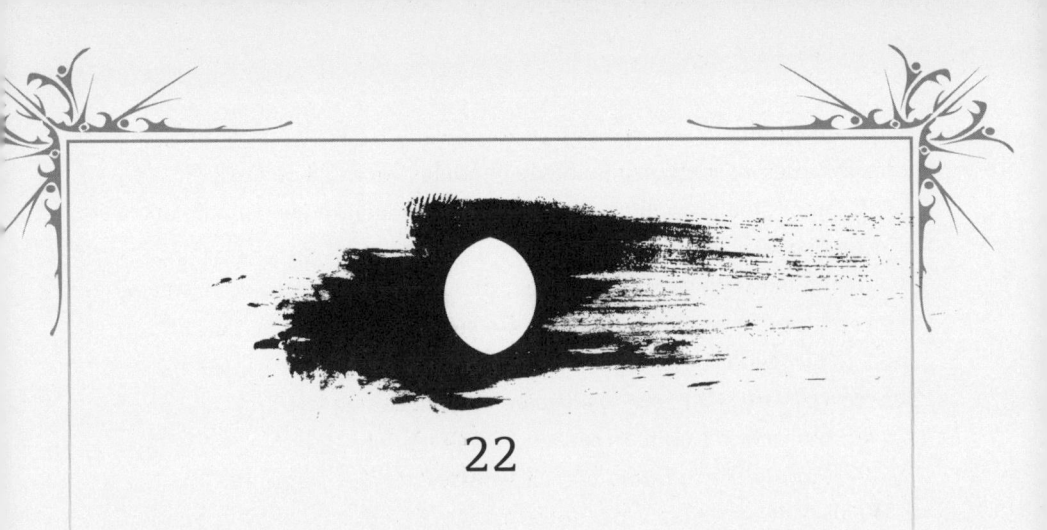

— *Oraya*.

Vincent disse meu nome em um único suspiro de alívio — menos um cumprimento e mais um agradecimento desesperado à Mãe por me ver ali.

Eu não estava esperando por isso.

Com apenas aquelas três sílabas, boa parte de minha raiva sumiu, deixando uma afeição vulnerável que doía por baixo da pontada de culpa.

Eu o tinha feito esperar mais um dia. Não conseguira criar coragem para ir ver meu pai após testemunhar o que tinha acontecido com a garotinha. Mesmo enquanto subia o morro naquele dia, me perguntava se era mesmo uma boa ideia.

Achei que estivesse pronta. Trabalhar nos assentamentos humanos havia sossegado algo dentro de mim. Não fora suficiente para fazer a imagem do rostinho choroso da menina ir embora, mas fazia com que a dor dela tivesse algum valor.

Mesmo assim, a cada passo na direção do ponto de encontro com Vincent, eu me sentia menor. Todas as partes de mim que eu tinha tomado tanto cuidado para esconder dele agora pairavam na superfície.

De modo que fiquei aliviada quando ele me olhou daquela forma, e quando o gesto fez toda a minha raiva desaparecer. Ele havia se preocupado comigo e me amava. Era tudo que importava.

— Você está ferida?

Vincent me rodeou, me examinando de cima a baixo mesmo que todo meu corpo estivesse coberto de peças de couro, as cicatrizes dos meus machucados escondidas sob a armadura.

— Estou bem.

— Você não parecia bem. Parecia... — Ele aprumou as costas, a preocupação paterna substituída pela fúria do rei dos Nascidos da Noite. — O que raios — sibilou ele — *se passou pela sua cabeça?* Você quase abriu mão da vitória. Quase entregou sua vida de bandeja. Em troca de quê?

O olhar dele era gélido o bastante para congelar meu coração outra vez. *Em troca de quê?*

As palavras pareceram me jogar de novo no labirinto, encarando a menina enquanto a horrível compreensão se abatia sobre mim. Eu tinha aprendido ao longo dos anos como regular cuidadosamente minhas emoções (*a raiva é uma série de respostas fisiológicas*), mas, naquele momento, a cólera me atingiu rápido e com força.

— Por que havia humanos naquele desafio? — perguntei.

Falei devagar, mas Vincent me ensinara a adornar as palavras com um toque afiado. Ele reconheceu aquilo em mim e pestanejou, surpreso.

— Os desafios não estão sob minha jurisdição.

— Mentira.

A surpresa dele se transformou em indignação.

— Com licença?

— Você pode não executar os desafios, mas eles estão sob sua jurisdição, sim. E os humanos são cidadãos da Casa da Noite. Há... há medidas de proteção. Devia haver medidas de proteção.

Eu sempre ficava hiperconsciente de como era desajeitada com as palavras. Na minha cabeça, elas soavam fortes e decididas. Ditas em voz alta, porém, pareciam fracas e infantis.

O olhar dele ficou mais penetrante.

— Proteção? A vida deles pertence a Nyaxia. Assim como a minha. Assim como a sua. E se é isso que ela quer para eles...

— Crianças? Ela quer que *crianças* sejam usadas para entreter? Para...

Me calei e virei o rosto de modo que ficasse coberto pelas sombras. Era inútil. Não seria suficiente para esconder coisas de um vampiro.

Alguma coisa em Vincent se suavizou. Eu conseguia ouvir a mudança em sua voz — ele tinha passado de pai para rei, e agora era meu pai de novo.

— Me deixe ter um vislumbre da sua mente, serpentezinha — murmurou ele.

Ele não sabia o que estava pedindo. Não ia gostar do que veria ali caso eu permitisse. As palavras, pesadas em minha língua, tinham gosto de traição — como se pudessem me denunciar como alguém diferente demais dele. Não vampírica o bastante.

— Uma vida humana não devia valer tão pouco — falei. — Há uma razão para os humanos ficarem protegidos em seus assentamentos.

— Todas as vidas são baratas, Oraya. A dos humanos. A dos vampiros. Até a dos deuses.

A afirmação saiu com um tom de pena, como se Vincent estivesse surpreso por ter de me explicar algo tão óbvio.

Era verdade. A morte estava presente em toda a Casa da Noite. Pais matavam os filhos. Filhos matavam os pais. Amantes tiravam a vida uns dos outros na calada da noite, imersos demais no auge da paixão. Mesmo as histórias de nossos deuses eram cruéis, com deidades menores mortas com frequência por motivos fúteis. Os Nascidos da Noite forjavam seu povo e suas lâminas a partir do aço — sólido, frio e inclemente.

A vida era assim. Talvez a minha dificuldade em aceitar aquilo, a dificuldade de me moldar como uma lâmina, fosse um sinal de que havia algo de errado comigo. Talvez fosse por eu não ser humana nem vampira, e porque estar bem na fronteira das duas coisas escancarasse as diferenças.

— Os vampiros ao menos morreram por alguma coisa — falei.

— Todos morremos por alguma coisa. Vampiros e humanos.

Eu não aceitava aquela resposta. Não aceitava de jeito nenhum. Se eu morresse no Kejari, ao menos seria por estar fazendo algo segundo minha própria vontade. Mas aqueles humanos? Eles tinham morrido por quê? Por nada. Para divertir nossa Deusa sedenta de sangue, nossa turba sedenta de sangue. Eu tinha escolhido aquela vida, mas a menininha não.

Vincent estava certo em dizer que a Casa da Noite não respeitava existência alguma, mas com certeza dava mais valor para umas do que para outras.

Tentei com toda a força parar a discussão, mas não consegui. As palavras vieram antes que eu pudesse impedir:

— Podia ter sido eu. Aquela garotinha. Podia muito bem ter sido eu. Já parou para pensar nisso?

A expressão de Vincent ficou mais sombria, como nuvens obscurecendo a poderosa imobilidade da lua.

— *Nunca* teria sido você, Oraya.

— Eu sou...

Humana. Eu falava muito pouco aquela palavra para ele. Nunca a pronunciava em voz alta. Como se fosse um termo promíscuo que nenhum de nós queria proferir.

— Você não é como eles — interrompeu Vincent, veemente. — *Nunca* teria sido você.

Ele estava errado. Eu sabia, assim como sabia que não era sábio dizer aquilo.

Meu pai se aproximou, as sombras em seu olhar ficando mais profundas e intensas.

— Você quer mudar o mundo, serpentezinha? Então escale as paredes de seu viveiro até estar em uma altura na qual ninguém vai conseguir te pegar. Depois quebre as grades e as transforme em suas armas. Nada é mais afiado. Sei disso porque foi o que fiz.

Eu estava acostumada a ver Vincent, o rei, e Vincent, o pai, mas era raro ver aquela versão dele: Vincent, o revolucionário. Às vezes era fácil esquecer que ele havia reformulado o reino. Ele sabia o que era ansiar por mudança.

— Ninguém conquista nada neste mundo sem poder — disse ele. — E poder exige sacrifício, foco e implacabilidade.

O olhar dele recaiu sobre as sombras atrás de mim, e me perguntei se ele estava pensando na própria ascensão ao poder e em tudo que aquilo exigira. Eu sabia que Vincent havia se sacrificado também. Em troca, porém, tinha se tornado o rei mais poderoso que a Casa da Noite já vira. Transformara aquele reino em tudo o que desejava que ele fosse.

Ninguém conquista nada neste mundo sem poder.

A verdade. No bom e no mau sentido. Talvez a única coisa que minha raiva pudesse fazer por mim fosse me motivar. Eu precisava continuar focada.

Engoli em seco e ergui o queixo.

— Eu sei.

Poder. A palavra me lembrava de todas as perguntas para as quais eu ainda não tinha respostas. Esfreguei a ponta dos dedos, que formigavam com a lembrança da rajada confusa e breve de magia.

— Aconteceu uma coisa esquisita — falei. — Antes do desafio. Eu... fiz uma coisa que não entendo.

Contei a ele o que tinha acontecido com a magia — seletivamente, é claro, deixando de fora detalhes sobre a discussão com Raihn. Não precisava de mais desaprovação de Vincent do que já tinha naquele quesito.

Meu pai escutou em silêncio, o rosto impassível. Quando terminei, fiquei tentando encontrar algum sinal de surpresa ou preocupação, mas não achei nenhum.

— Não faz sentido — falei. — Nunca consegui produzir nada do gênero. Nem quando você estava me treinando.

Ele ficou em silêncio por alguns segundos antes de responder, como se precisasse pensar no que diria em seguida.

— Nós sempre soubemos que você tinha talentos.

O canto da boca dele se ergueu um pouco, muito pouco. Só um toque de orgulho.

Nós? Talvez ele soubesse — *talvez*, eu ainda estava meio cética. De minha parte, porém, nunca imaginei que conseguiria fazer algo similar àquilo.

— Mas isso nunca aconteceu antes.

— A magia é uma força imprevisível, e sua vida mudou drasticamente nas últimas semanas.

Encarei meu pai, nada convencida.

— Não sou uma vampira. Não sou filha de Nyaxia. Como poderia manipular esse tipo de poder pertencente às artes dela?

— Você ofereceu sangue a Nyaxia. Ofereceu sua vida à Deusa. A oferenda não passou despercebida. E muitos já conseguiram utilizar poderes que o conhecimento geral dizia não serem capazes de usar.

Pensei em Mische e suas chamas — uma vampira manipulando a energia de Atroxus.

— Talvez parte de você saiba que precisa desse poder agora mais do que nunca. Então aprenda a mexer com ele. Use-o. — Ele chegou mais perto, os olhos gélidos de fervor. — Nada importa além disso, Oraya. Nada. Ultrapasse barreiras temporárias. Depois que vencer, o mundo será seu. Só então vai ser hora de sonhar. Mas agora? Agora é hora de conquistar.

De novo, voltei ao Palácio da Lua pouco antes do alvorecer. Quando retornei ao alojamento, o sol já estava espiando no horizonte. Cheguei assim que Mische voltava para seu quarto, mas Raihn estava mais uma vez parado à janela, com o braço apoiado no vidro e as cortinas abertas.

Ele olhou por cima do ombro e abriu um sorrisinho.

— Bem-vinda de volta.

— Não vai perguntar onde estive?

— Descobri que é mais legal ser surpreendido por você. Além disso, acho que sei a resposta. Está pronta para começar amanhã?

Pensei na última vez em que havíamos tentado aquilo e em como as coisas tinham terminado mal. Por um instante, me perguntei se eu era maluca.

Mas havia um desafio da Lua Cheia a ser vencido.

Agora é hora de conquistar, Vincent sussurrou no meu ouvido.

— Sim — falei. — Vou estar pronta.

Comecei a seguir para meu quarto, mas sucumbi à curiosidade e me virei.

— Por que você faz isso? — perguntei.

— Como assim?

— Deve doer.
— Ainda não está doendo muito.
— Mas... por quê? Por que faz isso?
Ele ficou em silêncio por um tempo, depois sorriu para mim.
— Vá descansar — falou ele. — Temos muito trabalho pela frente.

Me parecia muito injusto que Raihn tivesse visto meus segredos mas se recusasse a explicar os próprios hábitos autodestrutivos. Decidi que meu primeiro passo na jornada de ser uma aliada decente seria evitar apontar aquele tipo de hipocrisia.

— Bom, então não se queime muito feio, a menos que queira estar inútil amanhã — respondi, virando para ir embora. — Não preciso de muito para ser convencida de que essa é uma boa ideia.

— Você diz isso como se não estivesse desesperada.

Balancei a cabeça, revirei os olhos e fui para o quarto.

Não me passou despercebido o fato de que Mische estava espiando pela porta de seu quarto, nem sequer se dando ao trabalho de esconder o sorrisinho ou de fingir que não estava entreouvindo a conversa.

Parte Quatro
Meia-Lua

INTERLÚDIO

A garotinha não era mais uma garotinha. Agora já era uma jovem mulher. Aos dezesseis anos de idade, achava que sabia seu lugar naquele mundo tão exótico. Mas algo estranho aconteceu nos anos nebulosos entre a infância e a vida adulta. As coisas que ela desejava mudaram. As coisas que ela notava mudaram.

Vampiros eram bonitos.

Aquilo era uma verdade quase universal. Tinham a pele macia e suave, as feições intensas e impressionantes, a voz doce e melódica. Não raro possuíam uma beleza capaz de deixar uma marca na alma das pessoas — o tipo de beleza que revisita quem a admira, à noite, antes de dormir, quando tudo em que se pensa é na forma daqueles lábios.

A adolescente tinha aprendido a ficar imune àquilo. Fora ensinada à exaustão a ver as coisas que a cercavam como monstros mortais. Foi só quando ficou um pouco mais velha que começou a vê-los como perigosos não por todas as formas pelas quais eram monstruosos, mas por todas pelas quais não eram.

Falando de maneira franca: ela era uma garota inteligente. Sabia como sobreviver.

Mas todas as criaturas vivas sentem desejo. Isso é uma fraqueza?

Certa noite, a adolescente conheceu um jovem vampiro. Ela não interagia com frequência com membros da corte do pai. Mas aquele rapaz também parecia um forasteiro. Era novo, apenas alguns anos mais velho que ela. A criatura mais deslumbrante que ela já havia conhecido — seu rosto era uma combinação de ângulos retos e curvas suaves, adornado com tons de calidez que davam uma dica sobre o que ele fora um dia.

Sim, um Transformado.

Ele era um rapaz solitário. Ela era uma moça solitária. Não era de esperar que algo se formasse entre eles?

Talvez o rapaz nem entendesse o poder da pele que vestia.

Talvez se sentisse atraído por ela porque a garota o lembrava do que já fora um dia.

Talvez até achasse que a amava.

A adolescente nunca tinha pensado muito sobre o amor. Não ouvira contos de fadas sobre princesas; não sonhava com o beijo do amor verdadeiro que a salvaria de sua vida perigosa. Mas a memória da boca daquele garoto ainda a visitava à noite. Se amar fosse querer alguém, talvez fosse isso que ela sentisse.

Ela era muito, muito jovem. Endurecida em algumas coisas. Inocente e fresca em outras. Ainda não entendia completamente que vampiros brilhavam como os dentes prateados de uma armadilha. A beleza deles era uma isca para que ela se aproximasse, prometendo carícias doces.

A serpentezinha era muito, muito solitária. Ela escorregou direto para dentro daqueles adoráveis dedos elegantes. Nem viu que eram dotados de garras.

23

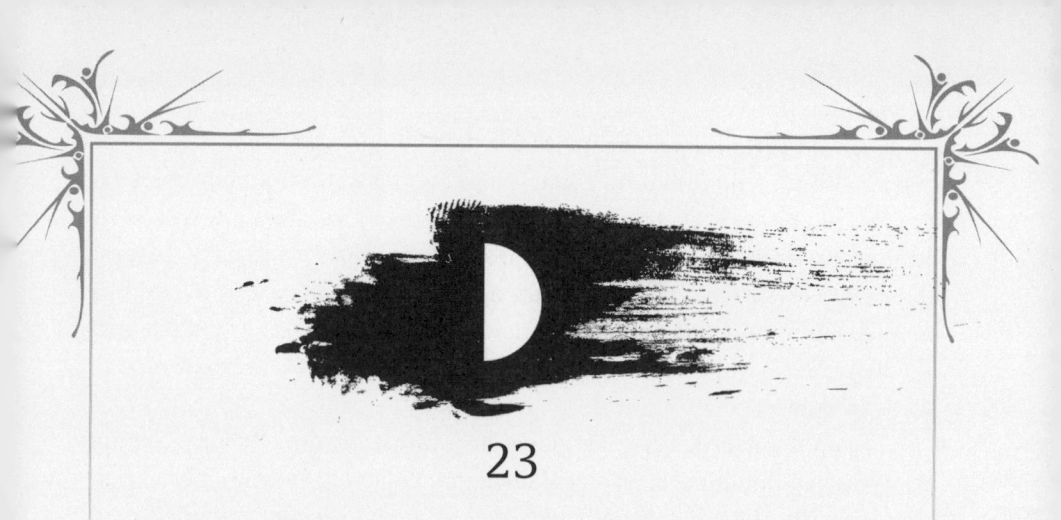

Achei que, se tivéssemos muita, *muita* sorte, Raihn e eu conseguiríamos não nos matar, mas não esperava que fôssemos trabalhar tão bem juntos.

As primeiras noites nos assentamentos foram longe de perfeitas. Ter um objetivo comum com o qual nos preocupávamos de verdade ajudava, mas mesmo assim acabávamos tropeçando um no outro. O corpanzil de Raihn entrava no meu caminho sempre que eu precisava me mover depressa. Os golpes dele tiravam nosso alvo da minha linha de ataque nos momentos errados. Em uma ocasião memoravelmente dolorosa, a asa dele me atingiu com tanta força que me jogou contra a parede feito uma mosca esmagada.

Mas não faltavam alvos. Os vampiros do centro da cidade tinham feito a festa e transformado os assentamentos em campo de caça durante minha ausência. Então prosseguimos, quebrando aos poucos a barreira entre nós.

Depois de cinco noites, percebemos que havíamos passado uma incursão inteira sem que um de nós acidentalmente — ou intencionalmente — acertasse o outro.

Na sexta, notamos que nem sequer havíamos pisado no pé um do outro naquele dia.

Na sétima, chegamos ao ponto de conseguir nos complementar, destruindo um de nossos alvos com uma eficiência irretocável. Depois, havíamos parado e nos encarado, de olhos arregalados como se tivéssemos testemunhado um milagre e não quiséssemos correr o risco de botar tudo a perder ao dizer aquilo em voz alta. Claro que, depois, tínhamos passado o resto da noite atrapalhados, mas já era um avanço.

Na oitava noite, fiquei para trás e apenas assisti a ele trabalhando. Àquela altura, eu havia começado a adquirir um entendimento nato de como Raihn se movia, e estudá-lo com isso em mente cristalizava todas as minhas observações em conclusões.

Quando vi Raihn pela primeira vez, tive a impressão de que ele se baseava na força e no tamanho avantajado. Eu estava muito, muito errada. Tudo aquilo era uma distração. Ele usava magia constantemente, escondida em cada movimento e golpe, obscurecida por uma selvageria ostentosa. Quem não estivesse olhando com atenção poderia pensar que o vampiro simplesmente se abatia sobre o oponente com uma imensa espada de aço dos Nascidos da Noite e ganhava por pura força bruta — e a pessoa o estaria subestimando.

Era muito mais que isso. Os golpes de Raihn eram devastadores porque ele usava seu tamanho, sua velocidade *e* sua magia em cada um deles. Não havia nada bruto naquilo — era estratégico. Ele sabia o quanto, onde e com que força bater. Tudo calculado.

Me dei conta disso quando o vi arrancar a espada do peito do cadáver de um vampiro. Ele olhou por sobre o ombro, a sobrancelha franzida.

— O que foi? Gostou?

— Você faz isso de propósito?

— O quê, isso? — Ele apontou para o corpo, aprumou-se e limpou a lâmina. As sombras brilhantes ao longo do metal cintilaram em reação ao tecido. — Sim, eu diria que é de propósito.

— A performance. Seu estilo de luta é uma performance. Você faz parecer mais simples do que é.

Ele hesitou por um instante — talvez surpreso — antes de se virar.

— Você andou *mesmo* me observando com atenção. Fico lisonjeado.

— Por que esconde o fato de que usa magia?

Raihn embainhou a espada, se negando a responder.

— E agora, para onde vamos? Para o sul?

— Você quer que as pessoas pensem que você é um brutamontes?

Ele se deteve em meio a um passo, a sobrancelha se elevando em uma expressão que agora eu sabia significar *Oraya disse algo engraçadinho, provavelmente sem querer*.

— Um brutamontes?

Eu não entendia que parte de minha escolha de palavras tinha sido engraçada.

— Sim. Mesmo quando você a usou no salão de banquetes aquela vez, foi só poder, nada de finesse.

— Você acha que tenho finesse? Que lisonjeiro. Mas e aí, para o sul?

— Acho que você tenta deliberadamente fazer parecer que não.

— Para o sul, então. — Ele começou a caminhar. — Talvez eu esconda minha magia pelo mesmo motivo pelo qual você esconde a sua.

Eu precisava dar três passadas para cada duas dele caso quisesse acompanhar seu ritmo.

— Não é da sua conta saber da minha magia. E também não é da sua conta saber por que eu a escondo.

— Ah, mas eu sei por que você a escondeu.

Precisei me esforçar para não expressar minha surpresa.

Um sorriso lento se espalhou por seus lábios.

— Você a escondeu porque não sabia ser capaz de manipular magia. Você me jogou daquela janela completamente por acaso.

Dessa vez, e que a Mãe amaldiçoasse meu rosto, o lampejo de choque me abateu antes que eu pudesse impedir.

— Não foi...

— Escute, você é muitas coisas, princesa. Mas boa atriz não é uma delas. Agora, vamos. Estamos perdendo a luz da lua.

Pela Deusa, tive vontade de falar muitas coisas — a principal sendo *Você sabia dessa porra e mesmo assim me encheu o saco daquele jeito?* Porém, só fechei a boca, saquei as armas e fui atrás dele.

Eu não tinha certeza sobre como me sentir a respeito daquilo — do fato de que Raihn estava me observando com tanta atenção quanto eu o observava.

Eu não gostava de ser observada, e menos ainda de ser entendida; mesmo assim, precisava admitir que aquilo trazia inegáveis benefícios. Em pouco tempo, Raihn e eu estávamos trabalhando juntos como se nos conhecêssemos havia anos.

Aprendemos mutuamente nossos estilos de luta, assim como onde deixar brechas para acomodar um ao outro. Exigia um trabalho sem fim, do momento que o sol se punha até o momento em que o horizonte se tingia de rosa com a aurora iminente. Foram necessários muitos hematomas, xingamentos e músculos doloridos. E ainda tínhamos um caminho longo pela frente.

Mas Raihn, por mais difícil que fosse admitir, estava certo na noite em que me abordara para ser meu aliado: formávamos um ótimo time.

Depois que voltávamos dos assentamentos, eu passava um tempo com Mische, praticando o uso de magia. Essa parte se desenrolava... não tão bem. Eu e Raihn ao menos fazíamos algum progresso todo dia, mesmo nas piores incursões aos assentamentos. Minha magia, porém, era uma coisa volátil e imprevisível. Às vezes, sob orientação de Mische, eu conseguia fazer surgir alguns fiapinhos de sombra ou de Fogo da Noite da ponta dos dedos. Em outras, até pedir por faíscas era demais. Nenhuma vez cheguei perto de invocar o tipo de poder que havia usado para jogar Raihn pela janela.

Eu ficava grata por estarmos fazendo aquele trabalho em meu quarto, onde Raihn não podia me ver. Nunca seria capaz de lidar com a humilhação.

— Você já parece derrotada antes mesmo de começar — disse Mische depois de uma longa noite em que falhei em invocar magia, mesmo que fraca. — Ela *sente* quando você está de má vontade.

— Eu não estou de má vontade — resmunguei.

— Você tem medo dela, e ela tem medo de você — afirmou Mische. — Você só precisa... Ah, *abraçar* a magia! Abrir seu coração! — Ela escancarou os braços, sorrindo, como se estivesse me dando uma instrução incrível e completamente razoável.

Apenas a fulminei com o olhar, suspirei e depois falhei mais quinze vezes até desistir em um surto de raiva exaurida.

A verdade era que, apesar de toda a reclamação, eu admirava Mische. Não era culpa dela que minha magia fosse temperamental demais para ser útil. Ela era uma professora paciente e dedicada, e seu domínio da magia era incrível. Ela manipulava chamas e luz como se fossem extensões de seu corpo, com uma facilidade descontraída. Aquilo não entrava na minha cabeça.

Antes, eu achava que seria capaz de aprender com Mische porque ela também manipulava uma magia que tradicionalmente ia além do domínio esperado dela. Mas tudo o que descobri era que a vampira aparentemente era algum tipo de anomalia da natureza, porque nem sequer parecia que precisava se esforçar.

Certo dia, quando minha curiosidade venceu, perguntei:

— Como você *começou* a fazer esse tipo de coisa? O fogo?

— É só... uma coisa minha.

— Certo, mas... como? Como você sabia disso? Como descobriu?

Ela só me encarou, com o cenho franzido, como se eu tivesse acabado de pedir que me descrevesse como havia começado a respirar.

— A magia simplesmente *está lá*. E é assim com a sua também.

— Acho que não.

— Ah, é sim! — insistiu ela.

Não era.

Vincent também não foi de muita ajuda. O conselho dele era totalmente oposto ao de Mische — ele saiu me dando instruções sobre controle muscular, forma e, acima de tudo, *foco, foco, foco*. Eu o vi apenas algumas vezes ao longo daquelas semanas, e menos conforme o tempo ia passando. Às vezes, estava ocupada demais para ir até nosso ponto de encontro. Em outras, esperava mais de uma hora por ele, que não aparecia. A cada visita, meu pai parecia mais distraído e distante, e o nó em meu estômago foi apertando.

Eu não era idiota. Sabia que havia algo acontecendo, algo ruim que ele não queria me contar. Sempre que perguntava gentilmente, Vincent dizia que eu precisava focar o Kejari usando um tom que não abria margem para negociações — e que eu não era boba de desafiar.

Então segui suas recomendações. Foquei e treinei.

Na segunda semana de preparação, Raihn e eu abrimos mão das incursões noturnas aos assentamentos para, em vez disso, ficar em nossos aposentos treinando com Mische. Desenvolver um ritmo com Raihn tinha sido a parte difícil. Mas, depois de forjada a base de nossa parceria, ficava fácil encaixar Mische. Ela era rápida e flexível, e respondia de forma intuitiva a sinais não ditos. Depois de alguns começos desajeitados, nós três nos consolidamos como uma equipe equilibrada.

Naquela noite, em meio à sessão, Mische se deteve de repente. Apoiou as costas na parede e se agachou com as mãos unidas, os olhos arregalados.

Me contive em meio a um movimento.

— Aconteceu alguma coisa? — perguntei, assustada. — Machuquei você?

— Não, não. — Ela balançou a cabeça, um sorriso se abrindo no rosto. — É só que... Pelos deuses, *olhem só* vocês dois! É impressionante!

— Não há melhor vínculo do que se conectar para matar — respondeu Raihn, seco.

— Eu estou *morrendo de orgulho*. — Ela suspirou.

Eu ainda estava tentando entender se era piada ou não quando Raihn revirou os olhos e acenou para ela.

— Você só está tentando cavar um descanso extra. Vamos, Mische.

Juntos, refinamos o trabalho em equipe que havíamos descoberto, noite após noite. Toda manhã, eu desmaiava na cama, exausta. Todas as noites, acordava com o corpo inteiro dolorido e pronto para fazer tudo de novo.

Na décima sexta noite, nos poucos segundos de consciência antes do sono me derrubar, pensei: *Talvez funcione.*

Talvez fosse funcionar.

E talvez — só talvez — eu até estivesse gostando da ideia.

24

Vários dias haviam se passado desde a última vez que eu fora com Raihn aos assentamentos humanos, então, quando Mische se enfurnou no quarto para trabalhar em um feitiço novo, aproveitamos a oportunidade para voltar. Achei que, com a nossa ausência, encontraríamos de novo o lugar cheio de vampiros tratando os assentamentos como campo de caça. Em vez disso, porém, Raihn e eu apenas nos livramos de dois sujeitos muito bêbados tentando atacar umas crianças e nos vimos vagando sem direção pelas ruas vazias.

— Hum — disse Raihn, depois de uma hora de perambulação infrutífera. — Talvez a gente tenha construído uma reputação melhor do que esperávamos.

— Pelo jeito somos mais assustadores do que a gente imaginava — respondi. — Estamos fazendo nosso trabalho bem demais.

Senti as bochechas se retesando. Aquilo era tão prazeroso que demorei um tempo constrangedoramente longo para notar que Raihn me encarava.

Meu sorriso sumiu, e ele soltou uma gargalhada.

— Essa é a minha garota.

— O que foi? — disparei.

— Nada, só estou vendo você aí, toda orgulhosa de si mesma.

Encolhi os ombros.

Certo. Eu *estava* toda orgulhosa de mim mesma.

— A gente podia ir até o quadrante oeste — sugeri.

— Hum... — Ele enfiou as mãos nos bolsos do casaco e olhou ao redor, como se tivesse acabado de se dar conta de onde estávamos.

— Isso é um sim?

— Tenho uma ideia melhor.

Ele tomou uma ruela lateral, me deixando no meio da via.

— Aonde você vai? — perguntei, indo atrás dele.

Raihn espiou por cima do ombro, com os olhos semicerrados.

— Beber uma coisinha. Você vem junto?

— Quer dizer que você, uma humana, vem aos assentamentos quase toda noite, apunhala qualquer pobre vampiro desgraçado que encontra, se torna a misteriosa salvadora dos inocentes civis humanos e, mesmo assim, apesar de passar quase metade da porra da vida aqui, *nunca* interagiu com essa gente? Nunca foi a uma taverna? Nunca disse um oizinho rápido a um de seus resgatados? Nada?

Ele disse aquilo como se a ideia fosse ridícula, o que me ofendeu.

— Não era para isso que eu vinha até aqui. — Fulminei o vampiro com o olhar. O efeito foi diminuído pelo fato de que ele era muito mais alto e caminhava tão depressa que eu precisava quase correr em uma passada meio esquisita para acompanhar seu ritmo. — Não é para isso que *nós* estamos aqui.

— Ah, calma, princesa. Trabalhamos com tanto afinco que quase não sobrou ninguém para matar.

— Então a gente devia voltar para o Palácio da Lua.

— Eu não quero voltar para o Palácio da Lua. Quero a cerveja mais absurdamente nojenta da cidade. Quero cerveja espumosa, azeda, com gosto de mijo. E o lugar para conseguir uma dessas fica a menos de um quarteirão. Ahá!

O rosto de Raihn se iluminou, e ele apontou na direção da rua que surgiu assim que viramos a esquina. Vi o letreiro de madeira meio apodrecida caindo aos pedaços, que aparentemente informara no passado que ali ficava o "Sandra's" — embora, agora, só desse para ler "Sa dr's".

— Este lugar — disse ele, avançando em direção à taverna a passos largos — existe há quase um *século*, e...

— *Espere.*

Agarrei o braço do vampiro instantes antes de ele abrir a porta. O movimento foi muito mais ríspido do que eu planejava; meus dedos exalaram uma névoa baça de sombras, e finquei as unhas no couro de seu casaco.

Ele parou de repente, com a testa franzida, e olhou para meus nós dos dedos brancos. Depois, para meu rosto. A expressão dele mudou... se suavizou.

— O que foi, Oraya?

— Eu...

Eu nem sequer sabia como responder àquela pergunta. Soltei Raihn, juntando as mãos à minha frente para que ele não as pudesse ver tremendo.

Estabilizei a voz.

— Este lugar está cheio de humanos.

— Sim. E?

E você é feito para matar humanos.

E, se perder o controle, não sei se consigo te impedir sozinha.

— Não vou colocar ninguém em risco só para que você possa beber cerveja ruim — rebati, fria.

Ele soltou uma risadinha curta.

— Quero cerveja, não sangue. Além disso, por que eu sairia em uma caça frenética depois de passar a última semana e meia com você, matando todo mundo que fez exatamente isso?

Totalmente evasivo.

— Não é tão simples assim.

— E por que não, porra?

— Porque se você se meter no meio de um lugar cheio de humanos, pode não ser mais uma questão de *decisão* — cuspi. — Sei muito bem como a sede de sangue funciona, Raihn.

Uma onda de algo que não consegui decifrar — algo que quase, *quase* lembrava compaixão — atravessou seu rosto, logo substituída de novo pelo semblante de diversão.

— Você está preocupada com meu autocontrole? Que gracinha. — Ele se inclinou tanto para a frente que senti as palavras fazendo cócegas em minha bochecha.

Não sei explicar por que não me movi.

— Eu tenho autocontrole *para dar e vender*, Oraya — murmurou ele. — Não se preocupe comigo.

Senti os pelinhos em minha nuca se arrepiarem.

Mas o calafrio que correu por minha pele não foi o calafrio familiar do medo. Esse tipo, ao menos, era uma resposta fisiológica que eu sabia regular. Mas aquele... aquele me assustou. Meu desejo instintivo não era recuar, e sim me aproximar ainda mais. Congelei no lugar. Meu corpo não sabia como reagir àquilo, procurando o medo e encontrando algo completamente diferente — algo muito mais perigoso.

Um longo momento se passou — ou talvez tenha sido só um segundo ou dois — antes que eu me afastasse, olhando feio para ele.

— Não importa. Além disso, e se reconhecerem o que você é?

— Não vou ficar escancarando meu sorriso por aí, e ninguém vai ser bobo de me questionar.

— Não — sibilei. — É uma ideia idiota.

A ruga entre as sobrancelhas do vampiro se aprofundou, depois desapareceu quando ele abriu um sorriso malicioso.

— *Ah*. Entendi.

Fiquei encarando Raihn, incrédula, ofendida pelo que quer que ele fosse dizer em seguida.

O sorrisinho presunçoso se abriu até virar um esgar de graça.

— Você está com medo. Está *com medo* de um bando de humanos.

— Não. Não estou — falei, alto e rápido o suficiente para confirmar as suspeitas dele.

Eu não estava com medo. Medo não era a palavra certa. Era só uma sensação... errada. Eu pertencia ao mundo exterior, escondida — não ao interior daquele lugar, com eles. Talvez meu sangue fosse humano, mas eu abandonara aquela parte de mim muito tempo antes. Raihn parecia confiante de que se passaria por um deles, mas, caramba... eu não sabia se *eu* era capaz de fazer o mesmo.

— Por que está tão nervosa assim? — perguntou ele. — Você é humana também, porra.

Revirei os olhos.

— Não *exatamente*.

Ele fez uma careta.

— Pelas tetas de Ix. Eu queria que você pudesse ver a sua cara. Legal saber que você tem tanto orgulho assim da sua ascendência.

E antes que eu pudesse deter o vampiro, ele escancarou a porta da taverna e me puxou para dentro.

O estabelecimento ficava no porão. A escada capenga que começava logo à frente da porta nos levou direto até um espaço lotado sob a penumbra. Humanos se agrupavam em mesas ou conjuntos descombinados de banquetas de madeira, se inclinando uns para perto dos outros e conversando em voz alta diante de partidas de carteado ou canecos de hidromel. As paredes eram feitas de pedra e argila, com janelinhas no topo revelando vislumbres da rua. Lamparinas nas paredes banhavam o cômodo todo com uma cálida luz alaranjada. No centro da taverna ficava um balcão quadrado, onde um taverneiro servia bebidas e empurrava pratos de comida para os clientes. O ar estava denso com um cheiro peculiar de cerveja, suor e pão, tudo misturado.

Estava escuro e apinhado. Não pude deixar de me perguntar se os negócios tinham porventura melhorado consideravelmente depois que Raihn e eu havíamos voltado a patrulhar as ruas, porque, para mim, parecia inconcebível que aquele tanto de gente pudesse se sentir confortável em sair à noite com tantos perigos espreitando nas sombras. Ou talvez as pessoas simplesmente não se importassem mais. Nem sequer pareciam estar com medo.

Era muito... absurdamente *diferente* de qualquer lugar que eu já houvesse frequentado antes. Eu já fora algumas vezes a tavernas para vampiros no centro da cidade, mas as visitas tinham sido rápidas e movidas tão somente por uma idiota curiosidade adolescente. Eram obscuras e depravadas o bastante, mas todos lá pareciam mais contidos, mesmo imersos em devassidão. Vampiros se comportavam como se cada emoção e cada impulso demorassem um pouco mais para alcançar a superfície da pele. Mas humanos? Humanos escancaravam tudo na hora. Eram barulhentos, expressivos e não tinham vergonha disso.

Aquilo me abalou, um sentimento estranho e confuso. Minha humanidade fora a razão pela qual eu passara a vida me apagando. Para aquelas pessoas, era a razão pela qual brilhavam mais forte.

Era algo tão alheio à minha experiência que eu tinha certeza — absoluta — de que todos parariam para olhar para nós dois no instante em que entrássemos pela porta.

O que não aconteceu.

Olhei para Raihn, a mão recaindo no punho de uma das espadas curtas, procurando sinais de sede de sangue no rosto dele. Com tantos humanos suando espremidos naquele espaço apertado, o cheiro de sangue devia ser avassalador. Mas ele nem sequer franziu o nariz.

Eu não estava botando fé alguma na afirmação de que ele poderia se passar por um humano. Muitas coisas separavam os vampiros dos humanos além de dentes e asas — todo o jeito de se portar das duas espécies era diferente. Vampiros simplesmente se moviam como predadores, todos cheios de graça e finesse calculada. E Raihn, apesar de ser um vampiro pouco usual, tinha aquelas características em abundância.

Até que... não tinha mais.

No momento em que adentrou a taverna, Raihn... mudou. Sua postura mudou, ficando um pouco mais desleixada e calma. Sua forma de caminhar mudou, com os passos um pouco mais sinuosos. Até seu rosto mudou, com os traços predatórios sendo substituídos por uma tranquilidade casual. Tudo em sua aparência ficou um pouco mais cru, um pouco menos polido.

E assim, em um piscar de olhos, Raihn virou humano. Um humano muito alto, claro. Um humano com quem ninguém iria querer se meter, mas *humano* ainda assim.

Ele indicou o fundo do salão com o queixo, me pegou pelo braço e me levou até um nicho vazio no canto. Depois anunciou que ia pegar dois canecos da cerveja mais horrenda do lugar e saiu antes que eu pudesse abrir a boca.

Admirada, o vi avançar por entre a turba. Tudo, da forma como ele tocava gentilmente o ombro das pessoas para que saíssem da frente até a forma como cumprimentou o taverneiro com um acenar rápido da cabeça, sem mencionar o cambalear preguiçoso com que percorreu o caminho de volta com as cervejas na mão, era perfeito.

Ele pousou diante de mim um imenso caneco lascado de vidro, cheio de um líquido amarronzado e espumoso, depois pegou a própria cerveja e se sentou ao meu lado. O nicho era um espaço semicircular com uma mesa bamba no meio. Raihn ocupava uns três quartos do assento. Apoiou as costas contra a parede e abriu as pernas, depois jogou a cabeça para trás e deu várias goladas profundas na bebida.

— Que grandissíssima merda — afirmou, carinhoso, antes de socar o caneco com tudo na mesa. — Perfeita.

— Impressionante — soltei.

— Obrigado. Eu tenho muita prática em tomar bebidas alcoólicas horrendas.

— Não isso. — Acenei de forma ampla para ele. — *Isso*.

Ele ergueu uma das sobrancelhas.

— Também tenho muita prática em exercícios físicos. Não sei se percebeu.

Soltei um bufar, depois me inclinei para mais perto.

— Você é um ótimo ator, é isso que quero dizer. Você parece muito...

— Humano.

— Isso.

Raihn encolheu os ombros e deu outro gole na cerveja.

— Faz sentido.

Semicerrei os olhos.

— Talvez eu estivesse certa em não confiar em você no começo. Você tem várias versões de si mesmo.

— Ah, mas todas são eu. — Foi a vez dele de me dirigir *aquele* olhar, do tipo que parecia querer me esmiuçar. — Por outro lado, você parece uma pessoa que foi jogada em uma arena cheia de leões. Está mesmo com a mão na arma, é isso?

Afastei os dedos do punho da espada em meu cinto e pousei as mãos sobre a mesa.

— Não.

— Você está segura aqui, Oraya. Relaxe.

Raihn poderia ter soado meio desdenhoso, mas sua voz saiu inesperadamente carinhosa.

Você está segura. Eu não conseguia lembrar da última vez que aquelas palavras haviam sido proferidas para mim. Nunca era verdade, afinal de contas. E, por mais estranho que parecesse, mesmo que aquelas pessoas fossem muito menos perigosas que os predadores que me cercavam todos os dias, eu me sentia mais exposta ali do que nunca.

Fitei o outro lado do salão.

— Você costumava vir a lugares como este? Quando era...?

— Humano? Sim. Com frequência. — Ele correu o olhar pelo espaço. — Mas a aparência deles era um pouco diferente, na época. Muito tempo se passou.

— Quanto?

Ele hesitou.

— Algumas centenas de anos.

A resposta pareceu casual, mas eu conhecia aquela hesitação. Era igual à minha quando ele havia me perguntado desde quando eu visitava os assentamentos humanos. Raihn sabia exatamente quanto tempo havia se passado desde sua Transformação — anos, dias, minutos.

— Mas ainda venho bastante a esse tipo de estabelecimento — continuou ele. — Fico meio exausto de vampiros às vezes.

— Você sente falta? Da sua humanidade?

Foi só depois de a pergunta deixar meus lábios que notei como ela era estranhamente íntima. Achei que ele não fosse responder. Raihn ficou em silêncio, vendo os outros frequentadores da taverna rindo e bebendo.

— Eu sinto falta do sol — respondeu, enfim.

E, por um instante, seu rosto assumiu a mesma expressão que eu via nele quando voltava para o alojamento bem perto da aurora e via Raihn olhando pela janela, muito depois do momento em que a luz já começava a corroer sua pele.

Não sei por que senti o ímpeto de não insistir naquele assunto desconfortável, como se estivesse cutucando uma ferida aberta. Tomei um gole da cerveja. Um amargor espesso inundou minha boca. Fiz uma careta, e Raihn riu.

— Eca. Isto é *nojento*.

— Nojento e maravilhoso.

— Só nojento.

— Você tem um péssimo gosto, princesa.

Ri, mesmo sem querer. E talvez ele estivesse certo, porque bebi outro gole.

— A Mische também era humana, certo? — comentei.

Um sorriso cálido fez o canto da boca dele se erguer.

— Fica óbvio nela, não fica?

— Nunca encontrei outro vampiro como Mische.

— Nem eu.

— Foi você quem...?

A calidez sumiu do rosto de Raihn.

— Não — disparou ele, com tanta intensidade que cortou o resto da pergunta e quaisquer outros questionamentos que eu pudesse ter a respeito do assunto.

Depois, deu mais um gole na bebida.

Fitei o vampiro com atenção por um tempo e me permiti relaxar.

Raihn tinha dito que queria se aliar a mim porque estava curioso a meu respeito. E eu odiava admitir aquilo, até para mim mesma, mas também estava curiosa a respeito dele. Fazia muito tempo que não queria saber tanto sobre uma pessoa, mesmo que fosse por me deixar tão confusa.

Ele pousou o caneco na mesa — já quase vazio — e ficamos ali sentados, observando em silêncio os outros clientes.

Depois de um tempo, perguntei:

— Por que você entrou no Kejari?

Era uma pergunta muito óbvia, mas nenhum de nós a havia feito um ao outro. Era como se, uma vez no Palácio da Lua, o mundo exterior e as circunstâncias que nos tinham levado até ali tivessem deixado de existir.

— Muitas pessoas dependem de mim, e um Rishan Transformado dos assentamentos não tem tantas opções. — Ele balançou a cabeça. — Nunca faça promessas no leito de morte, Oraya. Você vai se ferrar depois.

Rishan Transformado dos assentamentos. Eu me concentrava tanto no sofrimento dos humanos que viviam no território da Casa da Noite que era fácil esquecer que vampiros também sofriam por ali. Eu achava que quase todos entravam no Kejari pela glória da coisa, mas talvez o desespero fosse o real combustível de todos nós.

— Família? — perguntei.

— De certa forma. E esgotei todas as outras alternativas. Me juntar a esta porra de espetáculo bárbaro não estava no topo das coisas que eu queria fazer com minha patética vida eterna. — A boca dele se curvou em um sorriso sarcástico. — Eu nem estaria aqui se Mische não tivesse me forçado.

Ergui as sobrancelhas de supetão.

Raihn soltou uma risadinha e deu mais um gole na bebida.

— Lá vai você e essa sua cara de novo. Você achou que havia sido *eu* o... qual foi a palavra que você usou? Brutamontes! Que havia sido eu o brutamontes que Transformou a Mische, viajou com ela por Obitraes por algumas centenas de anos e depois arrastou essa pobre fadinha solar por metade do planeta até o sangrento torneio Kejari. É isso?

— Sim — respondi sem hesitar. — Exatamente.

— Aquela garota desgraçada. — Ele balançou a cabeça. — Não, foi tudo ideia dela. E ela sabia que eu nunca a deixaria fazer isso sozinha.

Me esforcei para juntar essa informação com a versão de Mische que eu conhecia. Tentei imaginar a garota, que enchia nosso apartamento de flores e gargalhava sempre que alguém fazia um som levemente similar a uma flatulência, arrastando Raihn até o Kejari.

Eu me perguntara várias vezes ao longo das últimas semanas porque os dois estavam ali. Claramente se amavam muito — nenhum, tenho certeza, tinha a intenção de machucar o outro. Mas, até então, não era incomum ouvir histórias de amigos próximos que entravam juntos no torneio quanto tinham interesses mútuos. Duas chances de vencer eram melhores do que uma.

— Então... por que *ela* está aqui? — perguntei.

— Porque ela é uma manipuladorazinha safada — resmungou ele, como se estivesse falando consigo mesmo.

— Manipuladora?

— Isso. Como um *certo alguém* que eu conheço. Tentando me embebedar para poder fazer todo o tipo de perguntas invasivas. — Ele deu outro gole na cerveja e me disparou um olhar cauteloso. Depois pousou o caneco na mesa. A cada segundo de silêncio, fui ficando mais surpresa. — E agora, você está esperando que *eu* pergunte por que *você* está aqui.

— Um pouquinho — admiti.

Uma humana no Kejari? Qualquer um ficaria curioso.

— Bom, não vou perguntar. Eu já sei.

Ergui as sobrancelhas.

— Ah, sabe, é?

— Vou dar o braço a torcer e dizer que, no começo, eu tinha dúvidas. Me passou pela cabeça "Por que essa humana se colocaria no meio de um bando de predadores? Em uma situação de morte quase certa?". — Ele abriu um sorriso presunçoso. — Ou melhor ainda, "Por que *Vincent* a colocaria nessa situação?". Relaxe, serpente. — Ele ergueu as mãos quando o fulminei com o olhar. — Eu sei. Mas fiquei bem curioso. Tipo, qual é o motivo *real* de você ter vindo? Você é uma adulta. Está claro que Vincent não a mantém literalmente trancada. Por que continuaria na Casa da Noite em vez de estar neste exato momento atravessando o mar dos Ossos a caminho das nações humanas, onde poderia viver uma vida de verdade?

Uma vida de verdade, disse ele, como se a minha vida não fosse real.

O fato é que mal havia me ocorrido como opção ir embora da Casa da Noite — deixar Vincent. Apenas uma vez, quando eu tinha dezessete anos, havia considerado a ideia. Ilana tinha dito aquilo pela primeira vez. Fora pouco depois de... depois. Aqueles dias eram um borrão de luto e de dor. Mas eu ainda conseguia me lembrar exatamente da aparência dela naquele dia — tão incomumente séria, tão preocupada. Ela tinha envolvido meu rosto com as mãos ásperas, tinha me puxado tão perto que eu conseguia sentir o cheiro de cigarro em seu hálito, e depois me olhara nos olhos.

— Não precisa viver assim, meu amorzinho — dissera ela. — Eu fiz essa escolha, mas tu não. Tu pode escolher outra vida, em outro mundo, onde vai ser só uma pessoa.

Eu a encarara, sem expressão, antes de dar as costas.

O pensamento era inconcebível. Onde mais eu poderia existir senão na Casa da Noite?

— Não quero ir embora — respondi para Raihn.

— Agora eu sei disso, depois de a ver aqui. Você não se enxerga muito como uma humana, não é? Então por que iria viver entre eles?

Eu não gostava nada daquele tom.

— Há problemas que precisam ser resolvidos *aqui*. Não vou fugir disso. Este é meu lar. Pode até ser um lar que me odeia, mas é meu lar.

Aquele reino era parte de mim, e eu — quisesse ou não — era parte dele. Eu era a filha do rei, de sangue ou não. Os ossos dos meus pais estavam enterrados naquela terra. Por mais que a Casa da Noite ferisse meu corpo ou meu coração, eu ficaria. Assim como todos os outros humanos que viviam ali — que não tinham escolha a não ser viver ali — também ficariam.

Aquele era o lugar ao qual eu pertencia. E não a alguma terra humana estrangeira a meio mundo de distância.

Raihn me perscrutou com uma expressão pensativa no rosto. Não era a primeira vez que eu via aquele olhar, e todas as vezes ficava desconfortável. Era como se ele estivesse deixando uma máscara cair somente naqueles raros momentos de silêncio, quando revelava o quanto analisava o mundo ao seu redor, tipicamente escondido sob uma camada de violência e brutalidade.

E eu não gostava nada de ser o objeto daquela análise.

— Você tem colhões, princesa — falou ele. — Não vou negar. — O vampiro se debruçou sobre a mesa, tão diminuta em comparação a seu corpanzil que, com um movimento mínimo, já estava bem diante de mim. — Vou dizer outra coisa que nunca entendi sobre você. Vincent.

Recuei, já na defensiva, todos os músculos se tensionando à mera menção do nome de meu pai.

— Você é só uma garota humana — continuou Raihn. — E o rei dos Nascidos da Noite, conhecido por ser um desgraçado frio e calculista, simplesmente... teve um momento de compaixão e decidiu adotar você? Como assim?

Ele franziu as sobrancelhas, os olhos esmiuçando meu rosto como se procurasse mesmo uma resposta para aquela pergunta — e como se já estivesse preocupado por mim em relação a qual poderia ser a verdade. Vislumbrei algo naquela expressão, um toque minúsculo de algo estranhamente familiar que desapareceu em segundos.

— Claro... — prosseguiu ele. — Sei de alguns vampiros que gostam de sexo com humanos, mas...

— O Vincent é meu *pai* — interrompi, enojada.

— Certo. É que, se ele estivesse transando com você, eu talvez entendesse um pouco. Mas, segundo todos os relatos, inclusive o seu, ele não está. Então...

Se eu não estivesse tão ofendida, teria achado meio cômico o fato de Raihn ter pensado exatamente a mesma coisa sobre mim e Vincent que eu havia pensado sobre ele e Mische.

— Mische é da sua família, mesmo não sendo sangue do seu sangue. Não deveria ser tão difícil para você entender.

— *Eu* entendo. Só não achei que nosso rei todo-poderoso, maravilhoso e divino entenderia.

— Porque, caramba, como você o conhece! — zombei. — Claro que você não gosta dele. Você é Rishan. Ele destronou seu povo.

— Tenho certeza de que os doze membros da família estendida que ele executou para assumir o trono também têm certo rancor sobre esse apego de Vincent às linhagens sanguíneas.

Ah, qual é. Como se os reis vampiros não precisassem todos matar para chegar ao poder. Não era agradável, mas era a realidade.

— E quantas pessoas *você* vai matar para cumprir essas "responsabilidades" que mencionou? — Abri um sorrisinho convencido, apontando para mim mesma. — E você ainda adotou a humana vira-lata, não adotou?

Raihn terminou a cerveja.

— Oraya, não tem nada de vira-lata em você. Acho que você sabe exatamente para onde está indo, mesmo que ainda não saiba disso.

E eu estava prestes a perguntar o que raios *aquilo* significava...

... quando o chão tremeu, e a multidão na taverna soltou uma exclamação de susto ao escutar uma explosão alta o bastante para fazer o mundo tremer.

25

Senti um calafrio percorrer meu corpo. O som foi distante, mas fez o estabelecimento silenciar de imediato. O solo sacolejou uma vez, com violência — e tudo passou tão rápido que, se os pratos e canecos não tivessem todos caído naquele momento, eu cogitaria ter sido apenas um fruto da minha imaginação.

Talvez eu estivesse errada sobre aqueles humanos serem despreocupados, porque todos ficaram sóbrios no mesmo instante, um medo apressado subindo para a superfície como se sempre estivesse ali à espreita.

Raihn e eu já estávamos em pé, correndo até a porta. Quando tropeçamos rua afora, me detive.

— Caralho — soltei.

O distante Palácio da Lua emanava uma nuvem de fumaça prateada cintilante, que tomava o céu e borrava a lua. A névoa clara quase consumia a silhueta do Palácio, mas uma lufada de vento dissipou a bruma e revelou que uma das torres tinha simplesmente sumido. Desaparecido, ponto-final. Rachaduras brilhantes como relâmpagos irradiavam da base da construção, visíveis mesmo dali, do outro lado da cidade. Explosões de luz se agrupavam nas fundações do castelo.

Senti o estômago se contorcer.

Mische.

Mische estava no Palácio da Lua.

Me virei para Raihn, que estava lívido. Todas as máscaras e performances tinham sumido, deixando apenas o terror agonizante e escancarado no rosto.

— Vamos encontrar Mische — falei. — Ela vai estar bem. Vamos encontrá-la.

Toquei o vampiro sem nem pensar, os dedos afundando no músculo de seu antebraço. Ele estava visivelmente lutando para evitar que o medo viesse à tona. Mesmo assim, sua voz vacilou um pouco ao responder:

— Eu vou voando.

— E eu vou junto.

— Você só vai ser uma coisa a mais para eu cuidar.

— Que mentira do caralho. Além disso, a gente não sabe o que vai encontrar por lá, Raihn.

Ele fez uma careta, porque sabia que eu estava certa.

— Beleza. Então você vai voar comigo.

Não compreendi o que aquilo significava exatamente. Não até Raihn se aproximar, me puxar em seus braços e me erguer como se eu não pesasse nada antes mesmo que eu tivesse tempo de reagir.

— Se segure — disse ele, a voz baixa e tão perto do meu ouvido que me arrepiei. — Não vou voltar para te resgatar se você cair.

Senti o corpo enrijecer, congelada pela proximidade absoluta e sobrepujante de Raihn. Seu corpo envolveu o meu, os braços me prendendo junto ao peito, me segurando em um aperto firme. Eu estava tão colada a Raihn que conseguia sentir sua pulsação — mais lenta que a de um humano. Tão perto que o calor dele me cercava por todos os lados.

Meus próprios batimentos aceleraram, cada instinto berrando.

De canto de olho, vi o vampiro me fitar — será que tinha sentido o aumento no ritmo do meu coração?

A expressão dele se suavizou.

— Você está segura, Oraya — murmurou em meu ouvido. — Só se agarre firme.

Você está segura, repeti para mim mesma.

Não tínhamos tempo para aquilo. *Mische* não tinha tempo para aquilo. Então abracei seu pescoço com mais força, lutando contra mais de uma década de treinamento para me colocar totalmente à mercê daquele vampiro.

E, como se ele soubesse, como se sentisse meu medo, Raihn traçou um círculo nas minhas costas com o polegar, um gesto silencioso e caridoso de segurança.

O toque me assustou. Me assustou porque me reconfortou. Eu não esperava que algum dia voltaria a achar qualquer tipo de toque reconfortante.

— Pronta? — perguntou ele.

Assenti contra seu ombro e me preparei.

Um som de sucção nos envolveu. Olhei por cima do ombro de Raihn bem a tempo de ver um paredão escuro se desvelar ao nosso redor — penas pretas e brilhantes como nanquim, ainda mais magníficas assim tão de perto, formadas da mesma miríade de variações de roxo, azul e vermelho do céu noturno.

Depois, senti um frio na barriga, e o chão sumiu sob meus pés. Meu cabelo foi soprado para trás. Um vento quente bateu contra meu rosto, tão feroz que precisei enterrar a cara contra o ombro dele outra vez enquanto subíamos. Disparamos na direção do palácio em chamas. Ele voava rápido. Depois que estabilizou a altitude, arrisquei virar a cabeça. Olhar para baixo foi um erro — a visão das construções de Sivrinaj menores que brinquedinhos de madeira me fez enjoar. Mas, para cima... Pela Mãe, o céu noturno era incrível. *Libertador*. Em qualquer outra circunstância, eu iria querer viver lá em cima para sempre. Vincent raramente voava, o que em retrospecto me parecia impensável. Por que alguém escolheria *não* fazer aquele tipo de coisa? Por que alguém faria qualquer outra atividade sendo que poderia estar ali?

Depois olhei para a frente. Quando vi o Palácio da Lua, a fascinação foi substituída pelo horror.

Uma torre inteira tinha desmoronado, e os escombros de pedra agora não passavam de uma montanha de rocha irregular que irrompia parcialmente do teto abobadado central. Uma luz de um azul meio esbranquiçado parecia consumir a área danificada, vazando pelas janelas de vidro estilhaçadas. Daquela altura, as pessoas não passavam de pontinhos à distância, mas eu conseguia vê-las se apinhando perto das entradas. As chamas frias se espalhavam, engolindo quase metade da base do lugar, obliterando os jardins laterais. O quadrante da cidade perto do Palácio da Lua fora esmagado, com prédios inteiros aparentemente reduzidos a ruínas.

Tinha sido um ataque. Um ataque calculado.

E um ataque executado com magia dos *Nascidos da Noite*. Aquele azul-esbranquiçado era inconfundível. O Fogo da Noite era um dom único da Casa da Noite, nunca usado por Nascidos do Sangue ou Nascidos da Sombra.

Senti os cabelinhos da nuca se arrepiarem.

Os Rishan. Só podia ser. Vincent andava muito preocupado ultimamente — era nítido que andava se ocupando de assuntos que não queria compartilhar comigo. Eu sabia que as tensões entre os dois clãs de Nascidos da Noite estavam à beira de explodir. Vincent estava no poder havia duzentos anos. Era o máximo de tempo que uma mesma linhagem já conseguira ficar no topo. E não seria a primeira vez que os Rishan teriam colocado em prática uma tentativa violenta de rebelião.

Eu estava tão apertada contra o peito de Raihn que, mesmo com o vento me fustigando, senti seu corpo estremecer.

— Nossa torre ainda está em pé. — O zumbido do ar era tão alto que precisei chegar muito perto dele para falar, a ponto de roçar os lábios em sua orelha. Eu estava tão assustada com o que tinha visto que quase — quase — não notei.

Ele não pareceu muito reconfortado. E a verdade é que eu também não. Sim, nossa torre estava em pé, mas o Fogo da Noite consumia tudo. A estrutura não aguentaria por muito tempo.

Raihn pairou pela janela ainda quebrada do apartamento, rasgando sem hesitar o tecido que Mische pendurara para cobrir o vidro faltante. Imediatamente, erguemos as mãos para proteger o rosto. O vampiro me pôs no chão, e precisei me esforçar para ficar em pé. Semicerrei os olhos, meio ofuscada pelo branco intenso.

Fogo da Noite. *Para todos os lados.*

Fogo da Noite não produzia *calor* — não exatamente. Era mais como se fizesse a carne definhar de dentro para fora. Não era quente como chamas normais, tampouco era frio. Simplesmente devorava — devorava com mais rapidez e de forma mais inclemente que o fogo comum jamais faria. Pessoas queimadas por Fogo da Noite não raro eram reduzidas a pilhas de ossos imaculados. Um dos generais de maior hierarquia de Vincent tinha perdido a mão para a substância, que agora não passava de um membro esquelético, polido e brilhante, irrompendo de um toco de carne escurecida.

A magia tinha tomado o apartamento. Labaredas sorviam as cores do chão, das paredes, das cortinas. A fumaça fazia meus pulmões arderem, como se cada camada de tecido do órgão estivesse emitindo um berro moribundo.

A névoa era espessa demais, e a luz brilhante muito intensa. Meus olhos demoraram bastante tempo para se ajustar — para ver o movimento dentro das chamas mortais. Corpos pretos como carvão se retorciam em meio ao incêndio. Eram pequenos e deformados, com quatro patas finas dobradas nos ângulos errados; os membros pareciam ter sido arrancados de cadáveres diferentes e depois grudados para formar algo que lembrava vagamente uma fera única. Demônios. Mesmo através do fogo, reconheci imediatamente as criaturas como um produto de magia dos Nascidos da Noite; muito diferente dos Nascidos do Sangue que tínhamos visto no primeiro desafio.

Três dos seres cercavam o corpo desfalecido de Mische.

No meio do fogo, era tudo preto ou branco, exceto pela violenta mancha vermelho-escura bem no centro do cômodo, como um balde derramado de tinta.

Minha mente se esvaziou, exceto pela certeza aterrorizante de que Mische estava morta.

Os demônios se viraram para nós, nos fitando com olhos que pareciam poços brilhantes.

Me movi antes mesmo de ter tempo de perguntar se era uma boa ideia. Não apelei para a estratégia — e sim para a esperteza. No terceiro passo, achei que os demônios viriam ao meu encontro, mas não foi isso que aconteceu. Continuaram completamente imóveis, nos encarando. Olhando para mim? Ou olhando para Raihn?

Eu vejo você eu vejo você eu vejo você.

As palavras vieram através de um sentido que não era a audição, o ritmo delas se fincava em minhas veias.

Uma mão forte me agarrou pelo punho e me puxou para longe.

— Se afastem — ordenou Raihn com um grunhido baixo. Ele se adiantou a passos largos e cheios de propósito, os olhos fixos nos demônios. Estes, por sua vez, apenas o encararam, imóveis e sem piscar. — Saiam de perto dela, porra — sibilou ele, e ergueu as mãos.

Eu estava vários passos atrás, mas a força de seu Asteris quase me derrubou. Tive de proteger o rosto com os braços — se o Fogo da Noite era intenso, o chamuscar daquela magia era indizível. Durou apenas uma fração de segundo. A morte dos demônios foi pontuada por um lamento alto e arrepiante que depois se reduziu a choramingos sofridos. Quando a luz sumiu, Raihn já estava ao lado de Mische, e duas das criaturas tinham desaparecido do nada enquanto a terceira se resumia a uma meleca preta, os membros se contorcendo no outro canto do cômodo.

Corri até eles e caí de joelhos ao lado de Raihn. A máscara de fúria mortal em seu rosto tinha desaparecido, revelando pura consternação. A menos que fosse um truque de luz, ele estava à beira das lágrimas.

— Mische — falou ele. — Mische, olhe para mim.

Me inclinei na direção dela, piscando para rechaçar a fumaça do Fogo da Noite. Seu sangue encharcou os joelhos da minha calça, mesmo através do couro. Ela estava com os olhos entreabertos, porém imóveis. Um dos braços jazia estendido para o lado, segurando um longo objeto dourado — um castiçal? Meu pé bateu em algo duro, e vi as velas ao redor da vampira, blocos de cera rolando pelo chão de mármore.

E seu abdome... Pela Mãe, ela tinha sido rasgada. Eviscerada. Vampiros podiam sobreviver a muita coisa. Mas àquilo... Como alguém poderia sobreviver àquilo?

Um estalar aterrorizante ecooou pelo espaço. O chão tremeu, rangendo. Por um momento desesperador, tive certeza de que desabaria para a morte. À distância, os gritos foram ficando mais altos. Eu não sabia mais de onde vinham — dali de dentro, lá de fora ou dos dois lugares ao mesmo tempo.

Raihn e eu, ambos apoiados no chão ao lado do corpo de Mische, trocamos um olhar assustado. Não havia tempo. Quanto ainda demoraria para que a torre desmoronasse?

— Vamos, Mische — murmurou ele. — Temos que ir.

Ele a pegou no colo. A vampira soltou um choramingo baixinho que fez meu coração bater mais depressa — se estava com dor, era porque ainda estava viva.

Um lampejo de luz brilhou por trás de nós quando o mar de Fogo da Noite começou a se espalhar. A magia estava por todos os lados. Raihn deixou a delicadeza dar lugar à urgência quando saltamos em direção à janela, para longe das chamas.

Ele se virou para mim.

— Eu dou conta de carregar vocês duas.

Não, não dava. Raihn mal conseguia estender a mão em minha direção com Mische nos braços.

— Leve ela para baixo e depois venha me buscar — propus.

Ele fez uma careta.

— Oraya...

— Não vai servir de nada se nós três cairmos. *Vá*. Rápido, porque não estou a fim de morrer hoje à noite.

Ele hesitou.

— Certo. Eu já volto. Não queime até a morte — pediu, e desapareceu pela janela.

Foi só quando me vi sozinha que me dei conta de que a ideia tinha sido incrivelmente idiota. O chão rangia e estalava de forma precária. Eu não conseguia ver nada. Lampejos de branco e azul irrompiam aqui e ali, as paredes sendo consumidas pelas chamas.

Dali a uns trinta segundos, o Fogo da Noite engoliria o lugar inteiro. Ou então a torre cairia. Raihn jamais voltaria tão rápido.

Isso se ele ao menos voltasse. Ele podia simplesmente me deixar ali.

BANG.

O estalo foi tão alto que transcendeu o som e se tornou força. Virei-me bem a tempo de ver a porta ser arrancada das dobradiças, a luz me consumindo.

Eu não conseguia enxergar. Não conseguia ouvir.

Estava suspensa em pura dor.

Rolei de lado. Apoiei as mãos no chão, depois os joelhos — ou ao menos tentei. Eu poderia muito bem estar virada de cabeça para baixo. Poderia estar caindo. Não tinha como saber.

Estava com os olhos esbugalhados, tentando encontrar algo — qualquer coisa — além do branco cegante, mas tudo em vão. Corri as mãos pelo piso, procurando minhas armas. Sentindo as lajotas cheias de sangue, pedra moída, cacos de vidro, cinzas frias dos destroços deixados pelo Fogo da Noite...

Eu morreria ali.

Estava impedida de enxergar e totalmente indefesa. Machucada — meu corpo não se movia da forma correta, mas a dor do Fogo da Noite era tão universal, atingindo todos os nervos ao mesmo tempo, que eu nem sequer conseguia dizer o que estava quebrado. Todos os sons pareciam distantes e abafados, como se eu estivesse debaixo d'água.

Faça uma análise de tudo que está captando, Oraya, Vincent ordenou em minha mente, a única coisa nítida em um mundo borrado.

Respirei fundo. Expirei.

Não conseguia enxergar, não conseguia ouvir, mas conseguia *sentir*. Tateei o chão — deixei as vibrações correrem por mim.

E, assim, encontrei algo... estranho. Uma sensação quente e fria ao mesmo tempo, borbulhando dentro de mim, querendo sair. De repente, criei consciência não apenas do chão sob minhas palmas, mas das paredes, da posição das janelas. Eu conseguia *me* sentir ali, no meio daquele cômodo. Sentir a localização das minhas armas — uma vários metros à minha direita, outra muito próxima do alcance da minha mão esquerda.

E eu também conseguia sentir... força. Uma força inimaginável. Ela me cercava, pronta para ser utilizada. O Fogo da Noite. Era energia. Era *poder*.

As palavras de Mische, que não muito tempo antes tinham parecido totalmente ilógicas (*A magia simplesmente está lá*), de repente fizeram sentido.

Tentei comandar o poder assim como comandava meus sentidos, como se já fosse uma parte de mim.

Meus olhos enxergavam apenas branco. Mesmo assim, soube o exato momento em que os demônios surgiram voando pela porta. Três deles — não, quatro, o último só um pouco para trás devido a um machucado na perna.

Eu nem pensei.

Fiquei em pé, abri as mãos e soltei um rugido desprovido de palavras.

Calor e frio banharam minha pele. Um berro penetrou o silêncio atordoado dos meus ouvidos. Uma onda de euforia tomou meu corpo. Por dois segundos, eu era o ser mais poderoso do mundo. Eu era intocável.

E, depois, veio a dor.

Meus joelhos atingiram o chão com força. Tombei para a frente, cobrindo o rosto.

— *Oraya!*

Só ouvi Raihn quando ele já estava bem ao meu lado, me agarrando e me pondo em pé. Pestanejei, o rosto dele reduzido a um borrão em um mundo de um branco opressivo. Ele estava olhando para um ponto atrás de mim, para o resto do alojamento, os lábios entreabertos e a testa franzida.

Depois, ele me pegou no colo e pulou da janela.

Caímos por um momento aterrorizante antes de suas asas se abrirem, transformando nossa queda livre em um arco gracioso. A escuridão da noite era um alívio para meus olhos; mesmo assim, precisei piscar forte, várias vezes, tentando limpar a visão — que agora se reduzia a um monte de pontos fluorescentes de branco contra o céu.

— Você está bem? — perguntou Raihn em meu ouvido.

— Perdeu a oportunidade de se livrar de mim — falei, meio engasgada.

Achei que ele não fosse capaz de brincar àquela altura do campeonato, não com Mische no estado em que estava. Portanto, foi quase uma vitória lamentável quando, com minha bochecha contra o pescoço do vampiro, senti sua garganta vibrar com uma risada rouca e sem humor.

— Que pena. Cogitei a ideia.

Também ri, um estranho som quebrado que saiu excessivamente alto e agudo.

— Achei que eu ia chegar tarde demais — prosseguiu ele, se inclinando mais para perto, a voz baixa e grave. — O que você fez lá em cima?

Oi?, quis dizer, mas as palavras ficaram presas na garganta.

— O Fogo da Noite. — Foi como se ele tivesse ouvido minha pergunta. — Você matou quatro demônios.

A onda de náusea não tinha nada a ver com a vertigem provocada pelo voo.

Eu não sabia como responder, então, simplesmente, fiquei em silêncio.

Olhei para baixo: manchas brancas ainda marcavam minha visão. Entendi, depois de um instante, que não tinham todas sumido porque alguns dos pontinhos eram de fato focos de Fogo da Noite se espalhando pelas ruas.

Diante de nós estava o castelo dos Nascidos da Noite, agourentamente vermelho contra o céu noturno. A Guarda fora acionada. O exército de Vincent era uma onda de azul e roxo ocupando a cidade, sua extensão codificada por meus olhos danificados como uma única mancha de morte.

Mesmo assim, achei Vincent de imediato: na vanguarda, de asas abertas, o brilho preto do Asteris o cercando. A silhueta vermelha de suas asas era visível mesmo do céu, assim como o escarlate de sua espada — a Assoladora de Corações.

Mesmo àquela distância, o rei emanava morte.

Eu já testemunhara o poder de Vincent muitas vezes antes, mas nunca o vira daquele jeito. Uma sensação horrível se retorceu em meu estômago.

— Seu pai conseguiu a guerra dele — comentou Raihn. — Ele vem esperando por este momento há muito, muito tempo. Foi feito para isso.

Quis discutir. Mas tudo em que conseguia pensar enquanto pairávamos acima dos escombros era que alguma coisa havia mudado naquela noite. Alguma coisa jamais seria a mesma. Algo que eu não saberia descrever, que não compreendia por completo, mas que sentia no ar.

Aquilo não era só um ataque. Não era só o auge da tensão. Não era um estertor final de morte.

Não, aquele era o início de algo horrível. O nascimento sangrento de um monstro ainda mais sangrento. Uma criatura que devoraria a todos nós.

26

Demorou quase um dia inteiro para que o Fogo da Noite fosse extinto e os demônios eliminados. Quem quer que tivesse executado aquele ataque havia usado muita estratégia para escolher um ponto de entrada no Palácio da Lua. A movimentação tinha começado pelo portão sul, que era o mais calmo e menos protegido. Também fora fácil atacar pela estufa, com as plantas funcionando como um ótimo combustível para o Fogo da Noite. Agora, ela não passava de um monte de vidro estilhaçado, enterrada sob os resquícios da torre que desmoronara em cima da construção.

Quatro competidores tinham morrido no ataque — dois por estarem na torre perdida quando ela caiu, um destroçado por um demônio e um consumido por Fogo da Noite. Se eu estivesse vivendo na estufa em vez de no alojamento com Raihn e Mische, estaria entre as baixas.

Mische sobreviveu por pouco, mas ainda estava a um fio da morte. E não era a única. Vários outros tinham sido queimados — um com tanta gravidade que tudo o que fazia era ficar largado em um catre, gemendo de dor. Ele nem sequer tinha um *rosto*. Eu esperava que, para seu próprio bem, morresse logo ou se recuperasse o bastante para acabar sozinho com a própria vida.

Aqueles feridos demais para continuar lutando enviaram a Nyaxia pedidos de afastamento da competição. No silêncio abafado da aurora, nos juntamos no salão principal. O único som era o das orações sussurradas dos feridos enquanto cortavam a mão e pingavam o sangue nos pergaminhos, pedindo à Deusa permissão para retirarem seu desejo de participar. Raihn e eu fizemos o procedimento em nome de Mische também; ela não era capaz de proferir as palavras sozinha. Mais tarde, o Ministaer e seus acólitos avançaram solenemente pelo espaço, coletando os pedaços ensanguentados de pergaminho. Ele nos instruiu a continuarmos no Palácio da Lua, nos lembrou que o Kejari prosseguiria normalmente e mandou esperarmos novas ordens.

E foi isso. Assim, nos acomodamos no que restava do Palácio da Lua e aguardamos.

Ao pôr do sol do dia seguinte, Vincent fez um pronunciamento para a Casa da Noite.

Ele se posicionou na sacada do castelo, que dava para o centro da cidade. Pediu a atenção de toda Sivrinaj. A magia projetava a imagem dele no céu em pinceladas etéreas de luz. Estava com os dois primeiros botões do casaco abertos, revelando sua Marca de Sucessão. Deixou as asas abertas. Sua coroa irrompia do meio das madeixas loiras como os pináculos prateados de uma estrela.

A mensagem era clara: Vincent era o rei dos Nascidos da Noite, e qualquer um que o desafiasse pagaria muito caro.

Ele não estava falando para seu povo, e sim para seus inimigos.

— Tenho apenas uma coisa dizer. Nós, Nascidos da Noite, não somos covardes. Não toleramos atos de guerra. E não se enganem: esse ataque foi justamente isso.

A voz dele soava pelo céu, em todos os lugares ao mesmo tempo — inescapável.

— Querem me destronar? — prosseguiu. — Pois que *tentem*. Não são os únicos que sabem como matar. Vocês abriram uma porta que não são mais capazes de fechar, e não estão preparados para os horrores que derramarei através dela. Horrores que não vão poupar nada nem ninguém, assim como vocês não pouparam. Horrores que não vão poupar suas esposas e filhos. Horrores que não vão poupar seus alimentos ou seus lares. E horrores que certamente não irão poupar *vocês*. — Uma expressão de escárnio fez o canto do lábio dele se curvar, revelando as pontas letais de seus dentes. — Nem quando estiverem implorando pela morte.

O rei ergueu o queixo. Mesmo banhado pelo prateado fantasmagórico, a Marca em seu pescoço parecia queimar, como se ele e o próprio símbolo tivessem sido gravados contra a noite.

— Espero que tenha valido a pena, rebeldes Rishan.

Jesmine veio até o Palácio da Lua mais tarde naquele mesmo dia. Levou consigo um grande contingente de seus guerreiros Nascidos da Noite, que a acompanhavam como sombras mortais.

Havíamos encontrado outro lugar para ficar — aposentos muito menores no térreo, no centro do Palácio da Lua, que ao mesmo tempo era de acesso mais fácil para Mische e mais central caso outras partes da estrutura desmoronassem. Não era nem de perto tão chique quanto nosso esconderijo anterior, mas era seguro e protegido. Raihn tinha até conseguido recuperar parte dos nossos bens dos escombros da torre leste. A prioridade foram os suprimentos médicos de Mische. Quando ele largara os restos da minha bolsa diante de mim, eu tinha me sentido grata. Porém, mais tarde, já sozinha, precisei me segurar para não chorar quando abri a bolsa e vi o lenço de Ilana quase intacto, apenas um pouco chamuscado.

Quando chegou, Jesmine bateu na porta de nosso alojamento duas vezes, batidas altas e claras; não era um pedido, e sim uma ordem. Raihn atendeu, e ela o fitou com um olhar frio e crítico que começou nos pés do vampiro e subiu devagar por todo seu corpo.

— Pois não? — respondeu Raihn, igualmente frio.
— Venha — disse ela. — O rei dos Nascidos da Noite o convoca.
O medo se retorceu em meu peito quando me juntei a eles na porta.
Ele foi feito para isso, ecoou a voz de Raihn.

Eu ainda não tinha visto Vincent em tempos de guerra, mas certamente testemunhara seu comportamento quando estava protegendo o que era dele.

Raihn não se moveu.
— Por quê?
— É uma ordem do seu rei.
— Ele não é meu rei.

Retesei o corpo. Raihn nem sequer piscou. Jesmine continuou imóvel e em silêncio — uma predadora armando o bote.

Eu sabia que Raihn estava preocupado, irritado e cansado, mas também que estava sendo um grande idiota. Eu queria puxar o vampiro para longe e informá-lo disso.

— A vida dele pertence a Nyaxia enquanto estiver no Kejari — falei.

Jesmine pareceu notar pela primeira vez que eu estava presente. Seus felinos olhos violeta me sorveram com uma curiosidade avivada, como se eu tivesse acabado de falar algo muito interessante.

— O rei está ciente — retrucou ela, despreocupada. — Os competidores serão devolvidos com vida ao Palácio da Lua.

Competidores?

Olhei por cima do ombro da mulher e vi que guerreiros se deslocavam pelo salão principal — alguns seguiam pelos corredores na direção dos quartos, enquanto outros voltavam até a entrada trazendo prisioneiros. Angelika estava entre eles, com os braços presos atrás das costas por dois guardas Nascidos da Noite, as feições intensas petrificadas em uma expressão de fúria.

Estavam levando participantes Rishan e Nascidos do Sangue. E Jesmine, a general no topo da hierarquia no comando de meu pai, tinha ido ali *em pessoa* para buscar Raihn.

Todas as peças se encaixaram de uma vez em minha mente para formar um panorama nada bom. Olhei para Raihn no instante em que seus olhos correram para os meus, pesados devido à mesma compreensão.

— Não foram os Rishan que fizeram isso — disse ele para Jesmine.

Ela sorriu. Era hipnótico. Com certeza, aquele sorriso tinha feito homens e mulheres, tanto mortais quanto imortais, se ajoelharem diante dela.

— Ah, ninguém está acusando *você* de algo assim. Mas são tempos de guerra, o que creio que vá compreender. E os Rishan têm um histórico cheio desse tipo de atrocidade. O rei dos Nascidos da Noite não pode correr riscos.

— Não — falei, antes que pudesse evitar. — Ele é meu aliado. O desafio da Meia-Lua é daqui a dois dias. Diga isso a Vincent.

— Vincent sabe muito bem. — Mais uma vez, Jesmine abriu um sorriso doce. — Seu aliado vai estar de volta muito antes do desafio da Meia-Lua. Não se preocupe. Agora, venha. — Ela gesticulou para Raihn como se ele fosse um cachorro. — Você deve entender a urgência.

Os nós dos dedos do vampiro ficaram brancos quando ele agarrou o batente da porta.

— Não vou largar minha amiga sozinha — disse ele. — Se o rei quiser me arrastar daqui, pode vir fazer isso em pessoa.

— *Nós* podemos arrastá-lo daqui caso prefira.

Não era um blefe. Se Raihn não cedesse, eu o veria ser espancado e levado inconsciente do palácio. Ele era bom, mas não bom o bastante para derrubar sozinho um exército inteiro de Nascidos da Noite.

Meu coração tinha acelerado — com certeza, ambos os vampiros ali presentes conseguiam sentir. Cheguei mais perto, parando ao lado de Raihn.

— Ninguém aqui está gostando dessas suas ameaças de merda, Jesmine — disparei, depois me virei para ele e baixei a voz. — Vou acompanhar você até a saída. E também vou cuidar da Mische.

Ele analisou meu rosto, incerto. Eu conseguia sentir Jesmine me observando também. Me dei conta de que ela encarava minha mão, pousada no antebraço de Raihn. Eu nem percebera que a havia colocado ali.

Recuei.

— Tudo bem — disse Raihn, entredentes, mesmo relutante.

Jesmine abriu um sorrisinho satisfeito e saiu para o corredor.

— Ah, quase esqueci. — Ela levou a mão ao bolso e tirou de lá dois pedaços dobrados de pergaminho. Estendeu um para ele. — O Ministaer pediu para entregar isso à sua amiga.

Cético, Raihn pegou a carta e abriu. O rosto dele ficou lívido.

— Que porra é essa? — soltou. — Só pode ser uma piada.

A boca de Jesmine se torceu em uma expressão sentida.

— Até onde sei, o Ministaer não conta piadas.

O pergaminho farfalhou, tremendo sob a raiva do vampiro.

— Olhe o *estado* dela. — Raihn apontou com a mão livre para Mische, largada apática na cama. — Ela não pode competir, porra. E o Ministaer *rejeitou* o pedido da Mische de se retirar?

Senti meu estômago se contorcendo.

Era uma sentença de morte. Não tínhamos conseguido nem sequer carregar Mische escada acima, que dirá arrastá-la para a arena. E logo antes do desafio da Meia-Lua, quando metade dos competidores costumava morrer? Ela não sobreviveria.

— *Nyaxia* rejeitou o pedido dela — corrigiu Jesmine.

— *Que se foda a Nyaxia.*

Vários guardas arquejaram em desaprovação ao ouvir a profanação do nome da Deusa.

Mas aquilo não tinha nada a ver com Nyaxia, e todo mundo ali sabia disso. O pedido de Mische de se retirar da competição fora rejeitado por causa da amizade que ela tinha com Raihn. Como não estava associada claramente a nenhuma casa, a vampira podia muito bem ser Rishan.

A paciência de Jesmine estava se esgotando.

— Se tiver alguma ressalva, deve procurar o Ministaer. Agora, vamos.

Dois dos guardas pegaram Raihn pelos braços, e ele pareceu cogitar uma luta antes de enfim ceder. Com a boca seca, eu o vi indo embora.

Jesmine me ofereceu o outro pergaminho.

— Este é para você. De Vincent.

Eu o aceitei. Havia apenas seis palavras escritas em uma caligrafia perfeita: *Hoje à noite. Antes da aurora.*

Olhei para Raihn. Ele espiou por cima do ombro uma vez, e a absoluta falta de esperança em seu rosto me chocou.

Por Mische. O sentimento era por Mische.

— Ele é bonito. — Jesmine acompanhou meu olhar. — Podia ser pior. Seria melhor se não fosse um rebelde, claro. É o tipo de coisa que causa muitos problemas.

Ele não é nada disso, quis disparar. Em vez disso, perguntei:

— Vocês confirmaram que os Rishan foram os responsáveis?

— Sim. — Quando viu que eu esperava mais detalhes, a vampira riu baixinho. — O que quer saber, Oraya? Achei que estivesse mais familiarizada do que a maioria das pessoas com as coisas das quais eles são capazes. Sei que você não deve se lembrar de como era viver no território deles, mas você quer ir até lá quando os desafios acabarem, não quer? Bem, essa é sua chance. Mais fácil do que nunca para matar esses malditos sem que Nyaxia a reprove por isso.

Cerrei o maxilar. Por que ela estava me contando aquelas coisas — fatos sobre meu passado, meus objetivos futuros? Por que me incomodava tanto a ideia de Vincent ter contado aquele tipo de coisa para ela?

— Estou falando sério, Oraya — continuou a general, baixando o tom de voz. — Tome cuidado com ele. Pode ser um homem bonito, mas ainda é um Rishan.

Minha vontade foi rir na cara dela. Como se eu não soubesse melhor do que ninguém como era preciso ter cautela perto de vampiros bonitos. Não, eu não confiava em Raihn. Nem sei se gostava particularmente dele (*Sério?*, sussurrou uma voz no fundo da minha mente), mas também sabia que ele não era culpado por aquilo. Sabia com uma certeza inabalável por um único motivo: Mische.

Eu tinha visto a devastação no rosto de Raihn ao encontrar a amiga. Aquilo era amor. Algo impossível de fingir.

Mordi a língua quando Jesmine saiu andando a passos largos e guardei o pergaminho de Vincent no bolso.

Permaneci ao lado da cama de Mische até a hora de me encontrar com Vincent. Ela não havia falado nada desde que a tínhamos arrastado para fora do alojamento antigo, embora se debatesse com frequência como se estivesse sempre sonhando. A pele dela estava fervendo de quente — uma notícia especialmente ruim para vampiros, que costumavam ser resistentes a infecções. Me debrucei sobre ela e limpei seu rosto com um paninho imerso em água fria, tirando o pus dos ferimentos. Puxei suas mangas para cima e fiz uma careta com o que vi. As queimaduras recentes de Fogo da Noite estavam localizadas ao redor de seus punhos e mãos, expostos naquela noite. Mas a macia pele marrom de seus braços também estava marcada com antigas cicatrizes de queimaduras — inúmeras, todas sobrepostas. Algumas eram claramente antigas; outras, muito mais novas, embora não parecessem oriundas do ataque.

Quando será que ela tinha conseguido aquelas marcas?

Um choramingar murmurado interrompeu meus pensamentos. Mische se agitou, os dedos tremendo. Baixei seu braço e cheguei mais perto. Ela mal conseguia mexer a cabeça, e seus olhos tremulavam como se a vampira estivesse tentando em vão abri-los.

Aquilo me afetou mais do que eu esperava — vê-la daquele jeito. Antes, Mische voejava por aí feito uma borboleta, e agora era como se alguém tivesse arrancado suas asas e a deixado para morrer.

Você a conhece há um mês e meio, me lembrou a voz de Vincent. *E ela a teria matado naquela arena no instante em que a Meia-Lua terminasse.*

Verdade. E verdade também.

Mesmo assim.

— O que foi, Mische? — perguntei baixinho. — O que foi?

Fazendo grande esforço, ela virou a cabeça, revelando o rosto. Estava com olheiras roxas imensas e marcas escuras nos cantos da boca.

— Ele não veio — gemeu ela. — Ele não me respondeu.

Raihn. Uma dor estranha e inesperada atingiu meu coração. Se ele soubesse que a amiga tinha acordado sem ele ali...

— Raihn vai voltar. Logo.

Era o que eu esperava.

As pálpebras de Mische tremeram mais, o canto rachado da boca se estendendo para formar um quase sorriso.

— O Raihn? Eu sei. Ele sempre volta. — Em seguida, porém, o sorriso se desfez, e uma lágrima escorreu por seu rosto. — Eu chamei, chamei sem parar — choramingou ela. — Chamei muito, mas ele não me respondeu. Ele foi embora.

— Ele vai voltar — repeti, mas Mische continuava chorando, com cada vez mais força e rapidez, até não conseguir mais falar. Até mal conseguir respirar.

Corri até nossas coisas empilhadas no canto do quarto e vasculhei as bolsas. A de suprimentos médicos estava bem completa, mas não havia nada forte o bastante para ajudá-la. Meu olhar recaiu sobre minha própria mala. Soltei a de Mische, corri até a outra e peguei o último frasco de poção que eu tinha. Não seria suficiente para curar a vampira, nem perto disso, mas a ajudaria a sobreviver à noite, e também a sedaria.

Mesmo assim, hesitei. Aquele remédio era um dos poucos que serviria para mim, uma humana. Eu ainda não tinha me curado das queimaduras. E o desafio da Meia-Lua se aproximava.

Mische soltou outro soluço agonizante. O som me destruiu, fazendo ruir o que sobrara de hesitação.

Eu não conseguiria ouvir a vampira sofrendo daquele jeito. Não dava.

Voltei até ela, tombei sua cabeça para trás e verti as últimas gotas da substância em sua boca. Não saí do lado dela até seu rosto marcado por lágrimas se tranquilizar e ela cair no sono, um sono pesado e sem sonhos como o de uma criancinha.

27

Eu nunca tinha visto Vincent daquele jeito.

Ele estava esperando por mim quando cheguei. Mesmo nas sombras, o vermelho das asas pintava sua silhueta de escarlate. Os três primeiros botões da camisa estavam abertos, revelando a Marca de Sucessão. Os fiapos de névoa emanados pelas delicadas linhas de tinta vermelha pulsavam no ritmo de seu coração.

Não era habitual que Vincent deixasse as asas e a Marca visíveis — mas, por mais que fossem intimidadoras, não tinham sido elas que fizeram meu estômago se revirar quando o vi.

Vincent estava sempre calmo — cruel quando precisava ser, sim, mas sempre elegantemente contido. Mas ali, quando fitei seu rosto, vi uma versão estranha de meu pai, uma que deixava a raiva pairar rente à superfície da pele. Normalmente, o humor dele era um mar escuro e liso, uma superfície tranquila que escondia os horrores à espreita bem nas profundezas. Agora, ele parecia perturbado por ondas enormes e nadadeiras circulantes.

Eu nunca vira nada além de segurança quando olhava para Vincent. Naquela noite, porém, algo em mim reagiu à visão dele — como se a minha versão de oito anos estivesse insistindo: *Parece seu pai, mas não é.*

Depois, Vincent se virou para mim, seu olhar suavizou e, quando seus ombros relaxaram em um longo suspiro de alívio, os meus fizeram o mesmo.

Alguém que me olhasse daquela forma não podia ser nada menos que meu pai. E, pela Deusa, que alívio era ver aquele homem.

Ele me fitou de cima a baixo.

— Está intacta? — perguntou ele, e confirmei com a cabeça. — Conseguiu evitar o pior do ataque?

Contive a verdade entre os dentes. *Claro, porque eu estava na rua matando vampiros nos assentamentos humanos com meu parceiro Rishan!* Daria muito certo dizer aquilo.

— Sim — respondi em vez disso. — Dei sorte.

— Nunca quis que você fosse obrigada a ver tempos como estes. Sabia que chegariam, mas nunca foi minha vontade que você os testemunhasse.

— Foram os Rishan mesmo? — perguntei baixinho. — Tem certeza?

Por alguma razão, ouvi as palavras que Raihn dissera mais cedo, proferidas com total certeza: *Não foram os Rishan que fizeram isso.*

— Sim.

— Houve outros ataques?

O pomo na garganta de Vincent subiu e desceu.

— Sim. Mas, de certa forma, foi uma bênção. Há muito tempo não tenho uma brecha como esta para acabar com eles de uma vez por todas. Agora não vou desperdiçar a oportunidade.

Ele se virou para mim, a luz banhando seu rosto. Vi a constelação de borrões de um preto-avermelhado em sua camisa e garganta — sangue de vampiro. Algo escuro manchava seus pulsos também, logo abaixo dos punhos das mangas, e suas unhas estavam encardidas. Ele provavelmente tinha limpado as mãos e o rosto com certa pressa antes de vir me ver — caso estivesse tentando esconder de mim o que andara fazendo ao longo dos últimos dois dias, porém, falhara miseravelmente.

Medo, súbito e poderoso, se retorceu dentro do meu peito.

Eu tinha perdido Ilana. Não sabia se sobreviveria à perda de Vincent também.

Se os Rishan estivessem de fato avançando, ele seria o alvo primário. Todos os Rishan rebeldes na Casa da Noite entendiam que vencer aquela guerra significava matar um milhão de vampiros Hiaj... ou apenas um: Vincent. Ele não tinha filhos — sabia profundamente como era perigoso ter uma prole poderosa. O que significava que, sem ele, o clã não tinha Sucessores. Ninguém para herdar o poder dos Nascidos da Noite Hiaj. Ninguém para empunhá-lo.

Quando a guerra irrompia entre os clãs, matar o Sucessor e todas as pessoas com qualquer possibilidade de herdar seu poder se tornava o objetivo principal.

Aquilo, afinal de contas, fora exatamente o que Vincent fizera duzentos anos antes. Ele tinha usado o pedido concedido por Nyaxia — o prêmio após vencer o Kejari — para aumentar seu poder e despir o Sucessor Rishan do dele. Depois, utilizara aquela imensa força para matar todos os Rishan conectados à linhagem, além de matar cada Hiaj à frente de si próprio na sucessão. Todos os reis dos Nascidos da Noite, afinal de contas, eram coroados em um trono de cadáveres.

Vi Vincent focar um ponto à distância, como se também estivesse lembrando aquele dia fatídico, e um pensamento horrível fez meu estômago embrulhar.

Os Rishan já tinham se rebelado antes, mas nunca daquela forma. Estavam lutando para vencer.

— Você acha que eles têm um novo Sucessor? — perguntei.

Dois séculos antes, Vincent assassinara toda a linhagem do último Sucessor. Mas Nyaxia, que sabia ser uma vagabunda desalmada quando queria, se recusava a deixar um dos clãs morrer. Ela gostava de ver os próprios filhos trocando farpas. Assim, cedo ou tarde, agraciaria outro Rishan com a Marca de Sucessão. Da última vez, algo assim demorara mais de trezentos anos para acontecer — porém, não parecia nada impossível que algo similar estivesse ocorrendo depois de apenas duzentos anos.

Se os Rishan tivessem outro Sucessor, seriam muito mais perigosos do que se não tivessem. Eram conhecidos por terem executado pequenas rebeliões no passado, como acontecera quando Vincent me encontrara, mas não passavam de escaramuças bobas movidas somente pela raiva e pela vingança. Não conseguiriam ter governado mesmo que tivessem vencido.

Mas e se houvesse um novo Sucessor Rishan? Aquilo mudava tudo.

Um músculo dardejou na mandíbula de Vincent, denunciando que ele andara pensando muito naquela mesma questão.

— É possível. Mas, se houver, vamos descobrir.

Ferrou.

— Se for o caso, vou precisar de você depois que estabelecermos nosso vínculo — continuou ele. — Vamos ter a liberdade e o poder para invadir o território Rishan. Libertar o povo. — Ele abriu um sorriso triste. — Sei como você espera por isso há muito tempo. Meu único arrependimento é que precise acontecer sob tais circunstâncias.

O pensamento me atordoou. Após uma vida inteira de medo e cautela, eu enfim teria a oportunidade de deixar minha marca no mundo — não só com unhas quebradas, mas com dentes que podiam morder tão fundo quanto os deles.

Meus pais estavam mortos. Quaisquer outros familiares que eu pudesse ter provavelmente também estavam. Eu sabia disso. E talvez... talvez uma parte de mim torcesse para que estivessem mesmo, porque, quando enfim os encontrasse, eu pareceria ainda menos com eles. Mas, na ocasião, eu pelo menos seria capaz de fazer mais do que caçar vampiros um a um durante a noite.

Eu poderia *ser* algo. *Fazer* algo.

Engoli a inesperada onda de emoção e abri um sorriso fraco para Vincent.

— Se eu vencer.

Ele não retribuiu o sorriso.

— Você vai vencer, Oraya.

Às vezes, eu não sabia o que tinha feito para merecer aquele tipo de fé. Queria ter tanta certeza quanto ele.

O desafio da Meia-Lua aconteceria dali a alguns dias. O lembrete sombrio do presente se abateu sobre meus sonhos a respeito do futuro. Como se Vincent também tivesse se dado conta disso, levou a mão ao bolso e tirou de lá um pequeno frasco cheio de um líquido prateado.

— Mais veneno para suas lâminas. Ainda não consegui achar mais remédios para você. Mas, da próxima vez...

Tentei reprimir a careta. Ter dado minha última dose de medicamento para Mische podia ter sido um erro. Eu teria de lutar com as queimaduras. Bem... eu já tinha lutado em circunstâncias piores.

Fiquei observando Vincent, que fitava o céu, perdido em pensamentos.

Ele parecia ter se amaciado um pouco desde o início do encontro, mas, ainda assim, eu não estava muito segura com a ideia de fazer meu próximo pedido. Sabia como a muralha de gelo de Vincent podia ser fria caso ele se sentisse desafiado. Ela sempre derretia diante de mim, mesmo que levasse um tempo, mas eu não queria ir para o desafio da Meia-Lua após ter me desentendido com ele.

Precisava tentar, porém.

— Outra coisa — falei, cautelosa. — Tem uma garota. Uma das minhas aliadas para o desafio da Meia-Lua. Ela ficou muito ferida durante o ataque, mas o Ministaer rejeitou o pedido dela de se retirar do Kejari. Ela não vai sobreviver ao desafio.

Ele estreitou os lábios.

— É uma pena. Só mais sangue que os Rishan terão nas mãos.

— Você pode fazer alguma coisa? Para ajudar com o pedido dela?

Os olhos de meu pai correram em minha direção, a expressão subitamente intensa.

— Por quê?

— Ela é minha aliada, e está fraca demais para lutar.

— Então a deixe morrer na arena. Abandone a garota quando o desafio começar.

Vasculhei a memória atrás das centenas de horas gastas estudando o Kejari.

— Não sabemos qual vai ser o desafio. Pode ser algo que conecte nosso destino. Se ela morrer, eu morro, por exemplo. Já aconteceu antes. No sexto Kejari. Depois, aconteceu de novo no décimo quarto.

Dois. Dois de vinte. Mesmo assim, Vincent hesitou. Eu sabia que mesmo uma probabilidade baixa era grande demais para ele.

Depois de um instante de reflexão, meu pai respondeu:

— Mate a garota hoje à noite. Assim ela vai deixar de ser um problema seu.

Tentei ao máximo manter a expressão neutra. Mesmo assim, o choque me atingiu com força.

Por quê?

Não muito tempo antes, não haveria nada de chocante na proposta. Na verdade, chocante mesmo era que a ideia de matar Mische nem sequer tivesse passado pela minha cabeça.

E mais chocante ainda era testemunhar como o pensamento me enchia de repulsa.

Vincent estreitou os olhos o suficiente para mostrar que havia notado a mudança em meu comportamento.

— Qual é o problema? O Kejari deste ano permite que competidores matem uns aos outros. Se ela está tão machucada assim, é inútil para você como aliada no desafio, e só vai se tornar um perigo depois, caso dê um jeito de sobreviver. É a solução mais limpa e simples.

Tentei desesperadamente arranjar um argumento contra aquela afirmação, mas não consegui. E Vincent estava me observando com atenção. Não havia como ir além. Faria ele se questionar muito a meu respeito.

Inclusive, enquanto sofria com aquela questão, eu mesma me questionava a meu respeito.

— Problema algum — respondi. — Você está certo. Mas ainda tenho outra dificuldade. — Eu estava forçando a barra. Forçando demais a barra. Mas deixei as palavras saírem mesmo assim. — Com isso, vou ficar com apenas um outro aliado. Um que você deteve.

— Detive? — Vincent voltou a olhar para o céu, como se sua mente já estivesse começando a devanear. — Os interrogatórios são responsabilidade de Jesmine.

Pestanejei, surpresa, mesmo sabendo que não deveria. Vincent sempre fora meu único pilar de certeza, a única coisa na minha vida que merecia confiança absoluta. Mas a ignorância dele ali parecia... dissimulada.

— Ele foi levado junto com outros vampiros hoje — falei.

— Precisamos descobrir quem perpetrou aquele ataque, Oraya. E nossos inimigos entre os competidores do Kejari são os suspeitos mais óbvios. Tenho certeza de que ele será devolvido inteiro antes do desafio, assim como todos os outros, depois que Jesmine tiver certeza de que ele é inocente.

Nossos inimigos entre os competidores do Kejari. Eu sabia o que Vincent fazia com seus inimigos.

— Claro. É que... eu preciso dele. O desafio da Meia-Lua é o mais mortal, e minha sobrevivência depende de Raihn.

Vincent me olhou de soslaio.

— Sei muito bem como o desafio da Meia-Lua é perigoso — disparou. — Acha que não estou ciente? Acha que não penso em você, e em cada desafio, e em como sua situação é *constantemente* mortal? — A boca de Vincent se curvou em um esgar de escárnio que lembrava o que ele exibira durante seu discurso encharcado de morte. — Sabe o que tornaria o Kejari ainda mais perigoso, serpentezinha? Você se aliar a alguém que está apenas esperando a hora certa para te apunhalar pelas costas.

— Ele também precisa de mim para sobreviver ao desafio.

— E depois?

— Depois, estou pronta para matar Raihn quando chegar a hora. — Falei, com toda a intensidade que a afirmação merecia, mas ela soou estranha em minha língua. — Agora, porém, preciso dele.

O homem que me fitou foi o rei, não o pai. A expressão dele estava fria e pétrea. Avancei mais um passo.

— Ele não fez isso, Vincent.

— E como você sabe?

— Eu sei porque... — *Mische.* Mas não sabia como explicar isso para Vincent. — Confie em mim. Não foi ele.

— Confiar... — Ele bufou. — Tem noção de como essa palavra é perigosa?

Era um insulto fazer aquele tipo de pergunta para mim. Eu tinha inúmeras razões para não confiar em Raihn. E talvez... *talvez* eu tivesse me permitido esquecer delas com mais frequência do que deveria.

Mas aquilo... Aquele olhar no rosto dele quando viu o palácio queimando... Eu podia até não confiar em Raihn, mas confiava naquele gesto.

— Não acabe com ele — falei. — Interrogue Raihn, tudo bem. Mas não acabe com ele. Por favor.

Vincent me encarou com a expressão ilegível. Por um momento aterrorizante, cogitei a possibilidade de ter feito o exato oposto do que deveria — talvez meu pedido só tivesse deixado Vincent ainda mais desconfiado, mais até do que com o sangue Rishan de Raihn.

Ele baixou a cabeça e suspirou.

— Certo. — Quando se virou para mim e seu rosto foi banhado pela luz, vi que meu pai parecia exausto, a preocupação estampada fundo em cada ruga de sua expressão. — Mas estes são tempos de guerra. Estamos cercados por pessoas que gostariam de nos ver mortos. Não esqueça dessas suas presas, serpentezinha. Vai precisar delas.

O templo de Nyaxia devia ser a mais grandiosa construção em Sivrinaj, uma cidade de muitas construções suntuosas, ficando atrás apenas do castelo dos Nascidos da Noite e do Palácio da Lua. Nyaxia, é claro, tinha muitos templos espalhados pelos territórios das três Casas — todas as cidades maiores e até vilarejos menores da Casa da Noite tinham ao menos um. Mas, na capital de todos os territórios, havia um tributo maior à criadora e Mãe Sombria de todos os vampiros. Eu já ouvira dizer que, na Casa da Sombra, o templo era uma grande torre de metal negro que se erguia na direção do céu noturno, duas vezes mais alta que o maior dos castelos.

Eu raramente — ou melhor, nunca — ia até o templo dos Nascidos da Noite, que ficava no exato centro geográfico de Sivrinaj. Era a construção mais antiga da cidade. Quando Sivrinaj fora construída, os Nascidos da Noite — vampiros jovens, criados por Nyaxia menos de um ano antes — estavam reconstruindo seu reino depois que este fora obliterado por nações humanas a leste. Tudo o que tinham eram os ossos de uma sociedade aniquilada, uma imortalidade recém-conquistada e uma magia infante que ainda não compreendiam.

Mesmo assim, a primeira coisa que haviam feito fora construir a porcaria de uma igreja. Não abrigo. Não hospitais. Uma igreja. Prioridades.

Eu odiava aquele lugar.

Tudo ali parecia ecoar e se calar ao mesmo tempo. Lá em cima, uma estrutura de prata e mosaicos encantados pintava o céu noturno, as estrelas platinadas pairando devagar por trás do vidro. A luz era fria e baça — proveniente de Fogo da Noite, contido com segurança em centenas de pequenas lamparinas de domo de cristal que projetavam mandalas preguiçosas pelo chão.

O templo estava em silêncio. Falar era proibido nas instalações principais da igreja. Os acólitos de Nyaxia se reuniam rente às paredes curvas, o rosto a centímetros do gesso adornado por afrescos, imóveis e calados feito estátuas — meditando, ao que parecia, em sua adoração absoluta à Deusa.

Às vezes, eu achava que Nyaxia tinha um belo senso de humor. *Construam um templo para demonstrar o quanto me amam. Façam com que pareça absurdamente belo. E, depois, entrem no lugar e encarem a parede por quinze horas seguidas.* Será que ela usara aquelas exatas palavras?

Claro, Nyaxia tinha diversos outros devotos fanáticos, e muitos eram mais interessantes — e perigosos — que os acólitos sombrios. Eu torcia para passar a vida sem encontrar com os piores deles.

Por mais chato que fosse, ao menos os pobres coitados tinham uma disciplina invejável. Nem sequer viraram a cabeça quando passei por eles, mesmo sangrando — e, por mais que quisesse negar, nervosa. O que provavelmente significava que meu cheiro era de dar água na boca.

Subi escadaria após escadaria, passando por cada um dos andares do templo até chegar ao topo. O conjunto de portas duplas, feitas de madeira entalhada, se erguia diante de mim.

Olhei para minhas mãos. Estavam tremendo.

Que se danasse. Não. Se era para entrar ali, eu não deixaria transparecer — nem por um maldito segundo — que estava assustada.

O medo é só uma série de respostas fisiológicas.

Tentei reprimir o calafrio que se espalhou por minha pele e acalmei a respiração para forçar o coração a fazer o mesmo. Toquei o punho das espadas curtas — ambas repletas de uma camada nova do veneno de Vincent — só para me lembrar de como seria fácil sacar as armas caso precisasse.

Bati na porta e a abri quando me convidaram a entrar.

Fazia quase um ano — desde o último festival de equinócio — que eu vira o Ministaer tão de perto. A visão me chocou de novo. Quando eu era mais nova e ouvi o homem falar pela primeira vez, me questionei se era mesmo possível que ele tivesse dois mil anos de idade. Uma única olhada de perto, porém, era suficiente para considerar a possibilidade totalmente plausível.

Não, não havia rugas em seu rosto, exceto por algumas linhas mais fundas na lateral dos olhos. Mas tudo nele parecia gasto — intenso e suave demais ao mesmo tempo. A pele era fina como papel, as veias visíveis onde a derme se afinava sobre os ossos da têmpora, nos lábios estreitos, nas pálpebras que cobriam os olhos leitosos. Diziam que o sangue vampírico ficava mais escuro com o tempo. O do Ministaer devia ser de um preto puro.

Ele se levantou quando entrei.

— Oraya. Filha dos Nascidos da Noite. Bem-vinda.

Os músculos de sua boca se retesaram, mas foi um movimento retorcido e irregular. Adequado a alguém que não sabia o que era humanidade havia dois milênios.

Ainda assim, ele se lembrara do meu nome no mesmo instante.

Estremeci.

— O que tem a oferecer a Nyaxia esta noite? — perguntou ele.

Mantive a expressão cuidadosamente neutra.

— O senhor... — Precisei me corrigir: — Nyaxia rejeitou o pedido de retirada do Kejari de uma competidora. Uma de minhas aliadas.

A expressão do Ministaer não mudou.

— Nyaxia tem seus motivos.

— Venho diante do senhor, Ministaer, para saber se não há nada que se possa fazer para que ela mude de ideia a respeito dessa questão.

O Ministaer me encarou. Por serem de um branco sólido e leitoso, não era possível saber em que direção seus olhos estavam focados, mas entendi que ele estava me analisando de cima a baixo. Que a Deusa o amaldiçoasse... Como eu odiava aquele homem. Tudo nele me causava repulsa.

— Há *qualquer coisa* — falei, destacando as palavras — que eu possa oferecer a Nyaxia, qualquer coisa mesmo que possa aliviar a perda de uma competidora?

O Ministaer ficou em silêncio por um longo tempo, e achei que talvez o tivesse julgado mal. Mas depois dei um passo adiante, e as narinas dele se dilataram.

Lá estava ela. A fome.

— Talvez uma oferenda em sangue seja suficiente — disse ele. — Para compensar a perda da oferenda em sangue da competidora.

Cada parte de mim se encolheu em reação à forma como ele me olhava. Mesmo me esforçando, meu coração acelerou. O Ministaer provavelmente sentiu, porque vi de soslaio sua língua seca lamber de leve o lábio inferior.

— Uma pequena oferta em sangue, então. — Mal consegui emitir as palavras. — Sangue humano.

— Humano? — O Ministaer soltou um som esquisito que parecia uma risada emitida por alguém que nunca ouvira um riso de verdade antes.

Mas o sorriso grotesco desapareceu quando estendi meu punho, com as veias voltadas para o alto, por cima da escrivaninha.

As pálpebras dele estremeceram. Desejo. Puro desejo.

Ele pegou minha mão entre as dele, pousando a palma sob a minha. A pele do Ministaer era lisa demais, fria demais — da exata temperatura do ar ao redor.

— Ah, isto é muito melhor — ronronou ele.

Eu não acreditava que estava fazendo aquilo. Levei a outra mão à arma e a deixei pousada ali.

Só por desencargo de consciência.

Depois, falei:

— Beba.

No instante em que fechei a porta do apartamento, me larguei em uma poltrona. Meu punho ardia, a dor fazendo queimar meu braço. Eu tinha oferecido a mão certa, a não dominante, mas era o mesmo membro ferido pelo Fogo da Noite — o que significava que, agora, meu braço inteiro latejava. Minha cabeça estava atordoada, os sentidos borrados pelo veneno.

Raihn ainda não tinha voltado, um fato que não me agradava nem um pouco.

Me ajeitei mais na poltrona e olhei para o outro lado do cômodo. Mische estava dormindo — mesmo inconsciente, porém, espasmos de dor lampejavam em seu rosto.

Eu havia tomado uma decisão pragmática.

Se Mische morresse, Raihn jamais seria capaz de competir. E eu não podia dizer a Vincent que não a mataria sem que isso despertasse nele — talvez com razão — dúvidas quanto à minha capacidade de vencer. De forma que eu havia feito a única coisa que podia ser feita.

Foi o que repeti para mim mesma quando minha vista foi escurecendo ao redor da silhueta adormecida de Mische.

Foi o que repeti para mim mesma, embora soubesse que, lá dentro, eu não teria sido capaz de enfiar a adaga no peito da vampira.

28

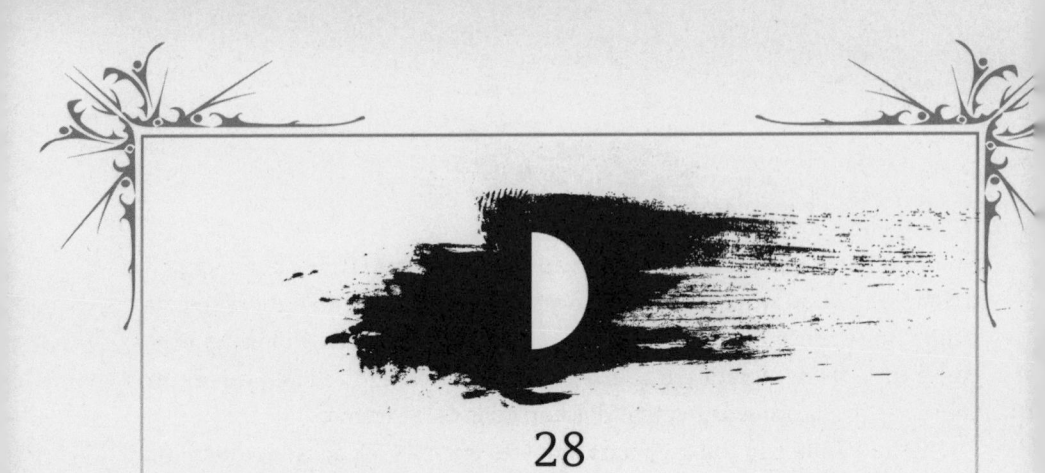

— ... chamei e chamei e ele não veio.

Pisquei para espantar os resquícios do sonho. Meu pescoço doía demais, torto em um ângulo esquisito contra o braço da poltrona.

Do outro lado do cômodo, havia uma silhueta ampla diante da cama de Mische, iluminada por trás pelas lamparinas.

— Por que ele não veio? — choramingava ela, sem parar. — Ele não me responde. Ele não...

— Não se preocupe com isso agora — murmurou Raihn.

— Como posso me preocupar com qualquer outra coisa? Como...?

— Se preocupe em melhorar. Apenas descanse. Consegue fazer isso?

— Eu...

Mas a silhueta se moveu, levando a mão ao rosto da vampira — talvez usando magia —, e Mische ficou em silêncio.

Precisei me esforçar para afastar o atordoamento do sono. O veneno vampírico tinha propriedades sedativas. O do Ministaer, velho como era, me derrubara com força.

Ignorei o mundo girando e me levantei. Raihn ficou em pé, bem devagar. Havia algo errado na forma como se movia, mas eu não conseguia identificar o quê. Ele se virou, o suficiente apenas para que eu o visse de perfil. Depois, ergueu o indicador diante dos lábios e acenou com a cabeça para o cômodo ao lado.

Quando me ergui, o chão se inclinou tanto que tive certeza de que cairia. Não sei como, consegui seguir Raihn até o quarto. Quando fechei a porta atrás de mim, o choque foi suficiente para me arrancar dos resquícios da bruma de confusão.

As costas da camisa dele, que um dia já fora de algodão branco, estavam encharcadas de sangue. As manchas se espalhavam pelo dorso do vampiro como flores — alguns pedaços secos e quase pretos, algumas faixas de um vinho intenso, algumas áreas em um tom úmido de escarlate. Cobriam todo seu torso, grudando o tecido à pele e molhando as pontas do cabelo.

— Caralho — sussurrei.

Ele soltou uma risadinha sarcástica, aprumando o corpo como se o gesto tivesse provocado dor.

— Pois é.

— Eu... O que... o que aconteceu?

Que pergunta idiota. Como se eu não soubesse exatamente o que acontecia com um Rishan sob interrogatório.

Ele se manteve de costas para mim. Ergueu os braços, os movimentos contidos e prejudicados.

— Como a Mische está? — perguntou ele.

— Está... — comecei. Como se esperasse que a resposta fosse distraí-lo, o vampiro arrancou a camisa pela cabeça. — ... igual. — Minhas palavras murcharam.

O corpo de Raihn ficou rijo de dor por vários segundos.

— *Caralho*... — repeti em outro sussurro.

— *Ca-ra-lhoooo...* — concordou ele, sibilando baixo.

Havia tanto sangue em suas costas que eu não sabia nem sequer dizer o que estava vendo. A iluminação lateral intensa vinda das lamparinas escancarava a situação, a luz laranja tingindo as demarcações dos ferimentos brutais. Havia dois cortes simétricos, um de cada lado das costas, saindo da curva do ombro e passando pela omoplata antes de descer até a base da coluna. Eram fundos, a carne lanhada em todas as camadas — tão fundos que tive a impressão de ver o movimento dos músculos quando ele contorceu as costas.

Não era um ferimento feito em um golpe só. Nada rápido. Não, a pele tinha sido esfolada com esmero, uma rede refinada de feridas se espalhando em todas as direções a partir do corte.

Outra marca corria também pelo centro das costas — uma área manchada em formato de diamante entre os ombros, também descendo até a base da coluna. Havia tanto sangue coagulado que eu não sabia se aquilo era parte dos machucados recentes ou algo mais antigo.

Fiquei sem palavras, mesmo que não devesse. Não era a primeira vez que via resultados de uma sessão de tortura. Sabia que os guardas Nascidos da Noite eram implacáveis. Treinados para manipular a dor como qualquer outra arma.

Ainda assim, um lampejo atordoante de raiva perpassou pelo meu corpo quando vi aquilo. Raiva, e uma estranha sensação de traição, uma única frase: *Eu pedi para Vincent não acabar com ele.*

E Vincent tinha me olhado nos olhos e assentido.

Quão novo era o mais recente daqueles ferimentos? Quantos tinham sido infligidos depois de nossa conversa? Será que, na ocasião, meu pai sabia que estava mentindo para mim?

As perguntas me atingiram com força, uma após a outra, como flechas. De imediato, a voz em minha mente amenizou a maioria das acusações — *Ele está com um milhão de outras coisas na cabeça; não tem nada a ver com isso; fez o que era certo para seu reino.*

Mas, lá no fundo em meu coração, em um lugar que eu não costumava acessar, consegui sentir. Uma rachadura.

— Suas asas — falei, meio engasgada. — Elas estão...?

Raihn abriu um frágil sorriso ressentido por sobre o ombro.

— Isso aconteceu porque me neguei a revelar as asas. Creio que fiz certo, não acha?

O alívio não durou muito.

Ele ainda tinha as asas, certo. Mas as conjurar com aqueles machucados bem nos locais onde se conectavam ao corpo... seria agonizante, talvez impossível, até as feridas se curarem.

Engoli em seco.

— A gente precisa tratar disso — falei. — Limpar. Dar pontos.

— Mische tem uma bolsa com instrumentos médicos nas coisas dela. — Ele começou a se virar, depois fez uma careta de dor e me olhou com uma expressão de lamento. — Será que você...?

Concordei com a cabeça e fui até o cômodo ao lado, onde peguei a bolsa de Mische. Quando voltei, Raihn estava exatamente no mesmo lugar, como se o menor movimento já fosse esforço demais para ele.

— Será que... será que você consegue se ajoelhar na frente da cama? — propus. — Pode apoiar o peito nela, o que acha?

— Está sugerindo que não consigo ficar em pé, princesa?

Eu não estava *sugerindo* nada. No instante em que eu começasse a furar as costas dele com a agulha, Raihn certamente se mexeria e romperia todos os pontos. Mesmo que ele tivesse a tolerância à dor de uma estátua. Até estátuas desmontariam com uma dor daquelas, caramba.

Aparentemente, minha expressão havia mudado, porque ele reprimiu uma risada.

— Eu me entrego. Certo, você ganhou. Tem razão.

— Posso tentar encontrar algo alcoólico — sugeri.

— Vou mandar você até os assentamentos humanos para me trazer um pouco daquela cerveja de merda depois disso tudo.

— E você vai merecer — respondi, e não estava mentindo.

Raihn deu outra risadinha — pela Mãe, quase me senti mal por ter provocado aquilo nele — e se virou devagar.

As sessões de tortura, ao que parecia, tinham se limitado às suas costas. Ainda bem. Não havia nem sequer um arranhão na parte da frente do torso — embora cicatrizes finas marcassem sua pele, claramente muito mais antigas. A luz cálida cascateava sobre os morros e depressões de sua carne — iluminando a paisagem de seu físico musculoso e destacando todos os inchaços e marcas profundas.

Em qualquer outra situação, eu teria desejado poder congelar o tempo naquele momento. Ele parecia uma pintura. Belo, mas também interessante, cada parte da pele sussurrando outra história, outro passado.

O ímpeto estranho, irracional e sobrepujante de me aproximar — de tocar nele — me atingiu como uma onda, quebrando sobre mim e depois recuando, piedoso.

Engoli em seco e rechacei os pensamentos.

— Ajoelhe aqui. Vou me sentar atrás de você.

Ele obedeceu, os movimentos lentos e restritos, tão dolorosamente diferentes de sua graça costumeira. Com dificuldade, ele se ajoelhou diante da cama e apoiou o corpo sobre ela, os braços cruzados em cima da colcha.

Me sentei atrás dele. De perto, os ferimentos pareciam ainda piores.

Soltei um chiado entredentes. Por onde começar?

— Uau, esse som pareceu promissor — disse Raihn.

— Eu só... sinto muito pelo que estou prestes a fazer.

— Fico grato de ver que você é tão delicada quanto eu esperaria que fosse com um homem entregue em uma cama diante de você.

Nem sequer consegui sorrir.

Vasculhei a mala com os apetrechos médicos. Mische tinha de tudo ali — antissépticos, agulhas, linhas, ataduras e até mesmo pequenas talas. Peguei o antisséptico e torci para que ele fosse magicamente incrementado de alguma forma.

— Quer que eu avise quando for começar? — perguntei.

— Acho que nã... CARALHO.

Raihn apertou a colcha com toda a força quando joguei o antisséptico em suas costas.

— Achei que seria o momento em que você menos estaria esperando a aplicação.

— Achou certo — grunhiu ele.

Passei a linha na agulha, analisando os machucados. Minha sensação era a de estar me preparando para outro desafio.

Desafios. Pensar na palavra fez meu peito apertar. Vampiros se curavam muito, muito mais rápido que humanos. Mas... que inferno, como ele conseguiria competir daquele jeito?

— Você vai precisar falar comigo enquanto faz isso — comentou Raihn. — Uma conversa mesmo. Assim você vai sofrer tanto quanto eu.

Reprimi uma risadinha, que logo tentei disfarçar com um bufar.

— Quer dizer que vou ter que costurar suas costas *e* fazer o sacrifício de conversar com você ao mesmo tempo?

Ele tinha pedido para não avisar, então não falei nada ao começar a sutura.

O corpo todo de Raihn se tensionou. A colcha ficou repuxada quando ele a agarrou com mais força.

— Tudo bem aí? — perguntei.

— Defina "bem".

— Ainda está vivo?

Ele bufou.

— Que bom que seus padrões são altos assim.

Eu não queria perguntar. Mas precisava, mesmo já odiando o que sabia que iria ouvir.

— O que eles te perguntaram?

— Perguntaram... Você faz soar tão educ... *Uff.* — Ele sibilou quando dei outro ponto. — Queriam que eu contasse o que sabia sobre o ataque. — A voz dele assumiu um tom exageradamente homogêneo e duro, imitando o de Jesmine. — Será que por acaso eu era simpático à causa Rishan? Eu conhecia os atacantes? Já havia invocado demônios Nascidos da Noite? Tinha conhecimento de uma rebelião Rishan organizada? E, acima de tudo, queriam saber se fui eu que destruí a porra do Palácio da Lua.

E foi? Quase perguntei. As palavras de Vincent ecoaram em meus ouvidos. Eu tinha pouquíssimos motivos para confiar em Raihn.

Mas não fiz o questionamento em voz alta. Não fiz porque já sabia que a resposta seria não, e já sabia que eu acreditava nele. Mesmo que Vincent me achasse tola por isso.

— Você disse que não acha que o ataque foi coisa dos Rishan.

— Não acho mesmo.

— Por quê?

— Os Rishan não são mais organizados. Seu querido pai fez um ótimo trabalho reduzindo a população ao longo dos últimos séculos. Eles não têm condições de executar algo assim.

Eles. Não *nós*. E eu também não vira Raihn conversando com qualquer um dos outros competidores do clã. Não que isso fosse incomum — vampiros eram territoriais e antipáticos por natureza. Caramba, os Hiaj também quase nunca conversavam entre si.

— Falei isso para eles também. — Raihn deu uma risadinha, depois enrijeceu o corpo e apertou a colcha de novo. — Ao que parece, não acreditaram em mim.

Olhei para os ferimentos à minha frente. Não, não tinham acreditado. Não tinham acreditado nele por horas e horas. Pelas minhas estimativas, não tinham acreditado nele dezenas e dezenas de vezes.

Decidi dar a boa notícia logo, porque ele provavelmente precisava dela.

— O Ministaer acatou o pedido de Mische para se retirar do torneio.

— Ele *o quê*? — Raihn ficou tenso, como se tivesse reprimido o instinto de se virar e me encarar.

— Nyaxia deve ter mudado de ideia.

Ele soltou um suspiro longo, muito longo — tão aliviado que mal se contorceu com o próximo ponto.

— Foi você — disse Raihn, enfim.

Pestanejei. Para ter chegado àquela conclusão tão depressa, ele tinha uma imagem melhor de mim do que eu imaginava. Era... comovente.

— Não — falei. — Talvez eles só tenham percebido que fazia mais sentido.

— Você é uma péssima atriz. — Dava para ouvir o sorriso em sua voz.

Cálido o bastante para aliviar a dor na minha mão direita. Quase cálido o bastante para me fazer esquecer da sensação dos lábios do Ministaer contra minha pele.

— Podemos levar Mische até algum lugar depois do pôr do sol — propus.

— A gente vai dar um jeito. Com sorte, ela vai estar atordoada demais para discutir.

Mais três pontos. Precisei pausar para limpar as mãos na camiseta descartada de Raihn, deixando manchas de um preto-avermelhado nas poucas áreas ainda limpas.

Ele falou baixinho, como se não tivesse a intenção:

— Não a vejo assim há muito, muito tempo.

— Os ferimentos já estão começando a melhorar.

— Não é com isso que estou preocupado. É...

O vampiro se conteve no meio da frase. No silêncio, as palavras angustiadas de Mische ecoaram em minha cabeça.

Ele me abandonou. Eu chamei e chamei, e ele não veio.

Só então me ocorreu que ela não estava falando de Raihn.

— Você sabe o que Mische estava tentando fazer antes de a encontrarmos? — perguntou ele, a voz cheia de uma ira silenciosa. — Estava tentando invocar Atroxus. A magia dela falhou, e ela não conseguiu se recuperar. Ficou lá com aqueles demônios e aquela porcaria de Fogo da Noite, implorando por ajuda do deus que adora. Se tivesse morrido ali, a última coisa que Mische teria ouvido seria o silêncio dele. — Seus dedos apertaram mais forte o tecido que cobria a cama quando dei outro ponto. — Eu disse a ela que isso ia acontecer. Ela se machucava toda vez que usava aquela magia. E eu falei, falei com *todas as porras das letras*, que um dia ele iria parar de responder. Que o Deus do Sol não continuaria tolerando que uma das *filhas de Nyaxia* — Raihn cuspiu o termo, enojado — usasse o poder dele. Mas ela só...

As queimaduras nos braços de Mische. Cicatrizes de anos e anos. De repente, tudo fez sentido de um jeito mórbido.

— Como ela ainda consegue fazer isso? — perguntei. — Manipular aquele tipo de magia?

— Ela era uma sacerdotisa. Antes. Quando era humana.

Arqueei as sobrancelhas.

— Uma sacerdotisa de Atroxus?

— Isso. Em Pachnai. Veio para cá em algum tipo de trabalho missionário. Não é demais? — Uma risadinha, cortada por uma careta de dor. — Missionários vindo pregar para a porcaria dos vampiros. Foi quando aconteceu. Quem quer que a tenha Transformado, largou Mische para morrer. Provavelmente achou que teria uma lacaia eterna para escravizar caso ela sobrevivesse, e, caso morresse, ao menos teria feito uma boa refeição. Depois, quando Mische começou a passar mal, o vampiro decidiu que era problema demais e foi embora. Mische nem sequer soube o que ele tinha feito.

Eu já tinha me acostumado à desleixada crueldade dos vampiros muito tempo atrás. Mas ainda me enojava pensar pelo que Mische — uma estrangeira que mal saíra da adolescência na época — devia ter passado.

Pensei de novo na boca do Ministaer contra minha pele, apenas horas antes. Pensei em um beijo em meu pescoço, em dentes, na dor — depois, fui arrastada de volta à realidade quando Raihn praguejou porque furei suas costas com força demais.

— Desculpe. — Firmei a mão. — Quem? Quem fez isso com ela?

— Eu bem que queria saber. Nem sei de que Casa Mische é. Não quer me contar. Se um dia eu descobrir...

Ele soltou uma expiração que continha em si todo tipo de promessas silenciosas.

E, porra, eu o ajudaria.

— O que me mata é que o desgraçado não sabia que estava tirando literalmente tudo dela, ou ao menos não se importava — seguiu Raihn. — Nem se deu ao trabalho de a arrastar até uma área movimentada antes de largar Mische para morrer. E agora...

E agora o vestígio final da humanidade dela não existia mais.

— Eles não se importam — afirmei baixinho. — Nunca se importam.

— Não. Nunca se importam. E, às vezes... — Seu corpo se empertigou. Talvez por causa do ponto, talvez não. — Às vezes, eu sinto vergonha de ser um deles.

Não quero ver tu virar um deles, dissera Ilana para mim.

E, até então, até aquele exato momento, eu nunca tinha pensado nas coisas das quais teria de abrir mão. Não até ouvir a dor na voz de Raihn, uma dor que não tinha nada a ver com os machucados em suas costas.

— Como foi? — perguntei. — Passar pela Transformação?

— Pelas tetas de Ix... Seu jeito de tratar um homem entregue a você na cama é realmente lamentável, princesa.

Eu conseguia ver a expressão em seu rosto. Pressionei os lábios. Quase um sorriso.

Não achava que ele iria responder, mas Raihn prosseguiu:

— Parece a morte. Não me lembro de boa parte.

— E quem foi que...?

— Olha, *essa* é uma pergunta que não tenho condições de responder em um momento como esse. — Saiu no ritmo de uma piada, mas com a intensidade de uma repreensão. Justo.

Terminei os últimos dois pontos, depois admirei meu trabalho.

— E aí, como ficou?

Respondi com honestidade:

— Uma bela bosta.

Ele suspirou.

— Que maravilha.

O resto de suas costas ainda estava coberto de sangue. Peguei a toalha e, com cuidado, limpei a sujeirada — dos ombros, das laterais do corpo e, enfim, do comprimento da coluna.

Ali, hesitei, com o pedaço de tecido meio erguido. Eu estava certa — a marca que acompanhava a coluna era uma cicatriz. Uma bem grande, bem mais antiga que as marcas de tortura. Delimitava um triângulo amplo na parte de cima das costas, depois descia até o centro. Uma queimadura, talvez?

— Como você arranjou isso?

— Não, não, não. Não é assim que funciona. — Com um gemido de dor, Raihn se pôs em pé. — Não preciso mais de distrações, o que significa que não preciso responder às suas perguntas.

Também me levantei, fazendo uma careta de dor enquanto flexionava os dedos enrijecidos da mão direita. Ele se virou para mim, o canto da boca erguido, claramente prestes a falar algo ofensivo; mas depois me notou esfregando o punho envolto na atadura, e sua expressão mudou.

O sorrisinho presunçoso sumiu.

— O que é isso?

— Nada. Um corte sem importância.

— *O que aconteceu*, Oraya?

A intensidade da voz dele me atingiu em locais que eu não esperava.

— Nada aconteceu — falei, escondendo a mão. — É do ataque.

Raihn perscrutou meu rosto, sem piscar. Seus olhos pareciam mais vermelhos do que nunca à luz do fogo, refletindo o laranja das lamparinas atrás de mim. Ele não acreditava na minha resposta, mas não falou aquilo em voz alta.

Vasculhei a bolsa de instrumentos médicos e tirei de lá um vidrinho cheio de pastilhas. Peguei a mão dele e depositei o frasco em sua palma.

— Tome isto. Não vão servir para curar, mas pelo menos ajudam a amenizar a dor o bastante para que consiga dormir.

Não sei por que não afastei a mão. Tampouco recuei, mesmo estando tão perto dele — perto o bastante para sentir o calor de seu corpo me envolver.

Engoli em seco.

— Sinto muito. Sinto muito que ele tenha feito isso com você.

— Não foi culpa sua.

Mesmo assim, eu me sentia culpada, mesmo sem entender o porquê.

E não me movi quando ele continuou:

— Seja honesta pelo menos uma vez na vida, Oraya. Você quer outro parceiro para o desafio da Meia-Lua?

Eu sabia por que ele estava perguntando. Porque agora éramos só ele e eu. Porque suas costas estavam destruídas. Porque ele não poderia usar as asas.

— Você conseguiria arrumar alguém — prosseguiu Raihn. — Pessoas morreram no ataque. Deixaram parceiros desacompanhados. Eu entenderia.

Fiquei surpresa quando a resposta saiu tão óbvia, tão imediata:

— Tarde demais. Você está preso a mim.

Vi seus lábios se curvarem. O sorriso parecia real. Diferente de outros esgares presunçosos.

— A humana e o aleijado — murmurou ele. — Os outros vão tremer de medo.

Me surpreendi ao rebater:

— É melhor que tremam mesmo.

Minha mão ainda estava acomodada sobre a palma cheia de calos de Raihn. Os dedos dele se fecharam ao redor dos meus, como se em uma concordância silenciosa.

Mais um dia.

Quando o desafio da Meia-Lua acabasse, seríamos inimigos. Talvez o gesto passasse a sensação de intimidade, mas logo estaríamos tentando matar um ao outro.

Eu nunca me esqueci disso.

Naquela noite, porém, minha alma parecia pesada — com a tortura de Raihn e o passado de Mische, com as mentiras de Vincent e as memórias sombrias despertadas pela boca do Ministaer em minha pele. Talvez eu fosse fraca. Talvez fosse tola.

Mas, mesmo sabendo que poderia muito bem voltar atrás, não o fiz.

Não, sorvi o toque de Raihn como quem bebe um último gole de vinho. Um vício secreto e vergonhoso.

Mische queria ficar. Mesmo em seu estado de delírio semiconsciente, protestou enquanto Raihn a arrastava para fora do Palácio da Lua. Ele tinha alguns amigos, me contou, que a levariam para longe de Sivrinaj e cuidariam dela até a vampira se recuperar. Fiquei secretamente grata por saber que Mische iria embora não apenas do Kejari, mas de Sivrinaj como um todo. Eu não conseguia ignorar a sensação de que as coisas ainda ficariam muito piores antes de melhorar.

Ela estava consciente enquanto nos despedíamos. Deu um aperto fraco na minha mão quando me aproximei — e permiti, mesmo não gostando de dizer adeus.

— Se cuide — falei.

— Você também. Continue alimentando aquela magia tímida. — O sorrisinho fraco de Mische morreu. — E... fique de olho nele, pode ser? — Ela não precisou especificar em quem. — Ele dá uma de durão, mas precisa de alguém. E ele gosta de você.

Não, não gosta, eu quis responder. *Não deveria gostar. A pior coisa que ele pode fazer é gostar de mim.*

Mas apenas ofereci a Mische minha melhor tentativa de um sorriso reconfortante.

— Descanse — falei. — E melhore logo.

Em resposta, ela acenou com a mão — um gesto igualmente fraco, mas muito mais alegre.

— A gente se vê em breve.

Fomos convocados algumas horas depois. Raihn e eu não conversamos a caminho da reunião — o que havia a ser dito? Apenas assentimos um para o outro em uma aceitação sombria de nossa missão.

Aguardamos todos sob o silêncio constrangido do salão principal. Os únicos sons eram os sussurros abafados trocados entre colegas de equipe. Olhei ao redor, memorizando com cuidado quem tinha se juntado a quem. Três competidores da Casa do Sangue estavam juntos. Além deles, vi Angelika e seu parceiro, um esbelto usuário de magia de sangue chamado Ivan. Ibrihim tinha conseguido encontrar um companheiro, um homem Nascido da Sombra que também fora gravemente ferido no último desafio. Pelo jeito, ninguém mais queria ficar com qualquer um dos dois. E ambos, por sua vez, não aparentavam nada felizes.

Mas eles tampouco eram os únicos que pareciam ter se agrupado por pura necessidade. Quatro outros participantes Rishan estavam juntos — supostamente mudanças de última hora, abandonados pelos parceiros anteriores após terem sido torturados por Jesmine. Enquanto olhava para eles, tentei não transparecer o nó no estômago.

Estavam com as costas protegidas por camadas de armadura, mas se moviam com dificuldade — eu podia imaginar a situação. Ainda assim, não pareciam estar com tanta dor quanto Raihn, que nem sequer tivera condições de vestir a armadura sozinho. Eu precisei amarrar as peças de couro em suas costas enquanto ele agarrava a ponta da mesa e praguejava entredentes, o maxilar tão apertado que tive certeza de que seus molares iriam trincar. Ali, porém, ele escondia todo o sofrimento, disfarçando a dor e a lentidão. Não era hora de demonstrar fraqueza.

Eu a enxergava mesmo assim.

Vampiros se recuperavam rápido, mas os machucados dele haviam melhorado só um pouco. Fiquei decepcionada, mas não surpresa. Soldados Nascidos da Noite usavam todo tipo de truque — veneno, magia, o que fosse necessário — para infligir tanta dor quanto suas tarefas exigiam. Interrogar Raihn, ao que parecia, exigira toda a dor possível.

Enquanto observava os outros Rishan, eu não conseguia tirar da cabeça a possibilidade de Raihn ter sofrido mais na mão de Jesmine. Será que fora mantido lá por mais tempo, torturado além da conta por causa da conexão comigo?

O vampiro cutucou meu braço, me despertando dos devaneios.

— Estamos famosos — murmurou, apontando para o outro lado do salão, de onde vários Hiaj nos encaravam.

Formávamos um dos pares mais... peculiares.

— Estão com inveja — respondi de bate-pronto, e ele riu.

— Vamos fazer um espetáculo.

Pela Mãe, eu esperava que sim.

Esperamos em silêncio — preparados para sermos transportados a qualquer momento. Em vez disso, porém, uma fileira de acólitos de Nyaxia preencheu o salão. Cada um carregava um cálice de prata. Pararam diante de cada um dos grupos de aliados e ofereceram a taça.

Não disseram nada; o que se postou à nossa frente nem sequer ergueu os olhos. A mensagem não dita, porém, era clara: *bebam*.

Raihn pegou o cálice primeiro, fazendo uma careta ao engolir o líquido.

— Desagradável, mas não é veneno — disse ele após um momento, e me passou a taça.

O líquido era vermelho-escuro, quase preto, e muito denso. A superfície emanava uma fumaça fraca. Tinha um ligeiro odor de mofo. Eu não conseguia nem sequer começar a imaginar o propósito daquilo. Havia estudado todos os Kejaris, e nenhum incluía um início de desafio similar.

Bebi. *Eca*. Raihn estava certo. Era horrível.

Olhei para meu parceiro depois de devolver o cálice para o acólito, e o canto da boca dele se curvou em um sorriso.

— Boa sor...

29

Penas.

Penas para todos os lados. Pretas, asfixiantes, tão escuras que toda a cor era sugada e morria nelas.

Tudo parecia distante e amortecido. Era como se eu não conseguisse fazer minha mente funcionar o bastante para processar o que estava acontecendo.

As penas se moveram. Focos de luz surgiram entre elas. Ou talvez... não, não luz. Olhos. Olhos dourados. Olhos dourados, terríveis e cruéis.

Pisquei, e os olhos se transformaram em um rosto que me encarava de cima. Um homem, com feições severas, uma barba bem aparada e um cabelo longo e negro que voejava atrás dele, se misturando às asas que se enfurnavam ao nosso redor.

Eu nunca tinha visto aquela pessoa antes. Mesmo assim, a visão me fez sentir um medo paralisante.

Pisquei de novo, e o rosto do homem alado foi substituído por outro. Um que eu conhecia. Feições cujos ângulos eu conhecia. Um rosto que eu fingia não ver sempre que fechava os olhos.

Meu antigo amado se inclinou em minha direção, tão perto que o familiar frescor de sua respiração fez cócegas em minha bochecha.

— Está com saudades de mim? — sussurrou ele.

Por mais que tentasse, eu não conseguia me mover.

Pisquei. Os dois rostos se misturaram, alternando formas a cada batida de meu coração desesperado.

Eles pegaram minha mão, levaram-na ao peito — apertaram com força contra o ferimento aberto bem no centro. Eles se inclinaram em minha direção. Seus lábios roçaram minha orelha.

— Está com saudades de mim?

O sangue deles gotejava quente na minha mão, escorrendo por meus antebraços enquanto eu me debatia, frenética, sem ter para onde fugir.

Meu braço estava quente e úmido. Meus batimentos cardíacos, fora do controle. Uma dor aguda irradiava pelas minhas costas. Eu estava no puro breu, mas, mesmo assim, várias sensações me cercavam — como se dois mundos estivessem colidindo um com o outro, me alimentando com estímulos conflitantes.

Oraya.

Aquilo estava errado. Havia algo muito, muito errado ali.

Oraya! Se acalme. Respire.

Até mesmo meus pensamentos estavam perdidos, como se minha mente tivesse se transformado em um labirinto imenso e devorador através do qual eu não sabia mais navegar. Havia outra coisa ali, algo estava...

ORAYA. SE ACALME, PORRA!

Tão alto que meus pensamentos ficaram em silêncio de puro choque. Era a voz de Raihn. A voz de Raihn ecoando no fundo do meu crânio.

Mas... na minha *mente*. Não nos meus ouvidos.

Respire, Oraya. Nós dois temos que respirar. A gente precisa... A gente precisa se acalmar. Certo?

Por um momento, questionei minha sanidade mental.

Senti um calafrio de divertimento irônico correndo pela coluna, uma risadinha sem som, uma coisa tão bizarra que quase surtei de novo.

Você não está sozinha nessa, princesa.

Estendi as mãos. Não conseguia ver nada, mas minhas palmas pousaram em uma superfície dentada de pedra lisa. A firmeza fria e inabalável me estabilizou.

No entanto, embora meus dedos estivessem pressionados com firmeza contra a parede, eu também sentia outra coisa — dedos enrolados ao redor do punho de uma espada. Sentia meus músculos se esforçando para erguer a lâmina, e um lampejo de dor nas costas quando o fiz.

Minhas mãos estavam aqui.

Minhas mãos estavam lá.

— É você — balbuciei. — Estou sentindo *você*.

Minha voz física parecia baça e inexpressiva comparada à que latejava em minha cabeça.

Sim, respondeu Raihn.

Uma conexão mental. A poção. Devia ser um feitiço. Uma magia muito rara e poderosa seria necessária para forjar um elo temporário como aquele — mas eu supunha que a igreja de Nyaxia tivesse todos os recursos para executar o impossível.

Pela porra das tetas de Ix.

Outra vibração na coluna. Estremeci.

Não faça isso.

Isso o quê? Rir?

É esquisito.

A risada é esquisita? É isso que se destacou para você? Que beleza.

Esquisito era um eufemismo. Cada parte de mim se rebelava contra a presença indesejada em meus pensamentos — todos os meus nervos e músculos berrando com o peso adicional de outro conjunto de sentidos jogado em cima deles.

Caralho, Oraya, você se sente tensa desse jeito o tempo todo?

Eu estava constrangida demais para admitir que sim — na maioria do tempo, era como me sentia.

Essas são circunstâncias especiais, retruquei, apenas. *Você também está tenso.*

Era verdade. A ansiedade dele parecia tão forte quanto a minha. Diferente, na forma de uma correnteza profunda em vez de ondas avassaladoras, mas tão poderosa quanto.

Se as coisas já eram sobrepujantes naquele espaço escuro, como seria quando realmente estivéssemos em batalha? Quase vomitei só de imaginar. Senti a preocupação de Raihn ecoando a minha.

Bom, tínhamos de fazer aquilo funcionar. Metade dos competidores morreria naquele dia. Precisávamos dar o fora dali.

Corri as mãos pela parede e senti Raihn fazendo a mesma coisa, onde quer que estivesse. Pedra lisa aqui, pedra lisa lá.

Celas. Eram celas.

Fazia sentido. Nyaxia e Alarus tinham sido presos pelos deuses do Panteão Branco como punição por seu relacionamento ilegítimo. Nyaxia podia ser apenas uma deusa inferior na época, e Alarus estava enfraquecido a uma fração de seu antigo poder, mas ainda assim aquela se provara uma decisão pouco sábia. Os dois tinham escapado da prisão na base da pancadaria, matando exatamente metade dos carcereiros de Extryn — a lendária prisão do Panteão.

Aquela devia ser nossa Extryn.

Provavelmente vamos ter de lutar juntos para passar pelo que quer que esteja nos esperando, falei para Raihn enquanto tateávamos as paredes de nossas celas. *Vamos abrir isso aqui.*

Depois que nos encontrássemos, seríamos quase imparáveis. Eu tinha certeza disso.

Fico emocionado em saber que pensa assim, respondeu Raihn, sentindo meu raciocínio. Eu não sabia muito bem como lidar com o fato de que ele realmente estava emocionado, algo que eu mesma conseguia sentir.

Aqui. Veja.

A ponta de meu dedo bateu em uma pecinha de metal bem no canto superior da cela. Apertei, e a pedra se moveu. *Clique.*

A porta se abriu, deixando entrar um jorro de luz fria — das estrelas, da lua e das centenas de tochas flutuando lá em cima nas arquibancadas do coliseu. Era noite, mas, comparada à escuridão da cela, a luminosidade foi suficiente para me ofuscar.

Pestanejei por meio segundo. E quando meus olhos se ajustaram, soltei uma gargalhada — o que mais deveria fazer?

Diante de mim, se desenrolava uma carnificina. Pura carnificina. A maior parte dos competidores nem sequer saíra das celas e a areia já estava encharcada de sangue. Monstros se digladiavam na arena — todo tipo de criatura imaginável. Demônios como os do primeiro desafio, mas dessa vez com asas empelotadas e brancas feito leite. Felinos imensos, pretos com manchas cinzentas e olhos vermelhos e brilhantes — criaturas que eu só tinha visto em livros de história, nativos da Casa da Sombra. Cães infernais — imensos, como lobos corcundas de pelagem imaculadamente branca, a pele emanando fiapos de sombra. Seres que vagavam pelas dunas da Casa da Noite em matilhas; havia histórias de vilarejos inteiros destruídos por aqueles animais.

Muito além de tudo isso, além da morte certa, jazia um paredão feito de pedras brancas empilhadas que cortava o coliseu em dois. Algumas das rochas formavam um caminho que levava até o topo. Nele, havia duas portas douradas, altas e estreitas, pulsando com fumaça prateada. As arquibancadas estavam lotadas, um mar de rostos ensandecidos cercando a arena, empolgados com o mais dramático dos desafios do Kejari.

Outra visão colidiu com a minha quando a porta de Raihn se abriu para uma versão espelhada da mesma cena — me dei conta de que ele estava do outro lado da muralha.

Fodeu, murmurou ele.

E muito.

Contenções de ferro como aquela da qual eu havia acabado de sair se enfileiravam rente ao perímetro da arena. A que ficava ao meu lado ainda estava fechada, e eu podia ouvir o som abafado de gritos vindo lá de dentro. Outra porta se abriu, e um dos competidores Nascido da Sombra tropeçou para fora da cela, segurando a cabeça — mas se jogou em cheio na boca de um cão infernal.

Qual é o problema dele?

Muitos não são capazes de aguentar o peso de várias mentes, repetiu Raihn. *Não dessa forma.*

Pelos olhos dele, vi outro homem cair de joelhos e ter dificuldades para se levantar. Talvez fôssemos sortudos de não estar com Mische, afinal de contas. Eu não conseguia imaginar ter de suportar ambos ao mesmo tempo.

Olhei para o muro e para as portas no topo dele. Eram nosso objetivo, é claro. Ou... uma delas era, ao menos. Extryn era um lugar onde o acaso era cruel, afinal de contas. Sem dúvida, uma das passagens levaria à liberdade, enquanto a outra nos traria a condenação.

Entre nós e essa ameaça, porém, havia muitas outras. Me preparei, olhando para o mar de dentes, garras e sangue diante de mim. Do outro lado do coliseu, Raihn fez a mesma coisa.

Está pronto?, perguntei a ele.

O vampiro já estava erguendo a espada. *Sempre.*

E mergulhamos no caos.

No início, foi complicado. A mente de Raihn pesava sobre a minha. Eu perdia segundos preciosos para separar seus sentidos dos meus. Me mantive viva — por pouco — enquanto lutava para avançar pela primeira parte da arena, mas meu jeito atrapalhado quase me levou à morte várias vezes.

Pare de resistir, gritava Raihn. *Se entregue. É o único jeito de fazer isso dar certo.*

Aquilo ia contra todos os meus instintos. Mas ele estava certo — não tinha como lutar contra a presença dele na mente e continuar me mantendo viva.

Tínhamos treinado para aquilo, lembrei a mim mesma. Não sabíamos, mas... tínhamos aprendido justamente a nos acomodar, a antecipar e entender os sinais não ditos um do outro. Nossa parceria não tinha nada a ver com força bruta. Tinha a ver com concessão.

E concessão, por sua vez, era só uma questão de se entregar.

Assim que o fiz, nos tornamos uma fonte de força um para o outro, mais um poço do qual beber. Podíamos estar separados, mas era similar a quando lutávamos lado a lado nos assentamentos. Eu sentia cada golpe desferido por ele, que sentia cada golpe desferido por mim.

Mesmo encontrando nosso ritmo, porém, cada passo ficava mais perigoso. As feras — claramente esfomeadas — pareciam cada vez mais numerosas e agitadas conforme nos aproximávamos da muralha. Para piorar, todos os competidores já tinham saído das celas. E todos entendíamos de forma muito clara que nossa competição maior não era com os cães infernais ou com os demônios — e sim com os outros participantes.

Só metade de nós restaria depois daquele desafio. Lutaríamos com aquilo em mente.

Acabamos sendo forçados a nos agrupar na superfície de areia. No início do desafio, um competidor Hiaj tinha tentado voar acima da carnificina, mas caíra imediatamente no chão com as asas em retalhos. Uma barreira invisível. Com ou sem asas, era impossível evitar o fosso da morte.

Eu mal havia chegado à metade da arena e já precisava rechaçar golpes inimigos a cada passo. E talvez a presença de Raihn em minha mente me movesse, mas ele seria muito mais útil se estivesse ao meu lado.

Não estou entendendo, pensei, frustrada. *Qual é o sentido disso? Não tem como* lutar *direito desse jeito.*

Antes que ele pudesse responder, porém, senti uma pontada de dor no braço. Tropecei, perdendo uma distância preciosa entre mim e a mulher Nascida da Sombra que seguia no meu encalço. Olhei para baixo e vi a armadura de couro incólume em meu braço; já Raihn viu um jorro de sangue saindo do dele.

Raihn pagou pelo momento de distração quando seu atacante golpeou várias vezes. Cerrei os dentes e lutei para rechaçar minha própria oponente, enfim conseguindo jogar a mulher nas garras de um demônio próximo. Mas, do outro lado da arena, senti que a luta de Raihn continuava. Ele não estava indo muito bem. Eu me encolhia a cada golpe.

Lembrei dos demônios do primeiro desafio e me dei conta de algo.

Raihn tinha acabado de se machucar... mas *eu* havia tropeçado.

Quem é que está aí com você?, perguntei para ele. Sua visão chegava a mim em lampejos, eu não conseguia ver o rosto do outro vampiro.

O quê?

Com quem você está lutando agora? Olhe para o rosto da pessoa!

Senti a confusão de Raihn, mas ele obedeceu. Quando bloqueou o próximo golpe, me mostrou o atacante — um Hiaj Nascido da Noite de cabelo claro.

Eu o conhecia. Nikolai. Vasculhei a memória. Quem estava com ele?

Ravinthe. *Ele tem um problema no joelho direito*, Vincent me dissera no banquete.

Analisei a multidão. Por sorte, Ravinthe não estava muito longe de mim, a apenas algumas passadas largas de distância. Mergulhei na direção dele.

Não lhe dei tempo para reagir — mirei direto em seu joelho direito, um golpe certeiro. Ele cambaleou, sangue voando para todos os lados. Enfiei uma das espadas curtas em seu peito antes que ele tivesse tempo de se levantar.

E, como eu suspeitava, o oponente de Raihn desfaleceu do outro lado da muralha.

Caralho, sussurrou ele, e uma faísca de prazer cruzou nós dois enquanto ele aproveitava a oportunidade para acabar com Nikolai. *Você é boa.*

Estávamos separados, mas isso não significava que não podíamos mais ajudar um ao outro. Com esse conhecimento, avançamos pelo campo de batalha. Sim, precisávamos chegar às portas o quanto antes, mas cada um de nós foi sacrificando ganhos pequenos para ajudar o outro — e essa troca significava que, como um time, estávamos nos movendo rápido.

Ainda assim, os oponentes que restavam também eram fortes. Os Nascidos do Sangue, em particular, sabiam como competir juntos. Uma delas foi a primeira a chegar à muralha de pedra, lutando enquanto seguia pelas pedras que levavam ao topo. Já estava quase nas portas quando cheguei à muralha. Parecia mais uma montanha olhando dali de perto, uma pilha imensa de pedras empilhadas. O caminho até a parte de cima era irregular, íngreme e precário. Havia outras duas pessoas à minha frente, retalhando cães infernais e demônios que tentavam subir.

Tem três subindo deste lado, falei para Raihn.

Dois aqui.

Melhor você chegar logo.

Só metade dos competidores conseguiria. Onze de nós.

Estou quase.

Eu conseguia ver a escadaria através de seus olhos, a apenas alguns passos de distância. Estávamos ambos muito, muito perto.

Mas eu tinha subido apenas alguns degraus quando uma pontada de dor excruciante rasgou minhas costas, depois meu ombro. Caí de joelho no chão, arquejando.

Demorei alguns segundos para entender que não era meu corpo sendo cortado, e sim o de Raihn. A visão dele era um borrão de armas se chocando, uma nuvem de fumaça vermelha, um lampejo de madeixas brancas.

Angelika.

Tentei me erguer, apoiada nas pedras.

Vá, Raihn disse para mim. *Continue. Eu dou conta dela.*

Não. Ele não era capaz de mentir, não com nossas mentes conectadas daquele jeito. Não quando eu conseguia sentir cada ferimento que ela abria em seu corpo e como ele estava com dificuldade para continuar.

Quando estavam ambos bem, Angelika e Raihn lutavam quase de igual para igual. Mas Raihn havia passado por horas de tortura.

Naquele dia, não estavam no mesmo nível.

Nem pensei a respeito da decisão. Me virei.

Eu dou conta, Oraya. Vá!

Ignorei o vampiro.

Demorei alguns minutos para encontrar o parceiro de Angelika, Ivan, no meio do caos crescente. Eu precisaria percorrer duas vezes a distância até ele — primeiro a ida e depois a volta até a muralha. Vi Ivan no grosso da escaramuça na areia, finalizando um jaguar com um fraco golpe de misericórdia. Estava ferido, mancando e lento.

Seria fácil. Eu só levaria mais alguns minutos para acabar com ele — e, por consequência, com Angelika.

Ivan me viu quando mal havia tempo para reagir. Uma onda de agonia ácida me atingiu quando a névoa vermelha de sua magia nos envolveu. Os ferimentos em seu braço tremiam de esforço — de tanto sangue que ele precisava usar para manter o poder.

Não permiti que o golpe me retardasse. Acertei seus braços, e o veneno das lâminas corroeu a pele de imediato.

Do lado de Raihn, Angelika cambaleou. Ele aproveitou a oportunidade, armou um golpe...

Mas Ivan reagiu, intensificando a magia. Quase desfaleci, a dor insuportável quando somada à dos ferimentos de Raihn. Mas resisti, rolei, dei o bote. Minha espada cortou a perna boa de Ivan até o osso.

Ele tombou.

Nós dois caímos embolados no chão. Minha luta com Ivan se misturando à de Raihn com Angelika, ambas reduzidas a lampejos de músculos doloridos, sangue, aço e magia.

Rolei para cima do vampiro, prendendo seu corpo contra o chão.

A dor explodiu em minhas costelas.

Não nas minhas — nas de Raihn. O tempo estava acabando.

Olhei bem nos olhos de Ivan quando ergui a lâmina, prendendo seu torso entre meus joelhos, as costas do vampiro pressionadas contra a pedra da muralha.

E eu estava olhando tão intensamente para ele que quase não notei o movimento no canto do meu campo de visão.

Raihn olhou por cima do ombro de Angelika — para cima, para as portas da vitória. A mulher Nascida do Sangue havia alcançado o topo. Ela parou entre as duas passagens, claramente hesitante. Um homem Nascido da Sombra vinha não muito atrás. Ele galgava o caminho até o topo em passadas largas, sem diminuir o ritmo.

E não hesitou quando empurrou a outra vampira com o ombro por um dos arcos, forçando a oponente a testar as alternativas.

Congelei no lugar quando o chão balançou sob meu corpo. Olhei para cima bem a tempo de ver o lampejo de luz vindo do portal consumir tudo.

Bem a tempo de ouvir, na mente que compartilhávamos, Raihn gritar meu nome.

A tempo de sentir uma onda de dor quando Ivan enfiou a adaga em meu flanco.

Não tive tempo de reagir quando sua magia tomou o controle de meu sangue, de meus músculos, forçando meu corpo a se mover sem permissão.

Ele me jogou no meio do bando de feras sedentas por sangue.

30

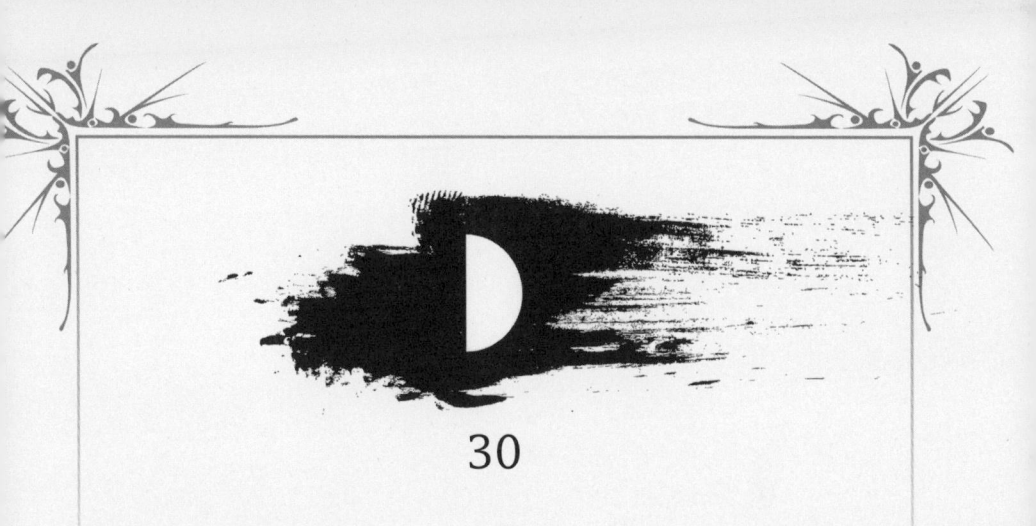

Vincent sempre me explicara como seria caso eu fosse pega no meio de um frenesi motivado pela sede de sangue.

— Eles não vão esperar você morrer — dissera ele. — Não há racionalidade. Não há pensamento. Há apenas sede.

Eu tinha pensado muito naquelas palavras nos dias seguintes à morte de Ilana. O que ouvira na primeira noite no Palácio da Lua soava exatamente como o que Vincent tinha descrito. Minha amiga havia sido devorada viva, e eu não pudera fazer nada a respeito. Seus momentos finais me assombravam.

Agora, com meu corpo jogado no meio de um bando de animais esfomeados, com meus músculos fora de controle por segundos essenciais, um único pensamento me ocorreu: *Foi assim que ela se sentiu quando morreu?*

A magia de Ivan me paralisou. Eu não conseguia me mover, mas tinha consciência de todas as feras se jogando em cima de mim.

Os animais tinham entrado em um estado de delírio, incitados pela violência e pela fome. Haviam formado bandos compactos, montanhas de músculos pulsantes e bocas espumosas, como se parte deles soubesse de alguma forma que aquela era sua única chance de sobreviver.

Por uma fração de segundo, achei aquilo tudo profundamente triste. Eram apenas animais, afinal de contas. Predadores reduzidos a presas apenas por diversão. Como todos nós, na verdade.

Senti quando o primeiro, um demônio, agarrou minha perna. Imediatamente, fui cercada por tantos seres que o céu foi obscurecido por completo. Tudo o que eu via eram dentes e garras.

Não conseguia nem sequer gritar.

Oraya!

O pânico de Raihn me inundou. Era tão intenso quanto o meu.

Eu não sabia o que fazer com aquilo.

Mas algo naquele pânico disparou uma onda por meu corpo, a força tão súbita que rompeu os resquícios da magia de Ivan. Minhas mãos se moveram, apunhalando a torto e a direito.

Mas não era o suficiente.

Havia muitas feras. Eu estava sangrando muito. Sangue era ruim. Sangue era perigoso. Eu desferia golpes com minhas espadas curtas, mas era um pânico fútil em um mar infinito de carne, pele, pelos e penas.

Eu estava a um fio da morte. Pela Mãe, eu estava a um fio da morte. Minha pulsação estava enlouquecida. Cada bombeada do coração atraía ainda mais meus atacantes.

Estou indo ajudar, Oraya.

Eu não gostava nada daquilo. De como Raihn soava *assustado*. Ele havia conseguido escapar de Angelika, e agora estava correndo, correndo, abrindo caminho no meio da carnificina pelo lado dele da muralha.

Mas ele jamais seria rápido o bastante.

Use sua magia, implorou ele. Eu podia ver lampejos de sua visão enquanto ele corria — subindo a toda a escadaria irregular de pedra.

Você não está nem perto de derrotada. Use a magia agora mesmo.

Eu não conseguia. Não conseguia controlar meu próprio poder — mesmo quando dava um jeito, produzia não mais que faíscas de luz. Eu lutava e me debatia e me esforçava para me acalmar, mas...

Comecei a repetir para mim mesma: *O medo é uma série...*

O medo é FUNDAMENTAL para a porra da magia, Oraya! Era a voz de Raihn, retumbando com o próprio medo, preenchendo nossas mentes. *USE O MEDO. Finja que está me jogando pela porcaria da janela. Finja que está arrastando Mische daquele apartamento em chamas.*

Lágrimas vergonhosas fizeram meus olhos arder.

Eu não sabia como. Não sabia como baixar aquela muralha dentro de mim. Ela fora construída ao longo de muito tempo, cada rachadura cimentada com cuidado. Agora, eu me apegava a ela. Aterrorizada com o que aconteceria caso me permitisse desmoronar.

Estou com você, Oraya. Tem que ser agora. A gente não tem tempo. Vamos juntos, pode ser? Eu estou com você.

Aquilo deveria ter me aterrorizado.

As criaturas me sobrepujaram. Minhas costas bateram na areia. Um demônio subiu em cima de mim, a cara a centímetros do meu rosto. Tentou atacar minha garganta — pelo lado, justo onde eu tinha uma cicatriz que me lembrava do garoto no qual eu tentava não pensar todas as noites.

Mas, ali, me permiti fazer isso. Me permiti pensar nele pela primeira vez em muitos anos.

Me permiti pensar em meus pais, esmagados por uma casa em ruínas em uma guerra que não tinha nada a ver com eles.

Me permiti pensar em uma menininha perdida, de cabelos escuros, caçada em um labirinto. Uma menininha de cabelos escuros largada sozinha em uma cidade arrasada.

Me permiti pensar na vida toda que eu passara ali, presa por meus próprios medos, presa por aquelas merdas de predadores, aqueles monstros, aquelas coisas que não me viam como nada além de gado...

Foi quando entendi. Entendi que medo, quando aceito, fica mais rígido e afiado.

Se transforma em *ira*.

Se transforma em *poder*.

Eu não vou morrer aqui.

Deixei minha fúria explodir.

Deixei a raiva escapar pela boca e pelos olhos e pelos dedos e pelas pontas dos meus fios de cabelo. Deixei a força irromper até o céu — além das estrelas, da lua, buscando a própria Nyaxia.

E a senti estender a mão para mim.

O Fogo da Noite rugiu por mim, me cercando em uma manta de luz, calor e poder. Consumiu tudo — os demônios, os cães infernais, os vampiros. Consumiu minha pele, meus olhos. Consumiu, acima de tudo, minha raiva.

EU NÃO VOU MORRER AQUI.

Agarrei minhas espadas curtas, mas não precisei delas quando me levantei. Mal lembrava de ter me movido. Mal lembrava de ter atravessado um mar de chamas brancas e pisado sobre um mar de cadáveres carcomidos por Fogo da Noite — que podiam ser de animais ou vampiros, tanto faz — enquanto seguia meu caminho, subindo cada vez mais pela escadaria.

Parei apenas quando alcancei o topo — quando olhei para o céu e vi a lua.

De repente, me senti muito, muito pequena de novo. A consciência voltou ao meu corpo mortal e ferido. A náusea fez meu estômago revirar. Minhas pernas quase cederam, e estiquei a mão para me apoiar na parede.

As chamas retrocederam. Meus olhos sofreram para se ajustar à escuridão após uma luz tão ofuscante.

Eu estava no topo da pilha de pedras, no centro do coliseu. Estava com a mão apoiada no batente de uma das passagens remanescentes — a outra agora não passava de metal chamuscado e retorcido. Eu me sentia estranha, instável e vazia. Atrás de mim, uma paisagem de devastação se estendia das areias da arena até as paredes de pedra caindo aos pedaços — rochas queimadas e pilhas de ossos brancos.

A audiência assistia em silêncio, milhares de olhos em mim. Os rostos dos presentes se misturavam uns aos outros. Vincent estava ali em algum lugar. Eu queria procurar por ele, mas, em vez disso, meu olhar foi para baixo, para um ponto a alguns passos de distância, onde o aclive de pedras vindo do outro lado da arena culminava no topo da muralha.

Raihn.

Ele estava de joelhos, me encarando. E aquilo, a forma como ele olhava para mim, foi a primeira coisa que me pareceu *real*.

Real, crua e... desconcertante.

Porque ele olhava para mim com uma admiração absoluta — como se eu fosse a coisa mais incrível que já tinha visto. Como se eu fosse a porcaria de uma deusa.

Pisquei, e lágrimas escorreram por minhas bochechas. O que quer que tivesse arrebentado dentro de mim para permitir o acesso àquele poder agora sangrava como uma ferida aberta.

Raihn se ergueu, devagar a princípio.

E depois tão rápido que não tive tempo de reagir quando ele fechou o espaço entre nós dois com várias passadas largas — ele estava perto de mim em um piscar de olhos, me abraçando com força, e meus pés saíram do chão, e meus braços envolveram seu pescoço, e eu estava permitindo que ele me segurasse. Permitindo que nossos corpos se unissem. Me permitindo enterrar o rosto manchado de lágrimas no espaço cálido entre seu queixo e seu pescoço.

E, de repente, nada — nem a audiência, a arena, a passagem, o fogo da Noite ou a própria Nyaxia — existia além daquilo.

— Você me deixou meio preocupado por um segundo — murmurou ele contra meu cabelo, a voz rouca. — Mas eu devia ter imaginado que você daria um jeito.

Ele me baixou até meus pés voltarem a tocar o solo, e enfim me soltou. Cambaleante e tonta, olhei para as arquibancadas.

Vincent estava bem na frente, na metade da curva da arena. Parecia ter acabado de se levantar, com os olhos arregalados e sem piscar. Com uma das mãos, segurava a grade. A outra estava encolhida contra o próprio peito — como se estivesse tentando conter o próprio coração.

Eu devia estar fraca com toda a perda de sangue, porque tive a impressão de ver uma linha prateada escorrer por sua bochecha.

— Vamos — disse Raihn, baixinho, com a mão nas minhas costas.

Me virei para a porta, e o silêncio fantasmagórico do Palácio da Lua nos recebeu de braços abertos.

Parte Cinco
Lua Crescente

INTERLÚDIO

A adolescente achava que estava apaixonada, ou algo parecido. Ser jovem e estar apaixonada é uma coisa incrível. É um belo processo de aprendizado.

Ela nunca tivera um amigo da própria idade, então aprendeu a compartilhar pequenas partes de si mesma.

Ela nunca tivera um parceiro romântico antes, então aprendeu a beijar e tocar.

Ela sabia que o pai não aprovaria, então aprendeu a esconder as coisas dele.

Seu mundo sombrio ficou um pouco mais brilhante; cômodos gélidos, um pouco mais cálidos. O rapaz com o qual estava era tímido e doce, e parecia apaixonado por ela também. Ela passava dias inteiros pensando em cada palavra que ele havia dito.

Talvez, em outro mundo, os dois não tivessem descoberto tanta coisa em comum. Mas naquele, em que tinham tão pouca companhia, viraram tudo um para o outro.

Se apaixonaram rápida e irremediavelmente, e a jovem amou a pressa das coisas. Ela queria mais. Se afastavam de seus encontros aos arquejos, sem fôlego, sempre ávidos por um novo contato com a pele um do outro.

A jovem nunca havia experimentado o sexo antes.

Mas, ah, como ela queria.

Ela sabia o que queria dele naquela noite. O que queria dar a ele em troca.

Eles se encontraram no quarto do rapaz. Os beijos eram desajeitados e frenéticos, pontuados por arquejos e gemidos quando lábios roçavam a pele sensível. O desejo de um pelo outro deixava ambos em um estado de atordoamento embriagado, mais potente a cada camada de roupa que tiravam.

Ela ficou um pouco nervosa quando ele a pressionou contra a cama e subiu em cima dela. Nervosa quando ele afastou suas pernas e se preparou para penetrar. Mas ela estava nervosa como qualquer outra jovem prestes a *perder a virgindade*. E aquele nervoso não era nada comparado ao desejo que também sentia.

A dor foi breve e rápida. Ela a enterrou sob a sensação da respiração trêmula dele contra sua pele, dos corpos mais próximos do que nunca, da boca dele na sua.

Ele foi delicado. A princípio.

Quando o rapaz começou a se mover, ondas de prazer se misturaram aos resquícios da dor. A cada estocada, lenta e profunda, o deleite aumentava.

A jovem se entregou e pensou consigo mesma que nunca mais — nunca mesmo — sentiria algo tão bom de novo.

Quando foi que o primeiro lampejo de medo veio? Quando foi que a vozinha no fundo de sua mente sussurrou: "Espere, tem alguma coisa errada..."?

Talvez tenha sido quando as estocadas ficaram rápidas demais, intensas demais, o equilíbrio entre o prazer e a dor quebrado, apesar das palavras abafadas de hesitação por parte dela.

Talvez tenha sido quando ela tentou se levantar, assumir o controle, mas foi forçada a se deitar de novo enquanto as unhas afiadas dele abriam feridas sangrentas em sua pele.

Talvez tenha sido quando as narinas do rapaz se expandiram em reação às gotículas de sangue — o sangue nas mãos dele, ou talvez entre as pernas dela — e seus beijos na bochecha, mandíbula e pescoço da jovem ficaram cada vez mais intensos.

Cada vez mais ríspidos.

Cada vez mais afiados.

Os lábios dele eram carinhosos a princípio. Depois, ficaram apaixonados.

E, enfim, causaram dor.

Dor, e mais dor e mais dor...

A jovem gritou. Pediu que ele parasse. Talvez o rapaz não tenha ouvido, talvez simplesmente não tenha se importado.

A sede de sangue, afinal, é uma coisa terrível.

Ela foi sobrepujada pelo medo. Os dentes do amado entraram fundo em seu pescoço, e a jovem se debatia. O rapaz era muito mais forte. Sua impotência era uma força, pronta para estrangulá-la.

A jovem chegou muito perto da morte naquele dia.

Mas conseguiu pegar um candelabro de prata da mesinha de cabeceira e atingir em cheio a cabeça do amado. Não foi o suficiente para matá-lo, mas ela não queria matar o rapaz naquela noite. Ela nunca havia matado ninguém.

Estava tremendo, com o coração batendo frenético. Quando o empurrou de cima dela, teve apenas um vislumbre de seu rosto — confusão atordoada, e depois horror, como se o rapaz nem sequer tivesse percebido o que havia feito.

Lágrimas escorreram por suas bochechas.

Ela achava que estava apaixonada. Ainda não tinha aprendido como aquele tipo de coisa podia ser mortal.

A jovem escondeu as lágrimas, catou suas roupas e fugiu. Não olhou para trás quando ele a chamou. O sonho e o coração partidos dilaceravam sua carne.

Ela estava sangrando. Estava com medo. Sem pensar muito bem, correu para o quarto do pai. Para onde mais iria, em um lar onde tudo era muito perigoso?

O rei abriu a porta e deixou entrar a filha aos prantos. Ela era uma jovem muito reservada. Ele a ensinara a manter as emoções cuidadosamente contidas. Mas, naquela noite, estava desesperada. O amor que ela sentia e a traição do amado haviam destruído suas defesas.

O rei envolveu a filha em uma manta, ouviu a história dela, contada aos soluços, e, em silêncio, limpou o sangue do pescoço da garota.

Ele tomou uma decisão naquele momento.

A jovem não ficou sabendo. Não naquele instante.

31

Sobraram onze de nós.

Ivan estava lá quando chegamos, e Angelika apareceu não muito depois de mim e Raihn. O último, para o choque de todos, foi Ibrihim, que se arrastou pela passagem coberto de entranhas e sujeira, a espada ensanguentada, os olhos distantes e vazios. Ele havia matado seu parceiro logo antes de passar pelo arco. A metade dos competidores, naquele ano, equivalia a um número ímpar. Apenas um deles poderia sobreviver.

Ibrihim não parecia tão abalado assim.

Quantas pessoas matei hoje?, me perguntei, atordoada.

Todos me encaravam. Mas não da forma como faziam sempre. Não com a mesma fome entretida, mas sim com uma curiosidade cautelosa.

Eu não conseguia decidir se gostava da mudança.

Diferente do que acontecera nos outros desafios, o Ministaer e seus acólitos aguardavam no Palácio da Lua para nos cumprimentar. Depois de Ibrihim, o portal — que ainda pairava sozinho no centro do cômodo — simplesmente sumiu, largando quem quer que ainda estivesse do outro lado abandonado a seu próprio destino sangrento.

O silêncio era ensurdecedor. O Ministaer nos encarou, plácido, com uma expressão que muito vagamente lembrava um sorriso, fazendo sua boca se contorcer.

— Parabéns — disse ele. — Vocês são os finalistas do Kejari. Chegaram aos dois últimos desafios. Nossa Mãe Sombria está muito satisfeita com vocês.

Os competidores não pareciam satisfeitos consigo mesmos. Apenas determinados de um jeito sombrio.

— Para celebrar essa vitória, um banquete cerimonial foi organizado em homenagem a Nyaxia, em honra à oferenda que fizeram à Mãe do Breu

Voraz — continuou o Ministaer. — Pelo sangue que foi derramado, e pelo sangue que ainda darão a ela.

O sorriso do Ministaer ficou mais amplo, como se aquela fosse a única coisa que lhe provocasse prazer genuíno.

Às vezes, eu achava que Nyaxia era meio depravada.

— Vão — disse ele. — Se curem. Descansem. O Palácio da Lua, de acordo com a generosidade de Nyaxia, irá providenciar tudo de que precisam. Voltem para a igreja ao pôr do sol.

O alojamento ficava calmo demais sem Mische. Raihn e eu não falamos nada no caminho de volta, o que me tornava infinitamente consciente do silêncio.

Ele acabou se manifestando primeiro, mas só quando fechou firmemente a porta:

— Seis horas de descanso depois de quase morrer para o entretenimento de nossa benevolente Deusa. — Ele abriu um sorrisinho. — Que generoso da parte deles.

Soltei uma risada forçada, e as rugas na testa de Raihn sumiram.

— O que foi isso?

— Hein?

— Esse barulhinho que você soltou pareceu o miado de um gato moribundo, mas o que me preocupa mais ainda é você ter fingido rir de uma piada que nem teve graça.

Daquele comentário espirituoso, eu quase teria rido. Mas estava com a mente anuviada e o corpo exausto. Agora que o choque do desafio estava começando a sumir, a grandiosidade do que eu havia realizado — e o fato de entender tão pouco do que acontecera — começava a me atingir.

— Ei — disse Raihn, baixinho.

Olhei para ele.

E mesmo diante de tudo que havia ocorrido naquele dia, aquele momento pareceu o mais assustador.

Porque me dei conta de duas verdades ao mesmo tempo.

Primeira: Raihn olhava para mim como se meu bem-estar realmente fosse importante para ele. Devia de fato se importar comigo, porque eu tinha *sentido*. Tinha sentido o pânico dele quando fiquei em perigo, o que também significava que Raihn havia sentido meu desespero quando achei que Angelika iria matá-lo.

Segunda: o desafio da Meia-Lua chegara ao fim. Não precisávamos mais de uma aliança. O que por sua vez significava que ele me mataria ou vice-versa.

Aqueles dois fatos inegáveis se chocaram com tanta violência que precisei apoiar as costas na parede.

— Bom, a gente conseguiu — falei, rouca.

— A gente conseguiu, caralho.

Ele deu um passo adiante, sem nunca desviar os olhos de mim.

Eu devia ter ficado tensa. Devia ter levado a mão à espada.

Mas não fiz nada disso.

— Você foi magnífica de um jeito foda, Oraya — murmurou ele. — Espero que saiba disso.

Ergui o queixo e respondi, com toda a convicção que consegui encontrar:

— Eu sei.

Ele soltou uma gargalhada. Ruguinhas surgiram ao redor de seus olhos quando sorriu. Eu já tinha notado antes o quanto gostava daquilo?

— Descanse um pouco se conseguir — falou Raihn. — Antes do banquete. Vou deixar você em paz. Me preparar em algum outro alojamento.

Ele falou com casualidade, mas eu sabia o que realmente queria dizer. Era sua forma de reconhecer o que havia mudado entre nós? Sua forma de dizer: *Não precisamos tomar nenhuma providência agora*?

De qualquer forma, fiquei grata. Grata por não ter de passar as próximas horas me convencendo a matar Raihn. O que quer que a Oraya do dia seguinte precisasse fazer... seria problema dela. A Oraya daquela noite podia apenas olhar mais um pouco para ele.

Recusei-me a deixar que qualquer fragmento daquilo transparecesse em minha voz quando respondi:

— Combinado.

Raihn baixou o queixo, seguiu até a porta e a abriu. Pouco antes de passar por ela, porém, eu o chamei, um tanto rápido demais.

— Raihn.

Ele se virou.

— Preciso admitir que você foi um ótimo aliado.

O vampiro deu uma piscadinha.

— Você já sabia disso desde o começo — respondeu ele, e fechou a porta ao sair.

Eu não sabia muito bem o que o Ministaer queria dizer com "o Palácio da Lua irá providenciar", mas logo entendi que o homem tinha sido bem literal.

O Palácio da Lua me deu poções de cura e compressas. Um banho quente com a ridícula quantidade de dezessete perfumes de sabão para escolher. Um conjunto de escovas de cabelo que eu não tinha ideia de como usar.

E me deu um vestido.

Quando voltei para o quarto após o banho e o vi cuidadosamente acomodado sobre a colcha, como se tivesse sido colocado ali por um servo invisível e silencioso, soltei uma risada alta.

— Só pode ser brincadeira — falei para ninguém em particular.

Obviamente, não tinha a menor condição de eu vestir uma coisa daquelas.

Mas não havia outra opção. Como se houvesse previsto meu desprazer, o Palácio da Lua me deixara sem alternativas. As gavetas e os armários estavam vazios. Até minha armadura toda ensanguentada tinha sumido. Então, depois de vagar nua pelo cômodo por alguns minutos em uma busca infrutífera por outra roupa, desisti e coloquei a porcaria do vestido.

Mal me reconheci quando olhei no espelho.

O tecido era liso, sedoso e de um violeta escuro e profundo — um tom que me era estranhamente familiar, mas que eu não conseguia identificar muito bem o porquê. O decote formava um V profundo, o corpete estruturado definindo a curva dos seios. As alças eram feitas de correntes de metal preto, e o mesmo tom de ébano brilhante adornava o tecido do torso, acompanhando minhas costelas de forma a lembrar uma armadura. As costas eram cavadas, com a ponta das longas correntes se cruzando na parte de trás. A saia se avolumava um pouco perto dos meus pés, calçados em sandálias delicadas cor de prata.

Embora fosse bem justo ao corpo, o vestido não restringia meus movimentos. Na verdade, eu me sentia quase nua no tecido leve e arejado, que se movia com fluidez ao meu redor, o violeta ondulando feito água em tons de preto e roxo. Deixei o cabelo solto e liso. Ele havia secado naturalmente e caía às minhas costas como gavinhas feitas de sombra.

Encarei meu próprio reflexo por um longo tempo.

Eu literalmente não lembrava a última vez que me vira com roupas feitas para serem tão lindas. Nunca, jamais tinha usado qualquer coisa desenhada para chamar a atenção. E aquele vestido... bem, ele definitivamente atrairia atenção. A peça destacava todas as coisas que eu normalmente tentava esconder: minha pele, minhas curvas e o comprimento muito, muito exposto do meu pescoço.

— Não tenho condições de usar isso — murmurei para mim mesma de novo, mas, dessa vez, soei menos convencida.

Porque a verdade era que... eu gostava do vestido. Era o tipo de coisa que tinha sonhado em usar quando era nova demais para entender que um traje daqueles seria péssima escolha em termos de sobrevivência.

Mesmo assim, vasculhei a bolsa em uma derradeira tentativa fútil de encontrar outra coisa para vestir. Quando a abri, entendi por que o vestido parecia tão familiar.

Aquele roxo. Enrolado ali, em cima dos meus pertences. Eu nunca deixaria ninguém saber quantas vezes havia pegado aquele objeto só para segurá-lo entre os dedos.

Voltei para o espelho com o lenço de Ilana nas mãos. Deixei a peça se abrir. O tecido estava gasto e manchado, mas a cor e a textura eram exatamente iguais às do vestido. Os dois itens podiam muito bem ter sido feitos a partir do mesmo pedaço de pano.

Meus olhos arderam.

Quase consegui sentir o cheiro de cigarro, ouvir a voz rouca dela no meu ouvido: *É bom você usar esse vestido, sim. É bom você mostrar esse seu corpão.*

Certo. Eu usaria aquela roupa. Com uma adição.

Amarrei o lenço de Ilana em torno da garganta — uma faixa de seda roxa manchada de sangue envolvendo meu pescoço, deixando as pontas esfarrapadas penduradas sobre os ombros.

Já que eu ia me permitir servir de espetáculo, ao menos seria um espetáculo com algum significado.

... E, ainda assim, eu arrumaria um lugar para guardar minhas adagas.

32

Se a igreja já era linda em silêncio, ficava fascinante em movimento. Cheguei tarde de propósito — já que faria uma aparição no meio da sociedade vampírica basicamente de roupas de baixo, esperaria quando todos já tivessem comido, muito obrigada. E assim que cheguei, de fato, o banquete já estava em andamento.

E superava toda a libertinagem das festas de Vincent.

Era deslumbrante, é claro. Todos as superfícies de vidro e janelas da igreja tinham sido iluminadas com luzes azuis e roxas que pairavam junto ao teto. Música reverberava de cada canto e nicho. Só havia uma orquestra, mas magia incrementava a apresentação, cada nota ecoando sem parar, preenchendo por inteiro o magnífico teto abobadado. Heras com botões de flores vermelhas e pretas adornavam cada pilar. Um dos lados do espaço fora transformado em uma pista de dança, o outro equipado com três mesas longas. Estavam cobertas de uma seleção de comida que fazia com que o banquete do primeiro dia do Kejari não chegasse nem aos pés daquele — fiz uma anotação mental para roubar parte dos suprimentos mais tarde.

Mas ainda mais impressionante que a comida, de um jeito grotesco, era a quantidade absurda de sangue. Havia muito, muito sangue. Vasilhas cheias diante de cada assento em cada mesa. Sangue saborizado. Sangue com bebidas alcoólicas. Sangue em todas as formas de apresentação possível — como ingrediente de pratos quentes, oferecido em jarros, apresentado em bacias douradas. Havia cálices ao alcance em todos os lugares. Convidados bêbados já tinham enfeitado a toalha da mesa e o chão com manchas vermelhas.

Meu estômago se contorceu de um jeito surpreendente.

Eu deveria estar grata — com aquela quantidade de sangue disponível, estaria tão segura quanto possível cercada por tantos vampiros. Além disso, estava mais do que acostumada à aparência dos banquetes vampíricos.

Então por que aquilo me incomodava? Por que me peguei pensando muito mais a respeito da origem de todo aquele sangue?

Entrei no salão e passei por vários colegas competidores, largados nas cadeiras depois de já terem se deleitado com todos os tipos de iguarias. Me perguntei se aquilo era intencional. Talvez aquele fosse o último sangue que veriam por muito tempo.

Os outros convidados prestavam mais atenção em mim do que eu jamais havia tolerado. Podia sentir os olhares e precisava me lembrar de não encolher o corpo, profundamente ciente de toda a extensão de pele nua que meu traje exibia. Quando cinco vampiros de um grupinho viraram a cabeça em minha direção sem nem disfarçar, uma parte primal de mim que fora treinada a vida inteira para evitar aquele mesmíssimo cenário cogitou virar as costas e ir embora.

Em vez disso, toquei o lenço no pescoço — toquei a mancha de sangue da minha amiga.

Tu não é a merda de uma covarde, Oraya, ouvi Ilana sussurrar.

Não. Eu não era.

Olhei ao redor, procurando por Raihn, mas...

Passos leves se aproximaram, e me virei antes que a pessoa chegasse muito perto. Me deparei com Vincent bem atrás de mim, um sorrisinho contido curvando o canto da boca.

Eu não o via em um lugar tão iluminado desde o começo do Kejari — não de perto, ao menos. Ele estava de preto, com a casaca aberta no pescoço para mostrar quase toda a extensão da Marca. Suas asas também estavam expostas, o vermelho das bordas particularmente impressionante naquela luz. Me perguntei se ele às vezes as escondia nos últimos tempos, ou se precisava garantir que estivessem sempre visíveis agora que tinha seu governo sob ataque.

Mas não foram os trajes, a Marca ou as asas que me chocaram. Foi seu rosto. Os olhos de meu pai pareciam brilhantes de uma maneira sobrenatural, efeito da escuridão das olheiras pronunciadas. Cada ângulo de sua expressão parecia afiado e imóvel como se as feições tivessem sido esculpidas em pedra. Ainda assim, o controle de sua aparência parecia estar cedendo. Eu já tivera aquela sensação antes. Naquele dia, porém, era tão óbvio que senti um calafrio.

Tudo se suavizou, é claro, quando ele me viu.

Enrijeci o corpo, dois impulsos lutando um contra o outro.

Olhei para Vincent e vi como ele parecia prestes a se jogar na arena durante o desafio.

E... olhei para ele e vi as costas de Raihn. Ouvi a mentira que meu pai havia me contado.

Eu não tivera a chance de forçar minha raiva a diminuir para algo que pudesse caber em uma gaiola, e demonstrar emoções descontroladas para meu pai era uma perspectiva perigosa.

De uma forma ou de outra, ele pareceu muito, muito aliviado ao me ver. Analisou minha aparência, e uma ruga fraca de confusão marcou sua testa.

— O que é isso que está vestindo?

— Algo diferente.

Minhas palavras saíram curtas e grossas. Não estava com disposição de explicar.

— É imprudente.

Imprudente expor tanto de mim. Imprudente chamar a atenção. Imprudente usar qualquer coisa que não fosse uma armadura.

— Eu sei — respondi.

Ao que parecia, ele não sabia o que fazer com minha resposta. Me dirigiu um olhar esquisito, como se tivesse acabado de notar algo novo a meu respeito. Talvez da mesma forma que eu havia acabado de notar algo novo a respeito dele.

Vincent não era do tipo que aceitava tentativas de mudar de assunto, então fiquei consideravelmente surpresa quando ele aliviou a expressão e, em vez de insistir, me ofereceu a mão.

— Me permite uma dança?

— Uma dança?

Meu nariz franziu antes que eu pudesse controlar. Ele soltou uma risadinha seca, achando graça.

— A ideia é tão ultrajante assim?

— Eu...

Me detive antes que pudesse falar o que havia pensado. Mas não tinha jeito, meu rosto era expressivo demais. Ele enxergou mesmo assim a raiva que eu não queria deixar transparecer.

— Tem alguma coisa incomodando você.

— Eu vi o que seus homens fizeram com Raihn.

— Raihn?

— Meu aliado.

O sorriso dele sumiu.

— Ah.

— Você... — Eu precisava escolher minhas palavras com cuidado. — Você me disse que não ia acabar com ele.

— Ele não parece acabado — respondeu Vincent, sem pestanejar. — Não testemunhei os métodos de Jesmine, mas vi o homem lutando bem no último desafio.

Lutando bem apesar da tortura inclemente à qual tinha sido submetido.

Mas não falei nada, porque não confiava em mim mesma para isso. Mesmo o que eu já revelara era demais. Contrariando minhas expectativas, porém, Vincent pareceu meramente exausto e triste.

— Sou um rei em época de guerra guiando meu povo por tempos sombrios — disse ele. — E Jesmine é uma general que sabe fazer o que for necessário para proteger seu reino. Às vezes, essas tarefas exigem ações desagradáveis. Não nego. — Ele me ofereceu a mão de novo, com um sorriso fraco nos lábios. — Mas, esta noite, sou apenas um pai que, doze horas antes, tinha certeza de que acabara de testemunhar a morte da filha. Então, por favor, serpentezinha. Me dê este prazer. Me deixe ser este homem por mais alguns minutos.

Engoli em seco, hesitando.

Viver aquela vida exigira que eu aprendesse a ser muitas coisas contraditórias ao mesmo tempo. Me forçara a dividir a mente em vários pequenos cômodos, cada um contendo uma parte diferente de mim mesma. Agora, a fera de minha raiva havia se acalmado o bastante para que eu pudesse trancá-la em segurança em sua jaula. Não tinha ido embora. Não estava satisfeita. Mas estava contida.

— Eu não sei dançar — respondi, enfim.

— Tudo bem. Podemos fingir que sou um pai melhor, que vai te ensinar esse tipo de coisa como deveria ter feito antes.

Aquilo me pegou.

Que merda.

Aceitei a mão dele, e Vincent me guiou até a pista de dança. Ficamos em uma das laterais, longe do que acontecia no centro do salão — algo que estava à beira de uma orgia, o que seria um lugar muito esquisito para se estar com o próprio pai.

— Você ao menos me ensinou coisas mais úteis do que dançar — respondi.

Ele me fez girar e parar na posição certa. Talvez eu não soubesse dançar, mas sabia me mover, e certamente sabia como ser conduzida por Vincent. Tudo isso resultou em uma performance muito menos constrangedora e desajeitada do que eu esperava.

— E você aprendeu essas coisas muito bem — respondeu ele. — Essas e muito mais, com base no que vi na noite passada.

O orgulho em sua voz acendeu uma faísca de calor em meu peito que refletia o que ele parecia sentir. Minhas bochechas se contraíram, ainda que eu tentasse reprimir o sorriso.

Tudo ainda parecia um sonho febril. Eu não tinha certeza absoluta do que havia feito, ou do como. Mas sabia de uma coisa: pela primeira vez em toda minha vida, eu tinha me sentido poderosa, poderosa de verdade.

Vincent riu baixinho.

— Não esconda esse orgulho. É merecido.

— Eu não sabia que podia fazer aquilo — admiti.

Será que ele sabia? Será que Vincent suspeitava que eu era capaz de expressar aquele tipo de poder?

— Nunca sinta vergonha de superar as expectativas — disse ele. — Inclusive as minhas.

Eu jamais tinha considerado tal possibilidade. As expectativas de Vincent eram o molde ao qual eu me conformava — não havia para onde ir, não havia o que ser além do que ele me tornara. Desde nova, eu entendia que palavras duras e pulso firme eram necessários. Ele estava tentando me manter em segurança, e um único erro seria mais do que suficiente para destruir minha frágil vida mortal.

Vincent nunca pediria perdão pelo que havia feito com Raihn. Talvez nem devesse. Talvez, sob aquelas circunstâncias, fosse possível dizer que ele não tivesse feito nada errado.

Ali no banquete, porém, ele fingiria que a questão nem existia. E talvez, ali no banquete, eu pudesse me deixar ser conduzida por Vincent como havia feito ao longo dos últimos quinze anos.

Mesmo assim, não consegui evitar uma cutucada. Bem pequena.

— E os Rishan? — perguntei, a voz bastante casual. — Alguma novidade?

— Sempre. Vou viajar de novo em breve, passar algumas semanas longe. Mas não vamos falar dessas coisas sombrias. Por enquanto, estou aqui.

Vincent me fez percorrer todo o salão de baile, e me lembrei de forma súbita e vívida de uma vez, quando eu ainda era tão pequena que ele conseguia me carregar em um braço só, que meu pai me mostrara como era voar — só um pouquinho, apenas a distância de uma sacada até o chão. Uma vez e nunca, nunca mais.

Falei isso para ele. Por alguma razão, o sorriso que contorceu seus lábios fez meu coração doer.

— Eu me lembro — respondeu ele, baixinho. — Foi a primeira vez que a vi sorrindo desde que chegou aqui.

— Não me lembro dessa parte.

— Já eu nunca esqueci.

Pensei na sensação de voar com Raihn — mesmo em circunstâncias tão horrendas, tinha sido muito libertador e excitante.

— Por que nunca repetimos? Por que nunca me levou para voar de novo?

O sorriso dele sumiu.

— A última coisa que eu queria era que *você* achasse que também podia voar e começasse a se jogar das sacadas.

Porque a prioridade era sempre me proteger. Sempre.

Como se a mesma coisa tivesse cruzado sua mente, Vincent disse:

— Nunca fica... — A voz dele morreu no meio da frase, como se as palavras fossem grandes ou complexas demais para caber em sílabas.

Seus olhos fitaram o nada. Até seus passos se tornaram mais lentos.

Senti uma pontada de preocupação.

— Vincent?

Os olhos dele voltaram a focar, piscaram e pousaram nos meus.

— Não posso levar os créditos por tudo que você se tornou, Oraya. Mesmo que às vezes tenha essa vontade. Mas, se eu for responsável por apenas uma parte do que você é, já vai ser a maior realização da minha vida.

Ambos tínhamos parado de nos mover — e ainda bem, porque, caso contrário, eu teria tropeçado em meus próprios pés de puro choque.

Ele nunca, jamais tinha falado daquele jeito comigo. Nem uma única vez. Nunquinha.

— Em épocas de desespero, pensamos sobre todas as coisas que não dissemos. E ontem, quando a vi cair, me dei conta de que talvez nunca tivesse dito isso para você. Me ocorreu que talvez você não soubesse... que não soubesse o quanto eu... — Vincent, o rei dos Nascidos da Noite, o homem que nunca se deparara com nada que não pudesse ser derrotado, parecia se curvar sob o peso das palavras que se esforçava em colocar para fora. — Foi importante para mim lhe dizer essas coisas. É isso.

Meus lábios se entreabriram, mas eu não sabia o que responder.

Às vezes, as pessoas me chamavam de animalzinho de estimação de Vincent, como se eu fosse alguma distração passageira ou sua fonte de diversão. E embora eu jamais tivesse questionado o amor dele por mim, mesmo que fosse tão peculiar, eu às vezes refletia sobre aquilo. Ele vivera dez vezes mais que eu. Tinha mais de três mil anos, e eu era apenas uma parte daquilo por menos de vinte anos.

A onda de calidez que senti quando ouvi suas palavras logo se transformou em um medo frio.

— Qual é o problema? — perguntei. — O que houve?

Porque aquele era o único motivo para Vincent estar falando desse jeito. Algo horrível estava prestes a acontecer, isso se já não tivesse acontecido.

Mas ele negou com a cabeça e me puxou de novo para os passos da dança.

— Nada. Só virei um velho sentimental. E mal posso esperar pelo dia em que não vou precisar me preocupar com a ideia de viver mais que você.

Um lampejo vibrante sobre seu ombro chamou minha atenção — um vulto familiar que eu agora reconheceria em qualquer canto, mesmo à distância. Raihn estava saindo pelas portas que levavam para o pátio, usando um casaco de seda preta com uma faixa de um violenta profundo atravessada no peito, o cabelo solto naquelas ondas bagunçadas de ruivo-escuro. Tive apenas um vislumbre dele antes que sumisse pela passagem.

Voltei a atenção de imediato para Vincent, mas não fui rápida o bastante. Ele havia notado minha distração. Abriu um meio-sorriso quando a música acabou e se aprumou.

— Mais uma música — disse ele, baixinho — e depois a deixo ir, minha serpentezinha.

Meu coração se apertou, sobrepujado por uma emoção que eu não sabia muito bem precisar. Algo estranhamente similar ao luto, talvez. A sensação estranha de que havia algo ali naquela dança de que eu não queria abrir mão — uma sensação de que, depois que o momento escapasse, nunca mais voltaria.

Era um pensamento bobo. Não sei por que algo assim ocupou minha cabeça.

Mas aninhei a mão dentro da dele. Dessa vez, eu dei o primeiro passo.

— Mais uma música — concordei.

A noite estava quente. Quando saí para o pátio, o suor cobria minha pele, e a umidade lá fora não ajudava muito a amenizar a situação. Quando nossa dança seguinte acabou, Vincent já havia abandonado o papel de pai e voltado à função de rei dos Nascidos da Noite, governante de uma nação em guerra. Estava com uma postura oficial e séria quando foi embora com Jesmine, falando com ela em um tom de voz apressado e baixo — usado para discutir o tipo de coisa que eu não era nem louca de tentar entreouvir.

Jardins cercavam a igreja, terrenos amplos mesmo no centro da cidade, onde espaço era algo valioso — uma decisão duplamente extravagante, visto que, na Casa da Noite, água era uma coisa ainda mais rara. Mas nossa Deusa merecia tudo, não é mesmo? Não havia nada mais importante que Nyaxia, e Nyaxia merecia os jardins mais fascinantes do continente.

Bem, deixando de lado as questões práticas, era exatamente isso que os jardins eram. Flores prateadas e azuis se estendiam diante de mim em mantas de cores. Era tão desagradavelmente belo que parecia excessivo, com todos os botões imaculadamente formados, aparados, hidratados e livres de ervas daninhas. Caminhos feitos de lajotas de mármore circulavam as áreas repletas de vegetação em um desenho nada funcional, mas artisticamente belo. De cima, formavam o símbolo da Casa da Noite.

Não dava para entender. Tinham criado algo para a Deusa que apenas ela, e eles próprios, podiam apreciar.

Um movimento à esquerda chamou a minha atenção. Algo prateado se erguia em meio aos arbustos de um caminho vizinho — uma pessoa vestida com trajes de um vermelho intenso. Reconheci Angelika de imediato. Era impossível não reconhecer. Estava usando um vestido drapejado de um tom profundo de escarlate — sem mangas, para mostrar os braços musculosos. O cabelo cor de prata caía às costas, atado em uma trança. Ao lado dela, vinha Ivan. Ambos estavam com a cabeça curvada em uma conversa séria com um terceiro vulto, de costas para mim.

Como se estivesse sentindo minha presença, o vulto se virou para olhar por sobre o ombro.

O reconhecimento me atingiu.

Era o homem com o qual eu falara naquela noite à beira do rio. O homem que tinha me dado os cigarros. Ele era um Nascido do Sangue. Parado ao lado dos outros competidores da Casa do Sangue, isso ficava tão absurdamente óbvio que era difícil acreditar que eu não tivesse notado antes.

Ele dispensou Angelika e Ivan com um gesto tão desdenhoso da mão que ficou claro que não era apenas do mesmo clã, mas também alguém poderoso — pois Angelika, o tipo de pessoa que não parecia disposta a acatar ordens de ninguém, voltou para a festa sem proferir palavra alguma.

— Aconteceu de novo — disse o homem, se aproximando de mim. Agora que eu sabia o que esperar, conseguia ouvir o sotaque dos membros da Casa do Sangue. Era fraco, como se reprimido ao longo de décadas, reduzido somente ao ritmo ligeiramente mais melódico de cada palavra. — Você me fez ganhar um bom dinheiro. Mas suponho que, depois daquele espetáculo, as apostas contra não vão ser mais tão favoráveis aos poucos que acreditam em você. É uma pena. Há muito benefício em ser subestimada. — Ele ergueu um dos ombros e o deixou cair de novo. — Eu devia ter lhe trazido mais cigarros. Mas creio que acabaram.

Semicerrei os olhos e o encarei. Sustentei o olhar por um tempo, para que ele notasse que eu o estava vendo sob a luz, dessa vez. Ele parecia Nascido do Sangue em todos os sentidos. Seus olhos, de pupilas levemente contraídas contra a luz da lamparina, tinham um toque discreto de escarlate e dourado. As marcas vermelhas em seu pescoço ficavam logo acima da linha do colarinho, que era alto e rígido, feito de tecido bordô ao estilo tradicional da Casa do Sangue, a peça simples e bem ajustada. Antes, eu não tinha conseguido precisar se seu cabelo era loiro ou prateado, e agora via que era as duas coisas ao mesmo tempo — loiro-acinzentado com mechas de um branco quase puro.

Ele contraiu o canto da boca.

— É meio ofensivo encarar desse jeito. Se bem que você já sabe disso, porque deve acontecer o tempo todo com você, não é?

— Só estou me perguntando como deixei passar o fato de que você é Nascido do Sangue.

— Ah. Tem razão. Mesmo tendo compartilhado um momento adorável juntos, nunca me apresentei direito. — Ele estendeu a mão. — Septimus, da Casa do Sangue.

Não aceitei o aperto de mão. Em vez disso, recuei um passo para compensar a forma como ele se inclinara para a frente, o que o sujeito pareceu achar muito engraçado. Ele baixou o braço — o cumprimento ignorado — e pôs a mão no bolso.

— Entendi. Você não toca em uma mão vazia. Inteligente. Seu pai que te ensinou isso?

Senti os cabelinhos da nuca se arrepiarem.

Eu não gostava daquele homem. Não gostava de como ele falava, não gostava daquele sorrisinho idiota e não gostava especialmente de como ele parecia achar que estava brincando comigo.

— Encontrei você.

Escolhi não pensar em quão aliviada fiquei por ouvir a voz de Raihn. Nem queria analisar o fato de que ele havia parado muito perto de mim — tão perto que nossos ombros se tocaram — e meu único impulso fora me aproximar dele.

Olhei de lado para meu parceiro e depois precisei me lembrar de desviar os olhos.

Ele estava magnífico. Seus trajes eram diferentes do estilo que a maioria dos outros homens Nascidos da Noite, Rishan ou Hiaj, usavam. Seu casaco era justo, como se tivesse sido feito especialmente para ele. A lapela se fechava na vertical em vez de assimetricamente, como a moda dos Nascidos da Noite parecia preferir agora, e os botões eram luas brilhantes de prata. Uma costura de um prateado escuro adornava a gola e os punhos das mangas, e havia uma capa violeta presa de um dos lados de seu peito, jogada por cima do ombro.

Era... *muito* para processar. O Palácio da Lua, ao que parecia, gostava de mimar Raihn. Apesar de toda a finesse, no entanto, o rosto e o cabelo dele pareciam amarfanhados como sempre.

Septimus sorriu.

— Raihn. Eu estava agora mesmo dando os parabéns à sua parceira pela vitória. Vocês dois foram impressionantes.

Precisei esconder a surpresa. Septimus o chamara pelo primeiro nome. Como se se conhecessem.

Dava quase para sentir o desconforto no ar. Raihn fechou a expressão, todos os músculos se reacomodando no que eu já sabia ser um semblante de puro desprezo.

— Obrigado — disse ele, usando um tom que nem sequer se preocupou em esconder.

— Mas, escutem, pensei em uma coisa interessante... — Septimus alternou o olhar entre nós dois. — Agora que não posso apostar em vocês dois juntos, onde será que devo colocar minha prata da próxima vez? Alguém desavisado talvez pense que seria fácil para você acabar com ela, Raihn, mas acho que Nessanyn tem uma boa chance de... Ah, me desculpe. — Outro daqueles sorrisos. — É Oraya, não é? Sempre fui péssimo com nomes.

Nessanyn?

Estreitei os olhos, as mãos saltando para as armas que eu havia prendido nas coxas. Tinha sido uma provocação, óbvio, mesmo eu não sabendo seu significado. E o golpe acertara o alvo, porque Raihn enrijeceu cada músculo do corpo, e a mudança de atmosfera foi tão abrupta que percebi o clima sem nem sequer olhar para ele.

— Você devia prestar mais atenção nos seus próprios cães. — Raihn se virou, pousando a mão em minhas costas (em minhas costas muito, extremamente nuas) antes de resmungar: — Vamos.

— Tenham uma ótima noite — desejou Septimus enquanto nos afastávamos.

Seguimos pelos caminhos do jardim sem olhar para trás. Raihn ainda estava visivelmente tenso.

— Sinto muito por você ter precisado aturar tanta merda — disse ele.

— Você conhece aquele cara?

— Infelizmente. Septimus anda se aproximando de todos os competidores para ver o que consegue arrancar deles. É surpreendente você ter chegado até aqui sem ter sido importunada.

— Quem é ele?

— Um dos príncipes da Casa do Sangue. Todos os competidores Nascidos do Sangue estão no Kejari a mando dele.

— Por que ele veio?

Eu já havia me questionado por que os Nascidos do Sangue nem se davam ao trabalho de entrar no Kejari. A própria Nyaxia era hostil a tais vampiros. Dois mil anos antes, a Casa do Sangue era seu reino favorito, mas, quando eles se viraram contra ela durante uma briga por conta dos dons que a Deusa escolhera lhes dar, ela decidira amaldiçoá-los. Agora, não demonstrava amor algum ao clã. Uma Nascida do Sangue tinha vencido um Kejari certa vez, mais de mil anos antes, e Nyaxia relutara até mesmo em realizar seu pedido.

Tive a impressão de imaginar um segundo de hesitação antes da resposta de Raihn.

— A Casa do Sangue quer poder, acima de tudo. Mesmo pequenas alianças já são muito valiosas.

Fazia sentido. Todas as Casas eram bem-vindas no Kejari. Era uma das únicas ocasiões em que a realeza dos Nascidos do Sangue era capaz de interagir livremente com outros reinos vampíricos.

— Septimus, aquele abutre, enxerga muitas oportunidades no fato de a Casa da Noite estar em guerra consigo mesma — murmurou ele, como se falando sozinho.

Caminhamos mais alguns passos em silêncio enquanto eu refletia a respeito daquilo.

Notei o olhar de Raihn. Mesmo sem encará-lo, conseguia sentir a atenção — primeiro concentrada em meus pés e depois subindo, demorando em cada trecho de pele exposta.

Parei de andar. Depois me virei para ele. Estávamos tão perto que precisei erguer um pouco o queixo para estabelecer contato visual. Foi algo que notei pela primeira vez em semanas. Quando parara de pensar na discrepância de tamanho entre nós? Quando aquilo deixara de ser uma ameaça e passara a ser... estranhamente reconfortante?

— Você está linda — disse ele, em um tom de voz que fez o "linda" soar como milhões de outras promessas. Todas fizeram minha pele estremecer.

— Quem é Nessanyn? — perguntei.

Uma careta — de surpresa, talvez desconforto — perpassou por seu rosto.

— Uma velha amiga que merece mais respeito do que ser usada como uma patética tentativa de intimidação por um idiota desses. — A expressão de Raihn se fechou. — Tenha cuidado com esse cara. Ele é perigoso.

— Alguns considerariam você perigoso.

O canto da boca dele se curvou para cima.

— Não para você.

Com sorte, ele não conseguira ouvir o som estranho que meu coração fez em resposta — meu peito se apertando de repente.

Raihn olhou para além de mim, para a igreja e para a festa que acontecia dentro de suas paredes.

— Odeio estar aqui — disse ele. — Quer ir para um lugar mais divertido?

Eu sabia que era idiotice aceitar.

Mesmo assim, não senti nem um pingo de arrependimento quando respondi sem hesitar:

— Porra, sim. Por favor.

33

Certo, tudo bem. Eu admitia. A cerveja choca com gosto de mijo estava começando a me conquistar. Eu não a odiava. Talvez... *talvez* até gostasse.

Mas ainda não era capaz de fazer a expressão de Raihn quando a bebia. Era como se ele estivesse chegando tão perto quanto possível dos deuses.

Ele terminou a golada e ergueu o caneco. Franziu a testa quando viu minha expressão.

— Que cara é essa, princesa?

— Minha cara? Eu estava pensando é na *sua*.

As sobrancelhas dele se curvaram mais.

— O que tem ela?

Era o momento de soltar algum insulto espertinho. Eu estava preparada, com as palavras na ponta da língua. Mas, naquele instante, o luar banhou seu rosto do jeito certo, e engoli sílaba por sílaba.

Porque percebi que não era capaz de dizer qualquer coisa sobre a cara de Raihn. Eu havia memorizado cada linha daquele rosto, cada mudança em seu semblante.

A compreensão do fato pesou em meu estômago. Dei um gole na cerveja em vez de responder.

Estávamos sentados no telhado plano de uma casa abandonada. Raihn me carregara até sua horrenda taverna favorita com sua horrenda cerveja favorita. Mesmo com minha humanidade e as excelentes habilidades de atuação dele, não era como se pudéssemos ficar por ali sem chamar muita atenção indesejada com as roupas que estávamos usando, então preferimos sair.

Gostei da ideia. Dali, tínhamos um bom ângulo de visão da rua enquanto continuávamos escondidos de olhares indesejados. Talvez todo nosso trabalho duro dos últimos tempos tivesse compensado, porque parecia que as pessoas estavam de fato vivendo suas vidas. Ou talvez eu só tivesse aprendido a apreciar melhor aquilo. Humanos deixavam pequenas marcas de sua presença em todos os lugares. Flores em floreiras sob as janelas, brinquedos largados nos quintais, vários pares de sapato na soleira das portas, pintando a imagem de uma família.

Eu nunca havia notado aquele tipo de coisa antes, e certamente nunca vira beleza nelas. Agora, acalentava cada detalhe como se fossem pequenos presentes secretos.

Raihn soltou um grunhido, apoiou a cabeça na parede atrás dele e soltou outro botão do casaco. Era o terceiro, deixando a lapela aberta até o esterno para revelar um longo triângulo invertido de pele exposta que tentei não analisar com muita atenção.

Assim como tentei não notar a forma como os olhos dele se demoravam em minha pele quando eu erguia o caneco de cerveja.

Assim como tentei não notar o fato de que eu gostava daquilo — o peso de seu olhar, concreto feito um toque.

— Que alívio estar longe daquele lugar abafado — disse ele. — Está bem mais agradável aqui.

— Você não passou muito tempo lá também.

— Só o suficiente para esperar por você.

Ele fechou os lábios com força no fim da frase — como se não estivesse esperando que a afirmação fosse soar do jeito que soou.

De novo, tentei com cuidado não registrar aquilo.

— Além do mais, eu não ia conseguir ficar socializando pela festa usando esta roupa ridícula — continuou ele.

Não entendi o comentário.

— Por quê? — Dei mais um gole na cerveja. — O traje ofende sua sensibilidade estilística?

— Está uns duzentos anos atrasado em relação à moda atual. — Raihn bufou e balançou a cabeça, o sorriso se desfazendo. — O Palácio da Lua tem um senso de humor cruel.

Também não entendi o que aquilo queria dizer — antes que eu pudesse perguntar, porém, os olhos de Raihn pousaram de novo sobre mim. Começaram no meu rosto e foram descendo. Eu estava sentada de pernas cruzadas, a seda do vestido formando um bolo ao lado da coxa esquerda, onde ficava a fenda da saia. O olhar dele foi escorregando dos meus olhos para a minha boca, passando pelo pescoço, ombro e seio até chegar à pele exposta da perna.

E lá o olhar ficou, na minha coxa, e praticamente parei de respirar quando vi seus lábios se curvarem para cima.

— Perigoso — disse ele. *Sim*, concordei em silêncio. — Mas engenhoso.

O sorriso de Raihn se expandiu, e compreendi que ele estava falando sobre minha adaga — presa na parte de cima da coxa.

Soltei a respiração.

— Precisei ser criativa.

— Eu ficaria decepcionado se você não tivesse ido para aquela festa armada até os dentes.

— Você está armado também.

Ergui o queixo para indicar sua espada, presa às costas. Depois do último desafio, saber se Raihn estava ou não armado era essencial. Aquela espada poderia me matar com um único golpe.

Ele deu de ombros.

— O que é isso? — perguntou ele, apontando para a própria garganta.

Meus dedos imitaram seu movimento e encontraram o lenço de Ilana. A lembrança fez um nó de pesar — e raiva — se contorcer em meu estômago.

— Pertencia a uma amiga.

Às vezes, me incomodava como Raihn com frequência ouvia as coisas que eu não dizia. Naquele momento, porém, talvez eu tivesse ficado um pouco aliviada.

— Uma amiga humana — disse ele.

— Sim.

— A amiga daquela noite?

Nós dois sabíamos sobre qual noite ele estava falando.

Eles já eram, humanazinha.

Olhei para ele com uma expressão questionadora — como ele sabia? O vampiro, por sua vez, me respondeu com um sorriso fraco e sem humor algum.

— Está cheirando a Palácio da Lua.

Porra. *Porra*, que ódio.

O sorriso de Raihn sumiu.

— Por que essa cara, princesa?

— É só que... Não devia estar fedendo àquele lugar. Era... dela. Não pertence a eles. — Toquei a ponta do lenço e a enrolei entre os dedos. Como se, caso eu apertasse com força o bastante, pudesse sentir as mãos de Ilana no dia em que tentara me entregar o presente. Pela Mãe, eu queria ter aceitado.

E, agora, tudo parecia só mais uma injustiça humilhante. Que aquele lugar onde ela havia morrido também apagasse os últimos resquícios de sua existência.

Parecia ridículo. Sem dúvida soava ridículo também. Mesmo assim, a expressão de Raihn mudou de uma forma sutil — como se entendesse. Ele se inclinou para a frente.

— Não cheira só a isso — disse ele. — Também tem cheiro de... — Seus cílios baixaram, e, de novo, ele chegou um pouco mais perto. Ficamos a centímetros um do outro. — ... de perfume de rosa — murmurou ele. — E pão. E... fumaça de cigarro.

Reprimi um soluço involuntário. Com frequência, eu tinha inveja dos vampiros — inveja de sua força, sua velocidade, seu poder. Mas nunca tinha sentido tanta inveja quanto naquele momento. Daria tudo para sentir o cheiro de Ilana de novo. O cheiro dela e daquela casa bagunçada e nojenta.

— Sério? — falei, a voz mais rouca do que o planejado. — Você consegue sentir mesmo tudo isso?

— É um pouco difícil, considerando o... — Ele pigarreou. — Bom, considerando o seu cheiro. Mas sim, consigo. Se eu me esforçar. — Os olhos dele se ergueram e encontraram os meus. — Está tudo aí ainda, Oraya. O Palácio não tirou tudo.

Meus dedos se enrolaram com mais força no tecido.

— Qual era o nome dela? — continuou ele. — Da sua amiga?

— Ilana.

Eu não havia pronunciado o nome dela em voz alta desde sua morte. O formato das sílabas em minha língua parecia um ato de rebeldia.

— Sinto muito — disse ele, baixinho. — Sinto muito pelo que aconteceu com ela. E sinto muito pelo fato de que... este é um lugar complicado para se viver o luto.

Um lugar complicado para se viver o luto era um eufemismo. Não havia brechas para o luto em um lugar como esse. Sem brechas para fraqueza ou vulnerabilidade. E, sem dúvida, sem brechas para o tipo de raiva confusa e degradante que a morte de Ilana despertava em mim.

— Ela era uma pessoa — falei entredentes. — Não uma presa. Não uma cabeça de gado. Ela era...

Que merda, o que ela *não* era? Ela era seda, fumaça de cigarro, pavio curto e um milhão de contradições; uma vida completa com milhares de outros pensamentos, sonhos e desejos para o futuro — e alguém que eu amava profundamente.

Baixei os olhos para as telhas de barro, as mãos cerradas e os nós dos dedos brancos na alça do caneco. Esperei o ardor nos olhos passar.

— Posso fazer uma pergunta, Oraya? — disse Raihn. — Não precisa responder se não quiser.

Assenti, e ele continuou:

— Quando fomos conectados no desafio, eu senti... senti muitas coisas. Sua raiva. Medo. O luto.

Cerrei o maxilar. Meu instinto era brigar com ele só por ter admitido que vira aquelas coisas em mim — coisas que eu guardava com tanto afinco. Mas não havia acusação de fraqueza em sua voz. E eu também sentira todas aquelas coisas em Raihn. Tão potente em seu coração quanto no meu, embora de maneiras diferentes.

— Se você vencer o Kejari, vai pedir que ela a mude? — prosseguiu ele.

Eu entendia exatamente o que o vampiro estava perguntando, e considerei não responder. *Ele é Rishan*, Vincent sussurrou em meu ouvido. Eu não podia contar a ele sobre o plano de me vincular a Vincent, virar sua Coriatae. Eram detalhes muito íntimos.

Mas Raihn, maldito fosse, viu o cerne da minha resposta em meu rosto sem que eu tivesse dito nem sequer uma palavra.

— Sim — disse ele. — Você vai. — Aquilo soou estranhamente decepcionado, o que odiei.

— Por que eu não pediria a ela que me transformasse em algo diferente? — disparei, talvez rápido demais. — Tem noção de como é exaustivo viver assim? Não posso mudar nada, *ser* nada, preciso me contentar em servir de presa. — Cerrei os dentes para reprimir o fluxo de palavras, depois balancei a cabeça uma única vez. — Não. Não consigo fazer nada desse jeito. Não sendo quem sou.

— Não consegue?

Precisei me forçar a olhar nos olhos de Raihn. Cheguei a pensar que ele estava zombando de mim. Mas não havia nada de dissimulado em seu semblante, nada falso. Apenas tristeza.

No último desafio, ele havia olhado para mim como se eu fosse capaz de qualquer coisa. Como se eu fosse mais poderosa e inspiradora que a própria Nyaxia. Ninguém jamais olhara para mim daquela maneira antes.

Mesmo ali, parecia haver uma sombra daquela expressão em seu rosto.

— Não seja tão apressada em jogar fora sua humanidade, Oraya — disse ele. — Depois que ela for embora, você pode acabar sentindo falta.

E talvez minha visão humana fosse fraca na escuridão em comparação com a dele, mas as sombras não eram suficientes para esconder o lampejo de dor que cruzou seu rosto — e que ele prontamente tentou fingir que não existia.

— Algumas partes da gente nunca vão realmente embora — falei baixinho.

— Às vezes, não tenho essa certeza.

— Você acha que não consigo ver como trabalhou para manter sua humanidade? Você é mais humano que eu, Raihn. Você manteve todas as partes que o fazem valorizar as coisas neste mundinho de merda que ninguém mais valoriza. Manteve a compaixão. Não importa se agora seu sangue é preto. Isso não mudou quem você é.

O elogio direto deixou um gosto estranho em minha boca. Era desconfortavelmente sincero. Mas falei aquilo porque sabia que era o que ele precisava escutar.

E também... porque sabia que era verdade.

Raihn ficou em completo silêncio, imóvel. E devagar, muito devagar, ergueu o rosto até que seus olhos encontrassem os meus.

Ele já tinha me fitado como se eu fosse uma deusa, e eu achava que não havia como me sentir mais poderosa do que me sentira naquele momento.

Eu estava errada.

Porque agora ele olhava para mim como se eu fosse mais que isso — como se eu fosse *humana*. De alguma forma, isso significava mais.

Precisei forçar um sorrisinho presunçoso.

— Que cara é essa?

Esperei uma risada seca, um soco verbal no estômago. Mas ele continuou seríssimo, uma ruga se aprofundando no meio da testa.

Meu sorriso sumiu.

— O que foi?

— Nada.

— Seja sincero uma vez na vida, Raihn Ashraj.

Após um longo momento de silêncio, ele enfim falou:

— Vivi muitas injustiças nos últimos séculos. Vi muitas farsas. Mas a maior delas, Oraya, é alguém ensinar que você deveria virar qualquer coisa além do que já é.

Minhas mãos ficaram amortecidas. Meus dedos apertavam a alça do caneco com tanta força que tremiam. As palavras me rasgaram ao meio, me abriram e tocaram meus pontos mais vulneráveis.

Minha mente se esvaziou por vários longos segundos. Depois, apenas um pensamento retornou: *Vou precisar matar essa pessoa, e não sei se sou capaz.*

Ainda bem que Raihn não esperou por uma resposta. Ele só se levantou e estendeu a mão para mim.

— Vamos dar uma volta.

O céu já estava ficando levemente rosado com a promessa da aurora. Caminhamos pela zona sul dos assentamentos, vagando cada vez mais para perto do Palácio da Lua.

Eu odiava o tempo. Desde sempre, já que era um marcador do abismo que havia entre mim e os vampiros que me cercavam. Mas nunca o odiara mais do que naquele momento, enquanto a noite me escapava por entre os dedos.

A qualquer minuto, Raihn tentaria me matar. Ou eu precisaria matar o vampiro. Conforme nossa conversa foi ficando mais lenta, com o silêncio entre as palavras mais longo, soube que aquela promessa se assentava mais e mais entre nós dois.

Ele enfim parou no beco escuro de uma rua lateral. Degraus de pedra desciam até a margem do rio Lituro. Estávamos na exata fronteira entre nossos mundos — o centro da cidade do outro lado da água, os assentamentos humanos atrás de nós. O sol nos avisava de sua aproximação. Raihn apreciou a vista — primeiro olhando para a esquerda, para a silhueta das construções de Sivrinaj, e depois para a direita, para os assentamentos e as dunas que se lançavam entre ambos.

Depois, estendeu a mão na direção da correia da bainha da espada, atravessada no peito.

Tensa, recuei um passo. Também levei a mão a uma das adagas, ainda presa à coxa. Só um pensamento me ocorreu: *Chegou a hora.*

Mas ele apenas desafivelou a correia.

— Tome. Pode colocar isto ali para mim, por favor? A merda das minhas costas ainda estão me matando, e esta porcaria é pesada.

Franzi a testa.

— Como assim? Por quê?

— Só coloque isto ali.

Ele falou casualmente, como se não houvesse nada incomum no que estava me pedindo para fazer.

Peguei a bainha. Na hora, não entendi como ele conseguia carregar aquela coisa o tempo todo — era, de fato, absurdamente pesada, tanto que precisei contrair todos os músculos para não deixar a arma cair.

Fiz como ele pediu e a apoiei na parede.

Raihn se afastou dois passos, me deixando mais perto de sua espada do que ele próprio.

Parecia despreocupado, mas eu sabia que era uma performance. Eu passara meses estudando cada movimento de Raihn. Aquele era apenas seu estilo de luta. A magia oculta em golpes brutos.

Eu só não entendia o porquê. Fiquei olhando para ele, esperando o truque.

Mas ele se virou para mim e abriu outros dois botões do casaco, expondo mais vários centímetros do peito nu. Apoiou-se na parede, puxou o tecido, olhou para o próprio torso e franziu a testa.

— Sofri um corte feio no desafio. Nem os artifícios de cura ajudaram muito.

— Você... o quê?

— Acha que devo ficar preocupado?

Não me movi.

Ele revirou os olhos.

— Sério. Só venha até aqui.

E eu fui. Ele abriu mais o casaco, a cabeça apoiada na parede — um triângulo amplo de pele nua, assim como o pescoço, completamente exposto para mim.

Que estava armada.

Enquanto a espada dele estava ali, fora de alcance.

De repente, entendi o que estava acontecendo. O que estávamos fazendo.

Ele estava se oferecendo para mim. Estava me agraciando com uma brecha perfeita. Ele sabia. Eu sabia. Nós dois sabíamos que o outro sabia.

Eu poderia matar Raihn ali mesmo. Seria muito fácil. Era só enfiar a lâmina bem no centro daquela extensão perfeita de pele. O sangue dele provavelmente seria mais quente que o dos outros que matei — não sei por que pensei nisso, só sei que tinha quase certeza de que seria assim. Me perguntei se ele me agarraria enquanto desfalecia. Qual seria a sensação da respiração dele em meu rosto.

— E aí? — perguntou o vampiro. — O que acha?

Cheguei mais perto.

Nosso rosto estava quase no mesmo nível. O odor dele me cercava. De repente, compreendi de supetão qual elemento daquele cheiro eu não conseguira descrever antes.

Raihn tinha cheiro de céu. Tinha cheiro do ar passando rápido ao redor, libertador e aterrorizante, a porra da coisa mais linda que eu já tinha experimentado.

Toquei o peito dele com a ponta dos dedos. A pele era quente. Ele tinha algumas cicatrizes naquela região também, e um chumaço de pelos escuros mais macios do que eu esperava que fossem. A súbita necessidade de espalmar a mão sobre sua pele, correr os dedos por todas aquelas texturas diferentes, quase me sobrepujou.

Eu sentira inveja de vampiros a vida toda. Mas ali, pela primeira vez, senti uma pontada de empatia também.

Porque, de repente, entendi o que era ter uma fome que não podia ser saciada.

Era excruciante.

— Hum — falei, sem expressão. — O corte parece sério.

— Achei mesmo que você fosse concordar.

Desviei o olhar do peito de Raihn, subindo pelos músculos elegantes de seu pescoço até chegar aos lábios — pura promessa, curvados nas pontas em um sorriso delicado que expressava muitas coisas que ele não havia dito.

Achei que, se eu o matasse ali, aquele sorriso persistiria.

— Seu coração está acelerado — murmurou ele. — Você deve estar muito preocupada com meu bem-estar.

Deixei um suspiro trêmulo escapar na forma de uma risada.

E não me mexi — não conseguia, os dedos ainda alisando sua pele — enquanto a mão dele subia até meu rosto. Deixei que ele me tocasse também. Deixei a imaculada pele áspera do nó de seus dedos acariciar minha bochecha, depois sua mão envolver o ângulo de minha mandíbula. Seu polegar se demorou, correndo devagar pela curva da minha boca, do meu lábio inferior.

— Ou isso é medo? — continuou ele.

O sorriso tinha sumido. Era uma pergunta real.

E a resposta me petrificou — porque eu não estava com medo, o que por si só era a coisa mais aterrorizante que eu já sentira na vida.

Eu podia abrir sua camisa, passar a mão por todo seu peito e enfiar a espada envenenada ali — bem em seu coração. Ele podia arrancar aquele vestido, que não passava de uma ridícula teia de aranha delicada, e me abrir ao meio.

Nós dois poderíamos queimar um ao outro.

Olhei Raihn nos olhos. Eu nunca os analisara tão de perto. Percebi que pareciam vermelhos porque a íris era formada de diferentes tons — marrom quase preto, dourado cor de mel, castanho como café e até mesmo alguns pontinhos de escarlate. Muitos pedaços desconectados que não deveriam combinar. Como ele. Como eu.

E foi ali, em seus olhos, que encontrei a verdade que deveria ter me destruído.

Sim, poderíamos nos matar ali. Estávamos nos oferecendo um ao outro. Mas nenhum dos dois faria isso.

— Não — sussurrei. — Não estou com medo.

Só notei que meus lábios haviam se curvado quando o polegar dele se moveu, traçando a forma daquele sorriso como se fosse algo digno de reverência.

— Você vai me matar, Oraya?

Não corri. Não me movi. Em vez disso, pousei a mão bem no centro do peito dele.

Surpreendi até a mim mesma ao responder:

— Esta noite, não.

A mão dele deixou meu rosto para tirar um cacho de cabelo preto da minha bochecha, movendo-o para o lado. Mas, em vez de se afastarem, seus dedos se enrolaram nos fios — agarrando, mas não puxando, como se Raihn estivesse tentando se convencer a me deixar ir embora e falhando miseravelmente.

— Talvez você me destrua de um jeito ou de outro.

Eu vi, ali, naquele momento. Vontade. Desejo.

E sabia o que era para um vampiro desejar alguém como eu. Sabia tão bem que deveria ter saído correndo.

Porém, ainda mais assustador do que o desejo dele, era o meu. Senti o chamado ecoando em minha própria pulsação. Era tão forte que, quando Raihn finalmente me soltou, quando enfim me afastei de seu corpo e me virei sem dizer uma só palavra, precisei resistir ao ímpeto de lamber o toque dele da ponta dos meus dedos.

Talvez o gosto fosse tão metálico e quente quanto sangue.

34

Após o banquete, Raihn e eu voltamos para o alojamento de sempre. Foi questão de hábito, a princípio. Depois, paramos à porta e olhamos um para o outro, claramente pensando na mesma coisa. Não era sábio continuarmos juntos.

— Talvez seja mais seguro — comentou Raihn — seguirmos como aliados. Se você quiser.

Falei para mim mesma que ele estava certo. Falei para mim mesma que, por mais um dia, seria bom manter o vampiro por perto. Para me proteger dos outros. Para me proteger do próprio Raihn, já que assim eu poderia ficar de olho nele.

Um monte de baboseiras, é claro. Eu ao menos estava ciente disso.

Escancarei a porta.

— Pode falar se estiver com medo de dormir sozinho em outro lugar — acabei dizendo, e foi a última coisa que falamos sobre o assunto.

A verdade é que eu *queria* ficar. A ideia de deixar o vampiro e me virar sozinha fazia uma solidão dolorida pulsar em meu peito. E enxerguei a mesma dor em Raihn quando o vi embalar o resto das coisas de Mische naquela noite, descartar os lençóis ensanguentados que não havíamos tido tempo de jogar fora antes do desafio da Meia-Lua, guardar a bolsa que a amiga deixara para trás.

Quando terminou, fiquei com ele na sala de estar em vez de voltar para meu quarto, dando continuidade àquela parceria silenciosa.

Era importante saber que eu não estava sozinha. E acho que ele sentia o mesmo, porque também não foi embora. Naquele dia, dormimos esparramados em sofás e poltronas, mas nenhum de nós proferiu uma única reclamação quando acordamos tomados por uma sinfonia de dores e incômodos.

Também não o matei na noite seguinte.

Nem na outra.

Não o matei durante nenhum dos inúmeros momentos meticulosamente registrados em que ele baixou a guarda.

Não o matei nem sequer quando, no dia seguinte, passei pela porta de seu quarto e percebi que, em uma demonstração chocante de confiança ou idiotice, ele a deixara ligeiramente entreaberta.

Espiei pela fresta e o vi esparramado na cama, o corpo iluminado pela fraquíssima luz que vinha da lamparina no corredor e pela faixa de sol que entrava através da cortina — tons quentes e frios distintos que destacavam cada reentrância e cada protuberância de seus músculos expostos. Ele estava dormindo todo espalhado, e mesmo assim conseguia a proeza de parecer algo poético, quase a escultura de um mestre — uma que ressonava alto, porém.

Fui impactada por quanto a cena me fazia lembrar da pintura no castelo de Vincent. A do Rishan caindo, esticando a mão para alguém. Mais belo do que trágico.

É agora, Vincent sussurrou em meu ouvido. Se eu fosse matar Raihn, aquele seria o momento perfeito.

Ele estava profundamente adormecido. Eu podia escancarar as cortinas. Podia deixar toda aquela luz do sol impedi-lo de retaliar enquanto subia em cima daquele corpo nu perfeito, prendendo seu quadril com meus joelhos antes de enfiar minha espada curta em seu peito. Os lençóis estariam encharcados quando terminássemos.

Me imaginei fazendo aquilo — atravessando o quarto, montando nele. Imaginei como seria ver seu corpo embaixo de mim, o torso exposto e o cabelo bagunçado ao redor do rosto. Imaginei a sensação daquele físico rígido e poderoso, com um potencial infinito envolto em pele, firme contra o interior das minhas coxas, rente a meu cerne.

Me imaginei erguendo a espada...

Mas, antes que pudesse golpear, seus olhos se abriram. Suas mãos, ásperas e calejadas, acariciaram minhas coxas, minha cintura, meus seios, a boca se curvando de forma familiar enquanto ele murmurava:

— Vai me matar, princesa?

E ele não esperou por uma resposta antes de...

Despertei, o rosto quente, o suor fazendo o cabelo grudar na pele. Demorei um bom tempo para acalmar a pulsação. Quando saí da cama e espiei pela porta, vi a dele aberta e o encarei por alguns longos momentos antes de sair.

Não, não o matei naquele dia também.

Três dias se passaram, e Raihn e eu não falamos sobre nos separar nem matamos um ao outro, e me dei conta de que eu não queria dar um fim naquele vampiro de jeito nenhum.

Raihn estava cozinhando.

Admito que tivera muitas dúvidas quando Mische havia dito que Raihn "cozinhava bem". Pensar em Raihn diante de um fogão, imenso e todo cheio de cicatrizes de batalha, parecia ridículo. E, bem, de fato era tão ridículo quanto eu imaginava.

Mas o cheiro era sensacional.

Não identifiquei o que ele estava preparando, só que estava usando uma série de ingredientes que trouxera da cidade em um saco de estopa e que fazia a proeza de cozinhar uma refeição inteira usando uma única panela toda amassada no fogo da lareira.

— Venha cá — chamou ele.

Eu estava no cômodo ao lado, onde praticava minha magia ainda terrivelmente inconsistente e tentava fingir que não estava prestando atenção no vampiro.

Obedeci, e Raihn me estendeu uma colher de madeira.

— Preciso da sua ajuda. Experimente.

Olhei para a colher. Parecia algum tipo de ensopado, com pedaços de vegetais e temperos aleatoriamente dosados, tudo suspenso num molho marrom e cremoso. Baixei a cabeça e provei.

Caralho.

Meus joelhos quase cederam. Quaisquer que fossem as palavras que eu estava prestes a dizer se embolaram na língua, derretendo sob o... o... Pela Mãe, não havia palavras para aquele sabor. Eu nunca tinha comido nada tão delicioso.

Quando enfim voltei à consciência, pisquei e olhei para Raihn, que me observava com uma estranha expressão cômica no rosto.

— Não foi assim que imaginei a primeira vez que faria você gozar — comentou ele.

Parei de mastigar.

Raihn não falou nada, mas a expressão que lampejou por seu rosto antes de ele me dar as costas dizia que o vampiro também notara que a piada tinha sugerido mais do que o planejado.

Imaginei.

Primeira vez.

O ar ficou pesado. Limpei um pouco de ensopado do canto da boca.

— Não acreditei quando Mische me disse que você era um bom cozinheiro. — Tentei soar bem casual. — Mas... nada mau.

Foi o suficiente para quebrar a tensão — ou ao menos para nós dois fingirmos que sim.

— É um absurdo você ter crescido comendo comida de vampiro. Vampiros não sabem cozinhar.

— Você sabe.

— Mas só porque é uma coisa que amo fazer. O gosto das coisas não é mais igual.

Certo. Vampiros até continuavam a comer comida, mas o paladar deles era muito diferente do dos humanos. Eu nunca tinha parado para pensar em como as coisas funcionavam no caso de vampiros Transformados.

— Foi mudando com o tempo? — perguntei, e ele confirmou com a cabeça enquanto tirava a panela do fogo e a colocava na mesa.

— Devagar, ao longo dos anos. Este ensopado? Não tem mais graça para mim. Mas Mische é mais nova que eu, então a afinidade dela com os sabores é mais humana. Ela vai sentir um gosto parecido com o que você sentiu agora.

Me empertiguei.

— Mische? — Olhei para a mesa, para a panelinha coberta esperando o ensopado. — Isso é para Mische?

— Achei que ela merecia.

— Você vai se encontrar com ela?

— Vou sim. Caso não se importe de eu sacrificar um dia de treinamento.

Nem dei atenção a como ele havia presumido com tanta facilidade que ainda treinaríamos juntos.

Em vez disso, pensei em Mische — Mische e seus sorrisos e risadas fáceis, e em como ela me tratara como se eu fosse uma amiga de verdade. A imagem que eu tinha dela era muito diferente de como a vampira estava quando fora levada embora, apenas uma casca do que costumava ser.

Toquei meu pulso — a atadura que envolvia a mordida do Ministaer, ainda não totalmente curada — mesmo sem intenção.

Demorei um longo instante para reconhecer que o sentimento que eu estava com dificuldade de colocar para fora era preocupação.

— Posso ir junto? — soltei, antes que pudesse me conter.

Raihn, que estava de costas para mim de novo, fez uma pausa longa o suficiente para que uma onda de incerteza me inundasse. É claro que ele não iria querer me levar, uma inimiga em todos os sentidos que importavam da palavra, para ver Mische fora do território do Palácio da Lua. Caramba, isso se *ela* ao menos quisesse me ver.

Mas, quando Raihn se virou, estava com um sorrisinho no rosto — não, um baita sorriso.

Ele respondeu simplesmente:

— Ela vai adorar.

35

Fiquei surpresa ao descobrir que Raihn já conseguia voar. Vampiros se curavam muito depressa, e os ferimentos nas costas dele tinham se fechado e formado cicatrizes novas e rosadas. Ainda assim, achei que ele demoraria semanas antes de poder usar as asas. Ele insistiu que estava bem, mas não me passou despercebida a careta de dor que fez quando as conjurou, ou a forma como seu corpo todo se enrijeceu quando saltou comigo para o céu.

— Você está bem? — perguntei depois de um tempo.

— Ótimo — respondeu ele, como se nem soubesse o porquê de eu estar perguntando.

Voamos por um tempo bem longo — horas. Da primeira vez que Raihn me levara para voar, o ataque ao Palácio da Lua tinha sobrepujado tudo, exceto o levíssimo brilho da alegria de estar fazendo aquilo. Agora, com mais nada para me distrair, era impossível não me deleitar com o voo. Amei a velocidade com que nos movíamos, a sensação de leveza, a liberdade. Amei como a paisagem se estendia abaixo de nós, o mundo que me prendia em uma armadilha estava agora reduzido a nada além de maquetes insignificantes. Amei o cheiro do vento, a forma como ele batia em meu rosto.

Amei tudo.

Senti Raihn se ajeitar — senti o calor da respiração dele contra minha bochecha. Olhei de canto de olho e o vi com a cabeça virada para me fitar. Isso fez com que nossos rostos se aproximassem, o nariz dele a apenas alguns centímetros do meu.

Seus olhos brilharam com um toque de diversão.

— Você está sorrindo feito uma criancinha — disse Raihn. Fiz uma careta, e ele riu. — Ah, esquece, a cara de sempre voltou... Essa é a minha garota.

Revirei os olhos e fitei a paisagem lá embaixo. Tínhamos voado para além do centro da cidade, seguindo agora na direção dos assentamentos que se espalhavam entre as dunas.

— Você gosta de voar — disse ele.

Não consegui nem tentar mentir.

— Gosto.

Era um eufemismo. Pela Mãe, se eu tivesse asas, precisariam me arrastar do céu.

— Isso é pouco comum — disse ele. — Pessoas que não conseguem voar geralmente odeiam as primeiras experiências.

— Você costuma carregar muitas mulheres sem asas por aí?

— Algumas. Quase todas vomitaram em mim.

— Ainda pode acontecer. Não baixe a guarda.

— Achei que seu estômago seria tão forte quanto sua determinação.

Virei o pescoço com o intuito de olhar para ele.

— E quão forte seria isso?

Ele sorriu e se inclinou mais ainda para falar em meu ouvido:

— Forte que nem a porra de uma barra de aço. Óbvio.

Óbvio.

Pousamos em uma fazenda. Aquela parte dos assentamentos ficava além dos limites de Sivrinaj, muito depois das dunas. Tínhamos passado por um pequeno vilarejo não muito distante dali, mas a casa onde Raihn parou ficava muito depois da rua habitada mais próxima. Era uma construção pequena, mas bonita, feita de tijolos de um cinza arenoso. Grama se estendia em todas as direções, de um dourado suave mesmo sob a luz fria da lua. À esquerda, cavalos pastavam. À direita, os campos eram pontuados aqui e ali por ovelhas, cabras e uma mula que veio correndo nos inspecionar com um nítido receio.

Quando Raihn me pôs no chão, quase caí. Meus joelhos estavam moles, sem querer cooperar. Mas prestei mais atenção na careta de Raihn quando ele fez as asas sumirem.

O vampiro me viu olhando para ele.

— Não me venha com essa cara feia, princesa.

— Não estou fazendo cara feia.

Ele soltou um suspiro sofrido.

— É sério que você nunca percebeu que está *sempre* de cara feia?

Sem pestanejar, ele seguiu até a porta. Fui em seu encalço, de repente muito ciente dos meus próprios músculos faciais. Ele estava errado. Eu tinha certeza de que não estava *sempre* de cara feia.

A porta se abriu. Um homem alto e esbelto com um tufo de cabelo loiro bem claro no topo da cabeça abriu um sorrisão que exibiu os caninos afiados.

— Raihn! Que surpresa boa. A Mische vai ficar toda feliz. E...

Os olhos dele, azuis como o céu, pousaram em mim por sobre o ombro de Raihn. O sorriso mudou quando o homem deu um passo para o lado para nos deixar entrar — mudou para algo surpreso e não totalmente amigável.

— Ah. Caramba. É a... acho que eu sei quem *você* é.

Que bela recepção. Não gostei de seu tom de voz.

Raihn balançou a cabeça e pousou a mão em minhas costas.

— Hospitalidade de primeira, como sempre — resmungou ele, e talvez tenha sido minha imaginação a sensação de seus dedos acarinhando minhas costas em um gesto tranquilizador enquanto entrávamos.

O interior da casa combinava com o exterior — simples, mas limpo. Bem construído, mas nada enfeitado. Uma mulher de cabelo castanho-claro preso em um coque no topo da cabeça entrou pela porta que parecia vir da cozinha e estacou no lugar.

— Oraya, este é Cairis — disse Raihn, apontando para o homem loiro, que acenou e abriu um sorriso hesitante. Depois, ele indicou a mulher morena. — E essa é Ketura.

Ele não deu mais explicações sobre quem eram eles ou qual relação os três compartilhavam.

Ketura não se moveu nem falou. Nem sequer piscou.

— Cadê a Mische? — perguntou Raihn. — Lá em cima?

Ele já estava na metade do caminho, com a mão em meu braço, me guiando na frente. Tudo muito casual, mas eu sabia o que o vampiro estava fazendo. Por crescer com Vincent, eu era muito familiarizada com aquele tipo de proteção.

— Segundo quarto à direita — indicou Cairis atrás de nós, mas não nos seguiu.

A porta estava entreaberta. Raihn bateu, depois a abriu. Mische estava na cama, cercada de lençóis e mantas fofas e brancas, fitando a paisagem além da janela com um livro fechado no colo.

Quando viu Raihn, o rosto dela se acendeu com um sorriso vibrante. Ela se sentou rápido, um gesto de quem estava prestes a saltar da cama. Raihn se aproximou mais dois passos, como se tivesse notado a mesma coisa que eu e estivesse preparado para segurar a vampira caso ela se jogasse sem querer no chão.

— Não ouse... — começou ele; no instante em que ficou ao alcance de Mische, porém, ela deu um salto e abraçou seu pescoço com tanta força que o fez bufar.

Raihn resmungou algo com um tom de desaprovação pouquíssimo convincente e não a afastou. A mulher enfim o largou depois de um tempo e, quando se virou para mim, conseguiu a proeza de deixar seu sorriso ainda mais amplo.

Os últimos resquícios de minha incerteza desapareceram. Ela parecia *radiante*.

Esfreguei o pulso sem nem pensar.

Mische parecia a ponto de pular para me abraçar também, mas aquilo ainda era um pouco demais para mim. Em vez disso, nos contentamos com um aceno meio desajeitado.

— Está se sentindo melhor?

— Bom, *agora* estou! — soltou ela.

Mische claramente ainda sentia dor, mas um entusiasmo efervescente impregnava suas palavras. Raihn e eu nos sentamos na beira da cama enquanto ela nos contava do tempo que tinha passado ali — as jogatinas diárias com Cairis e os ensinamentos de Ketura sobre jardinagem, os nomes que ela tinha dado a todas as galinhas e como ela tinha certeza, certeza *absoluta*, de que estava conquistando o coração peludo daquela mula rabugenta que tínhamos visto no pasto.

— Não tenho dúvidas — disse Raihn a respeito da última afirmação, e tentei não me sentir ofendida quando ele abriu um sorriso malicioso e olhou para mim. — Você parece ser boa nisso de conquistar o coração de criaturas temperamentais.

Pela Deusa. E pensar que ele tinha me elogiado menos de uma hora antes.

Mische fez um milhão de perguntas sobre o desafio da Lua Cheia, que respondi de forma mais comedida enquanto Raihn complementava os relatos com interjeições animadas. Ela foi arregalando os olhos a cada resposta.

— Pelos deuses que estão no céu — arquejou ela quando chegamos ao fim. — Aquela sua magia tímida veio ao seu auxílio! Eu disse! Ela estava aí o tempo todo, *dentro* de você.

Tive a impressão de sentir um toquezinho de tristeza no tom da afirmação, rapidamente escondido. Meu olhar recaiu nas cicatrizes das queimaduras que podia antever por baixo da manga de Mische.

Dei de ombros.

— Foi sorte.

— Não, foi incrível — rebateu Raihn, e evitei seu olhar.

Ficamos com Mische por um bom tempo, a conversa indo dos desafios anteriores a outras trivialidades. Não falei muito, deixando a maior parte do papo para Mische e Raihn, o que me agradava. Mesmo depois de ter morado com eles, fui atingida em cheio pela calidez fácil que permeava aquelas interações. Duas pessoas completamente confortáveis com a presença uma da outra.

Depois de um tempo, Raihn olhou o céu pela janela.

— Está ficando tarde — afirmou, parecendo meio chateado. — A gente precisa ir. Vamos demorar um pouco para voltar.

Ele se levantou, e dessa vez não deu a Mische a chance de se jogar em cima dele ao puxar a vampira primeiro para um abraço, apertando-a com força.

— Melhore logo, ouviu?

— Pode deixar — disse ela contra seu ombro. — Se cuidem. Desçam a porrada no pessoal.

— Você que manda.

Eu me mexi, constrangida, tentando olhar para o nada. Parecia o tipo de momento que eu não devia interromper.

Depois Raihn se afastou, deu um beijo no topo da cabeça da amiga e se despediu de novo antes de seguir para a porta. Também me despedi, meio sem graça, e estava indo atrás dele quando Mische me chamou.

— Oraya.

Eu me virei.

— Você também — continuou ela, baixinho. — Se cuide, pode ser? Fique bem.

A culpa fez meu estômago se revirar — porque eu tinha acabado de ver Raihn fazer a mesma promessa a ela, e, muito em breve, seria impossível que nós dois pudéssemos mantê-la ao mesmo tempo. Vendo os dois juntos, era ainda mais difícil não pensar que ele talvez merecesse mais sobreviver.

— Claro — respondi.

— Obrigada por ter vindo. Foi... bem importante para mim. — Ela abriu um sorrisinho. — Foi bem importante para ele também.

Mische estendeu a mão. Não foi um abraço — talvez ela soubesse que era um passo além do meu limite. Mesmo assim, quando me dei conta, estava estendendo a mão na direção da dela. Seus dedos eram quentes para uma vampira, de toque macio e gentil. Ela apertou minha mão.

Senti um caroço na garganta.

— Espero que você melhore logo — falei. — Estou... estou feliz que sobreviveu.

— Eu também.

Ela me soltou e acenou, e fechei a porta atrás de mim. Quando cheguei ao topo da escada, me detive. Vozes sussurradas vinham lá de baixo. Vozes sérias.

Não consegui me segurar. Disse a mim mesma que aquilo não era exatamente espiar. Era só... deixar de anunciar minha chegada.

Desci os degraus muito, muito devagar, ficando perto da parede para evitar que o assoalho rangesse com meu peso. Parei logo antes de entrar no campo de visão da sala de jantar. Conseguia apenas vislumbrar o ombro de Raihn na pontinha da passagem.

— Vale está a caminho — dizia Cairis. — Está trazendo inclusive a *esposa nova*, acredita?

Ele soava como uma dona de casa fofoqueira.

— Esposa? — Raihn pareceu surpreso. — De Dhera? Quem...?

— Ela é humana. Ou ao menos *era*.

As palavras de Cairis saíram em um tom que sugeria um olhar significativo após um longo gole de chá.

O silêncio se estendeu. Eu mal conseguia ver Raihn, mas tinha certeza de que ele havia se aprumado em reação à notícia.

— Interessante — falou, seco. A palavra emanava reprovação, densa feito fumaça.

— Interessante mesmo — retrucou Cairis. — Não acha, Ketura?

Silêncio. Depois, tão baixinho que mal consegui ouvir: — *Ela* não devia estar aqui.

— Ela é uma amiga — disse Raihn.

— Não, não é.

— Ela é uma amiga, Ketura, não se esqueça disso.

Franzi a testa. Havia algo na voz de Raihn que eu nunca tinha escutado antes — um tom de comando.

— Você sabe o que ele está fazendo agora? — chiou Ketura. — Você precisava ver, Raihn. O que ele fez com Genra e Isca. Devia ver quantas pessoas ele matou.

Senti a boca ficar seca. Genra e Isca — cidades dos Rishan. Uma era até próxima ao assentamento onde eu havia nascido, Salinae. O lugar onde eu talvez ainda tivesse parentes de sangue, caso alguém da minha antiga vida tivesse sobrevivido à noite em que Vincent me encontrara.

Cairis e Ketura também eram Rishan, então. Eu não precisava nem ver suas asas para entender aquilo com base na forma como falavam.

— Estou sabendo.

— E mesmo assim achou por bem atravessar aquela porta com ela? Trazer a cadelinha humana de Vincent para...?

— *Jamais* — interrompeu Raihn, seríssimo — fale dela dessa forma.

Um silêncio imediato se abateu sobre a casa.

— Peço perdão. — Ela não parecia muito arrependida.

Avancei mais um passo, e o assoalho rangeu, denunciando minha presença. Três pares de olhos se viraram para mim: os agradavelmente casuais de Raihn, os escancaradamente curiosos de Cairis e os afiados de Ketura.

Pigarreei e desci às pressas o resto da escada.

— A gente precisa ir embora — disse Raihn. — Não podemos correr o risco de estar do lado errado dos muros do Palácio da Lua quando o dia nascer. — Depois ele se virou para Ketura e Cairis. — Deem a comida para a Mische. Volto em breve.

Ele não disse mais nada antes de me guiar porta afora, me agarrar nos braços e saltar em direção ao céu.

Voamos em silêncio por um tempo.

— Você escutou a conversa inteira, não foi? — perguntou ele, enfim.

Claro que Raihn sabia. Nem me dei ao trabalho de negar.

— Você facilitou.

— Ketura está preocupada e irritada. Como muitas pessoas no momento. Por isso está um pouco... sensível.

A impressão era a de que o vampiro estava escolhendo as palavras de forma muito deliberada.

— Se eu fosse ficar chateada toda vez que me chamam de animal de estimação, cadelinha de Vincent ou o que quer que seja sobre mim por aí, a culpa seria toda minha. Caramba, até *você* já me chamou disso.

Raihn ficou calado por um longo momento. Nós dois sabíamos que não havia o que discutir.

— A esposa de Ketura está em Salinae — disse ele. — Ela está assustada. São tempos de incerteza.

Salinae. A menção ao nome fez meu peito apertar — primeiro por empatia, seguida de algo mais amargo.

Eu também temia pelo lugar.

— Eu sou de lá — falei. — De Salinae.

— Sério?

— Foi onde Vincent me encontrou. Nos assentamentos humanos de lá. Ele estava reprimindo uma rebelião. Eu gostaria de... — Me detive.

Nunca tinha dito aquilo em voz alta. Não para ninguém além de Vincent. Nem Ilana sabia daquele meu sonho frágil e inocente.

Esfreguei o anel no mindinho.

— Eu gostaria de voltar para lá algum dia — completei. — Ver se alguém que me conheceu ainda vive por lá. Parentes ou... sei lá. Não sei.

Um silêncio momentâneo. Não consegui me forçar a olhar para Raihn.

— O que foi? — continuei. — Você acha que é um conto de fadas?

Conto de fadas. Como eu tinha chamado as esperanças que Raihn nutria em relação à garotinha que havia salvado, que me lembrava muito de mim mesma.

— Não — respondeu ele. — Acho que qualquer familiar seu que porventura ainda esteja vivo tem é uma baita sorte de ter você.

Senti meu rosto tensionar na sugestão de um sorriso, mas dispensei o elogio desconfortável.

— O que eles são? — perguntei, mudando de assunto. — Cairis e Ketura?

— Amigos — respondeu Raihn. Torci o pescoço para encará-lo com um olhar cético; ele deve ter sentido, porque retrucou: — O que foi?

Não eram "amigos". Eu soube isso logo de cara. No início, não entendi o porquê, até compreender que, àquela altura, eu já sabia como Raihn se comportava quando interagia com pessoas que considerava amigos. Como Mische. E talvez... talvez até comigo.

Raihn riu da forma como o encarei, sem reagir.

— Certo, beleza. Eles são... talvez o melhor termo seja "colegas de longa data". Não tenho vontade de beber uma cerveja com eles, mas confio nos dois.

Naquilo eu acreditava. Não conseguia imaginar Raihn enviando Mische para um lugar distante estando tão vulnerável caso não confiasse nas pessoas que cuidariam dela.

Ainda assim... colegas. Será que aquela era mesmo a palavra certa? Ketura tinha pedido perdão muito rápido, mesmo claramente não tendo a intenção de se desculpar.

— Você já foi o superior deles?

Raihn pareceu um tanto sobressaltado, o que me deixou satisfeita. Era bom poder surpreender o vampiro da forma como ele sempre me surpreendia.

— Já — respondeu ele. — Já fui. Você é boa nisso, princesa.

— Quando?

— Há muito tempo. Nós éramos... bom... guardas privativos, digamos assim.

Aquilo era interessante. Eu conhecia muitos lordes vampiros que tinham as próprias forças militares. Andavam por aí cercados de uma série de guerreiros brutamontes com expressão pétrea. Eu não conseguia imaginar Raihn como um deles. Eram em geral pessoas tediosas e genéricas, algo que ele... definitivamente não era.

— "Digamos assim"? — pressionei.

— É o termo mais próximo em que consigo pensar — respondeu ele, de um jeito que reprimia novos questionamentos.

Caímos em silêncio, olhando as dunas e os pequenos vilarejos ficando para trás, brilhando em prateado sob o carinho suave da lua.

Depois de um tempo, Raihn declarou, do nada:

— Não acho mais aquilo a seu respeito.

— Hum?

— Que você é o bichinho de estimação de Vincent, ou a cadelinha dele, que seja. Talvez achasse no começo, mas não acho mais. Eu só... só queria que você soubesse disso.

Senti a garganta apertar um pouco.

Era idiota, mas ao mesmo tempo estranhamente validador (e reconfortante) ser definida por qualquer coisa que não minha relação com Vincent. E eu sabia que, por bem ou por mal, Raihn estava sendo sincero.

— Quer que eu agradeça por você não me chamar de cadelinha? — respondi, sem emoção.

Ele bufou e balançou a cabeça.

— Vá se foder você também, Oraya. Pelas tetas de Ix... Eu tentei ser legal.

— Tão encantador...

— Não vou fazer isso de novo, juro.

Revirei os olhos de forma dramática. Mas, quando nossa conversa terminou, me acomodei um pouco mais no abraço de Raihn.

36

Na noite seguinte, as portas do Palácio da Lua apareceram trancadas pelo lado de fora.

Vincent estava viajando, então, em vez de contar com os presentes dele, eu tinha planejado ir até a cidade para procurar doses extras de veneno para as minhas lâminas. Quando forcei a maçaneta da porta da frente, porém, ela nem sequer se moveu. Tentei outra, e outra. Porta alguma se abriu. As janelas também pareciam trancadas.

Quando voltei ao alojamento pouco tempo depois de ter partido, Raihn, que estava limpando a espada, olhou para mim com curiosidade.

— Está tudo bloqueado — falei. — Portas. Janelas.

A expressão dele se fechou. Então, o vampiro embainhou a espada e saiu do alojamento. Voltou alguns minutos depois com um único jarro e um cesto cheio de frutas e pão.

— Não tinha nada no salão de banquete, exceto isto — disse.

O pão e as frutas, mais o que já tínhamos de comida guardada, seria suficiente para mim. Mas e o sangue? O jarro continha menos do que uma taça de líquido.

Trocamos um olhar, pensando claramente na mesma coisa. Se o Palácio da Lua nos trancara lá dentro, tinha a intenção de nos deixar com fome. E ficar com fome era aterrorizante para nós dois por motivos muito diferentes.

— Você tem mais, certo? — falei, apontando para o jarro.

Ele e Mische vinham estocando sangue desde o começo da competição, mas... eu não sabia quanto do suprimento sobrevivera ao ataque.

— O suficiente — disse ele, sem elaborar muito. — Perdemos parte no incêndio, mas... tenho o suficiente. Se eu racionar.

Senti os ombros relaxarem de alívio. Se ao menos Raihn tivesse sangue o bastante para se alimentar, o vampiro trancado comigo não seria um predador. Mesmo assim, estar confinada em um castelo com quase uma dúzia de outros como ele não era um pensamento lá muito animador.

Geralmente, os desafios eram espaçados de forma regular, sempre com três semanas entre eles. Mas, às vezes — não sempre —, o desafio da Lua Crescente era uma exceção. Havia anos em que fora o mais longo, durando vários dias, e já havia até mesmo acontecido em um lugar que não o coliseu.

Se Nyaxia fosse nos manter sem comida até o desafio da Lua Crescente, podíamos estar falando de um período entre uma e três semanas. Qualquer das alternativas era perigosa. Alguns dos vampiros ali não tinham tomado sangue algum desde o banquete, quatro dias antes.

Raihn posicionou um armário na frente da porta naquela noite.

As portas e janelas não abriam. A comida não foi reposta. O sangue acabou.

No quinto dia, em desespero crescente, um dos competidores Hiaj tentou voar até o topo da torre e quebrar uma das janelas superiores. O vidro se estilhaçou, mas, no momento em que ele tentara atravessar a passagem, fora jogado ao chão com um grito agoniado de dor. Foi como se o corpo dele tivesse sido cortado por milhares de lâminas minúsculas, retalhando pele e asas. Raihn e eu assistimos de longe; mesmo do outro lado do salão, porém, era nítido que ele morreria — por hemorragia ou de fome. Uma brisa soprou suave pela esquadria aberta. A única coisa visível era o céu, o Palácio da Lua disfarçando sua natureza mortal com inocência.

Mais ninguém tentou sair pelas janelas.

Nem mesmo quando a fome ficou pior.

Mais uma semana se passou.

Parei de sair do alojamento. Os vampiros que não tinham conseguido beber nada antes do sumiço do estoque de sangue agora deviam estar com uma fome intensa — não o suficiente para morrer, mas o bastante para ficarem loucos de desespero.

Primeiro, começamos a ouvir passos no corredor externo ao alojamento durante a noite. Depois, eles passaram a continuar também de dia, à medida que o desejo instintivo pelo sangue sobrepujava a aversão às queimaduras do sol. Eles provavelmente nem sabiam que estavam fazendo aquilo. Quando ficavam mortos de fome, as pernas dos vampiros apenas os levavam aonde quer que os instintos sentissem que havia um potencial maior de conseguir comida. E mesmo que eu tivesse tido o cuidado de curar todos os meus ferimentos do último desafio, provavelmente ainda exalava um cheiro delicioso.

No meio de tudo isso, Raihn e eu de alguma forma conseguimos manter nossa pequena bolha de normalidade. Treinávamos juntos no início da noite, e depois ele me ajudava a praticar minha magia vergonhosamente imprevisível. Passávamos as horas que antecediam a aurora deitados na sala de estar. E, todas as noites, eu o via se demorar um tempo entre as cortinas, espiando o horizonte até o sol começar a deixar vergões vermelhos em sua pele.

Certa noite, depois que Raihn foi dormir, tive uma ideia. Arrastei o imenso espelho do meu quarto para a sala, apoiando-o de forma precária contra o sofá. Olhei para ele, mexi nas cortinas, conferi os ângulos e depois chequei tudo de novo. Quando Raihn acordou após o pôr do sol e viu a bagunça que eu tinha aprontado na sala de estar, estacou no lugar.

— Ah — exclamou ele. — Bom, enfim aconteceu. Você endoideceu.

Bufei, mas não expliquei nada. Não até a noite chegar ao fim, quando o sol começou a nascer e Raihn seguiu até o lugar de sempre perto das cortinas. Foi quando o chamei de volta para a sala de estar.

— Fique olhando — falei, apontando para o espelho.

Depois, retornei para meu quarto e abri as cortinas.

Ele se encolheu, recuando. Mas a quina do corredor o protegia dos raios diretos do sol — enquanto, ao mesmo tempo, o espelho dava a ele uma visão desimpedida do céu.

— Eu testei — falei. — Contanto que você só avance até aí, mesmo no fim da tarde a luz não vai entrar neste cômodo. Mas ainda dá para ver o sol pelo espelho. Fica... Fica bonito no meio do dia. O sol reflete nas torres da igreja.

Falei aquilo de forma casual, como se não tivesse passado horas garantindo que a posição do espelho fosse perfeita, cuidando para que ele refletisse todas as coisas que eu achava bonitas na cidade adormecida durante o dia — uma versão da paisagem que ninguém além de mim conseguia ver. Até então.

Raihn ficou em silêncio por um longo tempo.

— Cuidado, princesa — falou ele, a voz rouca. — Assim, vão achar que você é gente boa.

Mas as palavras dele me importavam menos do que o sorriso persistente querendo curvar seus lábios. E, todos os dias a partir daquele, o vampiro puxava uma cadeira até o canto do corredor, de onde observava o sol nascer e se pôr sobre Sivrinaj como se a oportunidade fosse o presente mais valioso do mundo.

Em momentos como aquele, era fácil demais para mim esquecer a realidade sombria de nossa situação.

Mas a escuridão das circunstâncias sempre dava um jeito de se infiltrar.

Certa noite, na terceira semana, Raihn começou a ficar inquieto. Parecia tenso, o comportamento geralmente calmo e casual sendo substituído pelo tamborilar constante do pé no chão, pelo ranger dos dentes e pelos dedos que abriam e fechavam sem parar. Todos os músculos na expressão dele pareciam retesados.

— O que você tem? — perguntei depois de um tempo, quando ele estava tão distraído treinando que quase me deixou arrancar sua cabeça com Fogo da Noite.

— Nada — rebateu ele.

— Nossa, que convincente.

O vampiro nem sequer retrucou, o que talvez fosse o mais preocupante dos sinais.

Em seguida, Raihn pediu para interromper nosso treinamento, e não me opus. Não estava disposta a transparecer o quanto estava preocupada com ele, mas também não conseguia dispensar por completo aquele nó de ansiedade. Quando ouvi os passos na sala, saí do meu quarto e olhei para ele pela curva do corredor.

Raihn estava parado diante da mesa de jantar, com um copo na mão. Achei que estivesse vazio a princípio; depois, quando o ergueu, vi que havia uma quantidade minúscula de sangue nele — mal suficiente para cobrir o fundo.

Raihn encarou o líquido como se estivesse se despedindo de um amante antes de virar o copo, apreciar o sangue na boca e engolir.

Senti o mundo ficar amortecido e frio. A expressão no rosto dele... a forma como passou a encarar o copo vazio... aquilo me disse tudo o que eu precisava saber. Me senti uma idiota.

— E então? — falei, surgindo do corredor. — É isso, não é?

— Hum?

Pela Mãe. Eu era uma burra. Raihn estava tão além do próprio limite que não parecia ter forças nem sequer para fingir ignorância. Apontei para o copo vazio, ainda em sua mão.

— Você disse que tinha o suficiente.

— Eu... — Ele evitou meu olhar. Engoliu em seco. — Eu tinha o suficiente.

— Não parece.

— O desafio da Lua Crescente vai acontecer a qualquer momento agora. Está tudo bem. Estou bem.

Ele pousou o copo na mesa com um pouco de força demais, e uma rachadura se espalhou da base até a boca do vasilhame. Se notou aquilo, Raihn não deu sinal algum. Seus nós dos dedos estavam brancos.

Algo no som — vidro se estilhaçando — fez as coisas dentro de mim se estilhaçarem também. De repente, todos os sinais de fome que eu me negava a ver ficaram evidentes. Estavam por toda parte. Como eu não tinha notado? Sempre que perguntava se ele tinha sangue suficiente, Raihn me dizia que sim. E eu confiara nele sem nem pestanejar.

Raihn estava com fome — não só com fome, mas sim à beira da inanição. E eu tinha me enfurnado em um espaço fechado com ele.

Por que fora tão difícil para mim confrontar a realidade desses dois fatos?

A questão não era eu estar com medo dele. A questão era *não* estar, sendo que deveria. *Eu deveria estar com medo*. Aquela era a natureza das coisas, que não mudava de acordo com o que eu estava sentindo.

Você anda cometendo erros demais, Vincent sussurrou em meu ouvido. Eu não tinha notado como fazia tempo que não o ouvia.

— Acho melhor eu ir para outro lugar — falei. — Outro alojamento.

Tentei manter a voz estável, mas precisei me forçar mais do que esperava. E dava para ver que Raihn lutava tanto quanto eu para manter o rosto inabalado — sem muito sucesso. O músculo de seu maxilar estremeceu bem de leve, como se ele tivesse precisado amortecer o impacto de um golpe.

Senti o golpe também. Como se alguém tivesse me dado um tapa na cara.

— Por quê?

— *Por quê?* — Apontei para o copo quebrado. A rachadura tinha aumentado. O punho fechado de Raihn ao redor do objeto era a única coisa evitando que o copo se despedaçasse. — Raihn, não seja...

— Não precisa.

Ele não ia me forçar a dizer aquilo. Não era possível que o vampiro fosse tão inocente.

— Sim, preciso, sim. Você sabe que preciso.

— Eu já disse que... — Ele fez uma pausa. Inspirou fundo. Soltou o ar. — Espero que, a esta altura, você saiba que não precisa se preocupar com isso.

— Sempre preciso me preocupar.

Você nunca vai estar segura, sussurrou Vincent.

— Não comigo.

— Até com você.
Especialmente com você, porque você faz eu me sentir segura.
E, dessa vez, ele se encolheu de verdade. E o vidro se espatifou.
— Depois de tudo, você ainda tem medo de mim? Eu não sou a porra de um *animal*, Oraya — disse ele, as palavras tão baixas e roucas que, de fato, soaram como um rosnado. — Me dê mais moral que isso.
Algo endureceu em meu coração, cutucado pela dor que eu sentia por ele.
— Não é um animal — falei. — Mas é um vampiro.
— Eu jamais machucaria você — soltou ele.
Não. Aquilo era mentira. Fora mentira quando me disseram a mesma coisa da última vez. Era uma mentira mesmo que Raihn não tivesse a menor dúvida de que era verdade — e, se fosse esse o caso, talvez ele fosse mais tolo do que eu imaginava.
Caramba, talvez eu também fosse.
Éramos finalistas do Kejari. Precisaríamos machucar um ao outro. Mesmo tendo chegado àquela altura.
— Por que você está tão ofendido? — rebati. — Só porque afirmei o óbvio em voz alta? Você é um vampiro. Eu sou uma humana. Talvez a gente não goste de dizer essas coisas, mas é a verdade. Olhe para você. Acha que não enxergo além da porra das aparências?
Eu estava chateada. Minha pulsação havia acelerado. Um músculo estremeceu em sua bochecha. Suas narinas se dilataram. Dava para ver, bem ali. A fome escondida embaixo do ultraje.
— Nosso mundo dos sonhos é legal, mas não é *real* — prossegui. — E não quero acordar dele com você rasgando minha garganta.
Me arrependi das palavras imediatamente. Mas me arrependi porque eram cruéis, e porque a horrível dor infantil que se espalhou pelo rosto de Raihn fez minha alma doer.
Não me arrependi porque não eram verdadeiras. Elas eram.
Será que ele achava que era o único desejando fingir o contrário? Naquele momento, tudo que eu mais queria era levar a vida da forma que tínhamos levado naquelas últimas semanas. Construindo algo parecido com um lar naquele Palácio escuro de merda.
Queria tanto que até... até acreditei que poderia ajudar Raihn. Mesmo sendo um pensamento idiota. Mesmo sabendo que uma humana se oferecendo a um vampiro privado de sangue por tanto tempo significaria morte quase certa, por melhor que fossem as intenções dele. Ainda assim, quando vi aquele olhar no rosto de Raihn, aquele desespero, cogitei reconsiderar.
Idiota, inocente, infantil.

Mas Raihn já havia recuado, com as costas aprumadas e os punhos cerrados ao lado do corpo. Tinha dado vários passos para longe de mim, como se, até mesmo em um momento de raiva, soubesse que era prudente abrir mais espaço entre nós.

— Certo — disse ele, frio. — Você está certa. Eu fui idiota. Se quer que eu vá embora, eu vou. Mas nada de você sair por aquele corredor. *Eu* vou.

Tive vontade de voltar atrás. O aperto familiar do medo começara a envolver meu coração. Não medo de Raihn, mas medo de ficar sem ele, das coisas que eu poderia sentir caso ele fosse embora.

— Certo — respondi, contra todos os meus instintos.

Nenhum de nós sabia mais o que falar.

Então ele foi para seu quarto, juntou suas coisas, puxou o armário que barricava a porta apenas o suficiente para se esgueirar pela fresta e se virou para mim.

Um milhão de palavras jaziam suspensas entre nós.

Ele falou apenas:

— Empurre isso de novo quando eu sair. Eu... — E engoliu o que quer que estivesse prestes a dizer.

Eu conhecia aquela sensação, porque me vi fazendo a mesma coisa. Engolindo vários *Não vá* e *Vou sentir saudades* e *Sinto muito*.

Isso é muito idiota, falei para mim mesma. *Ele só vai mudar de alojamento, e é a única coisa que faz sentido.*

Mas eu sabia — nós dois sabíamos — que, depois que Raihn saísse, depois que se tornasse só mais um competidor do Kejari, algo entre nós precisaria mudar de forma irreparável.

— Eu... — Ele começou de novo, depois desistiu e disse: — Vejo você no próximo desafio.

E desapareceu pela porta antes que eu pudesse responder qualquer outra coisa.

37

Naquela noite, pela primeira vez depois de muito tempo, sonhei com o céu sem lua.

A cama estreita, por mais capenga e barata que fosse, ainda era imensa comparada a meu corpo minúsculo. Me enrodilhei embaixo das cobertas, puxando a ponta até o nariz. Jona e Leesan estavam dormindo, ou fingindo estar. Mamãe sussurrava, apressada: *Baixe essa lamparina agora, você sabia que eles viriam, você sabia...*

Também fiquei com medo. Mas pensei *Não devo ter medo nunca* e saí de debaixo das cobertas. Andei bem, bem devagarzinho até chegar à janela. Eu era tão pequena que mal alcançava o beiral. Agarrei a madeira lascada e encarei o céu.

Certa vez, eu tinha visto uma minhoca morta, com tantas formigas em volta que tudo parecia um único borrão de preto. Agora, o céu parecia a mesma coisa. Uma manta pulsante de escuridão.

Mas não eram formigas no céu. Eram asas.

Oraya!

Mamãe disse meu nome com o tom que usava quando estava assustada.

Oraya, se afaste da...!

O ar atingiu meus pulmões com muita força, como uma golada de água salgada. Ainda pior, porque a sensação era a de estar sendo carcomida de dentro para fora.

O acesso de tosse fez meu corpo todo se agitar. Eu mal tinha recuperado a consciência e já começava a perdê-la de novo, virando para ficar de quatro no chão enquanto meu corpo espasmava. Meus olhos lacrimejavam, meu estômago doía, e minha vista estava tão borrada que mais ouvi do que vi o jato de vômito caindo no chão. Pestanejei em uma tentativa infrutífera de enxergar melhor.

Ergui a cabeça.

Não era de admirar que eu tivesse sonhado com aquela outra noite sem lua, porque a que eu via diante de mim era igualzinha: apenas movimentos indistintos e agitados em uma massa arrepiante de escuridão.

Árvores me cercavam — altas, esparsas, finas e com apenas alguns galhos longos perto do topo, cheios de agulhas de conífera na ponta. O chão sob minhas mãos era áspero e arenoso. Havia pedras empilhadas por todos os lados. Tudo — o solo, as rochas, a vegetação — parecia preto, as silhuetas iluminadas pelo luar reduzidas a sombras de um cinza-escuro como carvão. O chão emanava fios de fumaça, quente e cheia de resíduos. O vento soprou uma lufada da névoa na minha cara, e engasguei de dor enquanto me encolhia. O toque queimava a pele feito ácido.

Saquei as espadas curtas e as empunhei. Havia movimento por toda a floresta — distante demais para que eu pudesse identificar sua fonte a princípio, mas o som era inconfundível. Respirações úmidas e pesadas, gritos agudos, o som nauseabundo de carne sendo rasgada.

Minha mente estava confusa, talvez por causa da fumaça ou de qualquer magia que nos tivesse transportado até ali, mas me forcei a sair do atordoamento para entender o que estava acontecendo.

Aquele era o desafio da Lua Crescente. Só podia ser. Não estávamos no coliseu — não estávamos em Sivrinaj, ou ao menos não em qualquer parte da cidade que eu já tivesse visto. A linha do tempo batia, porém, e o desafio da Lua Crescente com frequência era o mais peculiar.

Mas qual era o objetivo?

Passos. Me virei, e imediatamente algo se chocou contra mim, me jogando nas pedras. Não consegui ver o rosto do atacante — não com tudo tão escuro e borrado e a fumaça subindo do chão, cada lufada fazendo minha armadura borbulhar. Golpeei loucamente, acertando carne.

Em geral, o veneno seria suficiente para ao menos retardar um oponente, mas meu adversário parecia completamente inabalado pela dor. Frenesi de sangue? Era um dos piores que eu já vira, se fosse o caso, para ter chegado ao ponto de desconectar o vampiro do próprio corpo.

Enfiei a lâmina com força na lateral do torso do inimigo, o que enfim o fez recuar. Ele cambaleou, caindo no chão como se os ferimentos finalmente o tivessem afetado, todos ao mesmo tempo, e pulei em cima dele.

Ele ainda não estava morto. E logo acordaria. Apunhalei o vampiro no peito, mal evitando os golpes ensandecidos de suas garras enquanto terminava o serviço. Como um lobo faminto atacando uma última vez. Eles de fato viravam animais quando as coisas chegavam àquele ponto.

Arranquei a lâmina do cadáver com um ruído úmido, e, no mesmo instante, uma onda daquela fumaça tóxica me envolveu. Precisei saltar para longe, deixando o corpo desfalecido ser consumido pela névoa.

Eu precisava entender onde estava. Precisava...

Algo fez as moitas atrás de mim chacoalharem. Girei nos calcanhares. Meu olhar percorria a escuridão, desesperado. Conseguia ver apenas silhuetas à distância. Vampiros, lutando. E um quadrúpede. Demônios? Eu era tão treinada para esperar o pior que minha mente logo pensava em ameaças. Quando cheguei mais perto, vi que as criaturas de quatro patas não eram predadores, e sim presas — cervos se debatendo contra os vultos sombrios de vampiros que os prendiam contra o chão. A compreensão me aliviou.

Ótimo. Cervos eram perfeitos. A refeição ideal para distrair vampiros esfomeados. Tinham ficado privados de sangue por tanto tempo que não teriam escolha a não ser recorrer ao primeiro sangue que farejassem, de qualquer tipo que fosse. E eu estava grata por ver que aqueles tinham sentido o cheiro do cervo antes.

Eu precisava ir embora dali, e rápido. Depois, quando estivesse sozinha, pensaria em qual era meu objetivo, encontraria Raihn, e...

Interrompi o raciocínio, engolindo em seco com uma pontada de tristeza. O nome de Raihn surgira em minha cabeça sem permissão. Mas estávamos separados. O desafio da Meia-Lua tinha chegado ao fim. Certamente eu não iria de propósito atrás de Raihn para lutar contra ele, mas...

Eu ainda não tinha saído por completo da clareira quando um som repulsivo ecoou em algum ponto atrás de mim. Algo entre um grunhido e um gorgolejo — uma mistura etérea e sobrenatural de animal com vampiro.

Me escondi sem hesitar na vegetação rasteira e observei as criaturas à distância.

Meus olhos já haviam se adaptado à escuridão, e a lua reaparecera por trás de uma nuvem de névoa. A luz fria iluminou a cena de destruição sangrenta atrás de mim — dois vampiros agachados entre as rochas pontudas, a carcaça de um cervo aberta diante deles. Um estava tentando em vão se levantar, os membros espasmando loucamente. O outro parecia tentar segurar o companheiro, sem sucesso, como se seus músculos se recusassem a cooperar.

Com estranhos botes súbitos, o primeiro saltou sobre o segundo. Gritos ferais cortaram a noite.

Me espremi ainda mais perto do chão.

Aquilo... Aquilo não era fome. A sede de sangue fazia com que os vampiros ficassem desleixados, mas não os transformava em feras irracionais. E parecia que aquelas pessoas não tinham mais nem controle sobre o próprio corpo.

Os dois vampiros berravam de dor enquanto se retalhavam. Descontrolados, incoerentes, animalescos. *Caralho*. Caíram um sobre o outro, não como guerreiros, mas sim como bichos, a carcaça do cervo esquecida em...

A carcaça do cervo.

Compreendi tudo. Olhei ao redor, horrorizada. Olhei ao redor para analisar aquele lugar que fedia a morte, mas que continha uma quantidade estranhamente grande de presas tenras e fáceis de capturar.

Presas *envenenadas*, usadas como isca.

Nyaxia os deixara morrendo de fome, e agora lhes oferecia presentes contaminados impossíveis de resistir.

Raihn.

Minha cabeça se esvaziou de tudo, exceto do nome dele. Tudo que eu havia dito a mim mesma, todas as mentiras sob as quais eu havia escondido minha preocupação — tudo sumiu.

Não pensei mais. Apenas corri.

Não era difícil encontrar os vampiros. Havíamos sido espalhados por toda a floresta, mas eles eram barulhentos — a sede de sangue fazia com que ficassem descuidados, e qualquer que fosse a substância inoculada naqueles animais os transformava em coisas ainda piores.

Encontrei Raihn não muito longe da clareira. Reconheci o vampiro de imediato, mesmo no escuro, mesmo à distância. Eu tinha aprendido tão bem o formato dele que era como se cada ângulo seu pertencesse a uma língua nativa minha.

Apesar de toda a familiaridade, porém, também havia algo de estranho nele. A forma como se movia não correspondia à postura deliberada do homem com o qual eu tinha convivido. Ele estava feral, descontrolado. Ainda gracioso — foi a única coisa que me fez suspirar de alívio, porque não havia nele nada daquela insanidade tóxica e traiçoeira. No entanto, se movimentava como um predador libertado da gaiola.

Estava com as asas expostas. Havia um corpo desfalecido contra um tronco de árvore caído — um homem Nascido da Sombra que, ao que parecia,

Raihn acabara de terminar de matar. Agora ele espreitava por entre as árvores e escombros, caçando.

Em seguida, um momento depois, ele viu o que estava procurando: um cervo se debatendo nas pedras envoltas por vegetação.

Não. Corri na direção dele antes que pudesse me convencer a desistir.

Ele se movia absurdamente rápido, achando seu caminho por entre as árvores como uma folha soprada por uma lufada de vento. Era mais rápido que o animal, que disparava pela floresta esparsa em um pânico cego.

Foi apenas o desespero do cervo, que praticamente corria em círculos, que salvou nós dois. Ele chegou perto demais de uma pilha insuperável de rochas e precisou virar à esquerda. Acompanhei o movimento e me desloquei para interceptar sua rota, de modo a parar bem diante de Raihn.

Ouvi a voz de Vincent na minha cabeça: *Você vai se matar desse jeito, criança idiota, se jogando na frente de um vampiro com sede de sangue.*

Mas continuei mesmo assim.

— Raihn! — gritei, saltando na frente dele, subindo em uma das rochas e abrindo os braços. — PARE!

Era um plano burro por diversas razões. Primeiro, qualquer outro vampiro ficaria feliz em substituir o sangue dos cervos pelo meu. Além disso, Raihn tinha asas — podia ter só planado por cima de mim, estivesse eu empoleirada em uma pedra idiota ou não.

Mas Raihn não fez nenhuma das duas coisas. Em vez disso, olhou para mim e hesitou. Só por um segundo. E, por um momento, tive a impressão de vislumbrar meu amigo ali.

Fora isso, porém, ele estava muito diferente. Seu olhar era duro e vidrado. Uma réstia hostil de luar banhava um dos lados de seu rosto, e seus olhos estavam ainda mais vermelhos que o normal, as pupilas reduzidas a um risco.

Os pelos dos meus braços se arrepiaram. Todos os meus instintos berravam: corra, corra, *corra*.

Porque a ideia de Raihn com sede de sangue era aterrorizante. O tipo de terror que fazia todas as coisas vivas dentro de um raio de quinze quilômetros se encolherem.

Mas, em vez de obedecer ao instinto, corri na direção dele.

Me jogar contra Raihn foi como atirar uma pedrinha em um muro de tijolos e esperar que ele desmoronasse. Ainda assim, atingi seu corpo com força suficiente para fazer o vampiro se desequilibrar. Nos chocamos com tudo, balançando os braços e as pernas. Ele soltou um grunhido ininteligível e tentou resistir. Senti dor na bochecha, sem conseguir desviar de seus ataques a tempo, mas escapei dos golpes seguintes. Eu sabia como Raihn lutava — e aqueles reflexos permaneciam, mesmo com o vampiro meio fora de si.

Do mesmo modo que eu sabia como ele era um lutador poderoso, também conhecia suas falhas. Sabia que o lado esquerdo de Raihn era um pouco mais vulnerável. No instante em que ele vacilou em meio a uma sequência de investidas, atingi Raihn no exato ponto que sabia que ele teria mais dificuldade para defender — bem no joelho fraco, forçando-o a cair no chão.

Subi em cima dele, prendendo seu corpo contra o solo, usando o peso do meu.

— *Raihn!* Se controle, caralho!

Pela Mãe, ele iria me matar. Tive certeza disso quando suas mãos agarraram meus ombros com força o bastante para deixar hematomas. O horrível olhar vidrado em seu rosto não havia sumido.

Volte para mim, Raihn. Volte.

— Vou enfiar essa porra de espada em você de novo, você sabe que vou! — rugi. — *Acorde!*

Ele pestanejou.

Seus dedos cederam. Suas narinas se dilataram — um movimento que me deixou tensa, apesar de fugaz. Depois, porém, ele fechou os olhos e inspirou fundo, e quando os abriu de novo...

Era ele. Era *ele*.

— *Oraya*.

Ele disse meu nome como se fosse a resposta para uma pergunta crucial. Sua voz saiu fraca e rouca.

Eu teria chorado.

Mas não era hora de sutilezas. Certamente não havia tempo para mostrar a ele como eu estava grata por tê-lo achado. Falei em frases rápidas e entrecortadas:

— Bem-vindo de volta. Estamos em um dos desafios. Os animais estão envenenados. Não sei qual é o objetivo. Todo mundo que bebeu do sangue deles pirou. A gente precisa dar o fora daqui. Vamos.

Comecei a me levantar, mas ele ainda me segurava pelos braços — de forma gentil, porém. Uma ruga surgiu em sua testa quando ele tocou minha bochecha. O arranhão.

— Eu que fiz isso com você?

— Não importa, Raihn. A gente precisa ir.

A expressão dele dizia que importava, mas que também não queria pensar naquilo.

— Se eu te soltar, você não vai sair correndo atrás do primeiro esquilo em que bater o olho, vai? — continuei.

Fiquei feliz de ver a familiar expressão de irritação fingida.

— Ah, vá se foder, princesa.

Me causou certo alívio ouvir o vampiro xingar de novo.

Decidi aceitar a resposta e me ergui. Raihn ficou em pé logo em seguida. Estava se movendo com lentidão, espasmando como se a perna esquerda ameaçasse ceder. Em movimento, eu não notara o sangue que o cobria.

Meu coração congelou. Aparentemente, o Nascido da Noite com o qual ele tinha lutado antes havia conseguido acertar alguns golpes.

— Você está machucado.

— É o que parece.

Olhei para o céu. Estava escuro, mas já começando a ficar rosado. A aurora não iria demorar muito.

— Vamos encontrar um lugar onde a gente possa descansar — falei, começando a andar. — Depois, pensamos nos próximos passos.

Raihn soltou um grunhido ininteligível de concordância. Após três passos, porém, ficou óbvio que ele estava com dificuldades para se mover. Voltei um pouco e me coloquei como apoio embaixo de seu braço.

— Eu estou bem — resmungou ele.

— Você claramente não está nada bem.

Ele apenas cerrou o maxilar, como se quisesse discutir, mas soubesse que estava errado.

E não era só a perna, eu sabia. Eu podia ver seu estado na fraqueza de sua voz. Ele estava ferido — e ainda morrendo de fome.

Não, Raihn estava muito, muito longe de bem. Mas aceitou minha ajuda sem reclamar.

38

Encontramos abrigo em uma caverna formada por algumas pedras caídas. Com certeza não tinha a opulência do Palácio da Lua, mas era escura e profunda, com esconderijos o suficiente e só uma entrada para proteger. Eu me perguntava quantos competidores já tinham sido vítimas das presas envenenadas. Não passamos por vivalma em nosso caminho até a caverna — apenas um coelho aos espasmos.

Avancei com Raihn para dentro da caverna até um ponto onde nenhuma luz vinda do exterior pudesse alcançar. Conseguimos proteção bem a tempo. O céu agora estava tomado pelo rosa fraco da aurora. A caverna era tão escura que o vampiro precisou ir murmurando orientações para me guiar conforme avançávamos, porque eu não conseguia enxergar nada. Àquela altura, estava com todo o peso apoiado em mim. Quando encontramos um bom lugar para parar, ele se largou contra a parede.

— Produza um pouco de fogo para nós. Ainda bem que você treinou bastante.

Treinando ou não, a verdade é que eu estava tendo dificuldades para usar minha magia com consistência. Mas, quando pensei em como me sentia ao ser confrontada com a óbvia fraqueza de Raihn, o Fogo da Noite surgiu fácil na ponta dos dedos. O rosto do vampiro, magro e macilento, apareceu na escuridão.

Desviei os olhos e foquei tanto quanto possível a tarefa de esculpir meus pequenos orbes de luz.

— Achei que nunca mais ia ver você — disse ele.
— Hum.

Eu nem sabia como explicar a mim mesma por que tinha ido atrás dele, que dirá explicar para ele.

Foi uma decisão idiota, disse Vincent no fundo da minha mente. E, francamente, eu concordava com ele.

Não estava nem um pouco arrependida, porém.

— Obrigado — falou Raihn.

Me mexi, desconfortável, e agradeci por ter algo para fazer com as mãos. O que eu devia responder? *Não tem de quê?*

— Eu teria... — continuou ele, engolindo em seco.

Formei outra bola de Fogo da Noite, e a caverna ficou clara o bastante para que eu pudesse ver cada movimento de sua expressão.

E enxergar cada sinal de fraqueza.

Ele abriu um sorriso cheio de dor.

— Você estava certa, princesa.

— Não precisamos fazer isso — rebati, mais ríspida do que planejava.

— Precisamos. Eu preciso. Eu só... devo isso a você, não devo?

— Você não me deve nada.

— Pelas tetas de Ix, Oraya. Me deixe falar, porra.

— Você mal está em condições de falar.

— Isso nunca me impediu de fazer as coisas antes.

Não consegui evitar uma risadinha, que soou mais como um arquejo de dor. A sensação foi a de um, também.

— Sinto muito — disse ele. Minhas mãos congelaram em meio ao movimento, pairando ao redor da esfera de luz. — Sinto muito — repetiu. — Você estava certa em me pedir para ir embora.

O pedido de perdão me atingiu como um golpe. Direto e implacável. Sem batalha de desejo ou ego.

— Não queria que você tivesse me visto daquele jeito — continuou o vampiro. — Então fingi que aquela versão de mim não existia. Mas existe. E eu... eu não gosto que as pessoas a vejam. Não queria que *você* a visse.

Eu não sou a porra de um animal, ele havia cuspido para mim no dia anterior. E, de repente, notei que a raiva dele na outra ocasião soara muito similar à culpa em sua voz agora.

Eu não gostava de sentir as coisas. Emoções eram mutantes e não tinham lógica, e não havia como retalhá-las com minhas armas. Mas eu sentia muitas ao mesmo tempo, borbulhando sob a superfície de meu exterior de aço.

Permaneci calada. O Fogo da Noite brilhou um pouco mais forte em jorros erráticos.

— A gente precisa fazer algo a respeito dos seus machucados — falei.

Ele estava mais do que ferido. Estava esfomeado. Vampiros podiam se curar extremamente rápido, mas só se tomassem sangue.

Fitei Raihn. Seus olhos focavam um ponto à distância. Eu enxergava pouco na escuridão, mas a visão mais aguçada dele provavelmente estava analisando o caminho que levava até a saída da caverna.

— Preciso sair de novo.

Bufei.

— Não seja a porra de um idiota.

Saudável, ele talvez fosse capaz de sobreviver uma hora sob a luz do sol — mais, se estivesse nublado, mas seria dolorido de qualquer forma. Naquele estado, porém? Sem chance.

— Então... talvez eu precise pedir que você cace para mim — disse ele, como se fosse fisicamente doloroso estar proferindo aquelas palavras.

— Os animais estão envenenados. Você viu o que aconteceu com os outros.

— Então talvez seja melhor morrer aqui — disse ele — do que morrer lá fora, sem controle.

Um lapso de silêncio. E, no silêncio, minha mente analisou nossa situação, percorrendo os caminhos entre nossas opções. Uma decisão se formou e ocupou seu espaço, se tornando uma verdade inquestionável.

Me levantei e virei para a parede da caverna. Desabotoei o primeiro botão do traje de couro. Depois, o segundo.

Já estava na metade do processo quando Raihn notou o que eu estava fazendo.

— Não. Não, de jeito nenhum.

— Você mesmo disse. Não existe alternativa.

Minha voz parecia estar vindo da boca de um estranho. Como se eu estivesse me vendo pelo lado de fora. Não dava para acreditar que eu estava fazendo aquilo. Minhas mãos suavam, meu coração batendo rápido demais.

Mesmo assim, eu não tinha dúvida. Dúvida alguma.

Abri o resto da armadura. O vento frio soprou em minha pele, resfriando a camisa suada que eu usava por baixo.

Me virei para ele. O pomo em sua garganta subiu e desceu, os olhos ficando mais escuros.

Eu também conhecia aquilo. Um tipo diferente de fome. Passou rápido, mas senti o olhar persistir em minha pele — me fazendo ficar subitamente ciente da área de meu corpo então exposta.

— Não posso fazer isso, Oraya — sussurrou ele, rouco.

— Quais são as opções? Você morre por causa do sol. Você morre transformado em uma fera irracional por causa do sangue envenenado. Ou você morre aqui, antes de o sol se pôr, por não fazer nada. Não vou ficar sentada do seu lado enquanto você morre, Raihn. Eu não... Eu *não vou*, é isso.

Nenhum de nós comentou sobre o leve embargo em minha voz.

Me aproximei do vampiro. Senti cada passo — cada centímetro de proximidade. Ele se apoiou na parede. Me ajoelhei diante dele, de modo que nossos olhares se alinharam. O vampiro perscrutou meu rosto.

— Você acha que eu não sei? — disse Raihn, a voz trêmula. — Acha que não sei o que isso significa para você? Não posso fazer isso.

Talvez eu devesse ter me surpreendido com o fato de que Raihn compreendesse algo que eu nunca contara a ele — com o fato de o vampiro ter formado um panorama do meu passado com base em cada momento de raiva ou medo que eu deixara escapar entre minhas muralhas de proteção.

Talvez eu devesse ter me surpreendido quando o dedo dele correu carinhoso por minha garganta, em um gesto não de fome, mas de tristeza — pela cicatriz ali, aquelas duas marquinhas brancas e irregulares.

Talvez eu devesse ter me surpreendido por ele saber mais de mim do que eu gostaria que soubesse.

Mas não me surpreendi.

Palavras eram pouco para transmitir o que eu queria dizer a ele.

Acho que tinha passado pela cabeça de Raihn que eu o enxergaria diferente depois de vê-lo com toda aquela sede de sangue. Mas não aconteceu. Ele tinha parecido aterrorizante, sim. Mas agora eu entendia exatamente o quanto ele havia se esforçado. Seria fácil demais para ele sucumbir à fome no Palácio da Lua, usar a solução fácil. Depois do desafio da Meia-Lua, esse inclusive seria um direito dele. Ninguém o culparia por fazer o que fosse necessário. Ainda assim, ele preferira ficar naquele alojamento, se contendo cada vez mais em vez de me machucar. Devia ter sido desesperador.

Me oferecer a um vampiro esfomeado era mais do que perigoso. Era praticamente suicida.

Ainda assim... eu confiava completamente nele.

Mas eu não sabia como colocar em palavras o que se passava em minha cabeça. Então me contentei com:

— Não estou com medo de você, Raihn.

E vi em seus olhos o quanto as palavras significavam para ele. Como se tivesse recebido algo que passara a vida inteira esperando.

Engoli em seco antes de continuar:

— Certo. Qual... qual é o melhor jeito de fazer isso?

Ele precisaria de acesso ao meu pescoço. Às vezes, pulsos, braços ou — arrepiei com o pensamento — a parte interna das coxas também funcionavam, mas ele necessitava de muito sangue, o mais rápido possível, e a garganta seria a melhor forma de fazer isso.

Achei que ele pudesse protestar. Depois de um momento, porém, Raihn disse:

— Venha aqui. Se incline na minha direção.

Me aproximei, depois passei uma perna por sobre as dele para me sentar em seu colo.

Tentei não pensar em como a sensação de ter seu corpo embaixo de mim era exatamente igual à que eu imaginava. Tentei não pensar em como era bom, como era certo sentir o calor de seu corpo contra o meu, contra minhas coxas, minha barriga.

E tentei não notar que ele claramente percebia todas essas coisas também. Que os músculos de sua garganta, tão próxima agora, se moveram quando ele engoliu em seco. Que suas mãos foram diretamente para a minha cintura, como se já estivessem esperando por mim.

— Assim? — perguntei.

— Perfeito.

Não era exatamente perfeito, na verdade. Eu era muito mais baixa que Raihn, de modo que, mesmo com a altura extra por estar sentada no colo dele, precisei erguer um pouco o corpo, e ele precisou tombar a cabeça para alcançar meu pescoço.

A ponta de seus dedos roçou o ângulo de meu maxilar, e, por um momento aterrorizante, achei que ele iria me beijar — seria fácil, bastaria mover um pouco a cabeça. Em vez disso, porém, os dedos desceram, percorrendo meu ombro, depois minha cintura, até enfim chegar à adaga presa ao meu cinto. Ele desembainhou a arma e forçou meus dedos a se fecharem ao redor do punho, depois posicionou a lâmina de forma que apontasse para o meio do seu peito.

— Você está no controle da situação — murmurou ele. — Certo?

Enfim, entendi tudo. Ele me queria ali, naquela posição, porque assim eu poderia me afastar dele se precisasse.

Assenti. A palma da mão que envolvia o punho da arma estava escorregadia de suor. Me perguntei se ele conseguia ouvir as batidas do meu coração.

O pensamento era idiota. Claro que conseguia ouvir. E cheirar.

— Você ainda pode dizer não, se quiser — falou ele, baixinho.

— Pare de repetir isso — soltei.

Ele deixou escapar uma risadinha fraca.

— Essa é a minha garota.

Usando o diálogo como deixa, Raihn me puxou mais para perto — os braços percorrendo minhas costas, me apertando até nossos corpos estarem bem juntos, exceto pela adaga ainda entre nós.

Eu achei que estaria preparada, mas não imaginava como o movimento seria suave. Como se o vampiro estivesse aninhando algo precioso nos braços.

Tombei a cabeça para trás, encarando com toda a força a escuridão do teto de pedra. Reforcei a determinação de manter a cabeça erguida quando senti a respiração dele contra a pele sensível de minha garganta.

— Não vai doer muito. Mas você talvez fique... Bem...

— Eu sei — rebati, sem pestanejar.

Com tesão. Era o que ele estava tentando me explicar.

O veneno vampírico tinha um efeito sobrepujante sobre presas humanas. A intenção biológica era fazer com que as vítimas ficassem brandas e dóceis. Às vezes, o efeito se expressava como uma névoa confusa e meio embriagante, como tinha sido com a mordida do Ministaer — isso se devia à idade do vampiro, ao local da mordida e ao fato de que eu o odiava. Mas, geralmente, a sensação era de excitação sexual.

Especialmente se a pessoa já se sentisse...

Não terminei o pensamento.

— Só vá logo — ralhei.

Raihn soltou uma risadinha.

— Seu pedido é uma ordem, princesa.

E então seus lábios estavam em meu pescoço.

Meus músculos se retesaram. Me preparei para a dor. Em vez disso, porém, senti apenas a carícia. Apenas o toque suave de sua boca contra a minha pele, o roçar levíssimo da língua, como se ele estivesse pedindo permissão para entrar.

Minha tensão se desfez num arrepio.

— Você está segura — sussurrou ele contra minha garganta.

E, enfim, mordeu.

Ele foi rápido e vigoroso, as presas entrando fundo em um movimento único, chegando imediatamente onde queriam.

Raihn soltou um grunhido involuntário que vibrou por todo meu corpo.

O veneno não podia ter agido tão depressa. Mesmo assim, senti as pálpebras estremecerem. Tudo — todos os meus pensamentos remanescentes — desvaneceu sob o toque quente de sua boca, sob a sensação de seu corpo contra o meu. Meus seios, subitamente sensíveis, se eriçaram debaixo do tecido fino demais da camisa — apertados com tanta firmeza contra o peitoral de Raihn que eu conseguia sentir cada inspiração dele, entrecortada e acelerada. Sua língua correu por minha pele quando ele engoliu a primeira golada, um movimento lânguido e lento.

Imaginei que aquela seria a sensação de tê-lo dentro de mim. Aquela coisa profunda me consumindo inteira.

Uma ereção inconfundível começou a se formar embaixo de mim.

Pousei uma mão na parede acima do ombro do vampiro, um último recurso para continuar apoiada contra ele. Eu ainda segurava a adaga — embora ela estivesse meio frouxa agora, não mais apertada bem junto a seu peito.

Movi o quadril — não consegui evitar, não com a expressão sólida de seu desejo logo ali, e Raihn soltou um chiado entrecortado contra a minha garganta.

Dessa vez, eu o ecoei, o gemido escapando da boca em uma expiração abafada. Estávamos alinhados tão perfeitamente que, quando movi de novo o quadril, senti toda a extensão de seu membro mesmo sob o tecido grosso da calça. E aquele único toque, apesar de tantas camadas entre nós, fez um calafrio faiscar pelo meu corpo. Fez cada nervo meu implorar, exigente, por *mais*.

Não era suficiente.

O veneno consumiu o que ainda restava do meu autocontrole, liberando uma onda de desejo que me devastou por completo sem deixar nada para contar história.

Minha vontade era arrancar cada camada sobressalente que havia entre nós. Eu queria correr as mãos, os lábios e a língua por cada centímetro de sua pele, sentir o gosto de cada cicatriz. Queria oferecer cada área minha a ele, deixar que ele fizesse aquilo — *aquilo*, aquela coisa incrível — com cada partezinha do meu corpo. Eu precisava daquele magnífico membro dentro de mim, estocando fundo a ponto de me fazer esquecer meu próprio nome, e queria que ele me lembrasse qual era quando estivesse gozando. Queria ver Raihn chegar ao ápice.

Ele me abraçou com mais força, me puxando mais para perto em um movimento desesperado, como se estivesse tentando se segurar — e falhando. Com uma das mãos, ele agarrava o tecido da minha camisa, como se fosse tudo que pudesse fazer para não arrancar minha roupa. Raihn bebeu mais, a língua se movendo contra minha pele como se estivesse fazendo amor comigo.

Eu não sabia mais o que estava fazendo. Movi o quadril de novo, e dessa vez não reprimi em nada meu gemido.

Dessa vez, ele se moveu comigo.

Deixei a adaga cair no chão com um estrépito ensurdecedor que mal ouvi. Pressionei a mão direta contra seu peito — porque, mesmo através do couro da armadura, eu queria tocar mais nele, sentir as batidas de seu coração acelerando junto com as minhas.

Eu não queria parar. Queria entregar tudo de mim a ele.

E a parte mais aterrorizante de todas — a que teria me assustado, caso meu cérebro ainda estivesse funcionando naquele momento — é que aquilo não tinha nada a ver com o veneno. Não, tudo já estava ali antes, cozinhando em fogo baixo. A situação só havia feito os sentimentos borbulharem.

Soltei a mão da parede e a pousei em seu ombro, abraçando-o com mais força.

Movi o quadril contra o dele de novo — não podia mais evitar. Meu corpo não passava de nervos e de um desejo cru, exposto, macio e desesperado — *desesperado* — por Raihn.

O grunhido baixo vindo de sua garganta ecoou por todo meu corpo. E eu soube que devia ter medo dele, do quanto eu sabia que Raihn me queria. Tanto quanto eu o queria. Mais do que eu já estava lhe dando.

Mas eu não estava com medo.

Você está segura, Oraya, ele sussurrara para mim, e eu havia acreditado.

E mesmo ali, Raihn não me tocava mais que o necessário, nem sequer nos pontos em que eu queria desesperadamente que ele me tocasse. Eu podia sentir seu corpo retesado como a corda de um arco. Podia sentir a urgência crescendo pela forma como sua língua se movia contra minha garganta.

Eu queria. Abri mais as pernas, reduzindo outra vez o espaço sensível entre nós.

Não tive a intenção de dizer o nome dele. Não tive a intenção de me jogar em Raihn, buscando tanto de seu corpo quanto podia, esfregando cada centímetro daquela ereção contra meu cerne.

Estrelas explodiram em meu campo de visão. O nome dele saiu de minha boca em um arquejo. Todos os meus músculos se contraíram, e depois relaxaram.

Nada existia além dele.

Dele e de tudo que eu ainda queria.

A primeira coisa que notei quando as faíscas de meu orgasmo sumiram — *pela Mãe, aquilo tinha mesmo acontecido* — foi que seus músculos estremeceram. As mãos dele estavam fechadas em punho atrás das minhas costas, agarrando a camisa com tanta força que eu tinha certeza de que ele já a rasgara, mas o vampiro não me puxou para mais perto.

Ele estava sendo cuidadoso, percebi. Tomando o cuidado de não me puxar tanto a ponto de eu não conseguir escapar.

Raihn já tinha acabado de beber. Agora, seus lábios percorriam bem de leve minha pele, circulando o ferimento que tinha aberto ali, distribuindo beijos delicados. Beijos sobre a cicatriz recente pela qual eu havia pedido. Beijos sobre a que fora deixada em meu pescoço contra minha vontade.

Eu estava atordoada, mole, a mente coberta por um borrão de desejo. Meu orgasmo não havia me satisfeito. Na pior das hipóteses, era um lembrete de tudo que eu ainda queria. Queria contato com sua pele. Queria senti-lo dentro de mim. Queria...

Raihn se afastou. Seu peito subia e descia pesado sob a palma da minha mão. Quando nossos olhares se encontraram, o que vi em sua expressão se destacou em meio à névoa de meu desejo.

Ele parecia um homem arruinado. Destruído.

Um fio vermelho escorreu pelo canto de sua boca. Eu queria sentir o gosto daquilo. Sentir meu gosto na boca de Raihn.

Seus lábios se entreabriram, e o beijei antes que qualquer palavra pudesse se formar.

Meu sangue tinha um gosto quente e ferroso. Mas não era nada comparado ao sabor dele. Raihn tinha cheiro de céu — e tinha gosto de uma queda infinita. Os lábios dele se encontraram com os meus como se Raihn tivesse passado a vida inteira esperando por aquele beijo e soubesse exatamente o que fazer quando acontecesse. Nos beijamos assim como lutávamos juntos, respondendo a cada toque, cada movimento. Já nos entendíamos bem àquela altura.

Porém, após alguns segundos curtos demais, ele se afastou de repente. Mal reconheci minha própria voz quando um lamento frustrado escapou de minha garganta.

— Não. — A palavra saiu da boca do vampiro junto com um arquejo. — Não, aqui é o limite.

Aquilo era ridículo. Não era o limite. Para nenhum de nós. A forma como o pau dele ainda estava duro debaixo de mim era evidência daquilo.

Eu não via razão alguma para não fazermos o que queríamos.

— Essa não é você — disse ele.

— Não finja que você não quer.

Pela Mãe, eu nem sabia que versão de mim eu era naquele momento.

Ele soltou um som entre uma expiração e um bufar.

— Você não faz ideia, Oraya. — O canto da boca de Raihn, ainda sujo com uma manchinha de sangue, se curvou quando ele balançou a cabeça. — As coisas que já se passaram pela minha cabeça. "Querer" não chega nem perto do que sinto. Eu tenho uma *lista*.

Senti um calafrio. Eu sabia que ele me desejava, mesmo que não quisesse reconhecer. Mas ainda era estranho ouvi-lo confirmar aquilo em voz alta.

Eu gostava da sensação, porém.

— Mas quero que você queira essas coisas também — continuou Raihn. — *Você*. Não o veneno.

A rejeição doeu. Me afastei dele.

Ele soltou uma risadinha.

— A sua cara... Essa é a minha garota.

— Vá se foder — consegui soltar.

— Eu bem que gostaria.

O sorriso dele morreu. Minha expressão de escárnio também. Não era mais brincadeira, porque ambos sabíamos que era verdade.

Raihn se levantou com dificuldade — ainda estava meio trôpego, mas já parecia muito melhor do que antes. Já eu, ao ficar em pé, quase caí de joelhos de novo.

Ele me segurou.

— Opa, devagar. Você perdeu muito sangue. Seu corpo está em um leve estado de choque.

O vampiro estava certo. Eu tinha *de fato* perdido muito sangue. Dado muito a ele. E ao mesmo tempo... não fora o suficiente. Mesmo morrendo de fome, mesmo a dois passos de um frenesi de sede de sangue, ele havia parado muito antes de me colocar em risco.

— Durma — disse ele. — Dê a seu corpo a chance de se recuperar.

Dormir. Dormir parecia uma boa ideia. Não tão boa quanto transar. Mas boa.

Permiti que Raihn me acomodasse gentilmente no chão. E permiti que se deitasse ao meu lado — o calor de seu corpo, grande e sólido, envolvendo o meu.

Minhas pálpebras começaram a pender de imediato. Ele pousou a mão em minha cintura, oferecendo uma estabilidade silenciosa e nada mais.

Depois, senti seu cabelo pinicar meu rosto. Sua boca, quente e agora familiar demais, roçou minha bochecha. As palavras tremularam rente à minha orelha quando ele sussurrou:

— Obrigado.

— Era a coisa óbvia a se fazer — soltei, meio sufocada, como se estivéssemos falando apenas a respeito do sangue e não... a respeito de tudo.

Ele se acomodou atrás de mim. O mundo começou a ficar borrado. E a última coisa que ouvi enquanto o sono me dominava foi a voz de Raihn, tão baixinha que ele parecia estar falando para si mesmo:

— Você é a coisa mais estonteante que já vi, Oraya.

39

Acordei aquecida. Incomumente aquecida. Agradavelmente aquecida. O tipo de aquecimento com o qual eu sonhava naquela caminha quebrada de criança com a coberta piniquenta.

Aquecida e *segura*.

Mas eu não estava em uma cama — estava deitada numa pedra dura e áspera. E a fonte do calor não era uma coberta, e sim um homem imenso, com o peitoral colado contra minhas costas e o queixo acomodado em cima da minha cabeça, os braços relaxados me envolvendo.

Os eventos do dia anterior voltaram para mim devagar. O corpo de Raihn sob o meu. Sua boca contra minha garganta. Meu quadril se esfregando contra o dele e...

Senti o rosto enrubescer. Me agitei de súbito, ciente de várias formas dos braços de Raihn ao meu redor.

Aparentemente, ele já estava acordado. Quando me virei, dei de cara com o vampiro olhando para mim, o cabelo solto ao redor do rosto em cachos de um ruivo-escuro, um sorrisinho nos lábios.

— Sabia que você ronca?

A cadência casual era a mesma de nossas brincadeiras de sempre, mas consegui notar um toque de constrangimento na voz. Como se ele também não soubesse muito bem como interagir comigo depois de tudo aquilo.

Pigarreei e me sentei enquanto ele se levantava. Eu estava... uma bagunça. Passei os dedos pelo cabelo, que eu tinha certeza que estava tão desgrenhado e embaraçado quanto eu o sentia. Os efeitos do veneno haviam passado, me deixando estranhamente bem descansada, ligeiramente grogue e extremamente autoconsciente.

— Bem. — Olhei para ele de cima a baixo. — Você parece melhor.

Era um eufemismo. Raihn parecia ele mesmo de novo, em vez da sombra de uma pessoa que aparentara na noite anterior. Seus ferimentos tinham se curado drasticamente rápido, e ele se movia sem sinais de desconforto.

— Me sinto melhor mesmo — disse ele.

Fiquei em pé, e o silêncio se estendeu entre nós. Raihn parecia perto demais de outro agradecimento que significaria muito e cujo efeito persistiria por tempo demais.

Quem diria que o homem seria mole daquele jeito.

— Eu... — ele começou, exatamente como eu esperava.

— Esta situação só pode ser a Nyaxia indo ao resgate do Alarus, certo? — interrompi, sucinta e prática. — Quando o capturaram.

A parte mais sombria da história de Nyaxia. Ela e o esposo já tinham fugido da prisão antes, mas Alarus fora atraído de volta para o Panteão Branco com a promessa de anistia para Nyaxia. Em vez disso, porém, os outros deuses o haviam arrastado para um plano vazio entre os mundos divino e mortal. Quando Nyaxia entendeu o que tinha acontecido, não deixou pedra sobre pedra nos ermos da morte enquanto ia atrás dele.

Mas ela demorou demais. Encontrou o esposo quando ele já estava decapitado, o corpo largado para apodrecer.

— Estes são os ermos da morte — falei. — Deve ter um ponto de chegada que precisamos alcançar.

A expressão de Raihn mudou. Por um momento, achei que iria tentar falar de novo sobre o que havia acontecido entre nós dois na noite anterior.

Soltei um suspiro de alívio quando, em vez disso, ele apenas assentiu.

— Acho provável.

Fomos juntos até a boca da caverna, as armas desembainhadas. Diferente do que ocorrera na outra noite, tudo estava etereamente silencioso — tanto que me questionei sobre a possibilidade de todos os outros competidores terem morrido. Não havia vozes ou gritos, apenas lamentos distantes dos animais e um chiado que cortava o ar quando a fumaça cobria o chão de terra em ondas. A neblina mortal estava pior do que na noite anterior — parecia densa e espessa, fazendo arder meus olhos mesmo à distância. Ela até se acumulava no alto, uma manta cobrindo completamente as estrelas e a lua.

Alguns minutos depois, ela se dissipou apenas o bastante para revelar a silhueta fantasmagórica de uma paisagem. Não que houvesse muito para ver. Algumas poucas árvores retorcidas e quebradas irrompiam da terra aqui e ali, parecendo sentinelas silenciosas e lúgubres. Pedras irregulares cobriam a extensão do espaço, agressivas como dentes arreganhados.

Na noite anterior, aquele lugar parecera morto. Agora? Parecia mais que isso — não apenas morto, mas assassinado, sofrendo com seus espasmos derradeiros.

Uma sensação estranha fez minha nuca pinicar. Um pensamento irritante que insistia em chamar a minha atenção, sempre um pouco além do alcance da compreensão.

— Ali. — A voz de Raihn veio de um ponto muito perto da minha orelha. Olhei para a direção que ele apontava. — Tem alguma coisa ali. Algo dourado. Está vendo?

Não estava.

— Sua visão é mais aguçada que a minha.

— Está ali. Deve ser o fim.

— Quão longe?

— Alguns quilômetros.

Maravilha.

— A fumaça é... — Esfreguei os braços, onde o couro borbulhava de leve. — Não sei o que é isso, mas dói.

E, o que era pior: ela estava muito mais abundante do que na noite anterior.

— Eu lembro — disse Raihn, tocando a própria armadura corroída.

— Então não vai dar para avançar pelo centro. E você também não pode voar acima da névoa, porque ela forma aquela massa ali em cima.

Virei a cabeça para olhar além da boca da caverna. O penhasco — se é que ali era um penhasco, difícil dizer com tudo tão irregular e sem forma — se estendia para ambos os lados antes de se transformar em uma pilha de rochas de aparência instável. Mas, nas bordas, a terra parecia elevada — como se a floresta destruída diante de nós fosse uma cratera e tivéssemos encontrado abrigo bem no desfiladeiro. A elevação se curvava nas duas direções, subindo gradualmente até minha débil visão humana se perder na escuridão.

— A gente consegue andar pelo topo daquilo?

Raihn acompanhou meu olhar.

— É um caminho menos direto, mas vai nos levar até o portão. E vai ter menos fumaça.

Menos, mas ainda haveria. Observei a névoa se erguer do chão em lufadas. Mais espessa por vários segundos, depois se dispersando enquanto a brisa soprava. Depois mais densa de novo, sempre que uma nova nuvem se erguia da terra.

Comecei a contar em silêncio.

— E se... — começou Raihn, mas o interrompi com um *"Shiu!"* e tentei não perder a conta.

Ahá.

Noventa segundos.

— É previsível — falei. — A forma como a fumaça é exalada. Veja.

Dessa vez, Raihn prestou atenção comigo.

— Percebeu? — continuei, quando a névoa ficou mais abundante. — Noventa segundos. É calculado. E leva muito tempo para a fumaça chegar ali em cima. — Apontei para o topo da elevação. — Dali, a gente deve conseguir enxergar as ondas chegando.

— E aí fazemos o quê?

— A gente se esconde?

— E onde é que uma pessoa se esconde de fumaça?

— Atrás de... uma rocha?

Soube que era uma ideia idiota assim que as palavras saíram da minha boca.

Raihn me encarou com uma expressão que dizia: *Essa é uma ideia idiota.* Joguei as mãos para o alto.

— Certo, e qual é sua ideia genial, Raihn?

Ele ficou em silêncio por um longo tempo, pensando. O canto de sua boca se curvou de leve.

— O homem que eu matei ontem era um Nascido da Sombra, não era?

Eu não acreditava que estava arriscando nossas vidas pela porra de uma capa.

Só não me opus mais porque a luta de Raihn não havia acontecido muito longe dali. Mesmo assim, tivemos que fazer conjecturas estratégicas para estimar onde o corpo deveria estar — isso se ainda estivesse no mesmo lugar. Se errássemos, porém, as consequências seriam drásticas.

Decidimos que Raihn iria sozinho. Ele era capaz de voar mais rápido do que eu podia correr, e a fumaça o afetaria menos.

— Espere até ela ter se dissipado ao máximo — falei para ele. — E, se não encontrar o corpo, volte imediatamente. Não perca tempo.

— Positivo.

Tudo em que eu conseguia pensar era como Raihn estivera fraco apenas algumas horas antes — eu ainda podia ver resquícios de sua debilidade.

Engoli em seco e falei, tão friamente quanto possível:

— Não faça nada idiota.

Ele olhou para trás, estreitando os olhos.

— Se eu não te conhecesse, diria que está preocupada, princesa.

— Só não quero ter de escalar aquilo ali sozinha e a pé.

Ele apenas soltou uma risadinha.

— Às vezes tenho minhas dúvidas, mas você gosta *mesmo* de mim, não gosta?

E antes que eu tivesse tempo de responder atravessado de novo, ele havia partido. Raihn estendeu as magníficas asas quando a fumaça ficou menos densa e planou direto para o meio da cratera.

Dez segundos se passaram.

Vinte. Trinta e cinco.

Desembainhei as espadas curtas.

Decidi que, se ele não estivesse de volta após sessenta segundos, eu iria atrás.

Meus olhos ardiam sem piscar enquanto eu encarava a fumaça.

Por alguma razão, minha mente foi até Nyaxia. E pensei em como ela devia ter se sentido enquanto abria caminho pelos ermos da morte, sozinha, desesperada para salvar o esposo. Com uma clareza súbita, me dei conta de como devia ter sido horrível se sentir fora do alcance da pessoa com a qual ela tanto se preocupava — se sentir completamente impotente e incapaz de protegê-lo.

Cinquenta e cinco segundos.

Era isso. Eu ia atrás dele.

Respirei fundo e prendi o ar nos pulmões. Como se fosse ajudar em alguma coisa.

Comecei a correr...

... e algo trombou em mim. Fiz menção de lutar, mas uma risada baixa e um toque agora familiar me segurando pelos ombros deteve minha mão antes que ela pudesse se mover. Raihn havia me jogado para fora da fumaça, um sorriso formando ruguinhas no canto dos olhos. Ele ainda estava com as asas expostas, brilhando com todos os tons da noite feito tinta salpicada na escuridão.

— Você estava indo me resgatar?

— Pela segunda vez — resmunguei, e embainhei as espadas.

— Uau, fico emocionado. Mas não precisava. Veja.

Ele me soltou e estendeu o tecido amarrotado na outra mão, deixando a peça se abrir. Era de um tom escuro de prateado — uma das cores favoritas da Casa da Sombra — e parecia tão leve quanto o ar. Cintilava e brilhava como se feita de luz da lua.

— Seda de Avathria — disse Raihn. — Como imaginei. Uma das criações mais requintadas dos Nascidos da Sombra. Parece frágil, mas esta merda protege contra tudo. Também é difícil de rasgar.

Pensei no cadáver do Nascido da Sombra, praticamente cortado ao meio. A capa não fora capaz de deter Raihn na noite anterior.

— Por que eles não usam o tecido para fazer todas as roupas, então?

— É caro e muito difícil de manipular. Então tendem a usar só para itens simples. — Raihn prendeu a capa nos ombros, depois puxou o capuz.

Ele parecia coberto em aço derretido. Mesmo sujo e ferido, era uma visão realmente imponente. Temível e majestoso.

— Vai ser suficiente? — perguntei.

Ele deu de ombros, fazendo o tecido sedoso ondular.

— Vamos torcer para que seja.

— Agora sim me senti confiante.

— Ah, certo. Minha ideia é que é a idiota. Melhor se esconder atrás de uma pedra.

Comprimi os lábios. Justo. Era a melhor opção que tínhamos.

Assim, decidimos que Raihn usaria a capa, me pegaria no colo e tentaria avançar tanto quanto possível em noventa segundos pela crista rochosa. Depois, nós pararíamos, nos protegeríamos com a capa, contaríamos até noventa para garantir que a onda de fumaça tivesse se dissipado, e seguiríamos em frente. Nenhum de nós tinha ideia do que encontraria ali em cima — monstros, competidores ou ambas as coisas. Além disso, Raihn não poderia nos defender enquanto estivesse se movendo. Ou seja, aquela era minha função. Ele seria as asas. Eu seria os dentes.

E, assim, o processo se repetiria até chegarmos ao portão.

Ou até alguém nos atacar e nos matar.

Ou até a fumaça penetrar o tecido do Nascido da Sombra e nos corroer vivos.

Maravilha.

Nos preparamos, e Raihn me pegou nos braços de novo, me apertando contra o peito enquanto eu empunhava as espadas curtas. Desde a primeira vez que ele me segurara daquele jeito, eu tinha me sentido... diferente do que esperava, mesmo que não estivesse disposta a admitir. Agora, depois do que havia acontecido na noite anterior, eu estava perfeitamente ciente, de várias maneiras distintas, sobre todos os pontos em que nossos corpos se encostavam.

Ele aproximou o lábio da minha orelha.

— Pronta?

Não estava, mas aquilo era o mais próximo de pronta a que eu chegaria.

— Pronta.

E, quando me dei conta, estávamos correndo no meio da névoa mortal.

40

Aquilo não era voar. Era só nos jogar para a frente, todo o requinte deixado de lado em troca de velocidade. Meus olhos queimavam e meu rosto pinicava enquanto insetos, poeira e galhos soltos se chocavam contra nós. Raihn precisava se mover de forma errática — não em arcos graciosos, mas sim em arroubos meio desajeitados para desviar de árvores e pedras enquanto nos mantinha baixo o suficiente para evitar a fumaça corrosiva logo acima. Tudo isso lutando com o tecido tremulante que ameaçava se enroscar em suas asas. Já eu me esforçava para manter os olhos abertos e as armas de prontidão, mal piscando.

Trinta, quarenta, sessenta e cinco, setenta...

— *Agora!* — berrei.

Raihn me segurou com mais força, e nos jogamos no chão. Ele me empurrou primeiro — com tanta força que soltei um gemido abafado — e depois se debruçou por cima de mim, esticando a capa sobre nós dois.

— Se encolha mais — grunhiu ele, e puxei as pernas para junto do peito enquanto me virava de lado, tentando ficar tão minúscula quanto possível sob o corpo dele.

Nunca me senti tão grata por ser pequena. O plano só funcionava por causa disso. Raihn dissera que iria fazer as asas desaparecerem para que não ficassem no caminho, mas provavelmente não tivera tempo; senti as duas apertadas bem firme ao nosso redor, a capa nos cobrindo logo depois. Meu coração acelerou com a proximidade sufocante — eu estava espremida, com o chão cheio de cinzas logo abaixo, o corpo de Raihn em cima e as asas dele uma de cada lado.

Não dava para ver nada. Mas senti quando a fumaça veio, porque Raihn se retesou.

Apertei a mão contra seu peito em um gesto silencioso de conforto.

— Feche os olhos — ordenou ele, logo antes de a ardência começar.

Espremi mais as pálpebras, mas ainda dava para sentir. A névoa afetava minha carne também — primeiro a pele exposta, como a dos meus pulsos, mãos e pescoço, e depois o resto.

Após dez segundos, pensei: *Talvez isso nos mate.*

Mas não matou. A dor continuou desagradável, mas longe de parecer mortal.

Noventa segundos intermináveis.

Quando Raihn enfim me ergueu, minha pele, meus pulmões e meus olhos ardiam, mas, fora isso, eu não estava ferida. Ele provavelmente sofrera a maior parte dos efeitos, mas não tive tempo de olhar para o vampiro antes que ele me agarrasse e voltasse a voar.

Minha mente se livrou de tudo que não era a contagem. Tivemos que avançar por quilômetros daquele jeito, em lapsos de noventa segundos. Perdi a conta de quantas vezes repetimos o processo, meu corpo batendo contra o chão várias e várias vezes.

No início, tivemos sorte, pois não encontramos outros perigos além da fumaça. Mas quando estávamos na metade do caminho, Raihn afastou a capa e fomos imediatamente atacados por três lobos, de focinho espumando e visivelmente mortos de fome. Raihn nem sequer teve tempo de pegar a espada; em vez disso, soltou um jato imediato de magia para afugentá-los — muito mais fraco que o usual, considerando os ferimentos ainda recentes.

Quinze segundos.

Eu precisava reagir depressa. Estripei um dos lobos enquanto ele ainda estava abobalhado pelo ataque de Raihn, e o outro quando expôs a garganta durante o bote.

Quarenta segundos.

O terceiro se negava a morrer. Saltou em cima de mim enquanto eu ainda arrancava a lâmina do cadáver de seu companheiro.

Quarenta e cinco.

Eu lutava e contava ao mesmo tempo. Raihn pulou para ajudar, levando uma mordida horrível destinada a mim. O lobo se apegava à vida, se debatendo a cada ferimento.

Sessenta segundos. Setenta.

Oitenta, quando enfim o matei com um golpe e uma explosão de Fogo da Noite — bem a tempo de olhar para o fundo da cratera e ver uma onda de bruma escura vindo em nossa direção, dez segundos antes do esperado.

Raihn me jogou com força no chão. Vi o vampiro se encolher de dor quando a fumaça nos banhou. Estávamos com o rosto a centímetros um do outro. O tecido não cobria seu corpo por inteiro.

— Você estava perto demais — sussurrou ele.
— Culpa do lobo.

Dessa vez, quando os noventa segundos acabaram, Raihn não saiu se movendo com tanta rapidez. Quando voltou a me pegar no colo, olhei para suas asas. As pontas tinham ficado para fora da capa. Agora, as penas da região estavam ligeiramente desgrenhadas, o preto pintalgado com o que achei que fosse sangue a princípio, mas que depois vi que eram de fato manchas vermelhas.

Voamos de novo, e de novo, e de novo. Estávamos ficando cansados. Nos movendo um pouco mais devagar, justo quando precisávamos ir mais rápido. Eu sabia que as queimaduras nas asas e pernas de Raihn o estavam incomodando, assim como a mordida do lobo.

Enfim, vislumbramos um arco adiante. Minha vista era tão ruim na escuridão e em meio à neblina que já estávamos surpreendentemente perto quando consegui identificar o portão dourado cortando a noite. Precisávamos de talvez mais umas duas corridas.

— Agora consigo ver — falei, aliviada.

As mãos de Raihn já estavam em minha cintura, preparadas para me carregar de novo.

— Você devia ter vergonha dessa visão humana horr...

Ele se deteve em meio à sentença.

Me virei. O vampiro estava olhando para algo. Tínhamos subido alto, a crista rochosa já muito acima de nosso ponto de partida, e mais acima ainda do fundo da cratera lá embaixo. Àquela distância, ela parecia um caldeirão cheio de fumaça. Lá dentro, era difícil enxergar a curvatura da paisagem, mas, do ponto onde estávamos, o formato era inconfundível — um círculo tão definido que parecia até escavado pelo homem.

Os cabelinhos de minha nuca se arrepiaram. De novo, fui perpassada por uma sensação de familiaridade.

Me virei para Raihn, e a expressão em seu rosto me fez parar de respirar. Raiva, medo e devastação pintavam seu semblante.

Eu só vira aquilo uma vez nele. Quando achávamos que Mische tinha morrido.

Algo prateado brilhava no chão. Ele se ajoelhou e pegou o objeto. Encarou o item com atenção.

— Estamos em...

Era como se Raihn não tivesse percebido que falava em voz alta. A prata em seus dedos brilhava enquanto as mãos tremiam. Notei que era uma placa de rua — ou parte de uma.

Estávamos ficando sem tempo.

— Raihn, a gente precisa ir antes que...

— Estamos em *Salinae*.

Salinae?

Quase ri da cara dele, porque aquilo era um disparate. Salinae era uma das maiores cidades da Casa da Noite. Quando os Rishan estavam no poder, aquela era sua segunda capital. Eu tinha pesquisado obsessivamente sobre o lugar, me preparando para o dia em que pudesse liderar uma expedição até lá. Havia estudado cada diagrama, cada mapa.

— Salinae? Isso é...

Ridículo, comecei a dizer.

Mas eu tinha estudado cada mapa.

E, de repente, lá estava, sobreposto àquele ermo abandonado. Pilhas de rocha desmoronada se transformaram em construções — a prefeitura ali, a igreja acolá, a biblioteca um pouco além. Veios de terra batida espalhados pela paisagem, que a princípio eu achara serem canais abertos no solo pela água, se transformaram em ruas.

Meu queixo caiu de choque.

Aquele não era um ermo abandonado. Eram as ruínas de uma cidade que não existia mais. As ruínas de uma cidade que fora completa e sistematicamente devastada — como se esmagada por uma das maiores forças militares do mundo.

E, enfim, entendi por que a atmosfera me parecia tão familiar.

O cheiro ali era parecido com o que impregnava o ar depois que alguém usava o Asteris. Explosivos e o Asteris, o poder sugado diretamente das estrelas, empregado por milhares de guerreiros.

O cheiro ali era igual ao que envolvera a cidade dezesseis anos antes, na noite em que Vincent me levara para casa.

Fiquei atordoada quando a compreensão se abateu sobre mim.

Horrores que não vão poupar nada nem ninguém, Vincent tinha dito. *Que não vão poupar suas esposas e filhos.*

E ele de fato não poupara. Não só os Rishan, mas os humanos tampouco.

Vincent havia matado todos eles.

41

Meus ouvidos zumbiam. Minhas mãos estavam geladas e imóveis. Não me movi. Só encarei o lugar. Aquele lugar morto e quebrado, onde inúmeras pessoas tinham vivido.

Qualquer familiar que eu ainda pudesse ter.

Já era.

Eu não conseguia pensar. Raihn estava dizendo algo, mas eu não sabia o quê. Não conseguia entender as palavras, mesmo que as pudesse ouvir — e eu não podia.

Salinae já era.

Já era.

Já era.

Já...

— Oraya, *se abaixe*! — gritou Raihn antes de pular em cima de mim.

Havíamos nos distraído. Havíamos parado de contar. A dor atravessou meu pé esquerdo, que acabara para fora da capa que Raihn jogara às pressas sobre nós. Senti o corpo dele se retesar também. A capa não estava cobrindo nenhum de nós.

Por noventa longos segundos, continuamos parados.

Tudo dentro de mim congelou, e fiquei grata por isso. Eu preferia estar fria e endurecida e não sentir nada a confrontar aquilo — mesmo podendo sentir o pesar ali, queimando sob a superfície, quente demais sequer para ser contido por uma vida inteira de controle gélido.

Vincent não teria feito aquilo. Ele não podia.

Não consegui não pensar em Nyaxia. Pela Mãe, o plano não podia ter sido mais perfeito. Estávamos atuando em uma caricatura mórbida do pior momento de sua vida, quando ela lutara para cruzar os ermos abandonados em uma busca desesperada pelo esposo, só para no fim descobrir que ele já estava morto.

Ela chegara tarde demais. Assim como nós, agora, havíamos chegado.

Noventa segundos se passaram. Raihn jogou a capa de lado, se levantando devagar. Precisou se esforçar para descolar os olhos do chão coberto de cinzas. Só então percebi que o solo estava repleto de pequenos brilhos prateados, pedaços de metal quebrado. Resquícios estruturais da cidade.

— Meio milhão de pessoas — murmurou Raihn. — Meio milhão de pessoas viviam aqui.

De um ponto distante, uma voz sussurrou em meu ouvido: *Você precisa sair daí. Precisa sair daí agora mesmo, serpentezinha...*

Ergui o rosto e, por cima do ombro de Raihn, vi um vulto voando rápido. Um lampejo prateado vindo direto em nossa direção.

Sem tempo de desviar.

Empurrei Raihn para fora do caminho, e Ivan colidiu comigo com toda a força.

Minhas costas bateram com tudo no chão. Ivan subiu em cima de mim, o rosto inteiro, exceto pela faixa dos olhos, coberto com tiras rasgadas de tecido. Eu tivera tempo de empurrar Raihn para longe e deter o ataque de Ivan, mas aquilo significava que eu não estava em uma posição boa para revidar. Tinha derrubado as espadas curtas. Algo cortou meu abdome, o choque amenizando a dor até um pulsar distante.

Os olhos de Ivan se estreitaram em um sorriso satisfeito.

De repente, do nada, a dor ficou excruciante, como se todo meu sangue estivesse borbulhando nas veias. Gotinhas vermelhas se elevaram no ar, flutuando ao redor do rosto pálido de Ivan — meu sangue, arrancado de meu corpo pela magia do vampiro.

— Isso é pelo desafio da Meia-Lua — sussurrou ele, e me preparei para encontrar a morte lutando...

Mas Raihn o arrancou de cima de mim, jogando Ivan em cima de uma pilha de pedras com força suficiente para quebrar sua coluna.

— Não ouse tocar *a porra de um dedo* nela — grunhiu ele enquanto luz preta lampejava pelo ar, seu Asteris reavivado outra vez.

Tentei me mexer, mas não consegui. Minha força parecia estar sendo drenada, escorrendo pelo chão como água da chuva. Tudo que consegui foi virar a cabeça — o suficiente para ver, através da visão borrada, Raihn em cima de Ivan, a espada erguida prestes a desferir o golpe de misericórdia.

Atrás dele, outra mancha prateada surgiu do meio da fumaça. Angelika. Inconfundível, mesmo na escuridão. Assim como Ivan, ela tinha coberto o corpo inteiro, exceto os olhos. Mesmo assim, cada centímetro da mulher irradiava poder.

— Raihn! — tentei gritar enquanto ela preparava o arco. O nome dele saiu como um gemido abafado, mas foi suficiente para chamar a sua atenção.

— *Largue Ivan!* — berrou Angelika.

Pela visão borrada, notei algo estranho: a flecha não estava apontada para Raihn.

Estava apontada para mim.

— Largue Ivan *agora mesmo* ou eu mato ela, Raihn. Outra Nessanyn. Você quer isso? *Largue Ivan!*

Raihn estacou no lugar.

Tudo ficou cinzento e borrado. As vozes, distantes. Vincent pareceu mais próximo quando sussurrou para mim: *Você chegou até aqui, serpentezinha. Mas ao menos seus ossos vão repousar em sua terra natal.*

Pressionei a palma da mão contra a terra granulosa e misturada às cinzas, os dedos se fechando levemente ao redor de um punhado de solo. Me perguntei se os ossos dos meus familiares estavam ali também, reduzidos a pó.

Pisquei e consegui distinguir a silhueta de Raihn, agarrando pelo colarinho o corpo ferido e inerte de Ivan.

— Certo — disse ele, enfim. — Vou soltar.

E arrancou a máscara do rosto de Ivan antes de jogar o vampiro no declive, diretamente para a próxima onda de fumaça mortal.

Depois, Raihn pulou em cima de mim. Soltei um gemido quando o peso dele esmagou meu corpo machucado. Um berro distante de agonia me arrepiou até os ossos — Angelika.

No início, achei que ela também pudesse ter sido pega no meio da bruma. Depois entendi que não — era por causa de Ivan. Ela estava gritando sua perda.

Raihn me puxou para mais perto. Quando encostou em meu ferimento, soltei um lamento baixo e involuntário, e ele se retesou como se tivesse se dado conta de algo horrível. Murmurou no meu ouvido:

— Precisamos correr agora.

— Estou bem — tentei dizer, mesmo que ele não tivesse perguntado.

Eu estava perdendo a batalha contra a inconsciência.

— Prenda a respiração — falou ele.

Quando dei por mim, estava no ar, com o rosto acomodado contra uma parede sólida de calor enquanto voávamos rápido, *muito muito muito rápido*.

Tudo doía, como se minha pele exposta estivesse sendo esfolada aos poucos. O grito de Angelika continuava atrás de nós.

Não iríamos sobreviver àquilo. Nem a alguns poucos segundos daquilo. Estávamos sendo consumidos.

Mas me forcei a erguer a cabeça bem a tempo de ver o portão se aproximando de nós...

Em seguida, tudo ficou em silêncio.

O pouso de Raihn foi longe de gracioso. Ele vinha tão rápido que precisou frear de repente para evitar bater com tudo na barreira de pedra além do portal. Terminamos embolados no chão de terra batida.

Tentei me levantar enquanto os braços dele ainda me sustentavam. Meus olhos se ajustaram às familiares luzes douradas e prateadas vindas de uma imensidão de assentos.

O coliseu parecia muito diferente daquele jeito — completamente vazio. Não havia multidão aos gritos, não havia vozes comemorando. Nem um único espectador nas arquibancadas desertas. Apenas um silêncio ameaçador.

Diante de nós, havia uma pessoa ensanguentada sentada na areia com os joelhos puxados contra o peito, uma manta vermelho-escura ao redor dos ombros. Estava coberta de muito sangue. Demorei um momento para perceber quem era, até que ele ergueu a cabeça e seu olhar encontrou o meu.

Ibrihim.

E a manta não era uma manta, mas sim suas asas — esfarrapadas e borbulhando com queimaduras purulentas iguais às que o vampiro tinha ao redor dos olhos. Ele havia coberto o rosto da melhor forma que conseguira e envolvido o resto do corpo com as asas, agora destruídas.

Talvez meu semblante estivesse transparecendo meu horror, porque ele sorriu — um esgar sem humor algum.

— Elas nunca me foram tão úteis quanto hoje.

O Ministaer estava ali, em uma imobilidade sobrenatural, quatro de seus acólitos parados logo atrás com a cabeça baixa.

— Bem-vindos, Oraya dos Nascidos da Noite e Raihn Ashraj — disse o Ministaer. — Nossa Mãe do Breu Voraz está satisfeita com seu desempenho. Vocês passaram para o desafio final.

Eu achava que sentiria mais ao ouvir essas palavras. Em vez disso, elas provocaram em mim apenas um medo atordoante.

— E houve uma mudança — continuou o Ministaer. — O desafio da Lua Nova não acontecerá daqui a três semanas. Ele foi antecipado para amanhã.

Franzi a testa. *O quê?* Aquilo nunca tinha acontecido antes.

— Amanhã? — repetiu Raihn.

— Por quê? — soltei, fincando os dedos no braço do vampiro.

Torci para que estivesse conseguindo disfarçar o quanto dependia do apoio dele para ficar em pé.

— É muito importante que o Kejari seja concluído — afirmou o Ministaer, de um jeito simples, como se estivesse respondendo às nossas dúvidas.

— Bem, é claro — disse Raihn. — Mas por quê...?

— Nyaxia entende que não há certeza de que Sivrinaj existirá daqui a três semanas.

O Ministaer ergueu o queixo, um levíssimo gesto apontando algo à distância.

Nós nos viramos para olhar a direção indicada.

Os portões do coliseu estavam escancarados, revelando um quadro vivo da cidade. Meus olhos subiram até focar a parte superior das paredes da arena, e a silhueta da cidade no horizonte além delas.

— Caralho — soltou Raihn.

Não consegui falar, nem mesmo xingar.

Eu sabia qual era a aparência de Sivrinaj. Tinha memorizado cada detalhe daquela paisagem ao longo de um milhão de momentos pesarosos diante da janela do meu quarto. E embora nunca me esquecesse que ali era uma cidade — um reino — de brutalidade, nunca achei que meu lar letalmente belo pudesse se transformar... naquilo.

A cidade de Sivrinaj sempre fora afiada como uma arma, mas, agora, a lâmina tinha sido desembainhada e estava coberta de morte.

Corpos acompanhavam as muralhas do coliseu, empalados em estacas. Alguns ainda se debatiam em seus estertores de morte, a vida sendo sugada deles só a Mãe sabia desde quando. Havia centenas. Tantos que as fileiras sumiam à distância, longe demais para que eu pudesse distinguir o formato dos corpos. Mas meu pai não começava nada que não estivesse disposto a terminar. Eu sabia que os corpos continuariam até que a fileira percorresse toda a extensão das muralhas, mesmo além da capacidade de minha visão humana.

E presas abaixo de cada estaca, esticadas como guirlandas mortais, estavam as asas das vítimas — inúmeras asas dotadas de penas presas à superfície antiga de pedra. Um sangue preto-avermelhado escorria pelo mármore branco em regatos ilusoriamente belos, brilhando sob a luz das tochas em um arco-íris de penas marrons, douradas, brancas, cinzentas e pretas.

Havíamos ficado trancados no Palácio da Lua, isolados, por semanas. Tempo mais do que suficiente para que a guerra contra os Rishan escalasse. Ainda assim, a dimensão da cena era espantosa. Repugnante.

Tive trezentos anos para treinar, Vincent sussurrou em meu ouvido. *É sempre importante ser decisivo e eficiente.*

— Vocês provavelmente vão querer descansar enquanto têm oportunidade — disse o Ministaer, como se nada digno de nota tivesse acontecido ali. Ele gesticulou para outra porta, através da qual era possível ter um vislumbre do salão principal do Palácio da Lua. — Muita coisa mudou.

Parte Seis
Lua Nova

INTERLÚDIO

Os ferimentos no pescoço da jovem não tinham se curado ainda.

Dois dias antes, o garoto que ela achou que a amava havia tentado matá-la. Agora, o pai tinha ido até seu quarto.

— Tenho um presente para você — disse ele. — Venha comigo.

O rei sempre dava presentes para a jovem, embora raramente os chamasse assim. Naquele momento, ela estava de coração partido. Se sentia ferida, tola e idiota. Não estava no clima para presentes. Mas tampouco estava no clima de discutir, então foi com o pai.

Ele a levou até sua sala do trono. Era um lugar lindo, um mar de lajotas de mármore vermelho, branco e preto, com o trono dos Nascidos da Noite pairando acima de tudo. O rei fechou as portas duplas e pediu que a jovem o acompanhasse.

Ela congelou no lugar.

O salão estava vazio, exceto por uma única pessoa no centro da imensidão de pedra lisa e escarlate — um belo rapaz, ajoelhado, as mãos atadas atrás das costas. Ele olhava para ela com os mesmos olhos com os quais ela tinha sonhado. Proferia pedidos frenéticos de desculpas com a mesma boca que usara para tentar rasgar sua garganta.

A jovem não se moveu. A mera visão do amado arrebatou seu coração, diversos sentimentos se debatendo em todas as direções possíveis.

O rei atravessou o salão e parou ao lado do rapaz, repousando as mãos sobre seus ombros. Depois, se virou para a filha e disse:

— Venha aqui.

E ela foi. De perto, viu que o garoto estava tremendo de puro terror. Aquilo era estranho para ela. A jovem ainda não sabia que vampiros também podiam sentir tanto medo quanto ela.

— Olhe para ele — ordenou o rei.

Ela olhou. Apesar de não querer. Encarar aqueles olhos verdes, familiares demais, era agonizante.

— Ele está com medo — continuou o rei. — Como deveria.

O rapaz olhou para a amada. Tentou pedir perdão, tentou dizer que não sabia que as coisas aconteceriam daquela forma, que ele se sentiria daquela forma...

O rei o mandou se calar. Levou a mão ao cinto, desembainhou uma adaga e a estendeu na direção da jovem.

— Pegue.

Uma ordem. A moça não podia desobedecer às ordens do pai. Já tinha feito isso uma vez, e aquele havia sido o resultado.

Então, ela aceitou a adaga.

O rei a treinara por anos. Ela sabia como usar uma arma. Seus dedos se acomodaram no lugar de imediato, já era um de seus instintos. Mas aquela era a primeira vez que ela empunhava uma lâmina tão perto de outro ser vivo. O metal refletia a luz das lamparinas, projetando faíscas verdes nos olhos frenéticos do garoto.

O rei disse, calmo:

— Falei na noite em que trouxe você para cá que te ensinaria como arreganhar seus dentes. E mantive a promessa. Mas, agora, é hora de ensiná-la a morder.

A moça manteve o rosto imóvel. Por dentro, porém, estava inundada pelo pânico.

— O coração é a forma mais fácil — prosseguiu o pai. — Direto no meio do peito. Um pouco para a esquerda. Você vai precisar ser forte. Rápida. Vai ser fácil agora. Mas, em outras ocasiões, eles vão tentar correr ou lutar. Não lhes dê chance.

Tudo parecia adormecido.

A adaga pesava em suas mãos.

Seu amado ergueu os olhos e implorou.

— Eu sinto muito, Oraya. Eu... eu sinto muito mesmo. Eu não sabia, não tive a intenção, nem lembro...

Há momentos na vida que ficam para sempre destilados na memória. Alguns murcham em minutos. Outros, são entalhados em nossa alma para toda a eternidade.

Aquela imagem, do garoto que ela amava implorando por misericórdia, a seguiria pelo resto da vida.

Anos mais tarde, quando a garota fosse uma mulher adulta, decidiria que o rapaz não tivera a intenção de machucar. Que ainda não entendera todos os *seus novos impulsos de vampiro Transformado. Não mudava o que ele tinha feito. Não fazia com que seus atos fossem mais perdoáveis. Só fazia os vampiros serem ainda mais perigosos. Eles podiam amar alguém e, ainda assim, matar essa pessoa.*

Naquele momento, porém, a garota não sabia no que acreditar.

Não consigo. As palavras pairavam na ponta de sua língua. Palavras dignas de vergonha. Ela não seria louca de as pronunciar em voz alta para o pai.

O rei a encarou, sem piscar. Na expectativa.

— Um golpe. Só isso.

Ela começou a negar com a cabeça, mas ele a interrompeu:

— Sim. Você pode. Você vai. Há muito tempo, avisei que nunca estaria segura com ninguém além de mim. Eu avisei. Esta é a consequência, Oraya.

Ele não ergueu a voz. O rei raramente gritava. Mas suas palavras eram tão cortantes, tão letais quanto o fio da lâmina que entregara à filha.

Agora, ela entendia.

Não era mais um ensinamento. Era uma punição. Ela desobedecera aos preceitos do pai. Ela havia se permitido acolher outra pessoa em seu coração. E, agora, ele a forçaria a arrancar o intruso do peito e entregá-lo a seus pés.

— Este é um mundo perigoso. — A voz dele ficou suave, carinhosa. — Para sobreviver, é necessário fazer esse tipo de coisa.

Talvez outra garota adolescente tivesse odiado o pai por aquele momento. E talvez aquela, de certa forma, odiasse. Talvez fosse carregar um pequeno fragmento daquele ódio pelo resto da vida.

Mas ela também o amava pelo mesmo fato. Ele estava certo, afinal. Ele a estava perdoando. Se ela houvesse lhe dado ouvidos, nada daquilo teria acontecido.

A moça ainda não era fria o bastante, forte o bastante. Mas podia se tornar um pouquinho mais afiada, mesmo que aquilo significasse se jogar sobre o aço inclemente das ordens do pai.

A jovem engoliu em seco.

Ergueu a adaga.

O garoto usava uma camisa fina de algodão. Era fácil ver os contornos de seu peito. Ela apontou para o alvo. Um pouco para a esquerda, assim como o pai lhe ensinara.

— Você precisa empurrar com força para atravessar o esterno — disse o rei. — Com mais força do que imagina.

— Espere... — choramingou o garoto.

A menina golpeou.

O rei estava certo. Ela precisou empurrar com mais força do que imaginava. Sentiu cada camada de carne e precisou lutar com a lâmina para que ela entrasse por completo. O sangue jorrou da pele do garoto como se estivesse esperando por aquele momento.

A menina sentiu a bile subir à garganta enquanto o amado gritava. Ele tentou reagir, mas o rei o segurou com força pelos ombros.

A moça começou a virar a cabeça, mas o pai chiou:

— Não. Não desvie os olhos, serpentezinha. Olhe nos olhos dele.

Ela se forçou a obedecer. Se forçou a olhar nos olhos do menino que tinha amado até que os últimos fragmentos de vida sumissem deles.

A jovem continuou segurando o punho da arma por muito tempo depois que a cabeça do amado tombou sobre o peito. O rei enfim deu um passo para trás, permitindo que o corpo despencasse no chão. O rapaz tinha acabado de ser Transformado. Seu sangue era mais vermelho do que preto. O escarlate se espalhou pelo mármore feito pétalas de rosa surgindo de um botão.

— Ótimo — disse o rei.

E se afastou a passos largos. Não ofereceu conforto ou carinho à filha. Por que deveria? O mundo tampouco lhe daria aquele tipo de coisa. Era uma lição que devia ser aprendida.

Então a jovem ficou parada ali, sozinha, por um longo tempo.

Estranho que garotas ouçam com frequência que a perda de sua virgindade marca o limiar entre a infância e a vida adulta, como se o ato as modificasse fundamentalmente de alguma forma. Não foi o sexo que mudou aquela garota para sempre. Não foi o sangue escorrendo por entre suas pernas que a moldou.

O sangue que correu naquele chão de mármore, porém...

Há manchas na inocência de uma pessoa que nunca somem.

42

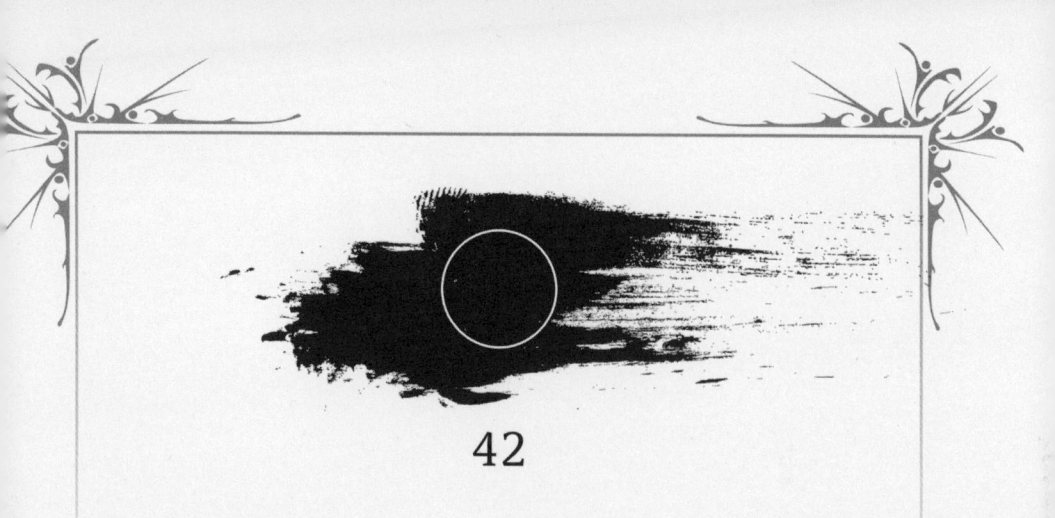

Insisti em voltar andando para o apartamento, mesmo mal conseguindo me mover. Já estávamos quase no fim do corredor quando Angelika, a quarta e última competidora, passou aos tropeços pela porta que levava ao Palácio da Lua. Ela devia ter se atrasado na tentativa de encontrar Ivan, mas chegara sozinha. Seu lamento desprovido de palavras havia ecoado em cada canto do Palácio da Lua.

Aquele som era um espelho de algo dentro de mim que eu não sabia como descrever.

Levei a mão ao abdome. Sangue escorria por entre meus dedos, mas eu não sentia nada. Sentia apenas as cinzas ásperas de Salinae — ou o que quer que tivesse sobrado da cidade.

Pensei nos milhares de humanos queimando sob o poder do Asteris.

Pensei em seus pulmões sendo corroídos pela fumaça tóxica.

Pensei em um garotinho e em uma garotinha dos quais me lembrava apenas vagamente — que eu só me permitia sonhar que pudessem estar vivos de algum modo — e seus corpos jazendo muito, muito fundo sob os ossos de uma guerra da qual nunca quiseram participar.

Raihn fechou a porta atrás de nós. Tropecei, quase caindo de joelhos, o que pareceu trazê-lo de volta para o presente. Ele passou os braços ao meu redor. Enrijeci.

— A gente precisa cuidar dos seus machucados — disse ele, antes que eu pudesse protestar.

Eu não tinha a menor condição de discutir. Ele me pegou no colo, me levou até o quarto e me acomodou na cama. Depois foi até nossas malas e as vasculhou em busca de algo.

Fiquei encarando o teto. Pisquei. Vi as ruínas gravadas na mente.

Já era. Já era. Já era.

— Temos remédio para isso — disse Raihn, soando grato por ter tanto uma boa notícia quanto uma distração.

Ele voltou, se sentou ao meu lado na cama e verteu a solução em meu abdome. Não reagi quando a ferida aberta chiou e borbulhou, carne se fundindo a carne.

Eu sabia que o luto de Raihn era tão forte quanto o meu. Talvez mais. Eu queria poder pousar a mão sobre o machucado em seu coração, mesmo que meu próprio ameaçasse me rasgar ao meio.

Quando Raihn deixou o vidrinho de lado, apoiei minha mão sobre a dele. Ela agora parecia muito familiar sob a minha, com os nós dos dedos protuberantes, as cicatrizes e a áspera sugestão de pelos nas costas.

Por um tempo, ele não se moveu. Depois, virou devagar a palma para cima, fechou os dedos ao redor dos meus e correu o polegar em minha pele.

Tão íntimo quanto seus lábios em meu pescoço.

Quis dizer a ele que sentia muito. Sentia muito pelo que meu pai havia feito com nossos povos.

Isso é uma guerra, Vincent sussurrou em meu ouvido. *Poder exige brutalidade. O que esperava que eu fizesse? Nosso coração sangra em preto.*

E o pior era que eu entendia. Eu entendia, e mesmo assim odiava.

— Quase mandei Mische para lá — disse Raihn. — Mais duas semanas e ela talvez estivesse em Salinae.

O pensamento me perturbou mais ainda.

Senti o colchão balançar, a outra mão do vampiro se fechando com força.

— Seu pai — chiou ele — é a porra de um monstro.

Por um instante, concordei. Mas, com a mesma velocidade, uma onda de negação envergonhada se ergueu para combater aquilo.

Eu devia estar ignorando alguma coisa. Vincent não faria algo assim a menos que não tivesse escolha. A menos que os Rishan tivessem feito algo pior, ou estivessem prestes a fazer.

Meu pai não teria feito aquilo comigo. Não sabendo o que eu pretendia. Não sabendo o motivo pelo qual eu estava naquele maldito torneio, afinal de contas.

Vincent não teria sido capaz.

— Deve haver uma razão. Ele pode não ter tido escolha.

Odiei o gosto das palavras na boca. Me odiei por ter falado aquilo.

A voz de Raihn saiu fria e dura:

— Quinhentas mil pessoas. Meio milhão de vidas. Eu não ligo para a porra da razão que ele possa ter. Que explicação tornaria algo assim aceitável?

Nenhuma. Não havia explicação.

— A gente não sabe o que aconteceu.

— Eu sei, sim — disparou ele. — Vi as ruínas. Senti o cheiro dos ossos no meio da terra. Isso basta, Oraya. Basta.

Minhas unhas estavam enfiadas na pele de Raihn, meus nós dos dedos tremendo. Minha mandíbula doía de tão contraída.

E quando uma voz em minha mente sussurrou *Ele está certo. Tudo aquilo não basta?*, a voz não era a de Vincent.

Era a minha.

A fronteira entre a raiva e a tristeza era muito tênue. Eu tinha aprendido que o medo podia virar raiva, mas era muito fácil a raiva se estilhaçar em devastação. As rachaduras se espalharam como uma teia de aranha em meu peito.

— Precisa haver alguma coisa que não estou enxergando. Ele não pode ter... Ele não faria...

— Por que não? — cuspiu Raihn, a boca curvada em um esgar de ódio. — Vidas Rishan. Vidas humanas. O que caralhos elas valem para ele? Por que é tão difícil para você acreditar?

— Porque eu ia atrás deles. — Não era minha intenção dizer aquilo em voz alta. Mas as palavras estavam perto demais da superfície, prontas para escapar. — Porque ele *sabia*. Quando eu virasse sua Coriatae, voltaria para lá, e ele *sabia* que eu...

Raihn ficou imóvel. Seus dedos apertaram minha mão com mais força, depois a soltaram de repente enquanto ele se levantava, as costas aprumadas.

— Coriatae? — disse ele, calmo.

Fechei a boca.

Não, Vincent sussurrou em meu ouvido, *não conte isso a ele*.

Mas eu já deixara Raihn ver demais. Eu sempre deixava. E ele sempre vira. E Raihn não podia esquecer o que escutara, o que eu havia acabado de mostrar daquela vez.

— *Coriatae?* — repetiu Raihn, a voz tão ameaçadora quanto o som de uma lâmina sendo desembainhada. — Você vai pedir que Nyaxia te agracie com um *vínculo Coriatis*?

Julgamento impregnava cada sílaba, um cutucão em todos os meus ferimentos abertos.

— Eu não sou forte o bastante para ir até lá como sou hoje — rebati. — E ele sabia disso tão bem quanto eu.

Raihn apenas riu, sombrio e sem humor.

— A porra de um *vínculo Coriatis*. Você ia se transformar na Coriatae de Vincent e marchar até Salinae para libertar seus parentes humanos. Ia *se conectar a ele* para que pudesse pagar de heroína.

Ele estava zombando de mim? Ou meu sonho era tão insano que as palavras simplesmente soavam como zombaria quando ditas em voz alta?

— Cada um faz o que é preciso para... — comecei.

— Você é esperta demais para isso, Oraya. Sabe quantos humanos ainda moravam em Salinae? Quase nenhum. Porque seu pai os extraiu de lá, assim como fazia com todos os recursos de Salinae, ao longo *da porra dos últimos vinte anos*.

Recursos. Como se humanos fossem frutas ou grãos.

Não. Aquilo não era verdade.

— O território Rishan era protegido. Ele não poderia...

— Protegido — escarneceu Raihn. — Assim como os assentamentos humanos são "*protegidos*"?

A verdade das palavras penetrou pelos vãos de minha armadura como uma espada afiada demais.

Quando meus dedos se fecharam, consegui sentir as cinzas ásperas do que um dia fora Salinae em minhas palmas.

Eu nunca tinha visto Raihn daquele jeito. Sua raiva lhe contorcia as feições. Não parecia em nada com quando eu o vira com sede de sangue — aquilo tinha sido desconfortável, mas o que ele demonstrava ali era petrificante. Estava completamente imóvel, cada ângulo de seu corpo rígido, até a respiração controlada demais. Como se todas as fibras de músculo precisassem se unir para conter a coisa selvagem que se debatia dentro dele, qualquer que fosse ela, visível apenas pelo irromper do fogo em seus olhos vermelho-ferrugem.

— Vincent mandou você para o Kejari — falou ele — com a promessa de que isso a transformaria em uma heroína para que pudesse *usar você*? A motivação disso tudo é *essa*?

Ele tá te obrigando a fazer isso, Ilana havia dito para mim.

Eu estava muito, muito furiosa com Vincent. Mais furiosa do que nunca. Mesmo assim, saltei em sua defesa sem hesitar, como se cada ataque à sua índole me atingisse também.

Fiquei em pé, e fui recompensada com uma pontada de dor em meu abdome recém-curado.

— Me usar? — zombei. — Ele vai me dar seu poder. Me dar...

— Não é possível que você seja assim tão inocente. Dando o poder dele a você *e* tomando o seu para si. Fazendo um acordo com uma deusa para que você nunca possa machucá-lo. Que nunca possa se colocar contra ele. E enviando você para esta pocilga depravada para que isso seja possível. Que pai amoroso e santo...

Desembainhei as armas antes que pudesse me deter.

— Chega — chiei. — *Chega*.

Vincent me dera tudo.

Ele tinha me levado para casa mesmo que não precisasse fazer isso. Tinha cuidado de mim quando ninguém mais havia. Tinha me tornado uma versão melhor de mim mesma, mesmo quando eu não queria. Tinha me transformado em algo que merecia ser temido.

E, acima de tudo, ele havia me amado.

Daquilo eu sabia. Não existia nada que Raihn pudesse falar para me convencer do contrário. O amor de Vincent era real, tanto quanto a lua era real.

Raihn nem olhou para minhas lâminas. Os olhos dele miravam apenas os meus, e o vampiro deu um passo à frente.

— Ele matou todo mundo — disse baixinho. E, por um lapso de segundo, a raiva em seus olhos deu lugar ao pesar. Pesar pela perda dos Rishan, seu povo. Pesar pela perda dos humanos, meu povo. E pesar por mim. — Ele matou todos eles. Para Vincent, não significavam nada além de ferramentas ou obstáculos. Não importa o que ele prometeu a você. O que disse a você. *Essa* é a verdade.

Ver Raihn triste daquele jeito bateu fundo. Balancei a cabeça, as palavras presas na garganta.

— Você precisa fazer algumas perguntas difíceis a si mesma — continuou ele. — Por que ele tem medo de você, Oraya? O que ele ganha com isso?

Medo de mim. Que baboseira. O que Vincent poderia querer ganhar de mim? O que aquele plano poderia ser senão mais um gesto de seu amor? Fazer com que eu fosse tão forte e poderosa quanto ele. Eu era humana. Não tinha nada a oferecer a ele.

Mas a preocupação de Raihn comigo, crua demais para ser falsa, atingiu regiões que eu não conseguia proteger. Ele ergueu a mão, como se quisesse acarinhar meu rosto. Parte de mim ansiava pelo toque. Ansiava por me permitir desabar e deixar que ele me mantivesse inteira.

Em vez disso, porém, me afastei.

— Não consigo — soltei, mesmo sabendo que ele merecia mais. — Eu... eu simplesmente não consigo.

Escancarei a porta, e ele me deixou ir.

Não foi atrás de mim quando segui pelo corredor, os passos rápidos e cheios de propósito. Continuei andando até sair do Palácio da Lua. E passei direto pelo ponto de encontro com Vincent.

Não, eu estava farta de esperar meu pai vir se encontrar comigo. Farta de esperar para nos encontrarmos segundo seus termos.

Daquela vez, eu iria até ele.

Andei, andei e andei até chegar ao castelo de Vincent.

43

Era o castelo que havia mudado, ou eu?

Antes, aquele lugar sempre fazia eu me sentir pequena, como se fosse fraca e impermanente demais para viver em um local de força tão grandiosa e perene. Mas talvez eu tivesse confundido brutalidade com força e estagnação com continuidade.

Como, exatamente, nunca havia percebido que aquele cheiro elegante de rosas tinha um toque rançoso por trás? Como eu nunca notara que disfarçava o cheiro azedo de sangue apodrecido, como se a porcaria da construção inteira estivesse impregnada dele? As flores que adornavam cada mesa estavam murchas nas bordas, o papel de parede maculado com manchas de sangue velho de um marrom baço e moribundo, o gesso coberto de rachaduras de um reino que ficara pesado demais para se sustentar.

Havia muitos vampiros ali, muito mais do que eu estava acostumada a ver vagando pelos corredores. Todos eram guerreiros de Vincent. Era época de guerra, afinal de contas. Eles paravam para me encarar enquanto eu passava. Nem reparei se suas narinas se dilatavam em reação à minha passagem — e estava pouco me fodendo se esse fosse o caso.

Eu jamais fora até o gabinete de Vincent sem ser convidada. Mas nem sequer bati, escancarando a porta sem hesitar.

Jesmine estava ali, com os braços cruzados e as unhas vermelhas tamborilando pensativamente nos lábios também pintados de vermelho enquanto observava o mapa preso à parede. Seus olhos cor de ametista recaíram sobre mim e cintilaram de curiosidade.

— Oraya. Que adorável receber...

— Quero saber onde ele está.

Uma exigência, não uma pergunta.

Ela fechou os lábios perfeitos. O único sinal de surpresa.

— Em reuniões. São tempos atribulados, como você...
— Onde?
— Ele vai terminar...
— Preciso falar com ele agora, Jesmine. Me diga onde meu pai está ou traga ele até aqui.

O lampejo de incômodo em seu rosto virou uma chama de irritação. Ela parecia ter duas correntes de pensamento opostas: *"Devo matar Oraya hoje?"* e, ao mesmo tempo, *"Será que ser filha de Vincent a coloca em uma posição hierárquica acima de mim, sua general?"*.

— Não quero ter de lutar com você — continuei. — Se optar por isso, não vai acabar bem para nenhuma de nós duas, mas vou encarar. E aí, qual vai ser?

Aparentemente, ela decidira que não valia a pena pagar para ver a resposta da segunda pergunta e, portanto, concluíra que a resposta para a primeira era *"Hoje não"*.

— Sou a principal general do rei, não sua garotinha de recados, mas vou lhe dar esse prazer — falou ela, deixando o cômodo.

Esperei. Em geral, o gabinete de Vincent era meticulosamente organizado; naquela noite, porém, estava uma bagunça — com livros abertos, papéis e mapas para todos os lados, manchados de preto e vermelho. Minhas mãos tremiam. De raiva? De pesar? Talvez fosse de medo. Não de Vincent, mas do que ele talvez fosse me dizer.

A porta se abriu.

Vincent entrou sozinho. Seus trajes estavam mais desalinhados que o normal, com a lapela do casaco amarrotada em um dos lados e as mangas puxadas até os cotovelos. Algumas mechas de cabelo caíam em seu rosto. A Marca de Sucessão pulsava em um ritmo ligeiramente mais acelerado do que antes, como se o bombear tranquilo de seu coração estivesse um pouco mais rápido do que da última vez que eu o vira.

Ele fechou a porta e ficou parado ali por um tempo, apenas me encarando. Eu sabia como ler Vincent àquela altura, e sabia que sua irritação lutava contra seu alívio — como se Vincent, o rei, e Vincent, o pai, estivessem travando uma batalha silenciosa por trás de seus olhos.

— O que está fazendo aqui? — perguntou ele. Aquele era Vincent, o rei. — Você conseguiu passar pelo desafio da Lua Crescente.

E aquele — aquele suspiro agradecido — era Vincent, o pai. Ele se aproximou, uma incerteza estranha tremulando no rosto. Talvez tivesse visto algo de diferente na minha expressão também.

— Salinae. — Minha voz saiu dura e rouca demais. — Você destruiu Salinae.

Um toque de confusão.

— Eu...

— Eu vi. O quarto desafio foi lá.

Ele tentou disfarçar o choque. Quase pude ouvir meu pai praguejando: *Nyaxia e seu senso de humor do caralho.*

Ainda assim, aquela breve expressão de desgosto, a que ele era melhor em esconder, foi o que mais me machucou, porque confirmou o que eu não queria acreditar ser verdade.

Soltei uma risada feia e cheia de dor.

— Você não ia me contar.

E por que contaria? Só algumas semanas até eu voltar do Kejari, de uma forma ou de outra. Eu estava isolada. Ele achou que eu nem sequer passaria meu tempo com outros competidores.

— Precisei tomar algumas decisões difíceis — disse Vincent. — Estamos em guerra. Os Rishan são uma ameaça. Eles atacaram nosso entreposto a leste. Precisamos de...

— Você ia me deixar acreditar que eles ainda estavam lá. Que eu ainda poderia ir atrás deles.

Foi melhor ou pior Vincent nem mesmo ter negado?

— Não fazia sentido você saber da verdade.

— Assim como não fazia sentido manter aquelas pessoas vivas? Era só mais fácil matar todo mundo?

A expressão dele endureceu.

Vincent, o pai, recuou. Vincent, o rei, deu um passo adiante.

— As decisões que tomo em nome de meu povo e por meu reino estão além do seu julgamento.

— De *seu* povo?

Por sorte, eu estava embriagada com minha raiva e dor, caso contrário jamais teria sido capaz de falar com ele daquela forma. Mesmo assim, o choque em seu rosto fez com que parte de mim quisesse recuar. Outra parte, porém, gostou de ver a reação, assim como eu gostava de ver meus golpes atingindo o alvo.

— Quem exatamente é *seu* povo? — continuei, sem pestanejar. — São aqueles cujas cinzas agora cobrem a cidade? Aquele era *meu* povo, Vincent, e eu...

— Fiz o que era certo para meu reino.

— Salinae é parte de seu reino. Meio milhão de pessoas. Eu poderia ser uma delas. Poderia ser eu naqueles barracos...

— Nunca seria você.

Ele sempre dizia aquilo. Mas será que não entendia? Fora um puro golpe de sorte ele ter me encontrado naquela noite, tantos anos antes. Se os fios do destino tivessem se entrelaçado de forma ligeiramente diferente, eu jamais teria ido parar em Sivrinaj.

— Eu sou humana, Vincent. *Eu sou humana.* — Falei duas vezes só porque ele nunca gostava de ouvir aquilo, nunca gostava de reconhecer o fato. — Eu nasci em Salinae, de pais humanos, em uma família...

Vincent muito raramente perdia o controle. Ali, porém, ele se descontrolou por completo, deixando fluir uma onda de raiva.

— *Família.* O que essa palavra significa? Que você foi parida por entre as pernas de uma humana? Você nem sequer lembra deles. Se tivessem sobrevivido, não lembrariam de você. Talvez até tenham ficado gratos por você ter partido. O que você representaria para eles? Outra criança não planejada que precisariam manter viva? Ou talvez outra filha perdida para lamentar quando o mundo inevitavelmente a esmagasse?

Cada palavra acertava em cheio meu peito, atravessando outro medo não dito.

O lábio dele se curvou de desprezo.

— E ainda assim, era *esse* seu sonho? — prosseguiu. — *Essa* era a vida pela qual ansiava? E o que isso me torna? O homem cruel que te arrancou de... o quê, daquele incrível lar cheio de amor? É assim que você me enxerga? Como um captor?

Engoli um nó de culpa. Apesar da raiva, meu impulso era pedir perdão — *Não, me desculpe, não foi isso que eu quis dizer. Amo você e sou grata e muito obrigada por ter me salvado.*

Mas Vincent avançou até a porta a passos largos e a abriu com tanta força que a maçaneta de prata bateu com tudo contra a parede.

— Veja — rosnou ele.

Vincent agarrou meu pulso antes de me arrastar pelo corredor até a balaustrada que dava para o salão de banquetes. O espaço estava lotado, cheio de homens e mulheres com uniformes de um violeta profundo que caracterizava o exército Hiaj de Vincent. Mesas longas tinham sido postas lá embaixo, coberta de pratos cheios de comida. Quase todos estavam intocados, porém — os guerreiros estavam se alimentando de humanos.

Apenas naquele espaço havia cerca de uma dúzia. Alguns estavam deitados na mesa, com a cabeça solta para o lado, quase inconscientes. Outros, claramente drenados, jaziam largados perto das paredes. Algumas pessoas tinham sido amarradas à mesa. Um homem, que parecia ter resistido com todas as suas forças, estava preso à mesa com adagas atravessando a pele.

Meu peito queimava. Meu estômago queimava. Eu não conseguia respirar. Até engolir me fazia querer vomitar. Por quanto tempo? Por quanto tempo ele vinha fazendo aquilo? Eu queria negar. Queria fingir que não estava vendo. Aquela brutalidade era muito pior que qualquer coisa que eu tivesse testemunhado antes no castelo.

Mas fazia sentido, não fazia? Como alimentar um dos maiores exércitos do mundo? Como manter os ânimos elevados enquanto se lutava uma guerra sem fim? Como agradar guerreiros que valorizavam o sangue acima de tudo?

Pequenas vantagens da guerra, não é mesmo? Morte para todos os lados.

E talvez não acontecesse de forma escancarada antes, mas era possível que — como tantas outras coisas — estivesse só apodrecendo sob a superfície enquanto eu escolhia não enxergar.

— Veja, Oraya. — As unhas de Vincent machucaram meu braço. — Olhe para eles. Essas não são pessoas. São cabeças de gado. Você nunca permitiria que fizessem isso com você, porque é *melhor* que eles. *Eu fiz com que você fosse melhor que isso.* Eu lhe dei dentes e garras. Fiz você adquirir um coração de aço. Não sinta pena deles. São todos inferiores a você.

Eu não conseguia desviar os olhos dos humanos lá embaixo. O sangue corria pelas mesas em regatos escarlates.

Vincent estava certo. Eu jamais seria humana como eles. Do mesmo modo que jamais seria humana como as pessoas que salvava nos assentamentos, ou as que frequentavam a taverna aonde eu ia com Raihn.

Do mesmo modo que eu nunca seria tão humana quanto Ilana.

E talvez aquilo fosse uma bênção de certa forma. Uma maldição de outras. Talvez Vincent tivesse roubado algo precioso de mim ao arrancar minha humanidade.

E eu tinha deixado, porra.

Não apenas isso: eu também o tinha enganado tão bem que Vincent achava que eu veria a mesma coisa que ele quando me mostrasse aquele mar de selvageria.

Meus olhos ardiam. Puxei o braço para me livrar de seu aperto, virei de costas para o festim e comecei a voltar pelo corredor.

— Você mentiu para mim.

— Alimentei suas fantasias infantis sabendo que um dia você ficaria madura o bastante para desistir delas.

Meu pai achou que eu me transformaria em alguém como ele, que não me importaria mais, assim como ele não se importava. Mas Vincent estava errado. Pensei em Raihn, que era vampiro havia mais de duzentos anos e que, mesmo assim, claramente ainda lamentava de todo coração a perda de sua humanidade.

De repente, lamentei a perda da minha humanidade também. Assim como tinha lamentado a perda de Ilana.

Me detive a centímetros da porta do gabinete de Vincent. Me virei para ele, soltando um suspiro trêmulo.

— Por que você quer que eu seja sua Coriatae? — perguntei.

Eu sabia a resposta. Vincent me queria no Kejari, queria que eu virasse sua Coriatae, porque era a única forma de eu me transformar em algo que ele pudesse amar de forma aceitável.

Meu pai me amava. Eu sabia. Mas ele me amava *apesar* do que eu era. Amava as partes de mim que ele podia transformar em algo parecido com ele.

Vincent cerrou o maxilar. De novo, um lampejo da batalha silenciosa entre rei e pai. Ele fechou a porta atrás de nós e se apoiou nela.

— Porque quero que você atinja seu potencial máximo — disse ele, enfim. — Quero que você seja forte. Quero que seja poderosa. E quero... quero que seja minha filha. Em todos os sentidos. Porque você é mais parecida comigo do que jamais será com eles, serpentezinha.

Ele estava certo, e eu odiava a ideia.

Minha voz estava presa na garganta, prestes a embargar.

— Hoje, tenho vergonha disso.

As palavras acertaram Vincent como um golpe no coração. A dor atravessou seu rosto por uma fração de segundo, substituída imediatamente por uma raiva fria.

Vincent, o pai, desapareceu.

Vincent, o rei, se aproximou, a fúria surgindo nos olhos prateados a cada passo lento e predatório.

— Vergonha? — repetiu ele, baixinho. — *Vergonha?* Eu lhe dei tudo. Fiz você ser quem é. Eu podia ter matado você. Muitos dizem que eu deveria. E você... você vem me dizer que *tem vergonha de mim*?

Eu era uma boa lutadora, mas nem de perto tão habilidosa quanto Vincent. Quando ele me pegou pelo braço, não tive tempo de me mover. E fiquei chocada demais para isso, de qualquer forma, quando ele o torceu com força e me jogou contra a parede. Chegou tão perto que eu conseguia ver cada linha pulsante de sua Marca de Sucessão, cada faísca brilhante de magia irrompendo dos traços de tinta, tão cruas quanto as rugas de ódio em seu rosto.

— O que você prefere ser, então, já que não quer ser minha filha? — As unhas dele afundaram em minha pele, cada vez mais fundo, até tirar sangue. — Quer ser minha inimiga? É isso que deseja?

Eu nunca, nunca tivera medo de Vincent antes. Mas estava com medo ali.

Porque ali, ele não me olhava como se eu fosse sua filha. Não olhava para mim nem sequer como se eu fosse humana. Não, aquilo era pior.

Ele olhava para mim como se eu fosse uma ameaça.

— Me solte, Vincent. — Tentei não permitir que minha voz vacilasse e falhei. — Me solte.

Mas talvez a voz falhada tenha me salvado, porque Vincent, o rei, desapareceu de imediato enquanto Vincent, o pai, parecia chocado consigo mesmo.

Uma onda de horror cobriu seu rosto. Ele olhou para a própria mão, os dedos prendendo meu braço com força, sangue vermelho e hematomas roxos marcando o aperto.

Ele me soltou e deu vários passos para trás. Depois correu a mão pelo cabelo.

Estava tremendo.

— Oraya, eu... eu...

Ele não iria pedir perdão. O rei dos Nascidos da Noite não se desculpava com ninguém. E, mesmo que fosse, eu não queria ouvir. Não queria ouvir nada do que ele tinha para me dizer, nunca mais.

Uma parte de mim achou que Vincent me deteria quando escancarei a porta.

Mas ele não me deteve.

Agora, havia mais deles do que nunca. Com Raihn e eu impedidos de ir aos assentamentos humanos desde o desafio da Meia-Lua, o lugar estava lotado de vampiros. Estavam preguiçosos. Fáceis de matar.

Antes, eu achava aquilo satisfatório. Ao menos conseguia tirar os pensamentos desagradáveis da cabeça ao enfiar várias vezes a adaga no peito de algum vampiro. Naquela noite, porém, aquilo só me deixava mais irritada. Esperavam tão pouco de nós que nem sequer achavam ser preciso tomar cuidado. A alegria que eu encontrava ao assistir à luz morrer em seus olhos — qualquer que fosse ela — virou passageira, uma injeção de prazer cada vez mais fraca que a anterior.

Matei meu quarto vampiro da noite em um beco próximo à taverna que Raihn e eu andávamos visitando. Tinha sido uma longa noite. A aurora já devia estar se aproximando.

Eu não conseguia ligar. Para nada daquilo.

Não brinquei com a vítima da vez. Mirei direto no coração. Ele estava com tanto medo que se mijou no fim. Dei um passinho para o lado com o intuito de evitar a poça a seus pés.

Ele estava à espreita de uma criança. Uma menininha. Estava se preparando para entrar pela janela atrás dela. Aquilo era raro. Não era comum ver os vampiros dispostos a entrar em residências para capturar suas presas.

O corpo escorregou até o chão. Me ajoelhei ao lado do vampiro, que jazia largado na terra, pronta para remover a lâmina.

Ele achava que predar aquelas pessoas era seu direito. Que aquelas casas não eram lares, apenas tocas a serem exploradas. Galinheiros nos quais podia enfiar as mãos para pegar o que desejasse. Talvez a névoa de morte que pairava por ali ao longo das últimas semanas o tivesse feito acreditar que não haveria proteção, que não haveria consequências.

São cabeças de gado, Vincent sibilara para mim.

Só então me ocorreu que talvez humanos fossem exatamente aquilo. Os assentamentos humanos não eram para proteção. Eram fazendas. Porque seria uma porra de uma *pena* se não houvesse mais humanos na Casa da Noite, não é mesmo? Pense em todo aquele sangue.

Meus nós dos dedos ficaram brancos de tanto apertar o punho da adaga, ainda fincada no peito da vítima.

Aquele merda havia sentido aquilo por cinco segundos. Por cinco segundos em uma vida de séculos, ele sentira aquela impotência. Já no nosso caso, a sensação fora impregnada, gravada em nossas almas, por toda nossa breve e lamentável existência.

Eu estava farta de me odiar por todas as minhas fraquezas humanas.

Não, eu odiava *os vampiros* por isso.

Arranquei a arma do cadáver, mas, em vez de a embainhar, golpeei de novo. Gotas de sangue preto voaram no meu rosto. Puxei. Apunhalei de novo. E de novo. E de novo. Cada golpe encontrava menos resistência conforme os ossos se quebravam e a carne rasgava.

Eu os odiava, os odiava, OS ODIAVA, OS ODIAVA...

— Oraya! Pare!

Assim que as mãos tocaram meus ombros, me virei de supetão, reagindo por impulso.

Eu entrara naquele mundo lutando. Eu o deixaria lutando. E lutaria para compensar cada fraqueza ou vulnerabilidade; naquele momento, era como se todo meu corpo — toda minha alma — fosse uma ferida aberta que precisava ser protegida.

Eu queria lutar.

Mas é claro que Raihn sabia de tudo aquilo. E é claro que sabia muito bem como conter cada movimento meu, até que minhas costas enfim bateram na parede enquanto ele segurava minha arma.

Ele se inclinou para perto, uma mão na parede acima do meu ombro, a outra prendendo meu braço — com firmeza, mas também com cuidado.

O alívio em seu olhar me abalou. Ele apontou o cadáver com a cabeça, agora reduzido a uma polpa sangrenta.

— Ótima essa meticulosidade toda, mas acho que ele já morreu.

O rosto dele ficou suave ao virar de novo para mim.

Tentei com todas as forças não notar que seus olhos me sorviam assim como sorviam a luz do sol — ou ao menos tentei não ligar.

— A aurora está próxima — disse ele. — Procurei você por toda parte.

Ele não perguntou: *Você está bem?*

Mas ouvi a pergunta em seu tom mesmo assim.

Eu não estava bem. Não queria aquela doçura. Ela chegava muito perto da área do meu coração que eu estava tentando proteger.

Os dedos de Raihn se moveram, tocando sem querer nas marcas que as unhas de Vincent tinham deixado em meu braço. Estavam doendo mais do que feridas daquele tamanho deviam doer. Fiz uma careta leve, quase imperceptível, mas Raihn notou mesmo assim. Seu olhar recaiu sobre meu braço. E ficou mais duro.

— Quem fez isso?

— E importa?

— Importa. *Foi ele?*

Hesitei por um instante longo demais antes de responder:

— Um merdinha qualquer nos cortiços.

— Até parece.

O lábio dele se curvou. Puro ódio. Como se aqueles pequenos hematomas fossem um crime tão grande quanto a destruição de Salinae.

Odiei a sensação.

Eu não merecia ser defendida daquela forma. Mais ainda — apesar de tudo —, odiava ver a repulsa em seu rosto. Fiquei ofendida por Vincent.

Puxei o braço para longe.

— Você mesmo já me machucou mais que isso. Não sou uma princesa que precisa ser protegida. Por mais que você me chame assim.

— Eu sei.

Ele disse apenas duas palavras, mas havia muito julgamento naquele rosto expressivo. Eu agora podia enxergar além das máscaras, e, abaixo delas, tudo estava escancarado. Escancarado demais.

— Pare — sibilei.
— Parar o quê?
— Não me olhe desse jeito.
— Desse jeito como?

Empurrei o vampiro para passar por ele. Não sabia como responder àquilo. Em vários sentidos. Eu via multidões nos olhos de Raihn quando ele me encarava.

— Desse jeito que faz parecer que você está com pena de mim.

Ele bufou. Me neguei a olhar para Raihn, mas conseguia ouvir seus lábios retorcidos em um esgar de sarcasmo.

— Você acha que tenho pena de você? Não tenho pena de você, Oraya. Só acho que merecia mais que isso.

O que, para mim, soava demais como pena. E, se não era pena, era alguma outra coisa, alguma outra coisa mais real, que por sua vez eu odiava mais ainda.

Girei nos calcanhares.

— Por que você está aqui?

Meu tom saiu cáustico. Ele não merecia. Não tinha feito nada além de ser gentil comigo, mas eu só sabia lutar.

Ainda assim, a dor em seu rosto me desarmou. Ele contraiu o maxilar.

— Sei o que está acontecendo aqui, e não vou compactuar com isso. Se quiser ser expulsa do Kejari porque não chegou ao Palácio da Lua antes do alvorecer, ótimo. Vou deixar.

— Beleza. Vai ser mais fácil para você. Talvez mereça vencer mais que eu, afinal de contas. Por que se importa com isso?

Raihn já tinha começado a se afastar. Minha voz saiu mais fraca do que antes. O olhar de dor no rosto dele arrancara o veneno da minha mordida. Eu voltara a ser aquela criança que dava o bote em monstros com seus febris dentinhos humanos.

Ele se deteve. Virou devagar.

— Por que me importo? — repetiu, indignado.

A questão era que eu sabia que a pergunta era ridícula. E não devia ser, porque Raihn tinha inúmeros motivos para me deixar surtar e ser desclassificada ou morta. Eu era sua inimiga em todos os sentidos da palavra — filha do rei que ele odiava, criada no clã que destruíra o dele, rival na busca por um título que uma única pessoa poderia vencer.

Ele se aproximou um passo, sem piscar.

— *Por que me importo?* — repetiu, rouco. — Você é idiota, Oraya? — Eu não estava esperando o desespero em sua voz. Era como se estivesse pedindo ajuda. Ele bufou. — Bom, talvez eu seja.

Não. Ambos éramos.

Porque eu sabia exatamente por que Raihn se importava. E sabia que eu me importava da mesma forma. Não respirei. Deixei a arma escorregar para dentro da bainha.

Não, lâmina alguma poderia me proteger daquilo. E nem sei se eu ainda queria, embora meu coração estivesse aberto e sangrando e fosse tão lamentável e humanamente delicado.

Mesmo assim, quando o luar banhou seu rosto, sorvi cada um de seus ângulos. Eu o conhecia muito bem, mas descobria algo novo e cativante a cada vez que olhava para ele. Agora, muito de sua expressão carregava dor e pesar.

Eu o queria. E estava muito, muito cansada de perder coisas.

Eu não sabia muito bem o que queria fazer ou dizer quando me aproximei dele.

Mas envolvi seu pescoço com os braços e o beijei.

44

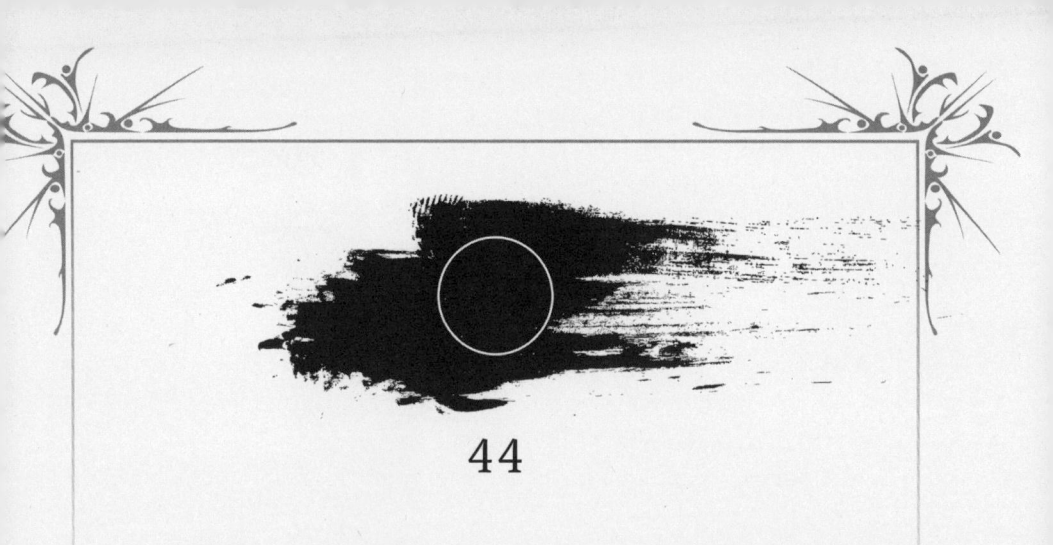

Raihn retribuiu meu beijo com tanto fervor que me peguei questionando quem de nós tinha se movido primeiro. Ele me envolveu com os braços, me puxando contra seu corpo, e recuamos aos tropeços até minhas costas baterem na parede. Sua boca buscava a minha como se quisesse conhecer cada parte de mim — ansiando por meus lábios, o de cima e depois o de baixo, a língua quente, macia, exigente e generosa.

Um gemido irrompeu do fundo de sua garganta — e fez todo meu corpo estremecer. Eu estava presa entre ele e a parede. Sua mão percorreu a lateral do meu corpo, e me entreguei àquele toque. Não era suficiente. Ainda não era suficiente. A faísca acesa em mim naquela caverna, qualquer que fosse, ainda não tinha sido apagada, apenas abafada. Ali no beco, ela rugiu de volta à vida, mais quente e mortal do que antes. E, naquele momento, eu não queria nada além de ser consumida.

A mão que desceu por meu torso continuou, alisando minha cintura, depois minha lombar, e, quando dei por mim, minhas pernas estavam levantadas, uma de cada lado de seu quadril, e a ereção contra minhas coxas fez minha respiração vacilar.

Porra. Daquela vez, eu precisava de mais. Precisava de menos coisas entre nós. Precisava tanto que nem liguei de estar me expondo para ele também.

O beijo ficou mais lento, mais profundo, indo de desesperado a carinhoso.

Coloquei uma mão entre nossos corpos, descendo por seu abdome até o volume que esticava suas calças.

Outro gemido. Os lábios dele sorriram contra os meus.

— Cuidado, princesa.

Eu o beijei, beijei aquele sorriso, porque a ideia de não o fazer parecia um total sacrilégio.

— Por quê?

— Porque não quero transar com você pela primeira vez em um beco a dez metros de uma pilha de entranhas.

Eu não tinha como argumentar contra aquilo — mesmo que, constrangedoramente, parte de mim quisesse tanto Raihn que eu teria feito de tudo ali, só para me soterrar em um tipo diferente de prazer primal. Primeiro sangue, depois sexo. Talvez eu fosse mais vampira do que imaginava, afinal de contas.

Mas a mão livre de Raihn aninhou minha bochecha. Seu próximo beijo foi diferente — gentil. Me lembrou de como ele tinha beijado meu pescoço na caverna. De como tinha me apreciado.

Meu peito apertou. Não havia nada de vampírico naquilo. Nada carnal e frio.

— Oraya, olhe para mim.

Abri os olhos. Nossos narizes estavam encostados. O luar iluminava cada pequena cicatriz em sua pele. As pupilas dele estavam ligeiramente fendidas, o anel da íris quase violeta sob a frieza da luz.

— Seja sincera pelo menos uma vez na vida — murmurou ele.

Ser sincera.

A coisa mais terrivelmente sincera naquilo tudo era que, com Raihn, tudo era sincero — e sempre fora. Ele via muito de mim. Entendia cada complexidade e dualidade absurda. Eu era sincera até quando não tinha a intenção. Ele não temia minha escuridão, nem sentia pena da minha compaixão.

E a verdade era que a ideia de morrer sem o conhecer por completo me torturava.

Como dizer aquele tipo de coisa? Será que era o tipo de sinceridade que ele queria? Será que eu seria capaz de arrancar aquilo de minha alma sangrenta sem arrebentar todos os pontos?

— Provavelmente a gente vai morrer amanhã — falei. — Me mostre alguma coisa pela qual valha a pena viver.

Uma pausa momentânea, como se algo na resposta o tivesse machucado. Depois, um leve curvar dos lábios.

— Que pressão. — Ele me beijou de novo; não uma exigência dessa vez, e sim uma promessa. — Mas acho que dou conta. Vamos voar. Precisamos ser mais rápidos que a aurora.

Raihn roubou beijos de mim enquanto voávamos, enquanto chegávamos ao Palácio da Lua bem a tempo de ver o sol irromper no horizonte. Eram beijos doces e carinhosos, pontuados por um roçar de dentes que prometia um toque de fervor em nossa manhã. Quando voltamos ao apartamento, meu coração batia dentro do peito, a respiração ofegante. Eu me sentia estranhamente atordoada — todos os meus sentidos estavam emaciados pela intensidade do desejo, ao mesmo tempo aguçados pela expectativa da sensação de dar vazão àquela vontade. Eu nem sequer conseguira admitir para mim mesma quantas vezes, e em qual nível de detalhes, tinha imaginado como seria provar o gosto de Raihn, tocar nele, sentir o vampiro dentro de mim.

Mas a realidade, é claro, era diferente da fantasia. Mais perigosa, e mais empolgante.

A porta se fechou. Me apoiei na parede, esperando Raihn trancar a maçaneta. Até a forma como os músculos de seu antebraço se contraíam era bonita, cada tendão trabalhando como uma corda em uma orquestra, com elegância e graça.

Era quase constrangedor como eu o achava deslumbrante.

Ele terminou de trancar a porta e se virou para mim. Por um longo instante, não disse nada. Me perguntei se estava pensando nas mesmas coisas que eu. Imaginando o que poderíamos fazer com nossa última noite juntos.

Última.

Pela Mãe, como eu tinha evitado pensar nessa palavra. Tudo que havia acontecido ao longo dos últimos dias afugentara a ideia da minha mente, mas a verdade era inevitável.

O último desafio seria na noite seguinte.

Raihn e eu éramos ambos finalistas.

Nunca acontecera de mais de um competidor sobreviver ao Kejari.

Raihn foi o primeiro a romper nossa imobilidade suspensa. Ele se aproximou de mim, a ponta dos dedos correndo pela ponte de meu nariz, depois por minha boca, meu maxilar.

— Que carinha é essa, princesa?

Eu não conseguia mentir para ele.

Então, em vez disso, só falei:

— Me beije.

E — que Nyaxia o amaldiçoasse — ele beijou.

Eu poderia derreter sob aquele beijo. Queria me enrolar em torno dele como hera escalando uma coluna de pedra. Abri os lábios, envolvendo seu pescoço com os braços. Seus dedos entraram no meu cabelo, puxando só um pouco.

A mão dele parou ali, o polegar acarinhando os fios, o beijo ficando mais lento, e me perguntei se ele estava pensando naquilo também — pensando na noite do banquete, com meus cabelos ao redor de seus dedos.

Eu também não queria que Raihn me deixasse ir. Talvez estivesse compreendendo naquele momento que eu nunca iria querer, mesmo que estivesse aterrorizada demais para admitir quando fosse a hora.

Talvez eu já estivesse aterrorizada demais para admitir.

Mordisquei seu lábio, provocando um chiado satisfatório vindo de sua garganta. Ele correu as mãos por meu corpo — por minhas costas, aninhando minha lombar, se demorando na parte de cima das minhas coxas, como se quisesse memorizar minha forma. As mãos dele eram tão grandes que a pressão da ponta dos dedos chegava agonizantemente perto do cerne do meu desejo. Não perto o bastante, porém.

Ele curvou lentamente os lábios, assim como os dedos, movendo-os bem devagarzinho mais para cima — e para dentro.

— Sua armadura é grossa demais — comentou.

O que nele me fazia ser assim tão ousada? Beijei o vampiro, depois escorreguei a mão por seu peito, seu abdome, até seu membro. Pela Mãe, era enorme. Mesmo por baixo das camadas de roupa, ele respondia a meu toque com tanta facilidade quanto eu respondia ao dele. Era a coisa mais incrível e poderosa do mundo sentir seu corpo se contorcendo em minhas mãos. Ouvir o leve tremor em sua respiração.

— A sua também — sussurrei contra seus lábios.

Aquilo deveria ser assustador para mim, saber que ele me desejava tanto. Mas não era. Na verdade, só tornava meu próprio desejo mais enlouquecedor.

Raihn me puxou para mais perto, as mãos mergulhando em meu cabelo, e reivindicou minha boca com um beijo tão súbito e apaixonado que tudo exceto ele sumiu. Depois se abaixou um pouco, soltou minhas madeixas para que pudesse segurar minha lombar com as duas mãos e me ergueu. Beijei sua boca, seu maxilar e seu pescoço enquanto ele me levava para seu quarto, e caímos na cama. Seu corpo amplo se posicionou acima do meu. Libertei as mãos para que pudesse abrir seu casaco. Era uma peça complicada, cheia de botões e fivelas, especialmente difícil de manipular considerando o quanto eu estava com dificuldade para enxergar qualquer coisa. Após alguns segundos, ele riu contra meus lábios.

— Se enrolou aí?

Ele se afastou apenas o suficiente para me olhar — e, pela Deusa, como já senti sua falta. Antes que pudesse reclamar, porém, a beleza de Raihn me fez estacar. Já era de manhã, e, embora as cortinas estivessem fechadas, um pouquinho da luz do sol entrava pelo tecido e silhuetava seu corpo com uma levíssima aura dourada. Eu nunca tinha percebido todos os tons de vermelho em seu cabelo ou em suas asas, que ainda estavam expostas. Toquei nelas sem pensar, fazendo Raihn arquejar. Eram mais macias do que achei que seriam.

O vampiro afastou minhas mãos com gentileza.

— Vamos guardar essa parte para depois.

— Você sente... cócegas?

Ele deu uma risadinha.

— Quase isso.

Se achou que a resposta iria me fazer desistir, na verdade provocou o contrário. Mas, infelizmente, Raihn fez as asas desaparecerem com uma lufada de fumaça e depois se inclinou para me beijar de novo, parando para degustar minha visão assim como eu havia feito com a dele.

Raihn levou as mãos ao botão da minha armadura.

— Posso?

Engoli em seco.

Eu queria aquilo — pela Mãe, queria muito, e a ânsia úmida entre minhas pernas era prova. Mas algo naquilo me deixava estranhamente nervosa, meu coração batendo contra o interior das minhas costelas como um pássaro cativo. Eu não queria me sentir daquela forma. Mas a lembrança da primeira e única vez em que havia feito algo parecido ainda me afetava, um mapa entalhado em meu corpo que eu era incapaz de apagar.

— Você primeiro — sussurrei.

Raihn se sentou. E, devagar, botão a botão, a armadura dele foi se abrindo, camadas de couro marcado pela batalha se afastando para revelar o corpo mais sensacional que eu já tinha visto. Quando ele tirou o casaco de cima dos ombros, vi a luz resplandecer em sua pele e senti uma inveja do caralho — inveja de como a luz se concentrava nas reentrâncias e protuberâncias, de como beijava de leve a textura saltada de suas cicatrizes, de como vacilava nos pelos pretos em seu peito e logo abaixo do umbigo, que desapareciam para dentro do cós solto das calças.

Eu havia parado de respirar. Raihn notou minha expressão e abriu um sorrisinho irritante que me dizia que ele sabia exatamente no que eu estava pensando.

Ah, filho da puta.

Rolei para fora da cama e me levantei.

— E para onde exatamente a senhorita vai? — perguntou ele.

— Para lugar algum.

Me virei de costas e desabotoei o casaco. Depois, soltei as fivelas da calça. Deixei a parte de cima cair no chão primeiro. Por fim, retirei a peça de baixo.

Raihn não disse nem uma palavra sequer.

Olhei para ele.

O vampiro estava parado no lugar. Era raro ele expressar aquela imobilidade toda — a imobilidade vampírica, do tipo que fazia o mundo se calar. Raihn sorveu minha imagem, começando por meu rosto e descendo. Eu conseguia sentir aquele olhar como se fosse um toque — acariciando as cicatrizes em meu pescoço, a curva de minha clavícula. Conseguia sentir o foco em meus seios, os mamilos eriçados de desejo cobertos pelas pontas do meu cabelo escuro. Seus olhos foram baixando até minha barriga, correndo pelos vergões de um rosa violento que marcavam os cortes do último desafio. Pousaram enfim no ponto entre minhas coxas. Suas narinas se dilataram e sua expressão endureceu, e me perguntei se ele conseguia sentir, se conseguia farejar o quanto eu precisava dele.

Quando Raihn enfim me olhou de novo nos olhos, parecia um homem perdido.

— Venha até aqui — sussurrou ele. Quase uma súplica.

Voltei para a cama. E não consegui evitar — no instante em que vi o vampiro ao meu alcance, minhas mãos se estenderam para tocá-lo. Corri os dedos por seu corpo assim como a luz tinha feito, acariciando cada feixe de músculo, cada cicatriz, cada trilha de pelos. Sua boca cobriu a minha de imediato, as mãos em minha cintura, em meus seios, me fazendo arquejar a cada nova área de pele desbravada.

— Bonita não é suficiente — sussurrou ele, afastando um pouco a boca. — Porra, Oraya, você é... Eu...

Ele desistiu de se expressar com palavras. Em vez disso, me fez deitar e correu os lábios por meu pescoço, macios contra minha pele. Se demorou na cicatriz que deixara ao beber meu sangue — e na que ficava logo abaixo dela.

Depois, devagar, continuou descendo. Seus dedos percorreram a curva de meus seios, o polegar roçando o mamilo. Quando baixou a cabeça e passou a língua em sua ponta, revirei os olhos.

Eu não sabia que era possível *sentir* tanto. Querer tanto. Não tinha sido assim da última vez. Mas, enfim, na época, éramos pouco mais que crianças. Tinha sido...

Diferente.

Não foi intencional que meus pensamentos voltassem àquela noite. Assim como não foi intencional levar os dedos à garganta, ao ponto onde ficava a cicatriz antiga.

Raihn ergueu a cabeça, uma ruga de preocupação entre as sobrancelhas.

— Não pare — pedi, sem fôlego.

Mas ele apenas me encarou com os lábios bem comprimidos, como se um pensamento tivesse acabado de lhe ocorrer.

— Não acredito que eu não... Oraya, é sua... é sua primeira vez?

A pergunta não saiu em tom de julgamento, mas sim de preocupação genuína. Ele segurou minha mão, o polegar acariciando minha palma.

— Não — respondi.

Verdade — mesmo que, de alguma forma, parecesse mentira.

O olhar de Raihn voltou ao meu pescoço — à cicatriz, a mesma que ele beijara na caverna.

Ele sabia. Ele entendia.

Senti sua respiração cálida contra a marca.

— Foi quando isso aconteceu?

Fechei os olhos com força, e o que vi foi a imagem vívida de uma noite diferente, de um homem diferente, uma respiração diferente em meu pescoço.

— Sim.

— Como?

— Não tem muito o que contar. Ele... ele só não conseguiu manter o controle.

Raihn não acreditou em minha indiferença forçada nem por um segundo. Seus lábios beijaram uma das marcas brancas e irregulares, depois a outra. Ele se afastou, me olhando fundo nos olhos, como se quisesse estar me encarando para garantir que eu entendesse o que ele estava prestes a dizer.

— Você está segura, Oraya. Preciso que saiba disso.

Você está segura.

— Eu sei. — E sabia mesmo.

Porque, quando Raihn dissera aquelas palavras pela primeira vez, eu já havia acreditado.

— Quero que você goste do que estamos fazendo. — Os lábios dele se curvaram, e ele balançou a cabeça, se corrigindo no mesmo instante. — Não. Mais que isso. Quero que você... porra, não tem palavras para dizer o que quero.

— Eu não sou uma virgem inocente.

Claro, minha última experiência sexual tivera um final... infeliz. Mas garotas podiam experimentar várias coisas por conta própria. Ainda assim, vendo o corpo de Raihn, vendo o tecido tensionado de sua calça, eu precisava admitir que as coisas prometiam um rumo diferente.

— Ah, eu sei. Ninguém em sã consciência veria você como uma bobinha perdida. — Ele me beijou, um beijo intenso e lento. — Só quero que saiba — murmurou Raihn contra minha boca — que *você* está no controle. E podemos demorar tanto tempo quanto necessário para garantir que você esteja pronta.

Ele roçou os dedos na parte interna do meu joelho. Minhas coxas se abriram, e o toque foi subindo, minha respiração mais ofegante a cada centímetro.

— Tempo? — Eu mal conseguia falar. — Temos uma noite, Raihn. E depois vamos morrer. Então acho bom que seja uma transa fantástica.

— Ah, não se preocupe. — Ele continuou subindo os dedos pela minha coxa... sem chegar ao ponto que eu queria. Minha pulsação acelerou quando seus lábios passaram a se mover devagar sobre os meus. Quando os dedos de Raihn enfim tocaram o interior úmido de meu cerne, ele também estremeceu, de uma forma que achei muito satisfatória. — Eu... pensei muito em como seria fazer isso.

Era coisa da minha cabeça ou ele parecia meio... autoconsciente demais?

— Pensei muito em você — continuou ele, com outro beijo. — No que faria com você. — Mais um. — No que ouviria sair da sua boca. — Outro beijo, e os dedos esfregaram de novo o ponto mais sensível entre minhas pernas. — Tenho vários tipos de experimentos para conduzir.

Ele se afastou de mim de repente, a boca descendo por meu corpo. Beijou meus seios, minha barriga, a linha do meu quadril. Depois, com movimentos graciosos, se afastou um pouco da cama, se ajoelhou e me puxou para que minhas pernas pendessem além da extremidade — tudo isso enquanto se posicionava entre elas.

Apoiei o peso nos cotovelos, observando. Meu tesão e meu medo lutavam um contra o outro. Acabei me retesando um pouco, de repente ciente demais de como estava exposta. Estava nua. Com minhas armas do outro lado do cômodo. E Raihn — um predador, com uma mordida muito mais afiada que a minha — me esparramara diante dele, me deixando impotente.

Ele abriu minhas pernas um pouco mais, como se quisesse observar mais de mim. A visão dele ali, ajoelhado entre minhas coxas, fez algo primitivo em meu peito estremecer de desejo.

O olhar de Raihn voltou a se encontrar com o meu, relutante, como se o vampiro precisasse de forças para desviar os olhos.

— Quero sentir seu gosto.

Soltei uma meia risada.

— Você já sentiu.

— E, já naquela ocasião, estava na verdade pensando nisso.

Sua mão correu por minha barriga. A minha se juntou à dele de forma inconsciente. Seu polegar acariciou meus dedos — me lembrando, eu sabia, que, embora seus dentes estivessem muito próximos de minhas regiões mais vulneráveis, eu ainda estava no controle.

— Sinta — sussurrei.

Não consegui desviar os olhos de Raihn ao ver aqueles lábios perfeitos se curvarem ou sua cabeça tombar diante de mim.

Mas, com o primeiro movimento de sua língua, joguei a cabeça para trás.

Cada um de seus toques era exigente e generoso ao mesmo tempo. Achei que ele pudesse querer me provocar só porque sabia o quanto eu o desejava. Em vez disso, até a primeira carícia foi firme e definitiva, percorrendo toda a extensão de minha intimidade, terminando com uma pausa no clitóris que fez meu quadril se erguer.

Ele apertou as mãos ao redor das minhas coxas, me puxando mais para perto do rosto. Soltou um grunhido que vibrou pelas partes mais sensíveis de mim.

— É mais gostoso. Mais gostoso que seu sangue.

Mais gostoso, concordei, sem enxergar mais nada. Mais gostoso do que qualquer outra coisa. Mais gostoso do que todas as coisas.

Não me ocorreu uma resposta engraçadinha. Nem um comentário mordaz. Apenas o desejo ofuscado e alucinante de que ele nunca mais parasse de fazer aquilo.

Abri mais as coxas no instante em que seus lábios me tocaram de novo.

Sua língua era meticulosa, deliberada. Macia quando precisava ser. Mais rígida quando necessário. Meu corpo se curvava na direção dele. A cada lambida, a tensão de meu passado cedia lugar a um êxtase sem freio.

Na noite em que ele bebera meu sangue, eu havia imaginado como seria. Mas Raihn estava certo. Aquilo era muito mais gostoso. Sua boca se movia contra meu cerne com a mesma urgência, a mesma reverência. Eu agarrava a roupa de cama, cada músculo ficando mais tenso com a expectativa do próximo beijo, do próximo movimento da língua. Suas mãos apertavam tanto a pele alva de minhas coxas que as unhas com certeza deixariam marcas. Ótimo. Era o que eu queria.

Minha respiração ficou mais rápida e entrecortada. Os vestígios finais de meu autocontrole me impediam de soltar qualquer som a não ser alguns gemidos baixos. Mas, em pouco tempo, comecei a mover os quadris contra a boca dele no ritmo de sua língua.

Quando Raihn passou a se demorar nos nervos mais sensíveis, roçando os dentes contra mim, o choque do prazer foi tão intenso que deixei seu nome escapar rascante da minha garganta.

Ah, pela Deusa. Pela Mãe. Eu estava no precipício, prestes a cair, e tudo se estilhaçava, exceto...

Ele parou.

Soltei um arquejo frustrado. Quando ergui a cabeça, vi o vampiro me encarando. Eu arfava, os seios nus subindo e descendo depressa.

— Diga meu nome de novo — pediu ele, rouco — quando for gozar para mim.

Dessa vez, quando voltou a baixar os lábios, Raihn inseriu dois dedos em minhas partes — dando tudo de si, absolutamente tudo, com um movimento único e vigoroso da língua.

A nova combinação de sensações foi demais.

O prazer me consumiu. Arqueei violentamente as costas contra a cama.

E dei exatamente o que ele queria. Gemi seu nome de novo, e de novo, e de novo.

Estava ofegante quando o mundo entrou em foco de novo. E a primeira coisa que ouvi foi Raihn rindo baixinho, os lábios contra a pele sensível do interior da minha coxa.

— Caralho... que incrível.

Caralho... que incrível, concordei.

Mas não tão incrível quanto seria sentir a completude dele em meu interior. Não tão incrível quanto seria reduzir Raihn àquela situação de gemidos impotentes, exatamente como ele havia acabado de fazer comigo.

Me sentei. Meu corpo inteiro parecia macio e mole, todos os resquícios de rigidez apagados sob sua língua. Antes que Raihn pudesse se mover, joguei as pernas para fora da cama e o empurrei até que ele se deitasse no chão.

— Uff — bufou ele quando subi em seu colo. — E eu preocupado em levar você para a cama...

Mas ele não estava reclamando. Suas mãos já percorriam meu corpo, correndo pela curva das minhas coxas enquanto elas se abriam ao redor de seu quadril, depois subindo para minha cintura e se demorando em meus seios. A camada mais profunda de desejo por ele se retorcia em meu cerne, mais intensa do que nunca agora que não havia mais meu nervoso para contrabalancear o tesão.

Colei o corpo junto ao de Raihn e respirei fundo sem nem perceber. O cheiro dele me acertou como inalar a fumaça de um cigarro, e o gosto de sua pele — seu gosto de céu — me atordoou.

Os dedos de Raihn se entrelaçaram gentilmente em meu cabelo quando desci a mão, seguindo a trilha cada vez mais ampla de pelos escuros e macios até chegar ao cós das calças. O couro de suas roupas era grosso e bem ajustado, mas a ereção ainda se destacava contra o tecido, admirável. Parecia até meio dolorida.

Ele parou de respirar quando comecei a abrir os botões e fivelas. Caramba, até eu prendi a respiração. E, quando o tecido caiu e seu pau enfim se libertou, soltei o fôlego de uma vez.

Eu não sabia que era possível achar algo assim tão impressionante, como uma obra de arte. Era grande e poderoso como o resto dele — na verdade, seu tamanho ereto me deixava ligeiramente nervosa. Mesmo assim, era elegante, cada tom de pele peculiarmente complementar, a cabeça espiando de uma dobra graciosa de pele bronzeada.

Quando meus dedos o envolveram (e, pela Mãe, a pele dele era macia demais comparada à dureza inabalável de seu desejo), o membro estremeceu, a gota de umidade na ponta aumentando.

Fiquei admirando por um tempo, hipnotizada, antes de baixar a cabeça e lamber o fluido.

Raihn soltou um arquejo, os dedos se retesando mais em meu cabelo.

Ergui os olhos. Ele estava apoiado nos cotovelos, me observando com os lábios entreabertos e as pupilas dilatadas. Não piscava. Não se movia.

Talvez tenha sido o jeito com que me olhava que me fez entender o quanto ele me desejava. Ele era meu.

Após um momento, a boca de Raihn se curvou em um sorrisinho miserável. Ele sabia exatamente o que eu estava fazendo — porque tudo entre nós dois era um jogo de vulnerabilidade, um equilíbrio entre oferecer e tomar.

Minha boca também se curvou.

— Será que faço você implorar? — Rocei os lábios no membro dele outra vez.

Raihn soltou algo entre um chiado e uma risada.

— Poxa, eu fui tão generoso com você... Já fiquei até de joelhos. — Depois, seu sorriso sumiu, os olhos aguçados quando o lambi de novo. — Preciso entrar em você. Não aguento mais esperar.

Nem eu.

Me sentei, chegando mais para a frente. Me posicionando para que sua ereção ficasse encostada em meu cerne, bem entre minhas coxas. Quando sua pele sedosa tocou a parte úmida de mim, ambos ofegamos.

Raihn agarrou meu quadril, os olhos fixos nos meus.

— Eu imploraria — murmurou ele. — Por você, eu imploraria. Porra, Oraya, você acaba comigo. Sabia?

O sussurro dele saiu rouco e direto. Tão direto que só podia ser verdade. Minha própria verdade se enroscou na garganta, grandiosa demais para ser expressa em palavras.

Eu imploraria por ele também. Me quebraria por ele. Me abriria ao meio como um animal em uma mesa de dissecação. Ele conseguira me escancarar daquele jeito — não só o corpo, mas minha alma também.

Eu deixaria Raihn achar que aquilo não passava de prazer. Que não passava da vingança de uma filha rebelde contra o pai ou uma última indulgência carnal antes da morte quase certa. Eu o deixaria pensar que estávamos apenas transando.

Ou, ao menos, não o forçaria a reconhecer o fato de que ele claramente enxergara o contrário em meu rosto, assim como eu enxergara no dele.

Estendi a mão entre nós e alinhei seu membro com minha abertura. Mesmo a pressão da ponta dentro de mim foi o suficiente para fazer minha respiração vacilar. Os dedos dele afundaram mais na carne dos meus quadris — desejo, mas também uma orientação firme. O aperto dizia, sem precisar de palavras: *Você está no controle.*

Queria que ele entrasse em mim com força e bem fundo, mas meu corpo tinha outros planos. Ele era muito maior do que eu estava acostumada. Precisei me sentar devagar, centímetro a centímetro, permitindo que meu corpo se ajustasse conforme Raihn me preenchia.

Mas a leve dor foi totalmente consumida pela atordoante onda de desejo que me banhou quando enfim coloquei o membro inteiro de Raihn dentro de mim. Estávamos muito próximos, muito conectados. Era como se eu pudesse sentir cada pulsação de seu corpo — e, me penetrando tão fundo, ele sem dúvida sentia cada palpitar meu.

Era demais. Demais. Era... Eu não conseguia...

— Tudo bem? — sussurrou ele.

O vampiro espalmou a mão contra minha coxa em um movimento de conforto. Só então percebi que eu estava tremendo, sobrepujada à medida que cada músculo contraía e respondia à presença dele dentro de mim.

Minha única resposta foi um movimento circular com o quadril, fazendo gemidos entrecortados escaparem de nós dois mesmo com o menor dos movimentos.

Ah, pela Mãe. Aquilo acabaria comigo. Aquela porra me aniquilaria.

Levei a mão até sua barriga. Senti os músculos retesados e trêmulos de seu abdome. Meus olhos encontraram os dele.

— Você está se contendo.

O silêncio dele foi a resposta de que eu precisava. Devagar, ergui de novo o corpo, de modo que apenas a ponta dele continuasse dentro de mim, sem nunca desviar o olhar — sem nunca deixar de focar o desejo feral em sua expressão, na forma como ele mordiscava o lábio.

— Não se contenha — prossegui, e o fiz me penetrar até o fim em uma sentada súbita.

A tensão, a suavidade, tudo se desfez em milhares de cacos. Com ele, foder devagar era angustiante — e foder com força era devastador. Raihn soltou um palavrão reprimido e agarrou minha cintura, me ajudando a cada estocada, o quadril se erguendo e descendo no mesmo ritmo que o meu. Eu não sabia como era possível ter a sensação de estar sendo penetrada mais fundo a cada movimento, o membro roçando cada centímetro do meu interior, cada músculo.

Pedi para que ele não se contivesse, e ele obedeceu.

Suas estocadas eram fundas e intensas, entrando e saindo de mim com uma força que me deixou incoerente. Mas não era o bastante — eu queria mais. Toda minha pele ainda gritava por ele. Como se tivesse lido meus pensamentos, ele se sentou, tomando minha boca em um beijo tão intenso e profundo quanto seus movimentos. A mudança de ângulo o forçou a abandonar a velocidade em favor da profundidade, com movimentos mais lentos e cheios de ardor.

O som que saiu de minha garganta mal soava humano. Raihn ergueu o quadril de novo, acompanhando o meu por puro instinto; compreendi que o som era um apelo, implorando por algo que eu nem sabia mais o que era.

— Isso, Oraya — grunhiu ele. — Porra, isso. Peça qualquer coisa.

Arranhei suas costas, as unhas indo fundo — certamente deixando marcas. Nossos beijos ficaram selvagens e desajeitados, lutando por dominância. Cada sensação me atirava na direção de um prazer que ia além do meu controle — seus lábios, sua língua, sua pele, seu peito contra meus seios, suas mãos em meu cabelo, cada investida de seu pau.

Senti um calafrio de prazer. Afastei a boca da de Raihn, beijando seu maxilar, sua orelha, seu pescoço. Ele agarrou meu quadril e deu uma estocada especialmente poderosa, uma que fez um palavrão escapar de meus lábios; mordi a pele perfeita de seu pescoço, a língua escapando para lamber a calidez ferrosa de seu sangue.

Ele gemeu, me agarrando com força. Estava quase lá — eu estava quase lá. Suas mãos percorriam minhas costas, minha bunda, meu quadril, meus seios — como se ele quisesse tudo de mim e fosse incapaz de decidir o que desejava tocar primeiro.

Precisei me forçar a me afastar um pouco dele para olhar em seus olhos.

— Diga meu nome — gemi, ecoando as palavras dele. — Diga meu nome quando for gozar.

Ele cobriu minhas palavras com seu beijo, exigente, a língua reivindicando minha boca. Consegui sentir seus músculos se retorcendo no ritmo dos meus — soube na hora o que estava prestes a acontecer. E, quando seus lábios foram até meu pescoço, uma parte distante de mim entrou em pânico ao lembrar de outro momento, muito tempo no passado.

Mas eu estava além de qualquer limite.

Ele me penetrou fundo, com força.

— Oraya. — Raihn sussurrou meu nome como uma oração contra minha pele. — Oraya, Oraya, Oraya.

Gritei.

Senti seu pau inchar, estremecer, como se meu canal estivesse se contraindo ao redor dele. O calor de sua semente me preencheu, nossos quadris se movendo com as ondas finais de prazer do pós-coito.

Não voltei a mim de repente, e sim aos poucos. Meus sentidos retornaram em lampejos. Primeiro o ar entrando e saindo dos pulmões em arquejos entrecortados. Depois a muralha sólida do peito de Raihn. A mão dele esfregando minhas costas.

Ele havia deitado de novo no chão e me puxado junto, e agora eu estava solta sobre seu corpo.

Foi uma surpresa perceber que eu conseguia me mover quando ergui a mão e a levei até o pescoço. Senti apenas minha cicatriz alta, os resquícios úmidos de seu beijo, e nada mais.

— Caralho, Oraya... — suspirou ele. — Só... *Caralho*.

As palavras que ele havia dito antes ecoaram em minha cabeça: *Você acaba comigo*.

Ele também tinha acabado comigo. Talvez o fato de que morreríamos no dia seguinte fosse bom, porque eu não sabia como me reconstruir depois daquilo tudo.

Me ergui o suficiente apenas para conseguir olhar para ele. Seu cabelo se espalhava ao redor da cabeça no assoalho de madeira escura. Um certo contentamento tinha sobrepujado as linhas tipicamente rígidas de sua expressão — embora ainda houvesse um brilho de lascívia em seus olhos. Mas ainda havia algo além. Mais suave que luxúria, mais gentil, e ao mesmo tempo muito mais perigoso.

Uma gota preta-avermelhada escorria de seu pescoço. Ele tocou a garganta e soltou uma risadinha sarcástica.

— Por que não estou surpreso por ter sido você a tirar sangue e não o contrário?

Lambi os lábios, sentindo seu gosto residual.

— Acho que consigo entender o que você vê nisso.

Falei como uma piada, e ele riu; por mais estranho que fosse, porém, eu *conseguia* ver o apelo. O gosto dele era igual a seu cheiro. O gosto de tudo — de seu sangue, sua pele, sua boca.

— E aí? — Olhei para ele. — Quanto tempo você precisa antes de a gente repetir?

— Hum.

Ele girou para o lado em um movimento abrupto, me derrubando no chão. Sorriu, tocando meu nariz com o dele. Seu pau roçou no interior da minha coxa — já endurecendo de novo.

— Uma única noite. Não tenho a intenção de desperdiçar nem um minuto dela. Eu tenho uma lista, lembra?

Uma lista, pensei, enquanto ele me beijava de novo, com força. Envolvi seu pescoço com os braços e voltei a me perder em Raihn.

A porra de uma lista.

A palavra mais bonita naquele mundo desgraçado pela Deusa.

45

Não chegamos nem à metade da tal lista.

Era uma tarefa impossível. Cada vez que me deitava com Raihn, descobria uma parte nova dele que queria reivindicar para mim. Era o oposto da satisfação. A cada clímax, eu só o desejava mais. Quando decidimos nos arrastar para a cama por pura exaustão, eu já tivera fantasias capazes de preencher muito, muito mais do que uma única noite.

Mesmo assim, não me importei quando adormeci fácil demais entre seus braços. E agora, deitada ao lado dele com os narizes quase colados, vendo seus cílios pesados contra as bochechas e o ritmo estável de sua respiração sonolenta, pensei: *Valeu toda a pena poder testemunhar Raihn dessa forma.*

Corri os dedos pelo músculo de seu ombro, descendo pelas costas.

Pela Mãe. Esperava que ele não fizesse ideia de como eu estava fascinada por ele.

Seus olhos se abriram. Assim que recaíram sobre mim, um sorriso aqueceu seus lábios imediatamente, como se ele estivesse aliviado em ver que nada daquilo tinha sido um sonho.

— Não me diga que já precisamos ir.

— Ainda temos mais algumas horas.

Ele se espreguiçou.

— Maravilha. Ainda não estou pronto para morrer. Talvez esteja depois de ver você gozar mais uma vez.

Morte.

O buraco em meu estômago, aquele que eu tinha tentado ignorar desesperadamente, ficou mais fundo.

Antes, eu havia conseguido afogar os pensamentos indesejáveis sob nosso prazer carnal e despreocupado. Mas, quando o vi dormindo ali, sozinha, todos aqueles medos foram ocupando o lugar do silêncio.

Brincávamos sobre a morte porque precisávamos. Mas não era brincadeira. Era real, e estava em nosso encalço. E a ideia da morte rondando Raihn me deixava enjoada.

Por tempo demais, ele e eu havíamos dançado em torno do nosso passado. Não era conveniente para nenhum dos dois saber muito a respeito do outro. Quanto menos soubéssemos, mais fácil seria extrair a presença alheia de nossas vidas com um golpe bem desferido da espada, como um câncer a ser removido.

Mas, naquele momento, cheguei à aterrorizante conclusão de que eu jamais seria capaz de arrancar Raihn de meu coração. Ele tinha chegado fundo demais. Raízes fixas na pedra.

E, enquanto assistira a ele dormir, a imagem de Ilana não me saíra da mente. Havia muitas coisas que eu não tinha perguntado para ela também. Após sua morte, precisei me enterrar nos fragmentos quebrados e incompletos de sua vida, porque era tudo o que eu tinha.

Eu queria mais de Raihn. Mais de seu corpo. Mas mais de sua alma também.

Falei baixinho:

— Você me disse faz um tempo que havia um monte de gente dependendo de você.

O sorriso dele sumiu.

— E tem mesmo.

— Quem?

— Eu prefiro transar de novo a ter essa conversa. O tipo de papo que você puxa com um homem entregue a você na cama também é lamentável, hein?

Dei um sorrisinho fraco, um pouco constrangida, mas seus dedos acarinharam meu rosto de um jeito que dizia que Raihn talvez entendesse. E talvez sentisse um pouco do que eu sentia também, aquela urgência autodestrutiva de arrancar e dar pedacinhos de nossos corações um para o outro, porque ele perguntou:

— Quer a resposta curta? Ou a longa?

— A longa.

O que não acrescentei foi: *Quero passar o máximo de tempo possível ouvindo você falar.*

Raihn desviou o olhar, calado por um tempo, como se precisasse se preparar.

— O homem que me Transformou — começou ele — era uma pessoa muito poderosa. Quando eu era humano, trabalhava como guarda, e assumi o serviço de proteger um navio de comércio na viagem entre Pachnai e Tharima. Nossa embarcação era pequena demais para uma viagem tão longa. Fomos surpreendidos por uma tempestade, que nos atirou com tudo contra a costa da Casa da Noite. Encalhamos no cabo de Nyaxia.

Eu conhecia o nome — se referia ao pequeno cabo rochoso de terra que se destacava da costa sul do território da Casa da Noite. A correnteza ali era muito forte, e embora nunca tivesse visto o lugar com meus próprios olhos, tinha ouvido histórias que diziam que o horizonte era coalhado de ruínas de navios naufragados.

— Eu não tinha ideia de onde estava quando tudo aconteceu. Havíamos saído da trajetória planejada. Estava escuro. Quase todo mundo morreu. Cheguei bem perto disso. Literalmente me arrastei até a costa.

Raihn fixou os olhos em um ponto adiante — mirando não a parede, e sim o passado.

— Foi sorte — continuou. — Foi por pura sorte que me salvei. Ou que me ferrei. Eu estava quase morto quando o encontrei. Eu já tinha visto a morte bem de perto, mas, quando ela está com as mãos em torno do seu pescoço, é muito diferente. Quando ele me perguntou se eu queria viver... Que porra de pergunta é essa? Eu tinha trinta e dois anos. É claro que queria viver. Eu tinha... eu tinha uma *vida*.

O desalento na frase. Senti aquilo no fundo do coração também. *Eu tinha uma vida*.

— Uma família? — sussurrei.

— Uma esposa. Um bebê a caminho. Muito futuro para ser vivido. Eu estava disposto a fazer qualquer coisa por isso.

As palavras saíram cheias de um ressentimento triste, como se ele odiasse a forma de pensar de seu antigo eu.

Me perguntei se o vampiro pensava naquela versão da vida dele com tanta frequência quanto eu pensava em uma versão diferente da minha. Raihn continuou:

— Então aceitei. Achei que ele estava me salvando. Troquei minha humanidade estilhaçada pela imortalidade. Ou foi o que achei que tinha feito. Mas, depois... — O pomo de sua garganta subiu e desceu. — Ele não me deixou ir embora.

— Ele não deixou...?

— No começo, foi porque eu não estava bem. A Transformação é... Eu rezo para todos os deuses que você nunca saiba como é, Oraya. De verdade. Lutei para sobreviver, mas para conseguir fazer meu novo eu surgir do antigo, precisei de semanas. Meses. E, depois, me dei conta...

Ele reprimiu as palavras, engolindo em seco. Corri a mão pela pele nua de seu peito em um gesto silencioso de conforto; ele pousou a dele sobre a minha, apertando com força a ponto de eu conseguir sentir as batidas de seu coração — aceleradas com a memória do passado, apesar da forma cuidadosa como continha a voz.

— Não fui a única pessoa que ele Transformou. Nem o único vampiro que pegou para si. Ele escolheu... — Raihn virou de leve a cabeça para o outro lado, como se não quisesse que eu visse seu rosto. — Ele tinha suas preferências, pronto. Era muito, muito velho. E depois que se vive por quase um milênio, é difícil encontrar excitação no mundo. Satisfazer os vários tipos de fome fica difícil. Entreter quem se quer influenciar, chamar a atenção, fica *difícil*. As pessoas viram... fontes de diversão, nada mais. E quando se está lidando com alguém poderoso dessa forma, com tanto controle sobre todos os seres vivos, não se tem outra chance a não ser permitir que a pessoa faça o que quiser com você.

O horror se avultou em meu estômago.

Ah, pela Mãe.

Quando eu vira Raihn pela primeira vez, ele parecera um pilar inabalável de força — força física, mas força emocional também. A ideia de que alguém o tivesse usado daquela maneira... A ideia de que alguém o tivesse feito sentir o nível de vergonha que eu ouvia agora em sua voz, mesmo tantos anos depois...

Ainda assim, muita coisa passou a fazer sentido. O fato de Raihn saber de forma implícita todas as coisas que eu nunca tinha dito. Saber como era se sentir impotente, ser usado de formas além de nosso controle. Saber reconhecer as cicatrizes de um passado, fosse em um pescoço ou no coração.

Parecia condescendente dizer a ele que eu lamentava o ocorrido. Que bem faria saber que eu sentia pena dele?

Em vez disse, falei:

— Porra, estou muito furiosa por você.

Não, eu não daria a ele minha pena. Mas daria minha raiva.

O toque de um sorriso fez o canto de seus olhos se enrugarem.

— Essa é a minha garota...

— Espero que ele esteja morto. Me diga que ele está morto.

Caso contrário, eu o caçaria e o mataria com minhas próprias mãos.

— Ah, sim, está morto. — Uma expressão de dor cruzou seu semblante. — Eu... sinto vergonha do que me permiti ser naquela época, depois que o ímpeto da resistência foi abafado dentro de mim. O que não faltavam eram formas de me anestesiar. Ele venceu, então eu as aceitei. Eu odiava vampiros. E, por setenta anos, também me odiei, porque havia virado um deles.

Caralho. Não dava. *Eu* também os odiava.

— Mas... eu não estava sozinho — prosseguiu Raihn. — Havia outros na mesma posição que eu. Alguns Transformados, alguns Nascidos. Alguns não passavam de carcaças do que costumavam ser, como eu. Com alguns, formei um... um tipo de conexão meio desconfortável. Já com outros...

Não sei como eu soube. Talvez tivesse sido algo na neblina distante que cobria seus olhos, e no fato de que eu só vira aquela expressão em Raihn uma única vez.

— Nessanyn — murmurei.

— Nessanyn. A esposa dele. Tão prisioneira quanto eu.

Senti um nó na garganta.

— E você se apaixonou por ela?

Admito que senti uma pontada de ciúmes (*por que raios?*). Fora isso, porém, *torci* para que aquele fosse o caso. Porque eu sabia melhor do que ninguém que amar podia ajudar as pessoas a sobreviverem em situações impossíveis.

Ele demorou um bom tempo para responder, como se realmente precisasse refletir.

— Me apaixonei — respondeu, enfim. — E amar Nessanyn me salvou, porque, naquela época, não havia uma porcaria de coisa com a qual eu me importasse naquele mundo de merda... Até que, de repente, Nessanyn passou a importar. E a diferença entre não ter nada que importa e ter uma coisa importante é imensa.

Fiquei grata a ela por aquilo. Por ter ajudado Raihn a sobreviver.

— Mas nós éramos pessoas muito diferentes. Se a gente tivesse se encontrado em outra vida... — continuou Raihn, dando de ombros. — Não sei se teríamos dado bola um para o outro. A única coisa em comum entre nós dois era ele. Mas ele era nossa vida inteira, então foi o suficiente. Juntos, a gente conseguiu construir algo só nosso. Ela foi a primeira vampira gentil que conheci. Só uma pessoa boa e decente. E, através dela, conheci outros. Isso simplesmente... mudou tudo. — Ele desviou o olhar, como se estivesse constrangido. — Parece bobeira. Parece irrelevante. Mas...

— *Não* é bobeira. *Não* é irrelevante.

Falei com mais intensidade do que o planejado.

Eu estava revoltada por ele. Com raiva do fato de que aquilo tivesse acontecido com Raihn. Com raiva que alguém tivesse ousado dizer que qualquer parte daquilo, qualquer estilhaço remanescente de dor, fosse bobo ou vergonhoso ou desmerecedor de qualquer coisa inferior a fúria.

— Como você se livrou desse desgraçado? — perguntei.

— O mundo que ele tinha construído estava cedendo sob o próprio peso. Toda a crueldade o alcançou. Eu vi tudo isso acontecendo, e soube que era minha única chance de escapar. Implorei para Nessanyn vir comigo. Implorei que ela se salvasse. Mas ela negou.

Não consegui contemplar a ideia.

— *Por quê?*

— Você ficaria abismada se descobrisse a que tipo de coisa as pessoas são leais.

— Ela preferiu morrer com o homem que a torturava a sobreviver?

— Ela era uma sonhadora. Gentil, mas muito mole. Preferia procurar escapismo no mundo com o qual sonhava a lutar por este. — Depois, Raihn estremeceu, como se ofendido em nome da mulher pela dureza das próprias palavras. — Não era tão simples. Mas, no fim, Nessanyn morreu nas ruínas do mundo dele, junto com o próprio vampiro. Eu fugi, e ela não.

— Você chegou a ir atrás da sua esposa? Do seu... do seu filho?

Ele esfregou a cicatriz na bochecha. Um V virado de cabeça para baixo.

— Eu tentei. Não deu muito certo. Setenta anos é muito tempo. Eu não me considerava um vampiro, mas não era mais um humano.

Odiei como aquilo parecia familiar. Eu tinha sangue humano e um coração vampírico. Ele tinha um coração humano e sangue vampírico. O mundo não tinha espaço para nenhum de nós.

— Passei muito tempo viajando — prosseguiu Raihn. — Quando eu era humano, virei guarda para poder ver o mundo. Bom... Olhe para mim. — Ele apontou o próprio físico com um meio-sorriso no rosto. — O que mais eu iria fazer? Minhas opções eram ser ferreiro ou soldado, e apenas uma delas não exigia que eu ficasse olhando para a bunda de cavalos o dia todo.

— Você podia ter sido um cozinheiro — rebati.

E, quando ele riu, riu para valer, o som fez algo em meu peito se aliviar.

— Talvez devesse ter sido mesmo. Passar a vida toda alimentando uma esposa gordinha e feliz e tendo uma família simples e feliz, e logo eu estaria debaixo da terra descansando muito mais do que estou no momento.

Parecia uma boa ideia. Mas também parecia... menor do que ele.

— Mas o fato é que nem consegui viajar muito quando era humano — continuou ele. — Então, quando me libertei, vaguei por aí. Explorei o território da Casa da Noite. Todas as Ilhas. As terras da Casa da Sombra, da Casa do Sangue...

Casa do Sangue? *Ninguém* ia até o território da Casa do Sangue.

— Sim, é tão mórbido quanto você imagina — prosseguiu ele ao ver minhas sobrancelhas erguidas. — Cheguei até a viajar por terras humanas.

Percebi que poderia me passar por um se fosse cuidadoso. Mas... depois de um tempo, acho que compreendi que eu estava fugindo. Eles estavam comigo para onde quer que eu fosse. Ele me lembrando de todas as coisas fodidas do mundo. Ela me lembrando de todas as coisas boas que eu havia deixado para trás. E aí, quando voltei para Obitraes, encontrei Mische.

Tais palavras soaram com muito mais peso agora que eu conhecia sua história pregressa.

— Ah.

— Mische me lembrava ela, de certa forma. Tanto nas coisas boas quanto nos defeitos. Ambas viam muita beleza no mundo. Mas ambas também tinham aquela... aquela porra de inocência. Aquela ignorância deliberada a respeito do que realmente é necessário para alcançar a realidade que sonham.

Ele pausou por um longo momento com o intuito de refletir antes de continuar:

— Aqueles setenta anos com ele foram... ruins. Mas encontrei várias pessoas boas que estavam sofrendo também. Pessoas das quais Nessanyn estava tentando cuidar, mesmo enquanto se afogava no mundo dele. Vários Rishan, que na época estavam muito mais em apuros. E eu devia ter lutado por essas pessoas quando tudo ruiu, mas não lutei. Eu não sabia como... Ou talvez soubesse, mas desejasse não saber.

Pensei com um novo horror nas centenas de asas presas à muralha. Pensei nas cinzas de Salinae.

— Então você veio para cá.

— Achei que isso não fosse responsabilidade minha por muito tempo. Mische sempre discordou. Ela me puxou. Entrou no Kejari primeiro. Sabia que eu não a deixaria fazer isso sozinha.

Ergui as sobrancelhas. Entrar no Kejari apenas para forçar Raihn a fazer o mesmo... Chamar a ideia de extrema era eufemismo. Na prática, era como se ela estivesse sacrificando a própria vida.

Devo ter feito uma cara engraçada, porque Raihn soltou uma risada sombria e sem humor.

— Eu quis matar Mische com minhas próprias mãos. Era a coisa mais imbecil que ela poderia ter feito. E acredite, eu teria achado uma forma de livrá-la da morte. De um jeito ou de outro. — A expressão dele ficou suave. — Mas a Mische é assim. Impulsiva pra caralho. Mas sempre, sempre bem-intencionada. Mais do que tem direito de ser, depois de tudo que viu. De vez em quando, é tão bem-intencionada que chega a ser tola. Amo Mische como se fosse minha irmã, mas... me preocupo com ela. O mundo não são só flores. Ela não entende...

— ... que é preciso lutar com firmeza o bastante para mudar alguma coisa — completei. — Que não é fácil limpar o que fica para trás.

O olhar do vampiro recaiu em mim. A familiaridade daqueles olhos, feito um espelho, me tocou fundo.

— Exatamente.

O mundo não era simples ou direto. A bondade não era sempre pura ou simples.

Quando conheci Raihn, achei que nunca nos entenderíamos. Mas, ali, pela primeira vez, eu sentia que ele estava de fato me enxergando — enxergando o mundo como eu.

Fiquei subitamente ciente do calor da pele dele sob minha mão, do retumbar de seu coração. Se eu precisasse matar Raihn, precisaria enfiar minha lâmina bem naquele ponto. Substituir a carícia por um golpe.

E talvez... talvez eu fosse incapaz de fazer algo assim. Talvez não *quisesse*. Raihn tinha pessoas a salvar. Meu povo não existia mais. Quem era mais merecedor?

Eu não conseguia dizer aquilo em voz alta. Mas era incapaz de esconder dele meus pensamentos mais sombrios, nem mesmo quando precisava muito. Ele enxergava meu interior.

— Até que, certo dia... — continuou ele, baixinho. — Encontrei alguém que ainda era capaz de achar rebeldia onde eu pensava que ela já não existia mais.

Senti a garganta apertar. *Rebeldia*. Ele falava como se fosse algo nobre.

— Um sonho idiota — murmurei. — Como se estripar alguns vampiros malditos nos becos significasse algo. Como se mudasse alguma coisa.

— Pare. — A palavra saiu como uma repreensão incisiva. — Você encontrou uma forma de defender seu mundo mesmo quando todos diziam que não devia. Tem noção de como isso é difícil pra caralho? Como é raro? *Quem me dera* eu tivesse lutado como você luta. Isso sim é força.

Era força se jogar contra uma muralha de aço? Ou aquilo só me transformava em outra sonhadora inocente?

— Não sei por que ainda estou fazendo isso. — Estiquei a mão na direção da pilha de roupas do outro lado da cama, a ponta dos dedos brincando com o punho da espada.

Puxei a arma da bainha, vendo o aço preto sob a luz da lamparina. O laranja tremeluzia nos arabescos entalhados em seu comprimento.

Eu tinha me sentido honrada de portar aquela espada. Mas quantas iguais haviam sido usadas para matar pessoas com sangue como o meu?

Quão ferida eu precisaria ficar, me perguntei, para que Nyaxia aceitasse minha desistência?

Raihn era capaz de derrotar Angelika. Sem dúvida acabaria com Ibrihim. E poderia aproveitar o pedido a ser realizado pelo poder da Deusa para ajudar aqueles que precisavam dele.

Como se pudesse escutar meus pensamentos, ele segurou minha mão com força.

— Olhe para mim, Oraya.

Eu não queria — veria muito dele, ele veria muito de mim. Ainda assim, obedeci.

— Você é mais do que Vincent a fez ser — disse ele. — Entende? Isso não é força. A merda que ele tentou arrancar de você é que é. Você tem todos os motivos para continuar. Agora mais do que nunca. E digo isso sabendo... sabendo como é idiota para mim, entre todas as pessoas, falar algo assim para você.

Ele não estava falando do Kejari. Estava falando de algo maior. E envolveu meus dedos com os seus, tremendo, antes de sussurrar:

— Então não *ouse* ter a porra da ideia de parar de lutar, princesa. Partiria meu pobre coração.

Senti o olho arder.

Eu não admitiria. Mas também partiria o meu.

— Então é melhor você não parar também — respondi. — Jure para mim. Estamos nisso agora. Sabemos o que nos espera. Nada mudou.

Tudo tinha mudado.

Mas Raihn fez uma pausa, depois inclinou o queixo.

— Combinado. Já que vamos lutar, vamos lutar até o fim. Qualquer que seja esse final. Independente do sangue de quem a gente tenha que derramar para vencer.

Achei que me sentiria melhor, como se tivéssemos restaurado parte do nosso relacionamento ao que era antes.

Mas não era verdade. Não havíamos restaurado nada.

Olhei para a janela coberta pelas cortinas. A luz por trás dela era escarlate.

— O sol está se pondo — falei. — Não quer dar uma última espiada?

E Raihn não hesitou — nem sequer tirou os olhos de mim por um segundo — antes de responder:

— Não.

Depois, me beijou.

Eu nunca na vida tinha temido tanto o cair da noite.

Mas ela caiu mesmo assim. Eu já estava esperando o pequeno cordão de escuridão surgir em nosso quarto, a mão de Nyaxia nos chamando, mas a visão dele fez o ar queimar em meus pulmões. Quando a convocação silenciosa surgiu, Raihn e eu saímos da cama e vestimos as armaduras sem falar nada.

Antes de sairmos do quarto — pela última vez —, paramos e olhamos um para o outro.

— Foi um prazer, princesa — falou ele.

Vi seus lábios se curvarem. Pela Mãe, que lábios perfeitos.

Pensei em beijar aquela boca uma última vez. Pensei em envolver o pescoço dele com os braços e nunca mais soltar. Puxar o vampiro de novo para a cama e me negar a sair. Ao menos morreríamos felizes quando Nyaxia viesse nos punir.

Não fiz nenhuma daquelas coisas.

Não sabia como Raihn podia me chamar de corajosa. Eu era a porra de uma covarde.

— Foi... — Dei de ombros. O sorrisinho fez meus olhos se estreitarem sem minha permissão. — Foi tolerável. Acho.

Ele riu.

— Essa é a minha garota — disse o vampiro, e abriu a porta.

Angelika e Ibrihim já estavam esperando diante do Ministaer. Ibrihim nem sequer olhou para nós. A cara tipicamente fechada de Angelika estava mais carrancuda que o usual, os olhos afiados como adagas nos fulminando enquanto nos aproximávamos. Estavam avermelhados também.

Será que era a maldição? Ou ela havia passado o dia anterior inteiro chorando a morte de Ivan?

A porta surgiu como sempre, sem muito estardalhaço. O Ministaer nos desejou boa sorte e indicou que atravessássemos a passagem. Ibrihim foi primeiro. Ele mal conseguia andar. Arrastava as asas destruídas, puro peso morto.

Depois, foi a vez de Angelika.

E, por fim, sobraram apenas nós dois.

Tudo o que eu não tinha dito ameaçava me afogar. Palavras não eram suficientes. Mesmo assim, sem permissão e logo antes de passar pelo umbral, peguei a mão de Raihn e apertei com força, muita, muita força. Ah, pela Mãe, eu não podia deixar ele ir, não conseguia.

Diminuímos o passo. Ninguém mais teria notado aquela fração de segundo de hesitação. Mas, para mim, um milhão de possibilidades jaziam naquele momento.

Fantasias. Contos de fadas. Sonhos inúteis.

Esmigalhei tudo no chão de mármore, soltei a mão de Raihn e passei pela porta.

46

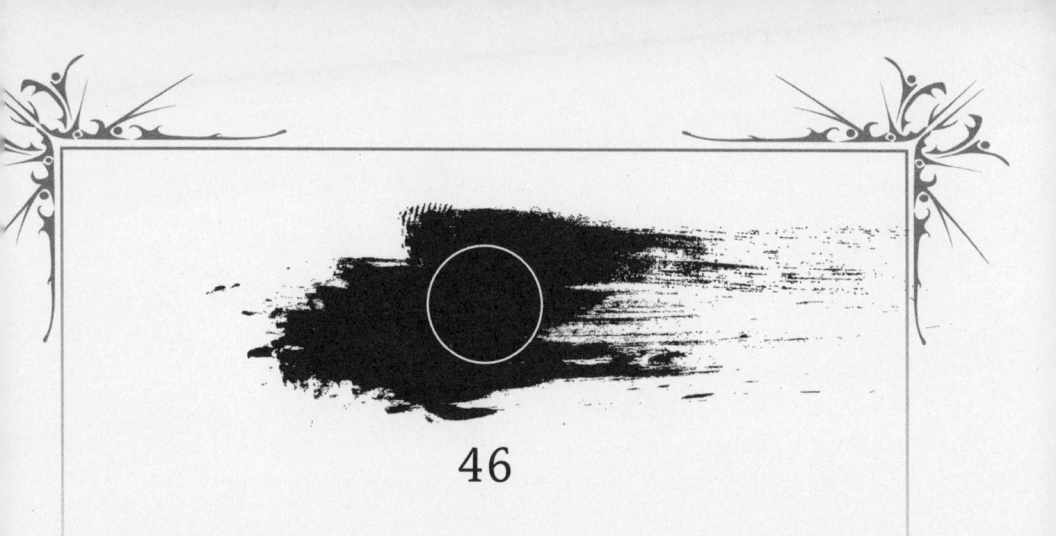

Os berros da multidão eram bárbaros e sedentos de sangue, como o rosnado faminto de lobos a destroçarem suas presas.

As arquibancadas estavam lotadas. Àquela distância, a audiência era visível apenas como uma onda de gente, mãos erguidas em punho, gritos de violência. Acima deles, as asas dos Rishan, com as penas ensanguentadas fincadas abertas, não passavam de meros pontos de morte.

Absorvi tudo em um único instante antes de precisar rolar para fora do caminho de um jato de fogo.

Não Fogo da Noite. *Fogo*.

Quase não consegui sair a tempo. O calor chamuscou a ponta do meu cabelo. Meu rolamento desajeitado me fez bater com tudo na parede — uma porta trancada, na verdade. Saltei de novo em pé e me virei.

A arena tinha sido dividida. Eu estava em uma área menor, com a porta trancada atrás de mim. Não havia sinal algum de Raihn, Ibrihim ou Angelika.

Mas havia três pessoas comigo, dois homens e uma mulher. Todos tinham uma expressão nula e olhos pretos vazios e cintilantes; vestiam túnicas esfarrapadas que pareciam uma paródia ofensiva de trajes religiosos. O jato de fogo dividia minha parte da arena ao meio, me forçando a evitar de forma meio desajeitada o traço flamejante.

E a origem dele era a pessoa à direita. Chamas o envolviam, lambendo os retalhos esvoaçantes de sua túnica. Havia uma coroa torta e manchada sobre a cabeça do sujeito, com um círculo branco lascado acomodado no topo.

A mulher ao lado dele usava um vestido rosa, pintalgado de preto e vermelho. Sobre o cabelo ruivo e oleoso havia uma coroa de flores. Duas rosas murchas tinham sido enfiadas em seus globos oculares. Ela estava armada com um arco, já preparado com uma flecha luminescente adornada por espinhos enferrujados.

E, enfim, havia o terceiro sujeito — alto e magrelo, descamisado para revelar um corpo cheio de cicatrizes meio consumidas pela podridão. A cabeça dele balançava mole sobre o pescoço, a boca entreaberta e escurecida.

Deuses, entendi.

Imitações fajutas das entidades.

Aquele era o desafio final. Representava a última ascensão de Nyaxia ao poder. Em um surto de raiva e luto pela morte do esposo, ela havia se rebelado contra os antigos irmãos e irmãs. Tinha lutado contra os doze deuses do Panteão Branco — e havia ganhado.

A mulher ergueu o arco e desferiu o primeiro tiro. A flecha se moveu mais rápido do que deveria. Mal consegui desviar.

O projétil — de metal enferrujado, moldado para parecer o caule de uma rosa — se enfiou na areia a cinco centímetros do meu nariz. O chão ao redor ficou escuro e começou a soltar fumaça.

Continuei correndo. Atrás de mim, ouvi estampidos constantes seguindo meus passos, ficando mais próximos conforme as flechas atingiam a areia compactada.

O que jorrava fogo só podia ser Atroxus, o deus do sol e rei do Panteão Branco. E a das flechas... devia ser Ix, deusa do sexo e da fertilidade. Diziam que suas flechas plantavam sementes no ventre das mulheres, embora eu tivesse plena certeza de que não era isso que fariam comigo ali.

Aquelas pessoas eram marionetes, afinal de contas. Não os deuses de verdade, mas paródias criadas com a intenção de zombar deles.

Já o terceiro... Vasculhei a mente. Não usava coroa, não portava armas...

O ar se abriu. O som agudo fez meus músculos se contraírem sem permissão. Tropecei em meus próprios pés e caí com tudo na areia. Uma pontada de dor atravessou meu ombro quando uma das flechas de Ix me pegou de raspão, abrindo um rasgo fumegante na armadura.

Caralho. Aquele som. Me paralisou. Virou minha mente do avesso. Forcei a cabeça a olhar para ele — para o terceiro sujeito, cujos lábios pretos se abriam e fechavam como os de um peixe.

Como se ele estivesse cantando.

Kajmar. Deus da sedução, da arte, da beleza... e da música.

A melodia parou tão abruptamente quanto havia começado. Aproveitei o momento para, bem a tempo, evitar outra onda sobrepujante de fogo. Atroxus não se movia; pairava a centímetros da areia, as mãos abertas em oração enquanto labaredas o envolviam em ondas cada vez maiores. Mas Kajmar e Ix saltavam e dançavam pelo espaço, como se pendurados em fios manipulados por algum titereiro invisível, os pés endurecidos se arrastando pelo chão.

Invoquei o Fogo da Noite e fiquei grata quando, alimentado por minha adrenalina, ele fluiu com facilidade de minhas mãos. Mas tive dificuldades de usar o poder com precisão — não tinha como atirar em Ix ou Kajmar, não com eles se movendo tão depressa, e minha tentativa desajeitada de direcionar uma rajada da magia na direção de Atroxus simplesmente minguou e morreu sob a força de sua parede de fogo muito mais poderosa.

Outro guincho da música de Kajmar quase acabou comigo ao me fazer tropeçar em um momento particularmente delicado. O fogo chegou perto de lamber meus calcanhares. Precisei me arrastar às pressas por uns dez centímetros para sair do alcance do golpe.

Assim que o som cessou, voltei a correr, a dor desaparecendo sob o retumbar do meu coração. Tudo se resumia ao passo a passo necessário para continuar viva.

Atrás de quem eu iria primeiro?

Não podia chegar muito perto de Atroxus; ele precisaria ficar para depois. E as flechas de Ix estavam me dando trabalho, mas apenas porque a voz de Kajmar me atordoara duas vezes.

Eu precisava me livrar dele primeiro. Era perigoso demais tentar lidar com os outros enquanto ele pudesse me congelar a qualquer momento.

Tudo o que eu tinha eram minhas espadas curtas. O que significava que o próximo passo não exigiria estratégia: eu só precisava *correr*.

Foquei Kajmar, que dançava em saltos e corridas erráticas pelo espaço. Preparei as armas, juntei forças e corri em sua direção com toda a velocidade possível.

Só senti o cheiro quando já estava a umas duas passadas dele. Assim que senti, porém, o fedor ficou impossível de ignorar. Era pútrido, fazendo meu estômago se revirar e a bile subir pela garganta. Ele estava meio decomposto. O rosto estava pintado de qualquer jeito com uma tinta grossa, que descascava nos músculos soltos.

Era um cadáver.

E não um cadáver qualquer: era um que eu reconhecia. Era o homem Rishan que Raihn havia matado na primeira noite do Kejari. Um de nossos próprios oponentes caídos, arrastado de volta para uma última batalha.

Kajmar já estava se preparando para se afastar de mim antes que eu diminuísse a distância entre nós. Mas botei ainda mais velocidade na corrida e me joguei em cima dele no último instante.

Minha espada entrou com facilidade no peito dele.

Mas Kajmar não caiu.

Tropecei e me estatelei no chão quando ele saltou para longe, depois congelei quando outro guincho paralisou minha mente. Mal consegui desviar de uma flecha, e em seguida me forcei a me levantar de novo.

Jatos espessos de sangue jorravam do ferimento no meio do peito de Kajmar. Ainda assim, ele continuava se movendo.

Eu havia acertado o coração. Tinha certeza disso.

Mas é claro que ele não caíra. Não estava vivo. Aquele coração já não lhe servia para nada.

Atroxus continuava a encher a arena com jatos de chamas. O calor foi ficando insuportável. O espaço livre que eu tinha para manobrar estava ficando cada vez menor.

Eu tinha minutos. Menos, talvez.

Me joguei de novo em cima de Kajmar. Dessa vez, em vez de desferir um golpe da espada curta, enfiei as unhas em sua carne necrótica e o puxei para perto, reprimindo a vontade de vomitar graças ao fedor.

Não eram deuses reais. Apenas marionetes. Eu não podia matar o que não estava vivo, então precisava desfazer o corpo em pedaços.

Sua boca só ficava aberta porque a mandíbula estava solta. De perto, dava para ver o inchaço pouco natural em seu pescoço — qualquer que fosse o feitiço ou encantamento aplicado em sua garganta, decerto estava ali. Nyaxia não tinha magias de som. O truque que provocava aquilo devia estar em algum artefato obtido com outro deus.

Que coisa mais morbidamente engraçada. Algo que a magia de Kajmar havia tocado antes agora estava sendo usado para zombar dele.

Golpeei a garganta do cadáver com toda a força.

Seu corpo chacoalhou com espasmos, e ele se debateu como um peixe preso em um anzol. A impressão era de que a explosão de som romperia meus tímpanos. Me rasgaria como um monte de lâminas afiadas.

Mas não parei. Nem por um segundo.

Golpeei de novo. E de novo. E de novo. Sangue velho sujou meu rosto.

Soltei um rugido junto com a última investida.

O som cessou de repente. Minha lâmina atravessou com tudo a coluna do cadáver. Algo de vidro se estilhaçou, cacos emergindo pela garganta destroçada.

O corpo de Kajmar caiu a meus pés, ainda se retorcendo, enquanto a cabeça continuava em minha mão, meus dedos agarrados ao cabelo emaranhado.

Demorei demais.

Pelo canto do olho, vi Ix erguer o arco.

Na direção oposta, as chamas voltaram a se avivar.

Não tinha como eu evitar as duas coisas ao mesmo tempo.

Incitei todos os meus músculos a funcionarem em um impulso final, forçando os limites, e atirei a cabeça em Ix com toda a vontade enquanto me jogava no chão.

Rolei pela areia. Bem baixinho, acima do som da multidão enlouquecida, ouvi um baque surdo. Me recuperei rápido, a ponto de já estar correndo de novo pouco depois de ter atingido o solo.

Eu acertara o alvo. Ix estava cambaleando para se firmar, reduzida a uma série de membros descoordenados embolados contra a parede, o arco todo desajeitado nos dedos quebrados.

Não diminuí a velocidade quando a atingi, a espada estendida. Mirei direto nas mãos, arrancando ambas na altura do pulso. A coisa boa sobre carne morta é que ela é fácil de cortar. O arco caiu junto com as mãos apodrecidas.

Peguei a arma antes que tocasse o solo.

A flecha já estava preparada. Apoiei as costas na parede. Mirei.

Do outro lado da arena, Atroxus flutuava no meio de seu anel de fogo. Um truque mágico alimentava as chamas em seu peito, o brilho visível sob a pele decomposta, fina como papel, que cobria a caixa toráxica.

Meu alvo.

Não ouvi os gritos rápidos da multidão, o estalar das chamas ou mesmo o bater de meu próprio coração.

Eu chamei, chamei sem parar, mas ele não me respondeu.

Eu só conseguia ouvir os soluços de Mische, abandonada pelo deus ao qual dedicara a vida.

Fogo da Noite se espalhou pela haste da flecha. Parecia uma estrela cadente de fúria quando deixou o arco.

Acertei bem no meio do peito de Atroxus, o cerne de seu poder. Por um momento, o fogo dele e o meu — a luz cálida versus a fria — lutaram um contra o outro.

O meu venceu.

O lampejo me ofuscou. Cambaleei até bater na parede de novo. Quando voltei a abrir os olhos, o fogo tinha sumido. O corpo que jazia no centro da arena não lembrava Atroxus nem vagamente. Na verdade, nem sequer parecia uma pessoa.

A porta se abriu com um rangido. O clamor da audiência aumentou.

Limpei as mãos ensanguentadas nas roupas igualmente ensanguentadas. Recolhi minhas armas e passei pelo umbral sem olhar para trás.

Saí da passagem com as armas prontas, mas aquela parte da arena estava vazia. Era um semicírculo encostado à barreira da arquibancada, com três outras portas escavadas nas paredes que dividiam o coliseu. Todas permaneciam fechadas.

Olhei para o público — um mar de rostos embriagados pela sanguinolência. Ouvi meu nome ecoar aqui e ali. Não sabia se estavam torcendo por minha vitória ou minha morte. Talvez as duas coisas. Quem se importava, contanto que o espetáculo fosse bom?

Eram milhares de rostos, mas meus olhos recaíram direto no de Vincent, como se já soubessem onde encontrar meu pai. Ele estava na fileira da frente, sozinho em seu camarote. A cadeira ali era reservada a ele, mas o rei não estava sentado. Em vez disso, estava parado rente à balaustrada, segurando a grade.

A expressão em seu rosto revirou tudo dentro de mim, como se uma das flechas envenenadas de Ix tivesse me atingido no ventre.

Após nossa briga, eu esperava encontrar Vincent, o rei, ali. Eu o vira me encarando como uma ameaça naquela noite, mesmo que tivesse sido apenas por alguns segundos. E, depois que Vincent enxergava uma ameaça, nunca mais enxergava algo diferente.

E sim, aquele homem vestia todos os aparatos de Vincent, o rei, em época de guerra — as asas visíveis, a Marca de Sucessão exposta, a coroa acomodada sobre a testa.

Mas as asas estavam encolhidas, como se ele estivesse com todos os músculos contraídos de nervoso. A Marca exposta parecia menos uma demonstração de força e mais como se seu coração estivesse aberto e vulnerável. E o rosto dele... Ele olhava para mim como se sentisse cada corte, cada queimadura, cada ferimento em minha pele.

Eu estava totalmente disposta a odiar meu pai. *Queria* odiá-lo.

Eu era capaz de odiar Vincent, o rei, que assassinara todos os familiares que ainda me restavam, que fora responsável pela tortura de meu povo, que matara e destruíra sem dó nem piedade.

Mas como odiar Vincent, meu pai, alguém que me olhava daquela forma?

Minha raiva fazia tudo ficar simples e fácil. Meu amor fazia tudo ficar complicado e difícil.

Acabei me distraindo.

Foi o olhar de Vincent, se erguendo uma fração de segundo antes que eu me virasse, que me salvou.

Girei nos calcanhares bem a tempo de desviar da flecha. Uma respiração a mais e ela teria se enterrado em minhas costas. Em vez disso, voou por sobre meu ombro esquerdo, deixando uma trilha de fumaça preta — magia — atrás de si. A multidão riu e gritou quando o projétil atingiu um ponto da arquibancada, causando uma comoção bem atrás de mim.

Ibrihim entrou mancando pela segunda porta.

Porra.

Eu não fazia ideia de como ele ainda estava vivo.

Segurava o arco como se sua vida dependesse disso, mas tinha soltado a flecha anterior e agora se atrapalhava para preparar o próximo tiro. A perna boa agora estava torta e machucada, forçando o vampiro a arrastá-la. Suas mãos estavam tão cobertas de sangue que eu não saberia dizer qual tipo de lesão elas sofreram — via apenas que estavam feridas, e gravemente. Qualquer dúvida caiu por terra quando percebi que ele nem sequer conseguia alcançar a aljava.

Ibrihim ergueu a cabeça, a boca retorcida em uma linha sombria de determinação. Estava sem um dos olhos, sangue escorrendo pelo rosto.

Pela Mãe, ele tinha lutado. Tinha lutado tanto.

Me aproximei dele. Ibrihim não tirou o olho de mim enquanto se atrapalhava com a arma.

Às minhas costas, o som da multidão mudou de uma forma que não identifiquei a princípio. Foi só quando cheguei a duas passadas do vampiro ferido que percebi que eram...

Risadas.

O público estava rindo dele.

Ibrihim conseguiu preparar o arco, mas suas mãos tremiam tanto que os dedos escorregavam da corda. Ele nunca conseguiria retesar o arco.

O vampiro ergueu o queixo em um gesto de desafio, um sorriso sarcástico no rosto. Reconheceu o som antes de mim. Mas provavelmente era algo que passara a vida inteira ouvindo.

— Está com pena? — soltou ele, rouco.

Neguei com a cabeça.

Não. Eu não estava com pena de Ibrihim. Ele tinha lutado, e bem.

Talvez fôssemos iguais. Ambos havíamos sido criados em um mundo que nos limitara. Ambos havíamos aprendido a lutar duas vezes melhor do que qualquer outro para compensar o que não éramos. Ambos tínhamos muita coisa a odiar.

Eu estava a dois passos dele. Perto o bastante para ver seus ombros baixarem de leve e a expressão em seu rosto mudar.

Ele estava considerando a ideia de desistir.

— Não. Não pare. — Desembainhei minha outra espada. — Eles que se fodam. Não deixe ninguém zombar de você. Me dê uma luta justa. Em troca, lhe darei uma morte justa, Ibrihim.

Ele contraiu o maxilar. Após um momento, forçou os dedos trêmulos a se abrirem e deixou o arco cair no chão. Quando sacou a espada, mal conseguia aguentar o peso da lâmina. Ainda assim, colocou toda a força possível nos últimos golpes.

Não fui condescendente com ele. Demorei apenas alguns segundos.

E, quando o puxei para perto, quando preparei o golpe de misericórdia, o olho que ainda lhe restava encarou os meus, como se estivesse encarando um espelho.

— Ainda bem que vai ser você — disse ele, baixinho.

E fiz questão de mirar muito bem quando enfiei a lâmina em seu coração.

47

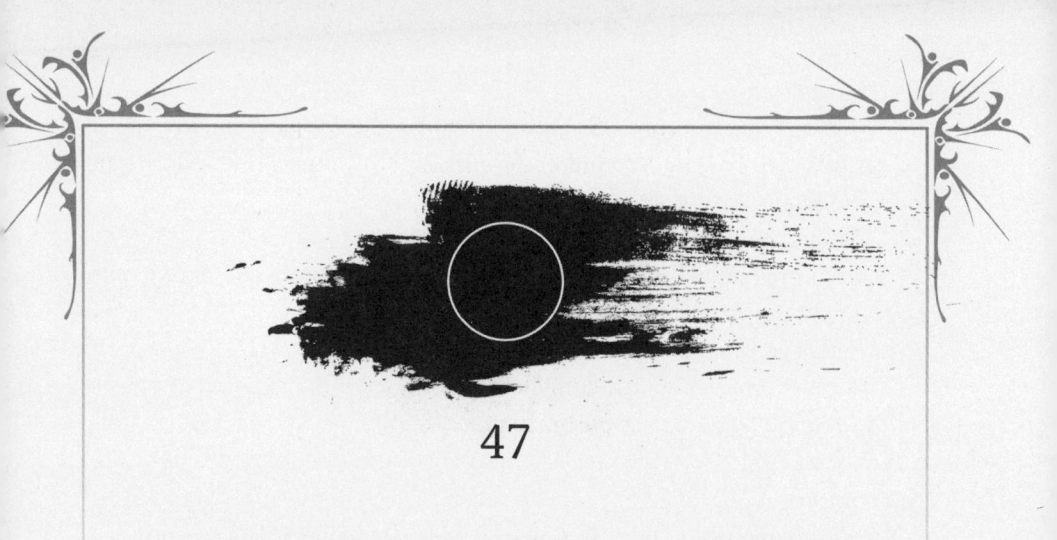

A multidão foi à loucura. O olho de Ibrihim se revirou, vidrado, quando ele morreu. Puxei a lâmina de seu peito e deixei o corpo cair na areia.

De soslaio, vi algo se mover. Do outro lado da arena, mais uma porta havia se aberto.

Me virei, prestes a atacar. Em vez disso soltei um suspiro de alívio.

Era Raihn parado ali, ofegante. Sua armadura fora danificada — pela Mãe, eu não sabia que tipo de criatura seria capaz de retalhar couro daquela forma — e ele estava encharcado, o cabelo molhado grudado no rosto e no pescoço. Zarux, o deus do mar, talvez?

Que se danasse, eu não estava nem aí. Ele estava vivo. Eu agradecia a qualquer deus por isso. E vi a mesma oração silenciosa em seus lábios quando seu olhar encontrou o meu.

A quarta porta se escancarou, quebrando nosso transe.

Angelika parecia um pouco com uma deusa, o cabelo trançado meio solto, um corte na bochecha branca feito gelo. Atrás dela, vislumbrei uma pintura escandalosa feita com pinceladas de sangue. Ela havia massacrado os oponentes.

No instante em que pisou na arena, as quatro portas se fecharam atrás de nós, nos trancando no mesmo espaço.

Raihn, Angelika e eu retesamos o corpo, encarando os demais. Talvez esperando por outro truque, outro dos espetáculos de Nyaxia.

Nada. Apenas a gritaria crescente da multidão, que alcançava um clímax sangrento.

Não, não havia truque ali. Apenas três animais juntos em uma jaula. Mas quem precisava de artifícios com uma seleção de participantes daquela? Uma humana, um pária, um monstro. Amantes forçados a lutar um contra o outro. Uma mulher de coração partido, enlouquecida por vingança.

Aquilo já dava um espetáculo perfeito.

Se mexa, serpentezinha. Se mexa antes que eles deem o primeiro passo.

Ainda era a voz de Vincent em minha mente. E apesar de todos os pesares, obedeci.

Voltei a atenção para Angelika primeiro.

Seus olhos semicerrados encontraram com os meus, e ambas atacamos ao mesmo tempo.

Angelika era implacável.

Nem sequer olhou para Raihn; era como se ele nem estivesse ali. Mesmo quando o vampiro ofereceu brechas claras, mesmo quando ficou óbvio que estava tentando chamar a atenção dela, a Nascida do Sangue continuou mirando apenas em mim.

Eu era menor, mais rápida, mais ágil. Mas era a única vantagem que tinha contra ela. Angelika era uma matadora nata. Era tão alta quanto Raihn, e quase tão forte. Deter o fio de sua arma era uma coisa — evitar que meu frágil físico humano fosse esmagado, *literalmente esmagado*, pela força massacrante de seus golpes era outra.

Durante uma investida particularmente violenta, bloqueei um golpe com as espadas e ouvi algo estalar em minhas costas. A dor percorreu minha coluna como um raio.

Precisei me esforçar para segurar o impacto. Um rugido rouco escapou de minha garganta. Dediquei tudo de mim ao Fogo da Noite, as faíscas da magia envolvendo minhas lâminas.

Mas Angelika mal reagiu quando as labaredas brancas a lamberam. Nem se encolheu quando abri cortes em seus braços, nem mesmo enquanto o veneno corroía sua pele.

Os olhos, avermelhados e frios de raiva, não se desviavam de mim. Ela ignorou Raihn, bloqueando sem esforço seus golpes, e continuou seu ataque implacável.

Segundos se estenderam até virarem minutos, e minutos se estenderam indefinidamente.

Aquilo ia além de estratégia. Ela não estava apenas se concentrando em mim porque eu era a oponente mais fraca. Não, era pessoal. Eu tinha certeza, mesmo sem entender completamente o porquê. Será que ela me culpava pela morte de Ivan, mesmo tendo sido Raihn o responsável por jogar o outro vampiro na névoa mortal?

E importava?

Não havia tempo para pensar. Não havia tempo para questionar. Não havia tempo para agir na ofensiva, apenas para evitar as investidas dela tanto quanto possível.

Meus olhos encontraram os de Raihn por cima dos ombros da vampira por uma fração de segundo depois que bloqueei um de seus ataques devastadores. O terror absoluto no rosto dele enquanto tentava tirar a mulher de cima de mim — temendo por mim — me assustou. Me distraiu.

Hesitei por um momento longo demais.

A espada de Angelika abriu um rio de sangue em meu ombro, e seus lábios se curvaram de satisfação.

Merda.

Tentei me desvencilhar, mas ela moveu a ponta dos dedos. Era uma usuária habilidosa de magia. Não tão boa quanto Ivan tinha sido, talvez, mas boa o suficiente para o que estava fazendo ali. Com um movimento da mão, meu corpo se virou contra mim.

Caí de joelhos. Meu coração quase parou quando o sangue em minhas veias passou a fluir e se revirar de formas estranhas e pouco naturais. A dor borbulhou dentro do corpo, queimando devagar, começando a ferver baixo e depois crescendo até uma agonia que consumia todo o resto. Eu não conseguia me mover.

Angelika sorriu quando se aproximou de mim.

— Você foi bem, humana — disse ela. — Melhor do que eu esperava.

Não.

Eu tinha ido longe demais para morrer ali. Forcei meu corpo, forcei meus músculos a lutarem contra a magia.

Mal consegui erguer a lâmina.

Raihn saltou em cima de Angelika, mas ela o rechaçou com rapidez, me dando apenas alguns segundos de folga — suficientes para que eu sorvesse um pouco de ar e firmasse os pés no chão, me erguendo alguns centímetros antes de ela me derrubar de novo para depois pisar em minha perna.

— Foi um prazer, Oraya.

A certeza da morte me cobriu devagar, como uma névoa fria, do tipo que é invisível até que você esteja se afogando em suas profundezas.

Eu estava com as costas viradas para a multidão. Caso contrário, talvez pudesse olhar para Vincent. Ou talvez estivesse grata por ele não precisar me ver morrer.

Em vez disso, meu olhar passou por Angelika e pousou em Raihn.

Não sei o que estava procurando, mas senti uma pontada de tristeza quando vi que ele não estava olhando de volta para mim. Estava encarando um ponto às minhas costas, algo na arquibancada. O quê? Eu não conseguia decifrar aquela expressão. Desespero e raiva. Como se implorando algo a alguém e odiando cada segundo.

Ele baixou o queixo. Um movimento imperceptível.

Angelika tinha erguido a espada. Ela me cortaria ao meio.

Preparei as armas. Invoquei cada gota restante de magia que ainda havia em minhas veias. Eu morreria lutando.

Mas, de repente, algo estranho aconteceu. O golpe não veio quando eu esperava. Em vez disso, Angelika cambaleou, o olhar se voltando brevemente para a arquibancada. Observando algo.

Ela parou de exercer a magia de sangue.

Quando dei por mim, meu corpo já estava se movendo, meus músculos recém-libertos já saltando, minha lâmina se enterrando no peito de Angelika. O Fogo da Noite chegou um momento depois, engolfando nós duas.

Você precisa empurrar com força para atravessar o esterno.

O corpo de Angelika era musculoso e esbelto, e ela ainda estava de armadura. Mas me joguei contra a mulher com tanta força que minha lâmina acertou seu coração na primeira tentativa.

Ela despencou no chão. Não contra-atacou, não tentou bloquear. Talvez, se eu tivesse tempo para pensar, pudesse ter achado aquilo estranho. Seus olhos simplesmente voltaram a focar os meus.

E ela sorriu.

— Boa sorte — sussurrou, as unhas afiadas soltando meus braços.

Seu corpo bateu na areia com um estampido seco, com todo o peso da queda de algo grandioso.

Me ergui devagar, a dor da magia de Angelika cedendo aos poucos. Passei por cima de seu corpo quando a poça de sangue começou a encharcar as solas das minhas botas.

Raihn estava do outro lado da arena, ofegante.

Parecia um guerreiro durão. Suor grudava alguns fios de cabelo ruivo em seu rosto. O que quer que tivesse retalhado sua armadura no desafio anterior, havia feito um bom trabalho, e mais pedaços da proteção de couro haviam caído enquanto ele se movia, deixando áreas grandes da carne musculosa visível no peito e nos ombros — o poder de seu corpo inconfundível. Até a magia de sua espada parecia mais forte do que antes, a lâmina emanando lufadas de fumaça em jorros violentos.

Mas seus olhos pertenciam a outra pessoa.

Seus olhos pertenciam ao homem que havia acordado comigo naquela noite. Que tinha beijado as cicatrizes em meu pescoço como se meu passado e todos os seus recônditos escuros fossem algo precioso a ser protegido.

Éramos só nós agora. Um de nós venceria e o outro deixaria a alma ali, naquela arena de areia empapada de sangue.

Por um momento, cogitei a ideia de jogar as espadas no chão.

Mas Raihn ergueu o queixo. Os músculos de sua garganta se moveram quando ele engoliu em seco. Ouvi todas as palavras não ditas no gesto de encorajamento que ele fez com a cabeça.

Me prometa que nunca vai parar de lutar.

Ele tinha uma chance de ganhar o poder de que precisava para ajudar aqueles que havia deixado para trás. Eu tinha uma chance de me tornar algo além de uma humana largada para morrer em um mundo que a odiava. Nenhum de nós podia se dar ao luxo de sacrificar tais coisas — por mais que quiséssemos.

Não, nós iríamos lutar.

Raihn se moveu primeiro.

48

Raihn e eu sabíamos muito bem como nos enfrentar. Conhecíamos pontos fortes, pontos fracos e hábitos um do outro. Eu sabia não só quando ele iria se mover, mas como iria responder quando eu avançasse. Cada golpe era o resultado de uma dúzia de cálculos baseados no conhecimento nato que havíamos acumulado sobre o outro ao longo dos últimos meses.

Era perverso. Depravado. Usar a intimidade para nos matar.

Me perguntei se ele estava pensando a mesma coisa. Não havia a alegria selvagem de sempre naquilo. Nem comentários espirituosos ou meios-sorrisos. Ele golpeava sem prazer algum. A primeira vez que feri sua pele de raspão, estremeci como se tivesse machucado meu próprio corpo. Quando ele derramou meu sangue pela primeira vez, também deu um salto para trás, como se quisesse deter a si mesmo.

Mas nossa dança continuou. A multidão berrava, deliciada, a cada clangor do aço. Eu mal ouvia a comoção. Meu sangue pulsava nas têmporas, alto.

Aquilo era desesperador. *Desesperador*. Eu precisava sentir dor no resto do corpo para que doesse menos no coração.

Quando me aproximei dele em uma finta, chiei:

— Você está se contendo.

Você está se contendo, era o que eu tinha dito enquanto o recebia dentro de mim. Sabia que ele estava pensando a mesma coisa.

— Você também.

Era aquilo que eu precisava fazer? Ir para cima dele com tanta fúria quanto possível, obrigando Raihn a fazer o mesmo comigo?

— Você disse que a gente seguiria em frente — cuspi, ajeitando as armas na mão. — Então venha.

O olhar dele ficou mais intenso, e senti um calafrio.

— Seu pedido é uma ordem — respondeu ele.

E quando me atacou, foi com o Asteris.

Ele estava cansado, o que havia enfraquecido consideravelmente sua magia, mas ainda assim era um golpe de força mortal. Arquejei, recuando alguns passos. Bloqueei sua espada, mas o lampejo de luz branca-enegrecida queimou minha pele, me chamuscando e me fazendo sangrar. Foi inocente de minha parte ficar surpresa por Raihn ter aceitado meu desafio sem nem pestanejar.

Eu tinha pedido para que ele viesse para cima de mim, e ele veio.

O medo é só uma série de respostas fisiológicas, falei para mim mesma.

O medo era a pulsação acelerada, a respiração ofegante e as palmas suadas. O medo era um portal para a raiva, e a raiva era um portal para o poder.

Quando olhei nos olhos de Raihn e imaginei o sangue dele encharcando aquela terra amaldiçoada, o medo que apertou meu peito foi sobrepujante. Mas aquilo tudo também era poder.

Na investida seguinte, o Fogo da Noite me cercou.

Algo havia se rompido entre nós. Os golpes delicados, a dança cheia de bloqueios e fintas, tudo se estilhaçou. Estávamos ali para derramar sangue um do outro.

O poder do Asteris irrompia a cada pancada, enquanto o Fogo da Noite queimava ao redor de minhas investidas. Sempre que as magias se encontravam, explodiam e se embolavam, escuridão e luz se destroçando mutuamente. A magia dele me castigava, deixando a pele sangrenta e sensível. A minha o enchia de bolhas, queimando sua carne exposta.

Não havia mais olhares penetrantes, não havia mais hesitação. Apenas eficiência brutal.

Eu sempre admirara as habilidades de Raihn como guerreiro. Ele manipulava a espada como um artista manipularia um pincel; cada movimento era como um exercício de graça e beleza. Mesmo ali, era algo que me fascinava, a elegância de seus instintos e movimentos, todos aqueles novos ângulos de sua brutalidade visíveis apenas da posição de alvo. Talvez eu só fosse capaz de apreciar cada pincelada da morte quando eu mesma fosse a tela.

Eu não estava mais vendo ou ouvindo a multidão. O Fogo da Noite se espalhava pela areia tão silencioso e inevitável quanto a lenta marcha da morte. Raihn tinha perdido o controle da magia, e cada jato de Asteris lambia a arena toda.

Olhei o vampiro nos olhos através das chamas. Eles pareciam muito, muito vermelhos, cercados por um halo branco-azulado da minha magia e outro preto-arroxeado da dele. Dentro da íris, eu via apenas uma determinação sombria. É claro. Ele tinha tudo pelo que lutar. Pessoas que dependiam dele.

Pessoas que precisava salvar. O que quer que havíamos construído juntos, fora só um desvio no caminho.

O próximo golpe dele foi para matar.

Raihn era muito maior que eu, muito mais forte. Eu era mais rápida, mas não muito — não com as asas dele em jogo. Ele as estendeu, usando seu impulso para se jogar em minha direção. Não consegui reagir depressa o bastante.

A dor veio quando sua espada abriu um talho em meu braço.

Recuei, arfando, um tanto admirada por ainda estar viva.

Raihn estava com o maxilar cerrado, os olhos frios.

Por que me surpreendia ver o vampiro olhando para mim daquela forma? Por que doía tanto? Não deveria. Eu dissera a Raihn para lutar. Eu era uma garota humana que ele tinha conhecido alguns meses antes. Uma amiga, sim. Mas não havia o conceito de amizade em um lugar como aquele.

Ele me atacou de novo, com força.

Vi minha vida passar diante dos olhos. Minha vida breve e patética. Todos os humanos mortos que não pude salvar por ter chegado tarde demais. O corpo de Ilana, não muito mais que retalhos de carne. Quase nada restante para queimar.

Você não precisa ser assim, Oraya.

Ela tinha me dito aquilo certa vez.

Vi a morte chegando no fio da lâmina de Raihn, na determinação focada de seu olhar fixo.

Ela estava certa. Eu não precisava. Podia me tornar algo melhor.

O golpe do vampiro deveria ter acabado comigo. Eu já estava à beira do precipício.

Mas ainda havia algo dentro de mim. Me inflamei com tudo o que possuía. Soltei um rugido de raiva. Não raiva de Raihn, mas do mundo que havia colocado nós dois ali.

Não precisei pensar. Não precisei enxergar. Saí lutando por puro instinto, golpe atrás de golpe, encontrando bloqueios mais firmes, bloqueios mais soltos, a dor do Asteris, o calor do Fogo da Noite. Encontrando sua armadura de couro.

Até que, enfim, encontrei carne. A carne de Raihn.

Congelei com a pontinha da espada contra seu peito enquanto um instinto distante berrava: *PARE!*

A turba berrava em um deleite absoluto.

Raihn estava embaixo de mim. Fogo da Noite nos cercava. Bolhas brotavam em sua pele queimada, como rosas decadentes. Fiquei extremamente ciente da dor desesperadora de cada respiração, de cada movimento.

Ele também tremia. Eu abrira feridas provocadas pelo veneno em todo seu torso, seus ombros, seus braços, até mesmo em uma de suas bochechas. Eu também sangrava pelos machucados que ele infligira em mim, e sangrava em abundância. Quando subi em cima dele, prendendo seu corpo ao chão, nossos sangues se misturaram — as últimas pinceladas da pintura, vermelha e preta.

Minha espada estava em seu peito. Ele agarrava meu pulso, com força. Seus lábios se curvaram em um sorrisinho.

E ele sussurrou:

— Essa é a minha garota.

De repente, me dei conta do que ele andara fazendo.

Estivera apenas me provocando, como fizera com o homem no banquete tantos meses antes. Ele havia lutado daquela forma comigo para me fazer lutar de volta com a mesma força.

Eu tinha dito a mim mesma que faria aquilo.

Tinha um trabalho a realizar. Pessoas a ajudar. Poder a conquistar. Não havia como obter nada daquelas coisas caso continuasse sendo uma humana lutando constantemente para sobreviver.

Uma gota de sangue surgiu na ponta da minha lâmina. Minha mão tremia.

— Acabe logo com isso, princesa — murmurou Raihn.

Acabe com o perigo e o medo e a violência.

Acabe com isso, acabe com isso, acabe com isso...

Não. Eu não era capaz. Não faria aquilo.

Mas Raihn intensificou o aperto em meu pulso.

Olhe nos olhos dele quando for fincar a lâmina, sussurrou a voz de Vincent.

Não. Fechei as pálpebras com força. Tentei me afastar — ou ao menos pensei que o faria.

Mas talvez Raihn tivesse puxado meu punho. Talvez tivesse enfiado a lâmina no próprio peito.

Ou talvez meu coração vampírico tivesse vencido a batalha, no fim.

Porque senti a lâmina entrar, entrar, entrar. Senti o esterno se partir. Senti os músculos serem retalhados. Senti a lâmina penetrar meu próprio coração enquanto adentrava o de Raihn.

A multidão irrompeu em berros selvagens e cheios de deleite. Minhas mãos foram cobertas pelo fluido quente. O peso embaixo de mim relaxou.

Abri os olhos.

Eu tinha vencido.

Raihn estava morto.

49

Não.

Meu Fogo da Noite foi sumindo.

A cabeça de Raihn tinha repousado na areia. Ele estava com os olhos entreabertos, encarando a multidão sem nada ver. Seus lábios ainda estampavam aquele sorrisinho desgraçado.

Eu acabara de conquistar tudo que sempre havia desejado. Todos os meus sonhos estavam virando realidade.

Ainda assim, tudo em que eu conseguia pensar era: *Não*.

Não, ele não estava morto. Eu não tinha feito aquilo. Eu sabia que não — não tinha empurrado a lâmina. Minha mente tentava voltar desesperadamente àqueles últimos segundos cruciais.

Ele não podia estar morto.

Não podia.

De um ponto distante, como se estivesse em outro mundo, a voz do Ministaer ecoou pela arena:

— O vigésimo primeiro Kejari tem uma vencedora!

A celebração alucinada da audiência sedenta de sangue, empolgada com sua campeã coberta de sangue, preenchia o coliseu.

Não me movi.

Precisei forçar meus dedos a soltarem a espada. Eles acariciaram de leve o rosto sem vida de Raihn. Sua pele ainda estava quente. Corri o polegar pela curva do canto de sua boca.

— Raihn — soltei, sufocada, meio que esperando que ele fosse me responder.

Não aconteceu.

Ele não se moveu.

Eu o havia matado.

Eu o havia matado.

Ah, pela Mãe, o que eu tinha feito?

Agarrei seu rosto com as duas mãos. Minha respiração saía em arquejos fundos e doloridos. Senti a visão borrar.

Eu não havia chorado depois da morte de Ilana. Não chorava desde o dia em que matara meu amor da adolescência. Naquela noite, havia jurado para mim mesma — e para Vincent — que jamais choraria de novo.

Mas eu estava enganada. Estava redondamente enganada. O mundo acabara de perder uma força incrível. E minha presença ali não era suficiente para compensar tal perda.

Naquele jogo, apenas um de nós poderia vencer. E não era para ter sido eu. Não era para ter sido eu.

Nada existia além dele e da luz que eu acabara de extinguir do mundo. Nem mesmo os gritos da turba. Nem a voz do Ministaer, reverberando pelas arquibancadas enquanto dizia:

— Levante-se, campeã. Levante-se para receber sua Deusa.

Não, eu não ouvia nada disso.

Ergui o olhar quando tudo ficou em silêncio. Senti um calafrio. Olhei para cima — para o céu. Ele estava claro e brilhante, as estrelas destacadas contra a noite aveludada. Minha visão estava tão borrada de lágrimas que elas cintilavam como supernovas.

Ou...

Franzi a testa.

Não. Não eram minhas lágrimas. As estrelas de fato tinham ficado mais brilhantes, como brasas recém-avivadas. Fiapos prateados, parecendo pedaços rasgados de gaze, flutuavam no céu acima do coliseu. O ar ficou muito, muito imóvel, como se até a menor brisa tivesse sido roubada pela respiração de uma entidade maior.

Uma entidade maior como a própria Deusa da Noite, do Sangue e da Sombra. A Herdeira da Coroa dos Mortos.

Mãe dos vampiros.

Os pelinhos de meus braços se eriçaram.

— Curvem-se — sussurrou o Ministaer. — Curvem-se diante de nossa Mãe do Breu Voraz, Nyaxia.

50

Não precisei me curvar. Eu já estava de joelhos, e não conseguiria me levantar nem se quisesse.

Eu a senti antes mesmo de ver.

Sempre fora meio cética com relação aos deuses. Por mais que todos em Obitraes adorassem elogiar Nyaxia e seu poder incompreensível, eu cogitava a ideia de que talvez tudo fosse exagero ou um mito.

Naquele momento, porém, todas as dúvidas desapareceram.

Porque a porcaria do mundo inteiro se curvou diante de Nyaxia. Não só as pessoas, mas o ar, o céu, a terra. A areia se moveu sob minhas mãos, como se os grãos estivessem ansiosos para chegar um pouquinho mais perto dela. A noite se retorceu, ansiando por estar em seus pulmões.

Tudo em mim era atraído na direção da divindade. *Vire para ela, vire para ela, vire para ela,* sussurrava o vento.

Mas eu não conseguia desviar os olhos de Raihn.

— Olhe para mim, filha.

A voz dela era formada por milhões de timbres e milhões de sons, pintados uns sobre os outros em camadas peculiares. História, poder e luto destilados.

Soltei o rosto de Raihn, permitindo que a cabeça dele voltasse a repousar na areia — repulsivamente desprovida de vida.

Atordoada, me levantei. Me virei.

Nyaxia estava diante de mim.

Não era uma pessoa. Era um evento.

Os pensamentos sumiram da minha mente, entreabri os lábios. Ela flutuava pouco acima do chão, os pés descalços e delicados apontados para a areia. Tinha o cabelo longo e preto, cordões de noite flutuando ao seu redor como se soprados por uma brisa perene. Estrelas brilhavam na escuridão dos fios — não, não apenas estrelas, mas todos os infinitos tons da noite. Lampejos rápidos de mundos distantes. Roxos e azuis das galáxias. A ponta do cabelo dela batia quase em seus joelhos, uma cortina a seu redor. Ela tinha a pele branca feito gelo, os olhos negros como a meia-noite. Seu corpo nu parecia ter sido mergulhado em prata derretida, e milhares de nuances platinadas brincavam nas reentrâncias de sua silhueta. Sombras acarinhavam suas curvas com fragmentos dançantes de escuridão.

Sua boca era vermelha e brilhante. Quando sorriu, uma gota de sangue escorreu por seu elegante queixo pontudo.

Eu estava louca de vontade de tocar nela. Louca de vontade de lamber aquela gota de sangue de sua boca. Havia aprendido muito antes que a beleza vampírica era perigosa, uma armadilha de dentes prateados. Eram feitos para atrair suas presas.

Mas o potencial de atração que tinham não chegava aos pés do de Nyaxia, e isso me aterrorizava.

Eu estava ciente de tudo aquilo, mas, quando a força de sua presença me atingiu por completo, soube que morreria por ela. Mataria por ela. Tremeria em êxtase caso ela me oferecesse a chance de sofrer em seus dedos encharcados de sangue.

Lutei para me estabilizar. A crueza do luto me abrira ao meio; o golpe cortara minha armadura de uma forma que era impossível consertar.

Nyaxia pisou na areia e avançou, os passos silenciosos. Depois se curvou para a frente e aninhou meu rosto entre as mãos. Os olhos dela, completamente pretos, continham o brilho minguante de um pôr do sol moribundo, revelando um tom diferente de céu toda vez que virava a cabeça.

— Oraya.

Ela disse meu nome como ele fora criado para ser dito.

Um sorriso fez seus lábios se torcerem. A deusa olhou por sobre o ombro.

— Ela tem seus olhos — disse ela, rindo.

Vincent. Ela estava falando com Vincent. Desviei o olhar da Deusa. Ele estava parado contra a grade da arquibancada, sem piscar. Orgulho e expectativa lutavam em seu semblante. Seus olhos cintilavam.

— Minha filha, Oraya da Casa da Noite — disse Nyaxia. — Você lutou bem e com ímpeto. Me diga, campeã. Com o que devo agraciá-la?

Campeã.

Lutou.

Aquelas palavras destruíram o atordoamento temporário da presença de Nyaxia. A verdade de onde eu estava — e do que tinha feito para chegar ali — colapsou ao meu redor.

A dor da perda era insuportável. Milhões de cacos afiados de milhões de decisões que eu deveria ter tomado de forma diferente. O sangue de Raihn ainda queimava em minhas mãos.

O rosto devastador de Nyaxia ficou pensativo. Os olhos talhados a partir da própria noite recaíram sobre o corpo sem vida de Raihn.

— Você está sofrendo, filha.

Não soube dizer se era empatia o que ouvi em seu tom.

Não respondi em voz alta, mas ela escutou mesmo assim.

— Eu sei como é o luto — disse a deusa, baixinho. — Sei como é perder metade de sua alma.

Metade da alma. Era como eu me sentia mesmo. Raihn tinha levado mais de mim do que achei que levaria ao partir.

Nuvens de tempestade rodopiavam no olhar fixo de Nyaxia.

— Ter algo assim roubado de você é, de fato, uma grande perda. — Os relâmpagos cessaram quando a íris da deusa se voltou para mim. — Mas talvez também seja uma bênção, filha. Um amor tão puro, destilado para sempre em sua inocência. Uma flor congelada em seu desabrochar.

Ela acarinhou meu pescoço com os dedos, depois desceu até meu tórax e ali os repousou — como se estivesse procurando minha pulsação humana.

— Um amado morto não pode partir seu coração.

Será que era assim que ela se sentia em relação ao marido falecido?

Se fosse o caso, eu a invejava. Porque ela estava errada. Meu coração já tinha sido partido. Ele se rachara em milhares de momentos ao longo dos últimos vinte anos. O primeiro golpe tinha me atingido na noite em que minha família morrera. Mas fora por minhas próprias mãos que ele enfim se estilhaçara.

Eu estava prestes a conseguir tudo o que sempre quis.

Poder. Força. Nunca mais sentiria medo. Eu poderia ser predadora em vez de presa, caçadora em vez de caça, monarca em vez de súdita. Eu poderia me transformar em um monstro a ser temido. Poderia virar algo a ser lembrado, em vez de outra vida mortal efêmera a ser esquecida.

Estava tudo ali.

Duzentos anos antes, Vincent tomara sua decisão. Ele havia sacrificado tudo.

Assim como Nyaxia. O luto dela tinha virado seu poder. Ela o forjara na forma de uma arma afiada o bastante para moldar um novo mundo.

Agora eu entendia. Era sempre assim. O amor era um sacrifício no altar do poder.

Meu olhar encontrou o de Vincent. Ele não estava piscando, não estava respirando.

Meu pai, que havia me ensinado a sobreviver, a matar, a deixar de sentir. Talvez eu não fosse sangue de seu sangue, mas era filha dele em todos os outros sentidos, e ele me amava da única forma que sabia amar. No gume de uma lâmina.

Engoli o desejo súbito e desesperado de saber como ele tinha se sentido quando estivera em meu lugar, duzentos anos antes. Será que tinha certeza de que seria melhor do que o governante anterior?

O sorriso de Nyaxia banhou meu rosto como a luz fria da lua.

— Todos têm sonhos — murmurou ela, respondendo à pergunta que não cheguei a proferir. — E o dele era o mais grandioso de todos. Agora me diga: qual é o seu, filha?

Acalentei meu desejo em meu coração mortal. Talvez, no fim das contas, eu fosse mais humana do que Vincent imaginava.

Meu pai me ensinara a olhar as vítimas nos olhos enquanto fincava uma lâmina em seu coração. Por isso, não desviei os olhos dos dele quando respondi a Nyaxia:

— Quero que Raihn tenha vencido.

Vincent empalideceu.

A risada de Nyaxia soou como destinos sendo embaralhados.

51

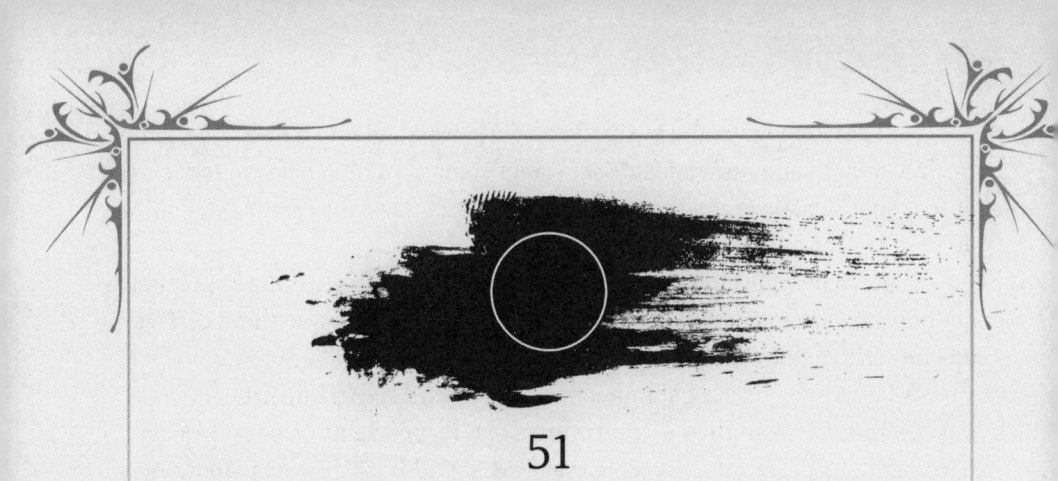

Nyaxia não me perguntou se eu tinha certeza. Ela conhecia minha alma. Sabia quem eu era.

— Seu desejo é uma ordem — disse, como se eu tivesse expressado algo muito engraçado.

Não sei o que eu estava esperando; talvez algum lampejo dramático de luz, uma tempestade de sombras ou, sei lá, que eu desaparecesse do nada — nada disso aconteceu, porém.

Não, descobri que mudar o destino é pura sutileza. O ar fica só um pouco mais frio, a direção do vento um pouco deslocada. Olhei para baixo e, de repente, minhas mãos estavam tremendo, segurando a espada que, segundos antes e outra realidade atrás, eu havia afundado no peito de meu amado.

Ergui os olhos, e Raihn estava vivo.

Ele sorveu o ar em um arquejo, levando a mão ao peito — ao ferimento que não estava mais lá.

A turba murmurou e ofegou.

Não olhei para o povo. Nem Raihn. Em vez disso, ele me encarou. Só a mim. Olhou para mim antes mesmo de se virar para Nyaxia.

As lágrimas que ardiam em meus olhos eram de alívio.

Tinha valido a pena. Agora eu sabia. Mesmo que nunca mais o visse. Teria valido a pena mesmo assim.

A confusão estampou seu rosto enquanto ele esfregava o peito.

— Olá, Raihn Ashraj, meu filho Nascido da Noite — ronronou Nyaxia. — Campeão do Kejari.

A confusão dele se transformou em compreensão. E depois se transformou em...

Em...

Franzi a testa.

Não era alívio. Era *desespero*.

— Oraya — sussurrou ele, meio engasgado. — O que você...?

— Levante-se — exigiu Nyaxia. — Levante-se, filho. E me diga o que quer como recompensa por sua vitória.

Raihn não falou nada por um tempo. O silêncio pareceu se estender por um milhão de anos. Ele enfim ficou em pé e se aproximou de Nyaxia. A Deusa acarinhou seu rosto com os dedos, deixando um rastro de sangue.

— Ora, há quanto tempo — soltou ela. — Nem o destino sabia quando eu voltaria a ver este rosto.

— Digo o mesmo, senhora — respondeu Raihn.

Vincent estava com o maxilar cerrado tão forte que até tremia, os nós dos dedos brancos ao lado do corpo, as costas eretas. Suas asas se retesaram, como se ele estivesse se segurando para não voar até onde estávamos.

Os olhos de Nyaxia dançaram com um toque de diversão — uma diversão assustadora.

Senti o estômago se contorcendo. Não gostava nada daquele tipo de prazer. O tipo de prazer que prometia derramamento de sangue.

Nyaxia gosta de ver os filhos de joelhos.

Algo... algo ali estava errado.

— Me diga, filho. O que você quer?

O mundo prendeu a respiração. Raihn baixou a cabeça.

Na arquibancada, vi Septimus avançando em meio à multidão, um sorriso voraz nos lábios.

Por que estava tão satisfeito, se a campeã dele havia caído?

— Duzentos anos atrás, a senhora veio a este lugar e realizou o desejo do vencedor do Kejari. Arrancou o poder do rei Rishan Nascido da Noite — disse Raihn.

O sorriso presunçoso no rosto de Nyaxia se estendeu até um esgar — e, com isso, meu estômago se contraiu mais. O vampiro continuou:

— Desejo aquele poder, minha senhora. Desejo que ele seja devolvido à linhagem de Sucessão dos Rishan. Quero que seja devolvido a mim.

Devolvido?

Nyaxia riu, uma risada baixa e aveludada.

— Estava mesmo me perguntando quando isso aconteceria. Seu desejo é uma ordem. Raihn Ashraj, Transformado Sucessor do rei Rishan.

O quê?

Arregalei os olhos. Recuei vários passos na direção da arquibancada. Alguns espectadores estavam rindo, absorvendo o drama da situação. Outros, principalmente os Hiaj, se retiravam ansiosos, avançando em meio à multidão.

Nyaxia juntou as mãos diante do corpo.

— Parabéns por sua vitória.

Raihn olhou para mim, uma expressão consternada de culpa no rosto, quando Nyaxia abriu as mãos sobre o peito dele e tocou sua testa com os lábios.

A explosão de poder reconfigurou o mundo.

Tudo ficou branco, depois preto. Mas a força real da mudança foi mais profunda. A qualquer momento, era possível sentir de forma natural o poder de Vincent — o tipo de poder alimentado pela própria Deusa. Agora, dois extremos polares puxavam um ao outro em direções opostas.

Ergui a mão para proteger os olhos. Quando a luz sumiu. Raihn estava parado diante do camarote de Vincent. Suas asas surgiram com tudo — dotadas de um milhão de cores, preta como a noite, com uma exceção notável.

O vermelho nas pontas.

Arquejei.

Porque a armadura de Raihn tinha sido tão danificada que, quando ele abrira as asas, boa parte do couro fora arrancado, revelando a rede de cicatrizes em suas costas. As cicatrizes da tortura de Vincent, sim. Mas também uma mais antiga, uma que começava entre as omoplatas e descia por sua coluna.

Agora, uma luz resplandecia pela cicatriz, raios vermelhos se espalhando pela pele manchada. Formavam um desenho — cinco fases da lua de um ombro a outro, e uma lança de fumaça descendo pelas costas.

Uma marca.

Uma Marca de Sucessão.

Ela ganhou vida como se despertada por um jato súbito de poder. Mesmo que o homem na qual estava gravada tivesse, muito tempo antes, tentado queimar os desenhos da pele.

Caralho. *Caralho.* O que eu tinha feito? Pela Deusa, o que eu tinha feito?

Àquela altura, os espectadores Hiaj já haviam compreendido o que estava acontecendo. As pessoas se atropelavam nas arquibancadas, tentando escapar, decolando ou fugindo por qualquer saída aberta em bolos desajeitados.

Um estalo ensurdecedor ecoou por trás do coliseu. Fez o chão balançar, seguido de um som profundo de atrito — pedra se estilhaçando. Como as muralhas de uma cidade caindo. Como um império desmoronando.

Soldados brotavam pelas entradas do coliseu. Soldados usando o vermelho e o branco da Casa do Sangue. Septimus apenas olhava e sorria.

Um amado morto não pode partir seu coração, a voz de Nyaxia sussurrou para mim, provocante.

Era tudo o que eu conseguia ouvir enquanto Vincent abria as asas e desembainhava a espada.

Ele não se moveu quando Raihn se aproximou. Não, Vincent jamais recuava diante de uma ameaça. Meu pai encararia seu adversário de cabeça erguida.

Não.

Nem sei quando saquei as adagas. Só comecei a correr. Estava na metade da escadaria que levava ao camarote de Vincent quando alguém me agarrou. Não vi quem. Não me importava. Nem olhei.

Eu precisava chegar até ele.

Precisava chegar imediatamente, imediatamente, *imediatamente...*

Os lábios de Raihn se curvaram.

— Você nem sequer sabe quem eu sou, sabe?

Vincent nem se dignou responder. Em vez disso, investiu.

Um grito rasgou minha garganta.

Meu pai era um dos melhores guerreiros em todos os reinos de Nyaxia. Mesmo assim, Raihn o golpeou antes que ele terminasse o movimento, como se não fosse nada. O poder se expandia e faiscava na ponta dos dedos de Raihn — lampejos de luz e escuridão, como estrelas, apequenando até mesmo a força de seu Asteris na arena.

Tentei me desvencilhar de quem quer que estivesse me segurando... Me debati tanto que logo outro par de mãos se juntou ao primeiro, e...

— Nós já nos encontramos — disse Raihn. — Duzentos anos atrás. No dia em que você assumiu o poder e abriu um regato de sangue nesta cidade. No dia em que matou sua própria família e todos os homens, mulheres e crianças Rishan que estavam do lado de dentro destas muralhas. No dia em que matou todos que imaginou portarem um fragmento de chance de seguir a linhagem de Sucessão Rishan e desafiar você pelo governo da Casa da Noite. — Ele jogou a espada de Vincent para longe com um golpe de magia, derrubando a arma no chão. — Bem, você deixou um deles passar.

Raihn agarrou o pescoço de Vincent. O vermelho da Marca de Sucessão de meu pai lampejava e faiscava, como se repelida pelo toque de seu inimigo natural. Ouvi um estalo repugnante quando Raihn empurrou o corpo de Vincent contra a pedra lisa da parede, deixando uma marca preto-avermelhada no mármore branco.

Uma certeza horrenda me abateu.

Eu estava prestes a ver meu pai morrer.

Me debati mais ainda. Os dois conjuntos de mãos se tornaram três. Alguém gritou quando acertei um golpe da espada curta.

Raihn puxou Vincent para perto, aproximando a cabeça dele da sua. Vincent disse algo para o vampiro, baixo demais para que eu pudesse ouvir.

Depois, virou a cabeça — devagar, como se o gesto estivesse exigindo toda sua força — para olhar para mim.

Raihn também olhou. E, por um momento, o ódio em seu rosto foi substituído por um arrependimento profundo e atormentado. Não consegui ouvir nada acima de meu berro frenético, mas os lábios dele formaram as palavras: *Não olhe.*

Gritei alguma coisa — talvez um palavrão, uma súplica. Eu jamais me lembraria.

Mas continuei olhando.

Mesmo quando a magia se avivou ao toque de Raihn.

Mesmo quando o corpo de Vincent voou e se chocou contra a parede com força o bastante para esmigalhar seus ossos.

E continuei olhando até ver Raihn matar meu pai.

52

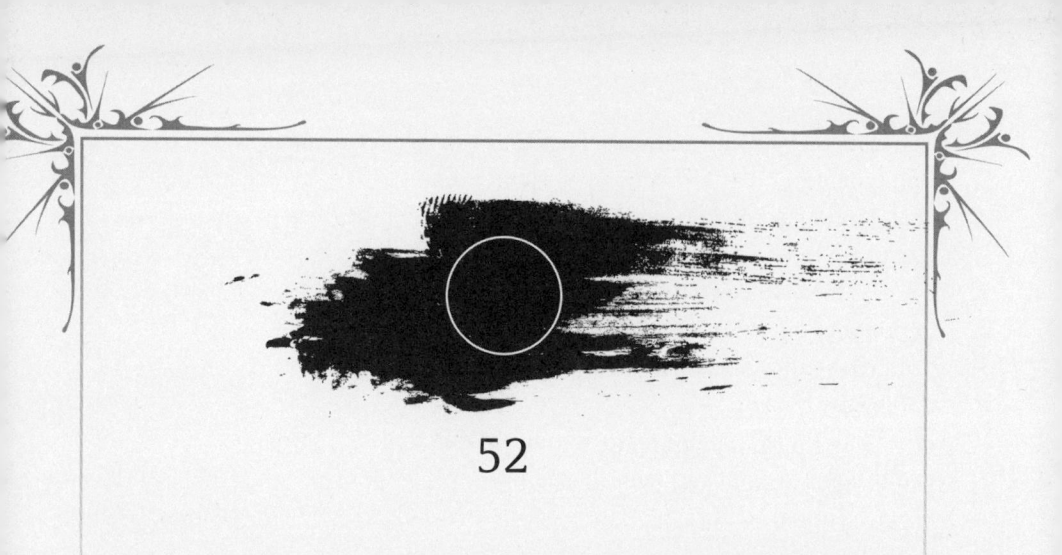

O corpo de Vincent bateu na grade da balaustrada e caiu lá embaixo na areia.

Não sei que sons eu estava emitindo — só sei que eram desesperados, animalescos e violentos. Foi o Fogo da Noite que enfim fez com que me largassem. Em um jorro súbito, fui envolvida pelas labaredas.

Não que eu tenha notado ou me preocupado com isso.

Tropecei pelos degraus. Atravessei a areia em várias passadas largas. Me joguei no chão ao lado de Vincent.

Ele ainda estava vivo, por pouco. Era inclusive um atestado de seu poder o fato de que tivesse sobrevivido durante aqueles poucos segundos. Seu corpo fora destruído — pele substituída por carne chamuscada, ossos rearranjados e esmagados, aquele rosto elegante e frio retorcido e ensanguentado. Seus olhos, prateados como a lua, brilhavam mais do que nunca no meio de tanto sangue.

Eu havia crescido achando que Vincent era intocável. Que não se machucava. Que não quebrava. Que certamente era incapaz de morrer.

Mas o homem diante de mim estava quebrado em muitos sentidos. Um monte de músculos e tecidos destruídos e um coração que, no fim das contas, era tão vulnerável quanto o meu.

Seus olhos cintilavam. Ele estendeu uma mão machucada em minha direção. Eu a peguei.

— Sinto muito, minha serpentezinha. — As palavras saíam com dificuldade. — Eu ia... eu ia contar...

Apenas balancei a cabeça. Lágrimas formaram pequenos traços de pele limpa no rosto de Vincent. Consegui soltar uma palavra:

— Pare. — *Pare de falar. Pare de morrer. Pare de me abandonar.*

Mas ele não parou.

— Eu amo você. Amo você desde o primeiro momento em que a vi. — Bolhas de sangue se formaram nos cantos de sua boca. Ele olhou para além de mim, para o céu noturno. Depois, se forçou a me encarar de novo; seus movimentos pareciam lentos, sofridos, como se ele estivesse fazendo o possível para garantir que eu fosse a última coisa que veria na vida. — Tantos erros no fim... — conseguiu soltar. — Você nunca foi um deles.

Pelo resto da minha existência, eu desejaria ter dito algo para meu pai enquanto ele morria em meus braços. Vincent era uma pessoa terrível em muitos sentidos. Mesmo assim, eu o amava.

Eu o amava.

Falei isso três segundos depois do que deveria, tarde demais, quando seus olhos já estavam vidrados.

O luto me destroçou entre seus dentes. Foi pior do que jamais achei que seria.

Não.

Eu preferia a raiva.

Chamas branco-azuladas consumiram minha visão. Todos os meus músculos se tensionaram. Guardei o corpo de Vincent como um lobo guardaria seu covil — uma serpente protegendo o ninho.

Algo fora aberto com violência dentro de mim, e o que quer que estivesse naquela caixinha cuidadosamente preservada, era grandioso demais para que eu pudesse controlar. A dor, o pesar e a *fúria* se espalharam por meu corpo, se expandindo e se expandindo e...

À distância, ouvi uma gritaria. Ela foi ficando mais próxima.

Alguém me agarrou.

Me debati por instinto, tentando me soltar. Não conseguia controlar minha magia — a barragem que me servia de controle havia se rompido, deixando o poder fluir em ondas incontroláveis. Labaredas rugiam ao redor de minhas mãos, de meus braços, subindo pela pele.

Foi Raihn quem enfim me arrastou de volta.

Odiei saber logo de cara que era ele. Odiei conhecer o vampiro só pelo cheiro e pelo toque quando ele me abraçou contra seu corpo, os braços ao redor dos meus ombros.

— Ele já era, Oraya — murmurou no meu ouvido.

Eles já eram, humanazinha, ele havia me dito, na primeira vez em que havíamos nos encontrado.

Eles estão mortos. Estão todos mortos.

Eu tinha derrubado minhas espadas curtas em algum lugar. Não tinha mais armas. Apenas minhas chamas, que estavam tão além do meu controle que eu poderia muito bem queimar o coliseu inteiro. Mas se elas queimavam Raihn, ele não demonstrava. O vampiro me virou e me segurou pelos braços.

— Respire, Oraya. Volte para mim. Por favor.
Ele falou aquilo como se ligasse para mim.
Como se o maldito *ligasse* para mim.
Eu o odiava. Estivera disposta a morrer por ele, e ele havia matado meu pai, mentido para mim e... e...
Mas ver a dor de Raihn, a pele em suas bochechas queimando devagar com o calor, me fez arquejar.
Ele abriu um sorriso fraco.
— Você está segura.
Eu não queria que ele voltasse a dizer aquelas palavras para mim.
Havia muitas pessoas ao nosso redor. Guerreiros Rishan se reuniam na arena. Tive a vaga impressão de ver Cairis nos observando de perto, com a espada em mãos, e Ketura não muito atrás. Quando aquelas pessoas haviam chegado ali?
Eu não conseguia me orientar. Algo, não sabia exatamente o quê, parecia muito... muito *diferente*. As chamas foram recuando devagar. A sensação ainda era a de estar queimando de dentro para fora. Era difícil respirar. Meu peito doía... Minha garganta doía.
Quando o Fogo da Noite cedeu, os olhos de Raihn recaíram sobre meu pescoço.
O horror tomou seu rosto.
— Oraya, o quê...?
— *Caralho*. — Cairis chegou mais perto, arregalando os olhos. — É uma... CARALHO.
O quê?
Olhei para baixo.
Linhas vermelhas se espalhavam por meu peito.
Cairis arquejou.
— Ela é a porra de uma *Sucessora*.

Parte Sete
Noite

53

Minha mente parou de funcionar.

Eu não era filha de Vincent. Não de sangue. Ele nem sequer havia me Transformado.

Eu não podia ser uma Sucessora.

Mas lá estava a marca, inconfundível. Eu só conseguia ver a ponta, mas dava para sentir o resto — sentir as linhas queimando a pele do pescoço, da clavícula, da parte de cima do peito.

— Isso não é... — Me engasguei. — Não pode ser...

Raihn ainda me segurava pelos ombros. Estava com os lábios entreabertos, mas parecia sem palavras.

— Mate a garota — disse Cairis, sem desviar os olhos de mim, como se eu pudesse dar o bote a qualquer momento. — *Mate agora*.

O caos irrompeu ao nosso redor. A multidão começou a chegar mais perto. Ketura já sacava a espada, assim como muitos outros — todos soldados Rishan de armadura, prontos para a batalha, prontos para me matar. Um chegou a investir em minha direção.

Mas, em um movimento abrupto, Raihn me puxou para perto outra vez. Me girou, me segurando perto de si, tão junto ao peito que não consegui me mover.

— Não. — A voz dele saiu alheia e gélida. Não parecia em nada o homem que eu conhecia. — Tenho planos melhores para ela.

Os Rishan hesitaram, confusos. Ao fundo, os lábios de Septimus se curvaram enquanto ele levava um cigarro à boca.

— Reivindiquei o reino de Vincent para mim — continuou Raihn, quase em um rosnado. — Reivindiquei sua vida. Seu título. E, agora, vou reivindicar sua filha. Vou tomar Oraya como minha esposa. Manter a humana por perto, onde posso ficar de olho nela. E vou garantir que doa quando a foder, assim como doeu quando o pai dela estuprou nossa rainha duzentos anos atrás.

Eu não conseguia nem sequer processar o que estava ouvindo.

Ele soava completamente diferente. Pela Mãe, Raihn era um ótimo ator, mas eu não sabia mais quem ele era de verdade. Qual de suas versões era a verdadeira.

Eu tinha deixado aquele homem se juntar a mim na cama. Adentrar meu corpo. Aquele homem que agora se gabava de poder me estuprar para um bando de soldados vorazes.

Eles hesitaram. Eu sabia o que estavam pensando — que aquilo era idiotice. Mas vampiros amavam sexo e derramamento de sangue. Amavam dor e poder. Ora, mal podiam resistir quando tudo aquilo era misturado.

— Pensem nisto. — O rosto de Raihn estava bem próximo do meu enquanto ele me agarrava junto ao corpo. Vislumbrei de canto de olho seu sorriso lupino e feral. — Imaginem como há coisas muito mais interessantes que a morte à espera dela. Não pode haver outro Sucessor Hiaj enquanto ela estiver viva. E eu a farei ser minha pequena escravizada de muito bom grado, assim como Vincent fez com os Rishan. — Ele apontou o corpo de meu pai com a cabeça. — Talvez eu até o transforme em uma marionete para que possa comparecer ao casamento da filha.

E foi aquilo — aquela pitada final de selvageria repugnante — que conquistou os soldados. Eles caíram na gargalhada. Cairis pareceu pouco convencido, recuando um pouco. E Ketura não embainhou a espada, com cara de quem ainda estava pronta para me estripar com as próprias mãos.

Mas Raihn não deu a mais ninguém tempo de discutir. Indicou um ponto à distância — a carnificina dentro e além das paredes do coliseu.

— Vão. Vão reivindicar o reino que é de vocês. E me deixem lidar com ela.

Eles obedeceram. E Raihn, como prometido, lidou comigo.

Eu lutei. Mas o poder de Raihn havia se transformado em algo completamente diferente, e o meu estava exaurido após o surto. Ele me arrastou pela areia, ignorando minhas tentativas débeis de resistir.

Ao nosso redor, o mundo inteiro queimava. A lua e as estrelas estavam encobertas pela fumaça com cor de sangue seco. Guerreiros, tanto Rishan quanto da Casa do Sangue, adentravam o coliseu, abatendo sem hesitar os Hiaj que resistiam. O som da morte ecoava pela noite.

Enquanto Raihn me arrastava para longe, meus olhos recaíram sobre o corpo de Vincent, que não passava de uma maçaroca na areia.

Não parecia mais um rei.

— Sinto muito, Oraya — sussurrou Raihn no instante em que saímos do alcance dos ouvidos de terceiros. — Eu... sinto muito, de verdade.

Sinto muito. Me lembrei do pedido de perdão final de Vincent. Sua declaração de amor derradeira. Quantas vezes eu tinha desejado ouvir aquelas palavras vindas dele?

E, no fim, de que aquilo importava?

— Eu odeio você — cuspi para Raihn.

Ele correu os dedos por meu rosto, deixando rastros de sombra no encalço do gesto. Escuridão. Sono. Poderosos demais para que eu pudesse resistir.

A última coisa que ouvi foi o sussurro de Raihn:

— Essa é a minha garota.

54

Acordei de sobressalto. Minhas roupas encharcadas de suor grudavam na pele.

Eu conhecia aquele céu. Estrelas prateadas contra um vidro cerúleo. Me levantei de supetão. A familiaridade do lugar doeu tanto que arquejei.

Meu quarto. Os aposentos em que eu tinha passado os últimos dezesseis anos de minha vida. Tinha estado ali pela última vez apenas alguns meses antes, mas agora voltava como uma pessoa completamente diferente.

A garota que vivera ali era uma criança. E eu era...

Eu nem sabia mais.

Os eventos do desafio voltaram em lampejos, cada reviravolta enfiando uma estaca cada vez mais fundo em meu coração. Levei a mão ao peito e fechei os olhos com força.

Vi o rosto ensanguentado de Vincent.

Vi Raihn o matando.

Soltei uma expiração trêmula que soou estranhamente parecida com um soluço.

Mas não. Eu não iria chorar. *Eu não iria chorar, caralho.*

Saltei da cama. Minha armadura de couro não estava à vista. Nem minhas espadas. Eu vestia apenas calças largas de seda e uma camisola solta, ambas as peças de um azul bem escuro.

Certo. Pelo menos eu conseguia me mexer com aqueles trajes. Podia encontrar algo com que lutar, uma janela para quebrar. Eu podia... podia...

Me olhei no espelho e congelei.

Meus olhos estavam adornados por sombras, o que os tornava brilhantes como a lua — exatamente como os de Vincent tinham sido. Minhas bochechas pareciam feridas e encovadas. Alguém havia me curado, mas resquícios de cortes e queimaduras ainda pintavam meus braços nus.

E a Marca...

A Marca...

Precisei encarar os traços por muito tempo, porque minha mente não era capaz de compreender o que eu estava vendo. Devia ser algum mal-entendido, algum tipo de confusão.

Mas não. Era uma Marca de Sucessão, sem dúvida alguma, traçada em minha pele. Adornava minha garganta, como fizera em Vincent. Um círculo na base do pescoço, aninhado pela curva da clavícula. Compreendi depois de muito a encarar que representava todas as fases da lua sobrepostas. Abaixo, linhas de fumaça se desenrolavam como pétalas irrompendo de uma rosa, subiam por meu pescoço e se estendiam pelo comprimento de meus ombros. A fumaça terminava em quatro pontos de cada lado — como as extremidades pontudas das asas dos Hiaj.

Estava escuro ali no quarto. O brilho das linhas escarlates parecia particularmente intenso. Pulsava no ritmo acelerado das batidas de meu coração. Todas as linhas de tinta exalavam fiapos de fumaça vermelha.

Juntei as mãos. Apertei forte, forte, *forte* — como se assim pudesse fazê-las parar de tremer, pudesse me forçar a recuperar a compostura. Eu não podia me dar ao luxo de não estar serena.

Mas minha mente só conseguia pensar em uma coisa: *Como?*

Como aquilo podia estar acontecendo? Eu era humana.

Ouvi um estalido quando alguém destrancou a maçaneta.

Girei nos calcanhares.

Quando a porta se abriu e Raihn entrou, eu estava pronta. Me joguei em cima dele.

Não estava armada. E minha magia — mesmo naquele estado novo e desperto — se recusou a vir quando tentei invocar meu poder em um acesso de fúria. Talvez eles tivessem me drogado, deixado meu dom amortecido de alguma forma.

Ótimo. Eu ainda tinha meus dentes e minhas unhas. Ataquei o vampiro como se fosse um animal.

Talvez Raihn já estivesse esperando, porque reagiu de imediato. Consegui me desvencilhar dele quatro vezes antes de o vampiro me agarrar usando apenas a força bruta e me jogar na cama.

Soltou todo o peso em cima de mim. Estava com o rosto a centímetros do meu, nossos narizes quase se tocando.

— Se acalme, Oraya. Eu não vou...

Me acalmar?

Me acalmar?

Ele estremeceu, como se tivesse acabado de processar as próprias palavras.

— Só... Oraya, eu...

Virei a cabeça e mordi seu braço com toda a força.

Ele soltou um palavrão entredentes quando cuspi seu sangue na colcha. Nem assim consegui me livrar do aperto. O peso do corpo dele — assim como sua outra mão me segurando pelo ombro com força, a ponto de deixar os nós dos dedos brancos — me impedia de me mexer.

— Eu tenho muita coisa a explicar — disse ele. — Mas você precisa me deixar falar. Oraya... *Pare de lutar comigo*.

— Por quê? — disparei. — Para facilitar seu trabalho de me estuprar?

Ele estremeceu novamente.

— Só falei o que era necessário para salvar sua vida — sibilou ele.

Para salvar minha vida.

Como eu havia salvado a dele.

Eu tinha escolhido Raihn em vez de meu próprio pai, meu próprio poder, e agora Vincent estava morto, os Hiaj tinham sido derrubados e a porra da Casa do Sangue estava em Sivrinaj...

Eu tinha ferrado com tudo. Tinha ferrado *feio*. E eu queria arrancar os olhos de Raihn por isso. Pela Mãe, queria mais do que qualquer outra coisa.

Mas ainda mais latente, eu queria respostas.

Então cerrei os dentes. Baixei o queixo.

Raihn me observou por alguns segundos, cauteloso.

— Se eu soltar, você vai me atacar? — perguntou.

Por mais que quisesse, não consegui prometer que não atacaria.

— Vou tentar.

— Fiz questão de remover deste quarto qualquer coisa que pudesse ser usada como arma.

— Tenho certeza de que deixou algo passar.

O sorriso que torceu o canto de sua boca pareceu mais pesaroso do que divertido.

— Bom saber que você ainda está aí, princesa.

E me soltou.

Me levantei meio desajeitada, dando vários passos para longe dele. Vi Raihn observar enquanto a distância entre nós dois aumentava. Me perguntei se ele estava pensando o mesmo que eu — em como costumava me mover daquele jeito no começo, sempre que estávamos no mesmo cômodo.

Me perguntei se era coisa da minha imaginação ter visto uma expressão de tristeza em seu rosto.

Eu estaria mentindo se dissesse que não senti algo parecido. Porque eu havia confiado em Raihn. Mas, aquele homem... eu nem sequer sabia quem ele era.

Seu olhar se demorou em mim. Em meu pescoço.

— Como? — perguntou ele, baixinho.

Parecia quase vergonhoso dizer que eu não fazia ideia. Não queria admitir em voz alta como sabia pouco sobre os dois homens que tinham se tornado tão próximos a mim.

— Você primeiro — falei.

— Eu nunca menti para você.

Ele falou rápido, como se tivesse esperado dias para dizer aquilo.

Que piada do caralho.

— E que merda significa isso? — perguntei, sarcástica. — Que escolheu com cuidado a porra das suas verdades? Que selecionou cada palavra para encobrir as coisas que não queria me dizer?

Ele ergueu as mãos como se estivesse dizendo: *Certo, é justo.*

— Eu também não estava pronto para encarar nada disso. Pode acreditar.

— Diga coisas que façam algum sentido — disparei.

— Tudo que contei para você é verdade — respondeu ele. — Só que... tem mais coisa.

— O que caralhos...?

— O homem que me Transformou era Neculai Vasarus. Rei Neculai.

Meu maxilar se fechou com tudo.

O rei Rishan. O rei que Vincent matara e cujo poder usurpara.

— Eu o traí — continuou Raihn, entredentes. — No dia em que Vincent venceu o Kejari. Ajudei seu pai a conseguir as chaves das fortalezas. Entreguei a ele tudo de que precisava para destruir a porra do reino em troca da segurança dos inocentes. Ele nunca me encontrou pessoalmente. Nunca nem soube meu nome. Nunca me viu. Mas eu sabia que tudo iria se desmantelar. Só achei que... talvez eu pudesse avivar um pouco o fogo. Fazer ele queimar mais rápido e impedir que levasse todos nós junto. Eu odiava as coisas o bastante para isso.

Eu não sabia o que dizer. Raihn continuou:

— Mas eu não devia ter sido tão inocente. Dei no pé antes que Neculai descobrisse o que eu tinha feito, achando que assim as pessoas certas ficariam em segurança. Tentei levar Nessanyn comigo, mas ela não quis. Então a deixei para trás. Deixei tudo para trás. Confiando na palavra de Vincent. — O rosto dele ficou duro e cheio de ódio. — Nós dois sabemos no que isso deu.

Vou estuprá-la como ele estuprou nossa rainha, Raihn havia dito.

Senti a bile subir pela garganta. Vincent não era nenhum santo, mas com certeza não iria... Ele não tinha...

— Por acaso ele...?

Raihn parecia saber exatamente o que se passava pela minha cabeça.

— Não sei. Tudo o que sei é que Nessanyn foi uma das últimas a morrer.

Senti engulhos. Por algum milagre, porém, não vomitei. Mantive a expressão perfeitamente neutra.

— Eu já estava muito longe quando percebi isso — prosseguiu Raihn, tocando as costas... Sua Marca. — Nunca tinha me passado pela cabeça que algo assim pudesse acontecer. Eu não era parente de sangue de Neculai, é claro. Não era nem sequer Nascido, e sim Transformado. Achei que só Nascidos pudessem ser Sucessores, e estava mais do que satisfeito em deixar toda a linhagem bastarda deles morrer. Mas, ao que parece, na falta de um Sucessor Nascido, um Transformado também dá para o gasto. — A boca dele se retorceu em um sorriso sarcástico e enojado. — Poético para caralho. O joão-ninguém Transformado recebendo um reino inteiro das mãos do homem que o escravizou.

Senti um calafrio. Raihn prosseguiu:

— Eu não queria fazer parte daquilo. A primeira coisa que tentei foi me livrar da Marca. Quase me matei queimando os traços. Não queria governar este lugar. E com certeza não queria ficar com o título do seu pai. — Ele olhou ao redor, franzindo o pescoço. Me perguntei se por acaso ele estava vendo uma versão diferente daquele quarto, a versão de duzentos anos antes. — Nem queria voltar ao castelo dele. Eram muitas memórias ruins. Então Vincent cortou a linhagem de poder dos Rishan. Ele governou, e eu fugi. — Os olhos dele recaíram sobre mim. — *Até que...*

Até que ele compreendeu tudo. Até que foi abatido pela culpa por aqueles que Nessanyn queria que ele protegesse. Mische, e seu desejo de usar o poder de Raihn para construir algo melhor.

Todo aquele derramamento de sangue por conta da porra de um conto de fadas.

— Então o Kejari foi para você o que foi para Vincent — falei.

Um caminho para roubar uma coroa.

Para seu próprio crédito, Raihn não tentou negar.

— Isso.

— E eu? — soltei, sufocada. — Fui isso para você também?

Ele me olhou como se eu o tivesse acertado com um tapa.

— Não, Oraya. Não.

— Não acredito em você.

— O que quer que eu diga? Que não escolhi você como aliada por causa de sua relação com Vincent? Sim, claro que foi por isso. E todas as outras coisas que eu disse são verdade também. Por exemplo, que achei que seria mais fácil matar você depois. Que aprenderia seu jeito de lutar e então me livraria de você assim que o desafio da Meia-Lua terminasse, e que seria fácil assim. Como se eu não devesse ter entendido, no instante em que você apunhalou minha coxa, que *nada* seria fácil com você.

Raihn soltou um som que lembrava vagamente uma risada antes de continuar:

— Talvez tenha sido por isso que a escolhi também. Porque *gostei* de você logo de cara, princesa. Fiquei curioso a seu respeito. Você me fez lembrar de mim mesmo. Alguém diferente. Depois de algumas centenas de anos, todos parecem iguais. Você não. Não naquela primeira noite. Então não, nada do que falei é mentira, Oraya. Acredite, seria mais simples se fosse.

Meu peito estava quase explodindo de dor.

Eu queria que ele estivesse mentindo. Seria mais fácil se estivesse. Mais fácil odiar Raihn se nossa amizade ou... se nosso relacionamento não passasse de uma performance.

Mas eu sabia que não era o caso antes mesmo de perguntar. Tudo fora muito real.

— Por que a Casa do Sangue está do lado de dentro das muralhas? — perguntei.

Raihn não queria responder. Àquela altura, eu já sabia como ele ficava quando estava com vergonha de algo que estava prestes a confessar.

— Efetivo bélico é necessário para se vencer uma guerra — disse ele. — Sendo Sucessor ou não. Os Hiaj nunca sairiam do poder sem lutar, mesmo que eu matasse Vincent. Seu pai também entendia isso. Tomou o cuidado de ir abatendo a população Rishan ao longo dos últimos séculos. Se eu fosse fazer algo assim, precisaria de guerreiros. Muitos. E Septimus sabia disso.

Minhas palmas estavam frias e suadas.

— Eu resisti — prosseguiu o vampiro. — Não sei nem como ele descobriu quem eu era. Não faço ideia de como ele descobriu o que eu estava planejando. Vasculhei meu círculo mais íntimo de conhecidos procurando a fonte. E ele não parava de insistir que a Casa do Sangue poderia ajudar. Era só eu fazer um favor, me disse ele, e todo o poderio da Casa do Sangue seria meu. Mandei ele se foder. Achei que o sujeito desistiria. Mas aí...

Aí houve o ataque ao Palácio da Lua. Tão fácil de colocar a culpa nos Rishan... Dando a Vincent toda a permissão necessária para sair matando de forma indiscriminada.

— Os ataques.

Raihn assentiu.

— Depois que Vincent partisse para cima dos Rishan, já era. Antes teria sido difícil, mas talvez... *talvez* fosse possível. Depois, porém? Não teria como.

— Por acaso o Septimus...?

— Jogou a culpa nos Rishan? — A expressão dele endureceu. — Não tenho como provar. Mas acho que o maldito criou um problema para o qual ele seria a única solução. Tentei todas as alternativas. Tudo. E mesmo quando todas as outras opções já tinham sido eliminadas, continuei dizendo a ele que não faria aquilo. Até que...

Tudo se encaixou ao mesmo tempo.

O desafio final. Angelika vindo para cima de mim — *só* de mim. A forma como Raihn olhara para um ponto às minhas costas, nas arquibancadas.

O pequeno sinal da cabeça.

— Seu imbecil — soltei.

Raihn se aproximou um passo, e permiti.

— Eu estava pronto para abrir mão de tudo por você — murmurou ele. — Sabia disso, Oraya? Eu estava disposto a deixar meu reino cair por você. Devia ter me deixado morto.

Porque, se ele tivesse partido, não haveria ninguém para honrar o acordo com os Nascidos do Sangue.

Ele tinha feito uma promessa para me salvar contando com o fato de que morreria, e assim não poderia cumprir sua parte do trato. Não fora coisa da minha cabeça. Ele havia mesmo puxado minha mão. Tinha me ajudado a fincar a espada em seu coração.

Até eu o trazer de volta à vida.

Ele avançou mais um passo. De novo, permiti.

— Esse — soltei, meio rouca — é o plano mais burro que já ouvi.

De novo, um sorriso desprovido de humor tomou seus lábios.

— Talvez — admitiu Raihn. — Homens desesperados fazem coisas desesperadas. E eu... eu acreditava em você, Oraya. Acreditava que, se vencesse, acabaria dando um jeito de tomar o poder. Acreditava que você o usaria para realizar as mesmas coisas que eu planejava, e que ainda por cima faria isso melhor. E que, para tanto, não precisaria vender a porcaria do seu reino amaldiçoado pelos deuses para um bando de animais. — O sorriso dele se deformou, virando um esgar. — Então, será que foi mesmo um plano burro?

Sim. Ele tinha colocado fé demais em mim. Uma humana qualquer.

Humana.

A palavra fez meu mundo revirar. Sem que eu planejasse, levei os dedos ao pescoço.

Os olhos de Raihn acompanharam o gesto.

— Você sabia?

Eu o conhecia bem àquela altura. Era quase reconfortante ouvir o toque de traição na pergunta. Traição! Aquela era boa. Como se *eu* o tivesse enganado.

— Deve ser um erro. Não sei como... Eu só... — Neguei com a cabeça. — Eu sou só... humana.

Quando as palavras deixaram minha boca, ouvi o eco de quando eu as cuspira em Vincent. *Eu sou humana!*

Nunca teria sido você, ele havia me dito muitas vezes. *Você não é como eles.*

Pensei naquela afirmação sob uma nova ótica.

— Você sente meu cheiro. Você já... — As palavras se embolaram em minha língua. — Você já *sentiu meu gosto*. Você saberia, não saberia? Se eu não fosse?

— Saberia. — A ruga entre as sobrancelhas de Raihn se aprofundou. — Mas talvez... talvez você seja *meio* humana. Seu gosto é... diferente. Achei que fosse só... bom...

Em qualquer outra circunstância, eu talvez tivesse gostado de ver Raihn sem palavras daquele jeito.

Ele enfim se recompôs antes de completar:

— Achei que fosse só culpa do que sinto por você.

Ah, que merda.

Me senti tonta. Não tinha a intenção de me sentar, mas, quando dei por mim, estava apoiada no parapeito da janela.

Meio humana.

Aquilo faria de mim filha biológica de Vincent.

Não. Não era possível. Só não... não fazia sentido algum.

— Não pode ser — forcei as palavras a deixarem meus lábios. — Ele me encontrou. Ele só... *me encontrou.*

— Por que ele estava lá naquela noite? — perguntou Raihn, baixinho.

— Por que era uma rebelião, e Vincent...

— Mas por que ele foi até *aquela* casa?

Minha cabeça doía. Meu coração doía.

— Não sei. Acho que foi só... só...

Sorte.

Acaso.

Eu ainda não tinha me dado conta de como confiava naquilo. Na ideia de que o acaso havia me juntado a Vincent. Era minha bênção, porque a vontade de Nyaxia me salvara naquela noite. E era também minha maldição, porque um fio de destino frágil como aquele era o que me separava de tantos outros futuros mais trágicos.

Eu não tinha me dado conta de como aquela palavra pesava em meu passado, e de como eu olhava para a questão, até tudo sumir. De repente, o acaso foi substituído por segredos, sussurros e perguntas cujas repostas eu jamais teria. Porque Vincent, meu pai — em espírito, mas *também* em sangue — estava morto.

— O que ele disse para você? — perguntou Raihn. — Enquanto estava... Morrendo.

Era o tipo de questão que as pessoas só faziam quando já sabiam a resposta. Quando já sabiam o que significava.

Eu ia contar, Vincent tinha dito.

Se pergunte por que ele tem medo de você, Raihn aconselhara antes do desafio final.

Em um mundo de imortais, não havia nada mais perigoso do que seu próprio sucessor.

Me senti enjoada.

Não fazia sentido. Nada daquilo fazia sentido. Se eu era filha de Vincent, e ele sabia quem eu era, por que me manteria viva?

Por que não me mataria?

Raihn se aproximou de novo, sussurrando:

— Respire, Oraya.

Só então notei que estava tremendo tanto que quase caí do parapeito da janela.

— Nós vamos descobrir as respostas — prosseguiu ele. — Vamos nos casar, e depois...

Nos casar. Ah, pela Mãe.

— Eu não vou me casar com você — cuspi.

— Vai sim.

— Vá se foder. *Não vou me casar.*

Um músculo tremeu em sua bochecha.

— É a única forma de manter você viva. Se não for minha esposa, vai ter de ser minha inimiga. E não tenho como justificar sua partida.

— Que belo hipócrita do caralho você é — rosnei. — Você, todo *chocado* com o vínculo que Vincent queria.

Raihn se encolheu. Ele sabia que eu estava certa.

Virei a cabeça para olhar pela janela. Conhecia aquela vista muito bem. Daquela janela, eu tinha assistido à evolução de uma cidade ancestral toda noite, toda manhã.

Agora, era um reino em seus últimos espasmos de morte. O céu noturno estava brilhante, vermelho e branco — Fogo da Noite. Traços de luz voavam em ruas distantes. Soldados Nascidos do Sangue invadiam minha terra. Eu sabia que, se apertasse o ouvido contra o vidro, conseguiria ouvir os berros das pessoas lá embaixo.

— Ainda bem que você nos livrou daquele tirano — zombei. — Tudo parece muito mais *pacífico* agora, não parece?

Raihn percorreu o espaço entre nós com duas passadas. Apoiou a mão no vidro quando se inclinou perto de mim, os dedos aninhando meu rosto em um toque que eu não sabia dizer se era reconfortante ou ameaçador.

— Pense no seguinte: poder é uma coisa sanguinolenta. Você sabe disso tão bem quanto eu. Nós temos dentes, você e eu. Agora é hora de usar tudo o que temos. Vamos destruir os mundos que nos subjugaram e, das cinzas, vamos construir algo novo. E a única pessoa que quero ao meu lado é você, Oraya. Só você. — A voz dele se reduziu a um apelo. — Quando eu deixar este quarto e voltar com uma sacerdotisa, você *vai* se casar comigo. Vai fazer isso porque não tenho condições de te matar. Já tentei. Não consigo. Um mundo sem você seria um lugar escuro e deprimente. E já causei muita dor sem cometer essa porra de injustiça. Então, *me deixe salvar você*.

Foi minha vez de saber que ele estava certo, de saber que cada palavra de Raihn era honesta — e odiei tudo aquilo.

A raiva fazia as coisas serem mais fáceis.

O amor fazia as coisas serem mais complicadas.

— Por acaso você está implorando para me salvar? E se eu me recusar, exatamente como ela fez?

Naquele momento, achei que eu talvez fizesse o mesmo. Talvez fosse morrer, assim como Nessanyn, só porque ele queria que eu vivesse. Por pura força do ódio.

— Você não vai. — O nariz dele estava a centímetros do meu. As palavras esquentaram minha boca. Baixas e aveludadas.

— E como você sabe disso?

— Sei porque você é mais inteligente que ela. Tem mais do que um sonho. Você tem uma *visão*.

A admiração na voz de Raihn doía, porque eu sabia que era real.

Ergui o rosto, e meu olhar encontrou o dele. Absorvi todas aquelas cores impressionantes. Todas as partes dele que não se encaixavam.

Pensei, por um longo momento, que ele fosse me beijar. Pior: achei que eu pudesse retribuir o beijo.

Em vez disso, seus lábios roçaram em minha testa. Mal a tocaram.

Depois, ele se aprumou.

— Vou buscar a sacerdotisa. Cada segundo que adiamos isso coloca você mais e mais em perigo.

— Espere...

Mas, antes que eu pudesse protestar, Raihn já tinha desaparecido.

55

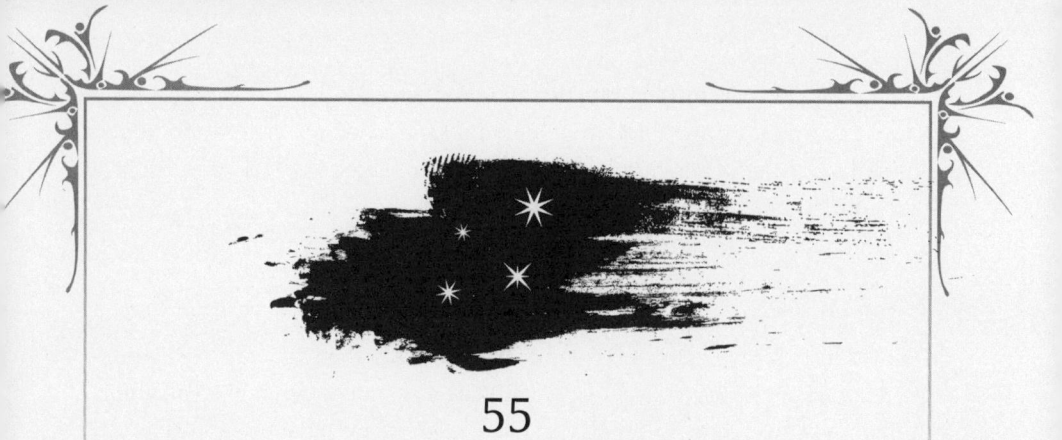

A cerimônia de casamento foi realizada em meu quarto.

A sacerdotisa era uma das acólitas do Ministaer — uma das idiotas que passavam metade da vida encarando uma parede de pedra na igreja. Ela manteve o olhar baixo enquanto sussurrava trechos das escrituras em línguas ancestrais.

Parada ali, cogitei fugir. Cogitei atacar a mulher. Cogitei atacar Raihn. Cogitei quebrar a janela e me jogar dela.

Mas não fiz nada disso.

Me sobressaltei quando a sacerdotisa pegou minha mão. O toque dela era frio e macio de um jeito que não parecia natural. Ela fez o mesmo com a de Raihn e depois virou ambas para cima, de modo que nossas palmas ficassem voltadas para o teto.

A mulher sussurrou um encantamento e depois correu o dedo por minha pele.

Soltei um palavrão entredentes, assustada pela pontada de dor. Um rio vermelho brotou de minha mão.

Raihn nem sequer reagiu quando ela repetiu o gesto com ele.

— Os votos — disse a sacerdotisa, sem mais nem menos. Como se devêssemos saber o que aquilo significava.

Eu nunca tinha ido a um casamento. Meu pai não permitia que eu frequentasse aquele tipo de reunião de vampiros. Elas não raro se tornavam festins depravados e descontrolados, e Vincent sempre dizia que...

Vincent.

Pensar casualmente em seu nome me deixava sem ar, a dor insuportável.

O toque de Raihn era quente e áspero. O oposto do da sacerdotisa em todos os sentidos — o oposto do toque de qualquer vampiro.

Talvez ele compreendesse que eu não sabia o que dizer, então ergueu minha palma. Senti os músculos se tensionarem quando ele a levou até a boca. Passou devagar a língua pelo machucado. Eu não estava esperando aquela delicadeza. Aquela suavidade, aquele cuidado. Um pedido de desculpas, e também uma promessa.

Ele baixou minha mão. Engoliu meu sangue.

Minha vontade era desviar os olhos. Não consegui.

— Oraya dos Nascidos da Noite — murmurou ele. — Dou a ti meu corpo. Dou a ti meu sangue. Dou a ti minha alma. Dou a ti meu coração. Desta noite até o fim das noites. Do nascer do sol até que o sol não nasça mais. Tua alma é minha alma. Teu coração é meu coração. Tua dor é minha dor. Eu me ligo a ti.

Eu queria que tudo aquilo fosse uma mentira, mas não era.

Naquele momento, entendi, com uma clareza inquestionável, que Raihn estava apaixonado por mim.

Ele me ofereceu sua mão. Havia líquido preto-avermelhado acumulado na palma, preenchendo as linhas e cicatrizes de uma vida bem vivida. Minha boca estava seca quando a levei até os lábios. Achei que talvez vomitasse quando o fluido batesse em meu estômago.

Em vez disso, porém, me ocorreu que o gosto dele era a coisa mais peculiar que eu já tinha sentido. Seu sangue se espalhou quente e liso por minha língua, doce e metálico e profundo como a própria noite.

Tinha gosto de céu. Tinha gosto de uma longa queda.

Baixei a mão dele. Meus dedos tremiam contra sua pele.

— Raihn Ashraj. — Pela Mãe, minha voz não parecia minha. — Dou a ti meu corpo. Dou a ti meu sangue. Dou a ti... dou a ti minha alma. Dou a ti...

Meu coração.

Eu não conseguia me forçar a dizer as palavras.

Meu coração.

Meu coração fraco e humano. Machucado, partido e sangrando. A única coisa que eu sempre fora ensinada a proteger acima de tudo. Ainda assim, a coisa que se debatia dentro de minha caixa torácica, muito abaixo da Marca que meu pai falecido me legara, estava tudo, menos protegida. Ela fora rasgada e aberta ao meio.

Como podia ter passado pela minha cabeça que Vincent havia me dado um coração vampírico? Aquele era muito humano.

— Meu...

Não consegui continuar.

— A senhora precisa completar os votos — disse a sacerdotisa.

Pisquei para reprimir as lágrimas e chacoalhei a cabeça.

— Não.

— Mas senhora...

— Está tudo bem — interferiu Raihn.

— Mas...

— Eu disse que está tudo bem. Ela não precisa fazer isso.

Me permiti olhar para Raihn.

Odiei ver que me fitava como se eu importasse para ele. O vampiro esfregou as costas de minha mão com o polegar. Dava para ouvir sua voz no gesto: *Você está segura.*

Mas eu não estava segura. Mesmo me sentindo assim, apenas por um instante. Especialmente me sentindo assim.

A sacerdotisa me ajudou a terminar o resto dos votos. Quando acabei, estava casada com o rei dos Nascidos da Noite. Tinha perdido minha autonomia, meu nome, meu sangue. Tinha perdido minha terra.

Mas ao menos mantivera meu coração.

Raihn ficou no quarto após a partida da sacerdotisa. Fui até a janela e assisti à carnificina em Sivrinaj. Não queria olhar para ele. Estava sentindo muitas coisas, e a mais forte delas era seu olhar fixo em mim.

— Se você por acaso estiver esperando um convite para consumar o matrimônio, pode esquecer — falei depois de vários segundos.

Minha voz não saiu tão ríspida quanto eu planejava. A palavra "matrimônio" me fez lembrar da sensação de sua boca contra a palma da minha mão. A palavra "consumar" me fez lembrar da sensação de sua boca na pele do meu corpo. Ambas igualmente atordoantes.

Ele não disse nada. Me perguntei, em silêncio, se Raihn também sentia aquelas coisas.

Depois de um tempo, olhei por cima do ombro. Ele estava parado no meio do quarto, com as mãos soltas, como se quisesse dizer muitas coisas mas estivesse sem palavras.

Meu esposo.

Mãe, o que eu tinha acabado de fazer?

Seus lábios se entreabriram. Eu não queria ouvir o que ele tinha para dizer. Não iria ouvir.

— Eu gostaria de ficar a sós — falei, antes mesmo que ele pudesse começar.

Raihn fechou a boca. Me encarou pelo que pareceu um momento infinito — a sensação era essa, porque precisei me esforçar para continuar inteira a cada segundo agonizante, e me negava a desmoronar na frente dele.

Enfim, o vampiro baixou o queixo. Virei de costas para ele, me sentei na cama e ouvi seus passos se afastando. Ele fechou a porta ao sair.

Já era quase aurora quando ouvi as batidas no vidro. Eu estava deitada na cama, encarando o teto, tentando com muito afinco não sentir nada.

Achei que estivesse alucinando quando me levantei e vi a silhueta na janela.

Cheguei mais perto, e o rosto que me encarou — perfeito, esculpido, perigoso — não era um reflexo do meu.

Jesmine bateu no vidro de novo, com mais urgência. Nunca achei que ficaria tão grata em ver a vampira.

Tentei abrir a janela. Estava trancada, é claro; quando virei o puxador, porém, a peça se desfez em minhas mãos, e um pedaço voou para o outro lado da sala. Será que eu estava mais forte do que antes? Talvez fosse meu recém-descoberto sangue vampírico. Ou talvez toda a raiva reprimida.

Escancarei a janela. Jesmine estava pendurada na lateral do castelo. Tinha os cabelos cinzentos presos em uma trança, com alguns fios soltos grudados no rosto. Ela estava suja de sangue e machucada, com um corte na bochecha. Era como se não dormisse havia meses.

Mas ainda era deslumbrante, claro.

— Entre — falei, e foi só depois que as palavras saíram de minha boca que me dei conta de que não necessariamente queria que ela entrasse.

Era impossível dizer quem era inimigo e quem era aliado.

Ela olhou para o batente da janela.

— Tem uma barreira aí — disse ela. — Não estou muito a fim de ser retalhada hoje.

Como as do Palácio da Lua. Ela estava certa — quando estreitei os olhos, consegui ver um fraco brilho branco-azulado na janela. Teria sido fácil demais.

— Não posso ficar — disse ela. — Mas não podia ir embora sem te procurar antes. — Ela me olhou de cima a baixo. — Você está um lixo.

Eu me sentia um lixo.

— Valeu.

— Como estão as coisas? Você está bem?

Pestanejei. Que estranho. Ela fizera a pergunta como se realmente estivesse interessada na resposta.

Não. Não, eu não estava bem.

Respondi:

— Estou.

O olhar dela ficou mais suave.

— Ele partiu.

Engoli em seco. Assenti.

Jesmine baixou a cabeça. Um pesar genuíno atravessou aquele rosto impecável.

— Que a Mãe o guie de volta ao lar.

A Mãe era quem nos tinha colocado naquela situação de merda. Não sei se realmente queria pedir qualquer coisa para ela.

— Não tenho muito tempo, então peço perdão pela franqueza — continuou Jesmine. — Estão esperando por mim, do outro lado da muralha.

— Quem?

— O exército. — Pelo tom, era quase como se ela estivesse perguntando: *E quem mais seria?*

E... e quem mais seria, de fato? Ela era a conselheira de Guerra. E uma das melhores.

— A parte do exército que sobrou, de toda forma — prosseguiu ela. — Os malditos Nascidos do Sangue são... — Ela sibilou entredentes. — Assassinos eficientes. Não estávamos esperando por eles.

— Estão em quantos?

Me dei conta de que havia cometido um erro. Estivera pensando como uma filha em luto. Como uma prisioneira. Não como uma líder.

Eu nem sequer sabia o que estava acontecendo além das muralhas.

— Não sei ainda — disse ela. — Preciso conferir. Mas... mas não é nada bom, Alteza.

Alteza.

Me sobressaltei com a palavra. Jesmine percebeu e estreitou os olhos.

— Preciso deixar uma coisa muito clara. Respeitava Vincent como meu rei e meu líder. Mas minha lealdade não pertence a ele. Pertence ao clã Hiaj. Até o dia em que eu morrer. — Ela apontou com o indicador para mim, para meu peito. — Não sei como você conseguiu isso. Estou tão surpresa quanto qualquer outra pessoa ao ver a Marca em você. Mas não é algo que me cabe questionar. Você é a Sucessora Hiaj. Isso a torna minha rainha. O que significa que minha lealdade é sua.

Talvez eu tivesse subestimado Jesmine. Nunca confiara nela antes. Não sei o que significava o fato de que agora confiava.

Eu não fazia ideia do que dizer. Agradecer não parecia apropriado.

Por isso, fiquei grata quando ela me analisou de novo com o olhar e passou para outro tópico.

— Ele realmente foi em frente? Com a coisa do casamento?

— Sim.

Ela chiou.

— Nossa rainha casada com um Rishan Transformado e escravizado. Vincent teria... — Ela balançou na cabeça.

— Melhor isso do que estar morta — ponderei.

Ela encolheu os ombros, como se fosse um pequeno consolo.

— Falei que ele era um problema. Um problema lindo, mas um problema mesmo assim.

Justo, pensei, mesmo a contragosto.

— Quais são suas ordens?

Eu não estava preparada para dar ordens.

Tentei falar como Vincent teria feito.

— Eu gostaria de ouvir suas recomendações.

— Estamos perdendo homens, e rápido. Também estamos em desvantagem numérica. Precisamos nos reagrupar. — Ela perscrutou o quarto. — Se desejar, Alteza, posso enviar guerreiros até aqui para...

— Não.

A última coisa que eu queria era que soldados Hiaj fossem capturados em uma tentativa de me resgatar. Torturados. Mortos. Sabe-se lá o que mais.

Eu precisava pensar como uma líder.

— Não quero mais derramamento de sangue do que já houve — continuei. — Não até sabermos com o que estamos lidando. Recuem.

O canto dos lábios de Jesmine se curvou.

— Então vamos deixar que ele fique com tudo. Deixar que fique com a Casa da Noite.

Podemos construir algo melhor, Raihn havia sussurrado para mim.

Mas aquilo não parecia melhor.

— E vamos deixar os Nascidos do Sangue... — prosseguiu Jesmine.

— Eu sei — interrompi. — Eu sei.

Uma coisa era entregar a nação para Raihn.

Outra completamente diferente era dar tudo de bandeja para Septimus.

Aquela terra me odiava. E eu a odiava, de certa forma. Mas continuava sendo meu lar.

— Preciso de tempo — falei. — Tempo para aprender. Tempo para juntar informações. Fiquem em segurança até lá.

— E você?

— Ele não vai me machucar.

Jesmine me encarou, inabalada.

— O casamento é para proteger Raihn. Não você. Suas portas estão trancadas por fora. Suas janelas foram enfeitiçadas.

— Ele não vai me machucar — repeti, porque não sabia como explicar a ela como tinha certeza daquilo.

— Isso é maior do que ele — falou a vampira. — Se eu puder ser sincera, Alteza... Você não é uma prisioneira. É uma rainha. Já quebrei o inquebrável antes.

Ela abriu a camisa — expondo a cicatriz antes de continuar:

— Também já fui vinculada a um homem que queria me controlar. Quase dei minha vida para quebrar o vínculo. Mas agora sou livre. Posso livrar você também.

Sim. Eu tinha subestimado Jesmine.

E talvez tenha sido por isso que fui mais honesta com ela do que jamais imaginaria ser.

— Não quero carregar ninguém para uma guerra que não podemos vencer. Não tenho a intenção de lutar só por lutar. Posso ter uma Marca na pele, mas não sei o que isso significa. O mundo todo me considera humana. Os Hiaj me consideram humana.

Eu mesma me considerava humana.

— Se quiser lutar por esta Casa, estamos prontos — disse ela. — Não vou mentir dizendo que vai ser fácil. Não vou mentir e esconder que alguns... ou talvez muitos... não vão aceitar seu direito ao trono. — Os lábios dela se curvaram de novo. — Mas o povo de Raihn Ashraj tampouco vai segui-lo. Ele era um escravizado do rei. Transformado. Abandonou o clã por séculos. Acha que o povo não vai se lembrar dessas coisas? Vão relutar em se ajoelhar diante dele, já que consideram que o oposto é que deveria acontecer.

Apesar de tudo, meu coração doeu só de imaginar que pensavam aquilo de Raihn.

— Estão tentando usurpar o poder dele também — continuou a vampira. — Isso se a Casa do Sangue não o apunhalar pelas costas primeiro, e daí estaremos todos ferrados antes que seu próprio povo tenha a oportunidade de se voltar contra ele.

Um som de explosão ecoou de algum ponto à distância, uma lufada de fumaça irrompendo nas distantes muralhas a leste. Jesmine virou a cabeça na direção do som.

— Vá — falei. — Vou ficar bem por enquanto.

— Vai conseguir me encontrar caso precise de mim — disse ela, com urgência. — Não confie sua proteção a ele, Alteza. Ele tem as próprias ameaças e fraquezas com que lidar. Você tem dentes também. Os seus são mais afiados que os dele. Só nos diga quando morder e vamos lutar por você, e apenas por você.

Outro estampido. Outro lampejo de luz à distância.

E Jesmine não me deu tempo de responder qualquer coisa antes de desaparecer na noite, escalando as paredes do castelo com a facilidade de quem tinha séculos de experiência escapulindo pelas janelas trancadas de homens poderosos.

56

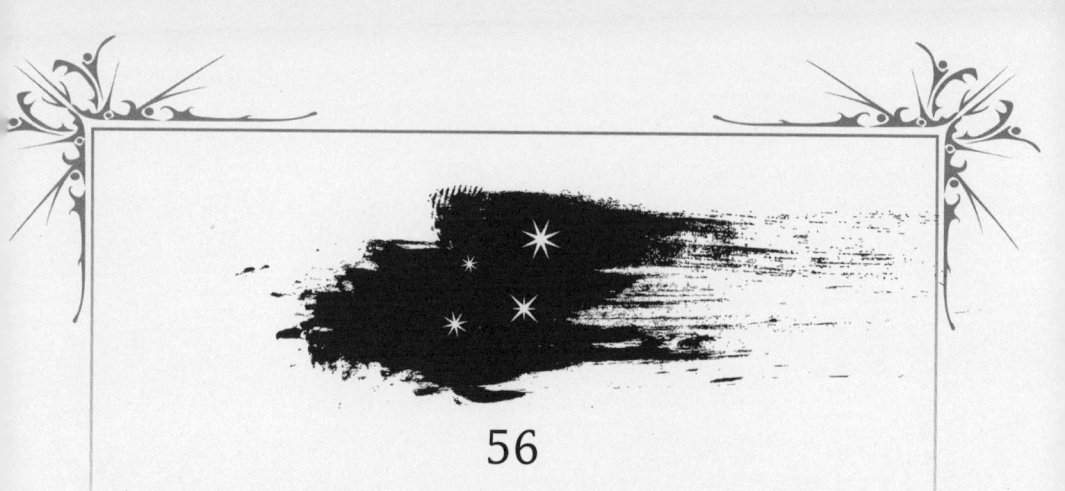

Fui escoltada até o salão do trono ao cair da noite seguinte. Ouvi a porta soltar quatro estalidos antes de se abrir. Raihn surgiu com Cairis a seu lado.

— Quatro trancas? — perguntei enquanto seguíamos pelo corredor, com Cairis ficando um pouco mais para trás. Me perguntei se deveria esperar tê-lo sempre por perto agora. — Que honra.

— Não sou bobo de subestimar você.

— Para onde estamos indo?

Raihn me dirigiu um olhar esquisito, como se a pergunta fosse óbvia.

— Trabalhar, é claro.

— Por quê? Não sou sua prisioneira?

Outro olhar esquisito — um que eu não sabia muito bem como decifrar.

— Não, não é minha prisioneira — falou ele. — É minha rainha.

Eu havia crescido naquele palácio. Conhecia cada canto do lugar. Havia me esgueirado por todos os corredores secretos nas horas mais claras do dia, quando ninguém podia me impedir. Mas estava tudo diferente agora. Pessoas desconhecidas nos corredores. Pinturas arrancadas da parede. O rosto de meu pai retalhado e desfigurado, assim como acontecera na vida real.

Raihn me levou ao salão do trono. Havia muitas pessoas ali. Todos Rishan. Todos me olhando com nojo absoluto. Eu sabia como era entrar em um lugar e saber que todos os presentes queriam me matar. Era como funcionava quando se era uma presa em um mundo de predadores.

Mas aquilo era diferente.

Aquelas pessoas queriam me matar não porque eu era fraca, mas porque era poderosa.

Raihn pediu licença e foi falar com Ketura, que me olhou feio quando o vampiro deu as costas. Avancei pelo recinto familiar e nada familiar ao mesmo tempo. Atravessei o espaço até chegar às portas duplas que levavam ao salão de baile.

Todas as pinturas — de lendas e monarcas Hiaj — tinham sido destruídas, estilhaçadas no chão de mármore.

Apenas uma persistia, o pequeno quadro que eu sempre admirara: o homem Rishan caindo, estendendo a mão para um salvador que não podia alcançar.

— Que prazer ter a oportunidade de trabalhar com você de novo.

Senti um calafrio. O cheiro de fumaça de tabaco me envolveu. Ao me virar, vi Septimus parado no batente diante de mim.

Eu não estava para brincadeira naquele dia.

— Trabalhar — repeti. — Que jeito educado de se referir ao massacre de um reino.

— Massacre? Que exagero.

— É o que você deseja, não é? É o que parece, até onde vi.

Ele soltou uma baforada de fumaça.

— Então não está vendo as coisas direito, não acha? Talvez os mesmos impulsos que movem meu povo tenham impulsionado você na direção dos assassinatos que cometeu nos assentamentos humanos. Afinal de contas, seu povo não foi o único utilizado como peão nos joguinhos de nossa Deusa.

Eu não sabia o que responder àquilo, porque algo em seu olhar penetrante, cheio de uma raiva que tentava esconder, me lembrou do primeiro desafio — do olhar de horror no rosto do competidor Nascido do Sangue quando se deu conta de que estava lutando com monstros que já tinham sido membros de seu povo. Tanto humanos quanto Nascidos do Sangue haviam sido usados e descartados.

— Você também não hesitou em usar Angelika como peão.

— Angelika era uma grande amiga minha, e o sacrifício que fez pelo reino vai viver muito além dela.

Perguntei de supetão:

— Como sabia que isso funcionaria?

— Não entendi seu questionamento.

— Raihn fez um trato com você. — *Cedeu à sua chantagem*, corrigi mentalmente. — Para me salvar. Mas, para que pudesse cumprir com a parte dele na negociação, ele precisava vencer o Kejari. Por que achou que ele me mataria depois de ter me salvado?

Septimus abriu um sorriso presunçoso. Soprou a fumaça.

— Não achei. Ele é claramente um romântico.

Mantive a expressão neutra, mas não entendi a resposta.

Ele riu e se aprumou antes de prosseguir:

— Eu disse a você que não faço apostas que posso perder. E todas as apostas que fiz em você me trouxeram muito retorno, meu bem.

O Nascido do Sangue me ofereceu uma caixa de cigarros. Neguei com a cabeça.

— Espero que possa, de coração, me chamar de amigo — prosseguiu ele enquanto guardava a caixa de novo no bolso. — Talvez descubra que temos mais em comum do que pensa. Somos os únicos aqui que sabemos como é lutar contra o tempo. É algo que tem muito valor neste mundo, não acha?

O Nascido do Sangue se afastou de mim sem falar mais nada, bem a tempo de Raihn voltar a se aproximar. Ele fitou Septimus com cautela enquanto o outro vampiro ia embora.

— O que foi isso?

— Nada.

Raihn parecia pouco convencido. Tentou aninhar meu braço no seu. Enrijeci o corpo e me desvencilhei, mas caminhei a seu lado.

— E agora? — perguntei.

Ele me levou até o salão de baile. À nossa direita, janelas do chão ao teto exibiam um panorama de Sivrinaj, domos e torres brilhando sob o céu polvilhado de estrelas. A noite ainda parecia baça por causa da fumaça e clara por causa do fogo, brilhante como se a luz de um sol invertido banhasse o piso de mármore do salão de baile.

— Boa pergunta — disse Raihn. — Acho que temos de construir um reino.

Na superfície, a voz continha um toque de brincadeira. Mas não era capaz de mascarar o medo puro que havia por baixo.

Eu também estava com medo.

Com medo dos inimigos que aguardavam do lado de fora, e também do lado de dentro daquelas muralhas. Dos inimigos que cercavam Raihn, e dos que me cercavam. Dos aliados prontos para trair a nós dois.

Com medo do fogo que consumia o reino onde eu fora criada e das inúmeras vidas humanas que acabariam pegas no meio da confusão.

Com medo do perigo que me aguardava no futuro e com medo dos segredos do passado.

Raihn segurou minha mão.

Dessa vez, permiti.

Nossos olhares se encontraram, unidos em um terror mútuo — unidos em todas as nossas similaridades, mesmo as que não queríamos admitir. Por um momento, tudo ficou ali, escancarado.

Meu amigo. Meu inimigo. Meu amado. Meu captor.

Rei e escravizado. Humano e vampiro.

E talvez a única outra pessoa que já havia entendido como era ter um coração que sangrava em vermelho e preto.

Eu o odiava. Eu o amava.

E não conseguiria, nem se quisesse, negar como ele era belo, com aquele rosto cheio de vida banhado pela luz tremeluzente de nosso mundo reduzido a cinzas.

— E quanto a você? — murmurou ele. Correu o polegar por meu rosto, acompanhando a linha de meu maxilar. — Você vai me matar, Oraya?

Ele disse aquilo como tinha feito uma vida inteira antes, enquanto a aurora invadia um beco nos cortiços humanos. E, como naquela noite, não rechacei seu toque.

Em vez disso, espalmei a mão contra seu peito. Atrás dele, meu reino queimava.

Pensei: *Talvez.*

— Não esta noite — respondi.

FIM DO LIVRO UM

A história de Oraya e Raihn continua em
As cinzas e o rei maldito pelas estrelas, *a ser publicado em breve.*

NOTA DA AUTORA

Muito obrigada por ter lido *A serpente e as asas feitas de noite*! Espero que tenha amado este livro tanto quanto amei escrevê-lo. Temos mais *cinco* volumes neste universo, e estou bastante empolgada para explorar cada um dos cantinhos escuros e sangrentos deste mundo com você! Oraya é uma das minhas personagens preferidas — ao mesmo tempo a mais durona e a mais profundamente sensível. Desejo que você se apaixone por ela tanto quanto eu, e que também curta a próxima fase da história dela — e de Raihn.

Se quiser ser uma das primeiras pessoas a saber sobre lançamentos, novas artes, brindes e todo tipo de coisas divertidas, considere assinar minha newsletter em carissabroadbentbooks.com (em inglês), entrar em meu grupo do Facebook (Carissa Broadbent's Lost Hearts) ou fazer parte do meu servidor no Discord (você encontra o convite em linktr.ee/carissanasyra).

Eu adoraria manter contato com você!

GLOSSÁRIO

ACAEJA | A deusa da feitiçaria, do mistério e das coisas perdidas. Membro do Panteão Branco.

ALARUS | O deus da morte e esposo de Nyaxia. Exilado do Panteão Branco como punição por sua relação proibida com Nyaxia. É considerado falecido.

ASTERIS | Uma forma de energia mágica derivada das estrelas, manipulada por vampiros Nascidos da Noite. É raro e difícil de usar, e requer habilidade e energia consideráveis.

ATROXUS | O deus do sol e líder do Panteão Branco.

CASA DA NOITE | Um dos três reinos vampíricos de Obitraes. Seus membros são conhecidos pelas habilidades bélicas, por sua natureza agressiva e por serem manipuladores de uma magia derivada do céu noturno. Há dois clãs de vampiros Nascidos da Noite, os HIAJ e os RISHAN, que há milhares de anos lutam pelo poder. Membros da Casa da Noite são chamados de NASCIDOS DA NOITE.

CASA DA SOMBRA | Um dos três reinos vampíricos de Obitraes. Seus membros são conhecidos pelo comprometimento com o conhecimento e por serem manipuladores de magia mental, magia sombria e necromancia. Membros da Casa da Sombra são chamados de NASCIDOS DA SOMBRA.

CASA DO SANGUE | Um dos três reinos vampíricos de Obitraes. Dois mil anos antes da história deste livro, quando Nyaxia criou os vampiros, a Casa do Sangue era sua favorita. Ela pensou com muito esmero e por muito tempo sobre qual dom dar a eles. Enquanto isso, os Nascidos do Sangue viam os irmãos a oeste e norte ostentando seus poderes. Os Nascidos do Sangue acabaram se voltando contra Nyaxia, certos de que ela os abandonara. Como punição, Nyaxia os amaldiçoou. A Casa do Sangue agora é vista com desprezo pelas outras duas casas. Membros da Casa do Sangue são chamados de NASCIDOS DO SANGUE.

DHAIVINTH | Uma poção que paralisa temporariamente a vítima.

DHERA | Uma nação nas terras humanas. Vale atualmente mora lá.

EXTRYN | A prisão dos deuses do Panteão Branco.

FOGO DA NOITE | Assim como o Asteris, é outra forma de magia derivada das estrelas e manipulada pelos vampiros da Casa da Noite. O Asteris é escuro e frio, enquanto o Fogo da Noite é brilhante e quente. O Fogo da Noite é usado habitualmente na Casa da Noite, mas é muito difícil controlá-lo com perícia.

HIAJ | Um dos dois clãs de vampiros Nascidos da Noite. Têm asas desprovidas de penas que lembram a dos morcegos.

IX | A deusa do sexo, da fertilidade, do nascimento e da procriação. Membro do Panteão Branco.

KAJMAR | O deus da arte, da sedução, da beleza e da enganação. Membro do Panteão Branco.

KEJARI | Um torneio lendário que acontece uma vez por século em homenagem a Nyaxia. Quem vence tem um pedido realizado pela própria deusa. O Kejari é aberto a todos de Obitraes, mas é sempre organizado pela Casa da Noite — já que, dos três reinos vampíricos, os Nascidos da Noite são os que têm maior domínio da arte da batalha.

MARCA DE SUCESSÃO | Uma marca permanente que aparece no Sucessor dos clãs Hiaj e Rishan sempre que o Sucessor anterior morre, marcando sua posição e seu poder.

NASCIDO | Termo usado para descrever vampiros que nasceram através de procriação biológica. É a forma mais comum de criação de vampiros.

NASCIDOS DA NOITE | Vampiros da Casa da Noite.

NASCIDOS DA SOMBRA | Vampiros da Casa da Sombra.

NASCIDOS DO SANGUE | Vampiros da Casa do Sangue.

NECULAI VASARUS | O antigo rei Rishan da Casa da Noite. Teve o poder usurpado e foi morto por Vincent duzentos anos antes dos eventos deste livro.

NYAXIA | Deusa exilada, mãe dos vampiros e viúva do deus da morte. Nyaxia governa o domínio da noite, da sombra e do sangue, assim como o domínio da morte que herdou do esposo falecido. No passado, era uma deusa inferior. Se apaixonou por Alarus e se casou com ele apesar da natureza proibida do relacionamento. Quando Alarus foi morto pelo Panteão Branco como punição pelo casamento, Nyaxia escapou dos deuses em um acesso de raiva e ofereceu a seus apoiadores o dom da imortalidade na forma de vampirismo — fundando Obitraes e os reinos vampíricos. *Também é conhecida como: a Mãe; a Deusa; a Mãe do Breu Voraz; Ventre da Noite, da Sombra e do Sangue.*

OBITRAES | A terra de Nyaxia, que consiste em três reinos: os territórios da Casa da Noite, da Casa da Sombra e da Casa do Sangue.

PACHNAI | Uma nação humana a leste de Obitraes.

PALÁCIO DA LUA | Um palácio em Sivrinaj, capital da Casa da Noite, construído especificamente para abrigar os competidores do torneio Kejari, realizado de século em século em homenagem a Nyaxia. Dizem que é encantado de forma a expressar as vontades da própria Nyaxia.

PANTEÃO BRANCO | Os doze deuses do cânone principal — incluindo Alarus, considerado falecido. O Panteão Branco é adorado por todos os humanos, com algumas regiões tendendo a seguir deuses específicos dentro do panteão. Nyaxia não é membro do Panteão Branco, e é ativamente hostil em relação a ele. O Panteão Branco prendeu e depois executou Alarus, o Deus da Morte, como punição por seu casamento ilegítimo com Nyaxia, na época uma deusa inferior.

RIO LITURO | Um rio que corre pelo centro de Sivrinaj.

RISHAN | Um dos dois clãs de vampiros Nascidos da Noite. Têm asas dotadas de penas. Tiveram o poder usurpado pelos Hiaj duzentos anos antes dos acontecimentos deste livro.

SALINAE | Uma cidade importante da Casa da Noite, localizada no território dos Rishan. Quando os Rishan estavam no poder, Salinae era um local movimentado, que funcionava como segunda capital. Foi onde Oraya passou os primeiros anos de sua vida antes de ser encontrada por Vincent.

SIVRINAJ | A capital da Casa da Noite. É onde fica o castelo dos Nascidos da Noite e o Palácio da Lua. É a sede do Kejari, que acontece a cada cem anos.

TRANSFORMAÇÃO | Processo que faz humanos virarem vampiros. Exige que um vampiro beba o sangue de um humano e lhe ofereça sangue vampírico em troca. Vampiros que passaram por tal processo são conhecidos como TRANSFORMADOS.

VÍNCULO CORIATIS | Um vínculo raro e poderoso que pode ser forjado apenas por divindades, através do qual duas pessoas compartilham todos os aspectos de seu poder, conectando vidas e almas. Até onde se sabe, Nyaxia é a única deusa que agracia pessoas com vínculos Coriatis, embora qualquer deus seja capaz de fazer o mesmo. As pessoas vinculadas são CORIATAE uma da outra. Os Coriatae compartilham todos os aspectos do poder alheio, o que tipicamente faz com que ambos fiquem mais fortes. Coriatae não podem agir um contra o outro ou viver sem a companhia da pessoa vinculada.

ZARUX | O deus do mar, da chuva, do clima, das tempestades e da água. Membro do Panteão Branco.

AGRADECIMENTOS

Toda vez que preciso escrever uma seção de agradecimentos, fico encantada em ver como a sensação é surreal. Tenho muitas pessoas a agradecer pela ajuda em tornar realidade este universo sombrio e sangrento que antes só existia no plano dos sonhos.

Agradeço a Nathan (o primeiro, sempre) por ser meu melhor amigo, meu maior amor, meu apoiador mais fiel, meu companheiro de brainstorming, meu diretor de arte, minha enciclopédia e muito mais. Eu não seria capaz de fazer nada disso sem você. Te amo!

A Monique Patterson e ao time da Bramble, por terem enxergado o potencial deste mundo e ajudado esta história a alcançar mais leitores do que nunca. Muito obrigada por levarem o livro à próxima jornada!

A Ariella, Deanna, Elizabeth e Rachel: obrigada por serem leitoras beta incríveis e por me darem tantos feedbacks úteis. Vocês são as melhores!

A KD Ritchie da Storywrappers Design, obrigada pela capa linda. Amei trabalhar com você!

A Noah, que, como sempre, foi um sherpa de histórias da melhor qualidade: obrigada por me emprestar seu olhar lendo este manuscrito inúmeras vezes e por sua inestimável edição.

Anthony, obrigada por ser um preparador incrível e por corrigir eternamente meu uso de vírgulas. Juro por Deus que um dia desses vou aprender como se faz.

Rachel e seus olhos de águia, agradeço por ser a melhor revisora do mundo! Obrigada por aniquilar todos os meus erros de grafia e corrigir meus problemas de continuidade!

Clare, obrigada demais por me ouvir choramingando o dia todo e todos os dias, e também por aguentar o notável processo Carissa Broadbent Do Cérebro Direto para a Boca. Você é maravilhosa, e eu te adoro.

E para minha turma da Swords & Corsets, Jenn, Krystle e Angela: vocês são as melhores, puta merda. Amo todas vocês, e não podia pedir por um grupo de amigas escritoras mais lindas, talentosas e incríveis.

Por fim, obrigada a *você* — por embarcar nesta aventura comigo!

Se você conhece meu trabalho desde a trilogia War of Lost Hearts, obrigada por me acompanhar neste novo universo. E se esta é a primeira história minha que você lê, muito obrigada por ter dado uma chance ao livro.

Seu apoio, disposição para ler, *fanarts*, avaliações, mensagens, e-mails... tudo é essencial para a minha carreira, sério: não tenho como agradecer o bastante. Nada disso estaria acontecendo sem você, e não vou esquecer disso nem por um segundo.

Estou empolgada para te encontrar no meu próximo livro!

ESTA OBRA FOI COMPOSTA PELA ABREU'S SYSTEM EM CAPITOLINA REGULAR E IMPRESSA EM OFSETE PELA GRÁFICA BARTIRA SOBRE PAPEL PÓLEN NATURAL DA SUZANO S.A. PARA A EDITORA SCHWARCZ EM JANEIRO DE 2024

A marca FSC® é a garantia de que a madeira utilizada na fabricação do papel deste livro provém de florestas que foram gerenciadas de maneira ambientalmente correta, socialmente justa e economicamente viável, além de outras fontes de origem controlada.